GERD E. KÜSTER

FLUSS DER SCHATTEN

Roman

Sternenlicht Verlag

Impressum

Sternenlicht Verlag
Inhaber: Gerd E. Küster
Schneidergasse 226
98646 Reurieth, Thüringen, Deutschland
E-Mail: info@sternenlicht-verlag.de

Herstellung und Verlag: Sternenlicht Verlag, Reurieth
Satz & Layout: Sternenlicht Verlag
Umschlaggestaltung: Gerd E. Küster; Teile der Illustrationen mit KI-gestützten Werkzeugen (DALL·E) erstellt

Erscheinungsjahr: 2026
Auflage: 1. Auflage
ISBN (Print): 9783819495700

Verantwortlich für den Inhalt dieses Buches: Gerd E. Küster

Bibliografische Information der Deutschen Nationalbibliothek:
Die Deutsche Nationalbibliothek verzeichnet diese Publikation in der Deutschen Nationalbibliografie; detaillierte bibliografische Daten sind im Internet über das Portal der Deutschen Nationalbibliothek abrufbar.

Herstellung und Druck über tolino media GmbH & Co. KG,
Albrechtstr. 14, 80636 München. Printed in Germany.
Fragen zu Produktsicherheit an: gpsr@tolino.media.

Ein Wort an den Leser

Der amerikanische Westen war kein Versprechen. Er war eine Prüfung.

Fluss der Schatten steht in der Tradition klassischer Frontierromane – Geschichten von Land, Arbeit und Verantwortung. Der Roman erzählt von einem jungen Mann, der nach dem Tod seines Vaters gezwungen ist, eine Entscheidung zu treffen, für die es keinen richtigen Zeitpunkt gibt.

Sam Miller geht nicht, weil er es will. Er geht, weil es keine andere Möglichkeit gibt. Der Hof ist verloren, die Schulden bleiben, und die Vergangenheit trägt nicht mehr. Vor ihm liegt ein Fluss, der nach Westen führt – zu Arbeit auf Flößen, zu Grenzstädten, zu Männern, die gelernt haben, mit wenig Hoffnung auszukommen.

Der Fluss ist hier keine Metapher. Er ist Transportweg, Grenze und Risiko zugleich. Wer ihm folgt, trägt seine Entscheidungen mit sich – und zahlt ihren Preis.

Dieser Roman verzichtet auf Verklärung. Er erzählt vom Westen, wie ihn jene erlebten, die ihn nicht eroberten, sondern durchquerten: von Kälte und Entbehrung, von Loyalität unter Fremden, von einer Welt, in der Überleben wichtiger ist als Träume.

Fluss der Schatten ist ein Frontierroman über Herkunft und Verlust. Über das Gehen müssen. Und über das, was von einem Menschen übrig bleibt, wenn niemand mehr für ihn entscheidet. Und er erzählt von einer Begegnung, die aus zwei einzelnen Menschen ein „Wir“ macht: Sam und Tawa.

Die im Roman beschriebenen Arbeitsformen, Flöße, Grenzgerichte und Schuldsysteme orientieren sich an regionalen Gegebenheiten des mittleren 19. Jahrhunderts. Orte und Figuren sind teils fiktional – ihre Lebensumstände waren real.

Der letzte Winter auf der Farm

Das Haus war kalt. Nicht plötzlich, nicht überraschend – einfach kalt. Rauch stand unter der Decke, grau und schwer, als hätte er sich verirrt. Er fand den Weg nach draußen nur zögernd, durch Ritzen zwischen den Stämmen, durch Lehm, der rissig geworden war.

Der Wind kam durch den Lehm, tastete die Fugen ab, und irgendwo im Gebälk arbeitete das Holz mit leisen, trockenen Lauten. Alte Balken klangen anders als junge. Sie knarrten nicht aus Trotz, sondern weil sie mussten.

Im Herd lag unter einer Decke aus Asche ein einzelner rötlicher Glutpunkt. Wenn Sam mit dem Schürhaken darin stocherte, flackerte er kurz auf – nicht wie Trost, eher wie ein Beweis: Es war noch etwas da, das man am Leben halten konnte. Früher hatte Feuer den Raum heller gemacht. Jetzt war es eine Rechnung. Man fütterte es, weil man keine andere Wahl hatte.

Draußen lag der Schnee schwer auf dem Dach. Er drückte, als sei das Gewicht dieser Jahreszeit nie dafür gedacht gewesen, so lange zu bleiben. Vereinzelt knackte irgendwo ein Balken, ein trockenes Geräusch, das sagte: noch.

Aus dem Nebenraum kam Husten.

Es passte nicht in die Stille und war doch längst ein Teil von ihr geworden. Kein heftiger Anfall, eher ein spröder, brechender Ton – trocken, tief, mit einem kratzenden Ende, das jeden Atemzug vorsichtig machte. Sam kannte dieses Geräusch inzwischen wie seinen eigenen Puls. Seit der Herbst den letzten Rest Farbe verloren hatte und in den Winter geglitten war, war es da. Und Sam wusste, was es bedeutete, noch bevor das Husten verebbte und nur das Rascheln eines Tuchs übrig blieb.

Er blieb im Türrahmen stehen, die Finger um den Stiel der Axt gelegt, und rührte sich nicht. Der Geruch des Hauses lag schwer in der Luft: feuchtes Holz, kalter Rauch, Schwein – und darunter etwas, das er nicht benennen wollte. Nicht aus dem Herd, nicht aus den Ställen. Etwas aus einem Körper, der zu lange gegen einen Winter angeatmet hatte, der nicht nachgab.

Auf dem Tisch, zwischen Becher und Messer, lag ein gefaltetes Papier. Die Kante war vom Kerzenwachs leicht angegilbt. Der letzte Brief vom Mann aus dem County. Kein Brief, der fragte, wie es ihnen ging. Ein Brief mit Zahlen und einer Frist. Und mit einem Namen, der nicht ihrer war. Der Ton war höflich, wie Höflichkeit ist, wenn sie etwas nimmt.

Sam hatte ihn nicht weggelegt, weil Weglegen nichts änderte. Da stand ein Datum. Da stand, wie viel sie schuldig waren. Da stand, was passiert, wenn sie es nicht zahlen konnten. Sam brauchte den Brief nicht noch einmal zu lesen, um es zu wissen.

Er hätte gern irgendetwas gesagt, irgendein Satz, der das Licht ein wenig näher an dieses Zimmer herangeholt hätte. Aber alles, was ihm einfiel, klang zu klein – oder wie eine Lüge, die man geschniegelt hat, damit sie weniger stinkt.

„Das Holz reicht bis zum Abend", sagte er schließlich.

Mehr gab es gerade nicht. Er legte die Axt über die Schulter und ging hinaus.

Draußen war die Welt weiß und beinahe reglos, als hätte der Winter beschlossen, jedem Lebewesen das Atmen schwer zu machen. Die Schweine im kleinen, eingezäunten Winkel bewegten sich träge, drehten sich einmal und grunzten unwillig, als Sam vorbeiging. Von ihren warmen Körpern stieg feiner Dampf auf, der in der kalten Luft sofort dünn wurde. Über dem Hof hing ein hellgrauer Himmel, farblos, ein Schimmer zwischen Nacht und Tag.

Auf dem Zaunpfahl saß ein Rabe, den Kopf leicht schiefgelegt, als zähle er mit. Sam mochte das nicht. Nicht, weil er abergläubisch war. Sondern weil es sich anfühlte, als würde jemand zusehen, wie man verliert.

Er ging hinüber zum Holzstoß am Rand des Hofes. Die Axt lag vertraut in seiner Hand – schwer genug, um Respekt zu verlangen, vertraut genug, um keinen Gedanken zu kosten. Holz log nicht, das hatte sein Vater immer gesagt. Es zeigte dir, wo es brechen wollte und wo nicht. Man musste nur hinsehen.

Sam stellte einen Scheit auf den Hackstock, setzte den Fuß dagegen, prüfte kurz die Maserung und hob die Axt.

Der erste Schlag fuhr ihm durch die Schultern und den Rücken hinab bis in den gefrorenen Boden. Der Klotz sprang nicht auseinander; er riss nur an, widerwillig, als sträube sich selbst das Holz gegen jede weitere Arbeit in diesem Winter. Sam setzte nach. Zweiter Schlag. Dritter. Der Rhythmus war ihm vertraut – nicht feierlich, eher notwendig. Ein langsames, hartes Atmen, das sein eigenes ersetzte, solange er schlug.

Er hatte bereits einige Scheite gespalten, als er merkte, dass er nicht mehr allein war.

Der Schnee knirschte leise unter leichten Füßen. Sam hob den Blick. Matt stand da, die Decke um die Schultern geschlungen, viel zu groß für seinen schmalen Körper. Die braunen Haare klebten ihm in Strähnen an der Stirn. Die Nasenspitze war rot, und seine Finger am Deckenrand sahen rissig aus.

„Du sollst drinnen bleiben", sagte Sam, ohne anzuhalten.

Matt zuckte mit einer Schulter. „Drinnen ist's auch kalt."

„Hier ist es nicht besser."

„Doch." Matt nickte zum Himmel. „Der ist größer."

Sam schnaubte, fast ein Lächeln, das nicht ganz fertig werden wollte. „Groß wärmt nicht auf."

Matt zog die Decke enger. „Aber die Luft drückt nicht so."

Sam ließ die Axt sinken. Er musste nicht raten, was Matt meinte. Drinnen roch es nach Rauch und Krankheit und nach Dingen, die man nicht loswurde.

„Hilfst du?", fragte Sam.

Matt nickte sofort, als hätte er darauf gewartet. Er griff nach einem kleineren Scheit und stapfte zum Hackstock hinüber. Seine Finger waren rau, aber flink. Er stellte das Holz senkrecht hin und sah auf die Faser, so wie Sam es ihm einmal gezeigt hatte.

„Hier?" Matt tippte auf eine Stelle.

Sam trat näher, legte ihm kurz die Hand ans Handgelenk und drehte den Scheit ein wenig. „Da. Da ist schon ein Riss."

Matt nickte mit einer Ernsthaftigkeit, die älter war als sein Gesicht. Man sah ihm an, dass er verstand, dass dieser Satz mehr war als eine Anleitung.

Sam hob die Axt, wartete, bis Matt drei Schritte zurücktrat, und ließ sie fallen. Der Scheit sprang sauber auseinander.

Matt machte einen leisen Laut – Staunen, stilles Glück. Ein Lachen, das sich nicht recht traute, laut zu werden.

„Wenn ich groß bin, mache ich das auch", sagte er.

„Wenn du groß bist", sagte Sam, „suchst du dir was, wo du nicht den ganzen Tag Holz zählen musst."

„Wieso zählen?"

Sam zeigte mit dem Kinn auf den Holzstapel. „Weil wir wissen müssen, ob's bis morgen reicht."

Matt schaute auf die Scheite, als wären sie plötzlich etwas anderes als Holz. „Und wenn's nicht reicht?"

„Dann frieren wir."

Das klang hart. Sam sagte es trotzdem. Matt nickte. Er war acht. Zu jung für solche Sätze – und doch lebte er seit Jahren damit. Ihre Mutter war bei seiner Geburt gestorben; Sam erinnerte sich an Blut, an Nachbarn, an das lange Schweigen danach. Matt hatte keine Erinnerung daran, nur das Loch, das blieb.

„Gibt's einen Ort", fragte Matt nach einer Weile, „wo man nicht friert?"

Sam setzte den nächsten Scheit an. „Bestimmt."

„Wo?"

Sam hob die Axt und ließ sie kurz oben stehen. „Weiß nicht."

Matt akzeptierte auch das. Kinder konnten das, wenn sie mussten.

Der Haufen gespaltenen Holzes wuchs Stück für Stück. Matt wurde stiller, je länger sie draußen standen. Die Kälte kroch ihm durch die Stiefel; man sah es an der Art, wie er die Beine bewegte, als könnten sie sich selbst erwärmen. Doch er beschwerte sich nicht. Sam beobachtete ihn aus den Augenwinkeln. Der Junge war zu klein für diesen Winter, dachte Sam. Zu leicht. Zu dünn. Als könnte der Wind ihn mitnehmen, wenn man nicht aufpasste.

Die Decke rutschte Matt von der Schulter, und Sam zog sie ihm wortlos wieder hoch.

„Geh rein", sagte er irgendwann. „Vorhang zu. Damit's nicht zieht. Und leg ihm das Tuch hin."

Matt nickte, wandte sich zum Haus – blieb dann aber noch einmal stehen.

„Sam?"

„Ja."

„Er wird doch wieder gesund, oder?"

Die Frage hing zwischen ihnen in der kalten Luft, schlicht und schwer. Sam sah auf seine Hände am Axtstiel. Es wäre leicht gewesen, zu lügen. Ein Satz, und Matt hätte einen Tag weniger Angst gehabt.

Sam konnte es nicht.

„Ich weiß es nicht", sagte er.

Matt schaute ihn an. Dann nickte er langsam, als hätte er genau diese Antwort erwartet. Er biss sich kurz auf die Unterlippe und ging zum Haus zurück. Der Schnee knirschte unter seinen Schritten, als müsste er alles kommentieren.

Sam hob die Axt wieder. Schlag um Schlag, bis seine Finger taub wurden und die Muskeln in den Armen brannten. Das gleichförmige Geräusch beruhigte ihn auf eine seltsame Weise. Jeder Schlag war eine Handlung, die sicher war. Holz spaltete sich oder nicht. Menschen taten das nicht.

Als er später die Axt an den Holzstoß lehnte, klebte ihm das Hemd am Rücken, und sein Atem stand wie feiner Rauch vor seinem Gesicht.

Im Haus gab es Wärme, aber keine, der man traute. Die Glut im Herd glomm matt und warf ein blasses Licht in den Raum, das die Schatten nicht vertrieb, sondern nur verschob. An den Wänden zog der Winter dunkle Spuren: feuchte Stellen, rußige Ränder, Schlieren von Rauch.

John Miller lag auf dem Bett – zwei Böcke, ein Rahmen, Strohsack, Decken. Das Gesicht, das einmal breit und von Sonne gebräunt gewesen war, war schmal geworden. Graue Strähnen zogen sich durch den Bart. Die Augen lagen weit hinten, als wolle der Körper sie vor der Welt verstecken. Jeder Atemzug hob die Decke über seiner Brust nur ein kleines Stück, vorsichtig, zögernd, als müsste die Lunge jedes Mal neu entscheiden, ob es sich noch lohnte.

Sam nahm die Tasse vom Tisch.

„Wasser", sagte er.

Er hielt sie dem Vater an die Lippen. Der Vater trank langsam, als müsse er sich erst erinnern, wie man das tat. Ein dünnes Rinnsal lief ihm über das Kinn und tränkte den Hemdkragen.

Matt stand am Kopfende des Bettes und hielt das gefaltete Tuch. Wenn sein Vater hustete, reichte er es ihm hin. Der Husten zeichnete dunkle Flecken hinein, die keiner zu lesen versuchte. Heute klang das Geräusch tiefer als am Morgen, schwerer, als würde irgendwo im Inneren etwas nachgeben.

John Millers Blick glitt zur Tür, dorthin, wo der Holzstoß draußen lag, als könnte er ihn sehen.

„Holz", murmelte er.

Sam nickte. „Reicht bis heute Nacht", sagte er. „Morgen hol ich mehr. Wenn's nicht stürmt."

Der Vater schüttelte kaum merklich den Kopf. Keine Kraft – aber ein Wille.

„Nicht nur Holz", flüsterte er. „Schau … wie's gewachsen ist."

Er rang nach Luft. Sam beugte sich vor.

„Sonst brichst du … an der falschen Stelle."

Sam wusste nicht, ob sein Vater noch von Stämmen sprach oder schon von Menschen. Vielleicht war es dasselbe. Vielleicht war es in diesem Land immer dasselbe gewesen.

Der Vater atmete, als müsste er jeden Zug zählen. Dann sagte er, ohne den Blick von der Decke zu lösen:

„Du passt auf ihn auf."

Sam spürte, wie das Wort sich in ihn setzte. Wie ein Auftrag, der nicht wegzuwischen war.

John Miller drehte mühsam den Kopf, sah an Sam vorbei zu Matt. „Versprich mir."

Matt presste das Tuch zusammen.

„Ich pass auf ihn auf", sagte Sam. „Er bleibt bei mir."

„Ich kann allein gehen", murmelte Matt. Er klang beleidigt und ängstlich zugleich.

Sam sah ihn an. „Du kannst viel", sagte er. „Aber nicht alles."

John Miller schloss kurz die Augen. Sein Mund verzog sich zu etwas, das ein Lächeln hätte sein können – oder nur ein Schatten davon. Seine Hand suchte tastend über die Decke, bis sie Sams Hand fand. Der Druck war schwach, aber eindeutig.

„Gut", flüsterte er.

Er schluckte, als wäre selbst das ein Kampf.

„Der Fluss ..." Er stockte. „Der Fluss nimmt, was er will."

Sam sagte nichts. Er dachte an den Bach hinter der Weide, der im Sommer träge an den Steinen vorbeiging und im Frühling anschwoll, wenn das Eis brach. Jetzt lag er unter einer glatten Decke, stumm, aber da.

„Ruh dich aus", sagte Sam leise. „Wir sind hier."

Der Rest des Tages zerrann in kleinen Geräuschen: das leise Knistern der Glut, das Wühlen der Schweine draußen im Schnee, Matts Schritte, wenn er die Tasse wieder füllte, das Tuch ausspülte, es zum Trocknen hängte. Der Wind drückte an die Wand. Und immer wieder das Husten, das den Raum zerschnitt und dann erschöpft verstummte.

Als es dunkler wurde, legte Sam noch einmal Holz nach. Nicht viel. Nur genug, damit das Feuer nicht ganz aufgab. Die Flammen leckten an den Scheiten entlang und wurden kurz heller.

Matt schlief irgendwann ein, zusammengerollt auf der Bank neben dem Herd, die Decke bis zur Nase hochgezogen. Seine Finger hielten den Stoff noch immer fest, als hätte er Angst, ihn im Schlaf zu verlieren.

Sam setzte sich auf den Stuhl neben dem Bett. Er stützte die Arme auf die Knie, verschränkte die Finger und sah das Gesicht seines Vaters an. Vieles von dem, was ihn einmal ausgemacht hatte, war verschwunden – die breite Stirn, die gelöste Stärke in den Zügen. Und doch erkannte Sam ihn: die Narbe am Kinn vom Sturz vom Heuwagen, die Falten, die Sonne und Wind über Jahre hineingeschrieben hatten.

Draußen heulte ein Kojote. Der Laut kam von weit her, dünn und brüchig. Sam begann, die Atemzüge seines Vaters zu zählen. Eins. Pause. Zwei. Längere Pause. Drei.

Zählen hielt nichts fest. Aber es gab der Hilflosigkeit eine Aufgabe.

Irgendwann, irgendwo zwischen Nacht und dem, was einmal Morgen werden wollte, fiel Sam in einen kurzen Schlaf. Kein weiches Wegsinken, eher ein Riss im Bewusstsein. Sein Kopf sank nach vorn, der Rücken krümmte sich, eine Hand blieb auf der Bettkante liegen, als könne sie halten, was nicht zu halten war.

Er wusste nicht, wie lange er so gesessen hatte, als er wieder hochfuhr. Es war kein Geräusch, das ihn geweckt hatte. Eher das Fehlen eines Geräuschs, an das er sich so gewöhnt hatte, dass er es nicht mehr bewusst wahrgenommen hatte.

Der Raum war still.

Die Glut im Herd war zu einem dunklen, stumpfen Rot zusammengeschrumpft. Kein Husten. Kein raues Einatmen. Nur der entfernte Wind an der Außenwand.

Sam beugte sich vor.

Der Mund seines Vaters stand leicht offen, als wäre er mitten in einem Wort stehen geblieben. Die Augen waren nur ein Stück geöffnet, der Blick irgendwohin gerichtet, wo ihm keiner folgen konnte. Die Hand, die vorhin noch nach Sams Hand gesucht hatte, lag jetzt ruhig auf der Decke.

Sam legte zwei Finger an den Hals des Mannes. An die Stelle, an der der Puls sein sollte. Die Haut fühlte sich kalt an – das war sie schon gewesen. Was fehlte, war dieses sture, kleine Zucken, das selbst im Schlaf noch da gewesen war.

Er blieb sitzen. Lange. Länger, als nötig gewesen wäre, um sicher zu sein. Sekunden wurden zu Minuten und dann zu etwas, das jeder Einteilung trotzte.

Schließlich zog er die Decke vorsichtig höher, bis über den Kopf.

Dann sah er hinüber zu Matt.

Der Junge schlief immer noch, an die Wand gelehnt, die Stirn am Holz. Ein Haarbüschel hatte sich aus der Decke gelöst und klebte ihm an der Wange. Das Tuch lag in seinem Schoß.

In der Stille hörte Sam sein eigenes Herz schlagen. Laut, stur, fast trotzig, als müsse es beweisen, dass wenigstens etwas in diesem Haus noch weitermachte.

„Ich passe auf ihn auf", flüsterte Sam.

Er wusste nicht, wer es hören sollte. Vielleicht niemand. Vielleicht war es trotzdem nötig.

Sam stand auf, ging zum Herd und legte einen Scheit auf die müde Glut. Die Flammen zögerten, dann griffen sie nach dem Holz. Ein kleines Feuer, aber lebendig. Das Licht glitt über die Wände, über das Bett, über Matts schlafendes Gesicht und über Sams Hände.

Draußen blieb es dunkel. Der Schnee hielt. Der Rabe saß nicht mehr am Zaun.

Bevor der Morgen den Himmel erreichte, war ihr Vater schon gegangen.

Sam setzte sich wieder. Er rührte Matt nicht an. Nicht jetzt. Er sah nur hin, und in ihm war etwas, das keine Worte hatte, aber Gewicht.

Hinter der Weide lag der Bach unter Eis. Wenn man lange genug lauschte, hörte man nichts – und gerade das machte die Welt so groß, dass Sam kurz das Gefühl hatte, er müsse sich festhalten.

Er tat es nicht.

Er saß einfach da, bis der erste graue Streifen Tageslicht durchs Fenster kroch und der Brief vom County auf dem Tisch aussah wie das, was er war: Papier. Und trotzdem schwer genug, um ein Haus zum Schweigen zu bringen.

Abschied vom Hof

Der Tag kam, ohne sich zu entscheiden, was er sein wollte.

Das Licht blieb im Schnee hängen wie in einem alten Laken. Es wurde nicht wirklich hell, nur weniger dunkel. Über dem Dach stand ein dünner Streifen Rauch, ein Zeichen dafür, dass drinnen noch jemand Holz nachlegte. Nicht aus Gewohnheit. Einfach, weil man sonst fror.

Sam stand am kleinen Fenster und sah hinaus auf den Hof.

Der Schnee war über Nacht härter geworden. Kein neuer Fall, keine frische Decke – nur eine Kruste, die das Gestern festhielt. Die Spuren vom Vortag waren noch zu sehen: seine eigenen tiefen Tritte, Matts kleinere daneben, die Schubkarrenspur, die wie eine hastig gezogene Linie vom Holzstoß zur Tür führte. Es sah aus, als hätte ein anderer Mensch sie hinterlassen. Einer, der noch geglaubt hatte, der nächste Tag würde so ähnlich werden wie der letzte.

Ein schmaler Wind strich über den Zaun, fuhr unter den losen Torflügel und entlockte ihm bei jeder Böe ein leises, müdes Quietschen. Sam hörte es, ohne hinzusehen. Er wusste, wo es locker saß. Er hätte es im Herbst reparieren können. Im Herbst war noch Zeit gewesen für solche Dinge. Jetzt hatte alles eine andere Reihenfolge.

Im Nebenraum war es still.

Zu still.

Diese Stille war schwerer als die vom Abend. Kein Husten mehr, kein raues Einatmen, nichts, das sich zurückmeldete. Nur die Art Ruhe, die ein Zimmer füllt, wenn etwas aufgehört hat.

Auf dem Tisch lag die Decke, mit der Sam in der Nacht noch versucht hatte, den Schultern seines Vaters Wärme zu geben. Daneben lag das Messer des Mannes, der nun im Nebenzimmer auf dem Bett lag – der Griff dunkel und glatt von Jahren. Sam sah hin, ohne es anzufassen. Das Messer hatte früher einfach dazugehört: Holzspäne im Hof, Schweinehälften im Herbst, Brotlaibe in dicken Scheiben. Heute lag es da wie ein Gegenstand, der nicht weiß, dass er seinen Besitzer verloren hat.

„Sam?“

Die Stimme kam leise aus dem Raum hinter ihm, dünn, vorsichtig. Matt wollte nicht laut sein, als könnte er mit Lärm etwas kaputt machen.

„Ich bin hier, Matt“, sagte Sam und wandte sich nicht gleich um.

Er kannte Matts Schritte. Jede Diele, die unter ihnen knarrte, jede Stelle, an der das Holz schwieg. Und er ahnte Matts Gesicht, noch bevor er hinsah: zu ernst für acht Jahre, als hätte jemand die Kindheit über Nacht vom Tisch gewischt.

Die Schritte blieben an der Schwelle stehen.

Sam hörte, wie Matt kurz ausatmete, ein kleines Schnauben, wie junge Pferde es machen, wenn sie mit der Luft nichts Rechtes anzufangen wissen.

„Ist er ...?“ Matt brach ab. Die Worte blieben ihm im Hals stecken.

Sam legte die Hand an den Fensterrahmen. Nicht aus Schwäche. Eher, um einen Punkt zu haben, der fest war.

„Ja“, sagte er. „In der Nacht. Ganz ruhig.“

Matt nickte. Sam sah es nicht, aber er spürte es in der Pause danach, in der das Haus einen Takt langsamer wurde.

„Friert er?“, fragte Matt nach einer Weile.

Sam sah hinaus. Schnee, Zaun, Rauch. Dinge, die man anfassen konnte.

„Nicht mehr“, sagte er. „Ihm ist nicht mehr kalt.“

Matt zog hörbar die Nase hoch. „Die kommen heute, oder?“

Sam nickte automatisch, erinnerte sich dann, dass Matt es nicht sehen konnte. „Ja. Die sind sicher schon unterwegs. Hargreeves weiß Bescheid.“

„Die mit den Schaufeln?“

Kein Vorwurf. Nur ein Satz, der benannte, was das war: Arbeit. Erde. Ende.

„Die mit den Schaufeln“, bestätigte Sam. Er drehte sich halb um. Matt stand im Türrahmen, das Tuch vor der Brust, und wirkte gleichzeitig zu groß und zu klein. „Zieh deine Jacke an“, sagte Sam. „Und die Handschuhe. Du wirst draußen stehen.“

Matt sah auf seine Hände. „Ich hab nur den einen.“

„Dann nimm den“, sagte Sam. „Ich hab meine.“

Sie.

Die Nachbarn. Die Männer, die kamen, wenn jemand begraben werden musste. Hargreeves hatte es gestern am Zaun gesagt, ruhig und ohne Umschweife.

„Wenn es in der Nacht passiert, stell die Laterne ins Fenster. Wir sehen sie vom Westfeld. Dann kommen wir im Morgengrauen und bringen, was nötig ist.“

Sam hatte genickt. Mehr brauchte es nicht.

Die Laterne stand noch immer im Fenster. Das Glas war vom Rauch leicht getrübt, die Flamme dahinter klein, aber deutlich. Ein Zeichen, das man nicht verwechselte.

Draußen zog der Wind über den Hof und fuhr durch das lose Stroh, das gestern aus der Schubkarre gefallen war. Ein paar Hühner drängten sich unter dem Vordach des Stalls aneinander, aufgeplustert gegen den Frost. Der Rabe vom Vortag saß wieder auf dem Zaunpfahl. Kopf schief. Sam sah ihn kurz an und sah dann weg.

Die Schritte hörte man, bevor man etwas sah.

Knirschen auf gefrorenem Boden. Das dumpfe Aneinanderstoßen von Metall. Ein leiser Zuruf, mehr Laut als Wort. Sam öffnete die Tür, bevor jemand klopfen musste.

Hargreeves, der Nachbar vom Westfeld, kam zuerst den Hang herauf. Ein breiter Mann, schwer in den Schultern, als wäre ihm die Arbeit in die Knochen gewachsen. Neben ihm gingen seine beiden Söhne – zu groß für Kinder, zu klein für das, was sie diesen Winter schon gesehen hatten. Sie trugen Bretter, Seile, eine Schaufel. Kein fertiger Sarg. Nur das, woraus man einen machte.

„Wir haben die Laterne gesehen“, sagte Hargreeves.

Mehr brauchte es nicht.

Sam nickte. Matt stand dicht hinter ihm, das Tuch noch immer vor der Brust.

Die Männer arbeiteten ohne viele Worte. In der Scheune legten sie die Bretter aus, passten sie an, hielten, während der andere schlug. Holz auf Holz, Nägel hinein, das dumpfe Klopfen von Eisen. Die Söhne arbeiteten ruhig, als hätten sie diese Handgriffe schon öfter getan, als ihnen lieb war. Der Kasten nahm Form an – schlicht, rau, fest genug, um zu halten.

Hinter ihnen stapfte der Mann mit der ruhigen Stimme den Hang hinauf.

Kein Pfarrer. Aber er sprach die Worte, wenn jemand starb. Das Dorf hatte entschieden, dass das reichte. Er trug einen schwarzen Mantel, den er nur zu solchen Anlässen anzog, und hielt die Mütze mit beiden Händen vor der Brust.

„Sam", sagte Hargreeves und nickte kurz.

„Seid recht", erwiderte Sam.

Die Worte schmeckten nach Pflicht. An solchen Tagen gehörten sie dazu, wie Seile und Schaufeln.

Hargreeves sah ihm fest ins Gesicht. Dann legte er Sam die Hand auf die Schulter. Die Geste war schwer und praktisch, als würde er prüfen, ob ein Pfahl noch stand.

„Wir holen ihn", sagte er. „Wenn du so weit bist."

Sam nickte.

Matt stand hinter Sam, so dicht, dass Sam seine Hand am Mantelsaum spürte. Der Junge sagte nichts. Er hielt das Tuch in einer Hand und trat nicht vor, aber er wich auch nicht zurück.

Sie gingen hinein.

Der Nebenraum roch nach kalter Glut und etwas, das nicht mehr lebte. Sam hasste diesen Gedanken, aber er war da. Der Vater lag auf dem Bett, so ruhig, als hätte er endlich die Anstrengung abgelegt. Jemand – vermutlich Mary Hargreeves – hatte ihm die Haare gestrichen. Es stand ihm nicht besonders. John Miller war nie ein Mann für ordentliche Linien gewesen.

Als sie ihn anhoben, spürte Sam, wie leicht er geworden war. Nicht nur der Körper. Auch das Gewicht, das sonst in einem Menschen steckt, wenn er da ist. Es fehlte.

Matt ging dicht hinter Sam, die Finger in dessen Mantel verkrallt. Sam spürte den Griff durch den Stoff. Er ließ es zu. Wenn Matt losließ, wusste Sam nicht, wer von beiden zuerst fallen würde.

Hinter dem Haus stieg der Hang zu einer kleinen Erhebung an, auf der eine magere Fichte stand. Zwischen ihren Wurzeln schoben sich Steine aus der Erde, grau und glatt wie alte

Knochen. Von dort sah man den Fluss, wenn Nebel und Schneetreiben ihn nicht verschluckten. Heute lag er als stumpfe, graue Linie im Land, halb gefangen unter Eis, halb noch frei.

Dort hatten sie das Grab gegraben.

Die Erde war hart. Sie gab nur widerwillig nach. Hargreeves' Söhne hatten geschaufelt, bis ihre Hände rot wurden. Sam hatte mit angepackt, bis er nicht mehr wusste, ob er Holz hielt oder Eisen. Der Atem fror ihm im Bart. Der Schweiß auf dem Rücken wurde kalt, sobald er stehen blieb.

Jetzt lagen Seile bereit.

Der Mann mit der ruhigen Stimme trat vor, als sie den Sarg hinabließen. Er sprach nicht laut, gerade laut genug, um nicht vom Wind verschluckt zu werden. Sätze, die schon viele Gräber gehört hatten.

Er sprach von Erde, die nimmt, was ihr gehört. Von Leben, das zurückgeht in etwas, das größer ist als ein Hof am Fluss. Irgendwo fiel das Wort „Gott". Sam hörte es wie ein Geräusch, nicht wie eine Antwort.

Jemand murmelte ein „Amen". Andere murmelten gar nichts, sondern hielten nur die Luft an.

Sam sah, wie der Sarg langsam in der Dunkelheit verschwand. Wie die Seile nachgaben. Wie sein Vater weiter wegrückte – nicht nur in die Tiefe, sondern in eine Gegend, die man irgendwann „früher" nennen würde.

Als der erste Schaufelwurf Erde auf den Deckel fiel, machte Matt ein Geräusch, das Sam nicht vergessen würde.

Kein richtiger Schrei. Kein ordentliches Schluchzen. Eher ein dumpfes Aufstoßen, als wäre in ihm etwas gebrochen, für das es kein Wort gab. Er packte Sams Ärmel so fest, dass der Stoff sich spannte. Sam ließ ihn. Er hielt selbst still, weil es das Einzige war, was er konnte.

Die Erde traf den Deckel mit einem dumpfen Laut.

Noch ein Wurf. Noch einer. Langsam veränderte sich der Klang – von hartem Aufprall zu gedämpftem Trommeln, dann zu stumpfem Scharren, als der Hügel Form bekam.

Matt bekam rote Wangen. Der Wind biss ihm ins Gesicht. Kein Fieber, nur Kälte. Aber er zuckte bei jedem Schaufelwurf zusammen, als würde der Laut ihn treffen.

Als die Männer fertig waren, trat Hargreeves einen Schritt zurück. Er zog die Mütze tiefer in die Stirn, nicht wegen des Frosts, sondern weil in seinen Augen etwas stand, das er nicht zeigen wollte.

„Wenn ihr was braucht, Sam", sagte er, „du weißt, wo wir sind."

Sam nickte. Manche Antworten musste man nicht sagen.

Der Mann mit der ruhigen Stimme sprach ein letztes „Amen". Dann drehten sie sich um, einer nach dem anderen, und gingen den Hang hinunter. Der Schnee nahm ihre Schritte nicht sofort. Er war zu hart dafür.

Zurück blieb ein frisches Stück Erde, ein wenig höher als zuvor. Und die Fichte, deren Zweige im Wind zitterten.

Matt stand noch da, als die anderen schon weg waren.

Er sah auf den Hügel, die Lippen fest zusammengepresst. „Er sieht den Fluss gar nicht", sagte er plötzlich.

Sam folgte seinem Blick. Von hier oben war die graue Linie zu sehen. Das Eis war stellenweise gebrochen, dort, wo die Strömung noch Kraft hatte.

„Er hat ihn oft gesehen", sagte Sam.

Matt schüttelte den Kopf. „Ich wollte ihm zeigen, wie er im Sommer aussieht. Mit Gras. Und Fröschen." Er schluckte. „Jetzt hört er nur Erde."

Sam legte den Arm um seine Schultern. „Komm", sagte er nur.

Matt lehnte sich ein wenig gegen ihn. Für diesen Tag war das genug.

Unten im Hof standen die Männer noch einen Augenblick herum, nachdem die Arbeit getan war, als wüssten sie nicht, was sie mit ihren Händen anfangen sollten. Einer rückte am Schal, ein anderer stieß die Schaufelspitze in den Schnee, als gäbe es noch etwas zu richten. Man sprach über das Wetter, weil alles andere zu nah war.

Hargreeves war der Erste, der sich löste. „Ihr kommt mit zu uns", sagte er, ohne eine Frage daraus zu machen. „Mary hat

Suppe auf dem Herd. Und du, Sam, musst was essen. Der Tag ist noch lang."

Sam wollte widersprechen. Das Haus zog ihn zurück mit Rauch und Stille und dem leeren Bett im Nebenraum. Aber Matt stand neben ihm, bleich, mit einem Blick, der irgendwo zwischen Übelkeit und Müdigkeit hing.

„Matt", sagte Sam leise, „was meinst du?"

Der Junge hob nicht den Kopf. „Wo es warm ist", sagte er.

„Gut", sagte Sam. „Für ein bisschen."

Bei Hargreeves im Haus war die Wärme eine andere.

Hier roch es nach Suppe und Brot, nach nassem Hund und Holz, das nicht nur gegen Frost brannte, sondern für Menschen. In der Ecke lag der Hofhund, Kopf auf den Pfoten, aber mit wachen Augen. Zwei Kinder – jünger als Matt – wichen zur Seite, als Sam und sein Bruder eintraten. Sie starrten, als wären die beiden aus einer Geschichte gekommen, die man nur flüstert.

Mary Hargreeves stellte ihnen Schüsseln hin. Sie hatte rote Wangen vom Herdfeuer und Hände, die gleichzeitig Teig kneten und jemanden am Leben halten konnten. Die Suppe dampfte. Kartoffeln, Kohl, ein bisschen Fleisch. Kein Fest. Aber etwas, das der Körper verstand.

„Ist nicht viel", sagte sie.

„Ist genug", sagte Sam.

Er merkte erst beim ersten Löffel, wie leer sein Magen war. Die Suppe lag schwer, aber richtig im Bauch. Matt blies ernsthaft auf jeden Löffel, als müsse er ganz sicher sein, dass ihn heute nichts mehr verbrannte.

Eine Zeit lang aßen alle schweigend. Nur das Kratzen der Löffel auf Keramik, das Räuspern von Hargreeves, das gelegentliche Schnauben des Hundes. Dieses Schweigen tat nicht so weh wie daheim. Es war gebraucht. Abgenutzt. Es hielt einen, statt einen zu drücken.

Dann stellte Hargreeves seinen Löffel ab.

„Sam", begann er und sah erst auf den Tisch, dann zu ihm. „Der Winter war hart. Für alle." Er räusperte sich. „Dein Vater hatte Schulden in der Stadt. Beim Laden. Das weißt du."

Sam nickte. John Miller hatte nie so getan, als gäbe es sie nicht. Er hatte nur weitergearbeitet, als könnte man sie mit jedem Scheit kleiner machen.

„Und der County", fuhr Hargreeves fort, „hat seine Fristen. Da kommt einer. Nicht heute. Nicht morgen. Aber bald. Mit Papier."

Mary sah ihren Mann kurz scharf an. „Hargreeves—"

„Er ist neunzehn", sagte Hargreeves, ohne den Ton zu heben. „Alt genug."

Sam legte den Löffel hin. Die Suppe schmeckte plötzlich nach nichts.

„Was heißt das?", fragte er.

„Das heißt", sagte Hargreeves, „du darfst bleiben, wenn du zahlst. Und du gehst, wenn du's nicht kannst."

Sam spürte, wie ihm kurz kalt wurde, obwohl es warm war. „Ich kann arbeiten", sagte er. „Holz. Stall. Alles."

„Du kannst viel", sagte Hargreeves ruhig. „Aber du kannst nicht gegen Männer arbeiten, für die du nur eine Zahl bist."

Mary schob ihre Schüssel ein Stück weg. „Wir könnten den Jungen nehmen", sagte sie. Kein dramatischer Ton. Nur eine Frau, die rechnet, wie man rechnet, wenn man noch Herzen hat. „Für eine Weile. Bis du was findest."

Matt erstarrte. Der Löffel blieb auf halbem Weg stehen. Suppe tropfte zurück in die Schüssel.

„Mary", brummte Hargreeves, „du kannst nicht einfach—"

„Doch", fiel sie ihm ins Wort. „Wir haben Platz. Ein Bett. Und du sagst selbst, dass dir morgens beim Melken eine Hand fehlt."

„Er ist kein Kalb", sagte Sam schärfer, als er wollte.

Mary hielt den Blick. „Hat keiner gesagt", antwortete sie. „Aber er ist ein Kind."

Matt schluckte. „Ich kann helfen", sagte er plötzlich. Die Stimme zitterte, aber sie war da. „Ich kann Wasser holen. Und Holz. Und die Hühner. Ich … ich bin nicht klein."

Mary nickte, als hätte sie genau das erwartet. „Weiß ich", sagte sie. „Trotzdem."

Hargreeves sah Sam an. „Und du", sagte er. „Wenn du in die Stadt gehst. Oder flussabwärts. Auf den Flößen brauchen sie Männer. Harte Arbeit. Aber Lohn."

Fluss.

Das Wort setzte sich in Sam fest. Der Fluss war in den letzten Wochen nur ein graues Band gewesen, unter Eis, etwas, auf das man aufpasste, damit kein Schwein einbrach. Aber jetzt war er plötzlich eine Richtung. Nicht gut. Nicht schön. Nur: weg von hier.

„Ich weiß nicht", sagte Sam.

„Du musst nicht jetzt entscheiden", sagte Mary sofort. „Heute reicht, wenn du isst. Und dann geht ihr heim."

Hargreeves nickte langsam. „Aber du solltest wissen", sagte er, „was kommt. Sonst trifft's dich wie ein Ast im Dunkeln."

Sam sah auf Matt. Der Junge starrte in seine Schüssel, als läge darin eine Antwort.

Als sie Hargreeves' Haus verließen, war der Himmel ein wenig heller, ohne Farbe zu tragen. Der Hofhund trottete mit bis zum Tor, schnupperte an Matts Hand und leckte sie kurz. Matt zuckte erst zurück, ließ es dann zu.

„Gefällt's dir da?", fragte Sam, als sie den Weg hinaufgingen.

Matt zog die Schultern hoch. „Der Hund ist nett", sagte er. „Und die Suppe war gut."

Sam schnaubte. „Das ist kein Ja."

„Ich weiß nicht", murmelte Matt und sah auf seine Spuren. „Wenn ich da bleibe ... komm ich dann wieder heim?"

Sam sah auf das Haus vor ihnen. Klein unter dem Schnee. Der Rauch aus dem Kamin war dünn, fast durchsichtig.

„Ich weiß es nicht", sagte er. Dann fügte er hinzu, weil er musste: „Aber wenn ich kann, hol ich dich. Wo du auch bist."

Matt blieb stehen. „Du gehst?"

Es klang nicht wie eine Frage. Eher wie ein Satz, der plötzlich zu groß geworden war.

Sam schwieg einen Moment. Das Tor quietschte leise. In der Ferne lag das dumpfe Rauschen des Flusses unter Eis.

„Ich kann nicht hier sitzen und warten, bis sie kommen", sagte Sam. Kurz. Nüchtern. „Ich tauge nicht für Papier. Aber ich kann arbeiten. Und ich kann laufen."

„Und ich?" Matts Augen wurden groß, dunkel vor Angst.

Sam legte ihm beide Hände auf die Schultern. „Du bist nicht allein“, sagte er. „Hargreeves passt auf dich auf. Mary auch.“

„Und du?“

Sam schluckte. „Ich komm zurück.“

Matt presste die Lippen zusammen. „Der Fluss nimmt, was er will“, sagte er leise, als hätte er den Satz irgendwo aufgehoben und jetzt passte er nicht mehr in die Tasche.

Sam sah ihn an. „Dann nehme ich mir den Weg zurück“, sagte er. Es war mehr Trotz als Trost.

Matt schüttelte den Kopf, aber nicht mehr so heftig wie eben. „Ich will nicht, dass du gehst.“

„Ich auch nicht“, sagte Sam. „Aber manchmal fragt keiner.“

Eine Weile standen sie nur da, mitten im Hof, zwischen Holzstoß und Stall. Hinter dem Hang lag frische Erde. Ein Balken im Dach knarrte leise, als müsse er sich erinnern, dass die Welt noch nicht stehen geblieben war.

Am Abend, als das Licht aus den Ecken kroch und nur noch der Herd den Raum hielt, saßen sie ein letztes Mal zu zweit in der Küche. Die Glut warf ein rötliches Leuchten an die Wände. Auf dem Tisch lag das Messer des Vaters. Daneben einige Scheite, die Sam am Morgen gespalten hatte.

„Wenn du gehst“, fragte Matt, „nimmst du sein Messer mit?“

Sam sah auf den Griff. In dem Holz steckten Kerben und Jahre. Er stellte sich vor, wie das Messer an einem Flussufer Seile schnitt, Brot teilte, Holz markierte. Und wie es hier bleiben würde, in einer Schublade, bis jemand Fremdes sie aufzog.

„Ja“, sagte Sam. „Ich nehme es.“

Matt nickte langsam. „Dann ist er bei dir.“

Sam hielt den Blick. „Und er ist bei dir“, sagte er. „Wenn du morgens aufstehst. Wenn du Holz holst. Wenn du nicht aufgibst.“

Matt sagte nichts, aber seine Finger gingen an den Rand der Decke, als würde er sich festhalten.

Sie redeten nicht darüber, an welchem Tag Sam tatsächlich gehen würde. Nicht darüber, wann die Männer aus der Stadt mit Papieren kommen würden. Nicht darüber, was „weg“ genau bedeutete. Das Wort lag trotzdem zwischen ihnen. Wie ein Gegenstand auf dem Tisch.

Als Matt eingeschlafen war, zusammengerollt wie ein zu kleiner Hund, saß Sam noch lange am Herd. Er hielt das Messer seines Vaters in der Hand, spürte das vertraute Gewicht. Er strich mit dem Daumen über den Griff. Kein Druck, nur Berührung.

Dann stand er auf, öffnete die Tür und trat hinaus.

Die Nacht war klar. Sterne standen hart am Himmel. Sein Atem wurde weiß. Er ging den Hang hinauf, an der Fichte vorbei, bis er den Fluss sehen konnte. Das Eis glitzerte matt, und dort, wo die Strömung stärker war, hatte sie die Oberfläche aufgebrochen. Dunkles Wasser schob sich darunter hindurch.

Sam blieb stehen und lauschte.

Der Fluss sagte nichts. Er machte nur diesen Ton, tief und unaufhörlich, als arbeite er auch im Winter weiter, egal wer oben stand und zuhörte.

„Lass mir den Weg zurück“, sagte Sam leise.

Er wusste nicht, ob er es zum Fluss sagte oder zu sich selbst.

Der Fluss antwortete nicht. Er tat, was Flüsse tun: Er floss. Unter Eis. An Steinen vorbei. Richtung Süden.

Sam drehte sich um und sah zum Haus zurück.

Ein schmaler, gelber Fleck im Fenster zeigte, dass die Glut noch da war. Dahinter lag ein Junge, acht Jahre alt, der im Schlaf die Stirn runzelte. Dahinter ein frisches Grab. Und ein Hof, der plötzlich zu groß und zu klein zugleich war.

„Morgen“, sagte Sam. „Morgen fang ich an.“

Er wusste nicht wie. Nicht, wo genau. Nicht, wie viel Lohn ein Mann bekam, der nur seine Hände hatte. Aber er wusste, dass Stillstehen nichts änderte. Und dass der Fluss wenigstens eine Richtung hatte.

Als er zurückging, quietschte das Tor im Wind. Sam hörte es und dachte: Das muss ich nicht mehr reparieren. Nicht jetzt. Vielleicht nie wieder.

Drinnen legte er noch einmal Holz nach. Nicht viel. Nur so, dass es bis zum Morgen hielt.

Dann setzte er sich wieder hin und wartete, bis der Tag endlich entschied, dass er da war.

Am Fluss

Der Schnee ließ nach, je tiefer Sam ins Tal hinabstieg.

Matt war oben bei den Hargreeves geblieben – zwischen Suppe, Hund und Marys wachen Augen. Acht Jahre alt und schon zu still. Sam war neunzehn und plötzlich der Erwachsene, ob er wollte oder nicht. In der Tasche hatte er das Messer seines Vaters und ein Versprechen, das schwerer wog als alles, was er tragen konnte. Ihre Mutter war bei Matts Geburt gestorben. Daran dachte Sam nicht gern. Heute dachte er trotzdem daran, weil es sich anfühlte, als würde das Haus nun zum zweiten Mal leer.

Zuerst merkte er die Veränderung am Boden. Die Kruste unter seinen Stiefeln brach nicht mehr bei jedem Schritt. Sie gab nach, wurde weich, und an manchen Stellen sickerte Wasser durch. Die Luft roch anders als oben in den Hügeln: nicht mehr nur kalt, sondern feucht, als läge irgendwo Bewegung unter der weißen Decke.

Zwischen den Büschen standen Weiden. Dünne Stämme, lange Zweige, die sich im Wind kaum rührten. In den Astgabeln klebten Reste Schnee, die bei einer Böe herunterrieselten. Sam zog den Mantel enger und setzte die Füße vorsichtig. Er mied Stellen, an denen der Schnee glatt wirkte. Glatt hieß oft: Eis. Und Eis hieß: Peinlich schnell tot, wenn man allein unterwegs war.

Seit drei Tagen war er auf den Beinen.

Nachts hatte er sich unter Felsvorsprüngen zusammengerollt oder hinter einem Stamm Schutz gesucht. Tagsüber war er gegangen. Nicht aus Abenteuerlust. Sondern weil Stillstehen ihn zurück in einen Hof geführt hätte, der mit jedem Tag weniger ihm gehörte. Hargreeves hatte von Papier geredet, vom County, von Fristen. Sam konnte nicht mit Zahlen feilschen. Er konnte nur arbeiten – und für Arbeit benötigte man einen Ort, an dem jemand dafür bezahlte.

Manchmal hörte er in der Nacht Dinge, die nicht vorhanden waren. Ein Knacken, das wie eine Diele klang. Ein Husten, der längst verstummt war. Ein leises „Sam?“, das ihn aufschrecken ließ, bis er begriff, dass nur der Wind an seinem Mantel zog.

Die Berge lagen jetzt hinter ihm. Grau, zerfurcht, ihre Kämme scharf gegen den Himmel. Das Land wurde weiter. Vereinzelt tauchte ein Haus auf – dunkel im Weiß, darüber ein dünner Rauchfaden. Sam sah sie nur kurz. Er ging nicht hin. Man bekam dort vielleicht einen Becher warmes Wasser. Und eine Frage, die man beantworten musste. Er hatte keine Lust auf Fragen.

Der Wind drehte und kam von vorn. Er brachte Feuchtigkeit mit. Sam blieb stehen, hob den Kopf und lauschte.

Da war ein Geräusch, das nicht aus den Zweigen kam und nicht aus dem Schnee. Ein Rauschen, tief und gleichmäßig. Kein vertrauter Bach, der im Frühjahr Zäune unterspülte. Das war größer.

Sam ging weiter, die Schritte kürzer, weil der Hang steiler wurde. Der Boden war stellenweise offen, braun und nass. Gras lag platt, und zwischen den Halmen glänzte Wasser. Er spürte es durch die Sohlen, auch ohne hineinzutreten: Kälte, die nicht nur von oben kam.

Dann öffnete sich das Tal.

Zwischen den Weiden lag der Fluss. Breiter, als Sam ihn sich vorgestellt hatte. Eis trieb in Schollen auf der Oberfläche, weiß an den Kanten, grau dort, wo sie gegeneinander drückten. Dazwischen lief dunkles Wasser, und man hörte, wie es arbeitete. Am gegenüberliegenden Ufer standen wieder Weiden. Dahinter verlor sich das Land in fahlem Licht.

Sam blieb stehen, nur einen Moment, als müsste er sich merken, wie das aussah. Nicht fürs Später. Für jetzt.

Er ging ans Ufer. Der Schnee gab nach, darunter war Schlamm. Seine Stiefel sanken ein Stück ein. Am Rand klebte eine dünne Eisschicht, die beim Drauftreten knackte. Sam kniete sich hin, zog den rechten Handschuh aus und tauchte die Finger ins Wasser.

Die Kälte schnitt sofort durch die Haut. Der Strom zog an seiner Hand, nicht ruckartig, sondern konstant. Sam hielt die Finger drin, bis sie taub wurden. Er zog sie heraus und rieb sie am Mantel, hart, bis der Schmerz zurückkam. Schmerz war besser als nichts.

„Also“, sagte er leise. „Das bist du.“

Der Fluss antwortete nicht. Er rauschte, gleichgültig, als wäre Sam nur ein weiterer Fleck am Rand.

Sam blickte flussaufwärts. Eine Biegung, dahinter verschwand das Wasser. Flussabwärts dasselbe: Weiden, Schnee, und irgendwo dort unten, hatte Hargreeves gesagt, gäbe es eine Stelle, wo man hinüberkonnte. „Weniger tief", hatte er gesagt. Sam mochte dieses „weniger" nicht. Aber er mochte auch kein „gar nicht".

Er stand auf und ging flussabwärts. Der Schlamm zog kurz an seinen Stiefeln, als wollte er ihn festhalten. Sam trat härter auf, bis er festen Boden fand. Sein Atem ging schnell. Nicht aus Angst. Eher aus Anspannung, wie vor einem Schlag mit der Axt.

Da knackte es hinter ihm.

Kein Ast, der von selbst brach. Ein Schritt.

Sam fuhr herum.

Zwischen den Weiden trat ein Mann hervor. Groß, breitschultrig, in Stoff und Fell eingepackt. Eine alte Fellmütze saß tief in der Stirn. Der Mantel war fleckig, irgendwo zwischen Braun und Grau, am Saum mit abgenutztem Fell besetzt. Er stützte sich auf einen Stock, der nicht mehr nach Wald aussah, sondern nach Weg.

Der Mann blieb stehen und ließ Sam Zeit, ihn anzusehen. Dann sagte er: „Tief für die Jahreszeit."

Die Stimme war rau, aber ruhig. Kein Drohen. Kein Willkommen. Nur eine Feststellung, wie man sie draußen machte.

„Wer rüber will, braucht lange Beine", fuhr er fort, „oder ein Boot."

Sam hielt den Blick. Hier draußen war ein Mann entweder Gefahr oder Arbeit. Man wusste nie sofort, was mehr war.

„Und was habt Ihr?", fragte Sam. „Beine oder Boot?"

Der Fremde zuckte am Mundwinkel. Vielleicht ein Lächeln. Vielleicht nur einen Tick, weil der Wind kalt war.

„Beides zu wenig", sagte er. „Aber genug, um noch da zu sein."

Er trat näher, bis Sam sein Gesicht klar sah: viele Falten, als hätte der Winter sie hineingeschnitten, ein Bart, der grau geworden war, ohne dass sich jemand darum gekümmert hätte. Der Mann musterte Sams Mantel, die Stiefel, den Blick.

„Nicht aus der Stadt“, sagte er.

„Vom Hof“, sagte Sam. „Weiter oben.“

Der Fremde nickte langsam. „Dachte ich mir.“

Eine Pause. Das Rauschen füllte sie.

„Ich suche den Weg“, sagte Sam. „Flussabwärts.“

„Viele suchen den Weg“, meinte der Mann. „Die wenigsten suchen ihn im Winter.“

Er hob den Stock und deutete flussabwärts. „Da unten gibt’s eine Stelle. Nicht gut. Aber machbar, wenn du dich nicht dumm anstellst.“

Sam atmete aus. „Warum sagt Ihr mir das?“

„Weil ich dich nicht aus dem Wasser ziehen will“, sagte er. „Und weil mir Tote die Laune verderben.“

Sam musste kurz durch die Nase ausatmen. Kein Lachen. Eher ein Reflex.

„Wie heißt Ihr?“, fragte er.

„Boone“, sagte der Mann. „So nennen sie mich. Reicht.“

„Sam Miller.“

„Miller.“ Boone nickte. „Klingt nach Arbeit.“

„Ist es auch“, sagte Sam.

Boone ging los, ohne zu fragen, ob Sam mitkommt. Sam ging neben ihm her.

Am Ufer lagen Spuren. Alte Hufspuren, halb zugeschneit. Schleifspuren, als hätte jemand Holz über den Schnee gezogen. Fußtritte, die vom Wasser wegführten. Boone zeigte nicht darauf. Er musste nichts erklären. Wer hinsah, verstand genug.

„Was willst du im Westen?“, fragte Boone nach einer Weile.

Sam dachte an Matt. An Marys Schüssel Suppe. An das Messer in seiner Tasche. An Papier, das einen Hof schluckte, ohne dass es bluten musste.

„Arbeit“, sagte er. „Lohn. Nicht nur Frost.“

Boone brummte. „Ehrlich.“

Sie gingen weiter, bis der Fluss eine leichte Biegung machte. Das Wasser sah hier nicht freundlicher aus, aber das Eis lag dichter. Zwei große Schollen waren aneinandergefroren und bildeten eine Art Zwischenstück.

Boone blieb stehen. „Hier.“

Sam trat näher, schaute auf die Schollen, auf die dunklen Rinnen dazwischen.

„Wenn du rüber willst", sagte Boone, „geh bis zur großen Scholle. Nicht stehen bleiben. Nicht überlegen." Er stieß mit dem Stock gegen das Ufereis. Es knirschte, hielt.

Sam schluckte. „Und danach?"

„Danach gehst du ins Wasser", sagte Boone. „Da ist's flacher. Nicht flach. Flacher. Du suchst den Grund mit den Füßen und gehst weiter. Wenn du stehen bleibst, zieht's dir die Beine weg."

Sam sah auf den Strom. Er dachte an Matts Hände am Mantelsaum. An die Laterne im Fenster. An den Satz: Ich komme zurück.

„Zwei Regeln", sagte Boone. „Erstens: Nicht stehen bleiben. Zweitens: Wenn du meinst, du musst stehenbleiben – geh weiter."

Sam nickte, ohne zu reden. Worte waren hier oben teuer. Man bezahlte sie oft später.

Er setzte den Stiefel auf das Eis. Es knackte. Er setzte den zweiten. Die Scholle schwankte leicht. Sein Magen zog sich zusammen, und er breitete instinktiv die Arme aus. Nicht heroisch. Einfach, um nicht umzufallen.

„Weiter", sagte Boone hinter ihm. Nicht laut. Aber klar.

Sam ging. Schritt für Schritt. Die große Scholle in der Mitte lag fester. Als er sie erreichte, sah er kurz nach unten: An einer Stelle war das Eis klar. Darunter zog etwas Dunkles vorbei. Ein Ast. Oder nur Schatten. Sam schaute nicht länger hin. Hinsehen war hier manchmal der letzte Fehler.

Auf der anderen Seite der Scholle war offenes Wasser. Boone hatte recht: Es sah weniger tief aus. Das bedeutete nicht, dass es gut war.

Sam holte tief Luft, setzte den Fuß ins Wasser und ging.

Die Kälte schlug ihm bis in den Bauch. Das Wasser stieg schnell: Knie, dann höher. Die Strömung riss an seinen Hosen, zog an den Stiefeln. Sam hielt den Oberkörper ruhig, tastete mit jedem Schritt den Boden ab. Er ging nicht gegen den Strom, aber er gab ihm auch nicht nach. Er suchte Halt, wie er beim Holz die Stelle suchte, an der es nachgeben würde.

Das Wasser stieg bis an den Oberschenkel – dann wurde es flacher. Unter den Füßen spürte er Kies. Der Zug ließ nach. Sam ging weiter, drei Schritte, vier. Dann war Schlamm unter seinen Sohlen und ein Weidenstamm in Griffweite.

Er packte zu. Seine Finger waren steif, aber sie hielten. Er zog sich ans Ufer, stolperte einen Schritt in den Schnee und blieb stehen, nur um nicht hinzufallen. Sein Atem ging stoßweise.

„Na?", rief Boone von drüben. „Lebst du?"

Sam brachte nur ein raues „Ja" heraus.

Boone nickte, als sei das die einzige Antwort, die zählte. „Gut."

Sam schaute zurück. Boone blieb, wo er war, auf der alten Seite. Das passte zu ihm. Er wirkte wie jemand, der nicht gern Grenzen überschritt, sondern sie kannte.

„Kommt Ihr nicht?", rief Sam.

Boone schüttelte den Kopf. „Einer muss wissen, wo's hält", sagte er. „Wenn ich drüben bin, bin ich für diese Seite tot. Und ich mag's nicht, wenn Leute mich zu früh beerdigen."

Sam atmete aus. „Was jetzt?"

Boone deutete flussabwärts. „Ich habe ein Feuer. Nicht weit. Wenn du weiter willst, musst du erst wieder warm werden. Sonst fällt dir die Dummheit ein, bevor dir die Beine wieder gehören."

Sam sah an sich herunter. Hose nass, Stiefel nass, Beine wie Holz. Er hatte die andere Seite erreicht, ja. Aber das half nichts, wenn er hier stehenblieb und auskühlte.

„Ich komme", sagte Sam.

„Beeil dich", rief Boone. „Der Fluss arbeitet auch, wenn du Pause machst."

Sam ging flussabwärts, auf der fremden Seite. Der Wind war hier nicht anders, aber er traf ihn anders. Der Körper war beschäftigt mit Kälte. Gedanken wurden klein. Schritt. Noch ein Schritt. Nicht stehen bleiben.

Weiter unten zog sich das Wasser flach über Kies. Sam ging noch einmal hinein, nur kurz, um die Stelle zu nehmen, die Boone meinte. Dieses Mal reichte es ihm bis knapp über das Knie, aber die Kälte war dieselbe. Er biss die Zähne zusammen und ging durch. Als er wieder herauskam, knirschten seine Stiefel bei jedem Schritt, als wären sie aus gefrorenem Leder.

Unter einer niedrigen Kiefer brannte ein Feuer. Steine fassten die Stelle ein. Ein Topf stand auf einem flachen Fels, dünner Dampf stieg auf.

Boone saß schon da, als hätte er sich nie bewegt. Sam wusste nicht, wie er so schnell war. Vielleicht war das die Art Trick, die man bekommt, wenn man lange genug draußen lebt.

Sam setzte sich, zog die Stiefel aus und hängte die Socken auf einen Stock. Seine Füße waren rot, taub, fremd. Er hielt sie vorsichtig an die Glut. Es stach und brannte, als würden die Nerven sich beschweren, dass Sam sie wiederhaben wollte.

Boone rührte im Topf, probierte, verzog das Gesicht. „Immer noch Kartoffeln“, brummte er. „Aber warm.“

Er schöpfte Suppe in eine Blechtasse und reichte sie Sam. Sam nahm sie mit beiden Händen. Das Metall war heiß genug, dass es wehtat. Das war ihm recht.

Er trank. Es schmeckte nach Kartoffeln, etwas Zwiebel, und nach einem Rest Fett, der vielleicht Fleisch gewesen war. Nicht gut. Aber es war Wärme, die von innen kam.

„Du hast's besser gemacht als der letzte“, sagte Boone nach einer Weile.

Sam blickte auf. „Der letzte was?“

„Der letzte, der im Winter rüber wollte“, sagte Boone. „Er hat gedacht, Wasser wäre ein Weg. Wege tragen einen. Der Fluss trägt, wenn er will.“

„Was ist mit ihm passiert?“, fragte Sam.

Boone zuckte mit den Schultern. „Zu lange drin gewesen“, sagte er. „Mehr braucht's nicht.“

Sam schwieg. Das Rauschen lag hinter allem, als wäre es der Boden dieser Welt. Boone schob einen Ast ins Feuer, damit es nicht starb. Sam merkte, dass er das automatisch tat, wie andere Männer automatisch beteten.

„Wie lange seid Ihr hier?“, fragte Sam.

Boone drehte seine Tasse, bevor er trank. „Lang genug“, sagte er. „Kurz genug, um noch zu merken, wann ich Mist rede.“

Sam schnaubte leise, wieder kein Lachen. Boone sah ihn kurz an, als hätte er das registriert.

„Wohin willst du genau?“, fragte Boone.

„St. Louis“, sagte Sam. Der Name schmeckte fremd. „Man sagt, von da aus kommt man an Arbeit. Flöße. Holz. Alles, was flussab geht.“

„Man sagt viel“, meinte Boone. „Aber ja. Holzleute nehmen jeden, der nicht beim ersten Krach ins Wasser springt.“ Er zog an der Pfeife, blies den Rauch schräg weg vom Feuer. „Die zahlen nicht gut. Aber du bekommst Lohn. Und du lernst schnell.“

Sam hielt die Tasse zwischen den Händen. „Und wenn's nicht reicht?“

Boone sah ins Feuer. „Dann gehst du weiter“, sagte er. „Oder du gehst zurück. Beides tut weh. Das gehört dazu.“

Sam dachte an Matt. An Mary. An Hargreeves' Hand auf seiner Schulter. An die Laterne, die sie ins Fenster gestellt hatten, weil ein Mann gestorben war. Und daran, dass Matt jetzt schon einmal ohne Mutter war und nicht auch noch ohne Bruder sein sollte.

„Ich muss zurück“, sagte Sam leise. Er wusste nicht wann. Nur, dass es wahr war. Boone nickte, als hätte er genau das erwartet. „Dann vergiss das nicht“, sagte er. „Viele Vergessens unterwegs. Nicht, weil sie böse sind. Weil's einfacher ist.“

Der Wind drückte kurz durch die Zweige. Funken stiegen auf und starben.

Boone stand auf, klopfte den Mantel ab und trat einen Schritt aus dem Lichtkreis. „Ich habe Fallen oben“, sagte er. „Wenn ich Glück habe, habe ich morgen was zu essen. Wenn nicht, habe ich wieder Kartoffeln.“

„Ihr geht?“, fragte Sam.

„Ich bin nicht weg“, sagte Boone. „Ich bin nur da, wo du mich nicht dauernd angucken musst.“ Er sah Sam noch einmal an. „Pass auf dich auf, Miller. Der Fluss ist nicht dein Freund. Aber er ist auch nicht dein Feind. Er ist nur… da.“

Sam nickte. „Danke“, sagte er. Kurz. Ungewohnt.

Boone hob die Hand, als wäre das genug, und verschwand zwischen den Bäumen. Nach ein paar Schritten hörte man nur noch seine Stiefel im Schnee. Dann übernahm das Rauschen wieder.

Sam blieb am Feuer.

Er zog die halbgetrockneten Socken an, schob die Füße zurück in die Stiefel und rückte näher an die Glut. Die Kälte hatte sich in ihn gesetzt wie eine Rechnung, die man nicht wegschiebt. Das Feuer begann, sie langsam zu bezahlen.

Er dachte an Matt, irgendwo oben im warmen Haus der Hargreeves. Er dachte an Matt, irgendwo oben im warmen Haus der Hargreeves. An den Hund, der einfach da war. An Mary, die die Suppe hinstellte, als wäre das auch eine Art Schutz. Und an das Messer seines Vaters in der Tasche, schwer und vertraut.

Er legte den Mantel enger um sich, rollte sich zusammen und sah noch eine Weile ins Feuer. Holz wurde zu Kohle, Kohle zu Asche. Das ging schnell, wenn man hinsah. Draußen blieb der Fluss.

Sam schloss die Augen.

Das Rauschen hörte nicht auf. Es war einfach da, gleichmäßig, als hätte die Welt beschlossen, wenigstens eine Sache weiterlaufen zu lassen, egal was Menschen daraus machten.

St. Louis, Tor zum Westen

Der Wind roch nach Eisen, Teer und Fluss.

Schon von weitem sah Sam die Masten – ein Gewirr aus Holz und Tau, das wie ein unruhiges Spalier in den winterblassen Himmel griff. Über den Dächern hing Rauch, grau und schwer. Er blieb zwischen den Häusern stehen, als fände er keinen Weg hinaus. Das Schlagen von Hämmern, das Kreischen von Winden, das Rufen der Männer am Ufer vermischten sich zu einem einzigen Geräusch, das zugleich nach Aufbruch klang und nach Ankunft.

Zwischen den Häusern glitzerte der Mississippi: breit, braun, ein schwerer Körper aus Wasser und Erinnerung. Dampfer lagen am Kai, ihre Schornsteine spien Ruß in die kalte Luft. Nebel stieg vom Wasser auf und legte sich wie ein dünner, schmutziger Schleier über die Stadt. Und weiter westlich, hinter Lagerhäusern und Schornsteinen, lag der Missouri – dunkler am Ufer, wie der Arm, der nach Norden griff.

Sam blieb auf der Anhöhe stehen, von der aus man die Dächer überblicken konnte.

Die Stadt lag unter ihm, überall zugleich: Rauch, Rufe, Hämmer, Räder, Schritte. In den Geschichten seines Vaters war St. Louis kaum mehr gewesen als eine Missionsstation am Ufer – ein paar Holzhäuser, ein Kirchendach, ein Kai.

Jetzt wucherte die Stadt in die Höhe und in die Breite, als hätte man ihr zu viel Zeit und zu wenig Geduld gegeben. Neue Häuser drängten sich ans Wasser, Menschen drängten sich in die Häuser, und mit ihnen kamen neue Waren, neue Wünsche, neue Lügen.

Sam schulterte sein kleines Bündel, spürte in den Knochen die Tage, die hinter ihm lagen, und ging den Hang hinab. Der Weg in die Stadt war ein schmaler Streifen aus gefrorenem Schmelzwasser und Schlamm, mehr Rinne als Straße.

Pferde stampften an ihm vorbei, Karren mit Fässern und Kisten ächzten über die ausgefahrenen Rillen, Männer schleppten Gewehre, Bündel, Hoffnungen. Frauen balancierten Körbe, als hätten sie es ihr Leben lang getan, Kinder steckten trotz Kälte die Hände in Pfützen und Eis, als würde ihnen der Frost nichts ausmachen. Über allem lag ein Murmeln aus Stimmen, Sprachen, Akzenten.

Alles war Bewegung, alles wollte irgendwohin.

Sam fühlte sich alt zwischen ihnen, als käme er aus einer anderen Zeit. Am unteren Ende der Gasse öffnete sich der Blick auf den Kai.

Hier war der Lärm dichter, schwerer, als hätte der Tag beschlossen, alles gleichzeitig sagen zu wollen. Fässer rollten über Bohlen, Kisten wurden gestapelt, Seile über Poller geworfen. Männer schrien einander an – nicht aus Zorn, sondern aus Notwendigkeit –, ein raues, eingeübtes Brüllen, das Arbeit und Ordnung hielt. Eine Glocke läutete, irgendwo klirrten Flaschen, ein Hund bellte heiser weiter.

Dahinter lag der Fluss im fahlen Winterlicht, und das Wasser glitzerte trügerisch. Sam sah hinab und schluckte. Mehr Antwort hatte er nicht.

Er blieb am Rand der Straße stehen. Eine Gruppe Reisender drängte an ihm vorbei – Männer mit Truhen und Taschen, eine Frau mit einem Tuch, das für diesen Wind zu dünn war, ein Junge mit einem Blick, der nur in eine Richtung ging: nach Westen.

Niemand beachtete Sam.

Das war ihm lieber, als wenn sie es getan hätten.

Die Unterkunft fand ihn, bevor er sie suchen musste.

In einer Seitengasse, kaum weiter als einen Steinwurf vom Kai entfernt, klebte ein schiefes Haus an seinen Nachbarn, als bräuchte es deren Wände, um nicht umzufallen. Über der Tür hing ein Schild, auf dem einmal ein Flussdampfer zu sehen gewesen war – die Farbe war vom Regen längst ausgespült. Darunter stand in krummer Schrift: RIVER HOUSE – LOGIS & SCHANK.

Sam blieb stehen.

Aus der Tür kam ein warmer Schwall aus Stimmen, Gelächter, dumpfen Schritten – dazu der Geruch von Bier, billigen Zigarren und etwas, das nach Eintopf roch, wenn man es nicht zu genau nahm.

Er drückte die Klinke hinunter und trat ein.

Die Luft im Flur war schwer und warm, voller Gerüche. An den Wänden hingen an Haken Mäntel, Hüte, verwaschene Schals. Hinter einem Tresen saß eine Frau mittleren Alters. Vor ihr lagen ein aufgeschlagenes Buch, ein Tintenfass, ein Schlüsselbrett und eine Bibel – in genau dieser Reihenfolge, und das sagte Sam mehr über dieses Haus, als ihr Gesicht es tat.

Ihr Haar war zu einem Knoten gesteckt, aus dem sich Strähnen gelöst hatten. Ihre Augen fuhren in einem einzigen Blick an ihm hinunter: Mantel, Stiefel, Bündel, kein Hut.

„Ein Zimmer?", fragte sie, als wäre das eher eine Feststellung als eine Frage. Ihre Stimme war rau, aber nicht kalt.

Sam nickte. „Für eine Nacht."

Ein Mundwinkel zuckte. „Sagen die meisten, Mister. Und bleiben dann einen Winter."

„Ich nicht", sagte Sam.

„Das sagen auch die meisten."

Sie griff nach einem Schlüssel und legte ihn auf den Tresen. „Zweite Treppe hoch, ganz oben. Barzahlung am Morgen. Essen gibt's, solange noch Licht da ist. Danach nur Bier und Gerede."

„Das kenne ich", murmelte Sam.

„Das Gerede oder das Bier?"

„Beides."

Sie musterte ihn einen Herzschlag lang.

„Name?"

„Sam Miller."

Sie schrieb den Namen in ihr Buch. „Mister Miller", sagte sie schließlich. „Gehen Sie heute Nacht nicht mehr runter zum Wasser. Schlafen Sie. Der Fluss ist morgen noch da."

Oben unter dem Dach fand Sam sein Zimmer.

Die Decke neigte sich über ihn wie eine schiefe Schulter. Der Putz war gesprungen. Durch das kleine Fenster sah man Schornsteine, Dachkanten und ein Stück Himmel.

Ein Bett, ein Stuhl, ein Haken in der Wand. Mehr nicht.

Sam legte sein Bündel auf den Stuhl, den Mantel an den Haken. Dann setzte er sich auf das Bett. Die Matratze gab dumpf nach.

Er nahm das Messer seines Vaters aus der Manteltasche.

Der Griff war vertraut, die Klinge kalt. Er legte es quer über die Handfläche, betrachtete das Metall, als könnte es ihm sagen, ob dies ein Ort zum Stehenbleiben war oder nur eine weitere Schwelle.

„Ich bin hier", sagte er leise. Zu wem, wusste er nicht.

Durch die dünnen Wände drang der Lärm der Stadt gedämpft herauf. Dahinter, tiefer als alles andere, das unaufhörliche Rauschen des großen Wassers.

Später, als das Licht hinter dem Fenster ins Graue zurückfiel und der Hunger sich meldete, ging Sam hinunter in die Schankstube.

Der Raum war voller Rauch. Lampen warfen trübes Licht.

An den Tischen saßen Männer, die mehr Winter in den Gesichtern trugen als Jahre. Flussleute, Pelzjäger, Händler. Eine Frau mit rotem Kopftuch balancierte Schüsseln mit Eintopf, ein sommersprossiger Junge verschwand ständig mit leeren Bechern und kam mit vollen zurück. Unter einem Tisch lag ein Hund, halb nass, halb trocken, mit einem Blick, der nichts verpasste.

Sam setzte sich an einen freien Platz an der Wand. Die Wirtin stellte ihm ohne nachzufragen einen Teller hin – Eintopf, der nach Bohnen, Salz und Zufall schmeckte – und dazu einen Becher Bier.

Er aß schweigend.

Die Worte der anderen liefen um ihn herum wie ein zweiter Strom, in dem Namen, Orte und Drohungen miteinander strudelten.

Als sein Teller leer war und er den letzten Rest mit Brot aufwischte, spürte er einen Blick.

Ein alter Mann, schmal, sehnig, mit einem Gesicht wie getrocknetes Leder. Der graue Bart umrahmte einen Mund, aus dem ein abgebrochener Zahn schief nach vorn stand.

„Du siehst aus, als hättest du den Winter hinter dir", sagte der Mann.

Sam blieb stehen. „Ich habe ihn noch in den Knochen."

Der Alte lachte kurz. „Dann sitzt du richtig."

Er deutete auf den Platz ihm gegenüber. Sam zögerte nur einen Augenblick, dann setzte er sich.

„Elias McAllister“, sagte der Alte. „Die meisten lassen das Elias weg.“

„Sam Miller.“

McAllister legte den Kopf schräg. „Miller. Noch so einer, der mahlt. Was zermalmst du – Korn, Holz oder Zeit?“

„Im Moment“, sagte Sam, „eher mich selbst.“

McAllister schenkte nach. „Dann sorg dafür, dass es sich lohnt.“

Der Whiskey brannte ihm durch den Hals in den Magen. Dort breitete sich Wärme aus.

Eine Weile schwiegen sie.

„Du bist nicht für die Stadt hier“, sagte McAllister schließlich. „Du suchst etwas anderes.“

„Arbeit“, sagte Sam. „Und einen Weg nach Westen.“

McAllister lächelte schief. „Der Westen ist kein Ort“, sagte er. „Er ist Hunger. Und Hunger macht dich schneller dumm, als dir lieb ist.“

„Und bei Ihnen?“, fragte Sam.

„Vor langer Zeit“, sagte McAllister. „Er hat mich laufen lassen. Und ein paar Mal fast verschluckt.“

„Und wenn man keinen Grund hat?“

McAllister sah ihn lange an. „Dann gehst du trotzdem“, sagte er. „Nur pass auf, dass du nicht nur läufst, weil du laufen kannst.“

Sam antwortete nicht. Aber etwas rührte sich in ihm, das nicht nur Angst war.

Am nächsten Morgen lag Nebel schwer über der Stadt.

Die Schiffe am Kai standen nur als dunkle Schatten im Grauen. Menschen bewegten sich darin wie blasse Figuren, Stimmen riefen, Seile spannten sich.

Sam stand in seinem Dachzimmer, das Fenster beschlagen, und sah hinunter.

Er dachte an Matt, an den Hügel hinter dem Hof, an die Fichte. An den Vater unter der Erde. An die Flüsse, die hinter ihm lagen.

Dann band er sein Bündel, steckte das Messer an seinen Platz und nahm den Mantel vom Haken.

Unten im Flur sah die Wirtin von ihrem Buch auf.
„Schon wieder auf dem Sprung, Mister Miller?"
„Der Fluss wartet nicht", sagte Sam.
„Er wartet auf alles, was reinfällt", entgegnete sie. „Passen Sie auf, was Sie ihm geben."
Sam legte die Münzen hin. „Danke fürs Bett."
„Danken Sie mir, wenn Sie noch mal vorbeikommen", murmelte sie. „Die meisten tun's nur einmal."
Draußen am Kai schnitten Stimmen durch den Nebel.
Hier, näher am Missouri-Anleger, war der Geruch anders: mehr Holz, mehr Schlamm, weniger Teer.
Zwischen Fässern und Seilhaufen standen zwei Männer und hielten Papier hoch.
„Route nach Fort Union! Zwei Monate auf dem Strom, barer Lohn!"
„Deckarbeit, Holz, Wache – wer Arme hat, die nicht gleich abfallen, vortreten!"
Sam blieb stehen.
Fort Union. Er hatte den Namen am Vorabend gehört.
Er trat näher.
„Name?", fragte der Rekrutierer.
„Sam Miller."
„Schon auf dem Fluss gefahren?"
„Nicht auf einem wie diesem", sagte Sam. „Nur an ihm entlang. Und durch ihn."
Der Mann blickte kurz hoch. „Kannst du Holz schlagen?"
„Ja."
„Seil führen?"
„Ich lerne schnell."
„Gut genug." Ein Strich auf der Liste. „Weiter."
Am Handelshaus bekam er eine Decke, eine Tasse, eine grobe Jacke. Dinge für Männer, die man schnell notierte und schnell vergaß.
Am Kai dampfte das Wasser.
Aus dem Nebel schob sich der Rumpf eines Dampfers – zweistöckig, schwer. An der Flanke standen in verblassenden Buchstaben die Worte:

BELLE OF ST. LOUIS.

Schön war sie nicht. Das Holz war dunkel, die Farbe vom Ruß verschluckt. Dampf stieß aus den Rohren.

Ein Mann im schmutzigen Mantel ging die Reihe der Neuen ab. Seine Augen waren wässrig, sein Kiefer hart.

Als Sam an der Reihe war, fühlte sich seine Kehle trocken an.

„Du“, sagte der Offizier. „Was kannst du?“

„Arbeiten.“

„Ein Genie.“ Er warf Sam einen Sack vor die Füße. „Rauf zum Stapel. Und wenn du umfällst, nicht auf meinen Planken.“

Sam nahm den Sack hoch. Das Gewicht drückte auf Schultern und Wirbelsäule, aber er war Winter gewohnt.

Er ging los. Ein Schritt. Noch einer.

Als er den Sack oben absetzte, war ihm schwindlig, aber er stand.

Der Offizier nickte knapp. „Taugt.“

Sam ging an Bord.

Auf dem Deck traf ihn eine Stimme.

„Ich hab mir gedacht, dass ich dich wiedersehe, Miller.“

McAllister lehnte an der Reling, die Pfeife im Mundwinkel.

„Sie brauchen alte Kerle, die wissen, wann der Fluss lügt“, sagte er. „Und Junge, die noch schnell genug sind, hinterherzuspringen.“

Sam trat neben ihn. „Und Sie sind…?“

„Holzmann“, sagte McAllister. „Einer muss sagen, welche Stämme schwimmen und welche nur so tun.“

Ein kurzes Lächeln huschte über Sams Gesicht. „Ich dachte, Flüsse reden nicht.“

„Sie schreien nicht“, sagte McAllister. „Aber sie vergessen nicht.“

Am Abend wurden die letzten Seile eingeholt. Die Belle lag schwer im Wasser.

In der Stadt gingen Lichter an. Gelbe Flecken auf Fassaden, Spiegelungen im Strom.

Sam stand am Geländer, das Bündel zu seinen Füßen.

Die Wirtin kam noch einmal an die Reling, ein Tuch um die Schultern.

„Ich dachte, Sie bleiben länger."

„Länger bleiben kann ich mir nicht leisten", sagte Sam.

Sie nickte. „Vielleicht sieht man sich wieder."

„Wenn der Strom es will."

Sie sah ihn einen Moment an, dann drehte sie sich um und verschwand im Nebel der Stadt.

Eine Glocke schlug.

Dampf zischte, Kommandos wurden gerufen, die Schaufelräder begannen zu schlagen. Das Wasser schäumte kurz, dann gab es nach.

McAllister trat neben Sam.

„Siehst du das, Junge?" Er deutete auf den dunklen Strom. „Wer einmal drin ist, bleibt nicht unberührt."

Sam antwortete nicht.

Er sah, wie St. Louis zurückwich. Erst wurden die Häuser kleiner, dann die Fenster zu Punkten, schließlich blieb nur noch ein Streifen Licht am Ufer, der im Nebel verschwand.

Die Belle schob sich in die Mitte des Stroms. Unter dem Schiff floss das Wasser dunkel und schwer vorbei.

Der Wind roch nach nassen Ufern, nach Orten, von denen Sam noch nie gehört hatte.

Die Nacht kam. Das Ufer wurde zu Schatten, der Schatten zu nichts.

Sam legte die Hand an seinen Mantel, spürte darunter die Kälte des Messers.

McAllister murmelte: „Jetzt fängt es an."

Sam sah in das dunkle Wasser.

„Ja", sagte er leise. „Jetzt."

Es war das Jahr 1862.

Der Westen roch nach Eisen und Gold, nach Rauch, Schweiß und Versprechen – und der Missouri war die Ader, in der all das nach Norden und Westen gezogen wurde.

Auf dem Strom

Der Morgen kam langsam.

Über dem Wasser hing Dunst, der die Konturen verschwimmen ließ. In den Rinnen am Ufer stand Eis, dünn wie Glas, das unter jedem Schritt in feine Risse sprang.

Bei St. Charles legten sie an – nur für ein paar Stunden, hatten die Männer gesagt. Der Schlag der Maschine wurde langsamer, als müsste selbst der Dampfer einmal Luft holen. Das Schaufelrad wühlte noch im Wasser, aber ohne Eile, und die Belle of St. Louis schob sich schwer gegen den hölzernen Landesteg.

Am Ufer stapelten sich Fässer und Kisten, Ballen, Säcke, Bretter. Männer liefen, riefen, schwitzten in der Kälte. Ketten kreischten über Holz, ein Maultier scheute vor dem Zischen des Dampfes, schlug mit den Hinterbeinen aus und wurde mit leisen Flüchen wieder eingefangen. Über allem lag der Geruch von Teer und Fluss – und ein Hauch von Stadt, kleiner und kantiger als St. Louis, mehr Rand als Mittelpunkt.

Am Vorabend hatte der Offizier zu ihm gesagt, die Pfeife im Mundwinkel, als spräche er von etwas Nebensächlichem: „Bis hierhin läuft dein Kontrakt. Wenn du weiter mit rauf willst, unterschreibst du neu. Wenn du meinst, der Fluss braucht dich woanders – steig aus. Das ist dein Leben."

Jetzt stand Sam an der Reling und sah zu, wie die Bohlen des Stegs näherkamen. Neben ihm lehnte McAllister, den Bart voll Dampf und Tabakrauch.

„Der Strom teilt Wege, Junge", murmelte er, ohne den Blick vom Ufer zu nehmen. „Manche bleiben auf so einem großen Pott hier." Er klopfte gegen das Geländer der Belle. „Andere gehen runter und lernen weiter oben schwimmen."

„Was würden Sie tun?", fragte Sam.

McAllister grinste schief. „Ich bin alt. Ich bleibe da, wo die Maschine mit mir flucht. Aber du ..." Er musterte Sam kurz von der Seite, als wolle er prüfen, wie viel Winter einer in sich trug. „Du bist noch nah genug am Holz, um zu wissen, wie sich Wasser unter dir verhält. Ein Flachboot bringt dir mehr bei als zehn Dampfer."

Der Offizier kam die Reihe entlang, prüfte Papiere, Gesichter, Hände. Als er vor Sam stehen blieb, war seine Miene leer wie eine alte Münze.

„Miller. Bleibst du an Bord?"

Sam spürte das Vibrieren der Maschine im Geländer, hörte das Schlagen des Wassers unter dem flachen Rumpf. Er sah in Gedanken Matt bei Hargreeves am Herd, den Hof, der nicht mehr seiner war, und das dunkle Wasser, das nach Westen zog.

„Nein, Sir", sagte er. „Ich gehe hier von Bord."

Der Offizier zuckte mit einer Schulter. „Deine Entscheidung. Der Westen hat viele Wege. Zurück sind die wenigsten." Er kratzte mit stumpfer Feder einen Vermerk in sein Buch. „Abgemustert in St. Charles. Viel Glück, Miller. Du wirst es brauchen."

Sam nahm sein Bündel auf. Es war leicht. Zu leicht für das, was hinter ihm lag. McAllister streckte ihm die Hand hin.

„Wenn du oben am Missouri mal einen Dampfer siehst, der zu laut flucht – wink ihm zu", sagte er. „Vielleicht sitze ich drauf und erinnere mich an dich. Daran, dass du vom Boot gestiegen bist und nicht darunter."

Sam drückte die schwielige Hand. „Passen Sie auf, dass der Strom Ihre Geschichten nicht frisst", sagte er.

McAllister lachte leise. „Zu spät, Junge. Er kaut schon seit Jahren daran."

Die Landungsplanke krachte auf den Steg. Sam ging hinüber, spürte für den Bruchteil eines Augenblicks den schwankenden Übergang zwischen Eisen, Holz und festem Land. Als er sich umdrehte, war die Belle of St. Louis schon halb wieder etwas Fremdes: Dampf, Schornstein, Umrisse im Nebel.

Am Ende des Stegs lagen kleinere Boote: schlanke Rümpfe, Kähne, die eher nach Arbeit aussahen als nach Reise. Ein Flachboot lag dort, mit rauem Bauch im Schlick, die Planken schief und ehrlich, ohne Schmuck, nur zum Zweck gemacht. Kisten standen darauf, ein Bündel Seile, ein Ruderblatt mit abgescheuerter Kante, die von vielen Flüssen erzählte.

Ein Mann stand breitbeinig auf dem Vorschiff, als würde er das Boot mit seinem Gewicht allein festhalten. Hände wie Kantholzer, der Bart so grau wie die Wolken über der Stadt. Die Stange in seiner Hand war Werkzeug – aber Sam war sicher, dass sie bei Bedarf auch als Waffe taugte.

„Pike", stellte ihn einer der Hafenleute knapp vor, als Sam nähertrat. „Der fährt rauf, wo der Dampf nicht mehr hinkommt. Wer mitwill, hält sich besser gut fest."

Pike ließ seinen Blick ein einziges Mal über Sam gehen – Mantel, Stiefel, Hände, Augen.

„Kannst du staken?", fragte er.

„Ich kann Holz und Wasser", sagte Sam. „Den Rest lerne ich."

Pike schnaubte. „Der Strom ist kein Lehrer. Er sortiert aus. Wenn du nicht fällst, darfst du bleiben." Er nickte auf das Boot. „Steig ein, wenn du keine Angst hast, den Fluss von nah zu riechen."

Hinter Sam begann die Belle schon wieder zu fauchen. Dampf zischte, Befehle hallten. Das Schaufelrad tauchte ins Wasser, erst zögernd, dann entschlossener.

Die Belle of St. Louis würde weiter den Hauptstrom hinaufgehen, groß und schwer, solange das Holz und der Wille reichten. Sam aber folgte Pike – einem harten Mann mit einem noch härteren Boot. Fortan hieß der Takt: Stange, Drücken und Atmen.

Er zog den Mantel dichter und trat auf das Flachboot. Das Holz schwang unter ihm, knarrte, beruhigte sich, als hätte es kurz sein Gewicht geprüft und ihn dann akzeptiert.

Hinter ihnen blieben Dächer, Masten, Stimmen, Feilschen, Ruf und Antwort.

Vor ihnen lag Wasser. Und dahinter Wasser, das sich teilte, verschob, verzweigte – wie ein Netz aus Armen, das man nicht überblicken konnte.

Sechs Männer waren an Bord, dazu Pike. Sie lösten die Taue, einer setzte die Stange in den Grund, und mit einer geraden, aus den Schultern kommenden Bewegung schob er das Boot vom Ufer weg in die Strömung.

Der Abschied geschah ohne Worte.

Die Stadt zog sich zurück, erst zu einer Zacke am Ufer, dann zu einem grauen Fleck. Der Rauch hing noch eine Weile am Himmel, ein dunkler Strich in einem zu hellen Morgen. Der Fluss nahm das Boot in seine eigene Ordnung auf.

Sam stand vorn, die Finger um die Reling, und spürte das Zittern im Holz, wenn die Strömung dagegen griff, als wolle sie testen, ob das Boot sich wehrte oder nur gehorchte. Er dachte an das Knarren der Balken daheim, an den letzten Atemzug seines Vaters, an Matts zu leise Schritte im Nebenraum.

Erinnerungen wogen schwer. Man trug sie – und manchmal zogen sie einen mit.

„Richtig hinstellen", knurrte Pike, ohne ihn anzusehen. „Die Strömung freut sich über Leute, die stolpern."

Sam machte einen halben Schritt zurück, suchte mit den Sohlen Halt, nicht nur im Holz, sondern im eigenen Körper. Neben ihm tauchte die Stange eines anderen Mannes ins Wasser. Blasen stiegen auf und zerplatzten.

Der Rhythmus ergab sich von selbst: Stange in den Grund, Druck, Gewicht verlagern, Atem, Stange raus, wieder hinein. Das Boot schob sich flussaufwärts, nicht schnell, aber mit jener ständigen Sturheit, die keinen Applaus braucht.

Pike pfiff kurz, scharf, und deutete mit dem Kinn zum linken Ufer. „Wir nehmen den ruhigen Arm. Drüben frisst dich der Strom wie ein hungriger Bär."

Ein junger Kerl, wohl ein Jahr jünger als Sam, brachte den Bug herum. Er hatte Sommersprossen wie verstreute Sprenkel und ein Gesicht, das noch nicht entschieden hatte, ob es jung bleiben oder alt werden wollte. Später würde Sam erfahren, dass er Boyle hieß. Jetzt wusste er nur, dass der Junge gern redete, selbst wenn keiner ihn gefragt hatte.

„Wir schaffen das schon", meinte Boyle.

Sam mochte ihn auf der Stelle.

Später, als von St. Charles nur noch ein blasser Strich in der Erinnerung übrig war, kam das Licht durch die Nebelschicht und machte die Welt klarer, aber nicht freundlicher. Kahle Weiden am Ufer tauchten ihre Zweige ins Wasser, als prüften sie, ob sie heute mitgehen sollten. Hoch über ihnen zogen Gänse in einem ordentlichen V nach Norden oder Süden – irgendwohin, wo der Winter eine andere Sprache hatte.

Das Flachboot hielt dicht am Ufer, dort, wo die Strömung weniger tief schnitt. Manchmal hob der Sog die Planke ein wenig an, ließ sie sinken, als taste er die Männer ab.

Die Arbeit lief im Schweigen. Schweigen auf dem Wasser ist kein Loch. Es hilft beim Atmen.

„Du bist neu", sagte irgendwann einer, dessen Gesicht aussah wie ausgetrocknete Erde nach vielen Sommern. Später erfuhr Sam, dass er Harlan Cole hieß. Jetzt reichte ein Nicken.

„Wie heißt du?"

„Sam."

„Sam, was?"

„Heute nur Sam", sagte er und merkte im selben Moment, dass sich das dümmer anhörte, als er es gemeint hatte.

Harlan betrachtete ihn, als wöge er ein Stück Fleisch in der Hand. Dann nickte er.

„Heute nur Sam", sagte er. „Morgen schauen wir weiter."

Ein paar der Männer lachten kurz, ohne Bosheit.

„Morgen heißen die meisten anders", meinte Boyle. „Gestern war ich noch Boyle. Heute bin ich beinahe einer, der ein Ruder halten darf."

„Morgen bist du einer, der ein Ruder bricht", brummte Pike. „Wenn du meinen Kurs noch mal kommentierst, schwimmst du nebenher."

Boyle zog eine beleidigte Grimasse und machte sich doppelt nützlich. Sam atmete auf. Es war gut zu sehen, dass die Welt noch Witze zuließ – selbst aus Holz, Wasser und Müdigkeit.

Der Morgen wurde Tag, die Sonne blieb blass, aber sie hielt die Kälte einen Schritt von den Knochen fern.

Der Fluss rauschte, als liefe unter ihm eine große Mühle. Treibholz trieb vorbei: ein Ast, der einmal Baum gewesen war, vielleicht Sturmbruch, vielleicht Brennholz, das keiner mehr brauchte.

„Achtung! Stangen hoch!", rief Pike.

Die Männer hoben die Stangen aus dem Grund. Das Boot ruckte kurz, glitt weiter. Sam spürte den Stoß bis in den Nacken.

„Warst du schon jenseits der letzten Siedlung?“, fragte er Harlan, ohne vom Ufer wegzusehen.

„Jenseits welcher?“ Harlan schob einen Strohhalm zwischen den Zähnen hin und her. „Die Siedlungen sind wie Hunde. Kaum glaubst du, du weißt, wo sie liegen, liegen sie woanders.“ Er tauchte das Ende des Holms ins Wasser. „Aber ja. Ich kenne Flussarme, die sich verlaufen wie Gespräche. Ich kenne Sandbänke, die gestern noch flach waren und heute tun, als wären sie Inseln. Und ich kenne Nächte, in denen der Wald am Ufer so still ist, dass du merkst, wer hier eigentlich zu Gast ist.“

„Ist es wahr“, warf Boyle ein, „dass es dort Bären gibt, so groß wie zwei Männer und so klug wie einer?“

Harlan lachte kurz, ein raues Geräusch, das den Tag nicht wärmer, aber lebendiger machte.

„Bären sind klüger als zwei Männer, wenn die zwei zusammen sind“, sagte er. „Ein Mann allein mag mit ihnen fertig werden. Zwei Männer zusammen reden sich dumm.“

Pike nickte, als hätte er das schon immer geahnt.

„Und Trapper?“, fragte Sam. „Wie lebt man dort?“

Harlan zog mit der Schuhspitze eine Linie auf dem nassen Deck, die sofort wieder verschwand.

„Wie man lebt? Man nimmt, was da ist: Fell, Fleisch, Holz, Zeit. Und man lässt, was man nicht tragen kann: Gesichter, Lärm, Schultern, auf die man sich verlässt.“ Er zog den Grashalm wieder hervor, den er schon gar nicht mehr im Mund hätte haben dürfen. „Keine Tugend dran, Sam. Nur Notwendigkeit. Wer das verwechselt, geht drauf. Oder fängt an zu predigen.“

Das Boot stieß sanft gegen etwas Hartes – einen halbversunkenen Stamm vielleicht. Der Stoß wanderte durch die Planken und seine Knochen.

„Wir legen heute bei einer Sandbank an“, rief Pike. „Wenn der Wind sich nicht umentscheidet. Feuer, Bohnentopf, keine Klagen. Morgen geht's wieder gegen den Strom. Und wer heute Nacht sägt wie eine Säge, schläft morgen am Heck und schneidet die Wellen klein.“

„Dann bin ich sicher“, murmelte Boyle. „Ich schnarche nur wie 'ne müde Maus.“

Harlan schnaubte. Sam musste grinsen. Es tat gut, dass sein Mund sich noch an dieses Ziehen von selbst erinnerte.

Gegen Abend wurde das Licht dichter, ohne wirklich dunkler zu sein. Der Fluss trug sein Grau jetzt wie einen zweiten Pelz. Am Ufer verschränkten Weiden ihre Schatten, ein Reiher stieg lautlos auf.

Die Sandbank, die Pike auswählte, war kaum mehr als ein gelblicher Rücken im Wasser. Sie setzten das Boot vorsichtig auf. Das Holz rieb über Sand und Kies und machte ein Geräusch, das an alte Schwellen erinnerte.

Sie hoben, zogen, stießen, bis das Boot festlag.

Feuer wächst aus dünnen Dingen: Spänen, trockenem Gras, aus Atem an der richtigen Stelle. Boyle kniete davor, die Stirn in Falten gelegt, als würde er mit einer störrischen Kreatur verhandeln.

Harlan hackte Treibholz klein, Sam suchte unwillkürlich den Himmel ab, als könnten die Sterne ihm sagen, ob dieser Tag zu etwas getaugt hatte. Als die Flamme schließlich stand, war sie klein, aber entschlossen.

Der Bohnentopf roch nach Salz, Rauch und Geduld. Pike rührte mit einem Löffel, der schon mehr Abende gesehen hatte als mancher Mann.

„Heute reden wir wenig", sagte er, ohne aufzuschauen. „Morgen reden wir vielleicht gar nicht. Und übermorgen reden wir zu viel, wenn wir nicht aufpassen." Er sah kurz in die Dunkelheit. „Auf dem Strom bleibt nichts wirklich privat."

Er ließ sich mit dem Rücken gegen eine Kiste sinken, und in der Haltung lag etwas von einem Pfosten, den man nicht so leicht umwirft.

„Erzähl was von früher", bettelte Boyle. „Irgendwas mit Bibern oder Leuten, die dümmer waren als wir."

„Früher", wiederholte Harlan und setzte sich auf die Fersen. „Früher war der Fluss jünger und wir waren dümmer. Das passte zusammen."

Er legte ein Stück Holz ins Feuer und sah den Funken nach.

„Wir jagten Biber, als wären es Münzen, die der Fluss für uns ausspuckt", sagte er. „Wir verstanden nicht, dass jeder Gewinn einen Preis im Boden lässt. Dann kam ein Winter, der uns Finger stahl. Seitdem zählen wir abends, was uns noch gehört. Am Ende hatten wir mehr Geschichten als Felle. Und die Geschichten waren schwerer zu tragen."

Er schwieg. Das Schweigen legte sich über das Boot und die Sandbank, bis nur noch der Fluss sprach.

Sam sah auf das Wasser, in dem sich das Feuer spiegelte. Jede kleine Welle brach das Licht. Harlans Gesicht war im Halbdunkel nur noch eine Kante, eine Form, die die Zeit rundgeschliffen hatte.

„Schwerer zu tragen", wiederholte Sam, leise.

Harlan nickte kaum sichtbar. „Man trägt sie trotzdem weiter", sagte er. „Weil man weiß, dass man sie niemandem mehr verkaufen kann. Wenn du Glück hast, erzählt dir irgendwann der Fluss eine Geschichte zurück. Wenn du die verstehst, brauchst du keine Felle mehr."

Der Wind strich über die Wasserhaut. Sam spürte das leise Zittern unter den Planken, dieses tiefe, gleichmäßige Schieben und Ziehen.

Er dachte an seinen Vater, an die Axt, an den Holzstoß im Schnee. Auch sie hatten genommen, was da war: Holz, Tage, Leben.

„Hast du Familie?", fragte er, leiser, als die Flammen waren.

Harlan brauchte einen Moment.

„Es gab eine Frau", sagte er schließlich, „die nicht lachte, wenn sie nicht wollte. Ich mochte das an ihr. Dann kam ein Fluss, der zu schnell war, und ein Mann, der zu stolz war, sich helfen zu lassen." Er warf ein Stück Holz ins Feuer. „Sie ging ans andere Ufer. Ich blieb an meinem. Seitdem weiß ich, dass Wasser nicht nur Land trennt."

Er blickte in die Glut.

„Man kann stillstehen und doch fortgespült werden", fügte er hinzu. „Das ist der Trick des Stroms."

Sam nickte. Die Wärme des Feuers streifte seine Finger, und er dachte an den Herd auf der Farm, an den kleinen roten Punkt unter der Asche. An Matt, der ihn mit großen Augen gefragt hatte, ob der Vater wohl friert.

„Matt ist nicht allein“, dachte Sam. Mehr traute er dem Satz nicht zu.

Die Nachbarn. Der Hof. Das Messer des Vaters. Dinge halten, Dinge loslassen – auch das war Arbeit.

Später, als der Eintopf als angenehmes Gewicht im Bauch lag und das Feuer leiser wurde, kamen die Geräusche vom Ufer näher. Ein Fuchs bellte, kurz und heiser. Irgendwo brach ein Ast.

Der Fluss schob und zog, ohne Pause.

Der Himmel riss endlich auf. Sterne standen darüber, kalt und weit. Dazwischen war genug Platz für alles, was man tagsüber nicht sagte.

„Warum der Westen?“, fragte Pike in die Runde, ohne jemanden direkt anzusehen. Seine Stimme war nicht scharf, nicht prüfend – nur müde.

Sam suchte nach einer großen Antwort und fand nur eine kleine.

„Weil dort etwas ist, das ich bis jetzt nicht kenne“, sagte er. „Und weil hier zu viel ist, was ich zu gut kenne.“

„Hm“, machte Pike. Er schob mit dem Fuß ein Stück Holz an seinen Platz im Feuer. „Manchmal kommt beides aufs Gleiche raus.“

Harlan legte sich auf den Rücken und verschränkte die Hände unter dem Kopf.

„Morgen wird der Strom schneller“, sagte er. „Er glaubt immer, er sei wichtiger, je mehr man ihm widerspricht. Du wirst lernen, ihm zu widersprechen, ohne zu schreien.“

„Und wenn ich's nicht lerne?“, fragte Sam.

„Dann lernst du schwimmen“, sagte Harlan trocken.

Boyle kicherte, zuckte aber gleich zusammen, als Pike ihn ansah, und presste die Lippen zusammen.

Sie teilten sich Decken, zogen die Mützen tief ins Gesicht.

Sam lag auf dem Rücken und lauschte.

Pikes Atem wurde langsam, gleichmäßig. Boyle murmelte etwas Unverständliches. Harlan war still.

Unter ihnen rauschte der Fluss. Kein Trost, keine Drohung. Nur Bewegung.

Sam dachte an den kommenden Tag – an Stangen, die wieder in den Grund gehen würden, an Hände, die Blasen bekommen und Hornhaut bilden würden, an Muskeln, die lernen mussten, was Stand bedeutet, wenn alles in Bewegung ist.

Er dachte an den Winter auf der Farm, an den letzten Moment am Bett, an Matts schmale Schultern vor dem Grab.

Noch bevor der Schlaf ihn wirklich holte, hatte er das Gefühl, der Strom läge unter seinem Rücken wie eine zweite Haut.

Als er schließlich wegdämmerte, war es, als würde ihn etwas tragen – nicht freundlich, nicht feindlich, nur unvermeidlich.

Und irgendwo jenseits dieser Sandbank, jenseits der Nächte und jenseits der Männerworte, wartete ein Ufer, das noch keinen Namen hatte.

Der Morgen würde ihm einen geben.

Der Morgen, der kommt, ob man ihn will oder nicht.

Und das Boot, das im Moment nur Holz und Nägel war, brachte ihn stromauf.

Das reichte.

Der Bär am Ufer

Der Fluss war breiter geworden. Nicht nur im Wasser, auch in seinem Schweigen. Je weiter sie stromauf kamen, desto langsamer schien er zu laufen – und desto rätselhafter wurde er. Es war, als folgte er nicht einfach dem Gefälle des Landes, sondern einer älteren, unsichtbaren Ordnung, die niemand kannte und die doch alles bestimmte.

In der Morgendämmerung lag Nebel schwer über dem Wasser, dicht genug, um die Ufer zu verschlucken. Das Paddeln der Ruder, das Knarren der Planken, das leiseste Klirren von Eisen – alles klang, als komme es von weit her, aus einer anderen Welt, in der die Zeit anders ging.

Seit mehr als zwei Wochen waren sie jetzt auf dem großen Strom, seit einigen Tagen auf Pikes flachem Boot. Die Männer waren stiller geworden, als hätte der Fluss ihnen Tag für Tag ein paar Worte abgekauft. Jeder Ruderschlag tat, was er tun musste, gleichmäßig, verlässlich, doch die Bewegung hatte ihre anfängliche Spannung verloren. Es war nicht mehr der Schritt ins Unbekannte, sondern dieses beharrliche, müde Weiter, das keinen Namen braucht.

Der Frost hatte nachgelassen, aber nachts lag immer noch der Atem des Winters auf dem Gras. Wenn sie das Boot ans Ufer zogen, knisterte der Boden unter ihren Stiefeln, und in flachen Buchten trieben Ränder und Schollen aus Eis, dünn wie Fensterglas, das das graue Licht in harte Splitter brach.

Beck war einer der ruhigsten unter ihnen. Ein breitschultriger Mann mit Händen wie Wurzeln und einer Haut, die aussah, als hätte der Wind sie in Schichten abgetragen. Seine Augen standen selten still; sie tasteten Ufer, Himmel, Wasser ab, als sei irgendwo da draußen eine Antwort auf eine Frage, die er nie stellte. Wenn er etwas sagte, kamen die Worte langsam, als seien sie vorher durch seine Hände gewandert und dort gewogen worden.

Sam kannte ihn schon von der Belle of St. Louis her. Beck war dort immer eher ein Rand als eine Mitte gewesen, jemand, der mehr zum Fluss gehörte als zum Schiff. Er erzählte keine Geschichten – aber wenn, dann taten es seine Hände.

Abends, wenn das Feuer niedrig brannte und die anderen sich in Decken und Müdigkeit wickelten, nahm Beck manchmal ein Stück Treibholz zur Hand. Ohne große Geste schnitzte er daraus kleine Tiere: einen Wolf mit hochgezogener Schnauze, einen Fisch, der die Flossen eng an den Leib gezogen hatte, einen Vogel, dem man die Spannung in den ausgebreiteten Flügeln ansah. Er stellte sie wortlos in den Sand oder an den Rand des Bootes.

Morgens waren sie oft verschwunden – vom Wind umgeworfen, vom Wasser geholt oder einfach von einem der Männer in die Tasche gesteckt. Beck fragte nie danach.

Sam sah ihm oft zu und fragte sich, für wen diese kleinen Gestalten bestimmt waren. Vielleicht für niemanden. Vielleicht nur für jene Stunden, in denen die Gedanken zu weit in die Dunkelheit glitten und die Hände sie zurückholen mussten.

Der Alltag auf dem Fluss hatte eine merkwürdige Gleichförmigkeit bekommen. Morgens zogen sie das Boot vom Ufer, verstauten Decken, Kisten, Gewehre. Der Rest kalten Kaffees wanderte von Hand zu Hand. Mittags kauten sie schweigend an hartem Brot und getrocknetem Fleisch. Abends suchten sie eine niedrige Sandbank oder eine flache Stelle am Ufer, machten Feuer und rieben die Kälte aus ihren Fingern. Der Rauch stieg in Schichten in den Nebel, mischte sich mit Mückenschwärmen, wenn die Luft milder wurde. In der Dunkelheit hörte man manchmal die Rufe wilder Tiere – weit genug weg, um sie nicht zu sehen, nah genug, um sie nicht zu vergessen.

Am dritten Morgen nach einer Rast sah Beck den Bären zuerst.

Der Nebel hing tief, der Tag hatte sich noch nicht entschieden. Am rechten Ufer, kurz hinter einer Krümmung, zeichnete sich etwas Dunkles ab – ein unförmiger Fleck in der Grauzone zwischen Wasser und Land. Zuerst hielten sie ihn für einen umgestürzten Stamm, vom Strom angeschwemmt und im Ufersand hängengeblieben.

Dann hob er den Kopf.

Langsam, als hätte er alle Zeit der Welt. Der Dampf seines Atems stand wie ein dichter, kleiner Nebel über dem Kopf. Selbst auf die Entfernung wirkte jede seiner Bewegungen schwer, von innen heraus, aus einem Körper, der nichts zu beweisen hatte.

„Dort", sagte Beck leise.

Seine Stimme schnitt nicht durch die Luft, sie legte sich nur auf sie. Einer nach dem anderen folgten die Männer seinem Blick. Das Boot glitt näher am Ufer entlang, weil die Strömung es dorthin zog. Das leise Schmatzen des Wassers am Rumpf klang plötzlich lauter, ungebührlich, wie ein Geräusch, das nicht gemacht werden wollte.

Sam spürte, wie sich die Luft um sie herum verdichtete. Nicht kälter, nicht wärmer – nur schwerer. Der Bär stand da, reglos, und doch lag in dieser Ruhe mehr als in jedem Brüllen. Die Art Macht, die nicht drohen muss.

„Er zieht ab", murmelte einer, mehr Hoffnung als Überzeugung.

Der Bär tat das Gegenteil.

Keine lange Ankündigung, kein langsames Sich aufrichten. Nur ein Ruck durch den ganzen Körper, ein Sprung den Ufersaum hinunter – und dann war er im Wasser. Was darauf folgte, war weniger ein Geräusch als ein Stück Welt, das plötzlich aufbrach.

Das Brüllen war tief. Es kam nicht nur aus der Kehle des Tieres, sondern schien aus dem Hang selbst zu steigen, aus den Wurzeln der Weiden, aus dem Schlamm des Ufers.

„Ruder nach außen!", fuhr Pike sie an.

Der Bär war schneller.

Das Boot bekam einen Schlag von der Strömung, drehte sich ein Stück zur Seite. Ein Ruderblatt krachte gegen einen Stein, Holz splitterte. Einer der Männer schrie, mehr vor Schreck als vor Schmerz. Der erste Schuss ging zu hoch, verlor sich im Nebel. Der zweite kam zu spät, traf nur Wasser und Wut.

Dann war der Bär beim Boot.

Sein Vorderlauf schob sich auf den flachen Rand, das Gewicht drückte den Rumpf gefährlich nach unten. Das Holz ächzte,

Wasser schlug über die Bordkante. Für einen Herzschlag sah Sam nur Fell, Muskeln, Zähne – und Beck, der schon vorn stand, als hätte er die ganze Zeit dort gestanden und nur auf diesen Augenblick gewartet.

Die Axt lag richtig in seinen Händen.

Ein Mann, der Holz kannte, führte sie, als wäre dieses Tier nur ein weiterer Stamm, den die Welt ihm vorgelegt hatte. Für diesen Moment schien sich alles die Waage zu halten – Mensch und Tier, Leben und Tod, Kraft gegen Kraft.

Dann traf die Tatze.

Es ging schnell. Eine Bewegung, die man nicht bis zu Ende denken konnte, bevor sie schon vorbei war. Beck wurde an der Schulter getroffen, der Körper wurde herumgerissen, kippte über die Kante und stürzte ins seichte Uferwasser. Die Axt flog ihm aus der Hand, blinkte kurz im Dunst und verschwand.

Der Bär folgte ihm.

Wasser spritzte – braunes, kaltes, schweres Wasser. Der Bär war plötzlich weniger Schatten als Gewicht. Ein brüllendes Bündel aus Fell und Muskeln, das sich über Beck wälzte. Für einen Atemzug sah Sam nur das Aufschäumen zwischen Tier und Mensch.

Der nächste Schuss fiel aus nächster Nähe.

Pike oder Harlan – Sam wusste es später nicht mehr. Der Knall war dumpfer, verschluckt von Fell und Brustkorb. Der Bär zuckte zurück, wankte, schlug mit den Tatzen in eine Richtung, in der niemand stand, und stolperte dann den Hang hinauf. Ein zweiter Schuss folgte, traf irgendwo in der Flanke. Das Tier verschwand zwischen den Weiden – ein dunkler Schatten, der sich im Nebel verlor und nur gebrochenes Geäst und eine schmutzige Spur zurückließ.

Die Stille danach tat fast mehr weh als der Lärm.

Sie zogen das Boot näher ans Ufer, rammten die Stangen tief in den Grund, als könnten sie damit etwas festhalten, das längst gegangen war.

Beck lag halb im Wasser, halb auf dem Kies.

Sein Kopf war zur Seite gefallen, ein Auge vom Schlamm verschmiert, das andere weit geöffnet, als verfolge es noch eine

Bewegung am Rand der Welt. Sein Hemd war vorn aufgerissen, nicht von einem Messer, sondern von etwas Breitflächigem, das nicht zielen musste. Blut hatte sich im flachen Ufer gesammelt. Es färbte das Wasser nicht hellrot, wie in den Geschichten, sondern zu einem dunklen Braun, das sich unauffällig mit dem Fluss mischte.

Sam kniete neben ihm und legte ihm die Hand auf die Stirn.

Die Kälte, die er spürte, war nicht nur die des Todes. Es war diese härtere, tiefere Kälte, die aus einem Land kommt, das keinen Unterschied macht zwischen Opfer und Jäger. Ein Körper weniger, dachte Sam, in einem Raum, der nie gefragt hat, wie viele es sein sollen.

Keiner sagte etwas. Einer der Männer zog wortlos den Hut. Ein anderer drehte sich weg, als fürchte er, der Fluss könne sehen, wie weich sein Gesicht wurde.

Der Strom rauschte weiter, als wüsste er nichts davon. Oder als wüsste er alles – und hielte sich gerade deshalb zurück.

Erst später fanden sie die Axt: im seichten Wasser, ein Stück stromab, verkeilt zwischen Steinen, als hätte der Fluss sie kurz behalten und dann wieder ausgespuckt.

Sie fanden den Bären später, oberhalb des Ufers.

Er lag da, als hätte er sich hingesetzt, um auszuruhen, und sei einfach liegen geblieben. Die Flanken still, der Atem verschwunden. Zwei dunkle Einschüsse in der Seite, getrocknetes Blut im Fell. Die Tatzen lagen über dem Bauch, als hätte jemand sie so hingelegt. Im schrägen Licht schimmerte das Fell – nicht schwarz, sondern in all den dunklen Tönen dazwischen: Braun, Grau, ein Hauch von Gold, wo einzelne Haare das Licht fingen.

Sam trat näher, bis er die Narben sah.

Alte Striemen, verheilte Risse in der Haut, Spuren von Kämpfen, in denen kein Mensch beteiligt gewesen war. Kein Ungeheuer, dachte er. Nur ein Lebewesen, das getan hatte, was das Leben von ihm verlangt hatte. So wie Beck. So wie sie alle.

Harlan stand neben ihm. „Er wäre ohnehin gestorben", sagte er leise. „Nur später. Und nicht durch uns."

Sam wusste nicht, ob das Trost sein sollte. Es klang eher wie eine Tatsache.

Sie nahmen dem Bären das Fell ab – nicht aus Rache, sondern weil man in dieser Gegend nichts verkommen ließ. Das Fleisch ließen sie in Stücken zurück, für Füchse, Krähen und alles andere, was unterwegs war. Den Kopf legten sie beiseite. Niemand wollte ihn behalten, und keiner wollte ihn achtlos liegen lassen.

Becks Grab machten sie oberhalb des Flusses.

Der Hang war steinig, der Boden hart, aber die Männer hatten Übung darin, Löcher zu graben, die mehr waren als Gruben. Sie schichteten Steine, bis ein niedriger Hügel entstand – schwer genug, um Tiere abzuhalten, und fest genug, um bei Hochwasser nicht gleich wegzureißen. Zwei Äste wurden zu einem Kreuz gebunden. Sam holte die Axt, wischte sie grob am Gras ab und legte sie obenauf.

Es sah nicht aus wie die Gräber hinter dem Hof, aber es fühlte sich ähnlich an. Nur dass hier der Fluss der eigentliche Friedhof war. Er trug alles mit sich: Holz, Schlamm, die Geschichten derer, die fielen.

Der Wind kam vom Wasser herauf und brachte den Geruch von nasser Erde und Schmelzwasser mit sich. Irgendwo rief ein Rabe, kurz und heiser, als wolle er den Hügel begrüßen.

Keiner betete laut. Pike sagte nur: „Er war einer von uns. Der Fluss weiß das." Vielleicht war das hier schon mehr, als mancher weiter südlich bekam.

Am nächsten Morgen legten sie wieder ab.

Das Licht war bleich und schien sich noch nicht entschieden zu haben, ob es ein neuer Tag oder nur eine Fortsetzung der Nacht sein wollte. Der Rauch ihres Feuers stand noch dünn über dem Ufer wie ein blasser Finger, der zeigte, wo sie gewesen waren. Sam blickte zurück, bis der Steinhügel im Nebel verschwand.

Der Fluss nahm sie wieder auf, ohne Kommentar. Wasser unter ihnen, Wasser neben ihnen, Wasser in Gedanken.

Der ganze Tag wurde zu einem Stück Schweigen.

Sie ruderten, sie stakten, sie aßen, sie schliefen in Schichten, wenn jemand anderes wach blieb. Der Himmel blieb bleigrau, ohne Drama, ohne Trost. Das Wasser schimmerte stumpf, als hätte es die Geduld mit dem Licht verloren. Sam saß zeitweise am Heck, hielt das Ruder und ließ den Blick über die Fläche streifen.

Manchmal glaubte er, unter der Oberfläche etwas Dunkles treiben zu sehen. Nicht groß, nicht klar, nur einen Schatten, der den Strom nicht verlor. Beck. Den Bären. Irgendetwas von beidem. Oder das, was sie im Tod gemeinsam hatten: Gewicht.

Erst in der Nacht kam der Traum.

Er stand auf einer weiten, weißen Ebene. Der Schnee leuchtete nicht – er glühte. Kaltes Licht, das vom Boden kam. Der Himmel darüber war schwarz und leer, ohne Sterne, ohne Richtung.

Der Bär tauchte nicht in der Ferne auf. Er war einfach da.

Langsam setzte er die Tatzen in den Schnee, Schritt für Schritt, und jeder Schritt klang in Sams Brust, als trete jemand auf eine Trommel. Je näher das Tier kam, desto weniger fürchtete Sam sich – nicht, weil es kleiner wurde, sondern weil ihm etwas Vertrautes daran auffiel.

Als der Bär nah genug war, hob er den Kopf.

In den dunklen, tief liegenden Augen lag kein Zorn. Kein Vorwurf. Nichts von dem, was Sam erwartet hätte. Nur ein ruhiges Wissen, das tiefer ging, als Worte reichten. Und je länger er hinsah, desto klarer erkannte er etwas in diesem Blick.

Becks Augen.

Der Bär hob den Kopf noch ein Stück höher und brüllte. Dieses Mal war es kein reißendes Geräusch. Es kam von weit her, als wüchse es hinter der Linie, an der der Himmel aufhört. Der Laut mischte sich mit einem anderen Geräusch, das Sam kannte: dem Rauschen des Stroms, wenn er nachts an Sandbänken vorbeizog.

Er wachte auf, als hätte ihn jemand an der Schulter gerüttelt.

Das Hemd klebte ihm am Rücken, sein Herz schlug, als versuche es, ihm etwas mitzuteilen, wozu die Sprache nicht reichte. Er richtete sich auf und starrte in die Dunkelheit.

Um das Boot lag Nebel über dem Wasser, ein niedriger, zäher Teppich. Das Feuer war zu einem roten Auge zusammengeschrumpft. Die Männer schnarchten oder atmeten leise, jeder in seiner eigenen Ecke. Pikes Silhouette war am Umriss seiner

Mütze zu erkennen, Harlan lag auf der Seite, das Gesicht dem Fluss zugewandt, als wolle er auch im Schlaf zuhören.

Der Morgen kroch langsam in den Himmel, ohne Farbe.

Ein neuer Tag begann, so nüchtern, als wäre nichts geschehen. Die Stangen würden wieder in den Grund gehen, die Ruder würden erneut schlagen, Hände erneut die Griffe suchen.

Und doch war etwas anders.

Im Grau des Wassers glitt ein Schatten, kaum zu fassen. Sam wusste nicht, ob seine Augen ihn sahen oder sein Kopf. Er wusste nur, dass der Fluss erinnerte. An Beck. An den Bären. An all das, was hineinging und nicht wieder herauskam.

Der Strom trug es weiter, lautlos, unbestechlich – als wäre Erinnerung nur eine andere Form von Tiefe.

Die Felsen von Kearney's Bluff

Der Wind hatte gedreht. Seit dem Morgen kam er aus Westen, trug den Geruch von nassem Holz und verrottetem Laub mit sich und machte das Atmen schwer. Über dem Wasser hing ein grauer Schleier, so dicht, dass selbst das Echo der Ruder und der eintauchenden Stangen klang, als käme es aus einer anderen Welt. Der Fluss war breit geworden, träge und unruhig zugleich – ein Tier, das seine Muskeln streckte, ehe es losschlug.

Eine Woche war vergangen, seit jener Nacht, in der der Bär über sie hergefallen war. Seit Becks Grab oberhalb des Stroms redeten die Männer kaum. Man hörte nur das Knarren der Planken von Pikes Flachboot, das Schlagen der Wellen, das leise Tropfen des Spritzwassers, das von den Riemen rann. Die Trauer hatte kein Gesicht, aber sie saß mit ihnen im Boot, unsichtbar und schwer, irgendwo zwischen den Fässern, den Decken und den nassen Stiefeln.

Pike stand wie immer vorn am Bug, breit und unbeweglich, den Blick fest auf die Strömung gerichtet. Doch für diesen Abschnitt hatte er sich einen zweiten Mann ans Heck geholt.

Hendrik stand dort hinten, schmaler als Pike, die Schultern eckig, der graue Bart in Strähnen über die Brust gefallen. Er trug den Hut tief im Gesicht, als wolle er den Himmel meiden, und in seinen Bewegungen lag jene Ruhe, die man nur bei Männern findet, die zu oft auf den Tod gewartet haben, um ihn noch zu fürchten. Seit St. Charles war er mit ihnen, einer, der mehr auf das Wasser hörte als auf Menschen. Wenn er sprach, dann kurz, aber jedes Wort hatte Gewicht.

„Haltet euch rechts vom Strom", rief er gegen den Wind, „die Felsen kommen näher."

Sam hob den Blick. Am Horizont, hinter den Schleiern aus Regen und Dunst, erhoben sich dunkle Klippen. Zuerst wirkten sie wie Wolken, dann wie Schatten, und schließlich wie das Rückgrat der Welt selbst: Kearney's Bluff.

Ein Name, der in den Tavernen von St. Louis flüsternd gesprochen wurde – halb Warnung, halb Legende. Man erzählte, dort habe der Boden selbst schon Schiffe verschluckt, ganze Flöße, Männer, deren Schreie noch in den Nächten zu hören seien, wenn der Nebel über den Strom kroch. Andere sagten, der Fluss nehme dort nur zurück, was ihm zu lange vorenthalten worden war.

Der Wind legte zu. Das Wasser bäumte sich, und das Boot schwang träge in der Strömung – nicht vorwärtsgerissen, sondern seitlich versetzt, als drückte eine unsichtbare Hand es quer in die falsche Richtung. Eines der Fässer löste sich, drängte gegen die Seile und ruckte los. Das Boot gab ein müdes Knarren von sich, als wolle es widersprechen.

Der junge Callahan fuhr hoch, als hätte jemand an einer inneren Schnur gezogen. „Verdammt", murmelte er und langte nach der Stange. Im nächsten Augenblick stand er schon halb auf, das Gewicht zu weit vorn, die Füße zu dicht an der Kante.

„Lass es!", brüllte Hendrik, „nichts ist den Tod wert!"

Doch Callahan hörte nicht – oder hörte das Fass lauter als die Stimme. Das Holz glitt unter ihm, die Stange rutschte ab, und er verlor den Halt. Für einen Moment kippte die Welt um ihn; sein Körper schien mehr vom Wind als von Knochen gehalten zu werden.

Nur Sams Griff an seinem Mantel hielt ihn zurück.

Der Ruck fuhr Sam durch Schulter und Rücken. Callahans Gewicht hing einen Herzschlag lang an seiner Hand, ehe der Junge wieder auf die Planken polterte. Für einen Augenblick sah Sam in seine Augen: jung, weit, von Angst durchleuchtet – und dahinter etwas, das ihn schmerzlich an sich selbst erinnerte. Dieses Gemisch aus Trotz und Verlorenheit, das in einem aufsteigt, wenn man die Welt hinter sich gelassen hat und noch nicht weiß, ob das gut war.

„Beim nächsten Mal lässt du es", knurrte Hendrik.

Callahan nickte, zu hastig, um glaubhaft zu sein. Seine Finger zitterten noch an der Stange, während er sie einholte. Der Wind riss ihm die Mütze vom Kopf, trug sie ein Stück über das Wasser, ehe sie auf einer Scholle landete und langsam davondriftete.

Der Regen kam wie ein Schleier. Erst einzelne Tropfen, dann eine Wand. Bald war alles nur noch Bewegung und Lärm.

Hendrik rief Befehle, Pike hielt vorn die Linie, und der Wind drückte sie quer gegen den Lauf – als wolle er sie an die falsche Seite des Stroms kleben. Der Fluss spie Gischt, als wolle er sie verschlingen, und die Männer stemmten ihre Stangen, riefen einander zu, ihre Stimmen kurz und hart wie Axtschläge.

„Rechts!", rief Hendrik. „Näher ans Ufer! Halt die Spitze rum!"

Die Klippen rückten näher, Schwergewichte aus Stein, die sich aus dem nassen Ufer schoben, als hätte die Erde selbst seit Jahrtausenden beschlossen, hier den Rücken zu zeigen. Das Boot schrammte an einem Fels vorbei, nicht weil es auf ihn „zutrat", sondern weil Strömung und Wind es hinüberdrückten, wenn man auch nur einen Atemzug zu weich wurde. Das Holz ächzte, ein paar Männer fluchten, doch Pike brachte sie durch, stoisch, als sei der Fluss nur ein weiterer Gegner, den man nicht überzeugen, sondern nur überstehen konnte.

Schließlich fanden sie eine Bucht, verborgen zwischen hohen Felsen, eine Kerbe in der Wand, die man von Weitem leicht übersehen konnte. Der Strom wurde hier langsamer, nur ein wenig; genug, um Atem zu holen.

Sie schafften das Boot mit Mühe ans Ufer, Stangen in den Schlamm gedrückt, Seile um Wurzeln geschlungen, bis das Flachboot endlich still lag und nur noch mit dem Brustkorb atmete.

Sam sprang als einer der Letzten an Land. Der Boden schwankte noch einen Herzschlag nach wie Deckplanken, ehe er zu etwas Festem wurde. Er atmete tief ein. Die Luft roch nach nasser Erde, Stein und einem Rauch, der nicht von ihren Pfeifen kam.

„Da ist jemand", sagte er.

Zwischen den zerklüfteten Steinen stieg ein schmaler Rauchfaden in die bleiche Luft, so dünn, dass er beinahe im Nebel verlief, und doch deutlich genug, um ein Zeichen zu sein: Hier lebte jemand, oder zumindest brannte etwas, das noch nicht aufgegeben hatte.

Sie folgten einem Pfad, der sich zwischen den Felsen hinaufwand. Der Boden war voller Schlamm, das Gras nass, und überall tropfte Wasser von den Bäumen, als würde der Himmel sie millimeterweise auswringen. Die Felsen standen dicht beieinander, schmale Durchlässe, in denen der Wind pfiff wie eine Stimme, die noch übt.

Nach einer Weile tauchte eine Hütte auf – klein, aus grob geschlagenen Stämmen, das Dach mit Rinde gedeckt, vor der Tür ein Stapel Holz, ordentlich geschichtet. Der Rauch stieg aus einem schiefen Kaminloch auf. Es war die Art Hütte, die aussah, als sei sie nicht gebaut, sondern hier oben aus der Erde gehoben worden.

Ein Mann stand davor. Groß, mager, das Gesicht wettergegerbt, als habe es mehr Jahreszeiten gesehen als andere ganze Länder. Die Haare waren weiß wie Schilf im Winter, der Bart kurz, ungleichmäßig geschnitten. In seiner Hand hielt er eine Axt, die Klinge im feuchten Boden eingesenkt.

„Ihr habt euch den falschen Tag für einen Besuch ausgesucht", sagte er, ohne Zorn und ohne Überraschung.

Hendrik trat vor. Tropfen liefen ihm von der Hutkrempe in den Bart. „Wir suchen nur Schutz", sagte er. „Der Fluss wird wilder."

Der Mann nickte, als habe er das schon den ganzen Morgen gewusst.

„Der Fluss wird immer wilder", entgegnete er. „Er erinnert sich nur lauter als früher."

Dann drehte er sich um und deutete mit einer kleinen Bewegung auf die Hütte.

„Kommt rein, ehe der Wind euch auszieht."

Drinnen roch es nach Rauch, Leder und etwas Bitterem, das an Kräuter erinnerte. Felle hingen an den Wänden, ein Gewehr über der Tür, der Schaft glatt von Händen, die wussten, wozu er da war. Über dem Feuer hing ein eiserner Topf, aus dem Dampf stieg. Auf einem schmalen Regal standen Gläser, sauber in Reih und Glied, jedes mit einer Flüssigkeit gefüllt, in der etwas schwebte.

Als Sam näher hinsah, erkannte er Augen darin – Tieraugen, in Alkohol konserviert, starr und wach zugleich. Hirsch, Wolf, vielleicht auch Bär. Es wirkte weniger gruselig als ehrfürchtig, als halte der Mann hier das Sehen der Tiere fest, damit es nicht verloren ginge.

„Silas Moore", stellte er sich vor, während er den Topf prüfte. „Ich war einmal Trapper. Jetzt bin ich nur noch das Echo davon."

Er sprach langsam, mit jener bedächtigen Ruhe, die aus Erfahrung kommt, nicht aus Gleichmut. Seine Augen hatten die Farbe des Wassers – grau, manchmal fast durchsichtig, als sähen sie durch das, was vor ihm war, hindurch.

Sie setzten sich ans Feuer. Das Holz knisterte, die Hitze kroch ihnen in die klammen Finger. Silas goss ihnen einen heißen Aufguss ein, schmeckend nach Tannennadeln und Rauch. Der erste Schluck brannte nicht, er dehnte sich. Man fühlte die Wärme bis in die müden Beine sinken.

„Seit wann seid Ihr hier oben?", fragte Pike.

Silas zuckte mit einer Schulter. „Seit der Fluss seinen Lauf nicht mehr ändern kann", sagte er. „Lang genug, um seine Launen zu kennen. Kurz genug, um mich noch manchmal zu wundern, dass ich atme."

Er setzte sich ihnen gegenüber auf einen niedrigen Schemel, die Axt in Reichweite, und begann zu erzählen.

Er sprach von Wintern, in denen das Eis sich über den Strom legte wie ein zweiter Himmel. Von Nächten, in denen Wölfe bis an seine Tür kamen, die Augen im Dunkeln wie kleine Lichter, und er mit ihnen redete, als wären sie Brüder auf unterschiedlichen Pfaden. Von Menschen, die einst die Hügel durchstreiften, mit Spuren so leicht wie Rauch – und dann spurlos verschwanden.

„Manche sagen, es sei das Wetter", meinte er. „Manche nennen es Zufall. Aber wer lange genug hierbleibt, der weiß, dass der Fluss lebt. Er vergisst nichts – und er vergibt nichts."

Hendrik hörte zu, schweigend, die Hände um die Blechtasse geschlossen. Sam spürte, wie ihn die Worte froren, nicht aus Furcht, sondern weil sie wahr klangen. In Silas' Stimme lag etwas, das schwer zu leugnen war – ein Wissen, das aus Jahren stammte, die kein anderer überlebt hätte.

„Und warum geht Ihr nicht?", fragte Callahan plötzlich. Es klang mehr trotzig als neugierig.

Silas sah ihn lange an, so lange, dass der Junge den Blick fast abwandte. „Ich bin gegangen, bis die Wege mir ausgingen", sagte er schließlich. „Irgendwann bleibst du irgendwo stehen. Manchen passiert das in einer Stadt, manchen in der Flasche, manchen im Grab. Mir ist es hier passiert."

Er hob eine Hand und strich über die Luft, als würde er das Dach, die Felsen, den Fluss zugleich berühren. „Es ist kein schlechter Ort, um stehenzubleiben. Wenn man zuhören kann."

Später, als der Wind sich legte, öffnete Silas die Tür und zeigte hinaus.

„Seht ihr die Felsen dort?" Sein Finger wies auf die dunklen Zacken, die sich über der Bucht erhoben. „Sie sind älter als alles, was hier lebt. Nachts, wenn der Mond steht, hört man sie singen. Das ist der Atem der Erde, sagen die Indianer. Ich sage, es ist das, was bleibt, wenn Menschen zu lange lauschen."

Der Regen klatschte auf den nassen Boden, als wolle er Worte auslöschen, die besser nicht gehört worden wären.

Sie blieben die Nacht über. Der Regen trommelte auf das Dach, und der Wind fuhr durch die Ritzen, als wolle er hinein, aber von den warmen Wänden abprallen. Hendrik schnarchte leise, Pike drehte sich unruhig hin und her, Callahan murmelte im Schlaf, als stritte er mit jemandem, den nur er sehen konnte. Sam lag auf der schmalen Pritsche und starrte in das Halbdunkel, in dem das Feuer nur noch glomm.

Er dachte an den Vater, an die Farm, an den Geruch von Heu und Feuer. An Matts kleiner Hand an seinem Mantel. All das lag nun so weit zurück, dass es sich anfühlte wie das Leben eines anderen Mannes, den er einmal gekannt hatte.

Irgendwann hielt er es nicht mehr im Liegen aus. Er stand auf, schob vorsichtig die Riegel der Tür zurück und trat hinaus.

Der Nebel hing dicht über den Felsen. Die Welt war weiß und grau, nur das Rauschen des Wassers blieb – ein tiefes, unangenehmes Atmen, das aus dem Tal heraufkam. Sam trat näher an den Rand der Klippe, auf der die Hütte stand. Die Feuchtigkeit legte sich ihm auf Haut und Wimpern.

Da hörte er es – ein Flüstern, kaum hörbar, wie Stimmen unter der Erde. Kein verständliches Wort, eher ein Ziehen, ein

Murmeln, das irgendwo zwischen Stein und Wasser hing. Für einen Moment war er sicher, seinen Namen zu hören, gedehnt, verzogen, als habe der Fels ihn gekostet und nicht recht ausspucken wollen.

Er spannte die Schultern an und machte unwillkürlich einen Schritt näher an die Kante. Der Nebel verdichtete sich; Konturen verschwammen. Die Tiefe darunter war unsichtbar und gerade deshalb zu deutlich.

„Nicht weiter."

Die Gestalt, die sich zwischen zwei Felsen löste, war erst nur ein Schatten im Grauen, dann Silas. Sein Gesicht wirkte im Nebel älter, die Linien schärfer geschnitten.

„Du hast sie gehört, nicht wahr?", fragte er.

Sam nickte. „Es klingt, als riefen sie jemanden."

„Sie rufen jeden", sagte der Alte. „Sie nehmen, wen sie bekommen können. Manche hören nur den Wind. Andere hören die, die sie verloren haben." Er legte die Hand auf den Felsen neben sich, als streichle er ein störrisches Tier. „Du hast reichlich verloren für einen Winter, Junge. Du musst ihnen nicht noch helfen."

„Was wollen sie?", fragte Sam leise.

Silas schwieg einen Moment, als lausche er selbst. Dann zuckte er mit den Schultern. „Vielleicht nur, dass man zuhört", murmelte er. „Vielleicht mehr. Die Felsen hier kennen unsere Schritte besser, als uns lieb ist."

Am Morgen fehlte Callahan.

Sein Lager war leer, die Decke kalt. Niemand hatte ihn aufstehen sehen. Niemand hatte sein leises Fluchen gehört, wenn er in die Stiefel fuhr. Nur die Abdrücke seiner Stiefel im feuchten Boden führten ein Stück den Hang hinab – und verloren sich, wo der Nebel in der Nacht am dichtesten gewesen war.

Hendrik fluchte, die Worte hart und kurz. Die Männer suchten, riefen seinen Namen, liefen zwischen den Steinen umher, bis ihre Stimmen heiser wurden. Der Nebel war zurückgewichen, aber jede Stimme hallte doppelt wider, als könne der Fels sie nicht bei sich behalten und doch nicht loslassen.

Dann fanden sie am Rand der Klippe einen Schuh. Mehr nicht.

Er lag halb im Schlamm, halb auf einem Stein, die Schnürung offen, als hätte jemand ihn in Eile verloren oder hastig abgestreift. Das Leder war nass, aber noch warm, als Sam ihn aufhob.

Silas stand daneben und starrte in den Strom, der tief unter ihnen vorbeizog. Sein Gesicht hatte denselben Ausdruck wie am Abend zuvor, als er vom Singen der Felsen gesprochen hatte.

„Er hat geantwortet", murmelte er, eher zu sich selbst als zu ihnen.

„Er ist irgendwo da unten", presste Hendrik hervor. Wut und Hilflosigkeit lagen so dicht in seiner Stimme, dass man sie kaum trennen konnte. „Verdammt noch mal..."

Sie konnten nichts tun. Man konnte einen Mann aus einem Schneesturm ziehen, aus einem Fluss, der zu flach war, um ernst zu sein, aus einem Streit, der noch nicht entschieden war. Aber nicht aus einer Tiefe, die man nicht einmal sehen konnte.

Als sie das Boot wieder beluden, sah Sam den Alten auf der Böschung stehen, reglos, das Gesicht zum Wasser gewandt. Der Wind spielte mit seinem weißen Haar, und für einen Moment sah er aus wie Teil der Felsen selbst – als hätte der Bluff ihn bereits angenommen.

„Hütet euch vor dem, was ihr nicht versteht", rief Silas ihnen nach, als sie ablegten. Seine Stimme klang nicht wie eine Drohung, eher wie eine späte, müde Bitte.

Der Strom nahm sie wieder auf, schwer und gleichgültig. Die Stangen tauchten ein, das Eintauchen der Ruder mischte sich mit dem Rauschen des Wassers, und das Ufer glitt langsam zurück, bis die Hütte nur noch ein dunkler Punkt im Hang war.

Sam blickte zurück. Nebel kroch über die Klippen, füllte jede Kerbe, jede Ritze, als wolle er alles gleich machen. Dort, wo Silas gestanden hatte, war nur noch Grau.

Er dachte an Callahan, an das Flüstern, an die Stimmen im Stein. Vielleicht, dachte er, redet der Fluss gar nicht. Vielleicht sind es nur die Menschen, die in seinem Rauschen hören, was sie verloren haben – und manche gehen dem nach, bis nichts mehr von ihnen übrig ist als ein Schuh im Schlamm.

Der Himmel riss auf. Über ihnen kreisten Raben, schwarz wie Rauch. Das Wasser glitzerte in der Sonne, als sei nichts geschehen, als hätte der Strom keine andere Aufgabe, als Licht zu tragen.

Pike stand wieder vorn, die Hände fest an der Stange, der Blick auf die Linie, die sich im Wasser lesen ließ. Seine Stimme kam kurz über die Planken:

„Vorwärts. Wir verlieren sonst den Tag."

Die Männer griffen fester zu. Der Tag war nur ein weiterer Streifen Zeit, der über Wasser gezogen wurde. Aber sie folgten ihm, weil sie nichts anderes hatten.

Sam nickte und wandte sich wieder dem Strom zu. In seinem Innern hatte sich etwas verschoben. Die Welt war nicht mehr nur Landschaft. Sie war ein Wesen – vielstimmig, launisch, uralt.

Und irgendwo hinter den Felsen, tief im Stein, meinte er Silas' Stimme noch einmal zu hören, leise und unendlich alt:

Der Fluss vergisst nichts, Junge. Aber er merkt sich, wer weitergeht.

Der Pfad der Alten

In den Tagen danach hatten sich Pike und Boyle flussabwärts treiben lassen, dorthin, wo Handel und warme Suppe winkten – ein kleiner Traum vom bequemen Ende der Welt, den Sam ihnen nicht einmal verdenken konnte. Sie hatten aus ein paar Planken und Fässern ein niedriges Floß gezimmert und den größten Teil der Felle und Kisten darauf gestapelt – Pikes Ladung, die zurück in die Welt der Konten und Quittungen musste. Sam und Hendrik blieben nur ihr Lohnbündel, etwas Mehl, Salz und das, was man an Werkzeug nicht weggeben konnte. Harlan hatte das Beiboot genommen, das seit St. Charles an der Bordwand des Flachbootes gehangen hatte, um „nur einen Seitenarm zu prüfen", wie er gesagt hatte. Man hörte noch einmal seine Stimme im Nebel, dann nur das Schlagen des Ruders, das keinen Widerhall fand.

Vielleicht wurde er krank, vielleicht verschwand er im Fluss – niemand hörte je wieder von Harlan. Der Nebel hüllte ihn ein, und der Fluss gab keine Antwort.

Nur Hendrik war geblieben, stur wie das Holz seiner Ruder, wetterfest, wortkarg, zu alt für Heimkehr und zu trotzig für das Aufgeben – ein Mann, den der Missouri besser kannte als jedes Dach über dem Kopf. Er ging nicht weiter, weil er noch etwas suchte. Er ging weiter, weil er zurückmusste – in sein Tal. Manchmal kam es Sam vor, als hätte der Fluss in diesen Mann eine Kerbe geschnitten, um sich selbst zu merken, wo er schon einmal gewesen war.

Das große Boot hatten sie zurückgelassen – zu schwer für zwei Männer, zu müde für die Strömung. Ein Stück flussauf lag ein Kanu, halb im Schlamm vergraben, doch dicht, der Rumpf vom Harz glänzend – zu schmal und zu sorgfältig gearbeitet für Frachtleute, eher ein Boot, das von Jägern oder Alten zurückgelassen worden war, die sich auf diesen Strom verstanden.

Hendrik hatte es geflickt, Sam hatte das Holz gehalten, und als sie es schließlich ins Wasser schoben, glitt es, als hätte es nur auf sie gewartet. Sam fragte nicht, wem es einmal gehört hatte. Auf dem Fluss waren Besitzverhältnisse wie Spuren im Sand –

der erste Regen machte etwas anderes daraus. Es genügte, dass sie zu zweit waren, der Alte und er, und dass das Boot noch schwimmen konnte, wenn es musste.

Der Morgen lag grau auf dem Wasser wie eine Hand, die nicht loslassen wollte. Nebel zogen in Fetzen, lösten und schlossen sich wieder, und in ihnen schimmerte das bräunliche Band des Flusses, als würde darunter ein anderes, dunkleres Tier atmen. Über den Niederungen krachte es manchmal, wenn Eisschollen brachen und mit stumpfem Donner gegen die Ufer trieben.

In den toten Armen des Stroms lagen Baumstämme quer, abgeschält vom Winter, und gelegentlich drehte sich etwas Pelziges in einem Wirbel. Nur kurz sichtbar, dann fortgerissen – ein Fuchs vielleicht oder der Rest eines Hirsches, den das Eis im Februar geholt hatte. Sam konnte den Blick nicht immer rechtzeitig abwenden; jedes Mal, wenn etwas braunes Fell auftauchte, zuckte ein Gedanke an die Schweine am Hof in ihm auf, an Matt, an den Schnee unter der Fichte. Der Missouri hatte ein anderes Maul, aber er nahm nicht weniger.

Sam kniete am Bug und hielt den Staken wie eine Lanze. Seine Finger waren rissig vom Frost der letzten Wochen, die Haut an den Knöcheln aufgesprungen. Er hatte gelernt, seine Kraft zu portionieren: nicht stoßen gegen den Fluss, sondern sich einklinken in seine Bewegung, als wären auch Menschen nur Rindenstücke, die er hin und her wendet. Wenn der Staken am Grund griff, spürte er das bis tief in die Schultern – als würde der Boden selbst kurz an ihm ziehen, um zu prüfen, ob er noch da war.

Manchmal dachte er, wenn er lange genug so weitermachte, könnte er vergessen, dass es einmal anderes Gewicht in seinen Händen gegeben hatte – einen Pflug, eine Axt, die Hand seines Bruders.

Hendrik hockte am Heck, den Kiefer unter dem wollenen Tuch, die Augen rot vom Wind. Wenn er sprach, klang es, als müsse er sich erst aus einer Tiefe heben, in die er vor Jahren gestiegen war und aus der er nie wieder ganz herausgefunden hatte.

„Mehr nach links", brummte er.

Sam setzte den Staken, verlegte den Winkel, das Kanu nahm die neue Spur auf wie ein Tier, das eine vertraute Fährte wiederfindet.

„Da vorn hat es mir einmal einen Kumpel geholt", sagte Hendrik schließlich, ohne hinzuzeigen. „Er dachte, der Fluss wäre nur Wasser."

„Und was war er?", fragte Sam.

Hendrik verzog kaum merklich den Mund. „Nichts, was man trinken kann."

Der Missouri machte keine großen Sprünge. Er lag breit und schwer im Land, tat oft so, als ruhe er, und war doch immer in Bewegung. Die Strömung war ein ständiges Flüstern gegen den Kiel, ein Gespräch in einer Sprache, die man irgendwann nicht mehr aus dem Kopf bekam. Sam ertappte sich dabei, dass er den Rhythmus der Strudel im Inneren zählte, wie früher die Schläge einer Axt.

Sie trieben an einem kahlen Uferfetzen vorbei, an dem ein umgestürzter Baum wie ein gestrandeter Tierkörper lag. Dahinter stieg der Boden an, wurde zu flachen Hängen, auf denen Büsche in den Wind griffen.

„Wir sind auf ihrem Grund", murmelte Hendrik nach einer Weile.

„Wessen Grund?"

„Den Alten. Denen, die hier waren, bevor deine Leute und meine sich eingebildet haben, man könne einen Fluss mit Landkarten bändigen."

Sam ließ den Blick schweifen. Für ihn sah alles aus wie Wasser, Ufer, Himmel – aber er kannte das Gefühl, auf Boden zu stehen, der anderen gehört hatte. Es steckte in der Art, wie der Wind durch das Gras strich, in der Stille zwischen zwei Krähenrufen.

„Und wo hört ihr Grund auf?"

Hendrik zuckte mit einer Schulter. „Wo keiner mehr zuhört, wahrscheinlich."

Der Tag kroch nur langsam voran. Die Sonne war mehr eine hellere Stelle im Grau als ein eigener Körper. Einmal, als der Nebel kurz aufriss, sah Sam am Ufer einen einzelnen, schief gewachsenen Baum, an dessen Stamm jemand Kerben geschnitzt hatte – nicht viele, nur vier, fünf, aber in einem Bogen, der nicht zufällig schien. Bevor er Hendrik darauf aufmerksam machen konnte, schloss der Nebel die Lücke wieder.

Später, gegen Mittag, als seine Arme zu einem gleichmäßigen Brennen geworden waren, hörten sie eine fremde Holzstimme über der eigenen: ein Knacken, das nicht vom Ufer, nicht von Treibgut kam.

Auf einer breiten, flachen Plattform aus zusammengebundenen Stämmen stand ein Mann.

Er hatte einen roten Schal um, der aussah, als hätte er selbst mit Farbe und Geduld daran gearbeitet, und in seinem Gesicht lag die Art von Heiterkeit, die Fältchen neben den Augen baut – nicht von Lachen allein, sondern von der Übung, in schlechten Zeiten trotzdem so zu tun.

„Ha! Mes amis!", rief er, als er sie sah. „Der Strom schickt mir Gesellschaft, bevor ich mit den Bibern rede."

„Laroque", sagte Hendrik nur, und es klang, als hätte jemand ein Messer auf einen Tisch gelegt. Nicht feindselig – aber mit der Erinnerung an Schneid und an Winter, die sie schon einmal gemeinsam überstanden hatten.

Jacques Laroque grinste, lenkte mit einem Paddel, das mehr Erinnerungen als Form hatte, sein Floß in ihre Bahn und hakte sich an.

„Hendrik, alter Fels. Und du musst neu sein", sagte er zu Sam. „Die Augen verraten dich – sie schauen zu lang und zu leise."

„Zu leise?", fragte Sam.

„Ja. Wer laut schaut, sieht nur das, was er schon kennt." Laroque zwinkerte.

Aus seinem Mantel schaute der Hals einer Flasche und klirrte gegen eine Schnalle. Er roch nach Rauch, und unter dem Rauch lag etwas wie getrocknete Kräuter.

„Ihr seid auf dem Pfad der Alten."

„Wir sind auf dem Fluss", knurrte Hendrik.

„Das eine ist das andere", sagte Laroque, als erzähle er eine Anekdote, die er schon hundertmal erzählt hatte und trotzdem noch mochte. „Bevor deine Leute kamen, Hendrik – bevor die

Fässer rollten und die Priester lächelten – zogen die Cree durch dieses Land. Weiter westlich die Krieger des Crow-Stammes, die die Weißen die Rabenleute nannten. Und deren Mütter taten es ihnen gleich. Der Stein, den ihr eben gesehen habt – die Einschnitte? Das sind keine Zählstriche für langweilige Abende. Das sind Geschichten, die der Fels hält, damit der Wind sie nicht verweht."

„Und was erzählen sie?", fragte Sam. Es überraschte ihn, wie leicht die Frage aus ihm kam, als hätte sie bereits auf der Zunge gelegen.

„Dass der Fluss Namen hat, die nicht in euren Landkarten stehen. Und dass man an manchen Biegungen leiser geht, weil dort etwas lauscht, das älter ist als unser Hunger."

Laroque beugte sich vor, fuhr mit dem Finger durch die Luft, als wären dort Linien eingezeichnet, die nur er sah.

„Seht ihr die Kiefern dort oben? Drei zusammen, die Mitte schief. Das ist kein Zufall. Wenn du die Mitte anpeilst und zwischen den zwei Äußeren hindurchsiehst, findest du hinter dem Hang eine Mulde mit klarem Wasser. Im August. Im Frühjahr ist sie Schlamm. Aber der Weg dorthin ist alt, älter als unsere Geschichten. Die Alten – die Cree nennen ihn den Pfad, auf dem die Stimmen gehen."

Hendrik schnaufte, doch nicht spöttisch. Eher, als müsse er die Luft sortieren. „Stimmen gehen nicht."

„Manche schon", sagte Laroque sanft. „Die der Toten. Die der Tiere. Die des Flusses, wenn du lange genug zuhörst."

Sie trieben weiter, jetzt zu dritt – das Floß an der Bordwand, die Geräusche ineinandergesteckt: das weiche Gluckern, wenn Wasser in Ritzen kroch; das leise Knacken von Laroques Seil; der schwere Atem von Hendrik, der mehr wog als er. Sam hörte zu und merkte, wie in ihm ein anderer Rhythmus wach wurde, einer, der nicht vom Rudern kam, sondern von der Ahnung, dass unter allem, was sie taten, noch etwas mitlief, das sie nicht kannten.

Zwischen Fels und Ufer tat sich eine enge Rinne auf. Laroque hob die Hand.

„Dort", sagte er leise. „Da haben sie Zeichen gelassen."

Sie legten an. Über ihnen lag ein Felsblock, rund, als hätte der Regen ihn über Jahrhunderte gestreichelt. Die Einschnitte auf seiner Unterseite bildeten einen Halbkreis, und an seinem Fuß standen drei Steine wie Zähne.

Sam beugte sich, strich mit dem Daumen über die Kerben. In einer Vertiefung blieb sein Finger hängen. Er zog etwas heraus: einen Pfeil. Kein Schaft mehr, nur die Spitze, fein, durchsichtig wie polierter Knochen. Die Kanten waren scharf, aber nicht nach Blut gierig; eher so, als wollten sie nur Luft schneiden, um einer Richtung zu helfen.

„Lass ihn liegen", sagte Hendrik sofort.

Sam spürte, wie ihm die Hitze in den Nacken schoss – nicht aus Wut, eher aus einer plötzlichen Scheu, überhaupt etwas in dieser Landschaft berühren zu dürfen, das nicht ihnen gehörte.

„Er soll ihn nehmen", widersprach Laroque ruhig. „Das ist kein Diebstahl. Es ist ein Gruß. Manche Grüße sind Waffen, die nicht töten."

Sam hielt die Spitze ins Licht. Der Nebel machte das Leuchten der Welt weich, doch der Knochen blieb klar. Ein Geruch stieg auf, der nicht nach Tod roch, sondern nach altem Leder, nach Rauchstellen in Zelten, nach dem süßen Fett, mit dem man im Winter die Hände schmiert. Und nach Harz.

„Ahyoka", sagte Laroque, als spräche er mit jemandem, der hinter ihnen stand. „So nennen die Rabenleute sie dort oben: die, die Zeichen macht, ohne dass man ihre Schritte hört. Eine, die hört, was die Rinde sagt."

Sam wusste nicht, warum ihn dieser Name traf, als wäre er für ihn selbst bestimmt gewesen. Etwas in ihm richtete sich auf – wie eine Saite, die zufällig den richtigen Ton hörte.

„Wenn du irgendwo einen Kreis siehst, der nicht zu ist, Sam – dann weißt du, dass du beobachtet wirst und du ruhig gehen sollst", fuhr Laroque fort. „Wenn der Kreis geschlossen ist, gehst du gar nicht."

„Du kennst sie?" Sams eigene Stimme klang ihm fremd, heller in der Kälte, als sie sich an den Namen heftete.

„Ich kenne Spuren“, erwiderte Laroque. „Und Geschichten. Manchmal treffen sie sich, und dann lässt man ihnen den ersten Platz am Feuer.“

Er nickte auf die Rauchfahne, die jenseits des Hanges jetzt deutlicher zu sehen war – ein dünner Strich, der in den Nebel wuchs und doch so sicher wirkte wie ein Mast.

„Sie weiß, dass wir hier sind. Sie wusste es vielleicht, bevor wir es wussten.“

Hendrik scharrte mit dem Stiefel im nassen Sand. „Und was will sie?“

„Dass wir wissen, dass sie uns sieht.“ Laroque lächelte kurz. „Es gibt Zeiten, da ist das genug. Ihr habt nichts getan, was ihr missfällt – außer dass ihr seid, was ihr seid: Männer in einem Boot, mit Messern, mit Hunger, mit alten Schultern voller neuer Beute. Aber heute … heute seid ihr auf dem Pfad, und der Pfad ist älter als eure Absichten. Das macht euch leichter.“

„Leichter?“ Hendrik zog die Brauen zusammen.

„Für den Fluss“, sagte Laroque. „Nicht für eure Bündel.“

Sie stiegen wieder ein. Sam legte die Pfeilspitze vorsichtig zwischen die Strickleisten, als wäre sie ein Stück Glas, das aus einer anderen Zeit gefallen war. Sein Herz schlug schneller als nötig – nicht aus Angst, sondern aus dieser seltsamen Mischung aus Respekt und Neugier, die er früher nur kannte, wenn der Vater ihm etwas in die Hand gedrückt hatte, das mehr war als das, was es schien.

Der Wind drehte. Der Harzduft wurde stärker. Von der Anhöhe her kam ein Laut – nicht das Knacken eines Astes, eher das Summen einer Sehne, die niemand gespannt hatte.

Sam sah hinauf. Nichts. Nur die Birken, die in einer Bewegung verharrten, als hätten sie den Atem angehalten. Er hatte das Gefühl, wenn er jetzt etwas Falsches täte, würde nicht ein Schuss fallen, sondern die ganze Landschaft einen Schritt von ihnen zurücktreten.

„Sie wird uns begleiten“, murmelte Laroque. „Nicht nah. Aber sie wird prüfen, ob ihr eure Füße dahinsetzt, wo Worte hingehören und nicht Hiebe.“

„Ich setze meine Füße dahin, wo Boden ist", sagte Hendrik. Doch der Trotz in seiner Stimme verlor sich im Nebel, als schäme er sich, laut zu sein.

Später, als das Licht zwischen den Stämmen dünner wurde, legten sie in einer geschützten Bucht an. Der Fluss breitete sich davor aus, trug Eisstücke, die leise aneinanderstießen, als führten sie eigene Gespräche.

Laroque zog aus seiner Tasche ein Stück getrocknetes Fleisch und brach es, als würde er Brot teilen. Hendrik trank einen Schluck aus der Flasche, räusperte sich, trank noch einen, gab weiter.

Als die Dämmerung zwischen die Stämme kroch, waren der Rauch des Feuers und der Rauch vom Hang zu einem Geruch geworden – warm und fern.

„Erzähl von ihr", bat Sam. „Von Ahyoka."

Laroque starrte eine Weile in die Flammen, die wenig taten, als zu sein.

„Ich habe sie selten gesehen", sagte er leise. „Eher die Kanten von ihr. Spuren im Schnee, die nicht sinken, als wäre darunter etwas, das trägt. Zeichen an Bäumen, die nichts mit unseren Messern zu tun haben. Einmal eine Feder, festgesteckt im Harz. Manche sagen, sie sei eine Spurenleserin. Andere sagen, sie sei eine Erinnerung, die laufen kann. Die Alten brauchen solche Wege – durch Menschen hindurch, damit sie nicht vergessen werden. Wenn der Fluss alt ist, sucht er sich Stimmen. Deine vielleicht."

„Meine?" Sam lachte kurz, unsicher. „Ich kann nicht mal sagen, warum ich losgegangen bin, ohne zu lügen."

Laroque nickte zufrieden, als hätte er genau diese Antwort erwartet. „Das ist ein Anfang", sagte er. „Ehrlichkeit ist eine Art Lauschen."

Hendrik hatte die Decke um die Schultern gezogen. Sein Gesicht war weich geworden, die Härte wich, wie Eis weicht, wenn es zu lange Regen spürt.

„Früher", murmelte er, „dachte ich, man zähmt einen Fluss, wenn man ihn oft genug fährt. Heute denke ich, vielleicht lässt er sich nur ertragen, wenn man weiß, wann man ihn nicht gegen den Strich streichelt."

„Du wirst weise, alter Fuchs", neckte Laroque. „Vorsicht, davon bekommt man weiche Füße."

Ein Laut ließ sie alle aufschauen. Kein Schrei, kein Rufen. Ein Schwingen, als streife Wind an gespannter Sehne vorbei.

Zwischen zwei Stämmen im Halbdunkel blinkte etwas kurz auf.

Sam stand auf. Sein Körper wusste schneller als sein Kopf, dass dies wichtig war; die Muskeln spannten sich, ohne dass es etwas zu bekämpfen gab.

Vor ihm, in Augenhöhe, steckte in der Rinde ein zweites Zeichen: ein Kreis, zu zwei Dritteln gezogen, die Öffnung nach Westen. Daneben drei Striche.

Er wusste nicht, woher er es wusste, aber er begriff: Geht. In Ruhe. Der Pfad ist offen, aber nur heute. Morgen wird er sich schließen, und dann ist es nicht euer Weg. Es war kein Satz in seinem Ohr, eher ein stilles Einrasten im Inneren, wie ein Messer, das in die richtige Scheide gleitet.

Er hob die Hand, ohne sich zu bewegen.

„Danke", sagte er halblaut, nicht an eine Person gerichtet, sondern an die Luft zwischen den Bäumen, die plötzlich eine Antwort war.

Dann löste sich der blinkende Punkt.

Für einen Augenblick war es nur Harz im flachen Licht – und doch blieb das Gefühl, jemand habe geantwortet.

In der Nacht träumte Sam nicht.

Er wachte einmal auf und hörte Hendriks Atem, schwer, aber gleichmäßig, nicht mehr knarrend wie ein altes Segel. Und er hörte den Fluss, der tatsächlich anders klang – tiefer, weicher, als hätte ihm jemand eine Geschichte erzählt, die ihn beruhigte.

Laroque schnarchte leise wie ein Tier, das weiß, dass es sicher liegt.

Einmal glaubte Sam, Schritte zu hören, die nicht dort waren, wo der Sand sie gezeigt hätte. Kein Knacken, kein Rascheln – eher das Wissen, dass etwas da war und beschlossen hatte, nicht näherzukommen.

Er lächelte in die Dunkelheit und schlief wieder ein.

Am Morgen war der Nebel klarer. Der Rauch vom Hang war verschwunden, als hätte ihn jemand in eine Tasche gesteckt.

Sie löschten die Glut, schoben das Boot ins Wasser und lösten das Floß.

Als sie ablegten, legte Sam die Pfeilspitze noch einmal in die Hand, wog sie und steckte sie dann an der Bordwand fest, wo das Holz eine alte Narbe hatte. Es fühlte sich an, als würde er ein Stück fremden Wissens dort befestigen, wo das Boot schon eigene Geschichten trug.

Laroque betrachtete die Geste und nickte.

„Was jetzt?", fragte Hendrik, als sie in die Strömung kamen.

„Jetzt hört ihr weiter", sagte Laroque. „Der Pfad der Alten ist kein Pfad, der irgendwo beginnt und endet. Er ist dort, wo einer leiser wird, als sein Hunger ist. Und manchmal zeigt er sich in einem Knochenpfeil. Manchmal in einer Kiefer, die schiefsteht. Manchmal in einer Frau, die man nicht sieht und die doch da ist."

Sam schaute zum Ufer.

Zwischen zwei Bäumen bewegte sich nichts. Und doch war da eine Gegenwart, die nicht Druck machte, sondern Raum.

Der Fluss schob sie vorwärts, und mit jedem Meter wurde die Welt größer, nicht kleiner. Sam fühlte es wie eine Erleichterung im Brustbein: Die Dinge mussten nicht verstanden werden, um wahr zu sein. Man konnte ihnen zuhören, langsam, wie man ein Messer schärft, ohne es abnutzen zu wollen.

„Der Fluss führt nicht nur nach Norden", sagte er halblaut, mehr zu sich als zu den anderen. „Er führt auch zurück."

„Wohin?" Laroque lächelte.

Sam zögerte. In ihm zogen Bilder vorbei – der Hof im Schnee, Matts Gesicht am Grab, der kleine Fluss hinter der Fichte, die Nacht in St. Louis, in der der Mississippi wie schwarzes Eisen geglänzt hatte.

„In etwas, das vor uns war", antwortete er schließlich. „Vielleicht in das, was wir werden könnten, wenn wir still sind."

Die Fichten rückten auseinander, der Himmel wurde weit. Eine Gans zog übers Wasser, allein, ihr Ruf stand lange in der Luft.

Vor ihnen bog das Ufer nach Osten, als wolle es prüfen, ob sie ihm folgen würden.

Sie folgten.

Hinter ihnen blieb im Sand der Abdruck eines Stiefels, der bald vom Wasser ausgefüllt wurde.

Und irgendwo oberhalb der Böschung sah jemand zu, der nicht zu töten brauchte, um eine Richtung zu zeigen.

Der Pfad der Alten nahm sie, ohne sie zu besitzen.

Der Fluss atmete tiefer, als wolle er sich an etwas erinnern, das vor ihnen gewesen war.

Und Sam begann zu begreifen, dass man nicht immer mit einem Schritt weiterkommt. Manchmal mit einem Atemzug. Manchmal mit einem Pfeil, der nichts durchbohrt als den Nebel.

Zwischen Rauch und Regen

Das Wasser im Fluss war milchig vom Schmelzwasser, grau wie geschliffenes Glas. Zwischen den Falten des Nebels trieb das Boot, kaum mehr als ein dunkler Strich in der Stille.

Der Regen kam in feinen Linien, sachte, doch unaufhörlich, und die Tropfen zeichneten Kreise auf die glatte Fläche, als würde der Himmel zählen, wie viele Stunden sie noch aushielten.

Hendrik saß am Bug, die Schultern tief in den Mantel gezogen. Er sah aus wie ein Stück der Landschaft – grob, nass, wortlos. Nur seine Augen arbeiteten. Sie lagen auf dem Ufer, auf den Wasserwirbeln, auf allem, was nach Gefahr roch. Und manchmal, wenn Sam ihn von der Seite ansah, lag in seinem Blick etwas anderes als Wachsamkeit: eine Richtung. Nicht nach vorn. Nach Hause.

Sam ruderte langsam, den Blick auf den Fluss gerichtet, der unter ihnen floss wie eine endlose Straße, die weder Anfang noch Ziel zu haben schien. Die Ruder knarrten, das Holz stöhnte leise unter der Last des Wassers. Alles war Dunst.

Alles Übergang.

Weit im Westen grollte Donner, dumpf und fern.

Ein Sturm vielleicht – oder nur das Echo eines solchen.

Dann kam etwas anderes dazu. Nicht erst ein Laut. Zuerst ein Geruch. Kaum merklich, dann deutlicher, als hätte jemand eine Tür geöffnet, die besser zugeblieben wäre.

Rauch.

Er lag über dem Wasser wie eine fremde Erinnerung – herb, nach verbranntem Holz, nach etwas, das einmal Alltag gewesen war und jetzt nur noch Asche.

„Riechst du das?“, fragte Sam.

Hendrik blinzelte gegen den Regen. „Ja. Rauch. Der kommt nicht von einem Abendfeuer. Dafür ist er zu dick.“

Sie tauschten einen knappen Blick aus. Mehr brauchte es nicht.

Sam lenkte das Boot näher ans Ufer, dorthin, wo der Rauch herkam.

Bald hing eine dunkle Wolke über den Bäumen, träge und schwer, als hätte der Himmel an dieser Stelle vergessen, weiterzuatmen. Der Regen wurde zu feinem Nieseln, der Nebel klebte tiefer zwischen den Stämmen.

„Wir sehen nach", sagte Sam.

„Wir fahren vorbei", erwiderte Hendrik. „Der Fluss hat reichlich Geschichten verschlungen, die uns nichts mehr angehen."

Sam schwieg einen Moment. Er dachte an den Hof. An den Winter. An das Messer seines Vaters in der Hand eines toten Mannes. Wie leicht etwas zu „geht uns nichts an" wurde, wenn man nur lange genug nicht hinsah.

„Wir sehen nach", wiederholte er. Leiser. Aber fester.

Hendrik knurrte etwas Unverständliches, doch er zog den Bug nicht zurück. Er ließ es geschehen – und das war bei ihm schon fast Zustimmung.

Sie legten an einer flachen Stelle an, wo das Ufer wie eine ausgefranste Zunge in den Fluss hing. Zwischen den Wurzeln lag Treibholz, und irgendwo rasselte eine lose Kette im Wind.

Sam sprang als Erster ans Land. Der Boden schwankte noch einen Herzschlag lang wie eine Deckplanke, ehe er fest wurde.

Der Geruch von Rauch war jetzt nicht mehr nur in der Luft, sondern im Boden, in den nassen Gräsern, in der Rinde der Bäume.

Sie folgten einem schmalen Pfad, der den Hang hinaufführte.

Der Regen tropfte schwer von den Zweigen, jedes Blatt hielt einen letzten Tropfen fest, ehe es ihn doch fallen ließ.

Zwischen den Stämmen schimmerte das, was von der Hütte übrig war: nasses, verkohltes Holz.

Oben öffnete sich eine kleine Lichtung.

Was einmal eine Hütte gewesen war, lag jetzt als verbrannter Rahmen im Regen: schwarze Balken ragten wie gebrochene Rippen in den Himmel. Daneben ein Wagenrad, halb im Schlamm versunken.

Stille.

Nicht die stille Art, die vom Schnee kam.

Die andere. Die, in der etwas fehlt, das eben noch da gewesen war.

Sam blieb stehen. Der Regen zischte leise auf die verkohlten Balken, als wolle er etwas löschen, das längst nicht mehr brannte.

„Heilige Mutter…" Hendrik blieb einen Schritt hinter ihm, die Hand am Lauf des Gewehrs, obwohl hier nichts mehr lebte, was man hätte erschießen können.

Es gab Spuren im Schlamm: tiefe Hufabdrücke, verwischte Fußspuren. An einer umgestürzten Truhe steckte noch der Stumpf eines Pfeils, das Holz halb verbrannt, die Spitze dunkel vom Ruß.

Sam beugte sich hinunter, berührte sie nicht.

Jemand war gerannt. Jemand hatte geschrien. Jetzt war da nur Regen.

Zwischen zwei verschobenen Balken lag etwas, das erst aussah wie ein verkohlter Ast und dann wie ein Arm. Sam wandte den Blick ab. Er hatte keine Namen für diese Gesichter, und vielleicht war es besser so.

„Komm", sagte Hendrik leise. „Es ist vorbei. Wer hier war, ist weg – oder unter der Erde."

Sam wollte schon antworten, dass sie trotzdem nach einem Zeichen suchen sollten – nach irgendetwas, das man mitnehmen konnte außer dem Geruch. Da hörte er es.

Ein Laut, kaum mehr als ein Atemzug zwischen Regen und Wind.

Ein Winseln.

Sam fuhr herum. „Hast du das gehört?"

Hendrik spannte instinktiv den Hahn. „Was?"

Da war es wieder. Leiser, brüchig, aber eindeutig. Kein Mensch. Kein Vogel.

Ein Hund.

Sam folgte dem Geräusch, vorsichtig, die Stiefel glitschten über nasse Asche und gebrochenes Holz. Hinter dem, was einmal die Türschwelle gewesen war, gähnte ein dunkles Loch. Ein Balken war schräg hineingestürzt und hielt die Reste des Daches wie eine verkrampfte Hand.

Unter diesem Balken lag etwas Graues, zwischen Schutt und Ruß.

Es bewegte sich.

Sam kniete nieder. Ein Wolfshund, groß, aber eng zusammengerollt vor Schmerz und Angst. Das Fell war an einer Seite versengt, an der anderen dunkel vor Dreck und Blut. Im Hinterlauf steckte der Schaft eines Pfeils, abgebrochen, die Reste des Holzes rußgeschwärzt.

Die Augen waren hell. Zu hell für so viel Schwarz drumherum.

„Verdammt", murmelte Sam.

Hendrik blieb in der Türöffnung stehen.

„Lass ihn. Das ist nicht unser Kampf."

Sam streckte die Hand aus, vorsichtig, die Finger offen. Der Hund legte die Ohren an, ein heiseres Knurren vibrierte in seiner Kehle – mehr Erinnerung als Drohung. Er hatte nicht mehr viel Kraft übrig, um jemandem Angst zu machen.

„Schon gut", murmelte Sam. „Ich bin nicht der, der dein Haus verbrannt hat."

Der Hund schnappte nicht zu. Er zitterte nur.

Sam legte die Hand an den Balken über ihm. Das Holz war klamm und schwer. Mit einem Ruck versuchte er, ihn anzuheben. Nichts. Noch ein Ruck. Das Holz bewegte sich, kaum.

Hendrik atmete hörbar aus. „Sam. Er ist so gut wie tot."

„Vielleicht", sagte Sam. „Aber solange er atmet, lassen wir ihn nicht liegen."

Er stemmte die Schulter unter den Balken.

„Hilf mir."

„Bist du verrückt?" Hendrik schüttelte den Kopf – und trat trotzdem näher. Es war diese Art Verrücktheit, die ansteckend war. Murmelnd, fluchend, griff er zu.

Sie hoben den Balken gemeinsam, Zentimeter für Zentimeter.

Das Holz ächzte, als wolle es lieber zurück in die Asche sinken.

„Nur kurz", knurrte Hendrik. „Ich halt das nicht lange."

Sam nickte, schon halb auf den Knien.

„Beeil dich", sagte Hendrik schärfer. „Wenn der rutscht, sind wir beide erledigt."

Der Balken zitterte in Hendriks Armen, schwer und nass, und Sam spürte, wie wenig zwischen ihnen und dem Einsturz lag.

Er schob sich darunter, so flach wie möglich.

Der Hund zog den Kopf zurück, ein ersticktes Knurren tief in der Kehle, aber er konnte nicht fort.

Seine Hinterläufe lagen reglos im Schutt.

„Schon gut“, murmelte Sam. „Nur noch einen Moment.“

Sam tastete nach dem Pfeil, brach den Schaft vorsichtig näher an der Wunde ab, damit er ihn bewegen konnte, ohne ihn tiefer zu drücken. Dann schob er den Arm unter den Körper und hob das Tier an.

Zittern.

Heißes, unregelmäßiges Atmen an seinem Hals.

„Hab ihn“, keuchte er.

Sie ließen den Balken zurück in die Asche sinken. Ein leises Nachgeben ging durch das verkohlte Holz, als sei es froh, endlich nichts mehr halten zu müssen.

„Der frisst uns die letzten Vorräte weg“, knurrte Hendrik, als sie durch den Regen zurück zum Ufer stolperten.

Sam antwortete nicht. Der Hund war schwerer, als er aussah, aber er fühlte sich richtig an in seinen Armen – wie etwas, das man nicht mehr fallen ließ, wenn man es einmal aufgehoben hatte.

„Hilf mir“, sagte Sam nur noch einmal.

Hendrik murrte, doch er griff unter den Körper und stützte die Hinterläufe. Gemeinsam trugen sie das Tier zum Boot.

Als sie wieder auf dem Wasser waren, lag der Hund zwischen den Säcken, in eine Decke gewickelt. Seine Augen waren geschlossen, aber er atmete.

Sam hielt die Hand auf seine Brust und zählte die Schläge.

Sie kamen unregelmäßig, wie Schritte auf losem Boden.

Der Regen wurde stärker. Bald war alles nass: Kleidung, Holz, Haut. Die Tropfen prallten auf das Wasser und sprangen in feinen Bögen. Der Rauch hinter ihnen wurde schwächer, bis er mit dem Nebel verschmolz. Nur der Geruch blieb, süß und hartnäckig, als hätte das Land ihn selbst in sich festgehalten.

„Du und deine Gnaden“, murmelte Hendrik. „Man sollte glauben, du hättest noch nie gesehen, was Mitleid einem bringt.“

Sam blickte auf den Fluss. „Vielleicht bringt es gar nichts“, sagte er. „Aber Nichtstun macht’s auch nicht besser.“

Hendrik schwieg. Es war keine Zustimmung, aber auch kein Widerspruch. Nur ein Mann im Regen, der wusste, wie selten die Welt für Gnade bezahlt – und wie teuer sie trotzdem wird, wenn man sie ganz vergisst.

Sie sprachen lange nicht mehr. Das Boot glitt weiter, vom Regen gedrückt, vom Strom geführt. Manchmal duckte sich der Wind, dann wieder blähte er sich auf und jagte kalte Gischt über das Wasser.

Ein Reiher flog auf, lautlos, und verschwand in der grauen Weite.

Am Nachmittag ließ der Regen nach. Dampf stieg vom Wasser, dünne Schwaden, die ihre eigenen Wege suchten. Der Himmel färbte sich bleiern, schwer, aber klarer.

Sam prüfte die Wunde des Hundes.

Die Pfeilspitze steckte noch im Fleisch; sie würden sie nicht unterwegs, auf schwankendem Boot, halb erfroren und ohne Licht, sauber herausarbeiten können. Aber er konnte reinigen, was offen war. Und er konnte verhindern, dass der Dreck in der Wunde zu Hause blieb.

Sie nahmen Branntwein aus Hendriks Flasche.

„Verschwendung“, grummelte der. „Das Zeug ist für Männer, nicht für Hunde.“

„Heute nicht“, sagte Sam.

Er goss den Branntwein über die Wunde. Das Tier zuckte, ein dumpfer Laut entfuhr ihm, mehr Schmerz als Stimme.

Als Sam den Lappen fester band, öffnete der Hund die Augen – zwei wache Lichter, die mehr verstanden, als sie zeigen konnten.

Sam hielt den Blick aus.

„Du wirst leben“, sagte er. Er wusste nicht, ob er es ihm versprach oder sich selbst.

Hendrik schnaubte. „Wenn der Himmel es will.“

„Wenn wir es wollen“, sagte Sam. „Und wenn er Glück hat.“

Am Abend fanden sie eine flache Bucht zwischen Weiden.

Dort machten sie Halt.

Der Himmel hing schwer, aber der Regen hatte aufgehört. Sie entzündeten ein kleines Feuer unter einem umgestürzten Stamm, der den Wind brach. Das feuchte Holz rauchte erst, ehe es zu Flamme wurde, und der Rauch roch nach Moos und Erde – nach Leben, nicht nach Tod.

Hendrik hielt ein Stück getrocknetes Fleisch über die Glut, bis es warm wurde und der Rauch ihm den Geschmack von Feuer gab. Das Fett spritzte leise in die Glut.

Sam kniete beim Hund und gab ihm ein paar Tropfen Wasser aus der hohlen Hand. Das Tier leckte sie, zögernd, dann gierig, als habe es erst prüfen müssen, ob die Welt ihm nicht noch einen Streich spielte.

Sam legte die Hand dem Hund in den Nacken, spürte das Zittern unter dem rußigen Fell.

„Jetzt", murmelte er. Mehr zu sich als zu dem Tier.

Er nahm das Messer seines Vaters, wärmte die Klinge nur kurz über der Flamme – nicht, weil Hitze Zauber war, sondern weil kalter Stahl auf kalter Haut noch mehr schreit – und rieb sie dann mit einem in Branntwein getränkten Lappen ab.

Hendrik hielt den Hund an den Vorderläufen und am Kopf fest, fluchend, aber ohne nachzulassen.

Sam tastete die Wunde ab, suchte den harten Widerstand der Spitze, dann schnitt er die Haut einen Fingerbreit auf – gerade so viel, wie nötig war. Der Hund keuchte, ein dumpfer Laut tief aus der Brust; seine Hinterläufe zuckten, doch er biss nicht zu.

Mit einer knappen, konzentrierten Bewegung zog Sam die Spitze heraus. Sie kam mit einem kurzen Widerstand, dann frei – ein kleines, kaltes Stück Tod, das nicht bleiben durfte. Er warf sie in die Glut. Es zischte, und für einen Moment roch es nach Metall und Blut.

Er band die Wunde fest ab. Erst als die Atmung des Hundes ruhiger wurde, merkte Sam, dass seine eigenen Finger zitterten.

Hendrik ließ die Vorderläufe los und wischte sich mit dem Handrücken über den Bart, als wolle er den Augen etwas abstreifen, das dort nicht hingehörte.

„Wie willst du ihn nennen?“, fragte er, ohne vom Feuer aufzusehen.

Sam sah auf das graue Fell, auf die helle Narbe, die sich an der Seite gegen das Dunkel abhob. Ein Tier, das aus einem verbrannten Haus kam, das zwischen Rauch und Regen noch einmal zurückgeholt worden war.

„Ghost“, sagte er nach einer Weile. Das Wort kam leise, aber es passte. „Er sieht aus, als hätte er bei den Toten gelegen und sei trotzdem geblieben.“

Hendrik hob eine Braue. „Du gibst einem Hund einen Geisternamen.“

„Vielleicht war er einer“, antwortete Sam. „Vielleicht ist er's noch ein bisschen.“

Hendrik lachte leise. „Sprichst jetzt schon mit Viechern und Geistern. Du wirst noch wie die Alten aus den Wäldern.“

„Vielleicht waren sie klüger als wir“, murmelte Sam.

Sie aßen schweigend. Über ihnen rauschte der Wind in den Ästen, der Fluss gluckste leise, unruhig wie ein Tier im Schlaf. Das Licht der Glut legte sich in dünnen Streifen über Ghosts Fell und ließ es für einen Moment fast durchsichtig erscheinen – nicht wie Magie, eher wie Müdigkeit im Licht.

Später, als Hendrik eingeschlafen war, blieb Sam wach.

Ghost lag neben ihm, den Kopf auf den Pfoten, das Fell dampfend von der Wärme des Feuers. Sam sah in die Glut und sah darin Bilder: den Vater, Matt, den Hof im Schnee, den Himmel über St. Louis, die rauchschwarzen Balken der Hütte, aus der sie den Hund getragen hatten. Alles kam und ging im Rhythmus der Flammen.

Er legte die Hand auf das Tier. Es atmete ruhig.

Der Herzschlag war schwach, aber regelmäßig – Leben trotz allem.

Und Sam begriff etwas Einfaches, das schwer genug war, um ihn still zu machen: Man konnte nicht alles retten. Aber man konnte entscheiden, was man nicht liegen ließ.

Draußen begann es wieder zu regnen, leise, fast zärtlich.

Das Feuer zischte, der Rauch stieg in dünnen Fäden, und Sam spürte, wie Müdigkeit ihn von innen her weichmachte.

Der letzte Gedanke, bevor er einschlief, war der einer stillen Übereinkunft – zwischen ihm, dem Tier und der Welt:

Solange sie atmeten, waren sie noch nicht fertig mit ihr.

Am Morgen war die Welt verwandelt.

Der Regen hatte nachgelassen, die Bäume tropften, und über dem Wasser hing Dunst wie dünner Atem. Die Weiden wirkten weicher, der Fluss ruhiger, als hätte die Nacht ihm eine zweite Haut gegeben.

Ghost hob den Kopf, schwach, aber wach. Er sah Sam an, und in diesem Blick lag kein Misstrauen mehr – nur eine stille Anerkennung, als hätte er verstanden, dass er bleiben durfte.

Hendrik rieb sich den Schlaf aus den Augen. Sein Blick ging erst zum Hund, dann weiter über das Wasser, als suche er dahinter schon die ersten Linien seines Tals.

„Er lebt also", brummte er.

„Ja", sagte Sam. „Er lebt."

Sie löschten das Feuer sorgfältig und verstreuten die Asche zwischen den Wurzeln. Dann stießen sie das Boot zurück ins Wasser. Ghost wurde wieder zwischen die Säcke gebettet; dieses Mal lag er nicht steif da, sondern folgte mit den Augen jeder Bewegung, als wolle er sich einprägen, wohin die Reise ging.

Der Fluss nahm sie auf wie etwas, das sich nicht wundert.

Der Tag war blass, das Licht kam durch eine dünne Schicht von Wolken, die weder richtig aufriss noch sich ganz schloss. Am linken Ufer stiegen Hügel auf, geduckte Rücken, noch fern und namenlos.

„Da drüben lebt jemand", sagte Hendrik irgendwann und deutete mit dem Kinn in die Ferne.

Zwischen zwei Hügeln stieg ein schmaler Rauchfaden in die Luft, gerade, ohne sich zu verlieren. Kein Brand. Kein Unglück. Ein Herdfeuer. Ein Zeichen von Alltag, so unscheinbar, dass es auffiel.

Sam nickte. „Oder jemand hat noch Gründe, wach zu bleiben."

Hendrik grunzte – und in diesem Laut lag mehr als Spott. Es lag darin etwas wie Zustimmung, die sich nicht so nennen wollte. Dann sagte er, als spräche er zu dem Wasser selbst:

„Wenn wir klug sind, bleiben wir nicht zu lang sichtbar."

Sam sah ihn an. „Du denkst an dein Tal."

Hendrik antwortete nicht sofort. Seine Hand lag fest am Süllrand, die Finger weiß vor Kälte und Entschluss.

„Ich habe da was, das mich kennt", sagte er schließlich. „Nicht wie der Fluss. Anders. Still. Ein Ort, der dich nicht prüft, nur weil du atmest."

Sam schwieg. Er verstand genug.

Der Fluss glitt unter ihnen dahin, und in der Ferne schoben sich die Hügel enger zusammen, als wollten sie den Weg verbergen.

Ghost legte die Schnauze auf den Bootsrand. Er schnupperte, als könne er den neuen Geruch der Welt lesen, ehe sie ihm ihren Namen sagte.

Ein neues Stück Land lag vor ihnen – unbestimmt, aber nicht leer.

Der Rauch, der Regen, das Feuer hinter ihnen – alles war Erinnerung. Vor ihnen nur der Fluss, die Hügel und der erste, zaghafte Hauch von Frühling.

Und zwischen Sam und Hendrik lag jetzt noch etwas Drittes im Boot: ein verletzter Hund, der überlebt hatte – und damit, ob er wollte oder nicht, eine Entscheidung mittrug.

Die Hügel von Red Elk

Der Morgen kam still.

Weit hinter ihnen lag die Flussbiegung, verbranntes Ufer und kalte Asche. Sam roch den Brandgeruch noch manchmal, obwohl sie längst Meilen weg waren: nasses Fell, verkohltes Holz, kalter Rauch. Es war ein Geruch, der sich nicht erklären ließ, nur abwaschen – irgendwann. Wenn überhaupt.

Vor ihnen stiegen die Hügel von Red Elk aus dem Gras. Kein Gebirge. Eher lange Kämme aus Erde, geduckt unter einem Himmel, der noch nicht entschieden hatte, ob er Winter behält oder Frühling zulässt. Tau hing an den Riemen, an den Deckenrollen, an den Gewehrriemen. Der Wind strich flach die Hänge hinab, als würde er erst prüfen, ob jemand wach ist.

Sam saß am kleinen Feuer, das sie über Nacht gehalten hatte, und wärmte die Hände. Die Glut war fast durch, aber sie reichte. Er hatte gelernt, dass „fast“ manchmal alles ist, was man bekommt.

Der Wolfshund lag ein Stück entfernt, zusammengerollt, die Schnauze auf den Pfoten. Beim Atmen hob und senkte sich das Fell langsam. An seiner Seite zog sich eine verkrustete Narbe entlang, hell gegen das dunkle Grau. Sam sah hin, dann wieder weg, so als könnte zu langes Hinsehen das Ganze rückgängig machen.

Sam nannte ihn inzwischen Ghost. Nicht, weil das gut klang. Sondern weil der Hund aussah wie etwas, das man schon verloren hatte und das trotzdem noch mitlief. Sam hatte sich angewöhnt, morgens zuerst nach ihm zu sehen.

Er schob vorsichtig das Fell an der Narbe auseinander. Die Haut darunter war noch gereizt, nicht sauber verheilt. An einer Stelle glänzte es feucht.

Ghost zuckte, aber er schnappte nicht. Er hielt still, als hätte er verstanden, dass Sams Hände nicht wehtun wollten.

Sam atmete durch die Nase aus.

„Noch nicht gut“, murmelte er leise. Mehr stellte er fest, als dass er sprach. „Aber besser als gestern.“

Sam war neunzehn. Das war jung genug, um Fehler zu machen – und alt genug, dass Fehler nicht mehr nur wehtaten, sondern kosteten. Hinter ihm, weiter zurück als diese Hügel, saß Matt in seinem Kopf: acht Jahre alt, zu groß für seine Stiefel, zu klein für das, was passiert war. Und dazwischen die Lücke, die nicht mehr zu füllen war: ihre Mutter, gestorben bei Matts Geburt. Das war kein Drama mehr, das war ein Fakt, der jeden Tag anders schwer wog.

Sam schob ein Stück Holz nach. Der Rauch zog gerade nach oben. Das war gut. Windstill hieß: Geräusche tragen weiter.

Ghost öffnete kurz die Augen. Keine Angst. Nur Wachsein.

Hendrik kam den Hang herauf. Zwei Kaninchen baumelten in seinen Händen, bei den Läufen gepackt. Seine Stiefel waren nass vom Tau, und an seiner Hose klebte Gras. Er sah nicht aus wie jemand, der „jagen war". Er sah aus wie jemand, der gearbeitet hatte. Er legte die Kaninchen ins Gras, als wären es Werkzeuge. „Das hier", sagte er, „war keine halbe Stunde."

Hendrik warf nur einen Blick auf den Hund.

„Er lebt", sagte er.

Sam nickte.

Hendrik ging in die Hocke, sah kurz auf die Narbe. Kein Mitleid, nur Prüfung.

„Wenn's fault, verlieren wir ihn", sagte er trocken. „Dann bleibt er hier. Und wir gehen weiter."

Sam hob den Kopf.

Hendriks Stimme blieb flach.

„So ist das draußen. Du kannst nicht jeden tragen."

Ghosts Ohren zuckten, als hätte er jedes Wort verstanden.

Sam nickte. Mehr nicht. Worte waren am Morgen teuer.

Hendrik deutete hangabwärts. „Siehst du die Linie da unten?"

Sam kniff die Augen zusammen. Erst sah er nichts. Dann etwas: leicht gebogenes Gras, eine Spur, die der Wind zu glätten versuchte.

„Ein Pfad", sagte Sam.

„Alt", sagte Hendrik. „Und wenn du ihn übersiehst, läufst du irgendwann direkt in jemanden rein, der dich nicht sehen will."

Sam sah Hendrik an. Hendriks Gesicht blieb ruhig. Kein Drohen. Nur Feststellung.

Hendrik zog sein Messer. Er hockte sich hin und schnitt das erste Kaninchen auf. Das Blut lief dunkel in die Erde, und Hendrik arbeitete schnell, ohne Theater. Hände, die das tausendmal getan hatten, machen keine Pause zum Staunen.

„Spurenlesen ist kein Trick", sagte Hendrik. „Ist Arbeit. Wer dir was anderes erzählt, verkauft dir Mist."

Sam sah auf die Klinge, auf das Fleisch, auf die Hände. Er dachte an daheim: an Holz, an Spalten, an Faserlauf. Dort hatte man auch gelernt, nicht zu reden, wenn man arbeitet.

Hendrik musterte Sams Packen, die Riemen, das Gewehr. „Zu viel Zeug macht dich langsam. Langsam ist tot. Du kontrollierst nach dem Schlaf erst deine Sachen, nicht den Himmel."

Sam hob die Brauen.

„Pulver trocken? Riemen fest? Messer da?" Hendrik zeigte mit dem Kinn. „Wenn dir nachts einer was klaut, bleibt dir am Morgen kein Gedicht. Dir bleibt nur dumm gucken."

Sam griff an den Gewehrriemen, zog, prüfte. Der Knoten hielt. Er tastete nach dem Messer, steckte es tiefer. Ein Reflex, den er sich erst antrainieren musste.

Ghost hob den Kopf, als Sam sich bewegte, dann legte er ihn wieder hin.

Hendrik stand auf. „Komm. Ich zeig' dir was."

Sie gingen den Hang hinab. Der Boden war weich vom Regen der Nacht. In Mulden standen kleine Pfützen. Sam trat daneben, nicht hinein. Nasse Socken machen langsam und krank.

Er dachte an den Hof. An Erde, die man pflügte. An Spuren, die man kannte: Rad, Hufe, Stiefel. Hier war alles anders. Hier musste man lernen, was der Boden preisgab, ohne dass jemand es erklärte – und ohne dass man Zeit zum Grübeln bekam.

Hendrik blieb stehen und deutete.

„Was ist das?"

Sam kniete sich hin. Ein Abdruck, klarer als die anderen.

„Vier Zehen", murmelte er. „Vorn tief. Hinten schmal."

„Fuchs", sagte Hendrik. „Keine zwei Stunden alt."

Er tippte auf den Rand. „Siehst du das Wasser? Noch nicht ganz weg. Der ist gelaufen, als es noch kühl war."

Sam strich mit den Fingerspitzen darüber. Nässe. Ein Detail, das nicht lügt. Wenn man lernt, es zu lesen.

„Und was bringt mir das?", fragte Sam.

Hendrik sah ihn an. Sein Blick war nicht freundlich, aber auch nicht böse. Nur klar.

„Dass du nicht dumm durchs Land stapfst." Er deutete hangaufwärts. „Wenn du einen hungrigen Fuchs ignorierst, ignorierst du auch, dass hier Beute ist. Und wenn hier Beute ist, sind hier größere Mäuler nicht weit."

Sam nickte. Das war kein Spruch. Das war Logik.

Hendrik zeigte ein zweites Zeichen: eine flache Stelle im Gras, fast rund, als hätte etwas gelegen.

„Da hat er gestanden. Gewartet. Gelauscht." Hendriks Stimme war kurz. „Wenn du die Stelle siehst, weißt du: Hier war Zeit. Und Zeit ist in diesem Land nicht gratis."

Sam schluckte ein trockenes Lachen herunter. Zeit war daheim auch nicht gratis gewesen – aber sie hatte sich anders angefühlt.

Ein paar Schritte weiter zeigte Sam auf einen größeren Abdruck.

„Huf."

„Elk", sagte Hendrik. „Alter Bulle. Allein."

Er kniete sich hin und drückte mit dem Daumen in den Abdruck. „Und er hinkt. Eine Seite tiefer."

Sam sah genauer hin. Ja. Eine kleine Unwucht im Druck, kaum sichtbar.

„Was heißt das?", fragte Sam.

„Heißt: Er ist müde oder verletzt." Hendrik stand auf. „Und beides macht Tiere unberechenbar. Du gehst da nicht ran, nur weil du Hunger hast."

Sam wollte etwas sagen – etwas Trotz vielleicht –, aber Hendriks Ton ließ keinen Platz dafür.

Zwischen den Tritten lag noch etwas anderes: verwischte Hufspuren, unruhig, mehrfach aufgesetzt. Ein Pferd, das nicht stillstand. Keine klare Richtung.

Sam blieb stehen. Das Bild war klein, aber es zog.

„Reiter?“, fragte er.

Hendrik schaute hin, nur kurz. Dann spuckte er in den Staub.

„Kann sein. Kann auch nur ein Pferd gewesen sein.“ Er sah Sam an. „Wichtig ist: Es war nervös. Und nervöse Pferde haben Gründe. Du merkst dir die Stelle.“

Sam nickte. Kein Kommentar. In seinem Kopf setzte sich das ab wie ein Nagel in Holz.

Die Hügel rollten in der Ferne flach dahin. Rotbraunes Gras, dunkle Flecken von Buschwerk, dazwischen blanke Erde. Weite, die nicht tröstete. Weite, die Platz machte – für alles.

Hendrik trat neben ihn. „Du lernst“, sagte er. „Aber du vergisst dabei was.“

Sam sah ihn an.

„Auf dem Hof hattest du Zäune.“ Hendrik deutete in die Ferne. „Hier hast du nur Gelände. Und wenn du glaubst, du wärst der Herr, frisst dich das Land zuerst.“

Sam dachte an Papier, an County-Stempel, an Namen auf Listen. An Männer, die vor Gericht standen, weil sie einem falschen Mann ein falsches Pferd abgekauft hatten. Daheim hatte man wenigstens noch so getan, als gäbe es Ordnung. Hier draußen konnte Ordnung in einer Nacht verschwinden.

„Und Geld?“, fragte Sam, mehr zu sich als zu Hendrik. „Was zählt hier überhaupt?“

Hendrik schnaubte. „Pulver. Blei. Kaffee. Salz. Und ein gesundes Pferd – wenn du eins hast.“ Er zeigte auf Sams Taschen. „Und wenn du irgendwann doch in ein County hineinmusst, zählt auch Papier wieder. Aber bis dahin zählt nur, ob du morgen noch läufst.“

Sam nickte. Er dachte an Matt. An Essen. An den Winter, der nicht fragt, ob du noch was übrig hast.

Sie liefen weiter. Die Sonne stieg höher, der Wind wurde etwas wärmer. Sie gingen nicht schnell. Hendrik ließ Sam schauen. Das war das Tempo: sehen, merken, weiter.

Gegen Mittag fanden sie Wasser, klar zwischen Weiden. Hendrik spannte ein Stück Leinwand als Windschutz. Sam sammelte

Holz, trockenes aus dem Inneren von abgestorbenen Ästen, kein frisches. Frisches raucht und verrät dich.

Ghost trottete humpelnd durchs Gras. Er blieb stehen, schnupperte, die Ohren wach. Ein Tier, das gelernt hatte, dass Geräusche Konsequenzen haben.

Als sie aßen, sprach Hendrik wieder – selten, aber deutlich.

„Regel eins: Still werden. Nicht nur mit den Füßen, auch im Kopf."

Sam kaute, hörte zu.

„Regel zwei: Geh nie denselben Weg zweimal, wenn du's vermeiden kannst. Tiere merken Muster. Menschen auch." Er zog Trockenfleisch aus der Tasche. „Und Regel drei: Du jagst nicht nur mit Eisen oder Pulver. Du jagst mit Zeit. Geduld ist oft der Unterschied zwischen Abendessen und leerem Magen."

Sam nickte. „Fallen?"

Hendrik sah ihn an, als hätte Sam nach dem Wetter gefragt. „Fallen sind Arbeit. Und sie sind Verantwortung."

Sam hob eine Braue. „Verantwortung? Für 'nen Hasen?"

Hendrik knurrte leise. „Für dich. Wenn du 'ne Falle stellst und vergisst sie, frisst du irgendwann verfaulte Knochen oder gar nichts." Er zeigte mit dem Messer auf den Boden. „Du willst leben? Dann denk wie einer, der morgen auch noch etwas zu essen hat."

Sam kaute weiter. Das saß.

Hendrik nahm ein Stück Draht aus seiner Tasche – nicht viel, aber sauber aufgerollt. „Siehst du das? Damit bekommst du Kaninchen. Oder du bekommst Ärger, wenn du's falsch machst."

„Wie?", fragte Sam.

Hendrik legte den Draht auf sein Knie, bog ihn, zeigte einen einfachen Laufknoten. Keine Poesie. Nur Technik.

„Du suchst 'nen Wechsel. Du stellst sicher, dass das Tier nicht lange leidet. Und du markierst die Stelle." Er sah Sam direkt an. „Nicht mit einem Fähnchen. Mit deinem Kopf."

Sam nahm den Draht vorsichtig, prägte sich die Spannung ein, die Form, die Hände.

„Und wenn ein Mensch hineinläuft?", fragte Sam.

Hendrik zuckte mit den Schultern. „Dann hat einer nicht aufgepasst. Und dann hast du vielleicht 'nen Feind." Er lehnte sich vor. „Darum stellst du Fallen nicht, wenn du nicht weißt, wer hier herumläuft. Und darum liest du Spuren."

Sam nickte. Die Kette war einfach: Spur — Risiko — Entscheidung.

Der Nachmittag zog weiter. Die Sonne stand hinter einem Hügel, und das Licht wurde flacher. Sam ging ein Stück abseits, um Holz zu holen. Zwischen Steinen glitzerte etwas.

Er hob es auf: eine alte Pfeilspitze, rostig, aber noch scharf.

Hendrik betrachtete sie, drehte sie zwischen zwei Fingern.

„Cree oder Assiniboine", sagte er. „Alt."

„Wie alt?", fragte Sam.

Hendrik zuckte mit den Schultern. „Kann drei Winter da liegen. Kann dreißig. Eisen hält länger als Worte."

Sam wog das Metall in der Hand. Kalt. Schwerer, als es sein sollte. Ein Stück Geschichte, das nicht um Erlaubnis fragt.

Er steckte es ein. Nicht als Trophäe. Eher als Erinnerung: Hier war schon lange vor ihm jemand unterwegs gewesen, mit Grund, mit Angst, mit Hunger.

Am Abend kam Nebel aus den Senken. Das Gras wurde dunkel im Gegenlicht. Ghost hob den Kopf, ein tiefes Knurren vibrierte in seiner Kehle.

Sam griff automatisch nach dem Gewehr.

„Was ist es?", fragte er leise.

Hendrik lauschte.

Weit draußen kam ein Ruf. Kein Wolf. Kein Mensch. Etwas dazwischen, lang gezogen, hohl. Als würde der Ton durch leere Knochen laufen.

Hendrik sagte schließlich: „Red Elk."

Sam spürte, wie sich sein Nacken straffte. „Gibt's ihn wirklich?"

Hendrik schnaufte, als wäre die Frage zu weich.

„Die Crow nennen die Hügel so. Die Trapper auch." Er sah Sam an. „Ich habe ihn nie gesehen. Aber ich habe Männer gesehen, die nach so einem Ruf nicht mehr richtig geschlafen haben."

Sam hielt die Hand am Schaft.

Hendrik nickte zum Gewehr. „Nicht alles, was du fürchtest, musst du schießen."

Sam zögerte. Dann löste er die Finger langsam und legte die Waffe beiseite. Nicht aus Mut. Aus Vernunft.

Ghost knurrte noch einmal, dann wurde es leiser. Der Hund legte den Kopf hin, aber seine Augen blieben offen.

Sie hielten das Feuer klein. Kein hoher Schein, kein Funkenflug. Hendrik schob Erde an den Rand der Glut, als würde er das Licht selbst abwürgen.

„Wenn hier draußen einer unterwegs ist", sagte Hendrik, „siehst du ihn nicht am Tag. Du siehst ihn an dem, was fehlt."

„Was fehlt?", fragte Sam.

„Vögel." Hendrik deutete in die Dunkelheit. „Geräusche. Wind." Er sah Sam scharf an. „Und wenn du's merkst, bleibst du still. Du rufst nicht. Du winkst nicht. Du spielst nicht den Mann."

Sam nickte. Der Satz blieb hängen, weil er nicht schön war.

Ghost schob die Schnauze an Sams Knie. Sam strich über das Fell, spürte Wärme und das langsame, wortlose Vertrauen eines Tieres, das sich entschieden hatte, zu bleiben.

Sam dachte an Matt. Acht Jahre alt. Zu klein für all das. Zu klug für manche Lügen. Er sah ihn vor sich, wie er gefragt hatte, ob sie wieder nach Hause gehen. Und Sam hatte nichts gesagt, weil „zu Hause" ein Wort war, das seit dem Tod der Mutter anders klang.

Hendrik sagte nach einer Weile, fast beiläufig: „Morgen gehen wir weiter. Früh."

Sam nickte.

„Schlaf, solange du kannst", ergänzte Hendrik. Dann, härter: „Und wenn du etwas hörst: erst denken, dann greifen."

Sam legte sich in die Decke. Der Boden war kalt, aber trocken. Er zog das Messer näher, ohne Drama, nur so. Ghost blieb dicht bei ihm, Rücken an Rücken, als wäre das eine Abmachung.

Der Wind wurde schwächer. Insekten summten irgendwo tief im Gras, ein leises Vibrieren, das nicht beruhigte, aber gleichmäßig war.

Sam blieb eine Weile wach. Er dachte an die Spur vom nervösen Pferd. An den Ruf. An das Stück Draht in Hendriks Tasche. An die Pfeilspitze in seiner eigenen.

Er dachte auch an Geld – nicht als Zahl, sondern als Zeit: wie viele Tage Essen, wie viele Nächte trocken, wie viele Fehler man sich leisten kann, bevor man zum County zurück muss und irgendwer fragt, woher man kommt und warum man allein unterwegs ist.

Irgendwann schloss er die Augen.

Nicht weil er sicher war.

Nur weil man schlafen muss, auch wenn das Land nicht fragt, ob man bereit ist.

Und draußen in den Hügeln war etwas, das man nicht benennen musste, damit es da war.

Das Auge der Erde

Der Morgen kam kühl und trocken. Die Luft roch nach Stein und altem Gras, als hätte die Nacht alles Überflüssige herausgezogen.

Das Feuer im Lager war zu grauer Asche zusammengesunken, der Kessel hing schief über dem letzten Glimmen. Hendrik trat mit der Stiefelspitze gegen ein Glutnest; es knisterte, ein dünner Rauchfaden stieg auf und verschwand in der klaren Luft. Ghost streckte die Läufe, aber vorsichtig. Er gähnte lautlos, die Lefzen kurz angezogen, dann schüttelte er das Fell, dass es leise rauschte. Danach leckte er einmal über die Seite, dort, wo die Narbe saß, als würde er prüfen, ob sie noch zu ihm gehört. Es waren fast vier Wochen vergangen, seit sie Ghost am Fluss aus den Trümmern gezogen hatten. Er lief wieder, aber er war noch nicht heil.

„Aufstehen, Greenhorn", sagte Hendrik und stieß Sam sanft mit dem Stiefel an. „Heute lernst du, die Erde zu lesen. Nicht die Geschichten, die du dir wünschst, sondern die, welche da sind."

Sam setzte sich auf und rieb die Augen. Die Haut roch nach Ruß und Schlaf. Er war noch nicht lange in dieser Art Leben unterwegs, doch die Tage hatten bereits eine Ordnung: wach werden, bevor die Sonne über den Kamm kletterte; ein Stück Pemmikan oder Maisfladen, lauwarmes Wasser aus dem Kessel, das Messer schärfen, die Riemen prüfen, das Feuer ablöschen – und dann marschieren, schweigen, hören, lernen.

Zu Fuß hieß: alles auf dem Rücken. Kein Pferd, das dir Fehler abnahm. Jeder Umweg kostete Beine. Jeder Patzer kostete Zeit.

Heute: lernen.

Hendrik wies mit dem Kinn hangabwärts. „Wir gehen über den Nordhang zum Bach. Tau liegt. Tau ist der beste Lehrer, weil er die Wahrheit nicht versteckt." Er sah Sam dabei direkt an. „Wenn du's nicht siehst, läufst du irgendwann in den falschen Schatten. Und dann ist's vorbei, bevor du's überhaupt begreifst."

Sie brachen auf. Der Boden war hart, der Wind kam sacht aus West, trug den Geruch von Fichtenharz und kaltem Stein. In den

Mulden stand noch Schatten, scharf und sauber, als gehörte er fest zum Gelände. Sam spürte, wie sein Körper, der sich in den vergangenen Wochen an den Marsch gewöhnt hatte, in den bekannten Takt fiel: langsamer Atem, ruhiger Schritt, die Augen nie nur geradeaus, sondern fächernd – links, rechts, nah, fern. Hendrik hatte ihm das eingebläut.

Am Hang lagen Gräser flach, mit Tauperlen daran, die im ersten Licht noch nicht glitzerten.

„Komm her", sagte Hendrik knapp und beugte sich. „Was siehst du? Schnell."

Sam hockte neben ihm. Vor ihnen, schräg den Hang kreuzend, standen Abdrücke im nassen Film, zart, doch lesbar: zwei schmale, herzförmige Klauen, dazwischen der feine Strich, an dem der Tau verwischt war, als etwas Haariges darübergestrichen hatte.

„Reh", sagte Sam.

„Gut. Wieso kein Hirschkalb?"

Sam zögerte. Er dachte an die Tiefe der Fährte, an die Spreizung der Klauen. „Die Trittspitze ist weniger scharf. Das Gewicht … und die Schrittlänge …" Er maß mit der Hand. „Kürzer."

Hendrik nickte. „Geiß mit Kitz. Siehst du?" Er fuhr mit der Fingerspitze die kleinere Spur im Tau nach. „Die Kleine tritt nicht so sicher. Und sie tritt nicht in die Fährte der Mutter – bis jetzt nicht. Später schon. Dann spart sie Kraft. Am Anfang lernt sie erst, wie man überhaupt steht."

Sam ließ den Blick die Hänge hinaufwandern, als könne er das Tier noch sehen, wie es im Halbdunkel dort stand. Ein Teil von ihm wollte nach oben spähen, in der Hoffnung auf ein echtes Geweih, eine echte Bewegung. Hendriks Stimme holte ihn zurück.

„Die Tiere, die du sehen willst, sind längst weg. Die, welche du verstehen musst, sind hier."

Er richtete sich auf. „Du folgst jetzt allein zehn Minuten. Ich gehe oben, bleibe auf Sicht. Du sagst mir beim Wiedersehen, was sie taten, wohin sie gingen – und warum sie hier stoppten."

Sam schluckte, nickte und folgte der Spur schräg hangabwärts. Anfangs sah er nur Abdrücke. Dann die kleinen Zeichen:

eine gestauchte Grasnarbe, an der das Junge ausrutschte; ein abgeknickter Halm, an dessen Spitze ein hauchdünner Schleier hing – Speichel, der den Tau anders band. Er blieb stehen, atmete durch die Nase, roch das Nasse, das Stille. Der Wind blieb gleich. Gut.

Die Fährte führte auf einen Busch zu, Brombeerranken, die unten angefressen waren, sauber wie mit einem Messer. Sam kniete, sah die scharfen Ränder. Reh. Frisch. Er suchte nach Köddeln, fand dunkle, weiche, leicht glänzende. Warm waren sie nicht mehr, aber noch nicht hart.

Er wartete. Ließ den Blick eine Weile über alles wandern, was nicht Spur war: ein blasser Pilz unter einem Ast, ein loses Stück Rinde, das die Nacht abgehoben hatte. Dann sah er die Stelle, an der die Fährte kurz stockte – die Tritte standen näher, tiefer gedrückt.

„Hier haben sie gehorcht", murmelte er.

Und plötzlich verstand er, warum.

Oberhalb, keine zwanzig Schritte entfernt, lag ein Stein, an dem ein Fuchs sein Revier markiert hatte. Der Geruch war stechend, süßlich und scharf zugleich – eine Mischung aus Urin und dem öligen Sekret aus seinen Drüsen. Der Wind hatte es herübergetragen, die Rehe hatten gewittert, innegehalten und waren dann seitlich versetzt weitergezogen.

Sam folgte weiter, bis er Hendriks Handzeichen sah. Er kehrte zurück, das Herz leicht, als wäre ihm etwas geglückt, das man nicht laut sagen sollte.

„Gut", sagte Hendrik, ohne zu lächeln. „Ein Fehler weniger. Mach nicht den Fehler, dich darüber zu freuen." Er sah kurz auf die Spur, dann wieder auf Sam. „Du hast die Unterbrechung gesehen. Und das Warum. Merk dir eins: Nicht das Tier lesen. Das Gelände lesen. Das Tier ist nur die Tinte."

Sie stiegen in den Schatten der Bäume, bis der Bach als silberne Haut zwischen Steinen sichtbar wurde. Das Wasser floss leise, gleichmäßig. An der flachen Stelle lag Schlamm, dunkel, weich.

Hendrik blieb stehen, deutete auf das Ufer. „Waschbär. Gestern Nacht. Siehst du die fünf Zehen wie kleine Hände?"

„Ich sehe sie."

„Truthahn dort, die Kratzer in der Laubschicht. Und hier – " Er beugte sich über eine Holzlasche, halb im Schlamm, halb vom Gras verdeckt. „Eine alte Falle."

Er zog behutsam daran; ein rostiger Bügel kam zum Vorschein, die Feder matt, doch noch federnd, das Scharnier festgefressen.

„Kein Mann aus der Gegend, die würden die so nicht setzen."

Er erklärte ruhig die Teile. „Bügel, Kettenlasche, Erdanker – ein Keil aus Hartholz mit einer Kerbe, brauchst du, wenn du keinen Eisenstift hast. Köder? Fisch – darauf steht der Waschbär. Aber setz ihn so, dass der Wind deinen Geruch nicht zu ihm trägt. Tarnung: Schlamm, Schilf – nichts, was glänzt oder fremd riecht. Stellst du dich gegen den Wind, fängst du nur deine eigenen Geschichten."

Sam hörte zu, sah den Weg der Kette, wie sie geführt war, den Auslösemechanismus, den die Zeit konserviert hatte. Hendrik ließ die Falle zuschnappen, nur ein kurzer, trockener Schlag.

„Zieh nie mit den Fingern daran", sagte er. „Immer mit dem Holzstab. Wenn das Eisen einmal zupackt, lässt es nicht mehr los." Er sah Sam hart an. „Und ein Mann ohne Finger ist hier draußen nur noch Last."

Sie gingen bachaufwärts. Ghost trabte vorweg und hielt die Nase tief. Die Wunde heilte langsam, doch der Wolfshund blieb – stumm, treu, ein Schatten mit Herz.

Plötzlich blieb er stehen, die Rute waagrecht, der Hals lang.

Hendrik hob die Hand. „Bleib."

Er ging an Ghost vorbei und prüfte mit den Augen das Ufer.

„Biber", sagte er nach einem Moment. „Frischer Rutschhang. Sieh die Schleifspur von der Kelle."

Sam trat heran. Im Lehm zog sich eine breite, glatte Rinne vom Wasser hoch zu einem Halbhügel aus Ästen.

„Das ist eine Rutsche?"

„Das ist eine Einladung", erwiderte Hendrik. „Aber nur für Leute, die wissen, wie sie grüßen."

Er wies auf die weicheren Stellen. „Hier stand der Wächter. Die Tritte sind breiter, tiefer. Der Kerl hat Gewicht. Setzt du hier die Falle, nimm einen großen Bügel. Und keine leichte Kette. Der zieht sie dir in den Bau, und du fängst nur noch das Echo."

Er ging in die Hocke und fasste mit den Fingern etwas Dunkles, Öliges aus einer Spalte.

„Castoreum. Drüsensekret. Riecht süßlich. Mach dir die Finger nicht daran schmutzig, wenn du danach dein Brot essen willst."

Sam roch daran und verzog angewidert das Gesicht. Hendrik grinste kurz. „Spar dir das Wundern. Jeder Geruch ist Sprache. Wir sind die Fremden hier; wenn wir nicht lernen zuzuhören, reden wir nur mit uns selbst."

Er zeigte Sam, wie man eine Falle am Rutschhang setzt: Zunächst mit dem Stiefel eine flache Mulde in die Spur, sodass der Bügel eben liegt. Dann dünn Schlamm darüber, nur so viel, dass Metall nicht glänzt, aber die Auslösung frei bleibt.

„Ankern hier, am Wurzelstock. Immer so, dass die Kette nicht über eine Kante reibt. Reibt sie, verlierst du. Leg den Köder nicht dahin, wo du glaubst, dass du ihn gern hättest, sondern dorthin, wo der Biber ihn wittert, ohne den Kopf zu sehr zu senken. Und nimm Handschuhe. Nicht wegen deiner zarten Haut, Sam, sondern wegen deinem Geruch."

Sam setzte eine zweite Falle unter Anleitung. Er war ungeschickt, die Kette verhedderte sich, der Bügel schnappte zu früh zu. Das Metall kniff ihm die Handschuhspitze. Er fluchte leise.

Hendrik sah zu, sagte nichts, bis Sam selbst innehielt und den Aufbau von vorn, konzentriert und kühl, wiederholte. Dieses Mal lag alles, wie es sollte.

Hendrik nickte knapp. „Gut. Wenn's dir beim ersten Mal nicht wehtut, merkst du's nicht. Aber sorg dafür, dass es das letzte Mal war."

Sie verließen den Bach und stiegen in den Waldsaum, der wie eine dunkle Falte am Hang lag. Laub raschelte trocken, der Boden war weicher. Hendrik blieb stehen und deutete mit dem Lauf seines Gewehrs auf den Stamm einer jungen Pappel.

„Hirsch. Rinde geschält. Siehst du die Höhe? Ein starker Bock. Er war gestern hier, vielleicht vorgestern. Die Kanten sind noch hell."

„Und warum hier?“, fragte Sam.

„Weil der Wind diesen Rücken entlangzieht“, sagte Hendrik. „Hier riecht er, was im Tal passiert. Ein alter Bock stellt sich nie blind. Er frisst dort, wo sein Rücken nicht leer ist.“

Er trat einen Schritt zur Seite. „Und dort –“ Er zeigte auf eine Stelle, an der die Laubdecke tiefer eingedrückt war. „– hat er geäugt. Merk dir das, Sam: Nicht jeder Tritt ist vom Laufen. Viele sind vom Stehen. Wer nur die Schritte zählt, verpasst die Gedanken.“

Der Tag war halb vorüber, als Hendrik die Richtung wechselte. „Jetzt Fehlerkunde“, sagte er, und die Mundwinkel hoben sich ein wenig.

Sie fanden eine Stelle, an der jemand anderes versucht hatte, klüger zu sein als der Hang. Eine Falle schlecht gesetzt, zu nah an einem Wildwechsel, zu viel blankes Eisen unter zu wenig Erde. Die Kette über einen Stein geführt, der sie bei Zug scheuern ließ. Hendrik zeigte Sam, wie man solche Dinge erkennt – die Spuren von Hast, von Gier, von Unwissen.

„Die Erde merkt sich Fehler“, sagte er ruhig. „Wenn du Pech hast, merkst du sie mit.“

Er deutete auf die scheuernde Stelle. „Das hier ist Gier. Das da ist Faulheit.“

Sam sah ihn an.

„Gier kostet Fleisch“, sagte Hendrik. „Faulheit kostet Finger. Und Dummheit kostet Tage – bis dir nichts mehr übrig ist außer liegenzubleiben.“ Er spuckte in den Staub. „Und glaub nicht, das Land verhandelt. Es zieht ein.“

Als das Licht zwischen den Stämmen dünner wurde, kehrten sie zum Lager zurück. Der Tag hatte sich in Sams Muskeln abgesetzt, in den Augen, in einem neuen, stillen Wissen, das keine großen Worte machte.

Nach dem Essen zeigte Hendrik ihm noch, wie man am Abend die Lagerstelle glättet, ohne sie zu verwischen: Asche dünn ziehen, Kohlen auseinander, Funken totstreichen mit einem feuchten Ast; kein großer Haufen, keine Brandmale im Boden.

„Die Feuerstelle soll morgen aussehen wie die Erinnerung eines Feuers“, sagte er, „nicht wie eine Ankündigung.“

Er strich mit dem Stiefel ein letztes Mal über den Rand der Glut. „Morgens findest du an deiner eigenen Stelle, was du tagsüber gelernt hast. Und du siehst, was du nachts verbrochen hast." Er grinste trocken. „Meist zu viel." Dann wurde seine Stimme wieder flach. „Und wenn du nachts Mist baust, wachst du vielleicht gar nicht mehr auf, um's zu merken."

Sie legten sich zeitig nieder. Der Wind war abgeflaut, die Bäume standen still. Irgendwo rief ein Nachtvogel leise. Sam hörte, wie Hendriks Atem tiefer wurde.

Ghost hob unvermittelt den Kopf, die Ohren vor, dann atmete er tief aus – ein Laut, der halb Seufzer, halb Vertrauen war.

Sam schloss die Augen. Er sah, ohne zu träumen, den Brombeerbusch mit den sauberen Schnitten, die kleinen, glänzenden Köddel, den Rutschhang am Bach, das helle Holz an der Pappel, das Muster der Tritte auf der Wiese. Nicht als einzelne Bilder, sondern wie eine Abfolge von Gründen.

Das war neu. Es fühlte sich nicht groß an, nicht heroisch. Eher wie das Einrasten eines Zahns im Rad. Etwas griff.

Er drehte sich auf die Seite, die Hand auf Ghosts Schulter.

„Ich hab's nicht begriffen", flüsterte er, ohne zu wissen, wen er meinte – Hendrik, den Hund, das Land. „Aber ich habe angefangen."

Ghost atmete leise, das Fell unter Sams Hand war warm und roch nach Erde.

Die Nacht nahm sie auf, ohne Kommentar.

Am Morgen lag der Tau wieder auf dem Gras, ohne Absicht, ohne Urteil. Wer hinsah, fand eine Geschichte. Wer nicht hinsah, wurde eine.

Die Zeichen des Wildes

Seit sie den Missouri hinter sich gelassen hatten, war die Zeit weich und lang geworden – nicht mehr in Tagen zu zählen, sondern in Lagern, in Feuern, die herunterbrannten, und in Meilen, die sich in die Füße fraßen.

Sam war im Spätwinter vom Hof fortgegangen. Jetzt, knapp sieben Wochen später, fühlte sich jeder Wegabschnitt an wie ein eigener Abschnitt Leben, nicht wie eine Strecke auf einer Karte.

Fast vier Wochen war es her, seit sie Ghost am Fluss aus den Trümmern gezogen hatten – halb verbrannt, mehr Knochen als Hund. Er lief wieder. Aber heil war er noch nicht, und Sam sah es an Kleinigkeiten: daran, wie Ghost das Hinterbein manchmal entlastete, wie er die Narbe kurz leckte, wenn er glaubte, niemand schaue hin.

Zuerst waren da die grauen Morgen gewesen, in denen noch Schnee in den Schatten lag und das Eis an den Pfützen wie zerbrechliches Glas brach. Dann kamen Tage, an denen das Land seine Farbe wiederfand: braunes Gras unter schmelzendem Schnee, dunkle Erde, die roch, als hätte sie ununterbrochen nur auf Luft gewartet. Später lag ein erster grüner Schimmer über den Hängen, so zart, dass ein einziger Nachtfrost ihn wieder hätte nehmen können.

Sie zogen nordwärts, Stück für Stück, den Flusslinien und alten Wildwechseln folgend, über Hügelketten, durch enge Schluchten, über Rücken aus Fels. Zu Fuß klang alles lauter. Ein scheuernder Riemen konnte einen wund machen, ein Klacken verriet dich, und Sand im Stiefel wurde über Meilen zur Strafe. Nachts lagen sie unter Kiefern, in deren Wipfeln der Sturm hing, oder unten in Mulden, wo Nebel kalt stand und die Decke feucht wurde, egal wie sehr man sie vom Boden fernhielt.

Hendrik ging immer voran. Nicht schnell, nie hastig – aber unerbittlich gleichmäßig. Er wählte die Linie wie ein Mann, der weiß, was Umwege kosten: Kraft, Zeit, Vorräte. Ghost lief in einem unsichtbaren Halbkreis um sie herum, tauchte mal vor ihnen auf, mal hinter ihnen, als prüfe er, ob die Welt heute freundlich ist oder nicht.

Sam fühlte mit jeder Woche, wie der Hof weiter hinter ihm lag. Nicht nur in Meilen, sondern in der Art, wie sein Körper sich veränderte. Die Schultern wurden härter, die Hände dunkler, die Schritte sicherer. Er dachte seltener an Häuser und öfter daran, wo Wasser sich sammeln konnte, wo der Wind kälter wurde, wo der Boden nachgibt. Er merkte, dass Hunger nicht plötzlich kam, sondern erst wie eine schlechte Laune, dann wie ein Gewicht in den Knochen.

Manchmal sprach Hendrik tagelang kaum ein Wort. Dann blieb er mitten im Gehen stehen, zeigte mit einem kurzen Nicken auf etwas am Boden – einen aufgewühlten Fleck Erde, mehrere gebrochene Halme, einen dunklen Strich an einer Fichte – und Sam musste sagen, was er sah. Oft lag er daneben, am Anfang fast immer. Aber mit jeder Woche erkannte er mehr: nicht nur die Tritte, sondern das Davor und Danach – wo ein Tier gerastet hatte, wo es gezögert hatte, wo Wind die Spur verschoben und Regen sie flach gemacht hatte.

Die Tage liefen ineinander und wurden zu einem Ritual aus Gehen, Lagern, Weitergehen. Manchmal hörte Sam nachts noch das Schlagen der Schaufelräder in St. Louis oder das Knacken der Balken im Haus des Vaters. Doch am Morgen lag nur der Wald um ihn, und das Gefühl, dass es daheim nicht mehr auf ihn wartete. Nicht wirklich. Wenn er umkehrte, würde er nicht „zurückkommen", sondern ankommen in etwas, das längst weitergezogen war.

An jenem Morgen, an dem Hendriks Tal endlich vor ihnen lag, war die Stille anders.

Nebel hing über den Mulden, bleich und schwer, und blieb in den Zweigen der Birken stehen. Die Luft schmeckte nach kaltem Eisen, nach Stein und nach einem ersten Hauch von Wild. Ghost ging voraus, schmal und weiß, die Nase tief. Hendrik folgte ruhig, den Blick wach, das Gewehr locker über der Schulter, als wäre es mehr Werkzeug als Trost.

„Wir gehen nach Norden", sagte Hendrik, mehr zu sich als zu Sam. „Über den Grat, dann runter. Da unten liegt mein Tal."

Sam sah ihn an, ohne zu fragen. Er wusste inzwischen, dass Hendrik selten etwas erklärte, bevor man es selbst sehen konnte. Der Weg führte über eine Anhöhe, wo der Nebel dünner wurde. Schräges Licht fiel zwischen die Bäume, und auf den Gräsern standen Taupunkte. Irgendwo tropfte Wasser, und in der Ferne rief ein Eichelhäher – rau, spöttisch, nicht nett.

„Wie weit noch?“, fragte Sam, mehr, um zu hören, wie seine Stimme in dieser Stille klang.

„Nicht weit. Wenn du endlich stillgehst, bist du richtig.“

Das war kein Trost, eher eine Anweisung.

Sie stiegen hinab. Der Boden wurde feuchter, der Wald dichter, und ihre Schritte klangen gedämpft. Hier roch es anders: mehr Wasser, weniger Staub. Sam merkte, wie seine Schultern sich unbewusst lockerten, als würden sie das Gelände wiedererkennen, bevor der Kopf es begriff.

Der Nebel riss auf – und vor ihnen lag ein Tal, so still, dass Sam sein eigenes Blut rauschen hörte.

Ein Bach zog sich silbern hindurch, in Schleifen und Windungen. Am Rand standen hohe Zedern, ihre Stämme dunkel. Über den Hängen lag Dunst, dünn, kaum sichtbar, eher ein Schleier als eine Wand. Sam blieb einen Moment stehen, nicht aus Ehrfurcht – aus Instinkt. Stillstehen war eine Art Prüfen geworden.

Hendriks Mundwinkel verzogen sich zu einem kaum merklichen Lächeln.

„Da unten“, sagte er. „Das ist mein Ort.“

Sie gingen weiter, folgten dem Bachlauf. Bald tauchte die Hütte auf: halb verborgen unter einem Dach aus Schindeln, das Moos angesetzt hatte. Das Holz war grau wie altes Fell, die Tür schief, aber fest. Davor stand ein Räuchergestell, daneben ein niedriger Schuppen und eine Feuerstelle aus Stein. Nichts daran war hübsch. Alles daran war brauchbar.

Sam sah die Ordnung darin: kurze Wege, Holz nahe genug, Wasser erreichbar, Sichtlinien, die einen nicht blind machen.

„Hier lebst du?“, fragte er leise, als müsste er sich entschuldigen, diese Ruhe zu stören.

„Hier lebe ich“, sagte Hendrik. „Wohnen tun Leute, die sich auf Mauern verlassen.“

Er stellte sein Gewehr in die Ecke, legte den Rucksack ab und prüfte die Decke auf dem Gestell. Dann ging sein Blick einmal über Sams Packen, über Ghost, über die Tür.

„Mach Feuer, Greenhorn“, sagte er, ohne sich umzudrehen. „Und mach's klein. Rauch sieht man weiter, als du denkst.“

Sam suchte trockenes Holz – gar nicht so leicht nach den feuchten Nächten –, fand Birkenrinde unter einem Überhang, ein paar dünne Zweige, die im Inneren eines Stapels trocken geblieben waren. Er stapelte sie, wie Hendrik es ihm gezeigt hatte: unten Zunder, darüber die ersten Stöckchen, nicht zu fest, damit Luft durchkommt. Er schlug mit dem Feuerstahl, Funken in die Birkenrinde. Zweimal verglomm die Glut. Beim dritten Mal nahm sie.

Ein kleines, zitterndes Flämmchen stand da. Wärme kam später. Erst war es nur: gelungen.

Hendrik nickte, mehr nicht. Er schnitt Trockenfleisch ab und reichte es Sam. „Frühstück. Dann raus. Heute lernst du, was hier lebt.“

Sam kaute. Das Fleisch war zäh, salzig, alt. Aber es füllte den Magen. Für einen Moment dachte er an Matt, acht Jahre alt, zu klein für diese Wege. Er schob den Gedanken weg. Nicht weil er ihn verraten wollte, sondern weil Gedanken ohne Nutzen hier gefährlich waren.

Nach dem Essen brachen sie wieder auf. Hendrik nahm nur sein Messer und ein kleines Stück Seil mit.

„Kein Gewehr heute“, sagte er. „Wir jagen nicht mit Pulver. Wir jagen mit Augen.“ Er sah Sam kurz an. „Und wenn du dich heute erschreckst, gewöhn dich dran. Angst ist nicht das Problem. Dummheit ist es.“

Sie gingen durch das Tal, am Bach entlang. Hendrik zeigte auf den Schlamm am Ufer.

„Was siehst du?“

Sam kniete sich hin. Die Luft roch nach Wasser und altem Laub. „Da war was. Vier Beine. Reh vielleicht.“

„Vielleicht.“ Hendrik blieb ruhig. „Was sagt dir der Abstand?“

Sam zögerte. „Dass es lief.“

„Nein." Hendrik tippte mit der Messerspitze auf die Abdrücke. „Dass es rannte." Er zeigte auf die Kanten. „Siehst du die Erde hinten? Hochgespritzt. Und hier – " Er deutete auf zerbrochene Halme. „Da kam Wind rein. Warm. Frisch. Das Tier hat's in der Nase gehabt und ist weg."

„Wovor?", fragte Sam.

Hendrik sah ihn an, die Augen schmal. „Das wirst du sehen, bevor du's fragst. Sonst bist du zu langsam."

Sie gingen weiter, Schritt für Schritt. Hendrik sprach wenig. Meist zeigte er nur, und Sam musste selbst denken. Spuren von Hasen: kleine, schnelle Bögen im Tau. Spuren von Mäusen: feine Linien am Rand von Grasbüscheln. Einmal fanden sie eine Stelle, wo Erde aufgewühlt war, als hätte jemand gegraben. Ghost schnüffelte daran und knurrte leise.

„Dachs", sagte Hendrik. „Alter Bau. Da drüben ist der neue." Er deutete auf eine frischere Öffnung. „Wenn du leben willst, musst du wissen, wer neben dir lebt. Nachbarn sind nicht immer Menschen."

Gegen Mittag setzten sie sich an eine Lichtung, wo Farn und Brombeeren dicht wuchsen. Hendrik schälte eine Zwiebel mit dem Messer und kaute schweigend. Sam trank Wasser aus dem Bach, langsam, nicht gierig. Der Nebel löste sich, und die Sonne stand schräg über den Hügeln.

Hendrik sagte nach einer Weile: „Die meisten sehen Spuren und denken, sie erzählen vom Tier." Er wischte das Messer am Hosenbein ab. „Die Spur erzählt dir zuerst, wie du selbst drauf bist. Unruhige Leute treten unruhig. Hastige sehen nur, was sie hoffen. Wer still ist, sieht mehr."

Das war nicht poetisch. Das war ein Urteil.

Sam nickte, verstand nur halb, aber er merkte sich den Ton. Er dachte an den Winter am Hof, an Matts Hand an seinem Mantel, an die Unruhe in sich, die ihn weggetrieben hatte. Vielleicht war er wirklich eine Spur gewesen, die man hätte lesen können, wenn jemand gewusst hätte wie.

Am Nachmittag fanden sie den Abdruck einer Wolfspranke, tief und klar im feuchten Boden. Ghost erstarrte, das Fell leicht gesträubt.

„Alt oder frisch?", fragte Hendrik.

Sam ging in die Hocke. „Rand ist scharf. Kein Regen drauf. Vielleicht… heute früh."

Hendrik grinste kurz. „Langsam."

Sie folgten der Spur ein Stück, bis sie sich im Geröll verlor. Sam spürte, wie sich in ihm etwas öffnete: wache Aufmerksamkeit, die nicht nervös war, sondern bereit. Als hätte sein Kopf gelernt, nicht jeden Schatten zu erfinden, sondern den richtigen zu erkennen.

Als sie zurückkehrten, blieb Hendrik plötzlich stehen.

„Geh allein weiter", sagte er. „Bis du etwas findest, das dich anschaut."

Sam nickte, unsicher. Hendrik blieb zurück. Kein Begleiten, kein Zuspruch. Nur der Satz, der wie ein Auftrag zwischen den Bäumen stand.

Ghost blieb bei Sam. Sie gingen bachaufwärts, über weiches Gras, an Steinen vorbei, in deren Schatten noch ein Rest Nacht steckte. Sam hielt den Blick unten, nicht aus Angst – aus Methode. Und dann sah er sie: große Tritte, breit, tief, mit klaren Klauen.

Elch.

Er folgte ihnen, langsam, ohne zu hasten. Das Herz schlug, aber er ließ es. Die Spuren führten zu einer kleinen Senke. Dort war der Abdruck noch frischer, in der Tiefe feucht. Sam kniete sich hin und legte die Hand hinein. Die Form war so groß, dass seine Finger kaum die Ränder berührten.

Er hob den Kopf.

Zwischen den Stämmen, weiter vorn, schob sich ein Schatten. Nicht schnell. Nicht panisch. Ein Stück Bewegung, das nicht flüchtete, sondern nur da war – und dann wieder nicht. Sam hielt den Atem an. Nicht aus Ehrfurcht. Aus Vorsicht.

Der Wind stand günstig. Er trug den Geruch von Fell und Moos heran. Ein schwerer, lebendiger Geruch. Sam blieb stehen, so still, dass sogar Ghost nicht weiterging. Für einen Moment hatte Sam das Gefühl, der Wald würde zurücksehen. Nicht freundlich. Nicht feindselig. Nur prüfend, wie Hendrik, wenn er wissen wollte, ob Sam gelernt hat.

Sam stand lange. Dann drehte er sich um und ging zurück. Nicht, weil er „genug" hatte, sondern weil er begriff: Sehen heißt nicht besitzen. Sehen heißt wissen, wann man nichts tut.

Als er zur Hütte zurückkehrte, saß Hendrik auf der Schwelle und schnitzte an einem Stück Holz, als wäre er nie fort gewesen.

„Gefunden?", fragte er, ohne aufzusehen.

„Ja", sagte Sam. „Elch."

„Lebendig?"

„Nur die Spur." Sam zögerte. „Und... Bewegung. Weiter drin."

Hendrik sah jetzt doch auf. Ein kurzer Blick. „Gut. Das heißt, du bist nicht hinterhergerannt."

Sam sagte nichts. Er wusste nicht, ob das Lob war oder nur Erleichterung.

Hendrik nickte. „Spuren lesen heißt: nicht loslaufen, nur weil du Hunger hast."

Sie aßen Suppe aus getrocknetem Fleisch, dazu ein Stück Brot, das eher Erinnerung als Frische war. Hendrik trank langsam, als würde er jede Portion zählen. Sam merkte: In diesem Tal war Nahrung nicht „genug", sondern „reicht".

Der Himmel wurde dunkler. Ein Uhu rief in der Ferne. Der Bach lief gleichmäßig, ohne sich wichtig zu machen. Ghost hob manchmal den Kopf, knurrte leise in Richtungen, in denen Sam nichts sah, und legte ihn dann wieder ab.

„Es ist ein gutes Tal", sagte Sam schließlich.

Hendrik nickte langsam. „Gut, solange man's achtet." Er sah ins Feuer. „Zerstörst du's, hast du hier gar nichts mehr. Kein Wasser, kein Wild, keine Ruhe." Er hob den Blick zu Sam. „Und wenn's hart wird, lernst du die wichtigste Regel: Nicht immer machen. Manchmal lässt du's. Das rettet dich öfter als Mut."

Später lag Sam in der Hütte auf einem Lager aus Fellen. Er hörte Hendrik draußen Holz spalten. Jeder Schlag war ruhig, gleichmäßig. Nicht wie ein Herz – eher wie Arbeit, die nicht diskutiert. Durch die Ritzen drang das Flackern des Feuers.

Sam roch Rauch, Harz, Erde – und etwas anderes, das er nicht sofort benennen konnte. Es war kein Glück. Eher ein Moment ohne Flucht im Kopf.

Die Wochen auf dem Weg hierher hatten ihn verändert. Nicht nur an Fleisch, auch an Übermut. Aber hier, in dieser Mulde aus Wald und Wasser, fühlte er zum ersten Mal seit Langem, dass er nicht nur etwas verlor, sondern auch etwas fand: einen Ort, der nicht fragte, wer er früher gewesen war.

In der Nacht träumte er von Spuren im Schnee. Sie führten im Kreis, und im Zentrum lag sein Messer, halb im Eis versunken. Als er sich bückte, spiegelte sich darin der Himmel. Und er hörte Hendriks Stimme, fern, aber klar:

„Die Erde redet nicht. Sie zeigt. Du musst nur hinschauen."

Er erwachte kurz vor dem Morgen. Draußen dämmerte es, ein schwaches Grau über den Bäumen. Der Rauch der Feuerstelle zog träge nach oben. Ghost lag an der Tür, wachsam und doch entspannt. Hendrik saß schon, den Kessel über die Glut gehängt, als sei Schlaf nur etwas für Leute, die es sich leisten konnten.

„Morgen", murmelte Sam.

„Morgen", sagte Hendrik. Dann: „Heute lernst du, die Nacht zu lesen." Er sah Sam an. „Spuren, die kein Tier macht. Menschen."

Sam trat hinaus. Der Tau war kalt an den Füßen. Der Boden war fest, lebendig, ohne sich wichtig zu machen. Nebel hing noch im Tal, aber dünner als gestern. Sam atmete ein, und zum ersten Mal fühlte er sich nicht wie jemand, der nur durch die Welt geht, sondern wie jemand, der bleibt – wenigstens für diesen Tag.

Der erste Winter im Tal

Der Schnee kam über Nacht.

Zuerst war es nur ein feiner Staub, der sich auf die Hügel legte und das Gras stumpf machte. Dann wurde er dichter, schwerer, bis der Wald still wurde, als wenn jemand ein Tuch über alles zieht. Die Bäume trugen Weiß auf den Ästen, die Zweige bogen sich, und der Bach vor der Hütte bekam eine dünne, gläserne Haut. Darunter lief das Wasser weiter, leise, als würde es sich nicht beeindrucken lassen.

Hendrik stand im Türrahmen, die Pfeife zwischen den Zähnen, den Blick ins Grau gerichtet.

„So fängt's an", murmelte er. „Erst tut er harmlos. Dann meint er's ernst." Er spuckte zur Seite, als wäre das eine Art Zeichen. „Winter ist kein Feind. Aber er macht keine Ausnahmen."

Sam trat neben ihn. Sein Atem stand weiß in der Luft, die Finger klamm, der Pelzkragen schon mit Reif besetzt.

Er erinnerte sich an den Frühling, als sie hier ankamen. Damals war das Tal noch nass gewesen vom Tau und vom Schmelzwasser, und die Nächte hatten nach Erde gerochen. Dann kam der Sommer. Der Wald wurde dichter, der Bach flacher, das Licht länger. Sie hatten Wurzeln ausgegraben, Beeren gesammelt und Rauchfleisch gemacht, bis alles nach Harz und Fett roch. Hendrik war weiter hinausgezogen, Tage am Stück, Fallen setzen, Fährten prüfen, und Sam hatte gelernt, die Hütte allein ruhig zu halten.

Im Herbst war das Laub gelb geworden und dann braun. Die Luft wurde klarer, und Hendrik begann, Holz zu stapeln, als würde er mit jedem Scheit einen Satz sagen: *So lange willst du leben.* Sam hatte mitgeschichtet, die Hände wund, die Schultern schwer, und eines Tages stand neben der Hütte ein Haufen, der nicht hübsch war, aber beruhigend.

Jetzt war der Winter da. Der erste wirkliche Winter im Tal.

Wochen waren vergangen, seit sie die Hügel erreicht hatten. Das Tal war ihnen zur Welt geworden – still, verborgen, eng genug, dass man alles kannte, und groß genug, dass man sich trotzdem verlaufen konnte, wenn man unachtsam war.

Die Hütte roch nach Harz und gegerbtem Leder. Über der Feuerstelle hingen Stränge von Dörrfleisch, in einer Ecke lagen gestapelte Holzscheite. An der Wand standen zwei Gewehre: Hendriks und Sams. Der Bogen war nur für Tage, an denen man keinen Schuss riskieren wollte. Ghost, der Wolfshund, hatte sich zusammengerollt und hob nur kurz den Kopf, als draußen ein Ast knackte. Seine Narbe war noch da, hell gegen das dunkle Fell. Er war stärker geworden, aber an kalten Tagen schonte er das Hinterbein noch manchmal.

„Wir haben Vorräte für drei Monde", sagte Hendrik, „wenn du nicht so tust, als wär Holz unendlich." Er blickte Sam an, nicht weich, nicht hart – nur klar. „Jeder Span zählt. Und jede Spur, die du machst."

„Ich weiß", sagte Sam. „Ich übe."

Hendrik grinste schief. „Üben ist gut. Aber davon wirst du nicht warm."

In den folgenden Tagen wurde das Tal zu einem Meer aus Weiß. Der Himmel hing tief, manchmal so schwer, dass die Welt kleiner wirkte. Geräusche wurden dumpf. Ein Schuss klang, als wäre er in Decken geworfen worden, und selbst ein Astbruch verlor sich schneller.

Sam gewöhnte sich an den Rhythmus. Morgens raus, bevor das Licht richtig da war. Fallen kontrollieren. Holz hacken. Wasser holen, solange es noch ging. Spuren lesen.

Er hatte gelernt, die feinen Zeichen zu erkennen: den leichten Bruch in der Schneedecke, wo ein Tier nicht nur trat, sondern Gewicht verlagerte; die Stelle, an der der Frost anders lag, weil darunter noch Wasser war; den Atemkegel in der Kälte, der verriet, wie nah etwas gewesen sein musste.

Hendrik ließ ihn selten allein, aber er gab ihm mehr Wege. Erst kurze. Dann längere. Erst am Bach entlang. Dann weiter in den Wald, an Stellen, wo Sam noch vor Wochen nur „Bäume" gesehen hätte.

„Tiere sind im Winter vorsichtig“, sagte Hendrik. „Die wollen nicht gefunden werden.“ Er zog den Kragen höher. „Und wenn du denkst, du siehst nichts, schaust du falsch.“

Der Tag, an dem der Bach ihn beinahe nahm, begann harmlos.

Es hatte in der Nacht geschneit. Trockenes Weiß, leicht wie Staub, das alles glatt machte. Sam stieg den Hang hinab, Ghost an seiner Seite, um die unteren Fallen zu kontrollieren. Der Bach war schmal geworden, ein dunkles Band zwischen Eis. An manchen Stellen war er offen, dort, wo der Lauf schneller war und das Eis keinen Halt fand.

„Bleib zurück“, hatte Hendrik am Morgen gesagt. „Und geh nicht über die Kante. Eis ist ein Lügner.“

Sam hatte genickt. Er glaubte, verstanden zu haben.

Jetzt knirschte der Schnee unter seinen Schneeschuhen, der Atem stand vor seinem Gesicht. Die Luft roch nach kaltem Wasser und nach diesem metallischen Ton, den Sam inzwischen als Warnung kannte. Er beugte sich über eine Falle, befreite ein Kaninchen, prüfte das Fell, hängte es an den Gürtel. Ghost stand ein paar Schritte weiter, die Nase im Wind, der Schwanz leicht erhoben.

„Schon gut“, murmelte Sam. „Nur noch die beiden dort drüben.“

Die nächste Falle lag näher an der offenen Stelle. Das Wasser gluckerte, und der Ton klang zu freundlich für etwas, das töten konnte. Sam tastete mit dem Stock nach dem Eisrand – fest. Er trat einen Schritt näher, mehr aus Gewohnheit als aus Entscheidung.

Der Bruch kam ohne Vorwarnung.

Ein dumpfes Krachen, ein Riss, der unter seinen Füßen aufsprang wie ein Maul – und dann das schwarze Wasser, das ihn packte. Kälte schoss ihm in die Knochen, schnitt ihm den Atem ab. Für einen Moment wusste er nicht mehr, wo oben und unten war. Nur Druck, Dunkelheit, Schmerz.

Ghost bellte, wild, verzweifelt.

Dann Hände – Hendriks Hände –, fest, stark, unnachgiebig. Hendrik lag flach am Rand, das Seil um den Arm, der Körper wie ein Keil gegen das Eis. Seine Stimme kam hart durch die Kälte.

„Halt dich fest! Nicht loslassen!“

Sam krallte sich am Rand fest. Das Eis schnitt in die Finger. Er spürte, wie Ghost an ihm zerrte, wie Fell gegen seine Brust drückte, wie alles in ihm nur noch einen Gedanken hatte: raus.

Hendrik fluchte leise und zog ihn Stück für Stück heraus. Das war keine Heldentat. Das war Arbeit.

Sie schafften ihn ans Ufer, den Körper schwer wie nasser Stein. Ghost taumelte neben ihnen, zitternd, aber wach. Hendrik packte Sam unter den Armen und schleppte ihn den Hang hoch, ohne Diskussion.

In der Hütte knallte er Holz ins Feuer, riss Sam die nassen Sachen vom Leib, rieb ihn mit Tuch ab, dann mit Branntwein, bis die Haut brannte und wieder Farbe bekam. Die Luft roch nach Alkohol, Rauch und Angst.

„Du Narr“, keuchte Hendrik. „Du hörst alles – aber nicht den Moment, wo du stehen bleiben musst.“

Sam zitterte, unfähig zu antworten. Die Zähne schlugen aufeinander. Er schämte sich nicht, weil er gefallen war, sondern weil er es selbst verursacht hatte.

Hendrik kniete vor ihm und sah ihm kurz in die Augen. „Unterkühlung bringt dich leise um. Du merkst es erst, wenn du schon zu langsam bist.“ Er schlug Sam mit der flachen Hand einmal auf die Schulter, nicht freundlich, nicht brutal – wie ein Zeichen: *Wach bleiben.* „Trink. Und beweg die Finger.“

Sam gehorchte.

Tage später war er wieder auf den Beinen. Die Haut an den Händen war rissig, die Bewegungen vorsichtiger. Hendrik sprach nicht mehr darüber. Aber Sam merkte, dass er nun andere Wege bekam – nicht, weil Hendrik ihn schonte, sondern weil Hendrik prüfen wollte, ob Sam verstanden hatte.

Die Nächte wurden länger. Manchmal hörten sie Wölfe, fern und doch nah genug, dass der Bauch sich zusammenzog. Hendrik sagte dann nur:

„Gut. Heißt, die sind da – und wir sind auch noch da.“

Sam begann, die Winterruhe zu schätzen: das rhythmische Knacken des Holzes im Feuer, den Duft von Rauch, den Geschmack von getrocknetem Fleisch, das man nicht mochte, aber benötigte. Er führte ein kleines Notizbuch. Darin zeichnete er Spuren, Fangstellen, Wetterzeichen, schrieb kurze Worte daneben: *Wind Ost. Eis dünn. Biberwechsel.* Keine Sätze. Nur Dinge, die man wiederfinden musste.

Hendrik lachte einmal darüber.

„Wenn du weiter so kritzelst, hält dich eines Tages noch einer für einen Gelehrten."

Sam zuckte mit den Schultern. „Vielleicht muss man hier draußen auch lernen."

Hendrik brummte. „Hier draußen lernst du oder du stirbst. Nenn's, wie du willst."

Im Januar kam eine Kälte, die selbst den Atem hart machte. Das Tal lag unter einer Decke aus Eis, und jeder Schritt wurde zu Arbeit. Die Fallen brachten wenig, aber genug: ein paar Kaninchen, gelegentlich einen Fuchs, einmal ein Biberfell, das Hendrik behandelte, als wäre es Geld.

Er zeigte Sam, wie man Biberfelle schabt, wie man sie mit Rauch konserviert, wie man Sehnen trocknet und zu Fäden dreht. Sam lernte, dass Hände im Winter nicht nur Werkzeug sind, sondern Grenze. Ohne Hände keine Arbeit. Ohne Arbeit kein Feuer. Ohne Feuer kein Morgen.

Eines Abends saßen sie am Feuer, und Hendrik erzählte von seinem ersten Winter, vor vielen Jahren. Nicht viel. Keine langen Geschichten. Mehr einzelne Dinge: Hunger, kalte Nächte, ein Fehler, der fast die Finger kostete.

„Du glaubst, du kämpfst gegen den Winter", sagte Hendrik. „Aber du kämpfst gegen deine Dummheit." Er sah Sam an. „Wenn du das begreifst, überlebst du."

Sam starrte ins Feuer. Die Flammen spiegelten sich in seinen Augen. Er dachte an den Hof, an Matt, an den Satz „Vater ist tot" – so schlicht und so schwer. Er dachte an das Wasser, das ihn gepackt hatte.

„Ich glaube, ich verstehe", sagte er leise.

„Noch nicht ganz", erwiderte Hendrik. „Aber du lernst, wann du aufhörst. Das ist mehr als die meisten."

Ende März wurde das Licht länger, ohne dass es gleich warm wurde. Erst im April brach das Eis am Bach, das Wasser gluckerte wieder, und die Sonne blieb zögernd über dem Tal. Die ersten Vögel kehrten zurück, vorsichtig, als müssten sie prüfen, ob der Winter wirklich gegangen war.

Sam stand eines Morgens auf dem Hügel über der Hütte. Unter ihm zerschmolz das Weiß in Flecken, und in der Luft hing der Geruch von nasser Erde und neuem Wasser. Er erinnerte sich an den Tag, an dem sie hier ankamen – an die Unsicherheit, an das Gefühl, nur geduldet zu sein. Jetzt war etwas anders. Nicht groß. Nicht pathetisch. Aber echt: Er wusste, wo er war. Und er wusste, was ihn hier umbringen konnte.

Hendrik trat neben ihn, die Hände tief in den Taschen.

„Du hast den Winter gesehen", sagte er.

Sam lächelte kurz. „Ich weiß nicht, ob ich's geschafft habe. Aber ich lebe noch."

Hendrik nickte. „Das reicht."

Ghost bellte einmal, sprang voraus, als wolle er testen, ob der Boden schon wieder weich ist. Die Sonne brach durch die Wolken, und dünner Dampf stieg aus dem Schnee.

Sam zog die Schultern hoch und sah in die Ferne.

„Das war mein erster Winter… hier", sagte er mehr zu sich selbst als zu Hendrik. Und er dachte an den Morgen im Spätwinter, als er den Hof verlassen hatte, und daran, wie weit ein Jahr einen Menschen tragen kann, wenn er nicht stehenbleibt.

Hendrik brummte. „Und er wird dir im Nacken bleiben. Das ist gut so."

Am Abend saßen sie schweigend beieinander. Hendrik stopfte seine Pfeife, Sam schabte an einem Fell. Draußen heulte an einem anderen Ort ein Wolf, und Ghost antwortete mit einem tiefen Laut, halb Warnung, halb Gruß.

Der Winter war noch nicht vorbei. Aber Sam spürte den Frühling bereits – nicht als Versprechen, sondern als Arbeit, die wieder anfängt.

Er legte einen Scheit nach. Das Holz knackte, das Feuer wuchs. Draußen fiel noch einmal Schnee, leise, sacht, ohne dass er etwas beweisen wollte.

Der Winter spricht

Der Winter hatte sich noch einmal aufgebäumt. Die Welt war auf ein einziges Geräusch reduziert: Wind in den Fichten, gleichmäßig und tief, als käme er von weit oben und fände hier unten keinen Grund, leiser zu werden. Schnee fiel in breiten Bahnen, nicht schnell, aber ohne Pause. Tage und Nächte liefen ineinander, und an den Fenstern der Hütte wuchs der Frost in dünnen Mustern. Sam stand manchmal davor, sah seinen Atem das Eis kurz auftauen – und im nächsten Moment zog es wieder zu. So war es jetzt: Nichts blieb offen.

Hendrik lag hinten auf dem Bettgestell, unter zwei Decken und einem Fell. Er roch nach Rauch, altem Wild und Krankheit. Am Anfang war sein Husten trocken gewesen, wie ein Kratzen, das man wegarbeitet. Dann kam Schleim dazu, und an manchen Nächten hörte Sam das Rasseln in der Brust, als läge Wasser dort, wo keins hingehört.

Sam hielt die Hütte am Laufen. Brühe aus Knochen und Wurzeln. Feuer klein, aber stabil. Schnee schmelzen, nicht zu viel auf einmal, damit der Kessel nicht auskühlt. Hendriks Lippen befeuchten, wenn die Hitze ihn weckte. Ghost lag dicht bei der Bettstatt, die Schnauze auf den Pfoten. Bei jedem stärkeren Husten hob er den Kopf, nur kurz – Kontrolle, dann wieder Ruhe. Der Hund war seit Wochen gesund genug, um sich zu bewegen, aber Sam sah, dass er das Hinterbein in der Kälte manchmal entlastete.

„Luft ist dünn", murmelte Hendrik einmal. Er hatte die Augen offen, aber der Blick hing irgendwo über Sam hinweg. „Hier oben… wenn du nicht arbeitest, fällst du auseinander." Er wollte noch etwas sagen, brachte es nicht zu Ende, und das Kinn sank zurück ins Fell.

Später redete Hendrik im Fieber. Namen, die Sam nichts sagten. Orte, die nach alten Wegen klangen. Einmal: „Sieben Tagesreisen flussaufwärts. Bis der Schiefer offenliegt und das Wasser über die flachen Platten rauscht." Er schluckte. „Da ist eine Engstelle. Zwei hohe Wände, und eine einzelne Kiefer, die schief über dem Ufer hängt. Dort schlagen sie im Sommer ihr Lager auf.“ Sam setzte sich näher, hörte, prägte sich Worte ein wie Nägel in Holz. Nicht weil er verstand. Weil er ahnte, dass er sie brauchen würde.

Draußen baute der Sturm die Welt um. Sam ging nur noch raus, wenn er musste: Holz holen, kurz die Fallen im Talgrund prüfen, Wasserstelle checken. Er war nicht mehr der Greenhorn-Junge, der bei jedem Schatten zusammenzuckte. Die Kälte hatte ihm Sparsamkeit beigebracht: kleine Wege, keine Umwege, keine Kraft verschenken. Er hielt die Gedanken genauso kurz wie das Feuer.

Trotzdem war da seit Tagen etwas, das nicht passte. Ein Geruch im Wind, schwer und süßlich, wie altes Blut in nassem Fell. Und manchmal ein dumpfes Stampfen, unregelmäßig, zu groß für Hirsch, zu schwer für Elch. Der Sturm schluckte es meistens. Aber nicht immer.

Es begann an dem Tag, als der Himmel für ein paar Stunden klar wurde. Die Berge standen schwarz am Rand der Welt, hart gezeichnet. Das Licht war grell und kalt. Sam ging bis zur Bachbiegung. Unter den Eisplatten lief Wasser, aber langsam. Jeder Schritt knirschte hell im Schnee.

Da sah er die Spur.

Breit. Tief. Die Ränder eingefroren. Ballen wie dunkle Flecken im Weiß, die Krallen als Halbmonde im harten Schnee. Ein Bär – groß, schwer. Der Gang ungleichmäßig. In zwei Abdrücken lag Blut, braun, fast schwarz.

Sam kniete nieder und hielt den Handschuh in den Abdruck. Er passte zweimal hinein.

Er wusste, welcher Bär es war.

Der alte, abgemagerte Bär, den er Wochen zuvor am felsigen Hang gesehen hatte, als der erste Schneesturm durchs Tal gedrückt hatte. Sam war damals auf Schneehasen aus gewesen, die Sharps über der Schulter und die Hände so steif, dass er beim Laden geflucht hatte. Er hatte plötzlich nur Bewegung im Weiß gesehen, einen Körper, der zu groß war für einen Irrtum. Der Bär war aus dem Sturm getreten, Rippen sichtbar unter dem Fell, Augen bernsteinfarben, müde und trotzdem wach.

Sam hatte gezögert. Dann hatte er geschossen.

Zu hoch. Zu flach. Kein tödlicher Treffer. Nur ein Streifschuss, vielleicht Fleisch, vielleicht Muskel nahe der Schulter. Der Bär war weggerutscht, taumelnd, und im Schneegestöber hatte Sam ihn verloren.

Man verliert im Winter leicht den Überblick. Spuren. Abstand. Das Gefühl für Maß.

Aber manches kommt zurück.

Am Nachmittag fiel wieder Schnee. Schwer und dicht. Sam sah an der Holzstapelwand nahe der Tür eine schmale Spur, die nicht dorthin gehörte. Nicht die feinen Linien von Mäusen. Nicht der schnelle, zackige Abdruck von Fuchs oder Marder. Ein Streifen, als hätte etwas Großes und Nasses die Bohle berührt.

Sam roch daran – und wurde still.

Es roch nach Wild – und darunter nach etwas anderem: Krankheit, Hunger, ein Körper, der gegen sich selbst arbeitet.

Ghost knurrte tief im Hals, ohne die Zähne zu zeigen. Ohren hoch. Rute starr. Nicht Panik – Warnung.

„Ruhig“, sagte Sam. Mehr zu sich als zum Hund. „Ruhig.“

Er legte einen Scheit nach, aber nur einen. Kein großes Feuer, kein heller Schein im Fenster. Dann schloss er die Tür von innen, warf den Riegel vor und legte die eiserne Querlatte ein, die Hendrik im Sommer gebaut hatte. Für den Fall, dass etwas nicht klopft.

Hendrik wachte auf, als die Dämmerung in die Hütte kroch. Sein Blick war klarer als an den Tagen zuvor, aber das Leuchten darin war nicht gesund.

„Du riechst ihn“, sagte er heiser.

„Ja.“ Sam setzte sich an die Bettkante. „Der Bär. Ich habe ihn vor Wochen gestreift. Er ist verletzt. Und er ist nah.“

Hendrik schloss kurz die Augen. Als würde er rechnen. Dann nickte er.

„Verletzter Bär im Winter ist kein Tier mehr“, sagte er leise. „Der wird dünn im Kopf. Der sucht Wärme. Und er merkt sich, wer ihn angefasst hat.“

„Wir bleiben drin“, sagte Sam. „Wenn’s hell ist, gehe ich raus, suche die Spur weg vom Haus—“

„Morgen“, unterbrach Hendrik. Ein Hauch Spott, aber ohne Kraft. „Morgen planen die Jungen. Heute hältst du nur durch.“

Die Nacht kam schwarz und ohne Sterne. Der Sturm legte sich, und die Stille wurde größer. In stillen Nächten hört man Dinge, die man nicht hören will.

Das Holz der Hütte arbeitete. Das Feuer brannte klein. Ghost starrte zur Tür, dann zum Fenster, dann wieder zur Tür.

Sam legte die Hand auf den Kolben seiner Sharps, die griffbereit stand. Er prüfte die Ladung. Legte zwei Patronen bereit. Dann holte er zwei Fackeln aus dem Werkzeugkorb – Pech und Stoffstreifen, im Sommer gebunden –, dazu Feuerstein und Zunder. Er stellte alles so hin, dass er es im Dunkeln fand, ohne zu suchen.

Hendriks Stimme kam aus dem Bett, flach: „Wenn er ansetzt, lässt du ihn nicht rein. Kein Heldentum. Nur Grenze.“

„Und wenn er das Fenster nimmt?“, fragte Sam. Er hasste sich dafür, dass seine Stimme dabei kratzte.

„Dann wird’s eng“, sagte Hendrik. „Dann hältst du Feuer vor seine Nase und schießt, wenn du Fell siehst. Nicht vorher.“

Sam nickte, obwohl Hendrik es nicht sah.

Der erste Schlag gegen die Tür kam ohne Ankündigung.

Kein Kratzen. Kein Schnüffeln. Ein kurzer, mächtiger Stoß, der die Bohlen zittern ließ und den Riegel klirren. Ghost sprang auf, ein Laut zwischen Knurren und Bellen, dann stand er breit vor der Tür, die Lefzen hochgezogen.

Sam spürte, wie sein Herz einmal hart schlug und dann leer wurde.

Noch ein Stoß. Tiefer. Schwerer.

Krallen fuhren über das Holz. Das Geräusch war falsch in einem Haus. Als würde jemand Metall über ein trockenes Brett ziehen.

„Nicht öffnen“, kam Hendriks Stimme sofort, jetzt fest. „Lass ihn arbeiten.“

Sam blieb seitlich. Nicht direkt vor der Tür. So hatte Hendrik es ihm beigebracht: nie da stehen, wo der Angriff erwartet wird.

Ein dritter Stoß. Höher. Dann ein dumpfes Ploppen gegen das Holz. Atem. Warm, dick, fiebrig.

Sam hob die Sharps und richtete sie auf die Tür, wissend, dass ein Schuss durch Bohlen dumm ist. Aber die Bewegung hielt ihn ruhig.

Der vierte Stoß kam mit einem Splittern. Oben riss eine Planke an der Kante auf. Ein Spalt, nicht breit – aber genug, dass Kälte und Geruch hereindrangen.

„Ghost. Zurück." Sams Stimme schnitt. „Zurück!"

Der Hund wich einen Schritt zurück, blieb trotzdem in der Linie. Er wollte nicht weg. Er wollte halten.

Sam zündete die erste Fackel. Erst ein zögerndes Flämmchen, dann eine Zunge, die wuchs. Pechiger Rauch stieg auf, biss in die Augen.

Er hielt die Fackel an die Tür, nahe an den Riss, damit Hitze und Rauch hinausdrückten. Vielleicht reichte es. Vielleicht nicht. Aber es war etwas, das der Bär kannte: Feuer.

Draußen Pause. Ein kurzes Abwägen. Dann ein Stoß, schräg gegen den Riegel.

Die Querlatte ächzte. Sam sah, wie eine Eisenklammer die Schrauben leicht hob. Nicht viel. Genug, dass ihm der Mund trocken wurde.

Hendrik richtete sich so weit auf, wie sein Körper es zuließ. Er griff nach dem Messer neben dem Bett.

„Hör zu", sagte er. „Wenn er durchkommt: Du gehst Richtung Herd. Licht. Zweite Fackel bereit. Und du zielst tief. Hüfte. Beine. Brich ihm den Schritt, wenn du's kannst."

„Verstanden", sagte Sam.

Hendrik atmete kurz, als koste ihn jedes Wort etwas. Dann kam es trotzdem, hart und klar, wie ein Auftrag.

„Und wenn's mich nimmt… im Frühjahr gehst du. Flussaufwärts, bis der Schiefer bricht und das Wasser singt. Sieben Tagesreisen, vielleicht mehr. Du sagst ihnen meinen Namen. Den Cree. Kein Betteln. Gerade stehen. Die prüfen dich ohnehin."

„Ich verstehe", sagte Sam. Er sagte es, als wäre es eine Regel, nicht ein Trost.

Der nächste Stoß war kein Stoß mehr. Es war ein Riss.

Holz sprang. Die obere Kante der Tür brach nach innen. Ein schwarzer, dampfender Kopf schob sich durch den Spalt: Fell voller Schnee, Augen zu wach für ein krankes Tier.

Die Schnauze war von einer alten, gärenden Wunde gezeichnet, seitlich aufgerissen, mit gefrorenen Rändern. Der Geruch, der hereinkam, war Blut, Fäulnis und Hunger.

Sam schoss.

Der Knall füllte die Hütte, fuhr in die Rippen. Der Kopf zuckte zurück. Ein grollender Ton kam, nicht wie Wut, eher wie Überraschung.

Eine Pranke schlug durch die Öffnung, traf die Querlatte, riss einen Nagel heraus. Ghost stürzte vor, sprang, verbiss sich in Fell. Sam brüllte: „Zurück!“ Aber Ghost hatte den Biss gesetzt und ließ nicht los.

Der Bär schob. Die Tür gab nach. Jetzt war da keine saubere Grenze mehr. Nur Holz, das arbeitete, und Kraft von draußen, die hineinwollte.

Sam riss die zweite Fackel hoch und zündete sie am Feuer. Rauch, Funken. Er stieß das Licht dem Bären vors Gesicht. Das Tier wandte den Kopf, halb blind vom Schein.

Sam nutzte den Moment, riss die zweite Waffe hoch – Hendriks Gewehr stand griffbereit – und schoss ein zweites Mal, so nah, dass die Mündung Fell berührte.

Ein Ton füllte die Hütte, als würde etwas Altes reißen.

Dann brach die Querlatte.

Die Tür flog auf. Der Bär war drin.

Zu groß für den Raum. Zu schwer für Gedanken. Ein Körper, der atmete und Platz nahm.

Sam stolperte rückwärts. Fackel hoch. Ghost sprang seitlich, biss erneut, tiefer, wo das Fell dünner war, nahe der Achsel. Der Bär schlug blind. Traf Wand, Tisch, Luft. Die Hütte bebte.

In diesem Flackern sah Sam Hendrik.

Der Alte löste sich vom Bett. Nicht schnell. Nicht heroisch. Einfach: Er stand auf, weil es keine andere Wahl gab. In der Hand das Messer, klein gegen diese Masse. Er trat vor, ein einziger Schritt, gezielt, dorthin, wo Fell und Rippen sich treffen.

Der Bär brüllte. Eine Pranke fuhr aus – ein dunkler Schatten im Licht – und traf.

Hendrik fiel ohne Laut.

Sam schrie. Ein kurzer, roher Laut, der ihm selbst fremd war. Dann war er wieder da, wo er sein musste.

Er packte die Fackel und stieß sie dem Tier vor die Schnauze. Fellspitzen fingen Feuer. Der Bär wich einen halben Schritt zurück, blinzelte, schüttelte den Kopf.

Sam griff nach dem Messer, das Hendrik fallen gelassen hatte. Es war warm von seiner Hand.

Er stieß zu. Nicht oben. Tief. Dorthin, wo Hendrik es ihm gesagt hatte. Stahl glitt in Fleisch, und der Widerstand war erschreckend real.

Der Bär taumelte gegen den Tisch. Stuhlbeine kreischten über die Dielen. Die Schale mit Brühe kippte und lief in einem braunen Bogen über den Boden.

Das Tier drehte den Kopf, suchte Ausgang, fand nur Wand, stieß dagegen, dass die ganze Hütte zitterte – und stand dann plötzlich still.

Ein Atem. Noch einer. Pfeifend. Schwer.

Dann sank es, erst auf die Vorderläufe, dann seitlich. Und war nur noch Fell, Masse, Wärme, die aus dem Raum wich.

Sam stand mit der rauchenden Fackel in der Hand, das Messer in der anderen. Ghost keuchte, Flanken schnell, Augen wild, aber lebendig.

Sam ging zu Hendrik.

Hendrik sah ihn an. Sein Hemd war an der Seite rot. Nicht viel Blut, aber genug. Und das Rot wurde schon dunkel.

„Du… warst schnell", sagte Hendrik. Seine Stimme war wieder die alte, trocken, mit diesem Humor, der nichts beschönigt. „Schneller, als ich gedacht habe."

„Halt still", flüsterte Sam. „Ich verbinde das. Ich—"

„Nein." Hendrik machte eine kleine Bewegung, kaum mehr als ein Abwinken. „Kein Flicken." Er atmete flach. „Hör zu."

Sam beugte sich vor.

„Du warst nicht schuld an dem Bären", sagte Hendrik. „Und auch nicht daran, dass er wiederkam. Du hast ihn getroffen, ja.

Aber draußen passieren Dinge. Man lernt nur, was man daraus macht." Er schluckte. „Und du bist geblieben. Das zählt."

Sam presste die Lippen zusammen. Die Worte drohten ihm wegzurutschen.

Hendrik fuhr fort, leiser: „Im Frühjahr gehst du", sagte Hendrik. „Sieben Tagesreisen flussaufwärts. Du suchst die Engstelle mit den Schieferplatten. Du hörst sie, bevor du sie siehst. Und du sagst den Cree meinen Namen."

„Ich verspreche es", sagte Sam. Er meinte es wie eine Unterschrift.

Hendrik nickte kaum sichtbar. „Gut."

Ein winziger Zug huschte über seine Lippen, ein letztes Stück Spitzbub.

„Und füttere den Hund", murmelte er. „Der hält dich ehrlicher als Menschen."

Die Hand in Sams Hand wurde leichter. Dann leer.

Und es war, als hätte die Hütte ein Gewicht verloren und zugleich etwas, das sie zusammengehalten hatte.

Sam blieb sitzen und hielt Hendriks Hand, obwohl sie schon kalt wurde. Ghost legte den Kopf auf Hendriks Knie. Kein Winseln. Kein Laut. Nur Nähe.

Das Feuer brannte weiter, aber kleiner. Glut fiel in sich zusammen. Der Rauch hing unter der Decke und wusste nicht, wohin.

Irgendwann löste Sam sich. Er deckte Hendrik zu, strich ihm das Haar aus der kalten Stirn. Dann stand er auf und sah den Bären an, der mitten in der Hütte lag.

Der Bär war alt, schwer und krank – und trotz allem nur ein Bär.

Sam legte die Hand kurz auf das Fell. Dicht und überraschend glatt.

„Es tut mir leid", sagte er leise. „Um dich. Um ihn. Um das alles."

Das Fell gab keine Antwort.

Am Morgen – es gab einen Morgen, auch wenn die Nacht sich gewehrt hatte – begann er mit der Arbeit.

Er öffnete die Tür ganz. Die Kälte kam herein wie etwas, das kein Recht kennt. Sam legte Bretter auf den Boden und zog den Bären Stück für Stück hinaus, bis der Leib draußen lag. Dann holte er Steine, die er unter dem Schnee fand, einen nach dem anderen. Der Frost ließ keinen Spaten zu. Also musste es Stein sein.

Hinter der Hütte, wo die Fichten dicht standen und der Wind weniger griff, baute Sam einen Hügel. Nicht groß. Aber schwer.

Hendrik lag in Decken und Fell. So, als würde er ihn zum Schlafen betten. Ghost lag daneben, wach.

Als der letzte Stein saß, schnitt Sam mit der Messerspitze in eine innere Türbohle zwei Kerben. Dann noch eine. Dann ritzte er ein grobes Zeichen: zwei Linien, die sich kreuzten wie eine Wegmarke, und darunter ein H.

Nicht für andere. Für ihn.

Danach kochte er etwas, eine Brühe, so dünn, dass sie mehr Wärme als Nahrung war. Er aß ohne Geschmack. Ghost bekam Fleisch. Viel. Der Hund fraß, als würde er verstehen, dass jetzt keiner mehr vergisst.

Die Hütte roch nach Pech, Blut, Schnee und Rauch. Sam öffnete das Fenster einen Spalt, ließ den Dunst abziehen. Dann räumte er auf.

Holzsplitter. Umgeworfenes Geschirr. Zerissene Decke. Der Tisch stand schief. Die Tür war beschädigt. Er setzte sie notdürftig wieder ein, band sie mit Seil, schob den Riegel neu, stellte die Querlatte so gut es ging. Es war keine Reparatur. Es war ein Versprechen: *Noch nicht.*

Die Gewehre reinigte er langsam. Die Klingen wischte er ab, bis sie wieder so aussahen, als hätten sie nie jemanden gekannt.

Er sprach nicht.

Aber in ihm begann etwas zu arbeiten, das nicht mehr aufhörte. Kein Plan. Pläne sind für Orte, wo man Zeit hat. Es war Richtung. Ein Faden, der irgendwo im Osten begann, dort, wo der Fluss flussaufwärts anders klingt und der Schiefer bricht.

In den folgenden Tagen kam der Sturm zurück. Sam hielt das Feuer sparsam, beharrlich. Fallen kontrollierte er nur, wenn es Sinn hatte. Viele standen leer, als hätten auch die Tiere beschlossen, nichts zu riskieren. Einmal fand er einen Marder, eingefroren in der Falle, als hätte der Tod ihn mitten im Schritt erwischt.

Sam dankte kurz. Nicht schön. Aber ehrlich.

Manchmal sprach er Hendrik an, ohne es zu merken, wenn er etwas suchte.

„Wo hast du den Feuerstein hingelegt, alter Fuchs?"

Oder, als Ghost sich auf ein Bärenfell warf, eine Pfote darauf wie Besitz: „Du würdest lachen. Würdest du."

Er lächelte tatsächlich kurz. Es tat weh, aber es war da.

Nachts hörte er den Fluss. Weit unten, unter Eis und Schnee, ein dunkler Lauf, der weiterarbeitete. Der Wind trug manchmal einen Ton herauf, der zwischen Melodie und Warnung hing.

Sam nannte ihn für sich den Fluss der Schatten, ohne darüber nachzudenken, woher das Wort kam.

Am siebten Tag nach Hendriks Tod – Sam zählte die Kerben im Türbalken – stand die Sonne groß und blank über dem Tal, kalt wie Metall. Das Licht machte keine Wärme. Aber es machte Entscheidungen einfacher.

Sam packte. Felle, die im Herbst vorbereitet waren. Seil. Salz, nicht zu viel, nicht zu wenig. Trockenfleisch, so viel er tragen konnte, ohne dumm zu werden. Er prüfte die Schlingen, den Topf, die Axt. Er nahm die Sharps, nahm Munition, zählte sie einmal, dann noch einmal. Nicht aus Angst, sondern aus Gewohnheit.

Ghost beobachtete ihn. Streng. Geduldig. Wie ein Freund, der längst weiß, was beschlossen ist.

„Im Frühjahr", sagte Sam laut, als müsse er es der Hütte erklären. „Wenn der Bach offen ist, gehen wir. Viele Tagesreisen. Wir finden sie. Wir sagen deinen Namen."

Er sah zum Steinhügel hinüber. Nichts bewegte sich. Aber es war, als hätte er trotzdem nicht ins Leere gesprochen.

Die Nacht vor diesem Entschluss war ruhig. Das Feuer hielt. Sam schlief tief, ohne Bilder.

Am Morgen stand er auf und trat vor die Hütte. Der Schnee knirschte hell unter dem Stiefel. Er sah den Hang hinauf, wo der erste Schuss auf den Bären gefallen war, und hob unwillkürlich die Hand, als grüße er einen Fehler, den man nicht mehr rückgängig macht.

Dann ging er hinein, schnallte die Büchse um, strich mit der Hand kurz über den Tisch, der wieder gerade stand.

„Komm", sagte er zu Ghost. „Arbeit."

Der Hund sprang auf, schüttelte sich, und Schnee flog vom Fell.

Sie gingen hinaus in den Tag. Klar. Kalt. Möglich.

Hinter ihnen blieb die Hütte stehen, klein und schwer. Vor ihnen lag der Winter – und irgendwo dahinter der Fluss, die singenden Steine, der Kreis der Leute, die Hendrik gemeint hatte.

Sam ging in ihre Richtung, Schritt für Schritt. Ohne Hast. Ohne Theater.

Er war müde. Und er war nicht mehr der Junge, der am ersten Herbsttag mit zu vielen Gedanken in den Wald gegangen war.

Etwas in ihm war verstummt, ja. Aber an diese Stille schloss sich eine andere: eine, in der Platz war – für Wege, für Stimmen, für das, was noch kommt.

Der Winter sagte nichts Tröstliches. Er war einfach da.

Sam hörte zu. Und ging.

Die singenden Steine

Der Morgen kam ohne Eile. Der Schnee im Tal war fleckig geworden; zwischen den weißen Resten lagen graue, nasse Stellen Erde. Sam saß auf dem niedrigen Schemel vor der Hütte, zog die Handschuhe an, prüfte den Sitz des Messers und strich Ghost über den Hals. Der Wolfshund roch nach Ruß und Fell, und an den Schultern stand das Haar struppig vom Schlafen in der Nähe der Feuerstelle.

Ghost sog die Luft ein, kurz und konzentriert, als hätte er etwas gefunden, das nicht zu sehen war. Dann stellte er das Hinterbein einen Moment lang anders ab, entlastete es, so beiläufig, dass man es übersehen konnte, wenn man nicht darauf achtete. Sam sah es trotzdem. Er sah mittlerweile zu viel.

„Wir gehen", sagte Sam. Seine Stimme klang rau, nicht laut. „Sieben Tage, wenn's hält. Vielleicht acht."

Ghost legte den Kopf schräg. Ein Blick, halb Frage, halb Gewohnheit. Dann schüttelte er sich einmal und trat an, als wäre der Aufbruch nichts Neues, nur Arbeit.

Hinter ihnen blieb die Hütte zurück, ein dunkler Kasten im fahlen Schnee. Die Tür war geflickt, die Querlatte wieder eingesetzt, der Riegel neu. Sam hatte Blut abgewischt, Rauch ausgelüftet, Splitter aus dem Boden gezogen. Trotzdem war der Ort nicht „sauber". Er war still. Und still bedeutete nicht, dass etwas vorbei war.

Sam ging zuerst. Nicht weil er sich mutig fühlte, sondern weil jemand vorn gehen musste. Wer vorn ging, nahm den Wind zuerst. Wer vorn ging, sah die Spur zuerst. Und wer vorn ging, entschied als Erster, ob man anhielt oder weiterging.

Der Pfad zog aus der Senke, über gefrorenes Gras und flache Steinrippen. Unter dem Stiefel knirschte es trocken. Links stand der Wald dunkler, rechts öffnete sich das Gelände in sanften Wellen. Weiter hinten lag der Rücken der Berge, stumpf und grau, als hätte jemand ihn in den Himmel gedrückt.

Sam spürte das Gewicht der letzten Tage in den Augen und im Nacken: zu wenig Schlaf, zu viel Wachsein. Sein Kopf wollte wiederholt zurückschauen – zur Hütte, zur Nacht, zu Hendriks Atem, der aufgehört hatte. Er ließ es nicht zu. Nicht jetzt. Jetzt zählten: Strecke, Wetter, Wasser, Feuerholz, ein Platz zum Liegen.

Ghost lief dicht neben ihm, so nah, dass Sam das warme Atmen hörte. Der Hund trug die Nase tief, nicht hektisch, eher wie ein Mann, der überprüft, ob der Wind heute lügt. Manchmal blieb er stehen, schnupperte, ging weiter. Kein Blick zurück. Nur die klare Linie: vorwärts.

Sie gingen, bis der Boden härter wurde. Das Tal verengte sich. Gras verschwand unter Geröll, und der Wind bekam eine schärfere Kante. Sam merkte, wie die Kälte nicht nur auf der Haut lag. Sie kroch auch in die Finger, wenn er sie zu lange offen ließ.

Als sie den ersten Hang hinaufstiegen, sah Sam zurück. Die Hütte war nicht mehr zu erkennen. Nur Land, Schnee, Fichten. Das war besser so. Orte, die man hinter sich lässt, sollen einem nicht nachlaufen.

Der Pass war kein richtiger Pass, eher eine Einkerbung zwischen zwei grauen Rücken. Der Weg lag dort, wo Stein nachgab und Menschen es sich zu Nutzen machten. Geröll lag am Rand, kantig und lose. Sam trat vorsichtig. Hier bedeutete ein falscher Schritt nicht „Schmerz". Hier bedeutete er: langsamer werden. Und langsamer werden bedeutete: frieren, verlieren, liegen bleiben.

Ghost setzte die Pfoten, als wäre der Boden weich. Sam wusste, dass es nicht stimmte. Der Hund wusste es auch. Er tat es trotzdem, weil man nicht alles mit Angst lösen kann.

Hinter dem Pass öffnete sich eine Schotterrinne. Sie führte in ein flaches Becken, windoffen, karg. In der Ferne sah Sam eine dünne Rauchfahne. Sie stand nicht wie Nebel. Sie stand wie Feuer.

Er kniff die Augen zusammen. Mehr hatte er nicht. Kein Glas, keine Zeit für Umwege.

Ghost lief voraus, ohne zu drängen. Zweimal hob er die Lefzen und stieß einen Laut aus, der eher Warnung war als Knurren. Beim ersten Mal sah Sam nichts. Beim zweiten Mal sah er es: eine Spur quer durch das Becken.

Tritte von Menschen. Aufgetaut und wieder gefroren. Unregelmäßig, als hätte jemand nicht sauber gehen können. Daneben eine Schleifspur, tiefer, breiter – als hätte etwas Schweres etwas anderes gezogen.

Sam blieb stehen, hockte sich hin und prüfte den Rand. Noch scharf genug. Nicht frisch. Aber nicht von gestern.

„Okay", murmelte er. Mehr sagte er nicht. Er zwang sich, langsam zu atmen, und zwang sich, nicht schneller zu werden. Eile war hier oft nur Angst mit einem anderen Namen.

Der Wind roch anders, je tiefer sie in das Becken kamen. Nicht nur nach Stein und Schnee. Da war etwas Metallisches darunter, wie kalte Asche. Ghost blieb stehen und sah Sam an. Das war selten. Wenn Ghost Sam ansah, dann meinte er nicht „Spur". Dann meinte er: „Achtung."

„Ja", sagte Sam leise. „Ich hab's."

Sie gingen weiter.

Als die Sonne höher stand, wurden die Schatten härter. Der Himmel war klar, aber farblos. Ein klares Licht, das nichts versprach. Sam dachte an Wasser, an ein richtiges Feuer, an eine Nacht ohne Windzähne. Er dachte auch an sein Bündel: Fleisch, Salz, ein Rest Kaffee, kaum noch. Und daran, dass „sieben Tage" ein Satz war, den man leicht sagte – und schwer lief.

Dann änderte sich der Stein.

Nicht sichtbar, nicht auf den ersten Blick. Aber unter dem Stiefel lag ein feines Vibrieren, so als würde der Boden nicht nur tragen, sondern antworten. Sam blieb stehen, trat noch einmal auf, langsam. Das Vibrieren blieb. Nicht stark. Nur da.

Ghost blieb ebenfalls stehen. Ohren auf. Schwanz still. Der ganze Hund war Aufmerksamkeit.

„Da sind sie", sagte Sam, ohne nachzudenken. Der Satz war raus, bevor er ihn prüfen konnte.

Der Weg bestand nun aus flachen Platten, die sauber wirkten, als hätte jemand sie gelegt. Dazwischen lag feiner Sand. Sam bückte sich, nahm eine Prise, rieb sie zwischen den Fingern.

Der Sand war warm.

Nicht heiß. Warm wie ein Stein, der lange in der Sonne lag – nur dass hier keine Sonne im Sand steckte. Sam hielt die Finger kurz still. Dann ließ er den Sand fallen, als wäre es besser, nicht zu lange zu fragen.

Ghost schnupperte an den Platten. Er setzte eine Pfote auf, hob sie wieder, setzte sie erneut. Dann trat er einen Schritt zurück und blieb stehen. Kein Knurren. Keine Panik. Nur eine klare Entscheidung.

Sam spürte das Summen jetzt nicht mit den Ohren, sondern irgendwo im Brustbein. Kein Ton, den man benennen konnte. Eher eine Schwingung, die sagte: „Hier ist etwas."

Die singenden Steine.

Er hatte den Namen gehört. Geschichten. Flüstern. Halbe Sätze am Feuer. Er hatte immer gedacht, „singend" sei nur ein Wort für „gefährlich" oder „falsch". Jetzt stand er darauf, und der Boden fühlte sich an, als wüsste er, wo Sam dünn war.

Sam ging weiter, langsamer. Er atmete flach, um ruhig zu bleiben. Ghost blieb dicht bei ihm. Nicht ganz an Sams Bein – aber näher als sonst.

Zwischen zwei Platten lag etwas Kleines, Dunkles. Sam bückte sich.

Ein geschnitzter Fuchs. Holz, handgroß, glattpoliert. Ein Lederfaden daran. Sam nahm ihn auf. Das Holz war warm, wieder dieses unmögliche Warm. Er drehte den Fuchs um. Auf der Unterseite waren Zeichen eingeritzt, flach, nicht tief. Sam verstand sie nicht. Aber er sah: Das war nicht Zufall. Das war Absicht.

Ghost stieß einen Laut aus, leise, fast ein Seufzen.

„Nicht hier", murmelte Sam. Er wusste nicht, ob er mit sich sprach oder mit dem Ort. Er steckte den Fuchs nicht ein.

Stattdessen legte er ihn zurück. Genau dahin, wo er gelegen hatte. Er strich den Lederfaden glatt, ordentlich, als würde er ein Werkzeug richtig hinlegen.

Dann griff er in den Beutel und holte sein letztes Stück getrocknetes Fleisch hervor. Hart, dunkel, nach Rauch riechend. Er legte es neben den Fuchs.

Nicht als Handel. Nicht als Opfer. Sam suchte kein großes Wort dafür. Es war nur ein kleiner, stiller Satz mit den Händen: Ich war hier. Ich habe gesehen. Ich nehme nicht alles.

Ghost setzte sich hin, als würde er Wache halten.

Der Ton im Stein änderte sich nicht. Sam spürte trotzdem, dass es jetzt besser war, weiterzugehen.

Sie gingen. Der Weg führte an den Platten vorbei, als hätte er es immer getan. Die flachen Steine wurden weniger, das Geröll nahm wieder zu, und irgendwann war das Summen weg. Sam merkte erst, dass es fehlte, als der Körper wieder normal wurde: Kopf lauter, Brust freier.

Ghost lief wieder gleichmäßiger. Die Zunge hing leicht heraus. Er war nicht entspannt, aber er war nicht mehr gespannt wie eine Saite.

Gegen Mittag sahen sie Rauch, dieses Mal eindeutig. Kein Strich, kein Vielleicht. Eine kleine Säule aus einer Senke, windgeschützt.

Sam blieb stehen. Sein Magen zog sich zusammen. Nicht vor Hunger. Vor Möglichkeit. Möglichkeit war gefährlich. Möglichkeit brachte Menschen.

Er legte eine Hand auf Ghosts Nacken. Der Hund blieb still, sah in die Richtung des Rauchs und machte keinen Laut. Kein Knurren, kein Bellen. Das war schlimmer als ein Geräusch.

Sam ging weiter. Langsam. Nicht, weil er höflich sein wollte. Sondern weil schnelles Gehen hier oft heißt: Du willst was.

Die Senke war geschützt. In der Mitte stand eine Hütte aus Ästen und Fell, niedrig, dicht gebaut. Am Rand lagen Häute zum Trocknen, festgebunden gegen den Wind. Zwei Bündel Feuerholz waren sauber geschichtet. Ordnung, nicht aus Schönheit – aus Notwendigkeit.

Neben der Hütte hing an einem Pfosten eine Eisenfalle. Alt, aber gepflegt. Das war kein Zufallslager. Das war jemandes Alltag.

Ein Feuer brannte klein und sauber. Davor saß ein Mann. Alt, oder alt wirkend. Graues Haar, scharfes Gesicht, ein Mantel, der aus zwei Mänteln gemacht schien. Er schnitzte an einem Stück Holz. Neben seinem Knie lag eine kurze Pfeife, daneben ein abgewetzter Lederbeutel. Auf der Klappe war ein Muster, das einmal eine Lilie gewesen sein mochte.

Als Sam näher kam, hob der Mann den Blick. Er murmelte etwas auf Französisch – nicht wie ein Gebet, eher wie einen Fluch, den man so oft gesagt hat, dass er stumpf wurde.

Ghost blieb stehen. Kein Schritt vor. Aber auch kein Zurück. Er behandelte den Mann wie einen Fels: da, unverrückbar, nicht zu testen.

Sam blieb in Abstand stehen, weit genug, dass niemand sich gedrängt fühlen musste.

„Wir ziehen durch", sagte Sam.

Der Mann nickte, als wäre das ein Satz, den er schon tausendmal gehört hätte. „Alle ziehen durch", sagte er. Seine Stimme war rau, aber nicht feindselig. „Frage ist nur: Was nehmen sie mit?"

Sam schwieg kurz. Dann sagte er: „Nichts."

Der Mann sah ihn an. Dann Ghost. Dann wieder Sam. „Du bist nicht allein", sagte er.

„Nein", sagte Sam. Kurz. „Nur der Hund und ich."

Der Mann sagte nichts dazu. Er zeigte nur mit dem Kinn auf einen Platz am Feuer. „Setz dich."

Sam setzte sich. Nicht zu nah. Nah genug, um die Wärme zu spüren. Ghost legte sich so hin, dass seine Seite Sams Seite berührte. Keine Sentimentalität. Nur Kontakt.

Der Mann schnitzte weiter. Eine Zeit lang sprach keiner. Sam ließ die Stille arbeiten. Stille log nicht.

Dann sagte der Mann: „Tayan."

Sam nickte. Er nannte seinen Namen nicht sofort. Namen waren hier nicht nur ein Geräusch. Man gab sie, wenn man wusste, dass man sie wiederbekommt.

Tayan ließ es stehen, als hätte er es erwartet. Er sah Sam an, als würde er zählen: Hände, Augen, Mantel, Messer, den Hund. Dann sagte er: „Du bist lange unterwegs."

Sam nickte. „Seit Spätwinter."

„Allein?"

Sam schluckte. Ein Moment, in dem er den falschen Satz hätte sagen können. Er sagte den richtigen. „Nicht mehr."

Tayan nahm das hin, ohne nachzufragen. Er reichte Sam ein Stück Fleisch. Dünn geschnitten, dunkel, trocken. Sam nahm es, roch daran, biss ab. Bison, oder etwas, das in der Nähe davon war.

„Danke", sagte Sam.

Tayan zuckte mit den Schultern. „Ein Mann, der nicht isst, macht nervös."

Ghost bekam auch etwas. Er nahm es vorsichtig, als wäre es nicht nur Futter, sondern Regel. Er sah Tayan kurz an, senkte dann den Blick und fraß.

Sam bemerkte in der Nähe der Hütte einen Streifen blauen Stoff, grob, abgenutzt – Handelsware, alt. Und ein kleines Metallkreuz, das nicht geschniegelt wirkte, eher wie etwas, das schon lange hängt und nicht mehr beweisen muss, dass es da ist.

Tayan schnitzte weiter. Das Holz in seinen Händen nahm Form an. Ein Vogel. Nicht schön. Nicht zierlich. Eindeutig.

„Warum schnitzt du?", fragte Sam schließlich.

Tayan hob den Kopf nicht. „Damit die Hände was zu tun haben."

„Und wenn nicht?"

„Dann fängt der Kopf an, überall hinzugehen." Tayan sah kurz auf. „Und das ist selten hilfreich."

Sam schwieg. Er kannte das. Zu gut.

Nach einer Weile sagte Tayan: „Du warst bei den Platten."

Sam spürte, wie der Rücken hart wurde. „Ja."

Tayan schnitzte weiter, als wäre das ein Wetterbericht. „Die Steine sind nicht für jeden gleich."

Sam schnaubte leise. „Mir reichen normale Steine."

Tayan nickte, als wäre das ein ordentlicher Satz. „Die meisten sagen das."

Sam kaute. Schluckte. Dann fragte er: „Woher weißt du's?"

Tayan deutete mit der Messerspitze in Richtung der Höhe. „Du riechst danach."

Sam verzog den Mund. „Ich habe nichts genommen."

„Gut." Tayan sagte es schlicht. Kein Lob, nur Feststellung.

In diesem Moment kam eine Frau aus der Hütte. Sie schloss den Eingang hinter sich vorsichtig, als würde drinnen etwas schlafen, das man nicht weckt. Aus dem Innern kam ein leises Rascheln, Fell über Fell.

Die Frau stellte eine Schale ab. Sie war nicht jung, aber auch nicht alt. Dunkles Haar, fest gebunden. Hände, die Arbeit kannten. Ihr Fellmantel war an den Nähten mit Perlen besetzt – nicht für Schmuck. Eher wie Markierung.

Tayan sagte: „Niska."

Niska nickte. Sie sah Sam an, sah Ghost an, sagte erst mal nichts. Dann stellte sie Wasser hin.

Sam trank. Das Wasser schmeckte nach Stein. Sauber.

„Wohin?", fragte Niska.

Sam öffnete den Mund. „Süden" war das einfache Wort. Es war auch das falsche. Er hatte keinen Süden. Er hatte nur einen Weg.

„Ich weiß nicht", sagte Sam.

Niska nickte, als wäre das nicht schwach, sondern ehrlich. „Dann gehst du wenigstens nicht blind."

Sam stieß kurz Luft aus. Fast ein Lachen, fast nur Atem. „Blind war ich schon."

Niska sah ihn ruhig an. „Dann geh langsam."

Sam nickte. Langsam konnte er. Langsam war er inzwischen gut.

Als es dunkel wurde, boten sie ihm an, zu bleiben. Sam wollte zuerst ablehnen. Gewohnheit. Misstrauen. Der alte Reflex: Nichts annehmen, was dich bindet.

Dann sah er Ghost. Der Hund lag schon, Kopf auf den Pfoten. Die Augen halb offen. Nicht erschöpft, nur wachsam. Sam kannte diesen Zustand: Ghost schlief nicht richtig, solange Sam nicht schlief.

„Eine Nacht", sagte Sam.

Tayan nickte. Kein „gut". Kein „gern". Nur: Verstanden.

Die Hütte war eng, aber warm. Rauch zog durch ein Loch im Dach. Fell an den Wänden, trocken, dicht. Sam zog den Mantel enger, legte Messer und Büchse so hin, dass er sie im Halbschlaf fand. Ghost rollte sich neben ihm zusammen, warm wie ein zusätzlicher Scheit Holz.

In der Nacht kamen die singenden Steine nicht als Ton zurück, sondern als Körpergefühl. Sam wachte einmal auf, weil sein Herz zu schnell ging, ohne Grund. Er blieb liegen. Wartete, bis es wieder normal wurde. Arbeit, auch das.

Er dachte an Hendriks Hände. An die Art, wie der Alte Befehle gegeben hatte, ohne zu brüllen. An die Querlatte in den Eisenösen. An „Sieben Tagesreisen“. Er dachte nicht lange. Gedanken machten nachts Lärm.

Irgendwann spürte er in seiner Tasche etwas Kleines. Er griff hinein. Seine Finger fanden das Federstück, das er seit Tagen mit sich trug. Weißlich, an der Spitze leicht dunkel. Er hielt es kurz, als müsste er prüfen, ob es noch da war. Dann steckte er es zurück.

Am Morgen stellte Niska ihm ein Bündel hin: getrocknetes Fleisch, ein kleines Messer, schlicht, aber scharf, und ein Stück Lederfaden.

Sam sah sie an. „Warum?“

Niska zuckte mit den Schultern. „Weil du gegessen hast.“

Sam wartete.

Sie sah zu Ghost. Dann zu Sam. „Und weil du bei den Steinen nicht gierig warst.“

Sam schluckte. Er nahm das Bündel. Nicht feierlich. Nur richtig.

Tayan stand daneben und schnitzte, als wäre der Tag nicht anders als Holz: Man bleibt dran, bis etwas Form hat.

Als Sam ging, sagte Tayan: „Wenn du wieder solche Platten findest – hör nicht nach Geschichten.“

Sam sah ihn an. „Worauf dann?“

Tayan hob kurz das Kinn. Sein Lächeln war schmal, nicht freundlich, aber klar. „Auf das, was dein Bauch dir sagt, bevor dein Kopf anfängt zu reden.“

Sam nickte. Das verstand er.

Sie gingen.

Der Weg führte aus der Senke, zurück in die offene Kälte. Der Himmel war grau, das Licht hart. Ghost lief voraus, aber nicht so weit wie zuvor. Er blieb näher bei Sam, als hätte die Nacht etwas festgezogen zwischen ihnen.

Am Abend erreichten sie eine flache Kuppe. Von dort sah Sam in ein anderes Tal. Unten stand wieder Rauch. Dieses Mal nicht wie ein einzelnes Feuer. Mehr. Mehr als einer. Mehr als Zufall.

Sam setzte sich. Er zog die Feder aus der Tasche, betrachtete sie lange, ohne zu wissen warum. Dann ließ er sie zwischen den Fingern drehen. Sie fiel nicht. Sie blieb an der Haut hängen, als hätte sie es gelernt.

Ghost setzte sich neben ihn und sah ebenfalls hinunter.

„Wir gehen nicht schneller", sagte Sam. Mehr zu sich als zum Hund.

Ghost seufzte. Kein Widerspruch. Nur Atem.

Die Nacht kam von Westen her. Der Wind wurde schwächer, als hätte er für heute genug getan. Sam wickelte sich in den Mantel, zog die Knie an und ließ die Augen schließen.

Bevor er einschlief, flüsterte er einen Namen. Einen, den er lange nicht gesagt hatte. Nicht, weil er ihn vergessen hatte. Sondern weil manche Namen Türen sind, und Türen öffnet man nicht aus Versehen.

Er sagte ihn noch einmal, sehr leise, und schlief.

Die Steine unter ihm sangen nicht. Aber in seinem Körper blieb etwas davon: ein Ton ohne Klang, der nicht verschwand. Und unten im Tal stand Rauch, dünn und entschlossen.

Der Weg der Geister

Der Schnee schmolz nur langsam und blieb in Mulden und Schatten liegen, unter den Büschen, an den Kanten der Hügel, wo die Sonne ihn nur streifte und gleich wieder verlor. In den Rinnen stand Schmelzwasser, dünn wie Glas, und dort, wo die Erde es aufsog, wurde der Boden dunkel und schwer. Es roch nach nassem Lehm, nach kaltem Stein, nach Holz, das monatelang keine Wärme gesehen hatte. Wenn man tief genug atmete, schmeckte man kalten Rauch, nassen Lehm und dieses metallische Beißen, das Frost im Mund hinterlässt.

Krähen riefen in der Ferne. Keine großen Schwärme, eher einzelne Vögel, die hochflogen und sich treiben ließen. Sie kamen nicht heran. Sie hatten gelernt, dass Menschen, die so gehen, nichts zurücklassen – weder Abfälle noch Fleisch, nur Spuren und Müdigkeit.

Tawa ging vorn, weil es jemand musste.

Seine Beine waren hart wie altes Leder, und jeder Schritt zog an den Sehnen, als läge dort ein dünner Draht. Er trug Felle über der Schulter, die von den letzten Tagen noch feucht waren und schwer geworden waren, dazu den Speer und die Waffe, die er nicht ablegte, auch wenn die Schulter darunter brannte. Der Riemen hatte eine Stelle am Hals aufgerieben; wenn er den Kopf drehte, schmerzte es, als würde Salz in die Haut gerieben. Er hielt den Blick nach vorn, weil das leichter war, als nach hinten zu schauen und zu zählen, wer noch da war.

Das Land vor ihm war flach, grau und braun, als hätte der Winter die Farben herausgerissen. Vereinzelt drückte sich Grün durch, kleine Halme, die so dünn waren, dass man sie für tote Fasern halten konnte. Tawa kannte diese Gegend nicht wie eine Karte, sondern so, wie man Wege kennt: am Wind, am Wasser, an Stellen, wo Pferde nachts nicht stehen dürfen, und an Mulden, in denen die Kälte liegen bleibt.

Hinter ihm zog der Stamm in einer Reihe, die nicht schön war, aber zweckmäßig. Wer ein Kind trug, ging innen. Wer die Schlitten zog, hielt Abstand, damit niemand in die Stränge trat. Die

Pferde gingen versetzt, damit sie nicht alle dieselben Stellen auftraten und im weichen Boden rutschten. Ordnung entstand hier nicht aus Stolz, sondern aus Erfahrung.

Im Herbst waren sie neun Familien gewesen. Jetzt waren es fünf.

Die Zahl war kein Gedanke, den man lange festhielt. Sie war ein Stein im Magen. Die anderen waren geblieben – hinter ihnen, am Ort des Winterlagers, in Hütten aus Weiden und Erde, in der weißen Stille, in der kein Rauch mehr aufstieg. Manche waren an Krankheit gefallen, manche an Hunger, manche an Feinden. Der Winter brauchte keine Geschichten. Er nahm, was schwach war, und ließ den Rest laufen.

Tawa erinnerte sich an den Tag, als sie das Winterlager im Süden aufgeben mussten. Der Wind hatte ihre Spuren zugeweht, aber an manchen Stellen war der Schnee rot gewesen, und das Rot blieb in seinem Kopf hängen, als würde es dort nicht auftauen. Frauen hatten im Schnee gekniet und mit bloßen Händen nach ihren Kindern gegraben, weil sie keine Zeit hatten, erst Handschuhe zu suchen. Männer hatten die Hütten nicht angeschaut, als sie gingen, weil ein Blick zurück manchmal genügt, um stehenzubleiben.

An jenem Tag hatte Tawa seinen Bruder selbst getragen, weil es sonst niemand konnte. Der Junge war kaum sechzehn Winter alt, ein Pfeil steckte in seiner Brust, und sein Atem wurde mit jedem Schritt leichter. Er hatte noch geatmet, als sie losgingen.

Am dritten Tag war er still geworden in seinen Armen.

Tawa schob die Erinnerung weg, weil sie ihm sonst in die Knie kroch. Er blickte über die Schulter.

Wasketa ging hinter ihm, der Häuptling, alt und mager, aber mit einem Rücken, der sich nicht beugte. Neben ihm ging Tala, die Heilerin. Ihr Tuch war einmal rot gewesen. Jetzt war es stumpf und graubraun, an den Rändern ausgefranst. Ihre Hände waren rissig, und an den Fingern klebte immer ein Rest Asche, weil sie Feuer machte, wenn es möglich war, und Wunden versorgte, wenn es nötig war.

Die Kinder liefen dazwischen. Einige trugen kleine Bündel, weil man sie früh arbeiten ließ. Andere schleppten nur sich selbst, und das reichte. Die Frauen zogen Schlitten, flache Gestelle aus Holz und Rohhaut, die über Schnee noch gut glitten, im tauenden Boden jedoch schwer wurden und ruckelnd hinter ihnen herliefen. Darauf lagen Felle, Werkzeuge, Knochenmesser, zerbeulte Töpfe – alles, was der Stamm noch besaß und nicht auf den Schultern tragen konnte.

Die Pferde schnaubten erschöpft. Ihre Flanken zitterten. An manchen Stellen war das Fell aufgescheuert, wo Stricke und Last gerieben hatten. Zwei Tiere waren in der Nacht gefallen, einfach umgekippt, weil der Körper nicht mehr konnte. Am Morgen hatte man die Häute abgezogen, schnell, mit kalten Fingern, und das Fleisch geteilt. Kein Streit, keine großen Worte. Nur dieses knappe Nicken: So ist es jetzt.

Windläufer, der alte Graue, war ihm geblieben. Klein, dunkel, zäh. Er stampfte beim Halten manchmal mit dem Vorderhuf, als wolle er sagen: Weiter. Seine Augen waren wach. Wenn irgendwo ein Geräusch war, hörte Windläufer es zuerst.

Die Sonne stieg blass und ohne Kraft. Sie wärmte nicht. Sie machte nur sichtbar, was man lieber nicht ansehen wollte: aufgesprungene Lippen, frostige Nasen, dunkle Ränder unter den Augen.

Ein Junge kam neben Tawa heran, kaum zwölf Winter alt. Die Füße waren in Fellstreifen gewickelt, die nass geworden und wieder gefroren waren.

„Wann erreichen wir den Fluss?“, fragte er und versuchte, beiläufig zu klingen, als wäre das eine Sommerfrage.

Tawa schaute auf seinen Gang. Das Hinken war leicht, aber es war da.

„Wenn die Sonne dreimal untergeht“, sagte er. Dann, ohne Härte, aber ohne Trost: „Und wenn du deine Zehen behältst.“

Am Mittag machten sie Halt. Nicht weil sie wollten, sondern weil die Kinder sonst umfielen. Tala suchte eine Mulde zwischen zwei Steinen, wo der Wind weniger biss. Die Frauen sammelten dürre Zweige, die beim Brechen wie Knochen klangen. Ein Feuer entstand, klein und vorsichtig, mehr Rauch als Wärme. Sie aßen halb gebratenes Fleisch, das außen warm und innen zäh war; Fett, das im Mund klebte und nicht schmeckte, aber Kraft gab.

Tawa saß etwas abseits und sah nach Norden, wo das Land sich öffnete. Dort sollte das Sommerlager liegen: zwischen Weiden und Wasser, dort, wo Gras hochstand und man nicht jeden Morgen zählen musste. Er hielt das Bild nicht fest wie ein Lied. Eher wie man sich an eine Richtung hält, wenn sonst nichts bleibt.

„Du bist weit weg", sagte Wasketa.

„Ich denke daran, wie es war."

„Und ich denke daran, was noch ist", erwiderte der Alte, und sein Blick ging zu den Kindern und zu den Händen, die Knoten nachzogen und Riemen festzurrten. „Nicht viel. Aber genug, wenn wir es nicht wegwerfen."

Als die Sonne sank, brachen sie wieder auf. Das Licht wurde hart. Über den Rinnen lag Schmelzwasser, das am Rand schon wieder fror. Ein Sturz bedeutete Zeitverlust, und Zeitverlust bedeutete Kälte. Einmal hörten sie Wölfe, nicht nah, aber nah genug. Die Pferde wurden unruhig. Tala streute Asche über den Weg, damit der Geruch nach Fett und Fleisch weniger deutlich stand. Vielleicht half es nicht. Aber es gab den Leuten etwas zu tun.

In der Dämmerung blieb Tawa stehen, weil er etwas roch, das nicht zu ihnen gehörte.

Rauch.

Nicht der dünne, arme Rauch ihres eigenen Feuers. Dieser roch nach Holz, das richtig brannte. Und darunter lag etwas von Fett und Fleisch, von Wärme.

Tawa kniete nieder, drückte die Finger in den Boden und spürte feine Asche. Frisch.

„Menschen?", fragte Tala.

„Menschen", sagte Tawa. „Aber nicht unsere."

Wasketa schnupperte kurz. „Vielleicht Jäger."

Tala zog ihr Tuch enger. „Oder welche, die im Hunger falsch werden."

Tawa stand auf, zog den Speer näher an den Körper und sah über das Land.

„Wir lagern hier", entschied er. „Morgen suchen wir den Rauch."

Sie bauten das Lager am Rand eines kleinen Wäldchens auf. Die Kinder sammelten Reisig, die Frauen spannten Felle zwischen die Bäume, jemand reparierte einen Schlittenknoten, weil die Rohhaut durchgescheuert war. Nichts davon sah gut aus. Aber ohne diese Handgriffe standen sie morgen nicht mehr auf.

Das Feuer brannte niedrig. Sterne standen über ihnen.

In der Nacht drehte der Wind. Er kam aus dem Norden und trug den Geruch deutlicher heran: Holzrauch, Fett, Fleisch. Tawa hob den Kopf. Windläufer schnaubte leise, die Ohren spitz.

„Was ist es?", fragte Tala.

Tawa stand auf und trat ein paar Schritte aus dem Lager, bis er den Rand der Bäume besser sehen konnte.

„Nicht der Feind", sagte er. Dann, nüchtern: „Aber jemand, der Feuer kennt."

Über der dunklen Linie der Bäume, am nördlichen Horizont, glomm ein Punkt. Klein. Fern. Echt.

Tawa blieb stehen, bis der Wind nachließ. Hinter ihm schlief der Stamm unruhig, Kinder mit kleinen Lauten im Schlaf, Pferde mit gelegentlichem Scharren. Der Speer lag schwer in seiner Hand, nicht wie ein Symbol, sondern wie das, was er war: Arbeit und Entscheidung.

„Vielleicht sind es Geister", murmelte er, mehr zu sich selbst. „Vielleicht sind es Menschen."

Dann legte er sich wieder nieder, den Speer an der Seite, die Hand auf dem Boden. Und als der Wind über das Lager strich, träumte er nicht von großen Versprechen, sondern von einfachen Dingen: von einem Feuer, das nicht ausgeht, und von einem Morgen, an dem man nicht wieder jemanden zurücklassen muss.

Das Land, das schweigt

Der Morgen hob sich schwer aus dem Tal. Frost hing in den Bäumen, jeder Zweig mit einer dünnen Schicht Eis überzogen. Tawa ging vorn, die Hand am Speer, und achtete weniger auf die Strecke als auf die Atemzüge hinter sich: wie kurz sie wurden, wie oft jemand den Mund schloss, um nicht zu husten, wie ein Kind den Schritt verkürzte, ohne stehenzubleiben.

Windläufer ging nicht im Zug. Der alte Graue trug Tawa, wenn es nötig war, und hielt Abstand, wach und leicht zu lenken. Die Last zog die Stute – das letzte Tier, das noch Geschirr und Strang ertrug. Ihr Atem stand weiß in der Luft, und wenn sie antrat, schabte der Huf kurz über gefrorenen Boden, als müsste sie sich jedes Mal neu entscheiden.

Die Kinder stapften in die Trittspur der Erwachsenen, damit der Schnee vor ihnen nur halb so hoch war. Niemand klagte; wer klagt, verliert Zeit, und wer Zeit verliert, friert.

Ein Rabe flog tief. Sein Schatten strich über Tawas Wange, schnell und kalt. Rechts am Rand der Senke wuchs kurzer Schilf; darin knisterte das Eis, dünn und brüchig. Tawa kniete, legte die Hand auf die Oberfläche des Wassers. Die Kälte biss sofort durch die Haut. Unter dem Eis glitt etwas Dunkles vorbei – vielleicht ein Fisch, vielleicht nur ein Ast, den der Strom langsam drehte. Tawa ritzte mit dem Messerrücken ein Zeichen in die Fläche, nicht als Spiel, sondern als Hinweis: Wasser. Vielleicht Fische. Vielleicht eine Pause, die mehr bringt als Stillstand.

„Noch eine Stunde“, sagte Cheno hinter ihm. Keine Frage, eher ein Versuch, dem Weg eine Form zu geben.

Tawa hob nicht den Blick. Ein Mädchen – Naya – stand neben ihm. Ihre Finger hatten sich in das Fell gekrallt, um die Wärme zu halten. Der Hunger hatte die Wangen flach gemacht, die Augen groß. Tawa hielt ihr das Messer hin und zeigte auf den Schilfstreifen.

Naya verstand. Sie schnitt vorsichtig, damit die Halme nicht splitterten, und legte sie auf den Unterarm wie ein Bündel Pfeile. Das Schilf war zum Binden. Daraus drehten sie Stränge – für

Schlingen, für Riemen, für Knoten, die halten mussten, wenn Leder riss und Rohhaut zu kurz wurde. Als sie sich wieder aufrichtete, stand die Sonne ein wenig höher – warm wurde es nicht.

Das Feuer am Mittag war kaum ein Feuer. Morsches Weidenholz, das mehr Rauch als Flamme gab. Aluna, die Älteste, blies, bis die Glut endlich hielt, und ein Junge – Peta – legte dünne Zweige nach, so schnell, als könnten seine Hände die Wärme festhalten. Cheno schüttete getrocknete Wurzeln in den Kessel; das Wasser wurde dunkel und bitter, aber es wärmte den Bauch für einen Moment.

Es ging nichts herum außer einem Streifen getrocknetem Fleisch, so hart, dass er bei Berührung brach. Die Älteren schoben die größeren Stücke zu den Kindern; die Kinder wollten protestieren, nahmen sie dann aber doch, denn niemand wird satt von Stolz.

Nach dem Essen – wenn man es so nennen wollte – nahm Tawa den Speer und ging ein Stück hangaufwärts. Er suchte nicht nach Tieren. Er suchte nach Menschen: nach Rauch, nach frischen Schnittstellen, nach dem falschen Geruch von Fett und Öl.

Über einer flachen Kuppe stand Rauch, dünn und gleichmäßig. Tawa zog die Augen zusammen. Zwei Herzschläge lang hörte er nur Wind. Dann kam ein Ton, fern, trocken: Holz, das getroffen wird – und darunter ein metallisches Klacken, als schlüge Eisen gegen Eisen.

Er kehrte zurück und sagte nichts. Man schickt nicht sofort Angst durch eine Gruppe, die nur noch das Gehen kennt. Stattdessen setzte er sich neben Naya und zeigte ihr, wie man Schilf in Stränge dreht, die Finger dabei nass macht, damit die Halme sich nicht spalten, und wie man aus drei Strängen eine Schlinge flechtet. Naya nickte und machte es nach, langsam, bis die Bewegung in die Hände ging.

Am Nachmittag brach der Himmel auf und ließ Licht durch. Es half, mehr nicht.

Die Stute stolperte zuerst nur. Ein kurzer Ruck durch den Strang, ein heiseres Schnauben. Dann knickten die Vorderbeine weg, und das Tier fiel, als hätte es den Boden plötzlich nicht mehr unter sich.

Tawa war mit zwei Schritten bei ihr. Er legte die Stirn an den Hals, der nach Fell, Schweiß und Müdigkeit roch. Die Augen der Stute waren gerändert von Frost. Sie atmete stoßweise, einmal, noch einmal – dann blieb die Luft weg, als hätte jemand eine Tür zugemacht.

Niemand sagte „Tod“. Wörter hatten hier Gewicht.

Cheno wollte das Messer ziehen. Seine Finger zitterten, als er nach dem Griff tastete – Hunger und Gewohnheit, beides zugleich.

Aluna legte ihre Hand auf seinen Arm.

„Nicht“, sagte sie.

Nur dieses Wort. Leise, aber fest.

Cheno sah sie an, und man sah, dass er widersprechen wollte. Dann sah er die Kinder, die zu nah standen und zu still waren, und er schluckte den Satz hinunter.

Die Stute stolperte zuerst nur. Ein kurzer Ruck durch den Strang, ein heiseres Schnauben. Dann knickten die Vorderbeine weg, und das Tier fiel, als hätte es den Boden plötzlich nicht mehr unter sich.

Tawa war mit zwei Schritten bei ihr. Der Hals war heiß unter dem Fell, zu heiß für diese Kälte. Die Flanken arbeiteten stoßweise, der Atem kam in kurzen Stößen, und aus den Nüstern lief dünner, schaumiger Speichel.

Er legte die Hand an die Rippen und spürte das Zittern darunter.

„Sie war krank“, murmelte Tala, die sich neben ihn kniete. „Seit Tagen.“

Cheno zog bereits das Messer, denn Hunger ist schneller als Gedanken.

Aluna hob die Hand.

„Nein.“

Cheno erstarrte. „Fleisch ist Fleisch.“

Tala sah ihn an, hart.

„Nicht, wenn das Tier verendet.“

Aluna kniete sich langsam hin, strich der Stute einmal über die Stirn, als wäre es mehr Abschied als Trost.

„Wenn wir das essen", sagte sie leise, „liegen morgen Kinder im Schnee. Nicht vor Hunger – vor Fieber."

Chenos Finger lösten sich vom Griff. Er schluckte.

Niemand widersprach mehr.

Sie lösten das Bündel von den Stangen und teilten, was die Stute getragen hatte: Felle, Werkzeuge, Knochenmesser, die letzten Reste Vorrat. Kein Murren, kein Fluch – nur das langsame Einatmen von Notwendigkeit.

Der Hunger blieb.

Aber die Krankheit blieb draußen.

Keiner widersprach laut. Aber die Stille war nicht nur Zustimmung. Sie war Müdigkeit – und ein Rest Hunger, der sich nicht weg reden ließ.

Tawa schnitt eine Strähne aus der Mähne, wickelte sie in Leder und band sie an seinen Gürtel. Nicht als Schmuck. Als Erinnerung: Man geht nicht leicht weiter.

Sie gruben nicht. Der Boden war hart wie Horn. Stattdessen schleppten sie Steine, legten sie über den Körper, schwer und dicht, damit Krähen und Wölfe nicht sofort holen, was sie zurücklassen mussten. Cheno murmelte etwas, das kein richtiges Gebet war, eher Dank – kurz und leise.

Der Marsch am Abend war stiller als der am Morgen. Schnee schob sich unter den Füßen zu feinem Staub. Einmal sahen sie Spuren, die nicht zu Mokassins passten: eckig, tief, mit scharfen Kanten, als hätte jemand Eisen unter den Sohlen.

Tawa ging in die Hocke, legte die Hand in einen Abdruck. Die Kante war frisch.

Er roch an der Luft: Rauch, Fett – und dieses kalte Metall, das nicht hierhergehört.

Er hob den Finger an die Lippen. Sie machten einen Bogen, nicht groß, aber weit genug, um nicht blind in etwas hineinzugehen, das schon auf sie wartete.

Die Nacht kam schnell. Zwischen den Pappeln am Bach spannten sie eine Decke als Windbrecher. Tawa hackte ein Loch ins Eis, legte sich auf den Bauch und hielt den Speer schräg ins

Wasser. Der Strom lief langsam. Das Wasser war schwarz, und wer lange hineinsah, sah irgendwann Dinge, die der Hunger hineinlegt – deshalb schaute Tawa nur so lange, wie es nötig war.

Aluna saß auf einem Stein und summte, tief und gleichmäßig, nicht um Geister zu rufen, sondern damit die Kinder ruhig atmeten.

Nach vielen Herzschlägen strich etwas am Holz entlang. Tawa stieß zu, ruhig, ohne Hast. Als er den Fischspeer herauszog, zappelte ein Fisch im Schnee, silbrig und schmal. Er legte ihn beiseite, hielt den Atem an, wartete weiter.

Noch einmal glitt Bewegung unter dem Eis.

Ein zweiter Stich, ein kurzes Aufblitzen.

Dann ein dritter, kleinerer Fisch, der ihm fast entkam, bis Peta ihn mit beiden Händen festhielt, als trüge er etwas Kostbares.

Es waren nur zwei, vielleicht drei Stück – nicht genug, um satt zu machen, aber genug, dass Fett auf die Lippen kam und für einen Moment Wärme im Bauch lag.

Peta jubelte nicht. Er hielt die Hände hin, als bekäme er etwas Zerbrechliches.

Sie brieten die Fische in der Glut, teilten sie mit den Fingern, jeder nur ein paar Bissen, mehr Geschmack als Mahlzeit – aber in solchen Nächten zählt selbst das.

Fett lief über die Lippen und blieb einen Moment länger im Mund, als hätte es Platz gemacht.

Später ging Tawa am Rand der Lichtung entlang. Im Weiß lag etwas Kleines: ein Knopf aus Messing, fleckig, mit Fadenresten in den Löchern. Er roch nach kaltem Finger und Salz. Nichts daran gehörte zu ihnen. Tawa drehte ihn zwischen Daumen und Zeigefinger und steckte ihn ein. Kein Triumph. Eher ein Hinweis, den man nicht wegwerfen darf.

Der Schlaf kam schnell, weil der Körper ihn sich nahm. Tawa träumte unruhig: Wasser, Nebel, ein fernes Licht, das mal da war und mal nicht. Ein Schatten darin, der genauso gut ein Tier wie ein Mensch sein konnte. Als er aufschreckte, war der metallische Geschmack im Mund wieder da – der Geschmack von zu wenig Essen und zu viel Wache.

Der Morgen brachte Geruch. Nicht den ihres Feuers. Ein anderer: verkohltes Harz, aufgerissenes Fett, nasser Stoff, der nie ganz trocknet. Sie löschten ihre Glut, verscharrten die Asche und legten frischen Schnee darüber.

Tawa führte sie hangaufwärts, wo die Pappeln dichter standen. Sie gingen leiser. Nicht aus Mut, sondern aus Vorsicht.

Zweimal blieb Tawa stehen, nur so lange wie ein Atemzug. Beim dritten Mal hörte es auch der Jüngste: klirrendes Metall, Schritte, dann eine Pause. Das klang nicht nach Jägern, die sich an Wild heranschieben. Das klang nach Männern, die arbeiten und sich sicher fühlen.

Sie sahen die erste Fichte erst, als sie fast dagegenliefen. Der Stamm war frisch geschlagen, das Holz hell. Daneben Stümpfe, sauber geschnitten. Sägespäne lagen im Schnee, gelb und trocken.

Ein paar Schritte weiter: eine Falle, Zähne aus Eisen, der Bügel offen, mit Schnee gepolstert. Tawa roch Fett – nicht Tierfett, eher das, was Menschen an Eisen schmieren, damit es nicht quietscht.

Neben dem Eisen lag Fell: kurze, dichte, graue Haare. Fuchs. Ein wenig Blut, dunkel in der Kälte.

Tawa drückte den Bügel nach außen, nur so weit, dass das Eisen seine Spannung verlor. Keine Zerstörung, nur eine Warnung, die jeder Fallensteller versteht. Dann deckte er die Stelle wieder zu, glatt.

Sie zogen weiter, ohne laut zu sprechen. Die Kinder trugen Zweige, die Frauen Rindenstücke, die Männer die Kälte auf den Schultern und den Blick in der Ferne.

Gegen Mittag kamen sie in ein Becken, in dem die Kälte sich sammelte. Ein Bach ging hindurch, streckenweise frei, grün im Schatten wie altes Glas. Die Luft dort unten war stiller, dichter, und jeder Atemzug fühlte sich an, als läge er schwerer in der Lunge.

Tawa blieb stehen und ließ den Blick über den Schnee gleiten.

Hier waren Spuren.

Nicht nur eine.

Mehrere schmale Wechsel zogen sich durch die Senke, zwischen Wurzeln und Buschwerk, als hätte das Wild selbst seine kleinen Wege in das Weiß geschrieben. Hasen hatten sich hier umgetrieben, angelockt von den kahlen Halmen und dem offenen Wasser, immer auf denselben Pfaden, weil Tiere in Hungerzeiten nicht experimentieren.

Tawa wies mit dem Kinn.

Naya kniete sich hin. Ihre Finger waren steif vor Kälte, doch sie arbeiteten ruhig. Sie band eine Schlinge an einen biegsamen Zweig, zog den Knoten fest, prüfte ihn zweimal. Dann eine zweite.

Peta half ihr, hielt die Stränge, so vorsichtig, als könne man Hunger zerreißen, wenn man zu hastig ist.

Sie setzten die Schlingen über die schrägen Spuren, dort, wo die Hasen immer wieder zwischen zwei Wurzeln hindurchmussten, weil der Weg hier eng war und der Schnee daneben tiefer lag.

Als alles lag, saßen sie still.

Nicht aus Untätigkeit, sondern aus Notwendigkeit.

Tun ist nicht immer Bewegung.

Am Nachmittag ruckte der erste Zweig.

Ein kurzes Zucken, ein Flattern im Schnee.

Ein Hase hing in der Schlinge, die Hinterläufe peitschten feinen Staub in die Luft.

Kurz darauf der nächste.

Dann noch einer, weiter oben am Rand des Beckens, wo Naya eine dritte Schlinge gelegt hatte.

Bis die Sonne tiefer stand, hatten sie vier, vielleicht fünf Tiere.

Nicht groß.

Nicht reich.

Aber genug, dass es nach Fleisch roch und nicht nur nach Rauch.

Peta sprang einmal auf, wollte jubeln, doch Tawa hielt ihn am Mantel, sanft.

„Leise", sagte er.

Nicht wie einer, der verbietet, sondern wie einer, der weiß, dass jedes Geräusch Hunger anzieht.

Aluna kam herüber, legte jedem Tier eine Handvoll Gras auf das Fell, ein stiller Dank, der nicht viel benötigt, um wahr zu sein.

Dann begannen sie zu arbeiten.

Die Messer schnitten, die Glut knisterte, Fett tropfte in das Feuer und zischte.

Dieses Mal war es mehr als ein paar Bissen.

Nicht genug für Überfluss.

Aber genug, dass die Kinder zum ersten Mal seit Tagen satt wirkten, auch wenn keiner das Wort aussprach.

In der zweiten Nachtwache zog Wind über die Ebene. Er roch nach Fluss, nach nassem Stein, nach fernem Rauch. Tawa stand und lauschte. An einem anderen Ort, weit weg, knallte es kurz und trocken – ein Laut, der nicht nach Holz und nicht nach Eis klang. Die Kinder zuckten zusammen. Aluna summte eine tiefe Note, lang, bis die Schultern wieder sanken.

Am Morgen fanden sie Spuren über ihrem eigenen. Kleine, runde Löcher, ein Vierertakt: Wolf, vielleicht zwei. Die Kinder blickten zu Tawa. Er strich die Spuren weg, bis der Schnee wieder nur Schnee war. Und sie gingen weiter.

Kurz vor Mittag traten sie aus den Pappeln in eine weite Mulde. Auf der gegenüberliegenden Seite stieg Rauch auf, neu und dünn. Davor lag ein Streifen umgestürzter Bäume. In diesem Streifen blinkte Metall.

Tawa hob die Hand. Alle sanken zu Boden.

Er roch: Fett, altes Öl, salziges Leder. Gedämpfte Stimmen. Eine fremde Sprache. Ein kurzes Lachen. Dann wieder Arbeit: ein Axthieb, ein Krachen, Schnee, der vom Stamm rutscht.

Aluna kroch zu ihm, so nah, dass er ihren Atem hörte.

„Nördlich“, flüsterte sie. „Nördlich, bis der Bach breit wird. Dann westlich. Das Sommerlager ist der einzige Ort, der uns wiedertragen kann.“

Tawa nickte. Sie zogen sich rückwärts zurück, Schritt in den eigenen Schritt, bis der Wald sie wieder schluckte.

Auf dem Rückweg sah Naya in einer Astgabel einen Streifen Stoff hängen, blau, nass, fransig. Nicht von ihnen. Tawa ließ ihn hängen. Manche Dinge nimmt man nicht mit.

Am Abend lag der Bach breit. Schwarzes Wasser, langsam drehend, dazwischen Schollen, die klirrten. Sie legten Decken als Windschutz und stellten den Kessel auf die Glut. Peta hielt die Hände über die Wärme und tat so, als gehörte sie ihm.

Später stand Tawa am Wasser. Sein Gesicht spiegelte sich schmal im Schwarz. Für einen Moment flackerte fern ein Licht auf – zu kurz, um sicher zu sein. Als er sich umdrehte, war da nur Wald. Aber der Geruch blieb: Öl, Rauch, etwas Fremdes.

Tawa legte die flache Hand auf den Boden. Die Erde war kalt. Mehr nicht.

„Wir sind noch hier", flüsterte er.

Am nächsten Morgen ritzte Tawa mit der Messerspitze drei Zeichen in die Rinde einer jungen Pappel: einen Kreis, halb offen nach Süden; darunter zwei kurze Linien; daneben ein schräges Kreuz. Naya sah zu und fragte nicht.

Sie gingen los. Der Schnee gab nach, aber er trug. Aus den Senken stieg Nebel. Und im Nebel lag der Geruch von Erde, die nicht mehr schlafen wollte.

Kurz vor der Ebene lag im Schnee ein zweiter Knopf, flacher, ohne Glanz. Daneben ein halber Abdruck, eckig, scharf.

Tawa hob den Knopf auf und legte ihn zum anderen in die Tasche. Zwei kleine Dinge, die mehr sagten als viele Worte.

Sie blieben stehen, alle, als hätten es ihre Füße beschlossen. Cheno zog eine kleine Pfeife aus Rinde und blies hinein. Der Ton war dünn, wanderte ein Stück und kam zurück.

Naya trat neben Tawa. Ihre Schulter berührte seine.

Tawa sah über die Ebene. Er roch Rauch. Er roch Menschen.

Er atmete ein.

Dann ging er weiter.

Die Spur des Rauches

Der Morgen kam wie eine dünne Haut über dem Land, gespannt zwischen Kälte und einem Versprechen, das keiner laut aussprach. Der Schnee trug noch die alte Härte der Nacht, doch an den Rändern der Schatten begann er, weich zu werden. Dort, wo die Sonne hinlangte, glitt ein fahler Glanz über die Kruste, und darunter stand Schmelzwasser, das sich tagsüber löste und nachts wieder anzog, als wolle die Welt prüfen, ob man es ernst meint mit dem Weitergehen. In der Ferne lag die Ebene offen und glatt, glänzend, still, unbarmherzig – ein Ort, an dem man nicht verschwinden kann, wenn man falsch steht.

Tawa ging voran, die Füße im harten Schnee, den Speer wie einen festen Griff in der Hand. Hinter ihm kam der Zug langsam, schweigend, mit jener Stille, die nicht aus Frieden entsteht, sondern aus Erschöpfung. Es war ein Schweigen, in dem jeder Schritt zählt, weil er Kraft kostet und weil keiner weiß, wie viele Schritte noch übrig sind. Man hörte das Knarzen von Lederriemen an den Schlitten, das Schaben von Rohhaut über gefrorene Kanten, und dazwischen das leise Schnauben von Windläufer.

Windläufer war das letzte Pferd. Nicht das Pferd des Stammes, nicht ein Tier, das man beliebig vor einen Schlitten spannte. Windläufer war Tawas Pferd, ein alter Grauer, klein, zäh, mit Augen, die mehr sahen, als Menschen gern zugeben. Er trug Tawa – und manchmal, wenn es sein musste, ein Bündel, das nicht auf den Schlitten durfte: Feuerstahl, ein Messer, ein Beutel mit Kräutern, Dinge, die man nicht verlieren kann, ohne dass der Tag kippt. Mehr nicht. Wenn Windläufer fiel, fiel nicht nur ein Tier. Dann fiel eine Möglichkeit.

Aluna ging ein Stück hinter Tawa. Ihre Augen waren halb geschlossen, nicht weil sie müde war, sondern weil sie so besser hörte. Wer lange draußen lebt, lernt, dass der Wind zuerst erzählt, wo Wasser liegt, wo Rauch hängt, wo etwas Fremdes im Land steht. Wenn sie die Lider senkte, wirkte es, als lege sie etwas in sich ab, das man später wieder benötigt: ein Gebet, einen Hinweis, eine Erinnerung.

„Wir gehen“, sagte Tawa, ohne sich umzudrehen.

Es klang nicht wie ein Befehl. Eher wie das Einrasten einer Entscheidung, die man lange hinausgezögert hat, weil sie wehtut.

Rokan ging auf, bis er neben Aluna war. Sein Gesicht war vom Frost rot, aber nicht nur vom Frost. Er hatte die Nacht über gewacht, weil Gedanken wacher sind als Muskeln, wenn der Magen leer bleibt. Hunger ist ein höflicher Gast – aber er setzt sich irgendwann in die besten Schuhe, als wären es seine.

„Ohne das Fleisch?“, fragte er.

Tawa drehte sich halb. Nicht langsam, nicht demonstrativ – nur so, dass die Gruppe sah: Der Satz ist gehört worden. „Ohne das“, sagte er.

Rokan verzog den Mund, als hätte ihm jemand etwas weggenommen, das ihm zustand. „Fleisch ist Fleisch.“

„Nicht, wenn es umschlägt“, sagte Tala.

Sie stand schon da. Immer stand sie schon da, wenn es um Körper ging – um Blut, um Atem, um das, was man noch retten kann und was nicht. Ihre Hände steckten in den Ärmeln, aber ihre Augen waren wach und trocken.

Tawa nickte ihr zu, kaum sichtbar. Dann hob er das Bündel, um das es ging: einen Beutel mit getrockneten Streifen, hart wie Leder, dunkel, mit einer Stelle, die feucht geworden war. Es war wenig. Es war zu wenig, um es zu verlieren – und genau deswegen war es gefährlich.

Tala nahm einen Streifen zwischen zwei Finger, rieb ihn, roch daran. Ihr Gesicht veränderte sich nicht dramatisch. Es wurde nur stiller, wie ein Messer, das auf dem Holz liegt.

„Muffig“, sagte sie. „Süß. Nicht gut. Wenn ihr das esst, liegt morgen jemand mit Krämpfen im Schnee. Ein Kind, wenn wir Pech haben. Und Pech haben wir zu oft.“

Ein Murmeln ging durch die Männer. Nicht laut. Man stritt im Winter nicht gern laut. Lautes Streiten kostet Atem, und Atem ist Wärme.

„Früher“, murmelte jemand. „Früher, als die Alten jung waren, hat man gegessen, was da war. Es gab nur Leben oder Tod.“

Aluna hob den Kopf. Sie sprach nicht gegen den Hunger. Sie sprach gegen den Fehler.

„Früher", sagte sie, „hat man manchmal gegessen, was einen am nächsten Tag krank machte, weil der Hunger lauter war als alles andere." Ihr Blick ging zu den Kindern, die in den Spuren der Erwachsenen traten, um nicht einzusinken, die Decken zu dünn, die Hände zu schnell blau. „Heute haben wir weniger. Aber wir haben noch Verstand. Krankes Fleisch macht aus Hunger Fieber. Und aus Fieber macht es Gräber, die wir nicht graben können."

Ein paar Männer lachten kurz und leise – nicht weil es lustig war, sondern weil ein Lachen manchmal den Druck ablässt, damit man wieder atmen kann. Hanu murmelte: „Wenn die Welt durch ein Feuer passt, dann passt alles in unseren Topf."

Seyo, der Kleinere, dessen Humor manchmal wie ein dünnes Messer ist, das man erst merkt, wenn es schon schneidet, setzte nach: „Vielleicht schmeckt Hoffnung mit Salz."

Er senkte gleich den Blick, als hätte er zu laut gedacht.

Tawa ließ den Speer sinken, bis die Spitze den Schnee streifte. Nicht als Geste. Als Erdung. „Wir lassen es", sagte er. „Nicht, weil wir stolz sind. Weil wir morgen noch gehen müssen."

Aluna nickte, und ihr Ton wurde weicher, ohne schwach zu werden. „Hoffnung isst man nicht", sagte sie. „Man trägt sie. Und wenn sie zu schwer wird, teilt man sie, damit keiner allein daran erstickt."

Tawa ließ den Blick nach vorn gehen. Nicht, weil er die Richtung nicht kannte, sondern weil er die Angst nicht im Rücken wachsen lassen wollte. „Wir gehen weiter", sagte er. „Nordwärts. Am Powder River entlang, solange uns die Uferweiden und die Kanten Deckung geben. Wenn es zu offen wird, weichen wir westlich in die Weiden und kommen später wieder an den Fluss. Nicht in die Fläche."

Ayan warf ein, wie er immer einwarf – als höre er den Pfeil, bevor er fliegt: „Wenn die Rabenleute uns vorher finden, die Crow."

Der Name blieb einen Moment in der Luft, als wäre er schwerer als Rauch. Crow – Apsáalooke. Reiter vom Powder River, Leute mit schnellen Pferden und wachsamen Augen, Leute, die im falschen Winter so hart werden wie jeder andere. Für Tawa war es kein Märchenwort, sondern Erinnerung: Begegnungen, die man nicht sucht, und Wege, die man danach anders geht.

Man musste nicht erklären, wer sie waren. Die Kinder verstanden den Namen nicht vollständig, aber sie spürten, wie er an den Schultern zog. Hände griffen fester in Decken, Schlittenstränge wurden noch einmal nachgezogen, als könne man sich so gegen eine Begegnung wappnen, die man nicht bestellt hat.

Aluna sagte leise, ohne Pathos, als würde sie eine Klinge wieder in die Scheide schieben: „Keine Geister. Nur Menschen."

Sie ließ den Blick über die Reihe wandern, über die Gesichter, die müde waren und trotzdem zuhörten. „Aber Menschen haben Zähne, wenn der Hunger groß ist", fügte sie hinzu. „Und im Winter werden aus Geschichten schnell Wege. Man hört etwas, man glaubt es – und plötzlich geht man danach."

Tawa nickte kaum sichtbar. „Bei uns heißen sie Rabenleute", sagte er, mehr Feststellung als Drohung. „Nicht, weil sie Schatten sind. Weil sie kommen und gehen, ohne dass man sie immer rechtzeitig sieht."

Aluna hob den Kopf, und ihre Stimme blieb ruhig, fast sachlich: „Geschichten können trotzdem beißen. Nicht jede. Aber genug, dass man nicht mit offenen Händen läuft."

Sie gingen weiter. Der Schnee trug sie, dann trug er sie schlechter. An manchen Stellen gab die Kruste nach, und das Herausziehen des Fußes kostete Kraft. Man hörte das kurze Saugen, wenn sich nasser Boden unter dem Weiß meldete. Der Frühling kam nicht freundlich. Er kam als Arbeit.

Nach zwei Stunden hielt Tawa an. Nicht weil Müdigkeit ihn stoppte, sondern weil etwas in der Luft nicht passte: ein Geruch, der nicht zu ihnen gehörte. Er hob den Kopf. Über dem Horizont stieg ein dünner Strich empor, dunkler als der Himmel, gerader als ein Baum.

Rauch.

Das Wort schob sich in den Zug wie ein fremder Stein. Rauch bedeutete Wärme. Und Wärme bedeutete Menschen. Und Menschen bedeuteten Ärger oder Hilfe – selten etwas dazwischen.

Windläufer hob den Kopf, die Ohren nach vorn. Er schnaubte einmal kurz, als hätte er den Rauch nicht gesehen, aber gerochen. Tawa legte ihm die Hand an den Hals – nicht zum Streicheln, sondern um das Zittern zu spüren und es zu halten, bevor es durch das Tier in die Gruppe läuft.

„Wir gehen nicht darauf zu“, sagte Tawa.

Rokan hob die Hand. „Und wenn es unser Feuer ist?“

„Dann wird es uns nicht weglaufen“, sagte Aluna.

„Und wenn es ihres ist?“, fragte Ayan.

Tawa schwieg einen Atemzug. Dann sagte er: „Dann gehen wir nicht blind darauf zu.“

„Wir müssen wissen“, sagte Rokan. Seine Stimme klang nicht trotzig, nur müde. „Man kann nicht vor Rauch davonlaufen, ohne zu wissen, wessen Atem er ist.“

„Man kann“, sagte Aluna. „Man hat es gelernt. Man kann auch am Wissen sterben, wenn man es zur falschen Zeit sucht.“

Tawa spürte, wie die Gruppe hinter ihm enger wurde, ohne dass jemand einen Schritt machte. Angst war nicht immer Flucht. Manchmal ist Angst nur das Zusammenrücken, damit man weniger Fläche anbietet.

„Drei“, sagte Tawa schließlich. „Drei schauen.“

Ayan nickte sofort. Rokan nickte langsamer. Er wollte etwas sagen, ließ es aber. Man konnte Hunger nicht mit Worten wegdrücken, und man konnte Rauch nicht wegreden.

Seyo trat einen Schritt vor, bereit, wie immer bereit, weil er lieber etwas tat, als still zu werden. Doch Tawa hob die Hand.

„Du bleibst bei den Kindern“, sagte er.

Seyo blinzelte, als hätte er damit nicht gerechnet. Dann verzog er den Mund zu einem knappen Lächeln, das mehr Mut spielte, als er fühlte.

„Damit sie nicht sehen, wie Angst aussieht“, sagte Tawa ruhig.

Wasketa, der alte Häuptling, trat aus der Reihe. Er hatte nichts gesagt, aber er war da gewesen wie ein Pfahl im Boden.

„Ich halte sie hier", sagte er. Keine Frage. Kein Stolz. Nur Pflicht.

Tawa nickte einmal.

„Nicht wie Jäger", sagte er zu Ayan und Rokan, während sie die Gurte fester zogen und den Atem klein hielten. „Wie Leute, die nicht gefunden werden wollen." Er hielt inne, als prüfe er das Wort. „Wie Menschen, die hören."

Ayan grinste kurz. „Wie Menschen, die nicht sterben wollen."

„Wie Menschen, die leben", sagte Aluna. „Das reicht."

Sie lösten sich aus der Spur. Tawa ging vorn, Ayan seitlich, Rokan einen Schritt dahinter. Die Körper blieben klein, die Füße suchten den festen Schnee. Hinter ihnen blieb der Zug zurück, zusammengedrückt um Wasketa, der still dastand, und um Seyo, der sich zu den Kindern hockte und leise etwas sagte, das sie nicht verstehen mussten, um ruhiger zu atmen.

Der Wind strich über die Fläche und ließ dürres Gras zittern. In der Ferne blieb der Rauch gerade.

Sie gingen über eine Stelle, wo der Schnee dünner war und schwarzer Boden hervorblinzelte. Dort klang es anders: nicht mehr nur das trockene Knacken von Eis, sondern ein leises Reißen, bevor das Wasser darunter wieder weiß wird und so tut, als sei nichts gewesen. Ayan blieb stehen, legte zwei Finger an die Lippen, lauschte, zeigte nach links – festerer Grund, steinige Haut unter dem Weiß.

Und sie kannten den Powder River im Rücken wie ein Gedächtnis: Er merkt sich, wer neben ihm geht. Er ist freundlich zu denen, die ihn respektieren, und still zu denen, die ihn vergessen.

Sie duckten sich hinter einen niedrigen Rücken aus Erde und altem Gras. Von dort aus konnte man den Rauch besser sehen. Er stieg aus einer Senke auf, dünn und gerade, und unten saß ein einzelner Mensch am Feuer.

Ein Mann, jung noch, aber allein unterwegs wie einer, der früh gelernt hat, dass es draußen keine Schonung gibt. Er hielt die Hände an die Glut, nicht gierig, eher sparsam, als wüsste er, wie schnell Wärme verschwindet. Neben ihm lag ein Hund im Schnee, groß und dunkel, zusammengerollt wie ein Stück Nacht.

So still, dass man ihn fast übersehen hätte – bis er den Kopf hob. Nur die Augen arbeiteten, wach und klar. Kein Laut. Kein Drohen. Ein Tier, das nicht fragt, ob es kämpfen muss, sondern erst entscheidet, ob es sich lohnt.

Der Mann stand kurz auf, legte ein Stück Holz nach, rückte das Bündel an seiner Schulter zurecht und hockte wieder. Alles an ihm war knapp: Bewegungen, Wärme, Zeit.

Tawa spürte etwas, das gefährlich ist, weil es leicht macht: die Möglichkeit, dass dies kein Feind war. Ein einzelner Mann war kein Trupp, kein Überfall. Aber ein einzelner Mann konnte trotzdem alles bedeuten: Hunger. Flucht. Verzweiflung. Oder einfach nur jemand, der auch noch ging.

Er hielt den Gedanken klein in sich, wie man ein Feuer klein hält, damit es nicht mehr verrät, als es wärmt.

„Kein Kriegstrupp", flüsterte Rokan.

„Kein Fort", flüsterte Ayan.

„Kein sicherer Ort", sagte Tawa, mehr zu sich selbst als zu den anderen.

Der Mann bewegte sich ruhig, sparsam. Er tat nichts Unnötiges. Der Hund hob einmal den Kopf, dann legte er ihn wieder ab, als hätte er entschieden, dass Warten besser ist als Lärm.

Sie blieben, bis sich nichts änderte, bis keine Bewegung danach aussah, als hätte jemand sie bemerkt. Dann zogen sie sich zurück, Schritt für Schritt, so leise, als wäre jeder Laut ein Stück Vorrat, das man wegwirft.

Als sie wieder bei der Gruppe waren, fragte Aluna nicht sofort. Sie sah erst in Tawas Gesicht – so, als könnte man dort ablesen, ob der Tag sich gefährlicher gemacht hat.

„Fremde", sagte sie.

„Fremde", bestätigte er. „Ein Mann und ein Hund. Feuer wie Leute, die lange draußen sind. Sie werden weiterziehen wie wir."

„Und der Rauch?"

„Bleibt, bis der Wind ihn nimmt."

Aluna nickte. In ihrem Gesicht arbeitete etwas, das mehr Erinnerung war als Angst. „Der Fluss hat uns heute etwas geschickt", sagte sie. „Vielleicht Begegnung, vielleicht Entscheidung. Beides ohne Erklärung."

Die Sonne stand höher, ohne warm zu werden. Das Licht war nur heller, nicht freundlicher. Über ihnen waren Vögel – einzelne Punkte, die kamen und gingen.

„Sie kreisen nicht", sagte Ayan nüchtern. „Bis jetzt nicht."

„Wenn sie kreisen", sagte Tawa, „sind es vielleicht nur Krähen."

„Und wenn nicht?"

Tawa zog das Fell am Hals enger. „Dann sind es Menschen, die beobachten."

Hanu kicherte und presste sofort die Faust gegen den Mund, als hätte er vergessen, dass Lachen noch möglich ist. Aluna warf ihm einen Blick zu, weich und kurz – ein Aufatmen, das man nicht zu lange halten darf.

Am Nachmittag, als der Himmel einen Hauch Gelb annahm, entdeckte Nika am Rand eines gefrorenen Baches Steine, die rot schimmerten. „Roter Kessel", sagte sie. „Nicht jetzt. Aber bald."

Sie lagerten im Windschatten einer Böschung. Oela schnitt Weidenzweige, bog sie zu einem flachen Ring und stellte ihn wie einen kleinen Ständer über die Glut, damit die Schalen nicht umkippten und wenigstens warm wurden. Der Rauch trieb dicht über den Boden, biss in Augen und Kehlen. Einer hielt den Kessel, ein anderer schabte mit dem Messerrücken Eis aus einer Rille, damit Wasser überhaupt hineinlaufen konnte. Kleine Handgriffe, die nichts Romantisches haben – aber ohne sie gibt es keinen Abend.

Tawa stand abseits und sah zurück, dorthin, wo man den Rauch der Fremden nicht mehr sehen konnte. Man sah ihn nicht – und doch wusste man, wo er gewesen war, als hätte er eine Spur im Kopf hinterlassen.

„Du bist still", sagte Aluna neben ihm.

„Ich zähle", sagte Tawa.

„Wen?"

„Uns", sagte er. „Und die, die nicht mehr gehen."

Aluna nickte. „Wenn du zu lange zählst, glaubst du eines Tages, du schuldest dem Land etwas."

„Schulden wir es nicht?"

Sie schwieg einen Moment. Dann sagte sie: „Wir schulden ihm nichts. Aber wir gehören ihm. Das ist schlimmer – und tröstlicher."

In der Nacht, als das Feuer kleiner wurde und die Kinder endlich schliefen, setzten sich Tawa und Aluna dicht an die Glut. Der Rauch hing über ihnen wie ein Tuch. Aluna summte ein altes Lied, leise und offen, als wolle sie die Nacht daran erinnern, dass nicht alles ihr gehört.

Später, als die Sterne wie kalte Lichter über ihnen hingen, meinte Tawa, den Powder River sprechen zu hören. Kein Geräusch – eher das Wissen, das entsteht, wenn man lange genug neben Wasser geht: dass der Fluss an Dinge erinnert, die Menschen vergessen, und Dinge vergisst, die Menschen behalten wollen. Und dass an einem anderen Ort nicht weit – nicht nah – ein anderes Feuer brannte, und dass dort ein Mann saß, der nicht wie ein Feind aussah.

Tawa schlief unruhig. Er träumte von einem Tier, das in den Schnee fiel, aber nicht starb, sondern zu etwas wurde, das man nicht greifen konnte. In seinem Traum standen Raben auf den Schultern der Menschen, schwer wie Schuld. Als er erwachte, war der Himmel schwarz und glatt, und der Atem der Gruppe stieg in kleinen Wolken auf, die sofort zerrissen.

Am Morgen war der Rauch verschwunden. Nicht weg – nur unsichtbar. Der Wind hatte ihn geteilt und in den Himmel geschickt.

„Sie sind weitergezogen", sagte Ayan. Nicht wie Freude, nicht wie Warnung. Wie eine Tatsache.

„Wir auch", sagte Tawa.

Sie gingen. Der Schnee trug sie, dann trug er sie schlechter. Der Boden wurde weich, die Füße sanken tiefer, und es kostete mehr Kraft, sie wieder herauszuziehen. Windläufer ging dicht bei Tawa, die Nüstern weiß vom Atem, die Ohren immer wieder nach vorn, als wolle er dem Land voraus sein.

„Der Frühling kommt", sagte Nika irgendwann. „Er kommt nicht wie ein Mann, der anklopft. Er kommt wie Wasser, das in eine Wand kriecht."

„Und was macht er mit uns?“, fragte Hanu.

Nika zuckte die Schultern. „Er macht uns sichtbar.“

Am Mittag fanden sie Spuren. Keine Mokassins. Kanten, die in den Schnee bissen. Rokan kniete, legte die Finger in den Abdruck. Sein Gesicht wurde still. Er roch daran. Fett. Rauch. Eisen.

„Rabenleute?“, fragte Ayan, und seine Stimme war jetzt nicht mehr spielerisch.

Aluna trat hinzu. Man sah, wie ihr Gedächtnis zu arbeiten begann, als wäre es ein Tier, das Witterung aufnimmt.

„Sie zählen anders“, sagte sie. „So erzählen es die Alten: Sie nehmen den Rauch auseinander und setzen ihn als Schatten wieder zusammen.“

Tawa sprach langsam, weil Wörter hier schneller größer werden als die Lage. „Die Weißen nannten sie Crow“, sagte er. „Krähen, als wäre das schon alles. Wir nennen sie Rabenleute. Ob es sie heute sind oder nur Männer, die so gehen wie sie – ich weiß es nicht.“ Er sah nach vorn. „Wir lassen ihnen nichts, was sie lieben: keinen warmen Geruch, kein Fett, keine Reste. Nur unsere Spuren. Und die nehmen sie uns nicht.“

Sie gingen weiter. Anders. Nicht schneller, aber geschlossener. Ayan öfter am Rand, Rokan hinten. Seyo bei den Kindern, mit leisen Geschichten, die nicht wahr sein mussten, aber wahr genug klangen, um die Augen kleiner zu machen.

Der Tag wurde lang. Der Himmel blieb hell, aber leer. Nur einmal, ganz fern, schoss ein Vogel hoch, und sein Flügelschlag klang wie ein kurzer Schuss. Keiner sagte etwas.

Am Abend, als sie wieder lagerten, blieb Tawa noch einen Moment stehen und sah nach Süden. Nicht, weil er dahin wollte. Weil man manchmal sehen muss, was hinter einem liegt, um nicht aus Angst die Richtung zu verlieren. Die Ebene lag flach, offen, ohne Antwort. Und doch spürte er diese Linie zwischen ihnen und dem Morgen: Rauch, Spuren, Hunger, das Wissen, dass andere dieselbe Kälte atmeten.

„Vielleicht“, murmelte Aluna hinter ihm, so leise, dass es fast nach murmeln klang, „ist das, was uns folgt, nicht nur Feind. Vielleicht ist es auch das Land, das wissen will, ob wir noch dazugehören.“

Tawa antwortete nicht. Er legte die Hand auf den Speer, spürte das Holz, trocken, vertraut, und ging zurück ins Lager.

Die Nacht kam. Wie immer. Und doch fühlte sie sich enger an, nicht weil sie weniger kalt war, sondern weil in ihr etwas Platz machte – ein Gedanke, eine Richtung, ein Morgen.

Sie schliefen. Und in der Ferne, irgendwo dort, wo der Rauch gewesen war, zog ein anderes Feuer weiter, unsichtbar, aber echt.

Am nächsten Morgen brachen sie auf. Leise. Geordnet. Nicht weil sie weniger Last trugen. Sondern weil sie wussten, wofür.

Das Zeichen im Schnee

Der Morgen war nicht hell, nur weniger dunkel. Eine dünne Haut aus Grau lag über dem Land, und in ihr arbeiteten Fäden von Gelb, so fein, dass man sie eher roch, als dass man sie sah. Die Kälte hatte noch Gewicht; sie hing an allem, was nicht in Bewegung war, und selbst das Atmen klang wie etwas, das man sich verdienen musste. Der Powder River atmete leise, irgendwo unter einer Rinde aus Eis, die in der Nacht wieder zugewachsen war. Man hörte ihn nicht immer – aber man spürte, wie er unter der Haut arbeitete, wie ein Tier, das nicht schläft, nur stillliegt. Wind kroch über die Kanten der roten Steine und legte sich in die Decken, als wolle er hören, was Menschen im Schlaf sagen, wenn sie nichts mehr verbergen.

Tawa stand längst. Er hatte sich nicht „ausgeruht“, er war nur nicht umgefallen. Der Schlaf hatte ihn gestreift wie ein kalter Flügel; mehr nicht. Er hatte das Feuer klein gehalten, ein ehrliches, stilles Feuer, das nur so viel verriet, wie die Kälte erfragte. Keine hohe Flamme, kein prahlender Schein, nur Glut, die Finger wieder biegsam machte und das Fett in der Pfanne nicht sofort zu Stein werden ließ. Im Osten hing ein Wölkchen, als hätte der Himmel selbst einen Atem, der manchmal stockt. Tawa prüfte den Rand der Glut mit einem Stock, als würde er prüfen, ob ein Messer noch beißt.

Aluna trat neben ihn, barfuß, bis die Zehen das Weiß fühlten; dann schob sie den Fuß wieder in das Leder der Stiefel. Der Schnee nahm sofort, was warm war, und gab es nicht zurück. Ihre Augen waren schmal und wach, ihr Blick nahm die Welt nicht mit einem einzigen Schluck wahr, sondern in Schlieren, damit sich darin nichts versteckte. Sie zog den Umhang höher, nicht aus Scham, sondern weil jedes Stück Haut ein Versprechen an den Frost war.

„Es bricht an“, sagte sie.

„Ja.“ Tawa sah über die harten Rücken der Hügel. „Die Nacht hat ihre Zähne nicht mehr überall.“

Hinter ihnen regte sich das Lager. Frauen schoben Decken zur Seite, Kinder suchten die Fäustlinge, Männer taten, als wären sie schon wach gewesen. Man hörte das Reiben von Stoff auf Leder, das trockene Knacken von Holz, wenn jemand zu hastig an einem Bündel zog. Oela klopfte den Kessel aus, als sei er eine Trommel, die nur einen Ton kennt: den, der sagt, dass der Morgen wirklich ist. Rokan rieb sich die Wangen, als wolle er den Frost überzeugen, jemand anderen zu belästigen. Seyo suchte mit den Augen den ersten Vogel, fand keinen und war enttäuscht, dass die Welt nicht schneller wurde. Windläufer stand etwas abseits, das Fell stumpf vom Nachtfrost, die Ohren nach vorn; das Tier war das Einzige, was sie an Geschwindigkeit besaßen, und Tawa behandelte es entsprechend: keine unnötigen Wege, kein unnötiges Stehenlassen im Wind.

Sie aßen wenig. Ein harter Bissen Fleisch, der mehr an den Zähnen zerrte als am Hunger. Das Fleisch war zäh wie alte Riemen; man kaute, bis der Kiefer schmerzte, und schluckte dann, als würde man einen Stein hinunterwürgen. Ein Stück Wurzel, das nach Erde schmeckte und nach einem alten Versprechen. Der Schlaf blieb an den Knochen kleben wie Rinde, die sich nur langsam löst. Niemand sprach beim Essen viel. Worte sind warm, aber sie kosten Kraft.

Hanu war der Erste, der den Fluss erreichte. Natürlich. Er war der Hüter der unnötigen Fragen, und der Morgen stellte sie ihm alle auf einmal. Die Luft war noch so still, dass man das Knacken hören konnte, mit dem seine kleinen Schritte das Ufer betraten. Er blieb stehen, beugte sich, sprang zweimal tanzend an der Stelle, als hätte er ein Geheimnis mit der Erde ausgemacht, und rief dann – nicht laut – den Namen, der alle erreicht:

„Tawa."

Der Klang war kein Alarm. Eher ein Öffnen. Tawa ging los, Ayan mit ihm, die Schultern ruhig, der Blick wach, die Hände frei. Er ließ die rechte Hand nahe an der Messerscheide, nicht weil er Angst zeigen wollte, sondern weil man in einem Land wie diesem nur einmal zu spät greifen darf. Aluna folgte, und Rokan tat so, als würde er zufällig denselben Weg gehen wie die, die schon wussten.

Hanu stand am Rand einer flachen Senke, in der der Schnee sich anders benahm als sonst. Er zeigte nicht nur, wohin die Welt gefallen war; er erinnerte sich. Das Weiß war dort nicht glatt. Jemand – etwas – hatte es bewegt, als die Nacht noch ganz Nacht war. Der Wind hatte versucht, die Kanten zu runden, aber er war nicht gründlich gewesen, oder er war zu müde gewesen – oder jemand hatte die Welt absichtlich so hinterlassen.

Die ersten Spuren waren klar: die schrägen, federnden Abdrücke eines großen Hundes, die in sauberem Abstand am Fluss entlangliefen, dort, wo unter der dünnen Kruste das Wasser seinen dunklen Rücken zeigte. Die Pfoten standen nicht taumelnd. Der Hund war nicht getrieben worden. Er hatte geführt, geprüft, angehalten, war wieder gegangen – man sah es an den kurzen Verdichtungen im Schnee, wo er geschnuppert hatte, wo er das Gewicht verlagert hatte. Daneben die längeren, tiefer drückenden Spuren eines Mannes: weiche Sohlen, gut gemacht, aber nicht unsere. Kein Rand von Perlen, kein Schnitt, den die Alten weitergaben. Die Zehen ein wenig nach außen, der Schritt nicht prahlerisch, eher besonnen. Ein Mensch, der gelernt hatte, mit der Kälte zu sprechen, ohne sie zu beleidigen. Und er war allein. Kein zweites Paar Schritte, das ihm den Rücken deckte. Nur Mann und Hund, und das Land, das beides auffrisst, wenn es will.

„Fremde", sagte Ayan. Er bückte sich, strich den Rand eines Abdrucks mit dem Zeigefinger nach und hob den Finger, roch. „Nicht alt." Er rieb Schnee zwischen Daumen und Zeigefinger, bis es Wasser wurde. „Heute Nacht. Vielleicht kurz vor dem ersten Grau."

„Der Mann vom Rauch", flüsterte Rokan und tat so, als hätte er ihn schon immer erkannt, damals, als sein Magen noch lauter war als die Welt. „Und sein Hund."

Tawa hielt den Blick auf der Spur, aber in ihm zog sich etwas zusammen. Rauch war nie nur Rauch. Rauch war fort, war Soldaten, war Linien in der Erde, die plötzlich über Leben entschieden. Und wenn Soldaten in der Nähe waren, war auch der Gedanke an Crow nie weit – Apsáalooke, die den Wind kannten, die wussten, wie man Menschen in die falsche Richtung schaut.

„Sie gingen stromauf", sagte Seyo, der plötzlich da war und tat, als wäre er schon immer hier gewesen. „Dort, wo die Weiden dichter werden. Wenn man dort fällt, hört keiner, wie das Eis antwortet."

„Es sind nicht nur sie", sagte Hanu. Er zeigte, und sein Finger zitterte leicht, nicht vor Kälte. „Das da."

Daneben, versetzt, beinahe schüchtern, lag eine andere Spur. Keine Pfote, kein Fuß. Eher ein Muster, das sich wiederholte wie ein Gedicht, das man nicht ganz auswendig kann: ein Kreis, dann eine kleine Linie, dann wieder ein Kreis, ein Punkt. Als hätte jemand mit einem Stock Zeichen in den Schnee gestickt, und der Wind habe beschlossen, ihnen zu glauben. Die Linien waren nicht tief, aber sauber; jemand hatte sich Zeit genommen. Zeit ist im Winter ein Besitz, den man nicht leichtfertig zeigt.

Aluna kniete, die Hände in den Ärmeln, als wollten sie nicht nass werden von Zeichen, die man nicht besitzt. Sie betrachtete die Abfolge, als lese sie etwas, das man nur vor Sonnenaufgang lesen kann. Ihr Atem ging ruhig aus und ein, aber ihre Schultern waren angespannt, als könnte ein Wort aus Schnee plötzlich eine Klinge werden. „Das ist nicht von ihnen", sagte sie. „Dazu bräuchte man beide Hände frei."

„Und wenn der Hund die Hände hat?" Hanu lächelte klein, wie man lächelt, wenn man hofft, dass eine alberne Frage die Angst verscheuchen kann.

„Hunde schreiben nicht", erwiderte Aluna, „sie erinnern." Sie fuhr mit dem Finger den Kreis nach, vorsichtig, damit er nicht bricht. „Jemand ist vorher hier gewesen. Jemand, der möchte, dass die, die folgen, wissen, dass sie nicht zuerst sind."

„Rabenleute?" Ayans Stimme wurde schmal. Es lag weniger Furcht darin als die Art, wie ein Jäger den Namen einer Klinge sagt, die er nicht in der eigenen Hand sehen will.

„Die Rabenleute hinterlassen eher Zähne als Zeichen", sagte Tawa. Er sah den Fluss entlang, als würde er eine Saite spannen, deren Ton er erst später benötigen würde. „Das hier ist ruhig. Es fordert nicht. Es warnt nicht. Es behauptet nur."

„Was?", fragte Hanu.

„Dass der Winter eine Schrift hat“, sagte Aluna. „Und dass nicht jeder, der geht, allein geht.“

„Oder es ist ein Kinderspiel“, murmelte Rokan, aber sein Blick blieb an der Abfolge hängen, wie an etwas, das nicht loslässt. Sein Mund verzog sich, als würde er einen bitteren Bissen schlucken, den es noch gar nicht gab.

„Wir nehmen es nicht in die Hände“, sagte Tawa, „damit es nicht auf uns übergeht. Wir lesen, wir erinnern, wir gehen.“ Er sagte es wie eine Regel. Regeln sind im Winter wärmer als Hoffnungen.

„Wohin?“ Seyo trat näher an den Fluss, bis das Eis unter seinem Mokassin sang. Das Singen war dünn, ein Ton wie eine Warnung, die sich höflich verhält. Ayan holte ihn zurück, ohne die Hand grob zu machen. Er packte nicht, er führte – aber der Griff war fest, so fest wie nötig, um einen Fehler nicht zu einem Begräbnis werden zu lassen.

Tawa antwortete nicht sofort. Er hörte. Der Powder River murmelte leise unter der Rinde – oder vielleicht war es nur die Art, wie ein Mensch Wasser zuhört, wenn er still genug wird. Der Wind kam in Stößen, als hätten die Hügel ihm das Gehen erst beigebracht. In der Ferne stand ein kahler Baum, der aussah wie eine Hand, die etwas vergaß. Die Spur des Mannes und des Hundes zog daran vorbei, nicht neugierig, nicht ängstlich. Zweckmäßig. Der Schnee hatte sie angenommen und nicht zurückgegeben.

„Wir teilen uns wie gestern“, sagte Tawa. „Nur anders.“ Er sah zu Ayan. „Du nimmst Nika und zwei der Älteren. Ihr folgt der Spur des Mannes – nicht nah, nicht schnell. Ihr bleibt so weit zurück, dass der Hund euch nicht riecht. Wenn ihr etwas hört, das nicht Wasser ist, kehrt ihr um, ohne zu zögern.“

Nika schnaubte leise, der Atem stand weiß vor ihrem Gesicht. „Das ist weit.“

„Genau deswegen“, sagte Tawa. „Nähe macht hastig. Hastig macht blind.“

„Und wir?“ Rokan stellte sich breiter hin, als könnte man Kälte mit Haltung beeindrucken. Der Hunger in ihm machte mehr Lärm als der Mut.

„Wir gehen mit den Kindern die Zeichen lesen", sagte Aluna. Es klang nicht wie eine Frage. „Wenn das Land eine Nachricht schreibt, sollen diejenigen, die länger in ihm gehen werden als wir, ihre Buchstaben kennen."

Rokan wollte etwas sagen, ließ es aber. Manchmal hat ein Satz die Form eines Pfeils, und man erkennt ihn noch, bevor er fliegt. Und manchmal ist es klüger, den Pfeil im Köcher zu lassen.

Sie ordneten die Lasten. Oela verteilte die paar Bissen mit dem Blick einer, die weiß, dass Zählen Leben ist. Sie zog die Streifen Fleisch nicht auseinander, als wären es Gaben, sondern wie Vorrat, den man gegen die Tage tauscht. Seyo hielt sein Stück so, als würde es von allein mehr, wenn man ihm gut zuredete. Hanu bekam jetzt nichts; er hatte gestern Abend zwei Bissen mehr genommen, weil die Nacht ihm groß vorkam. Er nickte ernst, als Tawa ihm das ohne Worte erklärte. Auch das war eine Art, Lesen zu lernen: nicht die Schrift, sondern die Folgen.

Der Himmel hob einen Finger und ließ ihn wieder sinken. Die ersten Vögel gaben kurze, beleidigte Laute von sich, als hätten sie den Winter persönlich genommen. Tawa führte die Gruppe entlang der Zeichen. Sie lagen nicht dicht, nicht hastig. Eher wie das Schlagen eines langsamen Herzens. Kreis – Linie – Linie – Linie – Linie – Linie – Kreis – Punkt. Manchmal fehlte der Punkt, und der Wind hatte den Kreis schief gezogen, und die Linie war ein wenig länger, weil eine Hand gezittert hatte. Aber das Lied blieb dasselbe. Der Schnee knirschte trocken, bei jedem Schritt ein kleines Knacken, als würde die Erde die Zähne zeigen und doch stillhalten.

„Was sagt es?" Hanu ging neben Aluna, die Schritte klein und stolz – ein Kunstding, das man nur im Winter sieht: Selbstachtung mit kalten Zehen.

„Dass man sich erinnert, indem man wiederholt", sagte sie. „Und dass jedes Wiederholen ein wenig anders ist. Sonst wäre es keine Erinnerung, sondern ein Stein."

Sie kamen an eine Stelle, wo der Fluss eine kleine Biegung machte, als hätte er etwas vergessen, das er noch holen musste. Das Eis war dort dunkler, und in der Mitte lag ein Loch, nicht groß, doch ehrlich. Der Rand war glatt, als hätte das Wasser die

Kälte an dieser Stelle ausgetrickst. Am Rand des Loches die Spuren des Hundes, dicht, unsauber, als wäre er auf der Stelle getreten, weil sein Körper zwei Dinge wollte: hinschauen und nicht fallen. Daneben – ein Knieabdruck, tief. Der Mann hatte sich hingekniet, die Hand flach, als hätte er dem Wasser zugehört. Man sah den Abdruck der Handkante, den leichten Druck, als hätte er sich abgestützt, um nicht auszurutschen. Kein Blut im Schnee. Kein Bruch. Nur das Zeichen einer Pause – und Pausen sind in der Wildnis nie harmlos.

„Er hat jemandem zugehört", sagte Tawa. „Oder sich selbst." Er beugte sich nicht tief. Er erlaubte dem Loch nicht, ihn zu nehmen.

„Oder dem Hund", sagte Hanu.

„Hunde sprechen nicht", wiederholte Aluna, „sie erinnern." Aber ihre Stimme war weich dabei, nicht zurechtweisend. Als wüsste sie, dass Kinderfragen die einzige Wärme sind, die nicht sofort verfliegt.

Hinter ihnen ein Ruf – Ayans Ton, zweimal kurz, einmal lang. Kein Alarm, nur Nachricht. Tawa spannte sich dennoch. Jeder Ruf kann kippen, wenn das Land sich umentscheidet. Sie warteten, bis Nika und die beiden alten Männer – Sil und Koro – über die Kante kamen, den Atem knapp, die Augen klar. Frost hing an ihren Wimpern wie feiner Staub.

Nika schüttelte den Kopf. „Nur Spuren", sagte sie. „Keine Rabenleute. Keine versteckten Pfeile. Der Mann kennt den Fluss. Er tritt dort auf, wo die Haut dick ist. Der Hund prüft, wo sie zu dünn wird. „Sie halten sich an die Kanten", sagte Nika. „Weg vom offenen Land. Dort, wo die Weiden Deckung geben und der Wind die Spur nicht so schnell verrät."

„Er trägt etwas", ergänzte Koro, der die Welt seit Langem aus der Nähe sah. „Nicht schwer, aber nicht seine eigenen Rippen. Ein Bündel an der Schulter, gewechselt von links nach rechts. Die Spur vertieft sich in jedem dritten Schritt. Keine Last, die stirbt. Eine Last, die dableibt."

„Ein Fell oder Fleisch?" Rokan leckte sich unbewusst über die Lippen, als hätte ein alter Reflex in ihm ein Zuhause. Der Hunger war ein Tier in ihm, und es war nicht freundlich.

„Oder Worte", sagte Aluna leise.

Sie gingen weiter. Das Zeichen im Schnee kehrte zurück, dann blieb es plötzlich aus. Stattdessen lag dort eine Weidenrute, dünn, sauber abgezogen, in den Schnee gesteckt, so, dass sie im Wind sang, aber nicht brach. Der Ton war kaum zu hören – mehr ein Zittern in der Luft. Daran gebunden – ein kleines Bündel aus trockenem Gras, nicht größer als eine Hand, mit einem Faden aus Sehne, in den jemand zwei Körner roter Erde eingewickelt hatte. Kein Schmuck. Kein Fluch. Eher eine Klammer zwischen zwei Tagen. Der Knoten war fest und schlicht. Jemand hatte ihn mit kalten Fingern gemacht und doch sauber – jemand, der das kann, wenn er muss.

Aluna hob die Rute nicht auf. Sie sah sie an, wie man einem Namen zuhört, den man erst später trägt. „Jemand hat dem Wind erklärt, wo Nord ist", sagte sie.

„Wozu?" Rokan schnaubte. „Nord ist überall, wo man friert."

„Damit die, die folgen, nicht im Kreis gehen", erwiderte Tawa. Er trat einen Schritt zurück, sagte nichts weiter und ließ die Augen arbeiten. In der Ferne hob sich ein Streifen Land etwas dunkler vom Himmel ab: Es war kein Hügel, kein Baum. Eher eine Welle aus Gras unter Schnee, die den Wind anders warf. Zwischen dieser Welle und dem Fluss lag ein Streifen, in dem die Oberfläche krümeliger wurde, als hätte jemand unsichtbare Hände hineingelegt. Schnee, der nicht hart war, verriet, dass darunter etwas arbeitete: Gras, Sand, vielleicht dünnes Eis. Eine Stelle, die Geräusche schluckt und Spuren verwischt – gut, wenn man nicht gefunden werden will, schlecht, wenn man selbst finden muss.

„Wir gehen dort", entschied Tawa. „Die Spur wird dort flacher. Wenn uns jemand zählen will, verliert er uns zwischen den Atemzügen." Er meinte nicht nur den Mann und den Hund. Er meinte das Land. Und er meinte die Augen, die vielleicht an einem anderen Ort hinter Weiden warten.

Sie lösten sich wieder in zwei Ströme, wie Wasser, das auf Steine trifft. Nika führte die eine Gruppe, die Kinder in der Mitte, Aluna daneben, die Stimme nur für die, die sie hören sollten. Tawa nahm Ayan, Rokan und die Älteren. Windläufer blieb bei

Tawa, denn das Pferd war kein Besitz, sondern eine Entscheidung: Wenn es hart wird, benötigst du es da, wo der Druck ist. Tawa zog den Gurt nach, prüfte mit der Handfläche, ob er zu kalt war – Leder kann reißen, wenn Frost hineinfrisst. Er wählte für jeden Schritt eine Stelle, die nicht schrie. Die Sonne versuchte, durch den Tag zu kommen, scheiterte nicht, gewann aber auch nicht.

Gegen Mittag fanden sie die zweite Stelle, an der der Mann gekniet hatte. Dieses Mal lag neben dem Knieabdruck etwas, das selbst der Wind nicht auflösen wollte: ein kleiner, sauber geschnittener Span vom Griff eines Messers, hell, mit einer dicken Pore, wie ein Auge, das nicht sieht. Elchhorn, dachte Tawa. Der Span lag nicht zufällig. Er lag so, als hätte ihn jemand aus den Fingern gelassen, weil die Finger etwas anderes halten mussten – das Wasser, die Luft, sich selbst. Der Schnitt war frisch; das Horn glänzte kurz, wo es gebrochen war. Ein Griff, der schon lange gedient hatte, und der jetzt, in der Kälte, einen Preis forderte.

„Er ließ die Welt atmen", sagte Koro, der alt war und manchmal sagte, was er dachte, weil die Zeit ihm Recht oder Unrecht gab, später, als es ihnen allen lieb war.

„Oder der Griff ist alt", brummte Rokan, „und der Span fiel, weil er fallen wollte."

„Beides ist möglich", sagte Ayan. „Aber warum bleibt er dann hier liegen? Der Wind hat ihn nicht genommen." Ayan sah in den Schnee wie in eine Schale, in der man Antworten findet, wenn man nicht zu gierig hineingreift.

„Weil der Hund ihn bewachte", sagte Hanu, sehr ernst. Und der Satz hing einen Moment in der Luft, als wolle die Luft entscheiden, ob sie ihn behalten darf. Manchmal ist ein Kindersatz nur ein Kindersatz. Und manchmal steckt darin die ganze Logik eines Tieres: Bewachen heißt nicht verstehen, bewachen heißt bleiben.

Sie ließen den Span liegen. Es gab Dinge, die man nicht ins eigene Bündel steckte, weil man sonst nicht mehr wusste, was eigentlich einem gehörte. Und weil es klüger war, nicht zu zeigen, dass man Spuren sammelt wie andere Leute Münzen.

Stattdessen nahmen sie den Nachmittag in die Hand, der trocken war und noch einmal kälter wurde. Die Kälte kam zurück, als hätte sie nur kurz nachsehen müssen, ob sie noch gebraucht wird. Und dann, fast unsichtbar, änderte sich etwas.

Es begann mit einem Klang, den nur hört, wer ihn kennt: das leise Klagen von Eis, das unter der Sonne dünner wird. Das Klagen war nicht laut. Es war ein Ton im Rücken, eine Ahnung in den Zähnen. Dann roch die Luft nicht mehr nur nach kaltem Metall und altem Rauch, sondern nach etwas, das unter der Erde gewartet hatte: feuchter Boden, der noch nicht frei ist, aber darüber nachdenkt. Es war nur ein Hauch. Aber wer lange genug hungert, lernt auch Hauch zu lesen.

„Es kommt“, sagte Aluna. „Nicht heute. Aber bald.“

„Was?“ Hanu hielt den Atem an, als wolle er dem Land nicht dazwischenreden.

„Der Satz nach dem langen Komma“, antwortete sie. „Frühling.“

Tawa sagte nichts dazu. Frühling ist kein Versprechen. Frühling ist nur eine andere Art, zu sterben, wenn man ihn falsch nimmt: Eis, das bricht, Wasser, das steigt, Wege, die verschwinden. Aber er ließ Alunas Wort stehen, weil man nicht alles hart machen muss, wenn man hart bleibt.

Sie erreichten gegen Abend eine flache Stelle, an der die rote Haut des Landes offenlag: Sandstein, poliert von Wind und Wasser, warm trotz Kälte, als hätte er sich die Sonne gemerkt. „Roter Kessel“, sagte Nika. „Nicht der letzte. Aber einer, an dem man die Nacht gut verbringen kann.“ Sie ließen die Lasten nieder, ohne die Schultern zu beleidigen, und Tawa teilte die Wachen ein, als wäre die Nacht jemand, mit dem man verhandelt. Jeder bekam eine Zeit, nicht zu lang, nicht zu kurz. Zu lang macht schwach. Zu kurz macht unaufmerksam. Er setzte die Älteren so, dass sie sitzen konnten, ohne einzuschlafen, und die Jüngeren so, dass sie frieren mussten, um wach zu bleiben. Das war keine Grausamkeit. Das war Rechnung.

Als das Feuer stand – wieder klein und ehrlich – und die ersten Funken sich entschieden, keine Sterne zu werden, kam Ayan zurück von seiner Runde. Er hatte eine Hand an der Seite, wo man Pfeile trägt, wenn man keine Pfeile verschießt. Das war eine alte Gewohnheit: Der Körper erinnert sich schneller als der Kopf. „Die Spur des Mannes ist weiter nach Osten abgebogen“, sagte er. „Weg vom Fluss, hin zu den Kanten. Vielleicht sucht er Holz, das nicht lügt. Oder er will die Ebene meiden.“

„Er meidet die offene Platte; zwischen Kanten verliert der Wind die Zunge“, sagte Tawa. Er sah in die Flammen, als wären sie eine Sprache, die er heute noch übersetzen wollte. „Wir ziehen morgen früh weiter. Nicht nah an ihm. Nicht fern. Nur so, dass unser Morgen nicht in seinen fällt.“ Er meinte: nah genug, um zu wissen, was vor ihnen ist. Fern genug, um nicht seine Feinde zu erben.

Rokan rührte in der Pfanne, als ließe sich Hunger durch Gewohnheit kochen. Fett knisterte, aber nicht viel; das Geräusch war eher ein Husten als ein Lied. „Und die Zeichen?“, fragte er, ohne aufzusehen. Er wollte es lässig klingen lassen. Es klang wie jemand, der nachts an eine Tür denkt, die nicht aufgehen soll.

Aluna hob die Weidenrute, die sie doch mitgenommen hatte – nicht mit den Fingern, sondern mit dem Blick. Das Bündel aus trockenem Gras lag neben ihr, als wäre es ein kleiner, stiller Zeuge. „Sie sind getan“, sagte sie. „Heute schreibt das Land in uns.“

Die Nacht kam rasch, wie ein Tier, das die Strecke kennt. Kinder atmeten gleichmäßig, als hätten sie gelernt, die Kälte nicht einzuladen. Die Männer saßen mit den Rücken zu den Steinen, die Frauen redeten nicht, sondern ließen die Stille liegen wie eine Decke. Stille ist auch Schutz: Gesang trägt weit, und nicht jeder, der ihn hört, kommt freundlich. Windläufer scharrte kurz, dann stand er still, ein dunkler Schatten gegen den Stein, die Nüstern dampfend. Tawa ließ ihn so stehen, dass er die Kante sehen konnte – Pferde hören Dinge, bevor Menschen sie hören, wenn man ihnen die Richtung gibt.

Hanu setzte sich neben Tawa, ohne zu fragen, ob Platz ist, denn für manche Dinge fragt man nicht. Er zog die Knie an, so nah an die Glut, dass die Stiefelspitzen warm wurden, und doch nicht so nah, dass sie weich wurden. Im Winter ist zu weich genauso gefährlich wie zu hart.

„Tawa?“

„Hm.“

„Wenn der Mann, der ist, der vom Rauch ist“, Hanu suchte die Worte so, wie man einen trockenen Ast sucht, „und wenn der Hund, der ist, der erinnert – sind sie dann böse?“

Tawa sah nicht zu ihm. Er sah hinaus in die Dunkelheit, dorthin, wo das Land aufhört und nur noch Geräusche bleiben. „Böse ist ein Wort, das nur im Mund groß ist“, sagte er. „Im Land ist es selten.“ Sein Blick blieb an der Spur in seinem Kopf hängen: Rauch, Schritte, der Hund. Kein Lärm. Keine Hast. Das machte es nicht besser.

„Und in Menschen?“

„Auch da.“ Tawa legte die Hand auf Hanus Kopf, als wäre sie dort schon einmal gewesen. Die Hand war rau, die Finger rissig, und doch war die Bewegung vorsichtig, als wolle er das Kind halten. „Menschen sind oft nur hungrig. Und manchmal gerecht. Und manchmal sind sie ein Messer, das nicht weiß, wem es dient.“

„Und wir?“

„Wir sind heute die, die gehen, ohne zu nehmen“, sagte Tawa. „Morgen sehen wir weiter.“ Er meinte: Heute lassen wir Dinge liegen, die uns verlocken. Morgen entscheiden wir, ob wir sie wiederfinden müssen.

Später, als die Sterne so nah kamen, dass man glaubte, man könne ihre Kältesaat mit der Hand auffangen, hörten sie weit im Osten ein kurzes, hartes Knacken, das nicht in den Fluss gehörte. Nicht nah. Nicht fern. Ein Ton, der einen Namen suchte. Ayan hob den Kopf, Nika atmete durch die Zähne, Rokan hielt die Pfanne ein wenig höher vom Feuer, als könne man Geräusche so konservieren. Tawa rührte sich nicht sofort. Wer zu schnell reagiert, macht sich selbst zur Spur.

„Eis“, sagte Koro schließlich. „Das bricht. Oder ein Ast, der sein Gewicht nicht mehr tragen kann.“ Seine Stimme war trocken. Er hatte schon viele Töne gehört, und er gab ihnen keinen unnötigen Schrecken.

„Oder ein Schritt, der den falschen Boden gewählt hat", sagte Aluna. Ihre Stimme war nicht ängstlich. Eher freundlich zu etwas, das sie bislang nicht kannte. Freundlich, weil Furcht den Körper laut macht.

Die Nacht hielt den Ton, wie man einen Atem hält. Dann gab sie ihn frei, als sei es nichts gewesen. Das Lager atmete wieder, der Powder River murmelte, und irgendwo weit draußen machte ein Tier den Schnee zu seinem und vergaß die Menschen. Der Wind strich über die Steine, als wolle er prüfen, ob sie noch stehen. Tawa zog den Mantel enger und ließ die rechte Hand dort, wo sein Messer war, nicht, weil er es ziehen wollte, sondern weil er wissen wollte, dass es da war.

Kurz vor dem Schlaf zog Tawa den Mantel enger und dachte an den Span aus hellem Horn, an die Spur, die nicht prahlte, an den Hund, der sich gegen die großen Worte entschied. Er dachte an Windläufer, an die Kinder, an die Weidenrute, die im Wind sang, obwohl niemand sie gefragt hatte. Zeichen gibt es viele, dachte er. Manche schreibt der Winter in den Schnee. Manche steckt der Mensch in die Erde. Die schwersten stehen in den Menschen, und man liest sie, indem man neben ihnen geht. Und manchmal liest man sie, indem man Abstand hält.

„Morgen", sagte er in die Glut, „lesen wir weiter."

Die Glut antwortete, wie Glut antwortet: Sie wurde kurz heller, dann tat sie so, als schliefe sie.

Begegnung am Fluss

Der Morgen kam still, als hätte der Himmel das Reden aufgegeben. Über dem Fluss hing ein dünner Dunst, und das Eis trug diesen matten Glanz, der sagt: Es hat nachts hart gefroren und tagsüber nur so getan, als würde es nachgeben. In den Mulden der Ufer hatte sich Schnee gesammelt – weich oben, heimtückisch darunter. Wer dort einsinkt, kommt laut wieder heraus.

Vom Roten Kessel aus folgten sie dem Fluss, bevor das Lager ganz wach war. Nicht aus Unruhe, sondern weil ein später Start ein Geschenk an fremde Augen ist.

Tawa ging voran, das Haar voller Frost. Sein Atem stand weiß vor dem Gesicht, und jeder Schritt machte dieses trockene Knacken, das Schnee nur dann hat, wenn er hart ist wie dünnes Holz. Er ging nicht schnell. Schnell macht Fehler, und Fehler sind im Winter endgültig. Sie zogen entlang der Uferlinie, wo das Eis noch trug, aber die Risse schon da waren, fein wie Haarlinien in Glas. Tawa setzte die Füße dort, wo Schnee stumpf war, nicht dort, wo es glänzte. Glanz bedeutet oft Luft darunter – oder Wasser.

Aus den fernen Hügeln kam Wind – scharf und wach, mit einem Geruch von Asche und Eisen. Tawa blieb stehen. Da war etwas – nicht im Wind, sondern unter ihnen. Ein Laut, kaum hörbar: dieses feine, kurze Jammern, wenn Eis arbeitet und dünner wird.

„Still", sagte er leise, ohne sich umzudrehen.

Aluna hob den Kopf. Dann sahen sie es: eine Bewegung jenseits der Biegung, dort, wo das Eis aufbrach. Ein dunkler Punkt, der dort lag – und daneben ein zweiter, niedriger, schwerer. Und als die Kante der Biegung den Blick freigab, lag es da: ein Feuer, klein und geduldig, und daneben ein Mensch – und ein Hund, so still, dass man zweimal hinsah. Das Fell voller Eiskristalle, der Atem nur als dünner Hauch – der Wind fraß ihn gleich wieder.

Tawa gab ein Zeichen. Die Männer gingen seitlich auseinander, ohne Eile, sodass jeder den anderen noch sehen konnte. Nicht zum Angreifen – damit niemand sie auf einmal fällen konnte. Nur Aluna blieb bei ihm, die Augen wach, die Lippen farblos.

„Ein Weißer“, murmelte einer hinter ihnen.

„Allein heißt nicht harmlos“, antwortete Tawa, kaum mehr als ein Atem.

Er löste den Speer von der Schulter, aber nicht drohend – eher prüfend, wie man ein Wort überlegt, bevor man es ausspricht. Er hielt ihn tief. Hoch ist Drohung. Tief ist Bereitschaft. Sie näherten sich langsam. Der Schnee nahm jedes Geräusch, das sonst verraten hätte, dass Menschen kommen. Nur das Eis machte sich bemerkbar: ein leises Stöhnen unter der Haut, als müsse es sich entscheiden, ob es noch tragen wollte.

Als sie noch in Wurfweite waren, hob der Fremde den Kopf.

Er war jung, vielleicht kaum älter als Tawa. Das Gesicht eingefallen, die Wangen hart, die Augen schmal – so sieht jemand aus, wenn er zu lange allein war: rissige Lippen, kalte Haut, ein Blick, der nicht blinzelt, weil Blinzeln Zeit kostet. Seine Hände ruhten auf dem Fell des Hundes. Blut war in den Schneerinnen, alt und dunkel, nicht frisch.

Neben dem Feuer lag ein Stück Stoff, steif gefroren, als hätte es einmal nass sein müssen, ehe es hart werden konnte. Daneben ein Messer, dessen Griff Spuren von rotem Rost trug – nicht von seinem eigenen Metall, sondern von etwas, das er damit berührt hatte. Im Schnee, halb unter einer dünnen Kruste, lag ein rostiges Eisenstück – der Bogen einer alten Falle, ohne Zacken, mit einem gebrochenen Federrest. Rost alt, aber der Abdruck daneben frisch. Das Maul hatte wieder zugeschnappt.

Tawa blieb stehen. Der Wind lag zwischen ihnen, kalt und aufmerksam. Er trug Geruch und trug Lüge – beides gleich leicht.

Tawa sagte etwas zu den Seinen – leise, kurz, in jener Sprache, in der man nicht prahlt, sondern anordnet. Der Fremde verstand kein Wort. Er hörte nur den Ton und sah die Haltung. Er hielt still, als wüsste er, dass jede falsche Bewegung eine Antwort aus Metall nach sich ziehen konnte.

Tawa hob die leere Hand, langsam, damit es ein Zeichen wurde, keine Drohung. Dann zeigte er auf den Hund: dein?

Der Fremde nickte, und seine Kehle arbeitete, als müsse sie erst wieder lernen, dass Stimme nicht nur für Flüche da ist. „Ghost“, sagte er heiser. Es klang, als gehöre der Name nicht nur dem Hund, sondern auch dem, was der Winter ihm bereits genommen hatte. Dann tippte er sich an die Brust. „Sam.“

Tawa nickte einmal. Er legte die Hand an die eigene Brust. „Tawa.“ Dann deutete er auf Aluna. „Aluna.“

Sam wiederholte die Namen nicht. Er nahm sie auf wie jemand, der eine Klinge prüft: kurz, genau, ohne unnötige Bewegung.

Tawa kniete sich nieder und legte die Hand auf Ghosts Fell. Kalt. Steif. Es war die Art Kälte, in der Leben sich versteckt, weil es nicht mehr kämpfen kann. Der Hund wirkte tot – nicht wie ein Tier, das gefallen ist, sondern wie ein Wesen, das an der Kante steht und noch nicht weiß, auf welche Seite es kippt.

Dann sah Tawa genauer hin.

Am Vorderlauf war das Fell verklebt, dunkel, und darunter eine Wunde, die nicht nach Zahn aussah und nicht nach Stein – eher nach etwas, das sich geschlossen hatte, hart und unerbittlich. Das Fleisch war nicht frisch aufgerissen, aber auch nicht verheilt. Hier hatte Metall gelegen. Hier hatte etwas zugebissen, das keine Zunge hat.

Sam machte eine ruckhafte Bewegung, als wolle er erklären – aber die Worte kamen nicht. Stattdessen zeigte er mit zwei Fingern nach hinten, Richtung Uferrand, dorthin, wo Schnee und Eis sich mischen und jede Entscheidung dünn ist. Dann formte er mit den Händen einen Kreis über dem Boden, schob ihn auseinander – als würde etwas aufbrechen. Eis. Einbruch.

Er zeigte auf Ghosts Vorderlauf und machte eine schnelle, schließende Bewegung mit den Händen: Klack. Dann zog er die Hände auseinander, langsam, mit Kraft, als würde er etwas aufbrechen, das nicht aufgehen will. Eine Falle – alt, versteckt, vergessen und doch bereit.

Er deutete noch einmal auf das Ufer, und dieses Mal zeigte er auf ein Stück Treibholz, das dort im Eis steckte, wie ein Speer, den das Wasser nicht loslassen wollte. Dann fuhr er mit der Hand über seine eigene Flanke, zog die Finger dabei scharf nach hinten, als würde etwas reißen. Und er verzog das Gesicht, als käme der Schmerz erst jetzt wieder.

Tawa verstand nicht jedes Detail – aber er verstand genug. Eis bricht. Eisen schnappt. Holz reißt. Und wer dann noch lebt, lebt nur, wenn jemand schnell und ruhig bleibt.

Aluna trat näher, zog die Decke von ihrer Schulter und legte sie wortlos über den Hund. Der Schnee fiel wieder, ganz fein. So fein, dass es aussah, als würde die Erde selbst versuchen, etwas zu bedecken, das zu schwach geworden war für großen Schutz.

Tala kam heran – lautlos, wie Heilerinnen das können, weil sie gelernt haben, dass jedes Geräusch eine Wunde wachsen lässt. Sie kniete ohne Hast, rieb Schnee zwischen den Handflächen, bis er Wasser wurde, und hauchte Wärme hinein, als gäbe sie aus dem eigenen Atem ein Pfand. Dann legte sie die Fingerspitzen an Ghosts Schnauze, an die Stelle, wo man Atem spürt, wenn er zu klein ist für Augen.

„An der Kante", murmelte sie, mehr zu sich als zu den anderen.

Tala schob die Decke ein Stück zurück, nur so viel, dass sie sehen konnte, was die Kälte verborgen hatte. Am Vorderlauf die Spur des Metalls: gequetscht, aufgerissen, unförmig. Und an der Flanke, unter verklebtem Fell, eine zweite Wunde – länger, flacher, wie von einem spitzen Ast gezogen. Treibholz. Nicht tief wie ein Messerstich, aber gemein genug, um Blut und Wärme aus einem Körper zu stehlen.

Sie drückte nicht. Sie prüfte nur: warmes oder kaltes Blut, Leben oder bereits Erinnerung.

Tawa deutete auf den Trinkbeutel. „Wasser", sagte er zu den Seinen, nicht zu Sam.

Sam verstand den Laut nicht, aber er verstand das Zeigen. Er zog seinen eigenen Beutel hervor, mit einer vorsichtigen Bewegung, als könne man Vertrauen verschütten. Tala gab wenige Tropfen. Der Hund schluckte. Einmal. Dann wieder. Kein Wunder, kein Sieg – nur ein Zeichen, dass die Tür bis jetzt nicht ganz zu war.

Über ihnen zog ein dünner Schatten über den Himmel, ein Falke vielleicht, und in den Binsen knisterte es. Etwas bewegte sich. Nicht nah – aber nah genug, dass man es nicht ignoriert.

„Wir müssen fort von hier", sagte Tala nach einer Weile. „Das Eis gibt nach."

Tawa nickte. Er gab ein Zeichen – nicht zum Tragen, sondern zum Bauen.

Zwei Männer traten an die Weiden am Ufer. Mit schnellen, geübten Griffen schnitten sie zwei lange Stangen, so gerade wie möglich. Ein Dritter löste Lederriemen von einem Bündel. Tala zog die Decke, die Aluna gebracht hatte, unter Ghost, ohne ihn zu reißen. Dann legten sie die Stangen links und rechts an, banden die Decke dazwischen fest, sodass daraus eine Schleiftrage wurde: eine flache Haut zwischen zwei Hölzern, die man ziehen konnte, statt sie zu tragen.

Sam sah es, und in seinen Augen ging ein kurzes, scharfes Aufleuchten auf: Verständnis. Nicht sprachlich. Handwerklich. Er half sofort, hielt die Stange, zog die Knoten fest, so gut seine steifen Finger es zuließen.

Tawa legte Sam die Hand an den Unterarm – nicht hart, nur mit der Ruhe eines Mannes, der weiß, wann man Kraft spart. Dann zeigte er auf die Schleiftrage, machte eine Zugbewegung und deutete auf die sichere Spur am Ufer: so.

Sam nickte. Er schluckte. In seinem Gesicht stand für einen Moment etwas wie Erleichterung – nicht weil Hilfe sicher war, sondern weil sie überhaupt möglich war.

Sam zog Ghost. Die Schleiftrage glitt über den Schnee, über das harte Weiß, über die Stellen, wo das Eis zu ehrlich klang. Sam ging dicht vor Ghosts Kopf, als sei sein Platz dort festgeschrieben. Einmal stolperte er, fing sich wieder. Niemand lachte. Im Winter lacht man selten über Stolpern.

Der Weg zurück zur Gruppe war eine schmale Furche im Weiß, getreten von den vielen Tagen davor. Als sie näher kamen, trat Nika aus dem Schatten eines Zeltes, das der Wind bereits zu zählen begonnen hatte. Sie blieb stehen, als sie den Hund sah, und ihre Augen füllten sich – nicht mit Tränen, sondern mit etwas, das größer war als Mitleid: Anerkennung.

„Ein Fremder", knurrte Rokan.

Aluna drehte den Kopf nicht einmal ganz zu ihm. „Ein Mensch", sagte sie. „Und ein Tier, das noch nicht aufgegeben hat."

Rokan verstand nicht alle Gründe – aber er spürte, wohin die Stille ging, und schwieg.

Sie zogen Ghost ins warme Halbdunkel eines Unterstandes. Das Feuer darin war klein, aber ehrlich, und in der Glut lag ein Versprechen, das nicht groß sein musste, um wahr zu sein.

Tala kochte einen Sud aus Bitterkraut und gab ihn dem Hund tropfenweise. „Bitter macht wach", sagte sie. „Wachsein hält."

Dann wusch sie die Wunde am Vorderlauf mit lauwarmem Wasser, so gut es ging, und löste vorsichtig die Ränder von altem, getrocknetem Blut. Sie legte eine frische Binde an und schiente den Lauf mit zwei dünnen Holzleisten, damit jeder kommende Ruck nicht wieder alles aufreißt. Die Flanke spülte sie mit Wasser, nahm mit einem sauberen Stück Stoff Schmutz und Eis heraus und band sie so, dass die Haut liegen konnte, ohne zu spannen.

Sam saß daneben, die Hände in der Luft, als dürfte er nichts berühren, weil jedes Berühren schmerzen könnte. Er sagte nichts. Aber sein Blick hing an Talas Fingern, als hinge dort eine Rettung, die er nicht mehr allein tragen musste.

Draußen knarrte Holz im Wind. Aus der Ferne kam ein Laut, der nicht zu ihnen gehörte – ein Schlag, als würde irgendwo ein Ast brechen oder Eis nachgeben. Kein Alarm. Nur Erinnerung: Die Welt schläft nicht, nur weil Menschen ein Feuer teilen.

Als die Dunkelheit kam, versammelten sich die Älteren um das Feuer. Sam saß am Rand des Lichtes, die Knie angestellt, die Hände um einen Becher, als müsse er prüfen, ob die Wärme wirklich existiert. Er sagte kaum etwas. Wenn er überhaupt sprach, waren es nur einzelne, brüchige englische Laute, die niemand verstand.

Aber er zeigte: Er deutete flussauf und flussab, legte die Hand an die Brust, dann in die Luft, als würde er etwas festhalten, das nicht mehr da war. Einmal machte er die Bewegung des Einbrechens – schnell, scharf –, dann ließ er die Hände wie in Eisen zusammenklappen. Und danach fuhr er mit der Hand über die Flanke, als würde er einen spitzen Ast nachzeichnen. Das genügte. Nicht für eine Geschichte. Aber für die Wahrheit: Eis, Eisen, Holz – und ein Hund, der dafür bezahlt hat.

Ein Krieger, der einen Riss im Ohr trug und die Geduld wie einen zweiten Bogen auf dem Rücken, hob das Kinn. „Feind?", fragte er.

Tawa schüttelte den Kopf. „Wer ein Tier so hält, hält auch sein eigenes Herz", sagte er zu den Seinen. Sam verstand den Satz nicht – aber er hörte, dass die Stimme nicht scharf war.

Sam lauschte den Worten wie Regen. Man kann einer Sprache zuhören, ohne sie zu kennen, und dennoch spüren, ob sie Steine wirft oder Decken ausbreitet.

Tawa nahm einen Stock und zog eine Linie in die Asche, dann eine zweite. Dazwischen setzte er einen Bogen: eine Brücke. Er tippte mit der Spitze auf die Mitte. Ein Funke blieb an der Kante hängen.

Sam sah lange auf das Zeichen. Dann nickte er einmal. Er deutete erst auf Tawa, dann auf sich, dann wieder auf die Brücke. Seine Lippen formten lautlos etwas, das die anderen nicht hören mussten, um es zu verstehen. Schließlich sagte er ein einziges englisches Wort – nicht laut, eher wie ein Hauch, den man sich selbst beweisen muss: „Bridge."

Nika zog die Brauen hoch. Aluna lächelte kaum merklich. Tala ließ das Feuer nicht aus den Augen, aber ihre Schultern wurden einen Atemzug leichter.

Später, als die Nacht durch die Zelte kroch und die Kinder in der Wärme ihrer Decken endlich gleichmäßig atmeten, trat Sam an den Eingang. Er sagte nichts. Er legte nur die Hand an die Brust, senkte den Kopf einen Moment und sah Tawa an, als wolle er ein Wort ablegen, das er nicht aussprechen konnte.

Tawa nickte. Er hob die Hand, nicht als Gruß, eher als: Ich habe gesehen.

Der Himmel war klar; Sterne lagen darin wie Kiesel in einem dunklen Bach. Tawa dachte an das Zeichen im Schnee, an Ghosts Atem, an Sam, der mit leeren Händen gekommen war und doch etwas brachte: die Erinnerung, dass es Brücken gibt, die schon da sind, ehe man weiß, dass man sie benötigt.

Am Morgen stand Tawa auf, noch bevor die anderen sich regten. Kälte ist am Morgen immer etwas ehrlicher als am Abend. Er kniete am Fluss und legte die Hand auf das Eis. Es vibrierte kaum merklich – vielleicht nur der Strom darunter, vielleicht nur Müdigkeit, die sich einen Sinn baut, um nicht zu brechen. Er murmelte etwas in seiner Sprache, einen Satz, der eher Bitte als Befehl war, und stand auf.

Hinter ihm raschelte der Lagerplatz ins Leben. Holz knackte. Ein Kind hustete. Aluna kam aus dem Zelt, in den Händen eine Handvoll Kräuter, die nach Sommer rochen, der sich erinnert. Tala trat kurz zu Ghost, prüfte den Atem, prüfte die Binde, und ihr Nicken war kurz – aber es war ein Nicken.

Tawa hob den Arm. „Aufbrechen", sagte er zu den Seinen, und seine Stimme war ruhig. „Der Fluss wartet nicht. Aber manchmal führt er die Langsamen sanfter."

Sam verstand die Worte nicht. Doch er verstand das Heben der Last, das Ordnen der Hände, das leise Einrasten einer Entscheidung. Er strich Ghost über das Fell – dort, wo gestern noch Eiskristalle in den Härchen lagen, lag jetzt – winzig, trotzig, unangebracht – ein Körnchen Wärme.

Sie nahmen die Schleiftrage wieder auf. Sam griff in die Riemen und zog, die Schultern angespannt, der Atem kurz. Zwei Männer gingen neben ihm – nicht um ihm die Arbeit abzunehmen, sondern um die Trage über Steine und harte Kanten zu heben, wenn sie hängenblieb. Tawa blieb ein paar Schritte dahinter. Hilfe war da. Aber die Last blieb bei dem, dem sie gehörte.

Sie gingen. Und während sie gingen, blieb ein Wort in den Köpfen wie ein Knoten im Seil: Brücke.

Der Marsch am Fluss

Der Tag begann farblos und der Himmel spannte sich wie ein altes Tuch über die Steppe, und der Fluss glitt darunter, grau, unfertig, mit Eisschollen, die wie zerbrochene Spiegel trieben. Das Wasser roch nach Stein und Eisen, nach dem letzten Atem des Winters. Der Geruch hing tief, blieb in der Nase, als würde er dort wohnen wollen. Über dem Fluss lag ein dünner Dunst, der alles näher erscheinen ließ und doch nichts greifbarer machte. Wenn man stehenblieb, kroch die Kälte sofort in die Knie.

Die Menschen am Ufer gingen schweigend. Jeder Schritt ein leises Schmatzen im halbgetauten Boden, als würde der Frühling schon unter der Haut der Erde kriechen, ohne sich zu zeigen. Der Boden war tückisch: oben weich, darunter hart gefroren, und manchmal brach die Kruste weg, sodass ein Fuß plötzlich tiefer stand, als er sollte. Niemand fluchte laut. Wer flucht, verbraucht Wärme.

Vorn zog sich die Schleiftrage wie eine schmale Furche durch das Weiß. Sam zog sie. Er ging dicht vor Ghosts Kopf, als könne er ihn mit dem eigenen Atem am Leben halten. Die Stangen schabten über gefrorenen Schnee, manchmal über blanke Stellen, und jedes Mal zuckte Sam zusammen, als hätte das Geräusch durch seine Knochen gesprochen. Er zog mit dem ganzen Körper, nicht nur mit den Armen: Schulter rein, Hüfte vor, Schritt kurz, damit er nicht ausrutschte. Der Riemen schnitt ihm in die Handschuhe, und wo er keine Handschuhe hatte, war die Haut rissig und taub. Ghost lag zusammengerollt, flach atmend, die Binde am Vorderlauf dunkel an den Rändern, die Flanke unter Leder und Stoff festgehalten wie ein Versprechen, das nicht reißen darf. Tala ging immer wieder nebenher, kniete kurz, prüfte, zog einen Knoten nach, legte zwei Finger an die Schnauze, als müsse sie dem Leben jedes Mal neu erlauben, zu bleiben. Sie tat es ohne große Worte. Große Worte helfen nicht beim Sterben.

Wenn der Boden weich wurde oder das Eis zu reden begann, kamen zwei Männer kurz heran, hoben die Stangen an, damit die Trage über eine Kante glitt, ohne dass Ghost hart aufschlug –

dann traten sie wieder zurück, als hätte die Hilfe eine Grenze. Es war keine Freundlichkeit, die sich breitmachen durfte. Es war Handwerk: Stoß abfangen, Belastung nehmen, weitergehen. Tawa ging seitlich, nicht als Zieher, sondern als Auge: dort, wo die Spur sicher war, dort, wo die Risse wie dünne Münder standen. Er gab Zeichen mit zwei Fingern: links, jetzt, halt. Er hielt den Blick nicht lange auf Sam. Ein Führer zählt nicht die Mühe eines Einzelnen; er zählt, ob die Gruppe lebend bleibt.

Sie halfen Sam nicht, weil er einer von ihnen war. Sie halfen, weil der Winter eine eigene Ordnung kennt: Wer einen Verwundeten liegen lässt, lädt Kälte ins eigene Lager ein. Und weil Sam, als sie ihn fanden, keine Hand nach ihnen ausgestreckt hatte, sondern beide Hände am Hund hatte – als halte er das Leben fest, nicht, als wolle er etwas nehmen. Das genügte für Mitleid. Nicht für Vertrauen, aber für Hilfe. Vertrauen wächst nicht aus Worten. Es wächst aus Tagen, an denen man nichts Dummes tut.

Hinter ihnen bewegte sich die Gruppe wie ein einziger, müder Körper. Aluna hielt die Kinder in der Mitte, als wären sie der Kern, den man nicht verlieren darf. Sie ging so, dass sie jedes Kind mit einem Blick erwischen konnte, bevor es stolperte. Rokan ging hinten und tat so, als sei Misstrauen eine Decke, die man tragen muss. Er sah Sam an wie einen Fremden, der Hunger kostet. Und Hunger ist im Winter eine Währung, die man nicht gern ausgibt.

Sam trug das Gewehr über der Schulter. Der Riemen hatte sich in das feuchte Leder seiner Jacke geschnitten. Das Metall fühlte sich kalt, aber vertraut an. Die Waffe – die Sharps, schwer, präzise, ein altes Versprechen von Hendriks – war das Einzige, was er wirklich kannte in dieser fremden Welt. Und manchmal, wenn die Schritte zu still wurden, legte er die Hand kurz daran, als könne er sich durch Berührung erinnern, wer er war. Er tat es nicht wie eine Drohung, eher wie ein Mann, der prüft, ob sein Messer noch da ist. Er wusste: Wenn die Cheyenne ihn wollten, bräuchte niemand lange zu handeln. Das Gewehr machte ihn nicht sicher. Es machte ihn nur wach.

Die Gruppe war erschöpft. Seit Tagen nur dünne Brühe und getrocknetes Wurzelgemüse. Hunger war kein Gefühl mehr, sondern ein Zustand. Ein Kind hustete, ein alter Mann blieb kurz stehen, als wolle er sich einfach hinsetzen und im Frost verschwinden. Jemand stützte ihn, ohne ein Wort zu sagen. Sam sah die Gesichter – schmal, wortlos, auf den Wind gerichtet. Er verstand ihre Sprache nicht, aber er verstand, was sie aus ihnen machte. Und er verstand noch etwas: Wer so geht, hat gelernt, Schmerzen nicht zu zeigen, weil Schmerzen Zeit kosten.

Da hielt Tawa plötzlich an. Er kniete nieder, legte zwei Finger in den Schlamm, hob sie, roch daran, blickte flussaufwärts. Er roch nicht Erde – er roch Bewegung. Dann zeigte er auf den Boden: eine flache, runde Spur. Daneben noch eine. Tief, schwer, in sich selbst einsinkend. Die Ränder waren weich, der Abdruck noch nicht ganz gebrochen vom Wind. Er machte eine Geste, die einem Horn glich – zwei Finger seitlich am Kopf –, dann deutete er auf das Herz und schließlich auf den Himmel: oben, weit, groß. Und er zeigte dann in den Wind, als würde er sagen: bevor der Geruch abreißt.

Sam atmete einmal tief aus. Bison. Das brauchte keine Übersetzung. Es war Fleisch, Fett, Wärme. Es war auch Arbeit, Blut, Zeit – und Zeit zieht Aufmerksamkeit an wie Rauch.

Tawa sah Sam an. Nicht freundlich, nicht feindselig – nur prüfend. Der Bulle da draußen war alt, groß, und ein Pfeil allein machte ihn nicht sicher. Ein verletzter Bison griff an. Und Sam trug die Sharps, schwer auf der Schulter wie eine Entscheidung, wie ein Werkzeug, das den Unterschied zwischen Fleisch und Tod machen konnte.

Tawa zeigte auf sich, dann auf die Spur, dann auf Sam und machte eine schmale Bewegung in Richtung Wind: mit mir. Nicht als Bitte. Als Rechnung. Als Zeichen, das man nicht verfehlen kann.

Sam nickte. Er legte die Hand kurz an die Brust, dann zeigte er auf die Trage, auf Ghost – und hob die Brauen: Ich kann nicht weg. Es war keine Bitte, eher eine Wahrheit. Und in dieser Wahrheit steckte auch etwas anderes: Wenn ich weggehe, stirbt er vielleicht, bevor ich zurück bin.

Tawa verstand. Er rief etwas zu den Seinen, kurz, scharf, und deutete mit der Hand auf zwei Männer. Sie traten vor und fassten die Stangen der Schleiftrage. Sam ließ los, zögernd, als risse man ihm etwas aus den Händen. Dann legte er die Finger noch einmal kurz auf Ghosts Kopf, nicht streichelnd, eher wie ein Schwur. Er ließ die Last nicht „abgeben" – er ließ sie für einen Zweck: Fleisch, Wärme, eine Chance für Ghost. Tala kniete neben Ghost, prüfte die Binde, zog sie fester, und nickte Sam zu: Geh. Ihr Blick sagte nicht: Es wird gut. Er sagte: Wenn du zurückkommst, kann er noch da sein.

Sam ging mit Tawa.

Sie schlichen los, das Schilf vor sich teilend, der Wind kühl im Gesicht. Sie gingen nicht „leise" aus Romantik, sondern weil ein großer Körper Geräusche macht. Das Gras bog sich kaum unter ihren Schritten. Der Boden war hier fester, und trotzdem setzten sie die Füße so, als könnte unter jedem Halm ein trockener Ast liegen. Der Fluss rauschte irgendwo hinter den Weiden, gedämpft, als wollte er schweigen, bis alles vorbei war. Tawa blieb immer einen Hauch höher im Gelände, wo er weiter sehen konnte. Sam hielt sich einen Schritt tiefer, damit sein Geruch nicht vor ihnen herlief. Kein Wort. Nur Zeichen: Hand runter – warten. Finger nach vorn – weiter. Kopf leicht zur Seite – Wind dreht.

Dann sahen sie ihn: einen alten Bullen, riesig, einsam, mit verfilzter Mähne und Fell, das in Strähnen am Körper herunterhing. Die Hörner trugen Risse, an den Flanken glänzte getrocknetes Blut von alten Wunden. Ein Überlebender – und gerade deshalb gefährlich. Wer so lange durchhält, gibt selten freiwillig nach. Ein alter Bulle ist kein Tier, das flieht wie ein junges. Er kennt seine Kraft, und er kennt den Preis.

Tawa blieb stehen. Er hob langsam den Bogen, zog lautlos die Sehne, der Pfeil spannte sich in der Luft wie ein Gedanke, der noch nicht ausgesprochen ist. Sam sah die Bewegung, verstand das Ziel, das Tempo, das Zögern – nicht, weil man es ihm erklärt hatte, sondern weil Jäger in jeder Sprache gleich atmen. Tawa zielte nicht auf „irgendwohin". Er suchte die Stelle, wo der Pfeil Arbeit spart: hinter dem Vorderlauf, tief genug, dass Blut die Kraft nimmt. Ein Pfeil ist kein Gewehr. Ein Pfeil ist Geduld.

Dann löste sich der Schuss. Ein kurzer, trockener Laut der Sehne – der Pfeil flog und traf.

Der Bison zuckte, stieß die Luft aus wie ein Dampfross, warf den Kopf, stampfte – und dann kam er.

Nicht fliehend. Angreifend. Der Boden schien unter ihm zu rollen, so schwer war er. Schnee und Gras spritzten. Der Bulle war nicht „wütend“ wie ein Mensch. Er war verletzt und groß, und das reicht.

Tawa rief etwas, ein hartes Wort, das Sam nicht verstand – aber der Ton war eindeutig, und die Handbewegung ebenso: weg, jetzt, zur Seite. Tawa rannte nicht. Er wich aus, so wie ein Mann ausweicht, der weiß, dass ein Schritt zu viel ihn stolpern lässt.

Sam riss die Sharps von der Schulter, riss den Hebel nach unten, schob die Papierpatrone in den Block, zog den Verschluss hoch, spannte den Hahn. Die Bewegungen waren instinktiv – Hendriks Stimme klang in seinem Ohr: Wenn du schießt, atme mit der Waffe, nicht gegen sie. Sein Daumen war steif, aber er zwang ihn zur Arbeit. Kalte Finger sind langsam. Langsam ist tot.

Der Bison kam wie ein rollender Hügel, das Gras brach unter seinen Hufen. Tawa wich aus, glitt weg, fiel dennoch, der Bogen rutschte ihm aus der Hand. Das Tier senkte den Kopf, als wolle es den Boden selbst aufreißen. Es war zu nah. Zu groß. Zu schnell.

Sam hob die Sharps. Das Korn tanzte vor seinem Auge, Schweiß und Kälte kämpften um seine Finger. Für einen Herzschlag war da nur das Gewicht des Tieres, das Donnern, der Atem. Der Rauch der letzten Tage, das Hungern, das Ziehen – alles war plötzlich weg. Übrig blieb nur die Linie zwischen Korn und Kimme.

Dann fand er den Atem.

Der Schuss brach. Klar, hart, metallisch.

Der Rückstoß fuhr ihm in die Schulter, als hätte ihn jemand gestoßen. Rauch stieg auf, scharf und süßlich, und durch ihn hindurch sah Sam, wie das Tier stolperte, als würde der Boden plötzlich weich. Noch ein Atem, noch ein Schritt – dann fiel es.

Der Aufprall ging durch die Erde, als hätte der Boden selbst einen Schlag ins Herz bekommen. Schnee stob. Ein letzter Atem stieg als Dampf auf – dann lag der Bulle still.

Stille. Nur Dampf.

Tawa lag im Gras und blickte zu Sam hinüber. Ein Moment ohne Sprache, nur Atem und Blick. Dann stand er langsam auf, sah den Bullen an, den Mann, das Gewehr. Er trat heran, hob eine Hand und legte sie kurz auf Sams Schulter – nicht als Besitz, eher als Anerkennung. Kurz, so kurz, dass es niemandem wehtun konnte.

Sam klopfte mit zwei Fingern an den Schaft. „Sharps", sagte er heiser, als würde er sich erklären.

Tawa nickte, wiederholte den Klang vorsichtig: „Sharps." Dann legte er die Hand auf sein Herz und murmelte ein paar Laute – vielleicht ein Dank, vielleicht ein altes Wort, das man spricht, wenn Blut auf Schnee fällt. Sam verstand die Silben nicht. Aber er verstand: Es war kein Drohen. Es war Respekt – für das Tier, für die Arbeit, für den Moment, der sie alle einen Tag länger leben lässt.

Die Gruppe kam nach: Kinder, Frauen, Männer – erst zögernd, dann schneller. Niemand jubelte. Man blieb stehen, als hätte man einen Gott gesehen, der gestürzt war. Jubel macht leichtsinnig, und Leichtsinn verdirbt Fleisch.

Tawa zog ein Messer, nickte Sam zu. Dann begann die Arbeit.

Das Messer schnitt, als würde es wissen, wohin. Er öffnete die Kehle, das Blut strömte warm, dampfend, roch nach Eisen, Leben, Erde. Tawa fing es mit den Händen, ließ einen Tropfen auf den Schnee fallen – nicht aus Aberglauben, sondern aus jener alten Art Respekt, die nicht erklärt werden muss. Warmes Blut auf kaltem Schnee ist ein Lehrsatz: Heute leben wir.

Aluna kniete neben Sam, reichte ihm ein zweites Messer, zeigte auf eine Linie, deutete die Bewegung an. Er folgte ihrer Hand, vorsichtig, präzise, wie beim Putzen eines Gewehrlaufs. Er schnitt nicht schnell. Er schnitt richtig. Ein falscher Schnitt verdirbt Fett, und Fett ist im Winter Gold.

Das Fell löste sich schwer. Dampf stieg auf, Wärme kroch in kalte Finger. Das Fett glänzte, als hätte es Licht gespeichert. Der

Geruch war stark, süß und roh. Man spürte, wie sich Mägen zusammenzogen, nicht vor Ekel, sondern vor Hunger, der endlich etwas sieht, das er begreifen kann.

Tawa sagte ein kurzes Wort in seiner Sprache – nicht „gut“, nicht „schlecht“, eher: richtig. Sam verstand es nicht, aber er sah das Nicken, und das genügte. Er lächelte, nur mit den Augen. Sein Mund blieb hart. Man lächelt nicht breit, wenn der Winter noch da ist.

Bald lag das Tier offen – Fleisch, Sehnen, Knochen. Das Herz dampfte, groß wie eine Faust voller Feuer. Sam sah es an und dachte an Ghost: an einen Körper, der Wärme verloren hatte und sie jetzt zurückbraucht.

Aluna schnitt es heraus, wusch es mit Schnee und legte es über die Glut, die sie aus trockenen Ästen entfacht hatte. Das Fett tropfte, das Feuer zischte. Der Rauch blieb flach, damit er nicht zu weit sprach. Ein paar Männer sahen dabei immer wieder in die Weite, nicht weil sie den Bullen vergessen hätten, sondern weil ein toter Bulle Augen anzieht – Menschenaugen. Und Crow sind nicht die einzigen, die im Land schauen können.

Tawa reichte Sam das erste Stück und zeigte dabei erst auf Sam, dann auf den Bullen, dann auf den Mund: Du zuerst.

Sam nahm es, biss hinein. Es schmeckte nach Metall und Frühling, nach Blut und Überleben. Heißes Fett brannte auf kalten Lippen. Er spürte, wie das Zittern in seinen Händen nachließ. Nicht weil er plötzlich stark war, sondern weil der Körper endlich bekam, was er seit Tagen forderte.

Tawa nahm ein zweites Stück, hielt es kurz gegen den Himmel, dann aß auch er. Ein Lächeln huschte über seine Lippen, klein, aber echt. Er zeigte auf Sam, sagte langsam – nicht als Satz, eher als Benennung: ein kurzer Laut, der Mensch bedeuten musste, und dann: „Sam.“

Dann auf sich selbst: „Tawa.“

„Tawa“, wiederholte Sam.

Sie nickten beide, und etwas, das vorher still zwischen ihnen gestanden hatte, fiel um – lautlos, aber endgültig. Nicht alles. Nicht Misstrauen. Aber der erste Pfahl im Boden, der sagt: Heute hast du nicht gegen uns gehandelt.

Als die Sonne sank, hing der Rauch der Feuer flach über dem Lager. Die Haut des Bullen spannte sich auf Holzstangen, das Fett köchelte im Kessel, der Geruch war süß und schwer. Kinder kauten, Männer saßen still, Frauen schnitten Fleisch zu Streifen, die am Rauch trocknen sollten. Jede Hand hatte Arbeit. Arbeit hält den Kopf ruhig.

Sam lief als Erstes zu Ghost. Zwei Männer hatten die Schleiftrage an die windgeschützte Seite gestellt. Ghost lag näher am Feuer als zuvor, und Tala wechselte die Binde, als sei jede Lage Stoff ein Schritt zurück ins Leben. Sam kniete kurz, legte die Hand neben die Schnauze, ohne zu drücken, ohne zu fordern. Ghosts Atem war flach, aber er war da – und manchmal ist da alles. Sam löste ein kleines Stück Fett und hielt es an Ghosts Lippen, nur einen Hauch, damit der Magen nicht rebelliert. Tala nickte knapp. Nicht freundlich. Richtig.

Später reinigte Sam die Sharps. Er zog den Verschluss herunter, wischte mit einem Tuch über den Lauf, prüfte den Schlagbolzen und setzte den Hebel wieder ein. Das Metall glänzte im Abendlicht, als hätte es selbst verstanden, was es getan hatte. Er tat es nicht aus Stolz. Er tat es, weil eine Waffe, die nicht gepflegt wird, einen im falschen Moment verrät.

Tawa sah ihm dabei zu, nickte langsam, dann zog er mit einem Stück Kohle eine Linie in den Boden – ein Kreis, eine Welle, ein Strich dazwischen. Er zeigte darauf, dann auf den Fluss. Sam nickte, ohne zu wissen, warum. Vielleicht meinte es: Weg, Wasser, Übergang. Vielleicht meinte es: Bleib in der Nähe, aber nicht im Fluss. Vielleicht war es nur ein Zeichen dafür, dass Tawa Dinge ordnet, damit sie nicht auseinanderfallen.

Manchmal benötigt Verstehen keine Sprache.

Die Nacht fiel über sie, still und schwer, und das Rauschen des Flusses war das einzige Lied, das noch blieb. Windläufer stand mit dem Kopf gegen den Wind, als würde er Wache halten. Tawa ließ ihn so stehen – ein Tier hört mehr als ein Mensch, und ein unruhiges Pferd ist oft die erste Warnung.

Sam lag wach. Neben ihm das Gewehr, auf der anderen Seite die Glut. Er hörte, wie Tawa schlief – ruhig, gleichmäßig –, als wäre der Winter für diesen einen Atemzug wirklich besiegt. Und in der Ferne, irgendwo hinter den Bäumen, heulte ein Wolf: kein Feind, nur ein Zeuge. Ein Ton, der sagt: Das Fleisch ist nicht nur eures.

Sam drehte sich, sah die Glut glimmen und flüsterte leise – nicht für die Ohren der anderen, eher für das Land: „Danke." Er sagte es nicht wie ein Gebet. Eher wie eine Rechnung, die man anerkennt, weil man noch atmet.

Vielleicht verstand es niemand. Aber der Wind nahm das Wort, als wäre es leicht genug, es weiterzutragen – flussaufwärts, zum nächsten Tag, und in die Weite eines Landes, das beide bis jetzt nicht kannten. Und irgendwo, unter der Haut des Winters, arbeitete der Frühling weiter, langsam, ohne sich zu entschuldigen.

Die große Jagd

Der Morgen kam mit einem sanften Wind, das Gras stand hoch genug, um zu rauschen. Über dem Hügelrücken lag ein Licht, das nicht glänzte, sondern atmete – ein mattes, warmes Gold, in dem Staub und Insektenschwärme hingen, als hätten die Ebenen eigene Sterne, die nur bei Tage brannten. Am Fluss standen die Tipis, ihre Häute leicht gespannt, die Rauchfahnen wie schmale Stimmen, die in den Himmel redeten. Pferde schnaubten, irgendwo klatschte ein Riemen, Kinder lachten – und dann verstummte alles zugleich, als eine Trommel schlug: einmal, zweimal, dreimal. Der Klang wanderte durch den Morgen wie ein Herzschlag, der alle an denselben Atem erinnerte.

Sie hatten das Sommerlager erreicht. Nicht gestern, nicht plötzlich, sondern nach Wochen, in denen der Fluss sie getragen hatte wie eine harte Straße aus Wasser und Eis. Jetzt stand das Land anders. Der Wind war weicher, aber nicht freundlich; er trug Staub statt Eiskristalle. Der Rauch musste sich nicht mehr kleinmachen.

Es waren viele Häute am Fluss, mehr als im Winter. Sechzig, vielleicht siebzig Tipis standen im Halbkreis, Rauch über Rauch, dazwischen Feuerstellen, Trockenrahmen, Pfähle, Bündel. Dreihundert Menschen, vielleicht mehr – Kinder überall, Alte im Schatten, Männer, die nicht unnötig reden. Und Pferde noch mehr: ein lebender Vorrat, der schnaubt, tritt, wartet, die Köpfe gegen den Wind. Ein Lager, das groß genug war, um zu leben – und groß genug, um Hunger zu haben.

Sam stand neben Tawa und strich mit dem Daumen über den glatten Schaft seiner Sharps, deren Metall im frühen Licht matt schimmerte. Er hatte sie in den warmen Monaten geölt, gereinigt, wieder und wieder zerlegt, bis die Schrauben seine Finger kannten. In seiner Tasche klirrten die Patronen leise gegeneinander – schwere, saubere Stücke, in Papier gewickelt und mit Blei gefüllt. Den Vorrat hatte er nach dem Frühling bei einem Händler aufgestockt, der mit einem Treck nordwärts zog: eine Kiste Patronen, sorgfältig gegen Feuchtigkeit verpackt, dazu neue Zündhütchen. Sam hatte mit Biberfellen bezahlt, dunkel und warm, riechend nach Wind und weiter Nacht. Der Handel war schnell gegangen; Münzen sprachen die Sprache aller, doch Felle redeten länger.

Er hatte das im frühen Sommer getan, als noch Trecks am Lager vorbeikamen und die Wege offen waren, bevor die Nächte wieder härter wurden. Der Händler hatte ihn angesehen wie einen Mann, der nicht viel übrig hat außer dem, was er tragen kann. Sam hatte nichts erklärt. Er hatte nur bezahlt und das Papier trocken gehalten.

Tawa trat dicht an ihn heran. Er sagte etwas in seiner Sprache – Sam verstand die Worte nicht –, aber er verstand die Bewegung: Tawa tippte auf Sams Brust, dann zeigte er in die Ebene, zeichnete mit zwei Fingern einen Kreis in die Luft und setzte Sam an den vorderen Rand dieses Kreises, wie eine Figur auf ein unsichtbares Brett. Der Sinn war eindeutig: Heute reitest du mit uns im ersten Kreis.

Tawa sagte ein einziges Wort, rau ausgesprochen, als wäre es ein Stein: „Vorn."

Sam nickte. „Ja", brachte er leise hervor, mehr Atem als Stimme.

Es lag noch etwas darin, das Sam inzwischen kannte: Ordnung. Disziplin. Ein Werkzeug gehört dorthin, wo man es kontrollieren kann. Tawa ließ ihn vorn nicht, weil er ihm vertraute wie einem Bruder. Er ließ ihn vorn, weil die Sharps Reichweite hatte – und weil ein falscher Schuss mehr zerstört als ein verfehlter Pfeil.

Aluna trat zu ihm. Mit ruhiger Hand legte sie ihm Farbe ins Gesicht – zwei schmale Streifen, die von den Wangenknochen zum Hals liefen. Sie fühlten sich kühl an und ließen den Atem leiser werden. Aluna hielt die Hände kurz über den Rauch, und der Geruch von trockenem Salbei legte sich in Sams Atem. Sie murmelte so leise, dass es eher ein Rhythmus war als Sprache, und sah ihn dabei an, als prüfe sie, ob er mehr war als er selbst – ob etwas in ihm das Gewicht des Tages tragen mochte.

Sam war nicht mehr der Mann, der im Schnee aus dem Nichts gekommen war. Der Frühling hatte ihn im Lager gehalten, und der Sommer hatte ihn dort stehen lassen: still, arbeitend, ohne viele Worte. Er hatte gelernt, wie man Riemen flickt, Fleisch schneidet und Rauch richtig führt. Er hatte mehr zugehört als gesprochen. Und die Menschen hatten sich daran gewöhnt, dass er da war – nicht als einer von ihnen, aber auch nicht mehr nur als Fremder.

Sie sprach zu ihm; Sam verstand die Wörter nicht. Aber sie zeichnete mit dem Finger eine Linie in die Asche: eine Herde, ein Kreis aus Reitern, dann legte sie die Hand flach aufs Herz und wies zum Himmel. Danach schob sie die Finger zusammen, als würde sie etwas behutsam einsammeln, und schloss die Hand, nicht fest, eher ehrfürchtig.

Wir nehmen nur, was wir ehren können. Und wir ehren, was uns trägt.

Sam hielt still und ließ den Blick sinken, als hätte er begriffen, dass es hier nicht um Treffer ging, sondern um Maßhalten.

Ghost lag am Feuer, nicht mehr eingewickelt in Stoff und Knoten, sondern nur noch in seinem eigenen Fell. Am Vorderlauf blieb eine kahle Stelle, eine Narbe, die den Winter nicht ganz vergessen hatte. Er stand langsam auf, als Sam kam, schüttelte einmal den Kopf, als wolle er die letzten Wochen abschütteln.

Sam warf ihm ein kleines Stück zu. Ghost nahm es ruhig, bedächtig, wie ein Tier, das wieder weiß, dass Fressen nicht immer Kampf ist.

Ghost war langsam wieder zu einem Hund geworden und nicht nur zu einem Bündel aus Verband und Atem. Er stand noch nicht auf wie früher, und er sprang nicht, aber seine Augen waren wacher. Er roch, er hörte. Das reichte.

Die Jäger versammelten sich in einem Halbkreis. Die Pferde trugen nur Decken aus Leder und Fell, mit Riemen und Sehnen befestigt; Pfeile standen in Köchern, Speere lagen quer über den Rücken, gebunden. Sam prüfte den Sitz seiner Tasche, den Gurt über der Brust, den Griff der Waffe. Und er spürte den leeren Platz an seiner Seite, dort, wo Ghost sonst gegangen war.

Die Trommel schlug erneut, ein vierter Schlag, tiefer, langsamer. Ein Lied setzte ein – nicht laut, nicht prunkvoll, eher wie ein Schwingen, das vom Boden heraufkam und im Brustkorb eine

Tür fand. Die Stimmen legten sich übereinander, die Trommel antwortete gleichmäßig, wie ein alter Herzschlag der Erde. Sam senkte den Kopf. Er dachte an Hendriks, an das Holz der Hütte im Tal, an Schnee, der Sprache versteht, an den langen Faden, der ihn zu diesem Morgen geführt hatte. Dann hob er den Blick.

Tawa lächelte ihm zu; ein kurzes, trockenes Lächeln, in dem Freundschaft lag – und ein stilles Einverständnis, dass Menschen sich ändern dürfen.

Doch bevor sie aufsaßen, trat ein junger Krieger aus der Reihe. Er war schmal und schnell, mit einem Blick, der nicht fragt, sondern prüft. Er blieb direkt vor Sam stehen, so nah, dass Sam den Geruch von Rauch und Pferd an ihm spürte. Der Krieger zeigte auf das Gewehr. Dann machte er eine ruckartige Bewegung mit den Händen – Knall –, schob die Handfläche nach vorn, als würde er die Herde scheuchen, und zeichnete mit zwei Fingern eine fliehende Welle in die Luft. Seine Stirn war hart, sein Kinn hoch: ein Widerspruch ohne Worte.

Sam verstand die Worte nicht, aber er verstand die Botschaft: Dein Donner ist Gefahr.

Der Krieger griff plötzlich nach dem Lauf der Sharps. Nicht brutal – eher wie ein Test, ein kurzer Griff, der Grenzen misst: Gibst du nach? Wirst du wütend?

Für einen Herzschlag wurde es stiller, als wäre sogar der Wind gespannt.

Sam blieb ruhig. Er nahm die Hand vom Schaft, hob beide Handflächen langsam, sichtbar leer, und machte einen Schritt zurück. Kein Zucken, kein Greifen nach dem Messer. Nur Kontrolle. Dann hob er den Zeigefinger.

„Ein Schuss“, sagte er heiser, langsam, damit es keine Drohung war. „Nur wenn Tawa es will.“

Tawa trat zwischen sie. Kein Zorn, nur Ordnung. Er hob die Hand: genug. Dann deutete er auf den Bogen eines Jägers, auf den Speer eines anderen – und schließlich auf Sams Sharps. Danach hob er einen Finger, tippte damit auf die Trommel, dann auf sein eigenes Herz, dann auf Sam.

„Warten“, sagte er, als wäre das Wort selbst ein Zaum.

Der Sinn war eindeutig: ein Schuss. Nur wenn er es sagt. Nur wenn es nötig ist.

Der junge Krieger hielt Sams Blick noch einen Moment fest, als wolle er die Wahrheit darin ablesen. Dann ließ er den Lauf los. Nicht freundlich – aber er trat zur Seite. Und in einem Lager, das vom Sommer zusammengehalten wird, ist „zur Seite" oft schon Frieden.

Sam nickte langsam, als würde er ein Gelöbnis bestätigen, das man nicht schwören darf, wenn man es nicht halten kann.

Sie ritten noch vor der Hitze los. Späher glitten über die Hügel wie Schatten, die vom Licht vergessen wurden. Sie fanden die Herde am Rand eines Beckens, wo Wasser flach stand und die Büffelbahnen wie breite, dunkle Adern die Erde zeichneten. In der Weite bewegte sich die Herde wie eine einzige, atmende Welle. Kälber blieben dicht an den Kühen, Bullen standen abseits, massig, witternd. Der Wind kam aus Südost, trocken und lang. Er trug den Geruch von Fell, Gras, altem Lehm.

Es wurde leise im Zug der Reiter; Zeichen ersetzten Worte. Tawa hob die Hand, spreizte zwei Finger, ließ sie sinken. Die Gruppe teilte sich, die Flanken zogen in weitem Bogen, als wollten sie dem Wind ausweichen. Sam fühlte, wie sein Pferd unter ihm atmete, den Rücken hob und wieder senkte. Er strich dem Tier den Hals entlang. Die Mähne war staubig, warm.

Sie kamen bis auf Schussweite an den Rand der Herde. Ein paar Köpfe hoben sich, braune Augen sahen, ohne zu messen; dann fraßen die Tiere weiter, als hätte der Morgen sie von der Welt getrennt. Sam öffnete den Verschlusshebel seiner Sharps, legte eine Patrone in die Kammer und schob sie mit dem Daumen nach. Das Klicken des Schlosses klang scharf und ruhig, als er den Riegel wieder schloss. Er setzte das Zündhütchen auf, prüfte den Sitz, atmete einmal tief – der Rest war Schweigen.

Ein Vogel stieg aus dem Gras, pechschwarze Schwingen, ein Jubelruf, der wie ein Riss durch die Luft ging. Die Herde wogte. Ein Bulle drehte bei, sein Kopf senkte sich, der Bart strich über die Knie. Irgendwo, weit hinten, schlug die Trommel schneller.

Tawa gab das Zeichen.

„Jetzt", sagte er.

Dann begann die Welt zu rennen.

Es gab kein Horn, kein Kommando, nur jene Wucht, die sich auf einmal entlädt, wenn lange vorbereitete Dinge in ihr eigenes Tempo fallen. Hufe hämmerten, Staub sprang auf, nahm die Tiefe aus dem Licht. Die Reiter zerflossen in dieser Bewegung, wurden zu Teilchen in einer großen Drehung. Sam fühlte, wie sein Pferd die Richtung suchte, den Rhythmus fand. Links flog eine Lanze vorüber, rechts summten Pfeile; ihr Ton war keine Musik – eher ein Riss in der Luft.

Der Bulle, den Tawa gewählt hatte, brach aus dem Rand der Herde. Er war alt genug, die Narben über den Rippen zeugten von Wunden und gefochtenen Wegen. Sam drückte die Schenkel an die Flanken, ließ das Pferd enger gehen. Der Bulle rannte schräg, suchte den Widerstand im Boden, als wäre die Erde ein Gegner, den man festhalten kann. Tawa kam auf der anderen Seite hinter dem Tier hervor, sein Bogen halb gespannt, doch er wartete. Das war Sams Moment – und zugleich Tawas Verantwortung.

Sam hob die Sharps, legte sie an, der Lauf schwer und vertraut, der Blick wurde schmal. Staub strich ihm über die Zunge, schmeckte nach Metall. Er holte einmal tief Luft, dann hielt er kurz den Atem an. Die ganze Welt verengte sich auf ein Dreieck zwischen Schulterblatt, Rippe und Lauf. Er wusste um die Kraft des Tieres, um das Leben in jedem Schritt. Er wusste, was der Schuss bedeutete – nicht Triumph, nicht Beute, sondern eine Entscheidung, die er tragen musste, wenn die Nacht kam und die Stimmen leiser wurden.

Er drückte ab.

Der Knall der Sharps schnitt kurz durch das Getöse, eine klare Linie aus Feuer und Rauch. Der Rückstoß fuhr ihm in die Schulter, vertraut und doch jedes Mal neu. Der Bulle zuckte, als hätte ihn ein unsichtbarer Haken gepackt; er knickte mit dem Vorderlauf kurz ein, fing sich, rannte weiter, einige Schritte, vielleicht zehn. Dann stand er, wie in einen Sumpf gelaufen, die Knie weich, der Kopf tief. Er fiel zur Seite. Der Staub hob sich in einem schmalen, hellen Ring.

Für ein paar Herzschläge gab es nur Sam, den Bullen und das leise Geräusch, das Körper machen, wenn die Anspannung sie verlässt. Dann mischte sich die Welt zurück: Rufen, Hufe, Atem.

Tawa war schon abgestiegen, legte die Hand auf den warmen Nacken des Tieres und sprach Worte, die Sam nicht verstand – aber Sam verstand den Ton: Dank, nicht Besitz. Aluna kam nach, stützte die Finger an den Hörnern ab, hauchte den Dank hinein, als gäbe der Atem das Gewicht der Menschen zurück.

Tawa sah Sam an.

„Gut", sagte er.

Sam schluckte. „Gut", wiederholte er leise – und meinte nicht den Treffer, sondern das Maß.

Sie schnitten, was sie tragen konnten, ohne in Hast zu verfallen. Messer glitten, Hände arbeiteten schweigend, doch nicht stumm – es gab jene Zwischenlaute, die Menschen machen, wenn sie etwas Wichtiges und Gewohntes tun. Sehnen wurden gelöst, Häute sauber abgezogen, Fleisch in Portionen geteilt, die Schultern tragen konnten. Aluna legte Fett zur Seite, das sie später schmelzen würde; Zunge und Herz wurden mit Respekt behandelt, ein kleiner Teil dem Feuer gegeben.

Die Sonne stieg höher und verkürzte die Schatten. Über dem Becken war der Staub noch nicht ganz gesunken, und in ihm blinkten Punkte: Fliegen, die das tote Fleisch suchten, wo eben noch Lauf gewesen war. Aus der Ferne kamen die anderen Trupps zurück, Pferde trugen Lasten, Männer sangen, manche leise, manche breit im Mund. Es war keine laute Freude; sie hatte etwas von Erleichterung, von Pflicht, die man erfüllt und die einen nicht verkleinert.

Im Lager empfing man sie mit Rauch, Wasser und Fragen, die keine Antworten wollten. Die Alten nickten, als zählten sie im Kopf Körner in einer Schale. Man legte die Häute auf Rahmen, die Frauen schnitten umsichtig, die Kinder befühlten Fellkanten und rissen sich die Finger an frischen, harten Haaren.

Ghost lag am Feuer, nicht mehr eingewickelt in Stoff und Knoten, sondern nur noch in seinem eigenen Fell. Am Vorderlauf blieb eine kahle Stelle, eine Narbe, die der Winter nicht ganz vergessen hatte. Er stand langsam auf, als Sam kam, schüttelte einmal den Kopf, als wolle er die letzten Wochen abschütteln.

Sam warf ihm ein kleines Stück zu. Ghost nahm es ruhig, bedächtig, wie ein Tier, das wieder weiß, dass Fressen nicht immer Kampf ist.

Am Abend entfachte man das große Feuer. Fett knisterte, Fleisch rauchte, süß und schwer. Die Trommeln fanden den Ton wieder. Sam saß zwischen Tawa und Aluna und hielt die Schale wie etwas, das brennt, auch wenn es nicht heiß ist.

Aluna tippte ihm leicht an die bemalten Streifen am Hals, deutete dann auf ihn, auf die Reiter, auf den Kreis am Feuer – und schob ihre Hand schließlich nicht neben, sondern in den Kreis hinein.

Du bist heute mit uns geritten – nicht neben uns.

Sam nickte.

Später stand er am Rand des Lagers. Die Sterne standen dicht. Der Fluss war nur ein dunkler Atemzug. Ghost kam neben ihn, langsamer als früher, aber treu. Er legte ihm die Schnauze ans Knie. Sam ließ die Hand in das Fell sinken.

Früher hätte er vielleicht gesagt: Wir gehören nicht hierher. Jetzt wusste er, dass Zugehörigkeit nicht von Herkunft kommt, sondern von der Fähigkeit, mit dem, was ist, nicht grob umzugehen.

Das Sommerlager

Der Ort wartete nicht. Er nahm sie auf – und verlangte, dass sie bleiben.

Der Fluss wurde breiter, die Ufer flacher, und das Gras änderte seinen Ton: nicht mehr das zarte frühe Grün, das sich gegen Frost verteidigt, sondern jenes dunklere, satte Grün, das im Wind nicht kämpft, sondern nachgibt – weil es weiß, dass es genug ist. Hinter einer Biegung lag die Fläche offen wie eine Handfläche. Alte Feuerstellen waren dort, halb zugewachsen, flache Kreise aus Steinen, die aussahen, als hätten sie seit Jahren auf einen neuen Atem gewartet. Ein paar Pfostenreste standen noch, grau, vom Wetter glattpoliert, als wäre die Vergangenheit hier nicht verschwunden, nur leiser geworden.

Sie standen nicht davor wie vor einem Ziel, das man sich erarbeitet hat. Sie standen darin, als müsste der Körper erst glauben, dass er wieder ankommen darf – und Ankommen nicht heißt: Ende. Sondern Anfang einer anderen Art Arbeit.

Tawa ging als Erster ein paar Schritte vor. Er kniete nieder, legte die Hand auf den Boden, drückte die Finger in die Erde, als prüfe er die Wärme darunter. Dann hob er den Blick zum Himmel – lange – und Sam sah, wie ein winziger Zug um Tawas Mund ging: nicht Lächeln, nicht Erleichterung. Eher das stille Eingeständnis: Wir leben noch.

Aluna trat neben ihn, sah über die Fläche, über den Fluss, über das Gras, das im Wind leise rauschte. Sie sagte etwas in ihrer Sprache, eine langsame Folge von Lauten, und alle, die sie hörten, nickten. Sam verstand kein Wort, aber er verstand den Rhythmus: Es war keine Frage, es war eine Feststellung. Ein Satz wie ein Pflock im Boden.

Das Sommerlager.

Er hörte das Wort nicht, wie er vieles nicht hörte. Aber er sah es in den Bewegungen, in der Art, wie Hände begannen, Dinge zu messen: Abstände, Windrichtungen, Weglinien. Das Lager stand in Gedanken, noch bevor die erste Stange wirklich stand, und als die ersten Tipis gesetzt waren, wirkte es nicht wie etwas

Neues, sondern wie etwas, das immer schon hierhergehört hatte.

In den ersten Tagen baute man nur das Notwendige. Tipis wurden gesetzt, nicht schön, nicht ordentlich – nur sicher. Feuer wurden entzündet, klein, sparsam, denn Rauch ist eine Sprache, die weit reicht. Wasser wurde geholt, Holz gesammelt, das Fleisch vom letzten Bison erneut geprüft, die Streifen umgedreht, damit sie gleichmäßig trocknen. Niemand tat, als sei es ein Neuanfang; es war eher ein Wiederanknüpfen, als hätte der Faden nie ganz gerissen.

Und dann kamen die Wochen.

Das Lager wurde ein Körper, der sich zusammensetzt. Es gab keine Tage, die man zählen konnte. Es gab nur Aufgaben, die wiederkehrten wie Atem: Feuer, Wasser, Holz, Leder, Nähte. Die Kinder liefen wieder weiter, lachten wiederholt lauter, und wenn ein Kind hinfiel, schrie es nicht sofort, sondern sah zuerst zur Mutter – als wolle es prüfen, ob Fallen schon wieder erlaubt ist.

Sam lernte, dass Sommerlager nicht nur „Sommer" sind. Es ist Arbeit, die weniger verzweifelt ist als im Winter, aber nicht weniger ernst. Man richtet das Leben so ein, dass man im Herbst nicht überrascht wird. Man trocknet Fleisch, schmilzt Fett, näht Riemen nach, flickt Decken, bessert Kleidung aus. Die Frauen und Kinder sammelten Wurzeln, Kräuter und Beeren. Man machte das nicht aus Freude, sondern aus Erinnerung: Hunger hat ein Gedächtnis.

Ghost lag im Schatten, nicht mehr eingewickelt in Stoff und Knoten, sondern nur noch in seinem eigenen Fell. Am Vorderlauf blieb eine kahle Stelle, eine Narbe, die der Winter nicht ganz vergessen hatte. Er stand langsam auf, als Sam zu ihm kam, schüttelte einmal den Kopf, als wolle er die letzten Monate aus dem Fell werfen. Er ging wieder auf vier Pfoten, nicht federnd wie früher, aber zuverlässig. An kühlen Morgen war der Lauf steifer; dann setzte er ihn vorsichtiger auf, als wüsste er, dass Schmerz ein alter Bekannter ist, der jederzeit wieder an die Tür klopft.

Tala beobachtete das, ihre Augen ruhig. Sie sagte etwas, sah Sam an, zeigte mit zwei Fingern auf Ghosts Vorderlauf, dann machte sie eine langsame Bewegung nach unten: langsam.

Sam nickte. „Langsam", murmelte er, ohne nachzudenken. Das Wort war in seiner Sprache leicht, wie ein Kiesel im Mund.

Tala verstand dieses Wort nicht. Aber sie verstand den Ton. Und vielleicht war das am Anfang genug: Tonfall als Brücke, nicht als Ziel.

Aluna zeigte Sam die Trockenrahmen. Sie wies auf die Stangen, auf die Querverbindungen, auf die Spannung des Leders. Ihre Hände waren dabei ruhig, nicht belehrend. Sam half, wo er konnte. Wenn er einen Knoten falsch zog, löste Aluna ihn nicht hastig. Sie legte nur den Finger auf die Stelle, schüttelte leicht den Kopf – und machte es langsam noch einmal. Dann gab sie ihm die Leine zurück, als würde sie sagen: Jetzt.

Sam begann, Wörter zu sammeln wie Feuerholz.

Die ersten waren Dinge, die man anfassen konnte: Wasser. Feuer. Hund. Pferd. Messer. Fluss. Er sprach sie nach, holprig, manchmal falsch, und die Kinder lachten – nicht spöttisch, eher begeistert, als hätten sie ein neues Spiel gefunden. Ein Mädchen mit zwei Zöpfen tippte ihm dabei oft gegen die Stirn, wenn er einen Laut verwechselte, als müsse man die Stelle markieren, an der ein Wort richtig sitzt.

Ghost saß dann daneben, als Wache über Sams Würde, die man beim Lernen ständig verliert.

Einmal hielt ihm das Mädchen einen Stein hin, sah ihn an und wartete.

Sam nahm den Stein und drehte ihn in der Hand. „Stein", sagte er, reflexhaft.

Das Mädchen schüttelte den Kopf und sagte das Wort in ihrer Sprache, klar, hart. Sam wiederholte es. Zu weich. Wieder. Zu lang. Wieder. Beim vierten Versuch nickte das Mädchen feierlich, als wäre ein Vertrag geschlossen worden. Dann grinste sie und rannte davon, als hätte sie ihn gerade in Besitz genommen.

Tawa beobachtete dies. Er stand in der Nähe, als würde er zufällig dort sein. Doch Sam sah: Es war nicht Zufall. Tawa lernte mit. Nicht viele Wörter – nur die, die man braucht, wenn das Land einem keine Zeit lässt. Wenige Wörter, gut geschärft.

Eines Abends, als Sam am Feuer das Gewehr reinigte, kam Tawa näher. Er hockte sich hin, sah zu, wie Sam den Lauf wischte, wie er das Tuch drehte, wie er prüfte, ob der Verschluss sauber sitzt. Tawa sagte etwas in seiner Sprache, kurz, und zeigte auf die Waffe. Dann auf Sam. Dann auf sein eigenes Herz.

Sam verstand nicht die Worte – aber er verstand: Respekt. Anerkennung. Vielleicht auch die Erinnerung daran, dass diese Waffe nicht nur „gehört", sondern „trägt".

Sam hob das Gewehr leicht an, nicht als Drohung, sondern als Zeichen: Ich weiß.

„Sharps", sagte er leise.

Tawa wiederholte es, vorsichtig: „Sharps."

Dann zögerte Tawa. Er holte Luft, als würde er einen steinigen Pfad betreten. Und sagte – gebrochen, aber deutlich – ein Wort aus Sams Sprache, das er irgendwo aufgesammelt haben musste wie einen verlorenen Pfeil:

„Gut."

Sam sah ihn an.

Tawa verzog den Mund zu einem winzigen Lächeln, das schnell wieder verschwand, als hätte es Angst, zu viel zu sein. „Gut", wiederholte er. Und dann in seiner Sprache, langsam, mit einer Geste, die nach Lernen aussah: Du machst richtig.

Sam lachte – nur kurz, nur einmal –, und es war ein Laut, der sich fremd anfühlte. Nicht, weil er nicht lachen konnte. Sondern weil er es lange nicht mehr getan hatte.

Die Tage wurden heißer, dann milder. Das Gras trug Samen. Der Fluss sank ein wenig, als würde er sich sammeln. Und die Luft begann sich zu ändern: morgens ein Hauch Kühle, mittags noch Wärme, abends bereits ein Blau, das sich nicht mehr wegreden ließ.

Im Sommerlager kamen auch andere.

Zuerst kamen sie als Spuren: ein fremdes Muster im Gras, ein Hufabdruck, der anders stand, tiefer, mit Eisen an der Kante. Dann kamen sie als Rauch: ein dünner Strich am Horizont, der nicht von diesem Lager war. Und eines Nachmittags kamen sie als Menschen: eine kleine Gruppe aus dem Norden, wie Tawa es angekündigt hatte – ein befreundeter Verband, mehr Augen, mehr Hände, mehr Feuer.

Sie näherten sich langsam, nicht heimlich, aber vorsichtig. Tawa ging ihnen entgegen, Aluna an seiner Seite. Es gab keine Umarmungen, keine Jubelrufe. Es gab Zeichen, Worte, die Sam nicht verstand, und eine Ruhe, die nach alter Bekanntschaft roch. Man stellte sich in einem Kreis auf, nicht als Drohung, eher als Form: So hält man Ordnung, wenn viele Menschen zusammenkommen.

Sam blieb zunächst bei Ghost, am Rand, als hätte er gelernt, dass man manchmal besser sichtbar bleibt, ohne sich in die Mitte zu drängen. Ghost konnte inzwischen wieder gleichmäßig gehen, wenn der Boden warm war. Nur wenn die Nächte kühler wurden, zeigte der Lauf wieder seine alte Geschichte und setzte etwas vorsichtiger auf.

Ein älterer Mann aus der neuen Gruppe – breite Schultern, graues Haar – sah Sam an. Sein Blick glitt über das Gewehr, über Ghost, über Sams Gesicht. Dann machte er eine kurze Bewegung mit der Hand, als würde er sagen: Du bist da.

Sam hob leicht die Hand, nicht winkend, eher anerkennend. „Sam", sagte er, und tippte sich an die Brust. Das hatte er gelernt: Namen sind Brücken.

Der Mann wiederholte den Laut, etwas verändert, aber verständlich.

Dann zeigte der Mann auf Ghost, hob die Brauen.

„Ghost", sagte Sam.

Der Mann lachte kurz, ein kehliger Laut. Er sagte etwas in seiner Sprache, und ein paar der Kinder kicherten. Sam verstand nichts – aber er verstand: Der Name gefiel ihnen. Vielleicht, weil Ghost wie ein Geist in dieses Lager gekommen war, halb tot – und jetzt wieder ging.

Die neuen Familien brachten Dinge, die das Lager schwerer machten – im guten Sinn: mehr Leder, mehr getrocknete Pflanzen, eine Bündelung von Geschichten. Sie brachten auch Nachrichten. Worte, die bei den Älteren die Gesichter stillmachten.

Der eine machte die Eisen-Geste.

Ein anderer zog die Rauch-Geste nach oben.

Und dann: eine flache Bewegung mit der Hand, die man leicht missverstehen könnte, wenn man keine Angst kennt. Doch Sam hatte Angst, gut genug kennengelernt, um sie zu erkennen: Fremde.

In den Nächten wurde das Lager anders. Nicht nervös, nicht panisch. Aber wacher. Feuer wurden so gestellt, dass sie Wärme gaben, aber nicht zu weit zu sehen waren. Männer wechselten sich ab, gingen an den Rand des Lagers, standen still im Dunkeln. Die Hunde der Familien bellten selten, und wenn sie bellten, war es kurz und sofort wieder weg – als hätte jemand ihnen beigebracht, dass laut sein ein Luxus ist.

Sam spürte, wie sich das Land unter den Füßen veränderte, nicht in der Oberfläche, sondern im Gefühl. Als würde die Erde die Schultern ein wenig anheben.

Aluna begann, mehr zu planen. Nicht hektisch. Aber mit jener genauen Aufmerksamkeit, die man hat, wenn man weiß, dass die nächste Jahreszeit nicht fragt, ob man bereit ist.

Sie zeigte Sam eines Abends einen Bachlauf auf dem Boden, mit einem Stock in die Asche gezeichnet. Sie markierte eine Stelle, flach, breit. Dann zeichnete sie eine Linie, die weiterführte. Sie machte eine Bewegung, als würde sie die Hände aneinanderreiben: kalt.

Sam verstand den Sinn, bevor er das Wort kannte.

„Winter“, sagte er leise, und es war eines der ersten Wörter, die er wirklich bewusst aussprach, als wäre es eine Sache, die man anfassen kann.

Aluna nickte. Sie sagte das Wort in ihrer Sprache. Sam wiederholte es. Sie schüttelte den Kopf, korrigierte. Wieder. Dann nickte sie. Nicht lobend – bestätigend.

So wurde Sprache in diesem Lager gebaut: nicht aus Grammatik, sondern aus Notwendigkeit.

Tawa lernte ebenfalls. Er nahm nicht viele Wörter, nur wenige. Aber er nahm sie sorgfältig, wie ein Mann, der weiß: Ein Messer reicht, wenn es gut ist.

„Stopp“, sagte er einmal zu Sam, als Sam beim Tragen eines Rahmens zu schnell war. Er sagte es hart und kurz, und legte dabei die Hand flach nach vorn. Sam hielt an, überrascht – und lachte dann, weil dieses eine Wort plötzlich so viel Ordnung in sich hatte.

„Freund", sagte Tawa an einem anderen Tag, und zeigte dabei nicht auf Sam, sondern auf sich selbst und dann auf Sam – und legte die Hand auf die Brust. Das Wort klang in Tawas Mund anders, schwerer, doch es war da. Und Sam wusste, ohne dass es jemand erklärte: Dieses Wort wurde nicht leichtfertig gegeben.

Ghost heilte in dieser Zeit nicht „einfach". Er arbeitete sich zurück. Die Narbe an der Flanke zog sich zusammen, wurde hart, wie ein alter Ast. Am Vorderlauf blieb die kahle Stelle, und wenn der Wind nachts kälter wurde, leckte Ghost manchmal kurz darüber, als müsse er dem Körper sagen: Ich weiß.

Er humpelte dann am Morgen einen Moment, mehr nicht. Tala rieb den Lauf, murmelte leise, und Ghost hielt still, stoisch, als wäre er ein kleiner alter Mann in Fell. Und Sam sah es und dachte: Treue ist nicht schnell. Sie ist nur zuverlässig.

Im Spätsommer begannen die Gänse, hoch am Himmel in Linien zu ziehen, erst unentschlossen, dann klarer. Man hörte sie oft nachts, wenn das Feuer nur noch eine Glut war. Ihr Rufen war nicht laut, aber es schnitt durch die Dunkelheit wie ein Hinweis. Die Ältesten sahen dann nach oben, und ihre Augen waren nicht traurig, nur ernst.

Eines Morgens lag Nebel über dem Fluss wie eine Erinnerung. Das Wasser roch kälter. Nicht wie Winter – aber wie etwas, das Winter ankündigt, ohne ihn zu bringen. Die Kinder spielten noch, ja. Aber sie spielten anders: näher am Lager, näher an den Erwachsenen. Und wenn sie lachten, war es kurz, hell – dann wieder leise.

An diesem Tag kam ein Späher zurück, schneller als üblich. Er sagte etwas. Hände hielten inne. Tawa stand auf, ging hin. Der Späher zeigte nach Osten, machte die Eisen-Geste, dann die Rauch-Geste, dann – neu – eine Bewegung, als würde er einen langen Gegenstand tragen: etwas Gerades, Hartes.

Sam sah das und spürte, wie sich in ihm ein altes Wissen regte. Nicht aus diesem Land, nicht aus dieser Sprache – aber aus seiner eigenen Geschichte:

Gewehre.

Tawa sah Sam an, als hätte er gewusst, dass dieser Blick irgendwann kommen würde. Er sagte in Sams Sprache, langsam, wie ein Mann, der über einen Fluss geht und nicht ausrutschen will:

„In Ordnung."

Sam nickte. „In Ordnung."

Dann sagte Tawa in seiner Sprache etwas Längeres, und Sam verstand nicht alles. Aber er verstand genug: Aufbruch. Früh. Ordnung. Maß.

In den Tagen danach begann das Lager sich zu lösen, noch bevor es sich bewegt hatte. Die Frauen banden mehr zusammen. Die Männer prüften Riemen. Die Kinder wurden öfter ermahnt, nicht streng, eher dringlich. Feuer wurden so gebaut, dass sie schnell gelöscht werden konnten. Trockenfleisch wurde in Bündel gepackt. Fett wurde in Behälter gefüllt. Decken wurden gefaltet, als wären sie nicht Stoff, sondern Zukunft.

Aluna schnitt in einer Nacht Rinde von einem Baum, dünn und vorsichtig, als würde sie etwas Lebendes abheben. Sie rollte die Rinde zusammen, band sie mit einem feinen Lederriemen, und legte sie beiseite. Sam sah sie, fragte nicht. Manche Dinge sind Geschenke, die man bislang nicht kennt.

Einmal, spät am Abend, saßen Sam und Tawa am Rand des Feuers. Ghost lag eingerollt am Schienbein, schwer, warm, und atmete langsam, als würde er den Rhythmus des Lagers bewachen.

Tawa sagte etwas in seiner Sprache und deutete zum Himmel. Die Sterne standen klar. Dann deutete er auf den Fluss. Danach auf den Boden. Dann schloss er die Hand, langsam, als würde er etwas sammeln, und öffnete sie wieder – leer.

Sam verstand nicht die Worte. Aber er verstand den Sinn: Alles, was wir haben, ist geliehen. Und wir müssen lernen, es zu tragen, ohne es zu zerbrechen.

Sam suchte in seinen Worten. Er hatte nicht viele, noch nicht. Aber er fand eines, das passte, weil es schlicht war.

„Morgen", sagte er.

Tawa nickte. Er wiederholte es, schwerfällig, aber ehrlich: „Morgen."

Und in diesem Moment war es, als hätte der Spätsommer noch einmal warm ausgeatmet, bevor er sich zurückzieht.

Dann kam der Abend, an dem alles stiller wurde – nicht aus Trauer, sondern aus Konzentration. Der Sommer war noch da, ja. Aber er saß nicht mehr aufrecht. Er lag schon ein wenig da, als wäre er müde. Und am Saum der Wolken hing ein kälteres Blau, das von weitem winkte, wie ein Fremder, der seinen Namen noch nicht sagt.

So wurde die Ruhe dichter.

Nicht weich. Wach.

Die Nacht vor dem Aufbruch

Der Abend kam, als hätte jemand eine schwere, schwarze Decke über das Land gelegt. Der Himmel trug noch das späte Gold des Sommers auf den Schultern, doch am Saum seiner Wolken hing bereits ein kaltes Blau, das von weitem winkte, wie ein Fremder, der seinen Namen noch nicht sagt. Es war Spätsommer nach dem Sommerlager, die Zeit, in der die Wärme noch da ist, aber nicht mehr verspricht. Sie lag wie ein Rest auf den Steinen, und wenn man die Hand wegnahm, merkte man, wie schnell die Kälte darunter wartete.

Rauch hing über dem Lager, dünn und süßlich vom Fett der Bisons, die auf Gestellen in Streifen hingen und langsam zu Geschichten wurden, die man kauen konnte. Der Geruch war Nahrung, aber auch Rechnung: wie viel Atem im Winter noch im Fleisch steckt, wie viele Tage man daraus machen kann, bevor es nur darüber hinaus nach Hoffnung schmeckt. Zwischen den Schwaden hing manchmal ein anderer Ton, feiner, fremder – als wäre irgendwo weit draußen im Osten Rauch, der nicht nach Bison roch. Nur ein Hauch, nichts, worauf man schwören würde. Aber genug, um den Nacken nicht weich werden zu lassen.

Die Tipis standen still wie große, atmende Wesen, und der Fluss flüsterte, als übe er die Worte, mit denen er morgen Abschied nehmen würde. Das Wasser klang flach, als wüsste es, dass es bald wieder kälter wird, dass es tragen kann oder töten, je nachdem, wie man es behandelt. Weiter draußen lag das Land offen, und der Osten war eine Richtung, die man nicht ansieht, ohne etwas in sich festzuziehen.

Die Männer spülten Messer im Wasser, das im schwindenden Licht zu fließendem Blei wurde. Klingen wurden nicht nur sauber – sie wurden still. Frauen prüften die Ledersäume, banden Kanten nach, legten neue Nähte, als wären es Wege über einen Winter, der erst auf Karten existierte. Lederarbeit war keine Geduldssache, sie war Überleben: Ein Riemen, der reißt, ist kein Fehler. Er ist ein Sturz, eine verlorene Last, ein Pferd, das ausbricht, ein Kind, das schreit. Kinder rannten noch, solange die

Stimmen der Mütter es erlaubten, dann wurde ihr Spiel leiser, bis es sich nur noch in den Augen fortsetzte. Pferde zupften die Halme zwischen ihren Hufen und schnaubten in das beinahe windlose Nichts, als ahnten sie, dass der Wind morgen Zähne bekommen würde. Sie hoben die Köpfe manchmal, lauschten in Richtungen, in denen der Mensch nur Leere hört.

Es war ein Lager, das Wochen getragen hatte – und nun so tat, als sei es immer schon hier gewesen. Aber niemand, der lange genug lebt, glaubt einem Lager. Man glaubt nur dem, was man mitnehmen kann: Fleisch, Fell, Messer, Feuerstein, Wasser, Atem.

Tawa stand bei seinem Pferd. Windläufer stand ruhig, die Haut zuckte bei Fliegen, die es nicht mehr lange geben würde. Tawa zog die Gurte nach, strich über die Decke, prüfte den Knoten am Leitseil. Er arbeitete ohne Eile, aber er ließ nichts offen. Ein Knoten war für ihn kein Knoten – er war eine Entscheidung. Der Bogen war ungespannt, doch nah bei der Hand; zwei Speere lagen parallel wie zwei Atemzüge, die man zählen konnte, um ruhig zu bleiben. Er strich mit dem Finger über die Sehne, prüfte die Federung, horchte auf jenen Ton, den nur Ohren hörten, die oft genug in Gefahr geschlafen hatten. Metall war nicht viel im Lager, aber da, wo es war, sprach es klar: Messerklingen, Kessel, Spitzen. Eisen klang anders als Knochen. Und wo Eisen ist, ist oft auch ein Mensch, der es tragen will.

In seinem Gesicht lag weder Eile noch Trägheit. Es war das Gesicht eines Mannes, der gelernt hatte, morgens aufzubrechen, wenn der Morgen ihn rief, und wiederzukehren, wenn die Sterne einverstanden waren. Ein Cheyenne. Einer, der die Welt nicht schönredet, weil Schönheit keinen Schnee erwärmt.

Sam stand ein Stück abseits und blickte zum Fluss. Ghost saß neben ihm, die Ohren zuckten, als wären sie kleine, unruhige Tiere. Ghost war genesen. Kein Verband, keine Schonung. Nur Narben, die blieben wie alte Schrift im Fell, und eine leichte Steifheit im Vorderlauf, wenn er lange gelegen hatte. Aber sobald Sam sich bewegte, bewegte Ghost sich mit. Still, treu, ohne Bitte.

Sam trug die Worte des Stammes inzwischen in sich wie dünne Pfade, die durch sein Land führten – noch nicht breit, doch passierbar. Er konnte fragen, wohin das Wasser wollte und ob die Riemen halten würden, und er verstand genug von dem, was die Alten erzählten – langsam, mit Pausen, mit Händen –, um zu wissen, wann man dem Himmel misstrauen muss, wenn er zu freundlich ist. Manches blieb ihm nur ein Brocken, den er im Kopf drehte, bis er passte. Und manches ließ man besser unfertig. Nicht alles muss glatt sein, um zu halten.

Aber das schnelle Sprechen der Jungen, ihre gelösten Witze, ihr gespiegeltes Lachen – das lag ihm noch ferne, wie die Bergkette hinter dem letzten Horizont. Das störte ihn nicht. Es gab Nächte, in denen ferne Dinge ein leiser Trost waren. Nähe ist ein Messer, wenn der Hunger kommt: Sie schneidet tiefer, weil man sie kennt.

Die Trommel schlug – einmal, zweimal, dreimal –, und mit jedem Schlag wurde der Abend schwerer, aber nicht dunkler. Aus einem der Tipis trat die Älteste, die Haare wie ein Fluss aus Frost, und setzte sich an die Feuerstelle der Geschichten. Man brachte ihr einen Beutel mit Kräutern, und sie streute den Inhalt in die Glut. Der Rauch tastete die Luft ab, als suche er das Ohr, das ihm zuhören würde. Er kroch in Nasen, in Kleidung, in Erinnerungen. Man trägt ihn mit, auch wenn man schon weit weg ist.

Gesichter rückten näher, Knie fanden den Boden, Hände fanden einander. Es war kein Fest, und doch nannte man es so, weil das Wort „Ritual" die Zunge festhielt wie ein kalter Ring. Und weil man die Schwere manchmal mit einem leichteren Wort anhebt, damit sie nicht gleich bricht.

Tawa nickte Sam zu. „Heute Nacht…" Er suchte nach dem richtigen Wort. Sam half leise, vorsichtig. „…schläft der Sommer." Tawa ließ die Schultern kurz sinken, als habe der Satz ihm etwas getragen, das sonst schwerer gewesen wäre. „Ja", sagte er, und in dem einen Wort lag mehr als Zustimmung. „Der Sommer schläft jetzt. Aber wir wecken ihn im Frühling, wenn die Gänse laut sind."

„Und wenn sie schweigen?", fragte Sam.

„Dann hören wir, wie still die Erde ist“, sagte Tawa und stand auf, als wäre damit alles gesagt. Seine Stimme war ruhig, aber nicht weich. Ruhig wie ein Messer, das schon in der Scheide liegt.

Aluna saß auf einer niedrigen Lederrolle und verknotete die Enden eines frisch geschnittenen Seiles. Ihre Finger arbeiteten ruhig, nicht langsam, nicht schnell – die Geschwindigkeit eines Herzens, das weiß, wann es jagen und wann es heilen muss. Eine Strähne war ihr aus dem Haar gerutscht, sie hing wie ein dunkler Faden über die Stirn. Als sie merkte, dass Sam zu ihr sah, drückte sie den Knoten fest und hob den Blick. Es lag kein Geheimnis in ihren Augen, nur ein stilles Wissen: dass der Weg lang sein würde, dass die Füße Blasen bekämen, dass dennoch jeder Schritt getan werden wollte, als wäre er der erste. Blasen, Blut, müde Gelenke – das ist der Preis, den die Straße verlangt, bevor sie dich durchlässt.

„Helfen?“, fragte Sam, und seine Stimme machte aus dem Wort eine Bitte und eine Frage zugleich. Aluna reichte ihm die freie Leine und zeigte mit einer kleinen Bewegung, wo der Knoten beginnen sollte. Er folgte, fasste, zog, und der Knoten ergab sich – nicht ihm, sondern der Art und Weise, wie zwei Hände denselben Rhythmus fanden. Seine Finger waren nicht so geübt wie ihre, aber sie waren ehrlich. Und Ehrlichkeit ist im Winter mehr wert als Eleganz.

„Gut“, sagte Aluna. „Fest, aber nicht zu fest.“

„Wie Schlaf?“ Sam suchte das richtige Bild.

Sie lächelte. „Wie Abschied.“

Die Älteste begann zu sprechen. Ihre Stimme war kein Erzählen, eher ein Gehen auf einem Pfad, den alle kannten, doch immer wieder neu betraten. Sie sprach von den Bisons, die ihnen einen Winter voll Atem geschenkt hatten, und vom Land, das seine Zähne zeigte, wenn man glaubte, es sei zahm. Sie erinnerte an die Namen derer, die nicht mehr mitgingen – verloren an Hunger, an Kälte, an eine Klinge, die ein fremder Stamm geführt hatte, oder an einen Fluss, der zu tief sein konnte, wenn man seine Launen nicht kannte. Sie band die Namen in die Luft wie Lieder und blies sie dann in den Rauch, damit die Sterne sie lesen konnten.

Und zwischen diesen Namen lag noch etwas Ungesagtes, das trotzdem da war: Fremde im Osten. Eisen. Rauch, der nicht nach ihrem Fleisch roch. Ein Blick, der nicht der ihre war. Man sagte es nicht laut, weil man Dinge, die man noch nicht kennt, nicht mit dem Mund großmacht. Aber die Alten hatten Augen, die solche Dinge sehen, bevor sie Gestalt bekommen.

Als sie schwieg, hob ein junger Mann die Trommel, und die ersten Schritte des Tanzes begannen. Es war kein großer Tanz, kein prunkvolles Drehen. Es war ein Gehen auf der Stelle, ein Anheben und Senken, ein Stillstehen in Bewegung. Füße suchten die warme Erde, als wollten sie es sich merken, bevor der Frost die Erinnerungen verhärtete. Der Staub an den Knöcheln klebte, schweißsalzig, und der Boden gab die Hitze des Tages ab wie ein letztes Almosen.

Sam blieb stehen. Er wusste nicht, ob es ihm zustand, mitzutanzen. Er war kein Cheyenne. Er war ein Mann, der zu viel verloren hatte, um sich an beliebiger Stelle einfach hineinzustellen.

Tawa trat neben ihn, legte ihm kurz die Hand gegen den Oberarm – ein Druck, der sagte: Du bist hier. Kein großes Wort, keine Umarmung. Nur Kontakt, kurz, wie man einen Riemen prüft. Dann ging er in den Kreis, und es war, als würde sein Schatten sich lösen und woanders hin tanzen, als gehöre einem Mann immer mehr als nur ein Körper.

Ghost legte den Kopf an Sams Bein. Seine Augen blitzten im Feuerlicht wie zwei runde, braune Monde. Sam beugte sich hinab und fuhr ihm durch das Fell. Er spürte die Narben unter der Hand, die kleinen Unebenheiten, die bleiben, wenn das Leben nicht sauber schneidet.

„Morgen“, flüsterte er. Das Wort war schwerer, als es sein sollte. „Morgen, Junge.“ Ghost schnaufte leise, als hätte er den Satz verstanden, und wog ihn ab: Das Gewicht war tragbar.

Später, als die Kinder in die Tipis gebracht worden waren und das Lachen der Jungen zu leiser Mutprobe draußen am Fluss wurde, da brannte das Feuer tiefer. Die Sterne standen groß und ohne Zittern. Aus der Ferne hörte man eine Eule, die ihre Frage nie beantwortet bekam und es deshalb immer wieder versuchte. Und irgendwo klirrte kurz Metall – ein Messer, das gegen einen Kessel stieß. Ein kleiner Ton. Aber Töne sind in der Nacht wie Spuren im Staub: Man sieht sie, wenn man gelernt hat, hinzusehen.

Sam stand auf, als suchte er eine Stelle im Lager, an der die Nacht etwas mehr von ihm wollte als nur seinen Atem. Er ging nicht weit. Er musste nicht weit gehen, um allein zu sein. Alleinsein ist ein Zustand, kein Ort.

Aluna stand bereits dort. Am Rand des Lichtkreises, wo das Dunkel den Boden glatter machte, als sei er aus einem anderen Stoff. Sie hielt die Hände um einen Becher, in dem Kräuter lagen, zu kalt, um noch Dampf zu geben. Der Becher wärmte ihre Finger kaum. Man konnte sehen, wie die Welt sich schon umstellte: weniger Wärme, mehr Notwendigkeit.

„Du gehst, ohne zu gehen", sagte sie.

„Ich..." Er tastete in der Sprache nach einem Wort, das nicht wie ein Stein auf die Zunge fiel. „Ich bleibe hier, aber in mir... zieht etwas."

Sie nickte, als wäre das selbstverständlich. „Das ist der Winter. Er zieht an uns allen. Und an manchen mehr."

„An dir?"

Sie sah zum Fluss. „An mir zieht die Erinnerung. An meinem Bruder, an meinem ersten Kind, das nicht gewachsen ist, an dem Sommer, der uns vor zwei Wintern versprach, er bliebe lang. Er hat gelogen. Oder ich habe ihn nicht verstanden." Ihre Stimme war ruhig. Aber Ruhigsein heißt nicht, dass es nicht schmerzt. Es heißt nur, dass man gelernt hat, den Schmerz nicht laut werden zu lassen, weil lauter Schmerz mehr Hunger macht.

Sam schwieg. Nicht, weil er sie nicht verstand – sondern weil er das Richtige erst finden musste. Seit den Wochen im Sommerlager sprachen sie in einem dünnen Gemisch aus ihren Worten, aus Gesten, aus Wiederholungen und Pausen. Aluna war gut darin, aus wenig viel zu hören, und Sam hatte gelernt, dass man manchmal nur einen brauchbaren Satz benötigt, keinen schönen. Trost war wie Heilkräuter: Man muss wissen, wofür und wann.

„Und an dir zieht was?", fragte Aluna schließlich.

„Ein Haus", sagte Sam. „Da war ein Hund, der noch keinen Namen hatte, und dann Ghost wurde. Ein Mann, der mich Bruder nannte, obwohl wir kein Blut teilen. Eine Hütte, die nicht mehr steht. Ein Fluss, auf dem ein Boot war und auf dem ich nicht mehr bin. Und eine Frage: Wenn ich morgen mitgehe – welcher Teil von mir geht dann mit, und welcher bleibt am Ufer stehen?" Er sagte es ohne Schmuck. Es war schwer genug.

„Der leichteste bleibt", sagte Aluna. „Damit du nicht zu schwer wirst. Der schwerste geht – damit du nicht umkippst."

Sie reichte ihm den Becher. Der Kräutertee war kühl, bitter und legte sich wie eine zweite Gegenwart in den Mund. Bitterkeit ist ehrlich. Sie verspricht nichts. Sie hält nur wach.

„In meiner Sprache", sagte Sam leise, „gibt es ein Wort für den Moment, wenn du weitergehst, obwohl etwas hinter dir deinen Namen ruft." Er brach ab, schluckte. „Nicht laut. Eher… wie ein Faden, der zieht." Aluna lächelte, ohne die Lippen zu sehr zu bemühen. „In unserer Sprache gibt es ein Wort, wenn deine Füße schon gehen, bevor dein Herz weiß, warum. Es bedeutet: Die Erde hat dich erkannt."

„Und wenn sie sich irrt?"

„Die Erde irrt nicht, aber wir hören manchmal die falschen Steine." Dann sah sie kurz in Richtung Osten, nur mit den Augen, nicht mit dem Kopf. Als würde man einem Geräusch nicht zeigen wollen, dass man es bemerkt hat.

Sie schwiegen, so wie Menschen schweigen, die aufgehört haben, einander zu testen. Der Fluss war nur noch ein dunkles Band; sein Geräusch legte sich an die Haut, dünn wie Schweiß, wenn man aufhört zu laufen. An einem anderen Ort klapperte ein Riemen an einer Stange, irgendwo ließ ein Pferd die Luft durch die Nüstern pfeifen, als striche es einen Ton auf einer unsichtbaren Geige. Es war Windläufer, der den Geruch des Rauchfetts nahm und wieder ausstieß, als wolle er prüfen, ob er ihn morgen noch tragen muss.

„Morgen", sagte Aluna, „werde ich mit den Frauen vorn gehen. Wir suchen den flachen Übergang am Bach. Du gehst bei Tawa. Er braucht deine Augen, wenn der Himmel weiß wird. Das

Weiße macht die Welt klein. Manche Männer verlieren dann den Mut. Du nicht."

Sam hob den Blick, als hätte das „Du nicht" ihm eine Knochenplatte unter die Rippen gelegt, eine, die brannte und schützte zugleich. „Warum?"

„Du kennst das Weitermachen. Es ist eine Sprache, die du überzeugend sprichst."

Sie stand ein wenig näher, nicht so, dass es berührte, sondern so, dass der Raum zwischen ihnen eine Form bekam. Nähe ist nicht immer Wärme. Manchmal ist sie nur der Beweis, dass man nicht ganz allein ist.

„Ich habe Angst vor der Kälte", sagte Sam leise. „Nicht vor dem Schnee. Vor der Kälte in den Menschen, wenn der Hunger kommt. In mir. Ich will nicht..."

Aluna hob eine Hand, nicht, um ihn zu stoppen, sondern um ihm einen Teil seines Satzes abzunehmen. „Wenn der Hunger kommt, stellst du ihm ein Stück Erinnerung hin. Etwas Warmes. Eine Stimme. Einen Namen. Der Hunger setzt sich dann hin und denkt nach, bevor er frisst. Das genügt oft, um zu sehen, was du tust."

„Hast du das gelernt?"

„Jeder, der nicht hart geworden ist." Und das war kein Lob. Es war eine Warnung.

Sie sprachen noch ein wenig, Worte, die nicht wichtig waren, damit sie sprechen konnten, wenn die wichtigsten Worte kamen. Dann legte Aluna die Tasse ab und strich die Strähne aus der Stirn zurück. Ihre Finger waren kalt. Kalt ist ehrlich.

„Schlaf", sagte sie. „Morgen verlangt der Morgen nach allem, was du hast."

Sam nickte. „Schlaf du auch."

„Ich schlafe im Gehen", sagte sie. „Heute Nacht übe ich es."

Sam ging zum Feuer, wo Tawa die letzten Riemen prüfte. Er kniete, zog, testete. Ein Riemen, der jetzt nachgibt, gibt später nicht in einer Schlacht nach, sondern in einer Schlucht, bei Frost, wenn Hände steif sind. Tawa arbeitete, als hätte er genau diese Bilder im Kopf, ohne sie zu brauchen.

„Bereit?“, fragte Tawa, und seine Stimme war wie ein flacher Fluss, der über Steine strich.

„Bereit“, sagte Sam. Er wusste, dass „bereit“ nicht hieß, keine Angst zu haben. Es hieß, nicht zu lügen, wenn die Angst kam.

Er hockte sich an den Rand der Glut. Die Sterne standen tiefer, als wären sie zum Zuhören herabgekommen. Ghost lag eingerollt am Schienbein, ein schwerer, ruhiger Pelz, in dem die Welt schläft. Sam legte die Hand auf das Fell, und unter seinen Fingern arbeitete ein Atem, der älter war als die nächsten Schritte, die sie tun würden. Der Atem roch nach Rauch und Hund und dem Tag, der vorbei war. Und das war genug.

Die Nacht ging nicht in die Tiefe, sie ging in die Breite. Sie legte sich an alles, an jeden Knoten, an jedes starre Haar in den Schweifen der Pferde, an jedes Gesicht. Über dem Fluss strich ein Wind, so vorsichtig, dass die Haut ihn nicht merkte, nur die Erinnerung an ihn. Manchmal knackte das Holz, als hätte das Feuer sich an eine Geschichte erinnert, die es noch erzählen wollte; manchmal rief die Eule noch einmal; manchmal drehte sich jemand im Schlaf und gab ein halbes Wort an die Luft, das zu leicht war, um zu bleiben. Irgendwo klirrte ein Messer in seiner Scheide, weil jemand sich umdrehte und Metall gegen Metall kam. Ein kleiner Laut. Aber kleine Laute sind in der Nacht wie kleine Funken: Sie zeigen dir, wo die Trockenheit sitzt.

Sam schlief in Etappen. Nicht, weil er es wollte, sondern weil die Nacht ihm den Schlaf in Stücke gab. Einmal wachte er von einem Traum auf, in dem der Sommer klein war wie ein Kind, das man in eine Decke wickelt und das man nicht weinen hören will. Ein andermal von der Kälte, die an die Beine kroch, fragte, ob er einverstanden sei. Er war es nicht. Er zog die Decke enger, rieb kurz über Ghosts Rücken, als könnte man Wärme in ein anderes Lebewesen drücken und sie sich später zurückholen.

Er legte Holz nach. Das Feuer antwortete ihm mit einem Ton, den er kannte: Ich bin da. Mehr brauche ich nicht zu sagen. Der Ton war trocken, knackig. Kein tröstliches Knistern. Nur Arbeit.

Als der Osten eine dünne Linie bekam, kein Licht, nur die Absicht davon, stand Tawa auf. Sein Schatten löste sich vom Boden, lang und sicher. Einer nach dem anderen traten Männer aus den

Tipis, in denen das Schlafen endete, bevor das Träumen fertig war. Die Frauen folgten, leise, die Jüngeren stützten die Älteren, die Kinder wurden in Decken geschlungen, die größer schienen als ihre Körper. Pferde wurden herangeführt, die Hufe waren dunkle, runde Kommas in der feuchten Erde. Windläufer schüttelte den Hals, als wolle er die Nacht abwerfen. Es blieb trotzdem etwas davon hängen, wie immer.

Es sprach niemand laut. Worte, die man schreit, gehören dem Krieg; Worte, die man flüstert, dem Abschied. Heute war Abschied. Und Abschied ist oft der erste Schritt in den Krieg, auch wenn noch keiner geschossen hat.

Aluna kam vorbei und legte Sam eine kleine, zusammengerollte Rinde in die Hand, zusammengeschnürt mit einem feinen Lederriemen. „Für die Wege", sagte sie. Er wollte fragen, was darin stand, aber sie war schon weitergegangen. Man muss manche Geschenke auf dem Weg öffnen, wenn der Weg knapp wird und die Luft tief. Er steckte die Rinde in die Innentasche seiner Weste und fühlte, wie das kleine Ding eine Wärme machte, die nicht von der Glut kam. Wärme von innen ist die einzige, auf die man sich im Winter verlassen kann.

Die Älteste trat ein letztes Mal an den Rand des Feuers, hob die Hand und zeichnete einen Kreis in die Luft. „Wir gehen", sagte sie, „aber wir tragen den Ort, denn wer den Ort trägt, verliert ihn nicht." Sie blies in die Glut. Der Rauch nahm den Satz mit und schrieb ihn flach an den Himmel, wo er blieb, obwohl der Wind zu wehen begann. Der Rauch zog Richtung Osten, als hätte er es eilig, als wolle er zuerst dort sein.

Tawa warf Sam den Blick zu, den man jemandem zuwirft, der im selben Boot rudert und das Wasser kennt. „Bei mir", sagte er.

Sam trat an seine Seite, Ghost an den Fersen, noch leicht steif im Vorderlauf, die Speere auf den Rücken der Pferde quergelegt, der Bogen am Sattel, der Zügel im Griff, nicht zu fest. Aluna war vorn, ihr Rücken die dünne, aufrechte Linie, an der die Kolonne sich orientierte, wenn niemand sprechen wollte.

Die erste Bewegung des Aufbruchs war klein. Ein Fuß, der die Erde löst; ein Huf, der die feuchte Kruste bricht; ein Atem, der die Nacht ausatmet, damit Raum für den Morgen wird. Dann wurde die Bewegung groß, so groß, dass sie zu einem Stoff wurde, den alle Körper trugen. Das Lager blieb stehen, ohne zu sinken. Stangen, die man zur Seite legte; Gruben, in die man die Glut strich, damit das Feuer in der Erde weiterglühen konnte, für den Fall, dass jemand zurückkehren musste. Trittspuren, die in den Ufergrund sanken, wie Worte, die man nicht zu Ende sprach.

Sie gingen. Der Fluss ging mit, parallel, als wolle er sehen, ob sie es ernst meinten. Dampf löste sich aus den Haaren der Pferde und hing hinter ihnen, eine Fahne, die nicht mehr befehligt wurde. Die Trommel blieb stumm, doch in den Brustkörben schlug etwas, das in die Füße lief und ihnen sagte, wo die Steine lagen, die man meiden musste. Und irgendwo tief im Osten lag etwas, das auch schlug – anders, nicht im Takt. Vielleicht ein Hammer auf Eisen. Vielleicht nur Sams Kopf. Beides reicht, um wach zu bleiben.

Sam drehte sich einmal um. Das Lager war schon nicht mehr ein Ort, es war eine Erinnerung, die noch den Geruch von Fett trug und von Pferden, und ein Fleck, auf dem die Erde wärmer war als anderswo. Dann ließ er das Umdrehen und richtete den Blick nach vorn. Neben ihm ging Tawa, Pfeile im Köcher, mehr Gewicht als gestern; vor ihm ging Aluna, und die Luft zwischen ihren Schultern und dem Morgen war dünn wie Eis, auf dem man laufen konnte, wenn man wusste, wie.

„Jetzt“, sagte Tawa, kaum hörbar.

„Jetzt“, sagte Sam.

Der Sommer war wirklich eingeschlafen. Der Winter lag noch nicht auf der Welt, aber der Sommer hatte den Atem angehalten. Über ihnen standen die Sterne blass, als seien sie müde vom Wachen. Und doch – in dieser Müdigkeit war etwas, das Kraft gab: die Gewissheit, dass die Nacht vor dem Aufbruch nicht dafür da ist, stark zu sein, sondern dafür, sich zu erinnern, worauf man seine Stärke bauen will. Stärke ist kein Gefühl. Sie ist ein Griff, der hält, wenn er halten muss.

Ghost schüttelte das Fell, dass es leise rauschte, und setzte den nächsten Schritt. Sam tat es ihm nach. Der Pfad nahm die Reihe von Füßen an, dankbar wie eine Straße, die lange niemand benutzt hat. Hinter ihnen blieb die Glut unter der Erde. Vor ihnen lag ein Tag, der alles wollte. Sam spürte, wie die kleine Rinde an seiner Brust warm war. Er legte die Hand darüber, einmal, wie man ein Versprechen prüft. Dann ließ er sie wieder sinken. Versprechen sind gut. Aber Hände müssen frei bleiben.

Dann öffnete der Morgen endlich sein erstes, kühles Auge, und sie traten hinein.

Der Weg über die Ebene

Der Morgen trug noch die Handschrift der Nacht, eine dünne, dunkle Linie am Rand der Welt. Als die Sonne endlich die erste Zeile schrieb, war es keine goldene, sondern eine klare, weiße – die Ebene mochte es schlicht. Weiß nicht wie Schnee, eher wie trockenes Licht, das nichts beschönigt. Der Wind wehte nicht stark, nur so, dass das hohe Gras eine einzige, sanfte Bewegung wurde, als übe die Welt das Atmen neu. Es war ein Atem ohne Freundlichkeit. Ein Atem, der prüft, ob du noch da bist. Sie gingen nicht nach Norden. Norden war Kante und Risiko. Das Winterlager lag im Süden, und jeder Schritt, der davon wegführte, kostete doppelt: Kraft und Vertrauen. Der Süden war kein Versprechen – aber er war die Richtung, in der man wenigstens nicht freiwillig in den Frost hineinlief.

Sie stiegen aus dem Flusstal hinauf. Pferde stapften, zogen kurz am Zügel, ließen dann wieder los. Die Hufe setzten Kommas in die feuchte Haut der Erde. Wo es feucht war, roch es nach Leben. Wo es trocken war, roch es nach Salz und altem Staub. Tawa ging vorn, sein Blick an der Linie des Horizonts, als lese er dort eine Schrift, die andere noch nicht sehen konnten. Sam blieb knapp versetzt an seiner Seite, Ghost schräg dahinter; der Hund hob die Nase, nahm fremde Gerüche auf, als wäre Geruch eine Karte, die man lesen konnte. Ghost lief gut. Nur wenn sie längere Zeit langsam gingen, lag ein kurzes, altes Ziehen in seinem Vorderlauf – kaum sichtbar, aber Sam sah es. Narben können still sein und trotzdem mitgehen.

Tawa sagte etwas, ohne den Kopf zu drehen. Gleichzeitig zeichnete er mit zwei Fingern eine Linie in die Luft, bog sie, teilte sie, zeigte nach Westen, dann nach Norden – als hätte die Ebene selbst Äste, und man müsse nur wissen, welchen man nimmt. Die Bewegung war klein, aber sie war Befehl. Man macht solche Zeichen nicht, wenn man glaubt, allein zu sein.

„Nördlicher Arm“, sagte er langsam, setzte das Wort wie einen Stein. Dann: „Westlich.“ Er sagte es nicht wie ein Ziel, eher wie eine Umgehung. Erst nördlich aus dem schlechten Grund, dann westlich zurück – damit sie am Ende wieder nach Süden fallen konnten, dorthin, wo das Winterlager lag.

Er machte eine flache Handbewegung: Wasser. Danach eine kleine, tückische Welle mit der Fingerspitze: nicht vertrauen. Kein Wasser hier war „sicher". Es war nur „da". Sicher ist nur, was du bewachst.

„Flach", sagte er. „Aber..." Er suchte, fand es mit einer Geste: wandernd. Kies, der nicht bleibt, wo er gestern war. Ein Übergang, der heute trägt und morgen bricht.

Sam nickte. „Wie weit?"

Tawa schätzte nicht in Meilen. Er maß in Licht. Und Licht lügt nicht so oft wie Worte.

„Bis die Sonne dort steht." Er hob die Hand und zeigte über den Himmel. „Dann noch, bis die Schatten lang werden."

Sam nickte. „Dann halten wir uns ans Licht." Und danach ans Südliche, dachte er. An die Richtung, in der die Nächte kürzer wirken, auch wenn sie es nicht sind. Und meinte: Wir halten uns an Bewegung. Bewegung ist Wärme. Stehen ist Frost.

Der Weg wurde bald zu keiner Spur und blieb doch verlässlich. Die Ebene hatte ihre Zeichen: dunklere Linien, die an alte Wasserläufe erinnerten, Gras, das flacher wuchs, wo der Boden Salz trug; in der Ferne die schmale Kammlinie eines Hügels, der versprach, der Welt eine zweite Kante zu geben. Über ihnen zogen Gänse in einem gebrochenen Keil, als wäre ein Teil des Himmels herausgeschnitten worden. Früh genug, um zu wissen, dass der Sommer wirklich schläft. Spät genug, um zu wissen, dass der Winter noch nicht gnädig ist, sondern nur weit weg.

Gegen Mittag stand die Luft still, so still, dass jedes Insekt zu hören war, ein feines Metallklirren, das unter den Knochen summte. Es war nicht wirklich Metall, nicht hier, nicht im Gras – aber es fühlte sich so an: ein Nerventon, der sagt, dass etwas anspannt. Die Pferde schnaubten flach; an den Rändern ihrer Maulwinkel trocknete weißer Schaum. Schaum ist Durst in sichtbarer Form. Aluna führte die vorderen Tiere etwas seitlich, um an den Grasfahnen die Richtung des letzten Windes abzulesen. Manchmal bückte sie sich, zupfte einige Halme, ließ sie los und sah zu, wie sie fielen. Es war kein Spiel. Es war Lesen.

„Die Erde zählt", sagte sie leise. „Wenn sie fertig ist, lässt sie uns trinken." Und in dem Satz lag nichts Poetisches. Es war Rechnung.

Sam spürte die Sharps auf seiner Schulter. Der Riemen hinterließ eine Linie in der Haut, eine, die brannte und doch beruhigte – ein vertrautes Gewicht, das versprach, notfalls antworten zu können. Die Sharps war kein Trost, aber sie war Wahrheit: ein Schuss, ein Treffer, dann Arbeit, Nachladen, Zeit. Zeit ist im offenen Land oft weniger wert als Mut.

Zweimal meinte Ghost, etwas zu wittern; der Hund blieb stehen, der Rücken straff, die Ohren zwei kleine Zelte. Nicht Jagd. Nicht Kaninchen. Etwas anderes. Tawa drehte minimal den Kopf, sah, wie Ghost die Schnauze nach Norden schob, in jene Richtung, in der der Bighorn seine Geschichte schrieb, ohne Worte. Sam sah ebenfalls dorthin. Nichts. Gerade das war schlecht. Wenn es „nichts" ist, kann es alles sein.

„Krähenland", murmelte Tawa. Zu weit nördlich für den direkten Weg. Entweder hatte das Wasser sie so geführt – oder etwas anderes hatte sie gedrückt. Er sagte es, als wäre es weniger ein Name als ein Rand – eine Kante, an der Dinge ineinandergreifen. Grenzland. Crow-Land, Apsáalooke – Land, das seine Menschen kennt und Fremde riecht, lange bevor sie sprechen.

Sam sah ihn an. „Sie sehen uns?"

Tawa zuckte kaum mit der Schulter. „Vielleicht." Dann ein zweites Wort, leiser, als hätte es Zähne: „Fremde."

Er deutete mit zwei Fingern über den Horizont, als schiebe er Schatten hin und her. „Nicht jeder, der hier läuft, ist Krähe", sagte er schließlich, langsam genug, dass der Satz nicht nur gesprochen, sondern eine Warnung war. „Manche laufen im Krähenland und hoffen, man hält sie für Krähen." Und das war Frontier-Wissen: Manche tragen fremde Zeichen wie Masken, weil Masken Angst sparen.

Sam nickte. Er verstand den Ton: Es ging nicht um Namen. Es ging um Absicht. Und Absicht ist schwerer als ein Speer, weil man sie nicht sieht, bevor sie trifft.

Der Nachmittag war ein langer Strich. Die Sonne schob jeden Schatten in die Kürze, dann zurück in die Länge. Die Linien auf den Gesichtern wurden zu Karten, die nicht jeder lesen wollte. Staub setzte sich in Falten, in Mundwinkeln, in Wimpern. Einmal blieb ein Kind zurück, weil der Schuhriemen sich löste; Aluna kniete, band ihn nach, rieb den kleinen Fuß kurz, als wäre er eine Glut, die nicht erlöschen sollte. Sam trank zwei Schluck aus dem Schlauch, gab Ghost einen Schluck, goss dann einen fingerbreit Wasser in den Sand: eine kleine Steuer an die Erde. Nicht aus Glauben, aus Respekt. Wer dem Land nichts gibt, dem nimmt es eines Tages alles.

Als die Welt abzukühlen begann, fanden sie die Senke. Sie war nicht tief, nur so, dass der Wind sich legte, als würde er sich dort kurz hinsetzen. Zwei Weidensträucher hielten sich aneinander fest; zwischen ihren dünnen Zweigen stand ein Tümpel Wasser, kaum mehr als ein geschütztes Auge. Der Boden war hier weicher, die Halme wuchsen dichter. Wasser roch nach Schlamm und Ruhe, aber auch nach Stillstand. Stillstand zieht Dinge an. Am Rand lag ein alter Schädel, gebleicht, mit einem Loch, das nicht von Zähnen kam – vielleicht ein Schuss, vielleicht ein Sturz, vielleicht nur Zeit. Das Loch saß sauber. Sam sah es. Zeit macht selten saubere Löcher.

Sie errichteten kein großes Lager, nur ein vorsichtiges. Speere bildeten die äußeren Stangen, der Kochplatz blieb klein, Rauch ging flach davon, als wolle er keine Fragen beantworten. Sie hielten das Feuer niedrig. Nicht, weil sie frieren wollten – weil Licht ein Fingerzeig ist. Die Pferde wurden an langen Leinen in einem Halbrund gestellt; die Kinder bekamen Fleisch in dünnen Streifen und Geschichten in noch dünneren. Die Männer prüften Sehnen, Knoten, Köpfe. Jeder griff einmal an seinen eigenen Riemen, als würde er testen, ob er selbst hält.

Tawa hockte, die Knie vor sich, und zeichnete mit einem Stöckchen Linien in den Staub. Staub nahm alles an. Staub verrät auch alles.

„So gehen wir morgen." Er zog eine Spur. „Hier, Wasser." Dann eine zweite, versetzte. „Hier, Kies." Dann zog er die Linie in einem flachen Bogen nach unten. Süden. Nicht schön, nicht gerade – aber weg vom Rand. „Dorthin", sagte er nur. Winterlager. Mehr musste er nicht erklären.

„Und hier das, was man nicht sehen kann."

Sam setzte sich neben ihn. „Blicke."

Tawa nickte kaum. „Wenn sie kommen, dann nicht, weil wir laut sind. Sondern weil sie leise waren." Er sah nicht zu Sam, als er das sagte. Er sah ins Dunkel, als würde er dort schon Bewegung zählen.

„Du sprichst in Steinen", sagte Sam und lächelte schief.

„Und du hörst in Wasser." Tawa sah ihn an. „Beides reicht für den Weg. Für den Kampf benötigt man Atem." Er tippte sich gegen die Brust. „Hast du welchen?"

„Genug für zwei", sagte Sam.

Tawa nickte einmal. „Gut. Aber wir benötigen drei." Und ließ offen, wer der dritte sein muss: Mut, Glück, oder ein Fehler des Feindes.

Später kam Aluna. Sie hatte die Hände im Wasser der kleinen Quelle nass gemacht, als hätte sie sich ein Stück Dämmerung eingelassen. „Die Pferde sind unruhig, aber nicht schlecht", sagte sie. „Morgen früh müssen wir schnell sein."

„Wir sind's", sagte Tawa. Kurz. Nicht stolz. Nur fest.

Aluna sah zu Sam. „Hast du die Rinde geöffnet?"

Er schüttelte den Kopf. „Noch nicht."

„Gut", sagte sie. „Dann weiß sie noch nichts von dir. „Manchmal ist das besser." Und Sam verstand: Worte können verraten, wenn du sie zu früh in dir trägst.

Die Nacht senkte sich ohne Geräusch. Sterne kamen, zuerst vorsichtig, dann entschieden. Die Senke hielt den Wind zurück, sodass jedes kleine Geräusch Gewicht bekam. Ein Kojote rief, weit, als würde er nur ausprobieren, ob seine Stimme noch die richtige sei. Die Älteren legten sich früh; Tawa blieb lange wach, lauschte dem Atem der Pferde, dem leisen Rascheln von Grashalmen, dem fast unhörbaren Rutschen von Staub, wenn jemand im Schlaf die Seite wechselte. Er hielt die Hand nah an der Klinge, nicht darauf. Man hält kein Messer fest, wenn man nicht schneiden will. Man hält es bereit, damit andere es merken.

Sam wachte in Stücken, so wie man seit Wochen wachte: ohne Feind und doch nicht ohne Grund. Ghost lag an seiner Wade wie ein Stück Wärme, das die Nacht nicht wegnehmen konnte. Der Hund hob einmal den Kopf, ließ ihn wieder sinken. Kein Bellen. Nur ein kurzer, harter Atemstoß durch die Nase. Wie ein stilles „Da".

Noch vor Morgengrauen wurde die Luft schwerer, als hätte sie sich an etwas erinnert. Ein feiner Nebel saß in der Senke, nicht dick genug, um zu verstecken, gerade genug, um die Welt weich zu machen. Weich ist gefährlich. Weich nimmt Kanten. Kanten helfen dir beim Sehen.

Sam richtete sich auf. Der Osten war nur eine Ahnung, anders grau. Nicht heller. Anders. Als würde dort etwas stehen, das nicht stehen sollte.

Irgendwo klapperte Metall – so leise, dass es auch Täuschung hätte sein können. Aber Metallklirren in der Ebene ist selten Täuschung. Metall hat Gewicht. Gewicht macht Geräusche.

Tawa war schon hoch, die Silhouette scharf und klein zugleich. Er hob eine Hand, nicht hektisch, nur deutlich.

Wach.

Der erste Laut kam nicht von einem Menschen. Ein Pferd stieß den Atem hart aus, trat zur Seite. Das Geräusch war ein Riss in der Stille, und Stille ist ein Stoff, der schnell weiterreißt. In derselben Sekunde sang etwas – nicht schön, sondern schnell. Ein kurzer, hoher Ton, der sagte: Jetzt gehört die Luft jemand anderem.

Der Pfeil traf.

Das getroffene Pferd schrie mit einer Stimme, die aus der Tiefe kam; das Halbrund brach auf, Leinen spannten, Hufe hebelten Gras aus der Erde. Ein Tier schreit nicht, um gehört zu werden. Es schreit, weil Schmerz keine Sprache hat. Ghost sprang, stand dann breit. Fell hoch, Zähne sichtbar. Kein Knurren. Nur Stellung.

Sam war schon halb kniend, die Sharps im Anschlag, das Auge in der Kerbe, die Welt ein kurzer, dunkler Kanal, an dessen Ende eine Bewegung war – Gras, Knie, Schulter, Feder. Nebel machte Konturen falsch. Er sah nicht „Mann". Er sah „Form", „Gewicht", „Absicht". Er atmete einmal, ließ den Atem in die Waffe sinken. Die Sharps verlangte Ruhe. Wer hastet, trifft Staub.

Der Schuss war kein Donner, eher ein stumpfer Fels, der ins Wasser fällt. Der Rückstoß zog ihm an der Schulter wie ein ehrlicher Freund. Das Metall riss ihm kurz die Welt aus der Hand und gab sie ihm wieder zurück – enger, klarer, härter.

Ein Körper fiel, als hätte ihm jemand das Seil durchgeschnitten, das ihn mit dem Himmel verband. Kein Drama. Nur Schwerkraft.

Die Fremden kamen nicht wie ein Sturm; sie kamen wie schnelle Schatten, die wussten, dass das Licht ihnen nur kurz gehört. Speere schoben sich, Köpfe tief, Hände sicher. Sie suchten nicht Ruhm. Sie suchten Pferde, Vorrat, Angst. Der zweite Pfeil blieb in der Stange eines Speers stecken, der dritte schrammte an einem Kessel vorbei und schlug Splitter aus einem Stein. Splitter flogen wie kleine Zähne. Einer streifte Sams Ärmel. Stoff reißt schnell, wenn er schon alt ist.

„Links!“, rief Tawa – und Sam verstand, dass „links“ hier „jetzt“ bedeutete. Links war der Flügel, an dem sie brechen wollten. Nicht, weil dort schwächer ist, sondern weil dort die Leinen waren.

Er schob die Sharps zur Seite, noch keine Zeit zum Laden, griff nach dem Messer, und die Welt wurde eng, eng genug, dass man wieder wusste, wie groß ein Mensch wirklich ist. Staub stieg; ein Gesicht kam ihm nah, bemalt, die Augen weit, der Atem scharf nach Wild und Nacht. Keine Uniform, keine Ordnung, nur Angriff. Und irgendwo hinter dem Angriff lag Planung.

Der Speer fuhr auf ihn zu. Sam drehte sich, spürte die Luft am Hals. Er stieß mit seinem Messer zu, nicht weit – genug, um die vordere Bewegung zu brechen. Ein kurzer Laut, dann ein Knien, dann nichts. Der Körper sackte nicht „schön“. Er sackte wie Fleisch. Und Fleisch ist schwer.

Tawa nahm den ersten mit einem kurzen, harten Schlag auf den Schaft, trat ihm gegen die Hand, riss, drehte, das Messer – ein Blitz, der weder schön noch hässlich war, nur deutlich. Dann zuckte Tawa zusammen, als hätte ihn die Nacht gestochen: Blut an der Schulter, nicht tief, aber hell. Ein Schnitt, kein Speer. Jemand hatte ihn erwischt, weil er nah war.

„Nichts“, sagte er, und „nichts“ bedeutete: später. Bedeutete: Ich falle jetzt nicht. Bedeutete: Du schaust mich jetzt nicht an.

Aluna war dort, wo man sie nicht erwartet, und genau deshalb richtig. Ein Kind stand zu weit vorn, starr, die Hände dort, wo sie nichts halfen. Aluna warf sich auf das Kind, packte es an der Hüfte, glitt, rollte, landete hinter einer Barrikade aus Gepäck, zog den kleinen Körper unter sich, fuhr mit der Hand über den Mund – leise –, und der Blick des Kindes wurde wieder zu einer Brücke, tragfähig für einen Atem. Kein „Beruhigen“. Nur stillhalten. Stillhalten ist Leben.

Der vierte kam von der Seite. Ghost sprang, aber der Mann war schnell, trat, sodass der Hund sich überschlug, und war schon bei Sam. Ein Messer blitzte, kurz, an der Hüfte. Sam sah mehr als er dachte: die Narbe an der Oberlippe, den spröden Faden am Griff, den Staub in einem Augenwinkel. Kleinigkeiten, die man sieht, wenn der Kopf nicht mehr an Zukunft glaubt.

Er tat, was Hendrik ihm beigebracht hatte, ohne Worte: nahe heran, zu nahe für die Spitze; die Klinge quer, ein Ruck an der Achsel, ein Tritt an den Fuß, der suchte. Der Körper fiel – schwerer, als man vermutet, leichter, als man hofft. Ghost war wieder auf den Pfoten, sofort, als wäre der Sturz nur ein Befehl gewesen. Er blieb bei Sam, nicht beim Fallenden. Hundeverstand.

Der fünfte war ein Junge. Nicht mehr Kind, bis jetzt nicht Mann, oder vielleicht beides. Er trug das Gesicht, das man bekommt, wenn man zu oft zugesehen hat, wie die Welt härter wird als die eigenen Finger. Er kam nicht frontal, sondern schräg, in einem Winkel, der so leise war, dass fast nichts geschah. Ein Winkel, der sagt: Ich will nicht kämpfen. Ich will nehmen.

Sam drehte gerade den Kopf – da blitzte Metall.

Ghost sprang wieder, dieses Mal gegen den Arm, in dem das Messer war. Ein Schrei, das Messer glitt flach an Sams Mantel, riss eine Naht, die ohnehin gehen wollte. Der Stoff gab nach, nicht der Körper. Sam hob die Hand, nur um abzuwehren – da sah er die Augen: jung und alt zugleich. Augen, die schon gelernt hatten, dass Leben oft bedeutet, zuerst zu schlagen.

Ein anderer Krieger stürzte heran, die Kehle rau, ein Ruf, der den Jungen weiterziehen wollte. Sam kam nicht dazu, ihn zu verstehen. Ein Speer aus der zweiten Reihe fuhr vorbei, und Tawa, hinter Schmerz und Blut, machte einen Schritt wie ein Satz, traf, drehte; der Krieger kippte. Kein Triumph. Nur Ende.

Da war es plötzlich still – eine Stille, die nicht leer ist, sondern voller Dinge, die gerade aufgehört haben. Staub sank. Ein Pferd trat auf der Stelle, als hätte es die Erde vergessen. Aluna war auf den Knien, die Hände noch am Kind, der Blick groß und wach. Tawa stand, die Schulter rot und nass, das Messer noch halb gehoben. Und sein Atem war kurz, aber kontrolliert. Atem ist die letzte Ordnung im Chaos.

Nur der Junge bewegte sich noch, rückwärts, nicht panisch, aber schnell – wie jemand, der gelernt hat, was ein Körper kann, wenn er nicht mehr fragt. Blut lief ihm von der linken Schläfe in das Auge; er blinzelte hart, als wolle er das Rot in der Welt behalten, damit es ihn wärmt. Rot wärmt nicht. Aber es macht wach.

Sam hob die Hand, nicht mit der Waffe, nur so. Ein dummer, menschlicher Reflex: Halt.

Der Junge sah ihn an, und in diesem Blick lag etwas, das beide verstehen konnten: dass dies nicht der Anfang war und nicht das Ende, sondern ein Haken in einer langen Linie. Ein Punkt, an dem man später wieder hängen bleibt, ob man will oder nicht.

„Keta'wa!", rief irgendwo eine Stimme – ein Name, wie ein Seil, das nach ihm warf.

Der Junge fuhr zusammen, drehte sich, sprang, verschwand halb im Gras, das in der Senke höher stand. Ghost setzte nach, aber Sam rief ihn kurz, hart, und der Hund gehorchte sofort, atmete, vibrierte, blieb. Gehorsam ist nicht Unterwerfung. Es ist Bindung.

„Lass ihn", sagte Tawa flach. „Die Erde kennt seine Füße. Wir lernen sie noch." Er presste die Hand an die Wunde. Blut sickerte zwischen den Fingern, warm, sicher. Sicher, weil es fließt. Wenn es nicht mehr fließt, ist es schlechter.

Aluna stand auf, nahm ihm schweigend das Messer aus der Hand, steckte es ein, als gehörte es jetzt kurz ihr – nur, damit nichts fiel. In solchen Sekunden fällt vieles: Klingen, Mut, Kinder, Ordnung. Sie sah Sam an, und in ihrem Blick war keine Frage, nur ein Abzählen: eins – lebt; zwei – lebt; drei – lebt. Mehr wollte sie nicht wissen. Mehr muss man manchmal nicht wissen, um weiterzugehen.

Dann kam die zweite Arbeit, die immer nach der ersten kommt. Die Arbeit, die keine Lieder bekommt.

Sie zogen die Pfeile nicht sofort. Erst banden sie, was blutete, und hielten fest, was zitterte. Das getroffene Pferd stand auf drei Beinen und tat so, als sei das genug; erst als es wieder schrie, wurde allen klar, dass es nicht mehr mitgehen würde. Tawa sagte nichts dazu. Er legte nur die Hand an die Stirn des Tieres, als wäre dort ein Wort, das man nicht laut sagen darf. Das Tier roch nach Angst und warmem Blut. Aluna nickte, kurz – und der Blick war das Messer. Nicht aus Härte. Aus Notwendigkeit.

Sie sammelten, was noch atmete, sie banden, was zitterte, sie deckten zu, was nicht mehr sprach. Einer der Männer flüsterte Namen, als würde er sie in die Luft nähen. Ein anderes Pferd schnaufte tief, als hätte es die Stille satt. Sam lud die Sharps nach, langsam, mit Fingern, die wussten, was sie taten, und trotzdem ein wenig zitterten. Das Zittern war nicht Angst. Es war Nachklang. Ghost stieß die Schnauze gegen seine Hüfte, eine Berührung, die sagte: Hier bin ich. Noch.

Noch bevor das Licht ganz klar wurde, ordnete Tawa die Reihen neu – nicht mit Reden, sondern mit Blicken und Händen. Die Kinder kamen enger in die Mitte, zwischen Decken und Lasten. Zwei Männer gingen links versetzt, zwei rechts, nicht wie ein Schild, eher wie wache Rippen. Man ging nicht „schön". Man ging so, dass jemand, der wieder schießt, nicht gleich alles trifft. Aluna nahm die vorderen Frauen und zeigte ihnen die flachste Linie zum Bach, damit Wasser zuerst zu den Schwächsten kam. Sam blieb an Tawas Seite, einen halben Schritt hinter der Spitze, dort, wo man sehen und zugleich reagieren kann. Ghost lief nicht mehr hinten, sondern schräg vorn, die Nase in den Wind gestellt, als habe er beschlossen, heute der erste Wächter zu sein. Und vielleicht war er das.

Die Sonne kroch über den Rand der Senke, ein dünnes, blasses Licht, das die Welt nicht schöner machte, nur sichtbarer. In diesem Licht sah man die Spur, die der Junge hinterlassen hatte: kein Chaos, eine Linie, die knapp an Wasser entlanglief, dann in ein Band aus hohem Gras zog, das fremde Füße verborgen hielt. Sam sah auch etwas anderes: Abdrücke von mehreren, sauber gesetzt, keine Flucht, eher Rückzug. Sie waren gekommen, um zu nehmen, und hatten genommen: Blut, ein Pferd, Zeit. Und sie hatten ihnen noch etwas genommen: den direkten Süden. Nicht als Richtung – als Ruhe. Jetzt würden sie den Süden schneller brauchen, als sie ihn erreichen konnten.

Sam kniete und fuhr mit zwei Fingern über den dunklen Fleck im Staub. Blut, jung, hell. Warm noch. Das bedeutet: nicht weit.

Tawa sah dorthin, als würde er den Boden lesen. „Er läuft", sagte er leise. Mehr nicht. Nicht: wer. Nicht: warum. Nur: läuft. Und in „läuft" lag: Er kommt wieder oder er erzählt. Beides ist schlecht.

Sam spürte die Rinde an seiner Brust, ein kleines, warmes Rechteck, das plötzlich wachte. Er nahm sie heraus, löste den Lederriemen, öffnete sie. Innen standen Zeichen, dünn geritzt, mit Ruß und Fett abgedunkelt – keine langen Sätze, eher ein Gedanke, der in Linien gebunden war. Es war kein Gebet. Es war Anleitung.

Sam verstand nicht jedes Zeichen, aber er verstand die Richtung. Er las es so, wie man Rauch liest:

Wenn der Hunger kommt, gib ihm etwas Warmes.
Wenn der Schatten kommt, gib ihm einen Namen.
Dann sieht er dich – und nicht nur deinen Rücken.

Sam hielt die Rinde, als hielte er einen winzigen, sicheren Ort. Er sah hinüber zu Tawa, der stand, als hätte die Erde ihm kurz ein Stück von sich geliehen, um höher zu sein. Aluna richtete das Kind auf, band ihm die Haare aus dem Gesicht, legte ihm eine Hand an die Brust, zählte den ruhiger werdenden Atem. Zählen ist Trost, wenn Worte nichts tun.

„Wir gehen weiter“, sagte Tawa schließlich, und seine Stimme war nicht hart, sondern eindeutig. „Die Ebene ist groß, aber nicht groß genug für die Toten.“ Er sah nicht zurück, als würde er wissen, dass Zurücksehen manchmal der erste Schritt ins Stehenbleiben ist. „Wir bringen sie dorthin, wo die Namen nicht frieren. Und wir gehen.“ Und damit war der Befehl gesprochen, der alle zusammenhält: Weiter.

Sam nickte. Er sah zum Rand der Senke, in jene Richtung, in der sich die Spur des Jungen im Gras verlor. Das Licht wurde klarer, und die Welt nahm wieder den Ton an, den sie am Morgen gehabt hatte: schlicht, ohne Zier. Aber jetzt war etwas darin: ein Riss. Und Risse werden im Winter groß.

Er strich Ghost über den Hals, spürte das Zittern abklingen, und schob die Sharps in den Riemen, der seine Schulter wieder zur Linie machte. Die Klinge saß, das Gewehr saß, der Atem saß. Das musste reichen.

Die Ebene wartete nicht. Sie hatte nie gewartet. Sie war nur da und wollte Schritte. Sie nahm die ihren an, trug sie ein Stück, ließ sie dann selbst gehen. Und sie nahm auch Spuren an, die man nicht sehen will: Spuren von Fremden, die in Crow-Land laufen und hoffen, niemand fragt nach dem Namen.

Und irgendwo, dort, wo zwei Flussarme die Erde kühlten, lief ein Schatten – jung, verletzt, mit einem Namen, der wie ein Ruf klingt, den man nicht zurückholen kann. Und während er verschwand, zog Tawa die Menschen zusammen wie Last an einem Lederriemen und drehte sie wieder in die einzige Richtung, die noch Sinn hatte: nach Süden. Zum Winterlager. Bevor das Eisen im Osten näher kam und die Nächte wieder lernten, wie man Zähne zeigt.

Der Schwur des Morgens

Der Morgen kam, ohne dass ihn jemand rief. Er kam auf leisen Sohlen, schob sich durch den Nebel, tastete über die Körper, über das Gras, über das, was noch warm war – und über das, was schon kalt wurde. Der Rauch des kleinen Feuers stieg träge auf, ein dünner Faden, der sich im stillen Licht verlor, als wolle er nicht entscheiden müssen, wohin er gehört: zu denen, die noch atmen, oder zu denen, die schon schweigen. Es war kein Feuer für Wärme. Nur ein Zweckfeuer – gerade genug, um Wasser heiß zu machen und Hände zu reinigen, die Blut an sich hatten.

Niemand sprach. Auch der Wind nicht. Nur die Pferde schnaubten vorsichtig, als wüssten sie, dass jedes Geräusch ein Wort zu viel wäre. Sie standen dicht, Köpfe tief, und atmeten so flach, als könnte Luft verraten, wie viele noch da waren.

Tawa kniete bei den Gefallenen. Seine rechte Schulter war verbunden, die Binde aus dünnem Leder dunkel verfärbt, als hätte die Nacht mit Rot unterschrieben. Er hielt den Arm nah am Körper, nicht aus Schwäche – aus Rechnung. Aluna stand neben ihm, die Hände in Asche getaucht, die Stirn mit Erde bestrichen. Sie murmelte leise, kein Gebet, eher ein Singen ohne Ziel – eine Erinnerung daran, dass Atem noch etwas bedeuten konnte. Ihre Stimme war dünn, aber sie trug. Wie ein Riemen, der nicht schön sein muss, nur halten.

Sam stand am Rand. Er hatte die Sharps im Gras abgelegt und fühlte das Gewicht des Stahls dennoch auf der Haut, als wäre die Waffe noch immer an ihm. Ghost lag zu seinen Füßen, das Fell an einem Bein leicht verkrustet, der Atem ruhig. Ghost war wieder der Alte – nur Narben und ein Hauch Steifheit, wenn er lange stilllag. Sam zählte nicht die Toten. Zahlen taten hier nichts. Er merkte sich Gesichter, die er nur einmal gesehen hatte, und doch waren sie ihm jetzt vertrauter als viele, die er in Städten gekannt hatte. Hier machte Blut schneller bekannt als Worte.

Aluna beugte sich, nahm von jedem Toten eine kleine Strähne Haar und legte sie in die Flamme. Der Rauch wurde dichter, dann wieder klarer, zog für einen Moment anders – als hätte er eine Richtung gefunden, die man nicht sehen kann. Er roch kurz scharf, metallisch, wie alles riecht, wenn Blut warm und die Luft kalt ist.

„Sie sehen uns“, sagte sie leise. Ihr Blick ging nicht zu den Lebenden, sondern dorthin, wo Namen hinwandern, wenn sie nicht mehr gerufen werden. „Solange wir die Erde atmen, sehen sie uns.“

Tawa nickte kaum merklich. „Dann sollen sie sehen, dass wir stehen.“ Er sagte es ohne Zorn. Zorn kostete zu viel. Er zog nur den Knoten der Binde nach, ein Fingerzug, der mehr Antwort war als ein Satz.

Er erhob sich langsam, hielt die verletzte Schulter fest und trat in den Kreis aus Erde und Feuer, den Aluna mit Linien aus Asche gezogen hatte. Die Überlebenden traten hinzu: Yari, hinkend, die Zähne zusammengebissen; Mila mit dem Kind an der Brust; Noka, dessen Augen alt wie Flusssteine waren. Weitere kamen – leise, ohne Eile, als würde schon das Näherkommen die Stille verletzen. Man trat nicht für sich ein, man trat, weil man gezählt wurde, auch ohne Zahlen.

Sam folgte zuletzt.

Tawa hob den Blick. Die Sonne kam gerade über den fernen Rand der Ebene, ein blasses, weißes Rad ohne Wärme. Weiß nicht wie Schnee – eher wie trockenes Licht, das nichts beschönigt.

„Dies ist der Schwur des Morgens“, sagte er mit rauer Stimme. „Die Nacht hat genommen, was sie wollte. Wir geben nicht zurück.“ Er ließ den Satz stehen, damit er nicht nur gehört, sondern auch getragen wurde. „Wir tragen. Jeder von uns ein Stück. Wer fällt, trägt weiter. Wer lebt, erinnert – und wer vergisst, verliert beides.“

Er hielt die Hand über das Feuer, näher, als gut war. Die Hitze biss in die Linien seiner Handfläche, machte die Haut kurz rot. Kein Schrei. Nur ein dünner Atemstoß, der aussah wie Rauch. Schmerz durfte da sein. Er durfte nur nicht führen.

Dann reichte er Sam die Hand.

Sam zögerte, dann tat er es ihm gleich. Die Hitze zog sich in seine Hand, als wolle sie etwas einprägen, das kein Messer schneiden kann. Er spürte, wie der Atem kurz stockte, nicht aus Angst – aus Trotz gegen die eigene Hand. Aluna legte ihm Asche auf die Stirn.

„Du gehörst jetzt zur Erde“, sagte sie. „Nicht, weil du hier geboren wurdest, sondern weil du geblieben bist.“

Ein Windzug kam, kaum merklich, hob den Rauch an, drehte ihn, ließ ihn wie einen losen Ring über sie sinken. Die Kinder blickten auf, still, als hätten sie den Himmel atmen gehört. Kein Kind fragte. Kinder lernen schnell, wann Fragen Leben kosten.

Dann begannen sie, die Gefallenen zu begraben. Kein Grab war tiefer als ein Knie, kein Stein größer als eine Hand. Die Ebene mochte keine Narben. Sie nahm alles flach, als wolle sie es wieder glatt haben. Sam half, die Erde zu schaufeln, bis seine Finger schwarz waren. Der Boden war hart, nicht tief – und er gab ungern nach. Aluna legte auf jedes Grab einen Zweig der Weide aus der Quelle – dort, wo das Wasser noch klar war.

„Der Fluss erinnert“, sagte sie. „Er nimmt, was fällt, aber er vergisst nicht den Klang.“

Am Mittag stand die Sonne hart und weiß. Der Rauch war fort, und mit ihm das Grauen der Nacht. Nur der Geruch blieb – ein Gemisch aus Blut, Erde, Fett, Feuer. Sie aßen kaum, tranken aus der Quelle, redeten wenig. Worte hätten hier nur versucht, etwas geradezurücken, das nicht gerade sein wollte. Und gerade war nur eines: weiter.

Später saßen Sam und Tawa abseits. Ghost schlief zwischen ihnen, als wäre Schlaf die einzige Form von Frieden, die ein Körper sofort versteht. Sein Brustkorb hob und senkte sich ruhig. Sam ließ die Hand kurz auf dem Fell liegen, nicht streichelnd, nur prüfend: warm. Da.

„Wie viele haben wir verloren?“, fragte Sam.

Tawa antwortete ohne Pathos, weil Pathos nichts heilt. „Zwölf.“ Er sah nicht hinüber zu den Gräbern; er sah in die Ebene, als wäre dort die Rechnung aufgeschrieben. „Pferde: acht, die noch gehen.“ Dann ein Atemzug, knapp. „Und wir – wir sind noch dreizehn, wenn man dich mitzählt. Das reicht, wenn

keiner mehr fällt."
Er ließ den Blick nicht wandern. Er ließ ihn sitzen, wie man eine Last sitzen lässt. „Pferde" meinte hier nicht Reichtum. Es meinte Rücken für Gepäck, Zug für Last. Windläufer war der einzige, der noch einen Reiter tragen konnte, ohne dass er bricht. Der Rest schleppte – und das musste genügen.

„Und wenn doch?" Sam fragte es nicht trotzig. Nur nüchtern, wie man fragt, ob ein Ast hält.

Tawa sah ihn lange an. „Dann trägt die Erde", sagte er. „Sie hat mehr Rücken als wir."

Zeitweilig sagten sie nichts. In der Ferne zogen Krähen über das Land – schwarz, lautlos, als seien sie zu müde zum Krächzen. Krähen flogen immer. Aber heute wirkten sie wie Zeugen.

„Der Junge?", fragte Sam schließlich.

„Er lebt", antwortete Tawa. „Sein Name ist Keta'wa. Ich habe ihn gehört." Er verzog den Mund, als schmecke der Name nach Blut und Staub zugleich. „Er kommt aus dem Krähenland. Ob er Krähe ist oder nur einer, der dort läuft – das ist für den Pfeil egal." Dann leiser: „Er ist jung. Noch glaubt er, Rache sei ein Weg. Vielleicht lernt er, dass sie nur ein Kreis ist."

Sam nickte. „Vielleicht sehen wir ihn wieder."

„Sicher", sagte Tawa. „Man trifft den eigenen Schatten immer zweimal."

Gegen Abend sammelten sie Holz. Aluna entzündete ein neues Feuer, kleiner, friedlicher. Über ihm hing ein Topf, aus dem es nach Wildkraut roch. Kinder schliefen bald, zusammengerollt in Decken, als hätten sie gelernt, die Welt klein zu machen, damit sie erträglich bleibt. Der Himmel färbte sich kupferfarben, und das Kupfer sah aus, als hätte es den Tag bezahlt.

Tawa trat an Sam heran. „Du bleibst bei uns?"

Sam sah in die Glut. „Ich kenne keinen anderen Weg mehr."

Tawa nickte, als sei das die einzige Antwort, die zählen darf. „Dann gehst du jetzt denselben wie wir. Morgen ziehen wir nordwärts, zu den Hügeln. Dort gibt es Bison und Wasser. Die Ebene hier…" Er suchte kurz, fand das richtige Maß. „… sie ist erschöpft."
Er sagte „nordwärts" nicht wie ein Ziel, sondern wie ein

Werkzeug. Der Süden blieb das Winterlager. Nordwärts war der Bogen, den man schlagen musste, um genug zu haben, wenn man wieder nach Süden ging.

„Erschöpft?", fragte Sam.

„Müde", sagte Tawa. „Aber das ist fast dasselbe."

Sie standen eine Weile, Schulter an Schulter. Nicht wie Freunde, die Trost suchen – wie Männer, die Last teilen.

Ghost hob kurz den Kopf, als wolle er prüfen, ob die Welt noch da ist – dann legte er ihn wieder nieder.

Die Nacht kam still. Über dem Lager spannte sich der Himmel weit und gleichgültig. Aber irgendwo zwischen den Sternen hing ein schwacher, bernsteinfarbener Schimmer, als hätte die Sonne selbst beschlossen, ihren Schwur zu halten. Bernstein war keine Wärme. Bernstein war Erinnerung an Wärme.

Sam sah lange hinauf.

Und in seinem Innern war ein Laut, der kein Wort war, aber alles sagte, was blieb: Ich bleibe.

Nordwärts

Der Morgen war kein neuer Anfang, nur das langsame Öffnen eines Auges, das in der Nacht zu viel gesehen hatte. Über der Ebene hing ein Licht ohne Farbe, und der Wind kam von Norden, kühl und wachsam, als prüfe er jeden Atemzug, der noch übrig war. Krähen saßen auf den niedrigen Dornbüschen und schoben sich hin und her, ungeduldig wie Zähler, denen noch Striche fehlen. Der Rauch des erloschenen Feuers stand in dünnen Schichten über dem Boden, roch nach Fett, Haar, Leder – und nach etwas darunter, das niemand gern beim Namen nannte. Blut hat seinen eigenen Geruch; selbst wenn es in der Erde steckt, bleibt er eine Weile wie ein stummes Zeichen. Und irgendwo darin hing auch etwas anderes: fern, kaum mehr als eine Ahnung – Rauch, der nicht zu ihnen gehörte. Oder Eisen in der Luft. Man konnte es nicht greifen, nur spüren, wie man Metall schmeckt, wenn der Wind falsch steht.

Tawa kniete bei dem Mann, der in der Nacht zuletzt gesprochen hatte. Jetzt sprach nur noch der Wind. Er strich dem Toten ein Haarbüschel aus der Stirn, legte ein Stück rotes Tuch darüber, das Aluna ihm gereicht hatte. Seine rechte Schulter war verbunden; er hielt den Arm näher am Körper, als wolle er der Wunde nicht mehr Raum geben als nötig. Er tat es nicht aus Stolz. Aus Sparsamkeit. Wer verletzt ist, darf dem Schmerz kein Gebiet schenken.

Sam stand ein paar Schritte abseits und hielt den Zügel einer Stute. Das Tier kaute leer, die Ohren wechselten, ohne etwas Bestimmtes zu suchen. Ghost saß und wartete, der Schweif glatt, die Augen dunkel, als verstünde er, dass das Heute leise sein musste. Der Hund war wieder stark. Nur wenn er lange still war, zog einmal kurz das alte Ziehen im Vorderlauf durch, wie ein Schatten unter der Haut. Sam sah es. Er sagte nichts. Narben mögen kein Mitleid.

Sie begruben die Ihren, so flach es die harte Erde zuließ. Keine hohen Markierungen, kein aufragendes Zeichen für Blicke, die gern zählen. Ein Kranz aus dürrem Gras, ein Pfeil quergelegt – mehr nicht. Die Namen wurden leise gesagt, erst von Tawa, dann von den anderen: ein schmaler Zug aus Atem, der in die Luft ging und dort vielleicht einen Augenblick hängenblieb, ehe er fortgetragen wurde. Aluna sang, ohne auf ein Wort zu bestehen. Es war ein Ton, der an den Rändern brach wie Eis im Frühling, und gerade deshalb hielt er. Nicht schön. Tragfähig.

Als sie fertig waren, stellte sich Tawa gerade hin, als müsse er dem Himmel eine Antwort geben. Er sah in die Gesichter der Lebenden: acht waren es – mit ihm. Und jeder hatte etwas verloren, das man nicht wiederfindet, wenn man den Kopf dreht.

Sam. Aluna. Die alte Suna mit den schmalen Händen, die trotzdem jeden Verband festhielten. Der breite Karo, dessen Lachen verstummt war, ohne ganz verloren zu sein. Zwie, die schnelle Zwillingsschwester, jetzt ohne Schwester. Der junge Hehaka, der einen Pfeil im Oberarm getragen und ihn selbst herausgezogen hatte, stumm. Und Peta, der keine Tränen fand und darum die Zähne zeigte.

Dazu drei Pferde: zwei, die ritten, und eines, das trug. Windläufer stand dabei wie ein Stück Ordnung im Wind – das einzige Tier, das noch zuverlässig einen Reiter trug. Das zweite „Rittpferd" war kein Reitpferd, nur eine Stute, die man abwechselnd bestieg, wenn die Beine versagten. Kurze Strecken. Kurze Last. Man nannte es Ritt, um sich nichts vorzumachen: Es war Not.

„Nordwärts", sagte Tawa. Kein Ton zu viel. Kein Ton zu wenig. Nordwärts war nicht Ziel. Es war ein Umweg. Wasser. Bison. Atem. Und danach wieder Süden, zum Winterlager. Man lief nicht freiwillig in den Frost hinein. Man holte sich nur, was man brauchte, um ihm später standzuhalten.

Sie zählten, was blieb: fünf Pfeilbündel, die nicht mehr reichen würden, wenn das Land sich weigerte, großzügig zu sein. Zwei Bögen, heil. Einer gebrochen, aber im Notfall zu flicken. Ein Gewehr mit wenigen Patronen – Sam trug es wie etwas, das man nicht benutzen will, aber können muss. Messer, stumpf an den Rändern und trotzdem schneidend. Decken, die riechen durften, wie sie wollten, solange sie wärmten. Getrocknetes Fleisch, das keinem Hunger vertraute. Und Wasser, das in Kürze wieder eine

Frage sein würde. Die Dinge wurden kleiner, wenn man sie zählt. Aber sie wurden auch klarer.

„Nordwärts", sagte Tawa noch einmal, als wäre das Wort ein Zügel, den er dem Tag anlegte.

Der erste Schritt war immer der schwerste nach einem Verlust. Nicht, weil er dem Toten untreu machte, sondern weil er die Lebenden verpflichtete. Sam spürte, wie die Nacht ihm in den Sohlen nachhing. Er passierte die Stelle, an der in der Nacht ein Pferd gekämpft hatte – und dann nicht mehr. Der Boden war dort dunkler, als hätte die Erde selbst kurz die Augen geschlossen. Er berührte mit zwei Fingern die Luft darüber, ein törichter Gruß vielleicht, aber der Morgen sah weg. Das Land zählt anders. Es zählt in Spuren.

Sie bewegten sich in einem schmalen Zug, der mehr Schatten als Menschen war. Aluna ging neben Suna; die Schritte ruhig, die Hände lose um den Riemen der Traglast. Hehaka trug den gebrochenen Bogen, der an seiner Hüfte taktlos schwang. Zwie lief ein Stück voraus, nicht weit, nur so, dass ihre Augen zuerst sahen, was die anderen erst fühlen würden. Peta hielt sich versetzt auf der anderen Seite – wie eine zweite Rippe, die mitgeht, ohne zu drängen. Karo blieb am Ende, um den Wind zu lesen, der ihnen folgte; er hatte ein Gefühl für Verfolger, das ihn selten täuschte. Ghost lief nahe bei Sam, nicht vorn, nicht hinten – dort, wo ein Hund die Welt am besten riecht.

Tawa ging vorn, und davon lebten sie. Er führte nicht mit großen Gesten. Er führte, indem er die Richtung hielt – und indem er die verletzte Schulter nicht zu Wort kommen ließ. Ab und zu zog er den Atem kurz ein, wenn der Verband spannte. Kein Fluchen. Nur ein Blick nach vorn. Auch das war eine Art Befehl.

Der Wind kam ihnen hart entgegen und machte aus jedem Schritt ein Gegenwort. Nordwärts war nicht nur Richtung, sondern Widerstand – die Richtung, die widerspricht. Die Ebene öffnete sich, und am Rand, weit weg und doch deutlich, hob sich ein blauer Streifen: niedrige Hügel, auf deren Schatten sie am Abend hoffen konnten. Sam bemerkte, dass das Licht dort kälter glänzte, wie Metall auf einem Tisch. Nichts Sanftes, aber immerhin Form. Und Form ist Schutz, wenn die Ebene zu groß wird.

„Wasser?“, fragte Sam und deutete mit der Hand. Seine Worte in Tawas Sprache waren grob, kantig wie Holzscheite, die man noch spalten muss.

Tawa nickte knapp. „Senke. Klein. Wind trinkt nicht alles.“ Er führte zwei Finger an die Lippen, dann wies er. Sam verstand genug: Wenn der Wind durstig ist, säuft er die Quellen leer. Heute sollte er es nicht. Ein dünner Trost – aber der Tag nahm, was er bekommen konnte. Und Sam dachte dabei an den Süden, an das Winterlager, das dort lag wie eine schmutzige Münze in der Tasche: nicht schön, aber rettend. Jeder Umweg, den sie gingen, musste am Ende wieder nach Süden fallen. Sonst war er kein Umweg. Dann war er Irrsinn.

Sie vermieden die blanken Rücken der Hügel und suchten die Rinnen, in denen das Gras höher stand. In solchen Linien versteckten sich auch andere – und die Erinnerung an die Nacht ging mit, wie ein Hund, den niemand gerufen hatte. Ghost hob einmal die Nase, dann wieder. Nichts Sichtbares. Gerade das war das Problem.

Irgendwo dort draußen trug vielleicht ein Halbwüchsiger seinen Zorn wie eine frische Narbe, heiß und unvernünftig. Sam erinnerte sich an den Schatten, der im letzten Aufblitzen des Feuers gezögert hatte, ehe er sich in die Dunkelheit fallen ließ. Augen, die ihn gesehen hatten. Es war nicht vorbei – nur anders. Der Kampf war vorbei. Die Spur nicht.

Gegen Mittag fand Zwie die Spur eines Bodens, der weicher war, als seine Haut zeigte. „Hier hat es geregnet“, sagte sie, fast erstaunt, „aber nicht heute.“ Die Worte fielen wie Körner aus der Hand, knapp und sicher.

Sie folgten der Andeutung, und der Boden wurde fleckig, dann dunkler, dann zeigte sich zwischen den Gräsern die Senke, die Tawa vorher schon in seinem Kopf gesehen hatte: eine Mulde, als habe eine Hand es mit dem Land einmal gut gemeint. In ihrem Grund glitzerte Wasser wie eine Antwort, die man nicht zu laut sagen durfte.

Sie tranken nacheinander, nicht weil es ein Gesetz gab, sondern weil das Stillhalten die Kraft besser hielt. Suna wusch eine Wunde, die nicht sauber sein konnte. Karo strich über das Holz des gebrochenen Bogens, als könnte Geduld ihn eher richten als Kraft. Tawa kniete, schaufelte mit der Hand Spuren der Nacht aus seinem Gesicht, und blieb einen Herzschlag länger kniend, als nur fürs Wasser nötig war. Es sah aus wie Müdigkeit. Es war Kontrolle.

„Zwei Tage“, sagte er dann. „Zwei Tage bis zu den Hügeln. Dann sehen wir Rauch. Unseren oder fremden.“ Er hob den Blick zu Sam. „Du gehst bei mir.“ Und in „Rauch“ lag mehr als Lager. Rauch kann Essen bedeuten. Oder Eisen. Oder Männer, die nicht reden wollen.

Sam nickte. Er sah zu Aluna, die die Decke der alten Suna zurechtrückte, obwohl keine Kälte drückte. Aluna sah zurück, ein kurzer Blick, der weniger Trost bot als Pflicht – aber in dieser Welt waren beides selten zu trennen.

„Du redest genug“, sagte sie zu Sam in ihrer Sprache und ließ das Lächeln in den Augen stehen, nicht auf dem Mund. „Aber die Worte laufen noch auseinander.“

„Ich lerne“, sagte Sam. Er wollte etwas hinzufügen, ließ es aber. Wörter waren in diesem Land ein Gewicht, und man sprach sie nicht unbedacht. Nicht, wenn der Wind mithört.

Am Nachmittag legte der Wind zu, als hätte er das bemerkt. Er kam ihnen hart entgegen, warf das Gras in langen Wellen zurück und machte die Welt zu Linien. Die Krähen auf den Büschen flogen auf und ließen den Himmel lauter werden.

Einmal blieb Tawa stehen, die Hand erhoben, und alle sanken in die Knie, lautlos, als wäre es eingeübt. Es war eingeübt. Karo war schon zwei Schritte nach rechts gerutscht und zeigte mit dem Kinn. Auf der Kante der Ebene standen drei dunkle Punkte, bewegten sich gegen den Wind, verschwanden wieder, tauchten noch einmal auf.

Büffel? Nein – die Bewegung war zu leicht, zu wachsam. Menschen? Vielleicht. Oder nur dünne Bäume, die der Wind zu Gestalten machte. In solchen Momenten merkt man, wie wenig man wirklich sieht. Und wie viel man trotzdem wissen muss.

Sie warteten, bis das Zittern aus den Kniekehlen wich. Dann standen sie auf, als hätten sie sich nur die Schuhe gebunden. Sam spürte, wie die Muskeln in seinen Schultern das Schweigen hielten. Er dachte an das Gewehr auf seinem Rücken, und daran, wie wenige Patronen noch in der Tasche lagen. Jeder Schuss war hier ein Wort, das etwas in die Welt schrieb, das sich nicht mehr löschen ließ. Er beschloss, heute nicht zu schreiben. Nicht, solange er nicht wusste, wer liest.

Gegen Abend wurden die Hügel größer, ohne wirklich nah zu sein. Das Licht kippte von Weiß auf Grau, und das Grau bekam Gewicht.

„Noch ein Stück", sagte Tawa. „Dort in der Falte schlafen wir. Kein Feuer."

Niemand widersprach. Zwie hob die Hand und zeigte zwei Finger, wie Haken, die ineinandergreifen: Du – ich. Sie ging mit Peta voraus, um die Falte zu prüfen, bloß dort, wo das Land die Schritte frisst.

Der Platz war klein, kaum mehr als ein Schatten in der Mulde, aber das reichte. Die drei Pferde standen Rücken an Rücken, die Köpfe tief, die Geräusche in ihren Kehlen wie ein müdes Summen. Windläufer schnaubte einmal kurz, als würde er das Dunkel zählen. Suna verband Hehakas Arm neu. Karo legte ein wenig Gras über eine blanke Stelle, auf der ein falscher Schritt verraten konnte, wer sie waren. Aluna verteilte Fleisch – nicht nach Stärke, sondern nach Morgen: Wer morgen mehr tragen musste, bekam heute mehr. Keiner stritt. Hunger hatte hier eine Mathematik, der sich alle fügten.

Tawa setzte sich neben Sam, die Knie angezogen, die Ellbogen darauf. Er hielt die Schulter weiterhin so, dass sie nicht mehr Raum bekam als nötig.

„Zähl nicht weiter", sagte er. „Die Toten mögen es nicht, wenn die Lebenden Zahlen halten wie Zügel."

„Ich denke an den Jungen", antwortete Sam. „An den, der fortlief."

„Er denkt an dich", sagte Tawa. Einen Moment war nichts als Atem. „Nordwärts ist nicht nur Wind. Es ist auch Erinnerung. Sie kommt von hinten, ja. Aber sie erleichtert dich vorn, wenn du sie richtig trägst."

Sam nickte. „Und wie trägt man sie richtig?"

Tawa sog die Luft ein, langsam. „Nicht allein." Er sah kurz zu Aluna, die so tat, als betrachte sie eine Naht an der Decke, die sich nicht schließen wollte. „Die, die wir behalten, tragen uns. Die, die wir verlieren, lehren uns gehen." Und über allem lag der Süden wie eine stille Frage: ob sie rechtzeitig dorthin zurückfinden, bevor der Frost sein Gewicht auf die Welt legt.

Die Nacht kroch heran, mit dem Geräusch, das die Welt machte, wenn sie die Farbe wechselte. Sie sprachen wenig. Suna erzählte im Halbschlaf, wie die Ebene einmal grün war, so grün, dass die Pferde lachten. Hehaka versuchte, davon zu träumen, und scheiterte. Karo legte den gebrochenen Bogen neben seinen Rücken, als könnte er ihn auf diese Weise wieder gerade schlafen. Ghost rollte sich gegen Sams Hüfte und gab eine Nähe, die ihm niemand beigebracht hatte.

Sam lag wach und hörte den Norden. Es war kein Gesang, eher ein Summen, das zwischen den Grashalmen wanderte. Er zählte nicht. Er sah die Gesichter derer, die gegangen waren – keine Parade, kein Gleichschritt, nur ein kurzes Aufblitzen, wie wenn Sterne hinter Wolken gehen. Er dachte an Hendrik, an dessen Stimme in einer anderen Landschaft, an Holz, das knackt, wenn man es zu schnell bricht. Der Wind strich über seine Lippen, trocken, aber nicht unfreundlich. Er schmeckte Salz, das nicht vom Schweiß war. Salz ist oft nur Staub, der sich wichtig nimmt.

Später, als die Nacht sich gesetzt hatte wie ein schwerer Topf auf ein Feuer, das man nicht entzünden durfte, sah Karo kurz auf. Ein Laut, weit weg – ein Stein, der gegen einen anderen rieb, ohne Grund. Ein Tier vielleicht. Oder einer, der seine Zähne aufeinanderlegte, um keinen Schrei zu verlieren.

Tawa öffnete die Augen, ohne sich zu bewegen. Seine Hand berührte Sam am Arm, kaum. Wach, sagte diese Berührung, aber nicht laut. Sam legte die Finger um den Messerrücken, ohne ihn zu ziehen. Bereit, nicht gierig.

Nichts geschah. Oder alles – nur so leise, dass die Welt es für sich behielt.

Der Morgen kam wieder ohne Gold. Aber er kam. Und mit ihm eine Luft, die nicht ganz so feindlich war. Sie standen, ohne zu sprechen, rollten Decken, legten Riemen um Lasten, die leichter geworden waren, weil man ihnen die Namen genommen hatte. Riemen knarrten, Leder arbeitete. Das waren die einzigen Geräusche, die man sich leisten wollte.

Zwie fand im Gras die Spur eines Fuchses und lächelte, als hätte er ihr zugezwinkert. Suna steckte ein Stück Knochen in ihre Tasche, nicht als Talisman, sagte sie, sondern damit nicht alles Erde wird. Aluna streifte Sams Hand, zufällig oder nicht, und ließ sie dort einen Herzschlag lang. Warm. Kurz. Dann war es wieder nur Weg.

„Nordwärts", sagte Tawa, zum dritten Mal in zwei Tagen. Er sprach es wie ein Gebet, das nicht um Gnade bittet, sondern um Haltung.

Sie gingen. Der Wind drückte, aber er war nicht mehr unbesiegbar. Und über den Hügeln hing etwas, das Rauch sein konnte – oder nur Wolken, die das Land noch einmal abgemessen hatten. Sam ließ den Blick daran hängen, bis er das Ziehen in der Brust fühlte, was man Hoffnung nennt, wenn man es sich leisten kann. Und zugleich: Misstrauen. Hoffnung ohne Misstrauen ist hier nur Dummheit in warmen Kleidern.

„Wenn wir dort oben stehen", sagte Aluna, „sehen wir weiter als heute."

„Oder klarer", sagte Sam.

„Oder beides", sagte Tawa. „Und wenn wir Rauch sehen, dann zählen wir nicht. Wir schauen, wer wir sind, wenn wir dort ankommen."

Und danach – unausgesprochen, aber da – würde der Weg wieder nach Süden fallen müssen. Zum Winterlager. Bevor die Nächte wieder lernen, wie man Zähne zeigt.

Acht Menschen, drei Pferde, zwei Bögen, ein Gewehr – und mehr Wege als Schritte. Der Norden wartete nicht. Er stand da. Und sie gingen, so lange, bis ihre Schatten den Hügelrand berührten und sich streckten, als wollten sie den Tag überholen.

Hinter ihnen blieb die Ebene, flach wie ein zugeklapptes Buch. Vor ihnen lag eine Zeile, die man erst schreiben konnte, wenn man sie gegangen war. Sie setzten den Fuß darauf. Der Wind las mit.

Die Hügel von Rauch

Der nächste Morgen kam mit einem Licht ohne Wärme. Kein Gold, kein Versprechen. Nur ein fahles Grau, dünn wie Asche, das sich über die Ebene legte und die Konturen der Welt hart machte. Die Luft roch nach trockenem Gras und nach dem Rest der Nacht: Leder, kalte Glut, alte Angst, die sich in Stoff setzt. Der Atem der Pferde hing schwer in der Luft, kleine Wolken, die kurz Bestand hatten und dann rissen, sobald der Wind sie anfasste.

Niemand sprach beim Aufbruch. Worte sind am Morgen nach einem Verlust Dinge, die zuerst mit der Zunge geprüft werden müssen – ob sie scharf geworden sind oder stumpf. Riemen wurden gezogen, Knoten nachgesetzt, Gurte so festgemacht, dass nichts klappert. Ein Pferd scharrte einmal, leise, als hätte es den Boden gefragt, ob er heute trägt.

Tawa ging voraus, ohne Eile, aber mit einer Entschlossenheit, die man spürte, auch wenn seine Schritte kaum Geräusche machten. Der Verband an seiner rechten Schulter war trocken geworden, dunkler Rand, Leder auf Leder. Er hielt den Arm dicht am Körper, nicht als Pose, sondern als Maß: Schmerz bekommt nur so viel Platz, wie man ihm gibt. Sam kam als Zweiter, Ghost an seiner Seite, die Nase im Wind. Der Hund lief gut. Nur wenn sie länger langsam wurden, lag ein kurzes Ziehen im Vorderlauf, kaum sichtbar, aber da – wie ein Schatten unter dem Fell. Aluna folgte mit Suna, deren Schritte kürzer geworden waren, aber nicht wankend. Die anderen – Hehaka, Zwie, Peta, Karo – bildeten ein schmales, ungeschütztes Band über dem blassen Boden.

Windläufer ging im Zug wie das Einzige, das noch wirklich „reiten" bedeutete. Er trug die Last der Blicke und der Wege. Man hielt ihn ruhig, man ließ ihn nicht frei werden, man ließ ihn nicht dumm werden. Wer nur ein gutes Pferd hat, geht anders. Vorsichtiger. Härter.

Der Wind kam wieder aus Norden. Er brachte keine Botschaften, nur dieses Gefühl, dass etwas Unbekanntes dort wartete. Nicht gut. Nicht schlecht. Nur wartend – wie ein Mann am Weg, der dich nicht anruft, aber auch nicht aus dem Blick lässt.

„Wie weit?“, fragte Sam leise.

Tawa drehte den Kopf kaum. „So weit, wie der Wind uns lässt.“

Das bedeutete alles und nichts. Sam nickte, als hätte er es schon verstanden – und vielleicht hatte er es in dem Teil verstanden, der ohne Sprache arbeitet. Nordwärts war ihr Werkzeug. Wasser und Bisonzeichen in den Hügeln, bevor sie wieder nach Süden fallen konnten, dorthin, wo das Winterlager lag. Man machte einen Bogen, weil man sonst bricht.

Seit dem Sommerlager waren ihre Worte anders geworden: noch brüchig, ja, aber tragfähig für kurze Strecken. Sam hatte die Sprache nicht „gelernt“ wie aus einem Buch; er hatte sie sich geholt wie Feuer: Funke für Funke, aus Blicken, Gesten, Wiederholung. Und Tawa hatte im Gegenzug ein paar von Sams Lauten behalten – nicht viele, aber genug, um manchmal zu zeigen: Ich komme dir entgegen. Das war mehr, als die meisten Männer geben, wenn sie hungrig sind.

Die Landschaft veränderte sich kaum merklich. Flaches Land wurde zu Wellen, erst niedrig, dann höher. An den Rändern der Hügel wuchs das Gras dichter, dunkler, als würde das Land dort mehr atmen. Der Boden war härter, steiniger, und die Schritte klangen anders – nicht mehr stumpf, sondern kurz, trocken. Krähen kreisten über einem fernen Rücken aus Stein, der sich gegen den Himmel hob wie eine Kante, an der man sich schneiden kann.

Gegen Mittag fanden sie Spuren. Zwie entdeckte sie zuerst – ein gebrochener Halm, ein Abdruck im Boden, so leicht, dass man ihn beinahe für ein Spiel des Lichts hätte halten können.

„Reiter“, sagte sie.

Tawa kniete sich hin, strich mit zwei Fingern über den Abdruck. Er tat es, wie man eine Klinge prüft. „Drei, vielleicht vier. Nicht schwer. Keine Lasttiere.“

„Wie alt?“, fragte Peta.

„Ein, zwei Tage. Sie kommen nicht aus dem Süden.“ Er hob den Blick nicht, aber seine Stimme bekam eine Kante. „Süden wäre anders. Spuren gehen dort wie Heimweg. Diese gehen wie Frage.“

„Krähen?“ Peta spuckte aus, als könnte er den Gedanken aus dem Mund werfen.

Tawa schüttelte den Kopf. „Wenn es Krähen wären, würden wir sie riechen.“ Er deutete nach Osten, nicht weit, nur als Richtung. „Vielleicht Kundschafter. Vielleicht Männer, die nicht mehr wissen, wohin sie gehören.“ Und in dem Satz lag: Männer, die sich trotzdem nehmen, was sie brauchen.

Sam betrachtete den Abdruck. Er wollte etwas sagen, ließ es dann aber und kniete sich ebenfalls hin. Der Boden erzählte Dinge – aber man musste lernen, wie man zuhört. Als seine Finger die Spur berührten, spürte er die Härte oben, die Nässe darunter und diese kleine Drehung: ein Huf, der nicht einfach geradeaus ging. Er zeigte auf den Hügelkamm.

„Der Reiter hat dort hinübergesehen“, sagte er.

Tawa sah ihn an. Nur einen Augenblick. Dann dieses kaum sichtbare Ziehen im Mundwinkel – kein Lächeln, eher Anerkennung. „Du hörst schon leise mit.“

Ein seltsames Gefühl ging durch Sam – Stolz, ja, und zugleich Verantwortung. Alles, was man lernt, trägt man danach mit sich. Und das Land vergisst nicht. Das Land speichert. Wie Narben.

Sie zogen weiter, höher in die Hügel. Der Wind wurde stärker, riss am Gras, bog die Spitzen in langen Bögen. Staub lag nicht mehr flach, er lief in kleinen Schlangen über den Boden, wenn Böen kamen. Zuweilen glaubte Sam, Stimmen darin zu hören – keine Worte, eher den Abdruck von Worten. Vielleicht war es nur Müdigkeit, die hier keine Feindin war, sondern eine Begleiterin, die mitläuft und nichts bezahlt bekommen will.

Am Nachmittag, als sie den Rücken eines Hügels überquerten, blieb Hehaka plötzlich stehen. Er hob die Hand, zeigte auf eine Senke am Fuß des nächsten Anstiegs.

„Dort“, sagte er.

Ein Geruch lag in der Luft – alt, scharf, ranzig. Etwas Vergessenes. Sam kannte ihn. Nicht aus diesem Land, sondern aus einem anderen Leben. Eisen, Tran, Rauch, der zu lange in Stoff sitzt. Der Geruch einer Welt, die nimmt, ohne zu fragen.

Das verlassene Lager lag zwischen zwei gespaltenen Felsen, die wie Zähne aus dem Boden ragten. Eine improvisierte Hütte, halb eingestürzt, Knochen eines Rahmens aus Weiden, an denen noch Lederriemen hingen. Eine Feuerstelle mit Asche, als hätten die Flammen keine Zeit gehabt, richtig zu sterben. Daran: ein Topf, schwarz, leer, angeschlagen. Und überall nicht „überall", sondern genug: Eisenfallen. Rostige Maulklappen, Ketten, Pflöcke, die tief in den Boden getrieben waren. Manche offen, manche geschlossen, als hätten sie zugeschlagen und dann vergessen, wofür.

In einer lag der verfaulte Körper eines Bibers, nur noch Fellfetzen und Knochen, von Krähen zerpflückt. Die Falle hatte das Bein genommen. Der Rest war nur noch Arbeit für Vögel.

Sam blieb stehen, als hätte ihn jemand innen getroffen. Sein Atem stockte nicht, weil der Anblick neu war – er hatte solche Lager gesehen –, sondern weil sie hier wie ein fremder Fleck wirkten, ein alter Schmutz, der sich nicht mehr aus dem Land waschen ließ.

„Das sind die ...", begann er.

Tawa antwortete, bevor Sam den Satz zu Ende bringen konnte. „Bergmänner. Trapper." Sein Gesicht blieb hart. „Die, die mehr nehmen, als der Fluss geben kann."

Peta stieß ein Schnauben aus. „Ich rieche sie, bevor ich sie sehe."

Aluna trat vorsichtig zwischen die Trümmer. Vorsichtig, nicht aus Angst, sondern weil jeder falsche Schritt hier Metall sein konnte. Sie hob ein Stück Holz auf, in das Zeichen eingeritzt waren – Initialen und Kerben, vom Wetter schon angefressen: R. M. C. – und darunter eine Zahl, die nicht erklärte, ob sie Jahr, Fang oder Trotz sein sollte. Es sah aus wie ein Mann, der sich beweisen wollte, dass er zählt.

Sam schluckte. Er sah nicht nur die Buchstaben. Er sah, was dahinter hing, wie einen Schatten: Handel, Tausch, Fleisch, Geld, Geschichten, die man sich schönredet, bis sie anfangen zu stinken.

„Alt", sagte er schließlich, mehr zu sich als zu ihnen. „Viele Winter alt." Er kniff die Augen zusammen, weil der Geruch in den Augen brannte. „Aber nicht leer. Nicht richtig."

Suna beugte sich zu der Falle mit dem Biber hinab. Ihr Blick war erschöpft, aber nicht schuldig. „Was haben sie getan?"

Sam fuhr sich über das Gesicht. „Sie haben gestellt. Und gewartet. Und wieder gestellt." Er zeigte auf die Ketten, die Pflöcke, die Spur der Erde drumherum. „Jede Falle nimmt etwas. Manchmal ein Tier. Manchmal ein Bein. Manchmal beides. Und manchmal nimmt sie nichts – außer Zeit." Seine Stimme wurde rau. Er hielt es nicht weich. Weichheit hilft hier niemandem. „Die Männer, die so arbeiten, fragen nicht, wem das Land gehört."

Ghost knurrte leise, nicht feindselig – eher so, als wolle er das tote Tier aus der Falle ziehen, obwohl er es nicht mehr retten konnte. Der Hund roch die Schuld, ohne Worte dafür zu brauchen.

Tawa trat zu Sam. „Du kennst diese Männer."

Sam sah auf die Eisenfallen. Das Metall war kalt, obwohl die Sonne noch stand. „Ich war einer von ihnen. Kurz." Er hob eine Falle an, und das Gewicht zog ihm am Handgelenk, als wäre es eine alte Rechnung. „Nicht lange. Aber lang genug."

„Und?" Tawas Stimme war flach. Er wollte Wahrheit, nicht Beichte.

Sam ließ die Falle sinken. „Sie gehen selten allein unterwegs." Er sah zu den Hügeln, als wären dort schon Schritte. „Und sie kommen dahin, wo es Wasser gibt. Immer."

Diese Worte blieben in der Luft stehen wie kalter Rauch.

Karo durchsuchte das Lager und fand eine zerschlagene Gewehrkolbenhälfte. Hehaka entdeckte einen Grabstock, mit dem einst Gruben für Fallen ausgehoben wurden. Unter einem umgestürzten Gestell lag ein toter Trapper – oder das, was davon blieb. Tierfraß hatte ihn geöffnet. Ein Messer steckte noch im Gürtel, die Scheide hart wie trockene Rinde.

Zwie kniete neben den Knochen und zog etwas aus dem Rückenbereich hervor: einen Schaftrest, abgebrochen, noch ein paar Federn daran, schmutzig und dunkel. Nicht frisch. Aber auch nicht so alt, dass es nur noch Holzstaub gewesen wäre.

„Er ist nicht an einer Falle gestorben", sagte sie. „Da. Pfeil." Sie hielt den Rest hoch, damit alle es sahen. „Jemand hat ihn so liegen lassen."

Suna zog den Atem ein. „Krähen?“

Tawa schüttelte den Kopf, langsam. „Vielleicht.“ Er ließ das Wort nicht stehen wie eine Antwort, sondern wie eine Tür, die man nicht öffnen will. „Oder andere.“ Dann deutete er wieder nach Osten. „Wenn Fremde im Krähenland laufen, schießen nicht nur Krähen.“

Die Luft schien schwerer zu werden, als hätte der Ort eine zweite Schicht Erinnerung freigegeben. Nicht nur Tod. Absicht.

Tawa sah sich um, als würde er die Erde selbst befragen. „Wir bleiben nicht hier. Der Ort ist tot, aber die Erinnerung nicht. Und der Wind verrät uns.“ Er hob die Hand, und es war ein Befehl ohne Laut.

Sie wollten gerade weiterziehen, da hob Ghost den Kopf. Sein Körper spannte sich, der Schweif senkte sich, die Ohren gingen zurück. Er knurrte nicht. Was schlimmer war: Er wurde still – diese Art Stille, die Hunde nur kennen, wenn etwas im Gras steht, das entscheiden kann.

Tawa erstarrte. Dann zeigte er mit zwei Fingern auf die Hügelkuppe rechts von ihnen.

Vier Reiter.

Silhouetten im Wind. Keine Farbe zu erkennen, nur Umrisse. Sie standen dort oben so, dass die Sonne ihnen im Rücken hing und die Gesichter verschluckte. Einer hielt einen Speer, schräg, als wäre er Teil des Pferdes. Einer hatte ein Gewehr, quer über dem Sattel, nicht im Anschlag – noch nicht. Einer schien zu beobachten, ohne sich zu bewegen, als würde er zählen. Der vierte hielt sein Pferd unruhig zurück, aber selbst das Unruhige war kontrolliert: Er hielt den Kopf des Tieres in den Wind, damit es nicht wiehert.

„Sie haben uns längst gesehen“, sagte Aluna tonlos.

„Freunde?“, fragte Suna, und das Wort klang, als hätte sie es lange nicht benutzt.

Tawa schüttelte den Kopf. „Zu früh für Freunde.“ Er sagte es wie: zu früh für Feuer. Zu früh für Schlaf.

Die Reiter bewegten sich nicht. Auch die Gruppe bewegte sich nicht. Nur der Wind ging hin und her wie ein Bote, der die Worte nicht versteht, aber jedes Zittern im Körper liest.

Sam spürte, wie sein Herz schwer wurde. Nicht schnell, nicht panisch – schwer. Er dachte an den Jungen aus dem Überfall. An Augen, die geschworen hatten, ihn nicht zu vergessen. Aber diese Reiter wirkten älter. Größer. Entschlossener. In ihrer Haltung lag kein Zögern – eher ein Abmessen, ein stilles Rechnen: Wie viele? Wie bewaffnet? Wie müde? Wer trägt das Gewehr? Wer bricht zuerst?

Vielleicht wollten sie wissen, ob der Fremde mit dem Stahl zuerst zuckt.

Die Sonne neigte sich, als wolle sie ebenfalls lauschen. Und dann – als hätte eine unsichtbare Hand ein Zeichen gegeben – drehten die Reiter sich um. Langsam. Nicht fluchtartig. Sie ließen den Hügelrücken sie schlucken, und der Wind nahm den Staub weg, bevor er sich setzen konnte. So verschwindet ein Mann, der weiß, dass er später wiederkommt.

„Warum sind sie gegangen?", fragte Zwie.

„Weil sie wollten, dass wir wissen, dass sie da sind", sagte Tawa. „Manchmal ist ein Schatten mehr wert als ein Pfeil." Er sah nicht hoch, als würde er sich weigern, ihnen noch einen Blick zu schenken. „Und weil sie jetzt wissen, wie wir stehen."

Sam atmete aus, ohne es zu merken. Und ärgerte sich über diesen Reflex, als hätte er sich eine Blöße gegeben – vor dem Wind, vor der Ebene, vor dem unsichtbaren Blick.

Sie verließen das Trapperlager und stiegen tiefer in die Hügel. Die Schatten wurden länger, dunkler, aber die Luft wurde milder. Später, kurz vor dem Einbruch der Nacht, fanden sie einen kleinen Bach. Klar. Kalt. Lebendig. Wasser, das nicht nach Angst schmeckte.

„Das ist gut", sagte Suna und lächelte zum ersten Mal seit Tagen. „Der Sommer hat ihn verschont."

Aluna kniete und ließ Wasser durch ihre Finger laufen. „Es schmeckt nach Stein."

Sam trank und fühlte, wie etwas in ihm nachgab. Kein Mut, kein Feuer. Nur dieses stille Wissen: Das Land nimmt nicht immer. Manchmal gibt es zurück – nicht viel, nicht großzügig, aber gerade genug, damit ein weiterer Tag möglich wird. Er gab Ghost einen Schluck. Der Hund trank kurz und hob sofort wieder den Kopf, als müsse er den Wind prüfen.

Als die Nacht kam, lag ein feiner Rauch über den Hügeln. Nicht dick. Nicht wild. Dünn, gleichmäßig. Absicht. Kein Brandrauch. Kein Sturmrauch. Rauch, der aus einem Feuer kommt, das jemand klein hält, damit es nicht zu weit spricht.

„Ein Zeichen?“, fragte Sam.

Tawa sah lange hin. „Vielleicht.“

„Oder dass jemand dort ist“, sagte Aluna leise.

„Oder dass jemand gegangen ist“, ergänzte Suna.

Der Wind strich sanft über sie hinweg. Zum ersten Mal seit Tagen ohne Widerstand. Nicht tröstend. Prüfend: Noch da?

Sam breitete seine Decke aus, setzte sich, Ghost legte den Kopf auf seinen Oberschenkel. Aluna setzte sich neben ihn, nicht aus Pflicht, nicht aus Nähe, sondern aus etwas, das man nicht benennen muss, um es zu verstehen. Ein kurzer Abstand blieb, so wie in dieser Welt Abstand oft Sicherheit ist.

„Morgen?“, fragte sie.

Sam sah in den Rauch, der über den Hügeln lag wie ein dünner Faden. „Nordwärts“, sagte er und merkte, wie sich das Wort in ihm verändert hatte. Nicht wie ein Befehl. Eher wie ein Werkzeug, das man jetzt selbst in der Hand hält. Und dann – ungesagt, aber klar – würde der Weg wieder nach Süden fallen müssen. Zum Winterlager. Bevor der Herbst sich schließt.

Die Schatten der Hügel streckten sich über den Boden, als wollten sie die Sterne berühren. Der Rauch über dem Norden blieb stehen, ein Fingerzeig ohne Erklärung.

Sie waren wenige. Sie waren müde. Aber sie gingen.

Und irgendwo hinter dem nächsten Hügel wartete jemand – Freund oder Messer, Wasser oder Kugel, Bison oder Hunger. Der Norden war noch stumm.

Aber nicht mehr leer.

Spur aus Schatten

Der Morgen kam nicht plötzlich, sondern wie jemand, der vor dem Zelt stehenbleibt und erst lauscht, bevor er den Eingang anhebt. Das Licht war blass und spröde, wie Kreide auf kaltem Stein – ein grauer Saum am Rand der Hügel, der mehr versprach, als er halten konnte. Die Senke, in der sie geschlafen hatten, war kaum mehr als eine Falte im Land, ein Ort, den der Wind vergaß, wenn er es eilig hatte. Heute schien er sich zu erinnern. Er kam nicht als Sturm. Er kam als Prüfung: trocken, kühl, mit einem Hauch von etwas, das nicht hierher gehörte – ein fernes, kaum greifbares Bitter im Geruch, wie alter Rauch oder Eisen, das lange gelegen hat.

Tawa war schon wach, als der Rest noch so tat, als könne man mit geschlossenen Augen etwas zurückholen, das in der Nacht verschwunden war. Er stand auf der Kante der Mulde, die Schultern ruhig, den Kopf leicht geneigt, als prüfe er, ob der Norden noch derselbe war wie gestern. Sam trat zu ihm, noch schwer von einem Schlaf, der keiner gewesen war. Er fühlte den Kies unter der Sohle, die Kälte im Spann, und dieses kleine Ziehen in der Brust, das nicht Angst war, eher Wachsamkeit. Ghost schob sich an seiner Seite vorbei, streckte den Kopf über den Rand und sog die Luft ein – langsam, prüfend.

Der Hund knurrte nicht. Er knurrte nie ohne Grund. Aber er legte die Ohren ein wenig an und schob ein leises Brummen in die Kehle, das mehr versprach als erklärte. Seine Nase arbeitete, als sei sie ein Messer, das man über einen Stein zieht: kurz, wieder, noch einmal.

„Etwas war hier", sagte Sam. Seine Stimme war noch rau vom Schweigen der Nacht. Er schmeckte trockenes Fleisch von gestern, und darunter den Staub, den man im Schlaf einatmet, wenn man zu wenig Feuer hatte.

Tawa antwortete nicht sofort. Sein Blick wanderte über die Hügel, über die Linien des Grases, das vom Wind schräggelegt wurde, über dunklere Flecken, in denen die Feuchtigkeit länger blieb. Schließlich nickte er kaum sichtbar.

„Ja“, sagte er. „Gestern. Vielleicht in der Nacht – aber er ist nicht mehr da. Nur sein Abdruck im Gras.“
Er sagte „Abdruck“ nicht weich. Es klang wie „Beweis“.

Sam hätte gern geschwiegen. Denn die Antwort stand längst zwischen ihnen wie ein Stein: der Junge aus der Senke. Keta’wa. Sie kannten die Form dieses Schattens: der Junge aus der Nacht. Der, der entkam, während andere fielen. Ein halbwüchsiger Körper, ein Blick, der zu alt war. Der Zorn in den Augen, der mehr versprach als einen einzelnen Pfeil. Und Sam wusste inzwischen, was Tawa meinte, wenn er „Junge“ sagte: nicht klein. Nur unberechenbar. Zu jung für Maß. Zu alt für Schonung.

Hinter ihnen regte sich die kleine Welt ihres Zuges. Decken wurden zurückgeschlagen, Knochen gestreckt, leise Geräusche gemacht, als hoffe man, die Stille damit nicht zu beleidigen. Suna setzte sich langsam auf, und ihre Hände suchten zuerst nach dem Lederbeutel mit den Kräutern, dann nach dem Boden. Hehaka prüfte im Halbdunkel den Verband an seinem Arm, als wolle er sich vergewissern, dass die Wunde noch da war und ihn nicht über Nacht verlassen hatte. Karo stand auf und griff nach seinem Bogen, der inzwischen mehr Flicken als Waffe war. Ein Bogen, der trotzdem noch töten konnte, wenn der Arm ruhig blieb.

Aluna tauchte ein Stück Stoff in das dünne Wasser, das sich in einer stillen Ecke gesammelt hatte, und strich Suna übers Gesicht. Die alte Frau blinzelte, als sei das Licht eine Frage, auf die sie noch keine Antwort hatte. Peta hing einen Moment zwischen Schlaf und Wachen, die Zähne aufeinander, als wolle er verhindern, dass ein Traum entweicht, den er keinem sagen würde. Seine Hände suchten zuerst nach dem Messer, dann nach dem Riemen, dann nach dem Boden. Immer in der Reihenfolge: Klinge, Last, Land.

„Zwie?“, fragte Tawa, ohne sich umzudrehen.

Zwie war bereits unterwegs gewesen. Sie war in der Dämmerung losgeschlichen, kaum dass der Himmel eine andere Farbe angenommen hatte als die Innenseite der Decke. Jetzt tauchte sie wieder am Rand der Mulde auf, die Haare voll kleiner Grassamen, den Speer in der Hand, die Lippen schmal. Sie roch nach kaltem Wind und nach Erde, die man mit den Fingern gelesen hat.

„Spur", sagte sie. „Einer. Zu Fuß. Hier vorbei. Gestern oder heute Nacht." Sie sagte es so, als wäre „einer" schon zu viel.

Sie sprang in die Senke hinab, machte zwei schnelle Schritte und kniete neben Tawa nieder, als habe sie nie aufgehört, sich zu bewegen. Ihre Finger strichen über eine Stelle, die für Sams Augen aussah wie jede andere: platt gedrücktes Gras, ein Hauch dunklerer Erde. „Leicht", murmelte sie. „Kein Mann mit Last. Kein altes Tier. Ein junger Körper. Er geht schnell. Keine Pausen." Sie hielt kurz inne, als lausche sie nicht der Luft, sondern dem Boden. „Und er kann laufen, ohne dass er sich selbst hört. Das lernt man nicht an einem Tag."

Sie deutete an den Rand der Spur. „Hier." Ein Kiesel lag nicht mehr dort, wo er gelegen hatte – nur um eine Fingerbreite versetzt, aber eindeutig verschoben. Und ein Halm war nicht einfach geknickt, sondern gedreht, als hätte ein Fuß beim Abstoßen kurz gezögert und dann neu entschieden. „Ballenarbeit", sagte Zwie leise. „Hastig. Jung." Dann, fast wie ein Nachsatz, der wehtut: „Verletzt – oder wütend. Beides macht den Schritt schmal."

„Ein Junge", sagte Peta. Es klang nicht wie eine Frage, eher wie ein Fluch. Er spuckte nicht. Er schluckte den Ärger runter, weil Speichel im Wind sichtbar ist, wenn die Sonne tiefer steht.

Tawa sah Sam kurz an. In diesem Blick lag kein Erklären, nur das schmale Einverständnis von Männern, die denselben Schatten erkannt haben. Und darunter ein zweiter Gedanke: Der Schatten kennt jetzt unsere Form.

Sam spürte, wie sich etwas in seinem Bauch zusammenzog. Er dachte an den Augenblick im Flackern des Feuers, als der Junge gezögert hatte – der Pfeil halb angelegt, halb fallen gelassen. Augen, die ihn gesehen hatten. Augen, die sich etwas gemerkt hatten. „Er beobachtet uns", sagte Sam.

„Ja", sagte Tawa. „Und er lernt." Er sagte es ruhig. Gerade das machte es kalt.

Das war fast das Schlimmste. Feinde, die Fehler wiederholten, waren einfacher.

Sie frühstückten im Stehen – wenn man das Kauen von hartem Fleisch und ein paar Schlucke Wasser so nennen wollte. Das Wasser war dünn, kalt, schmeckte nach Stein und nach dem Metall der Blechkante, über die es lief. Aluna verteilte die Stücke mit einem Blick, der die Wege des kommenden Tages bereits mitzählte: Suna bekam weniger, weil sie weniger tragen würde. Karo bekam mehr, weil er Kraft brauchen würde, um am Ende des Zuges den Wind zu lesen. Peta nahm, ohne zu danken – aber der Blick, den er Sam zuwarf, war nicht kalt. Eher: Wir sind noch da. Das zählt.

„Wir brechen jetzt auf", sagte Tawa. „Wir gehen über die Hügelkante. Dort sehen wir weiter. Vielleicht zu weit." Er zog den Riemen an seiner Schulter einen Fingerbreit nach, weil Leder scheuert, wenn Blut trocknet. Es war keine Klage. Es war Pflege.

„Wie weit ist zu weit?", fragte Peta.

„Wenn du weißt, wer dich töten will", sagte Karo trocken, „aber nicht mehr, wo du selbst stehst."

Sie gingen.

Die Hügel von Rauch zeigten ihr Gesicht erst zögerlich. Aus der Nähe waren sie weder groß noch eindrucksvoll – eher eine Reihe müder Rücken, die das Land schon oft getragen hatte. Doch zwischen diesen Rücken lagen Falten, tiefe, schmale, in denen sich Schatten sammelten wie Wasser. Der Wind strich quer darüber, fuhr mit zwei Händen durchs Gras und machte aus der Fläche eine Zeichnung. Wer sie lesen wollte, brauchte Zeit – und heute hatten sie keine. Zeit war etwas, das man in ruhigen Tagen verschwendete. Jetzt war sie Munition, und sie hatten wenig davon.

Sam ging dicht hinter Tawa. Er versuchte, mit den Augen zu tun, was Tawa mit der Hand tat: Spuren lesen. Hier ein Hauch dunkler Erde, wo ein Huf die obere Schicht aufgerissen hatte. Dort ein gebrochener Halm, der nicht vom Wind stammen konnte. Einmal eine Stelle, an der der Boden leicht glänzte, als wäre dort Wasser gestanden, das jemand mit Schuhen vertrieben hatte. Er merkte, wie der Blick härter wurde, weniger träumend. Man lernt das Land nicht, indem man es schön findet. Man lernt es, indem man es ernst nimmt.

„Hier", sagte Tawa nach einer Weile. „Reiter." Er kniete, legte die Finger auf den Abdruck. Sam hockte sich neben ihn. Dieses Mal erkannte er die Form, bevor Tawa sprach: länglich, tiefer in der Mitte, ein Huf, nicht zu groß, nicht zu schwer. Der Abdruck war trocken am Rand, feucht darunter – alt genug, dass die Sonne ihn angefressen hatte, jung genug, dass der Boden ihn noch nicht vergessen hatte.

„Drei", sagte Tawa. „Vielleicht vier. Zwei Tage. Sie kamen von Westen. Sie sahen nach Norden."

Sam sah Zwie an, dann Peta, dann wieder auf den Boden. Das hier war nicht der Junge. Das war größer. Etwas, das nicht aus Wut ging, sondern aus Plan. Plan roch anders. Plan roch nach Geduld.

Tawa wies mit dem Kinn in eine Richtung, in der für Sam nur Hügelkante und Himmel zu sehen waren. „Wie siehst du das?", fragte Sam.

Tawa deutete auf eine leicht schräg eingedrückte Stelle am Rand des Abdrucks. „Das Pferd hat den Kopf gewendet. Der Mann auch." Er strich mit dem Finger nach. „Der Huf folgt dem Auge. Wer reitet und nicht sieht, fällt." Dann, leiser: „Und wer sieht, ohne sich zu zeigen, lebt länger."

Sam lauschte den Worten nach. Sie hatten etwas von dem, was Hendrik einmal gesagt hatte – nur mit anderem Land darunter. Er legte seine Hand neben den Abdruck, drückte die Finger in die Erde. Der Boden schwieg, aber er fühlte sich an, als trüge er eine Antwort, die Sam erst lernen musste.

„Sie haben uns gesehen?", fragte Peta.

„Vielleicht", sagte Tawa. „Vielleicht haben sie nur das Gleiche gesucht wie wir." Er sah nach Norden. „Oder sie haben auf jemanden gewartet."

Der Wind drehte ein wenig, als wolle er das Thema wechseln. Er kam jetzt härter an die Wangen, trocknete die Lippen, zog den Geruch von gestern aus den Kleidern. Sam dachte wieder an das ferne Bitter: Rauch oder Eisen. Zu weit, um sicher zu sein. Nah genug, um es nicht zu vergessen.

Sie benötigten den halben Tag, um die Kante der Hügel zu erreichen. Der Weg war kein Weg, nur eine Summe aus Entscheidungen: links von dem Felsen, rechts an der Senke vorbei, über eine blanke Stelle, die Karo mit einer Handbewegung mied, weil der Boden dort zu offen war. Suna blieb einmal stehen, nur einen Herzschlag zu lang, und Aluna berührte sie am Ellenbogen, als reiche sie eine Erinnerung weiter. Ghost kreuzte den Hang, schnupperte über einen Streifen vertrockneten Blutes, so alt, dass er eher eine Farbe als eine Spur war. Er ließ es. Kein Fressen. Keine Zeit. Nur merken.

Als sie den Grat erreichten, öffnete sich die Welt nach Norden.

Soweit das Auge reichte, lag die Ebene da, still, in Schattentönen. Das Licht war dünn genug, dass Entfernungen verschwammen. Doch dort, wo das Land einen leichten Bogen machte, bewegte sich etwas: dunkle Formen, langsam, schwer, sinnlos in ihrer eigenen Ordnung – Bison.

Sie waren nicht viele. Vielleicht ein kleiner Zug, der seinen eigenen Weg fand zwischen den trockenen Grasinseln. Aber in den Augen derer, die oben standen, waren sie mehr als Tiere. Sie waren Winter, die nicht leer sein mussten. Felle, die Wärme bedeuteten, Fett, das die Knochen schützte. Zungen, die noch Geschichten erzählten, wenn die Welt draußen aus Eis bestand. Und sie waren Arbeit. Harte Arbeit. Blutige Arbeit.

„Siehst du?", sagte Suna und lächelte schmal, aber echt. „Die Erde ist bisher nicht fertig mit uns."

„Noch nicht", sagte Karo.

Zwie kniff die Augen zusammen. „Wenn der Wind dreht, riechen sie uns."

„Der Wind dreht nicht für uns", sagte Tawa. „Er dreht für sich."

Sie standen eine Weile schweigend da, und jeder sah etwas anderes in den Tieren. Sam sah den Hof, den er verlassen hatte, den Speck, den man im Herbst geräuchert hatte, und Winter, in denen gezählt wurde, wie viele Schweine noch atmeten. Er sah Matt, der die Hände an einer Schüssel wärmte. Das hier war derselbe Kampf, nur größer – und ohne Wände. Und ohne Nachbarn, die man um Salz bitten kann.

„Wir jagen", sagte Tawa schließlich. „Nicht heute. Morgen. Wenn der Wind so bleibt. Wenn der Himmel nicht lacht, wenn wir laufen."

Er sah noch einmal nach Norden – und dann nach hinten, über die Hügel zurück, von denen sie gekommen waren. „Und die Krähen?", fragte Peta. Das Wort hing einen Atemzug lang in der Luft. Crow-Land. Apsáalooke. Nähe, die man nicht mit Augen misst.

„Sie sind hier", sagte Tawa. „Sie sind näher als die Bisons."

Aluna sagte nichts, aber ihre Hand glitt kurz zu dem Messer an ihrer Seite, als wäre das eine Art zu beten. Kein Zittern. Nur Erinnerung: Stahl ist ehrlich.

„Eine Jagd macht den Tag laut", fügte Tawa ruhig hinzu, „selbst wenn man flüstert."

Sam fühlte, wie Ghosts Fell sich unter seiner Hand leicht sträubte, ohne dass der Hund ein Geräusch machte. Es war, als wüsste der Körper bereits, was der Kopf noch nicht sehen konnte. Und Sam wusste: Ghost war genesen, ja – aber Narben vergessen nichts. Wenn Gefahr nah ist, werden alte Stellen wach, nicht als Schwäche, eher als Warnung.

„Wir schlafen heute zwischen den Felsen", entschied Tawa. „Kein Feuer. Kein Lied. Nur Atem."

Sie fanden einen Platz, der fast wirkte, als hätte das Land ihn für sie geformt: zwei schräg stehende Felsplatten, die einen schmalen Gang bildeten, eine Mulde dahinter, in der das Gras niedriger wuchs. Die Pferde konnten knapp stehen, mit den Köpfen zum Ausgang. Von oben sah der Platz aus wie ein Schatten. Wenn man nicht wusste, dass er da war, glitt der Blick darüber hinweg.

Windläufer war das letzte richtige Pferd. Der Rest war nur noch Last, Atem, Knochen. Gewohnheit hält manchmal länger als Besitz.

„Gut", sagte Karo. Mehr Lob gab es nicht.

Sie legten ihre Lasten ab – nicht hastig, sondern leise, als sei der Boden nicht nur unter ihren Füßen, sondern auch in ihren

Ohren. Sie legten sich nicht einfach hin. Sie legten sich wie ein Kreis, der nicht rund sein musste, um zu halten: Suna in die Mulde, Aluna bei ihr, Tawa so, dass der Eingang in seinem Augenwinkel blieb, Sam dort, wo er in einem Atemzug auf Windläufer und auf den Hang sehen konnte. Zwie nahm eine Stelle, von der aus sie die Kante fühlte, bevor sie sie sah. Peta blieb halbseitlich, als wollte er der Nacht keine volle Brust zeigen.

Hehaka zog den Bogen, soweit der Arm es zuließ, und lauschte dem Spann, ob der Faden noch hielt. Peta schärfte sein Messer an einem Stein, der schon viele Kanten gekannt hatte. Karo berührte das Holz seines geflickten Bogens, als könne Geduld mehr richten als Kraft.

Sam stand bei den Pferden und strich der Stute über den Hals. Er kannte sie seit Wochen und nannte sie doch nicht beim Namen. Namen waren hier Dinge, die das Land sich vielleicht selbst aussuchte. Windläufer ließ die Berührung zu, schnaubte einmal kurz – nicht freundlich, eher: Ich stehe noch. Ghost saß daneben, die Augen nicht bei Sam, sondern draußen – irgendwo in einer Falte, die nur Hunde sahen.

„Du gehst mit mir", sagte Tawa.

Sam drehte sich um. Tawa stand dicht neben ihm, als sei er einfach aus dem Wind geschnitten worden. Sein Verband roch nach Leder und getrocknetem Blut.

„Morgen", fuhr Tawa fort. „Wenn wir jagen und wenn sie kommen. Du gehst mit mir."

„Weil ich ein Gewehr habe?", fragte Sam.

„Weil du Augen hast, die zuhören", sagte Tawa. „Und weil der Junge dich kennt."

Sam spürte, wie ihm das Blut kurz schneller in den Kopf stieg. „Du meinst …?"

„Er sieht dich", sagte Tawa. „Er hat dich in der Nacht gesehen. Er wird dich wiedersehen wollen." Ein Atemzug. „Man jagt eher das Gesicht, das man kennt, als das, das man nie gesehen hat." Dann, als wäre es nur eine Feststellung über Wetter: „Und er ist Crow. Apsáalooke. Er kennt dieses Land. Das macht jeden Schritt von ihm gefährlicher."

Sam wollte protestieren, dass er nicht gejagt werden wollte. Aber das Land hatte dieser Art Widerspruch den Raum genommen. Stattdessen nickte er.

„Wir sind zu wenige für zwei Linien“, sagte er.

„Dann gehen wir in einer“, antwortete Tawa.

Sam hob kurz den Blick. „Eine Linie. Zwei Schatten.“

Tawa lächelte schief. „Und hoffentlich genug Zähne.“

Der Abend kroch in die Mulde wie Wasser. Das Licht verschwand zuerst aus den oberen Rändern der Hügel, dann aus den Grasbüscheln, die die Steine umklammerten, zuletzt aus den Händen. Sie aßen wenig. Das Fleisch ging herum, die Blicke blieben hängen. Niemand verlangte mehr, als ihm zugesteckt wurde. Hunger hat eine eigene Höflichkeit. Und er hat ein Gedächtnis.

Als die Dunkelheit so dicht war, dass sie die Konturen der Felsen auflöste, kam Zwie zurück. Sie schob sich durch den schmalen Eingang, atmete leise, als wolle sie der Nacht nichts wegnehmen.

„Nichts“, sagte sie. „Kein Lager. Keine Glut. Keine Stimmen.“

„Und trotzdem?“, fragte Aluna.

Zwie zuckte mit einer Schulter. „Der Wind riecht nicht allein.“

Ghost hob den Kopf. Seine Nase arbeitete im Dunkeln, ein feines, unsichtbares Fühlen. Dann stieß er einen Laut aus, der kein Bellen war – eher ein gehauchter Widerspruch. Ein Hund sagt selten „Angst“. Er sagt „da“.

Sam griff automatisch nach dem Gewehr. Der Schaft war warm von seiner Hand, kalt von der Luft. Die wenigen Patronen in der Tasche fühlten sich an wie Steine in einem Beutel. Schwer, weil sie zählen. Schwer, weil man sie nicht zurückholen kann.

„Leg dich hin“, sagte Tawa. „Alle. Kein aufrechter Rücken.“

Sie streckten sich aus, so gut es ging, nebeneinander, übereinander, mit Decken und ohne. Der Fels im Rücken war hart, aber die Härte war ehrlich. Sam spürte Ghosts Körper gegen seine Beine, Alunas Schulter an seinem Oberarm, Tawas Atem in der Nähe – gleichmäßig, als täte er so, als schliefe er. Keiner schlief wirklich. Manche Körper taten nur so, weil das die einzige Art ist, Kraft zu sparen, ohne sich zu verraten.

Die Nacht war nicht still. Sie war voll kleiner Geräusche: ein Kiesel, der sich löste und ein Stück rollte; ein Grashalm, der an einem anderen rieb; eine entfernte, dumpfe Lautfolge, die ein Bison hätte machen können – oder etwas anderes. Und manchmal dieses kurze, dünne Klirren im Kopf, das nicht von außen kam: die Erinnerung an Metall im Nebel. Pfeilspitze. Abzug. Schnalle.

Sam glaubte einmal Schritte zu hören – sehr leicht, ausgesprochen vorsichtig, irgendwo über ihnen, dort, wo der Hang flacher wurde. Er hielt den Atem an, zählte Schläge in seinem Kopf. Drei. Fünf. Zehn. Dann nichts mehr. Nichts war nicht beruhigend. Nichts war eine Technik.

Die Zeit dehnte sich, und jede Minute fühlte sich doppelt so lang an. Vielleicht schlief er kurz, denn als er die Augen wieder öffnete, schien der Himmel ein wenig heller zwischen den Felskanten. Ghost war nicht mehr an seinen Beinen. Der Hund lag am Eingang, reglos und doch wach, die Muskeln angespannt. Keine Unruhe. Nur Bereitschaft. Narben können steif sein – aber ein Hund, der überlebt hat, ist schneller als jede Steifheit.

Unter dem ersten Grauton der beginnenden Dämmerung sah Sam etwas, das vorher nicht da gewesen war.

Im Gras, keine drei Schritte vom Eingang entfernt, stand ein Pfeil. Nicht tief, nur so weit in die Erde gedrückt, dass er alleinstehen konnte. Die Fiederung war dunkel, aber sie trug einen schmalen Streifen hellerer Farbe, sauber gebunden – nicht hastig, nicht zufällig. Und um den Schaft, dicht unterhalb der Fiederung, war ein dünner Lederriemen geschlungen, zweimal, genau gleich, als hätte jemand gezeigt, wie man Zeichen setzt, damit sie nicht nur gesehen, sondern verstanden werden. Der Pfeil stand gerade, als gehöre er dem Boden. Als sei er dort gewachsen.

Niemand hatte ihn fallen hören. Der Boden war feucht genug gewesen, dass Holz in Erde keine Stimme hat – und der Wind hatte den Rest geschluckt. Und das war das Schlimmste daran: nicht die Dreistigkeit, sondern die Ruhe. Wer so etwas setzt, rennt nicht. Wer so etwas setzt, hat Zeit.

„Tawa“, flüsterte Sam.

Tawa war schon wach. Er richtete sich halb auf, sah den Pfeil, sah Ghost, der keine Bewegung machte, und dann sah er Sam. Sam spürte, wie sein Hals trocken wurde. So trocken, dass Schlucken laut ist, wenn man nicht aufpasst.

Er kroch nach vorn, lautlos, zog den Pfeil aus der Erde und hielt ihn in der Hand wie eine Frage. Sein Daumen strich über die Bindung. Über den Lederriemen. Über die Stelle, an der der Knoten saß – so sauber, als sei er nicht von einem Jungen gemacht, der nur rannte und hasste, sondern von jemandem, der Zeit und Anleitung hatte. Und Hände, die nicht zitterten.

„Er war hier", sagte Tawa. Nicht laut. Nicht dramatisch. Nur so, als ziehe er einen Schluss, den das Land längst kannte.

„Wie nah?", fragte Peta hinter ihnen. Seine Stimme war heißer. Er war wach geworden, ohne Geräusch. Das war neu. Der Überfall hatte auch ihn gelehrt.

„Nah genug, um unsere Atemzüge zu zählen", sagte Tawa.

Er hob den Pfeil ein wenig ins schwache Licht. Dann wies er damit kurz in den Hang hinauf – nicht als Drohung, eher als Feststellung.

„Und nah genug", fügte er hinzu, „dass er nicht allein war."

Ein kurzer, kalter Moment, in dem jeder verstand, ohne dass es erklärt werden musste: Einer stellt so einen Pfeil. Aber einer bindet ihn so. Und einer lässt sich dabei Zeit, wenn andere schlafen.

Sam spürte die Haare im Nacken. Nicht nur Furcht. Auch dieses seltsame Gefühl, dass man selbst zu einer Spur geworden war, die jemand anderes las. Ein Mensch ist nicht nur Jäger oder Gejagter. Man ist auch Nachricht.

„Was bedeutet das?", fragte Aluna. Sie saß aufrecht, die Decke um die Schultern, die Augen klar.

Tawa stieß den Pfeil wieder in die Erde, dieses Mal mitten in die Mulde – zwischen sie alle. Der Schaft stand gerade, als wüsste er, dass er gesehen werden sollte. Und dass keiner ihn einfach umtreten durfte, ohne sich selbst etwas wegzutreten.

„Es bedeutet", sagte Tawa, „dass er morgen kommt. Nicht allein. Nicht mehr als Schatten."

Er blickte Sam an, lange. Sam hielt den Blick. Nicht aus Mut. Aus Notwendigkeit.

„Und es bedeutet“, fuhr er fort, „dass er Rache im Herzen trägt – und Krieger an der Seite.“ Dann, leiser, als wäre es nur Windkunde: „Und dass sie wissen, wo wir schlafen.“

Niemand widersprach. Manchmal ist es nicht der Mut, der einen hält, sondern das Fehlen von Alternativen.

Der Morgen schob sich endgültig in die Senke, und das Grau wurde zu einer Farbe, die keiner benannte. Der Pfeil stand zwischen ihnen, still, als sei er das einzige Holz, das sich nicht vom Wind bewegen ließ.

In der Ferne, irgendwo hinter den Hügeln, rief ein Bison. Der Ton verlor sich, bevor er sie erreichte, als hätte der Tag selbst beschlossen, leise zu bleiben.

Ghost legte sich neben den Pfeil, als wisse er, dass sich der kommende Tag um genau diesen Punkt drehen würde. Sam legte die Hand auf seinen Nacken, spürte die Wärme, die Kraft, die Ahnung. Dann schloss er kurz die Augen.

Morgen, dachte er. Morgen wird der Boden nicht nur erzählen. Morgen wird er fordern. Und wenn sie jagen, wird jeder Schritt ein Geräusch sein, das jemand hört. Und irgendwo im Osten, weit genug, um ihn nicht greifen zu können, nah genug, um ihn nicht zu vergessen, lag dieses bittere Versprechen von Rauch und Eisen.

Und irgendwo im Norden, dort, wo der Wind herkam, stand ein Junge, der einmal in einer Nacht gezögert hatte – und der nun gelernt hatte, wie man einen Pfeil in die Erde stellt, damit er mehr sagt als tausend Worte. Der Pfeil stand im Gras wie ein Urteil. Keiner fasste ihn an. Sie sattelten die drei Pferde im Schweigen, prüften Riemen, als könnten Lederschlaufen einen kommenden Tag festhalten. Hehaka saß bei den Bögen, den verletzten Arm dicht am Körper, die Augen oben an der Kante: wach, obwohl er nichts sagte.

Tawa legte sich hin, aber er schlief nicht. Sam spürte es am Atem. Ghost lag am Eingang, reglos wie ein Wächter, der weiß, dass Wachen heute nichts verhindert, sondern nur zählt.

Als das Licht kam, stand der Pfeil noch immer. Und der Norden stand mit ihm.

Der Tag, an dem der Wind die Augen schloss

Die Sonne stand schon ein Stück über dem Rand der Hügel, als der Tag wirklich begann. Nicht mit einem Knall, nicht mit einem Zeichen, das man hätte benennen können – eher mit dem langsamen Aufgeben der Schatten in der Felsenmulde. Das Grau wurde heller, ohne freundlich zu werden. Der Boden sah aus, als hätte er in der Nacht versucht, die Spuren des Vortags glattzustreichen, und sei doch an jedem Abdruck hängen geblieben, als klebe Erinnerung am Staub.

Der Pfeil stand noch immer in der Mitte des Lagers.

Niemand hatte ihn angerührt, seit Tawa ihn im Morgengrau dort hineingerammt hatte. Er steckte in der Erde wie eine Frage, auf die es keine leise Antwort gab. Der Schaft war trocken, die Fiederung reglos, obwohl der Wind gelegentlich über die Mulde strich und Decken und Riemen mit einer Handbewegung aus Kälte und Staub streifte – als wolle er prüfen, ob sie wach waren oder nur so taten.

Sam stand bei den Pferden.

Windläufer – der einzige, der noch wirklich als Reitpferd taugte, ohne dass man ihn brechen musste – scharrte einmal, kurz, und hielt dann wieder still. Die beiden Packtiere standen dicht an der Felswand, Köpfe tief, Augen matt. Sie waren keine „Pferde" mehr im alten Sinn; sie waren Last unter Haut, Atem, der durchhielt. Aber der Mund sagte noch immer „die Pferde", wie man nach einem Brand noch „die Häuser" sagt. Gewohnheit hält manchmal länger als Besitz.

Sam löste einen Riemen, zog ihn fester, prüfte ihn nur, um ihn ein weiteres Mal zu prüfen. Seine Hände taten, was sie tun mussten, aber der Blick kehrte immer wieder zur Mitte zurück, zu dem aufrechten Holz.

Ghost saß neben ihm. Nicht wie ein ruhender Hund – eher wie ein Tier, das sich dafür entschuldigt, dass es keinen Schlaf findet. Die Ohren waren halb angelegt, die Nase arbeitete, als läge in der Luft mehr als Stein und kalter Rauch. Manchmal spannte sich sein Nacken, ohne dass es ein Geräusch gab. Diese

Art Wachheit ist keine Angst. Sie ist Wissen, das der Körper früher hat als der Kopf.

Suna saß an einem flachen Felsstück und teilte das, was man für Frühstück hielt: hartes Fleisch, das kaum noch nach etwas schmeckte außer nach Anstrengung. Ein paar zähe Streifen gingen von Hand zu Hand. Aluna tauchte ein Stück Tuch in das kleine Wasser, das sich über Nacht in einer Rinne gesammelt hatte, und tupfte Suna über die Stirn – nicht tröstend, eher prüfend: *Bist du noch da?*

Hehaka stand eigentlich bei ihnen.

Eigentlich.

Er saß am Rand der Mulde, den Bogen auf den Knien, als wäre er nur ein Körper, der bleiben sollte. Der verwundete Arm zitterte, wenn er die Sehne auch nur berührte, und Hehaka tat so, als sei es ihm gleich. Aber Sam sah, wie der Junge den Hang ansah, immer wieder, als zöge dort oben etwas an einem unsichtbaren Riemen. Scham, Pflicht, Hunger nach Bedeutung – alles dieselbe Art von Zug, wenn man jung ist.

Karo prüfte die Pfeile, fuhr mit dem Finger über die Spitzen, als könne er im Metall schon lesen, welchen Weg sie nehmen würden. Peta stand am Rand der Mulde und starrte hinauf zur Hügelkante, gegen das Licht, bis die Augen tränten. Sein Gesicht war schmal; er hatte diese Ruhe, die man bekommt, wenn man zu lange zu wenig geschlafen hat.

Zwie kam als letzte zurück. Sie war in der Dämmerung gegangen, bevor die anderen sich ganz aus dem Schlaf gewunden hatten. Jetzt kletterte sie die Böschung hinab, das Haar voll feiner Grashalme, den Speer in der Hand. Ihr Gesicht war schmaler als am Abend – als hätte die Nacht ein Stück daraus genommen.

„Mehr Spuren", sagte sie, ohne ein anderes Wort zu verschwenden.

Tawa wartete, bis sie näher kam. „Wo?"

„Oben am Rand, unterhalb der dunklen Platte." Sie deutete über die Schulter, als könne er den Fels von hier aus sehen. „Reiter. Viele. Hufe, die sich kreuzen. Sie sind nicht vorbeigeritten. Sie haben dort gestanden und gesehen."

„Wen?", fragte Peta.

Zwie sah ihn an, als sei die Frage zu klein. „Uns."

Der Wind strich durch die Mulde, drehte sich, kam diesmal von Norden herab, als wolle er prüfen, ob sie noch dort lagen, wo er sie gestern zurückgelassen hatte.

„Der Norden ist wach", murmelte Karo.

Niemand widersprach.

Sie aßen im Stehen, kauend, schweigend. Das Geräusch der Zähne klang lauter als sonst, weil die Stille dichter war. Suna brauchte länger, um ein Stück hinunterzubekommen; Aluna sah ihr zu und ließ sich nichts anmerken. Hehaka zog den Gürtel ein Loch enger, als wolle er dem Körper einreden, er müsse weniger sein. Peta nahm, was ihm gereicht wurde, ohne nach mehr zu greifen.

„Wir gehen zur Kante", sagte Tawa schließlich. „Wir sehen nach den Bisons. Und nach denen, die uns sehen."

Er nahm den Pfeil aus der Erde. Einen Moment lang sah es aus, als wolle er ihn mitnehmen, als wolle er diese Frage in der Faust behalten, damit sie ihm nicht in den Rücken fällt. Dann ging er zur Felswand am Rand der Mulde und steckte den Pfeil dort in einen Riss, schräg, sichtbar – wie eine Zunge, die die Wand ausstreckt.

„Er gehört hierher", sagte Tawa. „Er soll wissen, wer heute nicht zurückkommt."

Sam wusste nicht, ob er damit sie meinte – oder die anderen.

Sie brachen auf, als die Sonne genug Kraft hatte, um die Kälte aus den oberen Steinen zu ziehen, nicht aber aus den Knochen. Mokassins fanden ihren Weg über lose Felsen, hartes Gras, staubige Stellen, an denen kein Halm mehr stand. Ghost lief dicht bei Sam, näher als sonst, als hätte die Nacht den Abstand zwischen ihnen verkleinert.

Zwie ging voran. Nicht schneller als sonst, aber ihre Schritte hatten dieses innere Zögern, das jeden Abdruck zweimal liest. Tawa folgte ihr, den Blick mal auf ihren Füßen, mal auf einer dunkleren Linie am Hang, die er sehen konnte, Sam noch nicht.

„Die Reiter", sagte Tawa einmal leise, mehr zu sich als zu den anderen. „Sie haben uns nicht vergessen."

„Wir sie auch nicht", murmelte Peta.

Der Hang schien länger als gestern. Die Luft war klar und lag trotzdem schwer auf der Brust, als müsse man sie durch mehr Erinnerung hindurch atmen. Einmal blieb Ghost stehen und sah nach Westen, Fell leicht gesträubt. Sam pfiff ihn weiter, leise. Der Hund gehorchte – doch sein Blick kam nicht ganz mit.

Als sie die Hügelkante erreichten, lag die Ebene vor ihnen wie eine alte Decke, an der zu oft gezogen worden war. Das Licht legte sich flach darüber, ohne etwas hervorzuheben. Nur weit draußen, dort, wo eine leichte Welle im Land stand, bewegte sich etwas.

Die Bisonherde war noch da.

Nicht viele Tiere – aber in den Augen von Menschen, die den Winter schon aus der Ferne auf der Haut spürten, waren es genug. Dunkle Körper, schwer, langsam, mit den kurzen, plötzlichen Bewegungen von Tieren, die nichts beweisen mussten. Ein paar Kälber klebten an den Seiten der Kühe, ein Bulle stand etwas abseits, als prüfe er, ob die Welt noch groß genug war, ihn zu tragen.

„Sie ziehen nach Osten", sagte Zwie.

Sam hörte sich selbst antworten, ohne die Lippen zu bewegen: *Der Wind ist heute bei niemandem.*
Es klang nach Karo. Nach seiner trockenen Art, der Welt keine Hoffnung zu schenken, die sie nicht verdient.

Aber Karo war nicht hier. Heute saß er unten in der Mulde, bei den Pferden. Und allein das machte den Hügel plötzlich größer.

Tawa stand ein Stück vor ihnen, den Körper ruhig, den Kopf leicht geneigt. Er schaute nicht nur auf die Bisons. Er schaute auf das Land dazwischen.

„Wir können sie morgen schneiden", sagte Tawa schließlich. „Wenn der Wind so bleibt. Wir gehen in einem Bogen nach Norden, von dort kommen wir ihnen in den Rücken. Zwei reichen. Die anderen bleiben bei den Pferden."

„Wer?", fragte Peta.

Tawa drehte sich um. Sein Blick traf zuerst Sam, dann glitt er weiter, kam wieder zurück.

„Ich", sagte Tawa. „Und er."

Sam spürte, wie etwas in ihm zusammenzuckte – keine Angst, eher die Klarheit, mit der das ausgesprochen wurde, als sei es längst entschieden.

„Weil ich ein Gewehr habe?“, fragte Sam.

„Weil du ein Gewehr hast“, bestätigte Tawa. „Und weil der Junge dich kennt. Augen folgen dem, was sie wiedererkennen.“

Sam dachte an den halbwüchsigen Körper im Licht des Feuers, an den Moment, in dem der Pfeil fast, aber nicht ganz abgeschossen worden war. An die Augen, die ihn gesehen hatten.

„Vielleicht folgt er dann lieber mir“, sagte Sam.

„Vielleicht“, antwortete Tawa. „Vielleicht auch ihm.“ Er deutete mit dem Kinn in die leere Luft, als könne man dort schon einen Schatten stehen sehen. „Wir werden es sehen.“

Der Wind drehte, kaum merklich, aber spürbar für jeden, der ihn lesen konnte. Er strich ihnen jetzt eher ins Gesicht, trug den Geruch der großen Tiere – und darunter etwas Trockenes, das nicht ganz Erde war. Ghost hob den Kopf, die Nase vibrierte. Ein tiefes, dumpfes Grollen setzte irgendwo in seinem Brustkorb an.

Sam legte ihm die Hand auf den Nacken. „Genug“, sagte er leise.

Ghost verstummte – doch die Spannung blieb in seinem Körper wie ein zweiter Atem.

Sie blieben nicht lange oben. Die Herde zog weiter, als hätte sie Zeit, die sie nicht hatten. Tawa ließ den Blick noch einmal über die Fläche wandern. Kein Blitzen von Metall. Kein fremder Rauch. Kein Staub – außer dem, den der Wind selbst bewegte.

„Manchmal sieht man den Speer nicht, der dich trifft“, sagte Tawa. „Nur die Hand, die ihn später wieder zurückzieht.“

Sie gingen zurück in die Mulde.

Der Weg hinab war derselbe – und fühlte sich doch an, als hätte der Boden Kanten bekommen, die gestern nicht da gewesen waren. Unten sammelten sie sich wieder. Decken wurden enger gerollt, Riemen geprüft, die Packtiere näher an die Felswand gestellt. Suna setzte sich, als wäre Sitzen heute schon Arbeit. Aluna blieb bei ihr. Karo sagte wenig. Hehaka stand in der Nähe der Pferde und tat so, als sei er da, wo er sein muss.

Tawa wandte sich an alle, während er die Schnalle an seinem Messer nachzog.

„Wir gehen heute nicht weit weg von den Felsen“, sagte er. „Wir tun so, als wäre dies ein gewöhnlicher Tag. Als würden wir uns nur vorbereiten. Wenn sie uns beobachten, sollen sie sehen, was sie erwarten.“

„Und was erwarten sie?“, fragte Karo.

„Dass wir ahnungslos sind“, antwortete Tawa. „Wir geben ihnen so viel, wie sie wollen. Den Rest nehmen wir ihnen, wenn sie näher kommen.“

Sam überprüfte sein Gewehr. Er öffnete den Verschluss, sah in die leere Kammer und schloss sie wieder. Die wenigen Patronen in seiner Tasche klirrten leise gegeneinander, als er die Finger schloss. Jeder Schuss war ein Wort, das sich nicht zurücknehmen lässt.

Ghost stand neben ihm, so dicht, dass Sam die Wärme des Körpers durch das Leder der Hose spürte.

„Heute bleibst du bei mir“, murmelte Sam. „Ganz dicht.“

Ghost sah ihn kurz an – ein Blick, der nicht fragt, sondern hält – und wandte den Kopf wieder zum Eingang der Mulde.

Die Sonne stieg höher. Schatten wurden kürzer, dann härter. Wärme kam, ohne weich zu werden. Fliegen setzten sich auf Leder und summten, als ginge sie das alles nichts an.

Zwie ging noch einmal hinaus, nicht weit, nur so weit, dass sie den Rand sehen konnte, ohne selbst gesehen zu werden. Als sie zurückkam, war ihr Gesicht eine Spur fahl.

„Nichts“, sagte sie. „Nichts zu sehen. Nichts zu hören.“

„Das ist zu viel Nichts“, antwortete Karo.

Sie ließen die Zeit vergehen, wie man etwas vergehen lässt, von dem man weiß, dass es irgendwann dickflüssig wird. Suna schloss kurz die Augen, Kopf gegen den Fels gelehnt. Aluna saß neben ihr, Knie angezogen, Arme darum geschlungen. Hehaka berührte die Sehne seines Bogens, als müsse er sich vergewissern, dass sie noch existiert – und zog die Hand dann zurück, als hätte sie ihn gebissen.

Als sie schließlich die Mulde verließen, stand die Sonne hoch genug, dass jeder Mensch, jedes Tier, jede Spur einen Schatten warf, der verriet, wo er hingehörte. Kein Baum nahm ihnen den Blick. Kein Wasser machte Geräusche, die anderes verdecken.

Sie gingen nicht alle.

Suna blieb mit Aluna und Karo bei den Pferden, bei dem Wenigen, das sie noch besaßen. Hehaka blieb offiziell auch – stand da, den Bogen in der Hand, den verletzten Arm eng am Körper, als wäre das Vernunft.

Zwie, Peta, Tawa und Sam gingen hinaus. Hinunter in die flachen Senken, über die kleinen Wellen des Landes, dorthin, wo man den eigenen Körper plötzlich größer spürt, weil er allein in der Fläche steht.

„Nicht weit", hatte Tawa gesagt. „Nur so weit, dass wir sehen, wie der Boden atmet."

Sie verteilten sich. Nicht weit auseinander, aber so, dass jeder einen anderen Ausschnitt vor sich hatte. Zwie ging etwas voraus, Speer leicht in der Hand, Gesicht zum Boden geneigt. Peta hielt sich rechts, wo eine flachere Rinne lief. Tawa blieb in der Mitte. Sam leicht hinter ihm, das Gewehr quer vor der Brust. Ghost hielt die Linie zwischen ihnen, blieb immer wieder stehen, prüfte die Luft.

Der Wind hatte sich verändert.

Er kam unentschlossen aus verschiedenen Richtungen, als hätte er selbst vergessen, was er ihnen sagen wollte. Einmal streifte er ihren Rücken, dann das Gesicht, dann ließ er wieder nach – bis nur noch die eigene Atmung zu hören war.

Ghost blieb stehen.

Nicht abrupt, nicht wie bei einem Tier, das etwas wittert und es sofort erkennt. Eher wie ein zögerliches Innehalten, als stemme sich sein Körper gegen etwas, das noch nicht zu sehen war. Muskeln spannten sich. Fell am Nacken richtete sich.

Dann knurrte er.

Ein Laut, tief und rau, ohne Zähne – mehr wie ein Stein, der sich im Innern eines Berges verschiebt. So ernst, dass selbst der Wind kurz schwieg.

„Ghost", sagte Sam leise. „Ruhig."

Ghost beruhigte sich nicht. Er stand wie festgewachsen, Augen in eine Richtung geheftet, in der Sam zunächst nichts sah als Gras, Steine, leichte Erhebungen.

Der erste Pfeil kam ohne Ankündigung.

Er schlug in einen flachen Stein keine fünf Schritte vor Zwie, sprang von dort ab und blieb halb im Boden stecken. Kein Donner – nur ein trockener, harter Ton, der die Luft schnitt.

Zwie wich zur Seite, schnell – aber der zweite Pfeil war schon unterwegs.

Er traf Peta unterhalb des Schlüsselbeins, seitlich, tief. Peta machte einen Laut, der mehr Ausatmen war als Schrei, griff nach dem Schaft, fand ihn nicht richtig, weil die Kraft schon aus den Fingern lief. Blut kam heiß, schnell – aber er atmete noch. Ein Atemzug, der wie ein stolpernder Schritt war. Dann fiel er, Knie zuerst, als würde der Körper versuchen, sich selbst zu retten.

„Deckung!“, rief Zwie.

Doch das Land bot keine Deckung. Nur niedrige Grasinseln, Rinnen, flache Steine – alles zu wenig für so viele Augen.

Die Krähen tauchten auf, als hätten sie die Senken erst jetzt erfunden. Zehn, zwölf, mehr. Federn, bemalte Gesichter, die das Licht fraßen. Sie kamen nicht wie ein Sturm. Sie kamen wie Arbeit: zielgerichtet, ohne Hast, als kenne jeder schon seinen Platz.

Und zwischen ihnen – sichtbar, deutlich, nicht mehr nur Erinnerung – war Keta’wa.

Sam erkannte ihn nicht an der Größe, nicht an der Bemalung. Er erkannte ihn am Blick: zu alt für die Wangen, zu wach für die Angst. Und an der Fiederung eines Pfeils, der im Flug einen dunklen Streifen zeigte – mit einer hellen Kerbe, als hätte jemand die Nacht selbst markiert.

Keta’wa stand nicht vorn. Er stand nah bei einem Reiter, der vorn ritt.

Der Mann war da, als sei er aus dem Wind geschnitten worden: aufrecht, ruhig, kein Zorn, keine Hast. Keine Bemalung – oder Farben, die so in die Haut gegangen waren, dass sie zu ihr gehörten. Die anderen hielten Abstand zu ihm, ohne dass es ein Befehl sein musste.

Noh’Káto.

Keta'wa lief bei seinem Knie – einen halben Schritt zurück, genau dort, wo ein Neffe läuft, wenn er gelernt hat, dass Nähe kein Recht ist, sondern eine Erlaubnis.

Sam riss das Gewehr hoch und schoss.

Der Knall brach die Stille wie ein Stein auf Glas, riss ihm die Welt aus der Hand und gab sie ihm enger zurück. Er wusste nicht, ob er traf. Ein Pferd schnaubte, jemand fluchte, mehr nicht. Ein Treffer ist in so einem Moment nicht „Sieg". Ein Treffer ist nur: *eine Sekunde gekauft.*

Ein Pfeil strich dicht an Sams Ohr vorbei, so nah, dass das Sirren im Schädel blieb. Ein zweiter zischte an Tawas Seite vorbei und ritzte Stoff.

Zwie ging nicht zurück. Sie ging nach vorn, als müsse sie zu den Pfeilen hin, um sie aufzuhalten. Der Speer in ihrer Hand war plötzlich zu kurz. Sie parierte einen Hieb, wich einem zweiten aus, stach einem Reiter in die Wade. Das Pferd schrie, bäumte sich, der Mann rutschte im Sattel nach vorn – und zwei andere nutzten die Bewegung.

Ein Speer traf Zwie in die Flanke.

Sie zuckte, nicht weil sie schwach war, sondern weil der Körper Wahrheit kennt. Sie stand einen Atemzug zu lange. Das reichte. Der zweite Speer traf. In die Brust.

Die Luft entwich ihr mit einem Laut, halb Husten, halb Verwunderung. Sie stand einen Augenblick aufrecht, als wolle sie das nicht akzeptieren, dann knickten die Knie ein. Ihr Speer fiel nicht dramatisch. Er fiel wie etwas, das seine Aufgabe verloren hat.

Sam wollte zu ihr – doch Ghost war schneller.

Ein Krieger sprang auf Sam zu, Messer tief, Körper tief, Schritt sicher. Ghost prallte gegen ihn, Zähne im Stoff, im Fleisch, im Arm, der das Messer hielt. Sie stürzten. Staub stieg. Der Mann brüllte, schlug, trat – Ghost hielt.

Ein Pfeil kam schräg von hinten.

Er war nicht für den Hund gedacht – und traf ihn doch.

Der Schaft verschwand bis zur Hälfte im Fell hinter der Schulter. Ghost heulte, hoch, kurz – ein Laut, der nicht hierhergehörte. Sam erstarrte einen Herzschlag lang. Nicht aus Feigheit, sondern weil Liebe im Kampf ein Messer ist: Sie schneidet dir den Rhythmus weg.

Und genau in diesem Herzschlag geschah oben etwas, das sich wie ein Riss durch den Tag zog.

Am Rand, an der Kante – Hehaka.

Nicht, weil er sollte. Weil er nicht anders konnte. Er war ihnen gefolgt, lautlos, mit dem Bogen in der Hand und dem Schmerz im Arm wie einem Stein im Mund. Er stand dort oben, als müsse er beweisen, dass Wunden nicht entscheiden dürfen.

Sein Pfeil flog schlecht, aber er zwang einen der Reiter, den Kopf zu senken.

Die Antwort kam sofort: zwei, drei Pfeile.

Einer ging Hehaka in die Brust. Einer in die Hüfte. Ein Dritter riss ihm die Hand vom Bogen. Hehaka kippte nach hinten und verschwand aus Sams Sicht, als hätte der Boden ihn sich zurückgeholt. Kein Schrei – nur das dumpfe „Ende“, das ein Körper macht, wenn er fällt.

Aus der Richtung der Mulde kamen Schreie.

Karo rief etwas, das niemand verstand. Sunas Stimme flackerte kurz auf, dünn – und brach ab. Aluna rief einen Namen, ohne dass klar war, welchen, und dann war ihre Stimme kein Wort mehr, sondern ein Laut, der in der Luft hängen blieb wie ein gerissener Faden.

Tawa kämpfte.

Nicht wie in Geschichten. Kein Tanz. Kein Held. Nur die knappe Arbeit eines Mannes, der nicht sterben will: ein abgewehrtes Messer, ein Schritt zur Seite, der Speerschaft quer gegen den Arm des Angreifers, ein kurzer Stoß, der Platz schafft. Der Tomahawk blitzte einmal auf – nicht schön, nicht grausam, nur notwendig. Ein Pfeil riss ihm den Stoff an der Schulter auf. Ein anderer schnitt die Haut an der Hüfte. Er stand noch.

Sam lud nicht nach. Keine Zeit. Er war jetzt Messer und Atem.

Ghost lag halb vor ihm, halb neben ihm, der Pfeil im Körper wie ein Stück falsches Holz. Und trotzdem biss der Hund noch einmal zu, hielt noch einmal – weil Hunde nicht rechnen, sie halten.

Dann hob Noh'Káto die Hand.

Nicht hoch. Nicht dramatisch. Nur so, dass es jeder sah.

Und die Krähen gehorchten.

Nicht abrupt, nicht wie Tiere, die vor einem Schlag zurückweichen – eher wie Wasser, das sich an einer Kante zurücknimmt. Pfeile wurden nicht mehr abgeschickt. Messer blieben auf halbem Weg. Pferde machten kleinere Schritte.

Sam stand in einer flachen Senke, Gewehr in den Händen – leer. Tawa stand kaum drei Schritte entfernt, Brust gehoben, Atem schwer, Tomahawk in der Hand – aber nicht mehr eingesetzt.

Zwischen ihnen lag Zwie. Peta kniete noch, fiel nicht um, weil der Körper manchmal stur ist. Weiter hinten, oben am Rand, war Hehaka verschwunden.

Noh'Káto ritt näher, bis Sam den Staub an seinem Knie sehen konnte. Sein Blick ging zuerst zu Tawa, dann zu Sam. Ein Blick, der nicht fragt. Ein Blick, der feststellt.

Neben ihm: Keta'wa.

Keta'wa sah Sam an. Nicht triumphierend. Nicht fröhlich. Nur fest. Und für einen winzigen Moment hob er die Finger an den Rand seines Speeres, als wiederhole er eine Geste, die er seit Kindertagen gesehen hatte.

Noh'Káto legte ihm kurz die Hand an den Unterarm.

Nicht zärtlich. Nur: *Bleib.*

Tawas Blick blieb an Keta'wa hängen wie an einer offenen Klinge. „Sein Neffe“, murmelte er tonlos.

Noh'Káto sagte etwas in seiner Sprache. Ein Satz, trocken, ohne Zorn, ohne Jubel. Eher wie ein Urteil, das längst gefällt war.

Sam verstand kein Wort. Aber er verstand den Ton: keine Bitte. Keine Gnade.

„Was hat er gesagt?“, fragte Sam.

Tawa antwortete erst nach einem Atemzug. „Er sagt: Geht.“

Noch ein Atemzug. Kälter.

„Er sagt: Erzählt, was ihr gesehen habt.“

Das Wort „erzählt“ setzte sich in Sams Brust fest wie ein Dorn. Nicht, weil es laut war. Weil es nicht mehr herauszubekommen war.

Noh'Káto sah über sie hinweg – zur Mulde. Dort, wo die anderen waren. Kein Rauch stieg auf. Nur Vögel begannen irgendwo zu kreisen, als wüssten sie, dass die Welt heute leichter frisst.

Er hätte ein Zeichen geben können.

Ein Zucken mit dem Handgelenk – und Sam und Tawa wären tot gewesen.

Er tat es nicht.

Stattdessen nickte er kaum sichtbar. Mehr zu sich als zu ihnen. Dann zog er den Zügel leicht an. Sein Pferd trat einen Schritt zurück.

Die Krähen lösten sich, wie Wasser, das sich aus einer Vertiefung zurückzieht.

Einer sprang ab und riss Zwie den Skalp. Es ging schnell. Er hob das dunkle, blutige Haar hoch wie etwas, das man mitnehmen muss. Ein anderer schnitt Peta die Oberarme auf – nicht aus Wut, aus Absicht. Der Junge im Staub atmete noch, keuchend, und verstand trotzdem, was das bedeutete: Du spannst nie wieder einen Bogen. Du wirst die Hand nie wieder so heben, wie du sie heute gehoben hast.

Keta'wa sah dabei nicht weg.

Er war jung – und sah nicht weg.

Dann waren sie fort.

Über die Hügel, in den Wind hinein, als gehörten ihnen Wege, die Sam nie betreten wollte.

Was draußen nur Minuten gedauert hatte, fraß in Sams Kopf Stunden. Und als sie zurückrannten, war der Weg länger, als er sein durfte. Nicht weil er wirklich länger war – weil man mit Angst anders zählt.

Als Sam und Tawa in die Mulde zurückkamen, lag Aluna am Eingang.

Ihr Körper war fast heil. Fast. Die Hände hatten sich in den Stoff einer Decke gekrallt, unter der Suna lag. Suna selbst war still, zu still, als hätte sie der Welt endlich geglaubt. Karo lag halb aufgerichtet, als habe er versucht, noch einmal aufzustehen, und sei dabei an einem einzigen Atemzug gescheitert.

Die Pferde waren weg. Alle. Zurück blieb nichts als Leder, das ins Leere griff.

Hehaka war nicht da.

Nicht oben. Nicht hier. Nur der gebrochene Bogen lag am Rand, halb unter Staub, als hätte das Land ihn schnell zugedeckt.

Ghost atmete noch, als Sam zu ihm hinunterkniete.

Der Hund lag auf der Seite, die Flanke hob und senkte sich flach. Das Fell war verschmiert, die Pfeilwunde roch nach Eisen und nach etwas Süßerem, das nicht dorthin gehörte. Ghosts Augen suchten Sam, fanden ihn, blieben an ihm hängen.

Sam legte ihm die Hand auf den Kopf. Die Finger glitten hinter die Ohren, dorthin, wo er ihn früher manchmal ganz ohne Grund gekrault hatte – weil man manchmal Wärme braucht, ohne Rechtfertigung.

„Schon gut", flüsterte Sam. „Schon gut, alter Junge."

Ghost machte einen Versuch, den Kopf zu heben, ließ ihn wieder sinken. Der Atem blieb kurz im Hals stecken, kam noch einmal, noch zweimal – dann gar nicht mehr.

Der Körper wurde nicht sofort anders.

Nur die Welt um ihn herum.

Tawa kniete bei Aluna. Er rührte sie kaum an. Eine Hand lag auf ihrer Schulter, als halte er sie fest an einem Ort, den sie bereits verlassen hatte. Sein Gesicht war nicht verzerrt, nicht leer – nur alt. Älter als am Morgen.

Niemand sprach von Begräbnis. Es gab keine Zeit für Gräber. Kein Werkzeug. Kein Land, das ihnen noch gehörte. Sie taten, was möglich war. Zogen die Körper zusammen, so dicht, wie sie lebend nie gelegen hatten. Suna und Aluna nebeneinander. Karo mit den Händen über der Brust, weil niemand etwas Besseres wusste. Zwie und Peta draußen, wo der Staub sie schon kannte. Hehaka irgendwo zwischen Kante und Wind.

Sie deckten, was sie decken konnten. Decken, Mäntel, Stoffstücke, die mehr Erinnerung als Schutz waren. Das Blut würde der Boden nehmen, das andere würden Tiere tun, die längst rochen, dass etwas geschehen war.

Sie standen nicht lange dabei. Es gab nichts zu tun, außer zu wissen, dass sie es gesehen hatten.

Sam wandte sich zuerst ab.

Tawa blieb, bis der Wind einmal durch die Mulde fuhr – von einem Ende zum anderen –, als wolle er zählen, wie viele Stimmen er weniger hatte. Dann trat er neben Sam.

Eine Weile standen sie nebeneinander, ohne den Blick zu heben. Der Boden war derselbe – und doch war er nicht mehr nur Boden. Jeder Abdruck war jetzt ein Zeugnis.

„Wir sind zu zweit", sagte Sam irgendwann, mehr zu sich als zu ihm.

„Zu zweit", wiederholte Tawa.

„Und er?" Sam sah in die Richtung, in die Noh'Káto verschwunden war. „Er hat uns am Leben gelassen."

Tawa nickte langsam. „Das ist schlimmer als töten", sagte er. „Für ihn ist es so."

Sam schwieg. Er wusste, dass er recht hatte. *Geht. Erzählt.* Das war keine Gnade. Das war eine Kette, die man unsichtbar um den Hals legt.

Der Wind nahm zu. Er kam jetzt stetig aus Norden, über die Hügel, über die Mulde, über die stillen Körper. Er roch nach Staub, nach altem Gras – und nach etwas, das keinen Namen hatte, weil keiner ihm einen geben wollte.

Tawa hob den Kopf. Seine Augen waren trocken.

„Wir gehen", sagte er.

Sam sah ihn an. „Wohin?"

Tawa brauchte nicht lange.

„Dorthin", sagte er, „wo sie leben. Wo sie glauben, dass das hier das Ende war."

Sam nickte. Kein Heldensatz. Kein Versprechen. Nur ein kleines, schweres Ja, das trotzdem fiel.

Er wandte sich noch einmal um.

Ghost lag halb im Schatten, halb im Licht. Er sah aus, als schliefe er. Sam wusste, dass er nicht wieder aufstehen würde. Er legte zwei Finger an die Stirn, wie Hendrik es einmal getan hatte, als sie einen Mann zurückließen, den sie nicht hatten begraben können.

Dann drehte er sich weg.

Sie nahmen, was zwei Männer tragen konnten, ohne daran zu sterben: das Gewehr, Messer, Tomahawk, den Speer, Wasser, ein paar Streifen Fleisch. Kein Topf. Keine Decken, die nach Zuhause rochen. Keine Riemen, die noch einen Pferderücken suchten. Alles andere blieb.

Die Mulde lag hinter ihnen wie eine offene Hand, leer bis auf das, was nicht mehr aufstehen würde. Sie sahen nicht lange hin. Wer zu lange schaut, bleibt.

Am Rand der Felswand steckte noch der Pfeil, den Tawa in den Spalt getrieben hatte. Die Fiederung war zerzaust, der Schaft dunkel vom Stein. Er stand dort nicht mehr als Frage. Er stand wie ein Nagel: etwas, an dem man hängen bleibt, wenn man zurückdenkt.

Sam ging vorbei, ohne ihn zu berühren. Sein Blick blieb einen Moment daran hängen, und in diesem Moment sah er noch einmal Ghost im Staub, so still, als wäre Schlaf eine Entscheidung. Dann sah er Aluna, den Stoff in ihren Händen, die nicht mehr losließen. Er sah Zwie, zu früh gefallen. Peta, zu schnell leer. Suna, zu leicht geworden. Hehaka, der noch einmal hatte beweisen wollen, dass ein Arm nicht entscheidet.

Der Wind nahm ihnen den Geruch nicht ab. Er trug ihn nur weiter.

„Keine Pferde“, sagte Sam. Es war keine Klage. Nur Feststellung, als müsse man es einmal aussprechen, damit der Körper endlich begreift, was der Kopf schon weiß.

Tawa nickte. „Zu Fuß“, sagte er. Mehr nicht.

Sie hatten die Toten nicht begraben. Nicht tief. Nicht ordentlich. Nicht so, dass es „fertig“ gewesen wäre. Es gab keine Zeit dafür – und nichts, womit man die Erde hätte zwingen können. Sie legten Stein auf Stoff. Gras auf Blut. Sie gaben dem Land das, was es ohnehin nehmen würde, und nahmen sich das Einzige, was noch möglich war: Abstand.

Als sie die ersten Schritte aus der Mulde heraus machten, wurde der Hang zur Arbeit. Jeder Tritt musste stimmen. Ein falscher Stein, ein Rutschen, ein Geräusch zu viel – und die Welt hätte ihnen gezeigt, dass sie auch zu zweit noch sterben können.

Oben hielten sie kurz an. Hinter ihnen lag die Mulde, klein geworden, schon fast unwirklich. Vor ihnen lag der Norden, weit und nüchtern, ohne jede Einladung. Irgendwo dort vorn ritten die, die es getan hatten. Und einer hatte gesagt: *Geht.*

Tawa sah nicht zurück. Sam tat es einmal. Ein letztes Mal. Nicht aus Hoffnung. Aus Pflicht.

Dann gingen sie nordwärts.

Und der nächste Morgen begann damit, dass sich nichts bewegte.

Kapitel 31 – Vorbereitung

Der erste Tag nach dem Tod begann damit, dass das Land so tat, als sei nichts geschehen. Kein Windstoß, der etwas wegwischte. Kein Licht, das tröstete. Nur diese schwere Ruhe, in der jeder Gedanke anläuft und nirgends ankommt.

Sie waren zwei. Gestern waren sie acht. Davor neunzehn.

Die Hügel lagen wie graue Rücken um die Felsenmulde, und die Mulde selbst war kein Lager mehr – nur eine Lücke. Ein Stück Welt, aus dem etwas herausgerissen worden war, als hätte jemand mit kalten Händen ein Herz aus Fleisch gezogen und die Wunde offen gelassen. Der Pfeil steckte noch im Fels, dort, wo Tawa ihn eingeklemmt hatte. Aus der Entfernung war er kaum zu sehen. Trotzdem spürte Sam ihn zwischen den Schulterblättern, als wäre er ein Blick.

Der Morgen war kein Aufbruch. Es war nur der Moment, in dem die Nacht verschwand und die Ebene zugab, dass sie sie noch sah.

Sam stand am Hang, die Füße breit, damit ihn der Boden nicht fortschob. Die Luft roch nach kalter Asche und nach Metall – nach dem Geruch, der bleibt, wenn Blut bereits getrocknet ist und trotzdem nicht verschwinden will. Hinter ihm lag die Mulde im Halbdunkel, ein dunkler Fleck, in dem selbst der Wind vorsichtiger ging. Vor ihm breitete sich der Norden aus: hell, dünn, unfreundlich. Grasbänder, Erdnarben, steinige Wellen – als wäre das Land selbst verletzt und hätte gelernt, darüber nicht zu sprechen.

Tawa stand neben ihm, ein Stück tiefer am Hang. Der Speer lag in seiner Hand, alt und verlässlich. Am Gürtel das Messer. Auf der anderen Seite die kurze Axt. Für die Weißen ein Wort, das nach Wildnis klingt – hier war es nur Werkzeug: für Holz, für Fleisch, für das, was man tun muss, wenn keiner hinsieht. Sam trug das Gewehr über der Schulter, als hinge daran ein Satz, den er nicht schreiben wollte.

Ihre Decken waren zu Bündeln geschnürt, Riemen über der Brust. Zwei Wasserschläuche. Ein wenig hartes Fleisch, das mehr nach Pflicht schmeckte als nach Nahrung. Mehr war nicht geblieben.

Ghost war nicht bei ihnen. Und genau das machte alles lauter.

Nicht als Bild, nicht als Erinnerung mit schönen Kanten – sondern als Reflex: Sams Blick glitt immer wieder dorthin, wo sonst ein warmes Fell gewesen wäre. Seine Hand war zweimal halb nach unten gegangen, als müsse sie etwas berühren, um zu wissen, dass er wirklich steht. Beim Gehen würde sein Körper noch immer den Abstand rechnen, den Ghost sonst füllte. Der Kopf wusste, dass der Hund im Staub lag. Aber der Rest von ihm war noch nicht so weit.

„Wir müssen gehen", sagte Tawa.

Es war der erste Satz, der nicht nur Notwendigkeit war, sondern Richtung. Sam nickte. Worte hatten Zähne. Heute mehr als sonst.

Bevor sie gingen, taten sie das, was Überlebende tun, wenn Trauer keinen Platz hat: Sie zählten nicht die Toten – sie zählten, was die Lebenden noch tragen können.

Sam setzte sich auf einen Stein, als hätte er nur den Stiefel zurechtgeschoben. Er öffnete die Tasche am Gürtel und holte die Patronen heraus. Nicht alle auf einmal. Eine nach der anderen. Der Daumen glitt über Messing, über Kälte, über Gewicht.

Er zählte. Einmal. Dann noch einmal. Dann ließ er sie in die Hand sinken und schloss die Finger darum, bis das leise Klirren verstummte.

Vier.

Vier Schüsse, dachte er. Vier Entscheidungen. Vier Fehler, wenn man dumm ist.

Tawa kniete neben ihm, prüfte nicht seine Waffen, sondern das, was sie verraten konnte: Riemen, Knoten, Scheuerstellen am Leder. Er zog am Bündelriemen, bis nichts mehr wackelte. Er strich einmal mit dem Daumen über die Tomahawk-Schneide, nicht um sie zu lieben, sondern um zu wissen, wo sie anfängt. Ein kleiner Lederbeutel: Feuerstein, Zunder, ein paar trockene Fasern. Mehr war kein Feuer. Mehr war nur die Möglichkeit, irgendwann wieder warm zu werden.

Sie sahen sich kurz an. Kein Trost in diesem Blick. Nur das Einverständnis, das bleibt, wenn alles andere weg ist: Das reicht nicht zum Siegen. Es reicht nur, um nicht sofort zu sterben.

Dann stand Tawa auf. Seine Stimme wurde leise, nicht weich – scharf.

„Drei Regeln."

Sam hob den Blick.

„Erste: Du jagst nicht mit Wut. Wut macht dich schnell. Schnell macht dich laut. Laut macht dich tot."

Er zeigte mit dem Speer in die Fläche, als stünde dort ein unsichtbarer Mann. „Du jagst mit Augen. Augen sind leise."

Sam atmete aus. Er wollte widersprechen. Er tat es nicht.

„Zweite: Wasser vor Blut." Tawas Hand wies auf Sams Beutel. „Wenn du durstig wirst, wirst du dumm."

Sam nickte. Er schmeckte, wie trocken seine Zunge schon war.

„Dritte: Du gehst nie genau in ihre Spur." Tawa kniete kurz und zog eine Linie in den Staub. Dann eine zweite, versetzte. „Wer direkt hinterhergeht, geht in den Pfeil, der für den Hintergehenden gedacht ist. Du gehst neben der Spur. So siehst du, wer zurückblickt. Wer langsamer wird. Wer fällt."

Sam blickte in das Land, als lägen dort alle Antworten wie Steine. „Und wenn sie uns sehen?"

Tawa hob kaum die Schultern. „Dann erinnern sie sich. Erinnerung macht nicht immer stark." Ein kurzer Blick. „Manchmal macht sie blind."

Der Satz blieb hängen, wie ein Splitter.

Sehr weit nordwärts, an der Grenze zwischen Erde und Himmel, hing etwas Dunkles im Licht. Nicht klar. Nicht sicher. Ein Hauch – Rauch oder Staub.

„Sie reiten nicht schnell", sagte Tawa. „Sie glauben, wir liegen noch dort."

Er deutete zurück, ohne hinzusehen.

Sam sah trotzdem. Aus dieser Entfernung war die Mulde nur eine Falte. Man konnte nichts mehr unterscheiden. Keine Körper. Keine Gesichter. Kein Fell im Staub. Und doch war alles noch da – in ihm. Wie eine zweite Landschaft, die nicht kleiner wird, sondern wächst.

„Er hat es gesagt", murmelte Sam.

Tawa sah ihn an.

„Noh'Káto." Der Name schmeckte trocken. „Sein Blick—"

Tawa antwortete leise, erst in seiner Sprache, dann so, dass Sam es greifen konnte: „Geht. Erzählt, was ihr gesehen habt."

Der Satz stand zwischen ihnen wie ein Stock im Fluss. Man konnte ihn nicht wegdenken. Man musste um ihn herumgehen.

„Er wollte, dass wir leben", sagte Sam.

„Er wollte, dass wir tragen", sagte Tawa. „Dass wir seine Hand sind."

Sam schluckte. „Demütigung."

Tawa nickte. „Und Warnung."

Sam sah wieder nach Norden. „Dann gehen wir nach Norden."

Es war kein Plan. Es war eine Richtung, die sich nicht mehr wegschieben ließ.

Tawa setzte sich in Bewegung. Ein Schritt. Dann noch einer. Sam ging neben ihm, leicht versetzt – nicht aus Rang, sondern weil zwei Körper in Gefahr instinktiv so laufen, dass der Wind zwischen ihnen nicht zu viel hört.

Der Hang fiel langsam ab. Der Wind begann wieder zu gehen, erst als Bewegung in den Gräsern, dann als Staub, der mitlief. Mit jedem Schritt wurde der Geruch schwächer – aber er verschwand nicht. Blut klammert sich. Nicht nur an Erde. An Erinnerung.

Als sie den Ort erreichten, wo der Kampf den Boden aufgerissen hatte, lag die Welt dort wie zerwühlt. Hufabdrücke, kreuz und quer, tief und flach, viele übereinander. Nicht ihre – ihre Tiere waren weg. Das hier waren die Spuren derer, die genommen hatten, was sie wollten, und die Hufe der fortgetriebenen Pferde, die plötzlich nicht mehr ihnen gehörten. Dazwischen Fußspuren, rutschende Stellen, ein Stück Fell im Staub, ein abgerissener Riemen, ein Halfterrest. Und rote Flecken: manche frisch, manche nur noch Schatten.

Sam trat nicht mitten hinein. Er ging neben der Spur, so wie Tawa es gesagt hatte.

Tawa kniete nieder, dort, wo der Boden sandiger war und der Wind weniger Kraft hatte. Hier lagen die Abdrücke tiefer.

Er drückte die Finger in eine breite Vertiefung. „Mehr Last."

Sam kniete neben ihm. Das Gewehr lag quer über den Knien.

„Beute", sagte Tawa. Das Wort klang, als klebe es an den Zähnen.

Er tastete weiter, ohne zu zählen – und doch zählte er. „Elf. Vielleicht zwölf." Ein kurzer Blick nach vorn, als sähe er die Ordnung in der Unordnung. „Einer reitet leichter. Nahe bei dem, der führt."

Sam sah ihn an.

Tawa hob den Blick jetzt. „Keta'wa."

Der Name fiel nicht wie ein Ruf. Eher wie ein Stein, den man einsteckt, weil man später beweisen will, dass er wirklich da war.

„Sein Neffe", sagte Sam leise.

Tawa nickte. „Blut bleibt gern nah bei Blut, wenn es glaubt, im Recht zu sein."

Sie gingen weiter, Spur neben Spur. Manchmal verloren sie sie auf steinigem Grund, dann tauchte sie wieder auf – klarer – in weicher Erde.

Als sie mittags eine flache Senke erreichten, war der Wind einen Moment leiser. In der Mitte lag Wasser, nicht viel – nur eine dunkle, spiegelnde Haut. Tawa blieb oben stehen, prüfte die Kanten, bevor er hinabstieg.

„Gut für einen Schluck", sagte er. „Schlecht zum Schlafen."

„Wir schlafen nicht", sagte Sam.

Sie knieten. Sam tauchte die Hände ein. Kälte biss in die Finger und machte ihn für einen Augenblick wieder wach. Als er die Hände hob, färbte sich das Wasser leicht. Ein Hauch von Braun. Ein dünner Schlieren von Rot, der sich kurz zeigte – und verschwand.

Tawa stand ein paar Schritte entfernt und schaute nach Osten.

„So habe ich sie gefunden", sagte er leise. „Aluna. Kopf nach Osten."

Sam ließ die Hände sinken. Tropfen fielen zurück in den Schlamm, einer nach dem anderen.

Sie tranken. Nicht mehr als nötig. Tawa füllte die Beutel ein Stück nach, ohne den Boden aufzuwühlen. Dann gingen sie wieder hoch. Die Senke behielt von ihnen nur Trittspuren.

Am Nachmittag wurde der Boden karger. Das Gras stand tiefer, graugrün. Der Wind brachte feine Körner, die sich auf die Lippen legten. Die Sonne war höher, aber sie wärmte nicht. Sie leuchtete stumpf – wie ein Auge, das zu lange offen war.

Dann fanden sie etwas, das nicht Zufall war.

Ein abgebrochener Pfeilschaft lag halb im Gras. Die Spitze fehlte. Die Fiederung war dunkel, darin ein schmaler heller Streifen – ein Zeichen.

Sam hob ihn auf, drehte ihn zwischen den Fingern.

„Von ihnen“, sagte Tawa.

Sam steckte ihn in den Gürtel. „Was sie fallen lassen, nehmen wir mit.“

Ein Stück weiter wies Tawa auf eine Stelle am Boden. Sam sah erst nichts. Dann strich Tawa Staub weg, und darunter kam eine helle Linie: ein Halbkreis, ein Rutschen. Ein Moment, in dem ein Pferd müde geworden war.

„Müde Pferde werden langsamer“, sagte Tawa. „Müde Männer werden dumm.“

„Wie weit?“, fragte Sam.

Tawa richtete sich auf und ließ den Blick über Himmel und Schatten gehen. „Ein halber Tag.“

Sam nickte. Ein halber Tag war nichts. Und es war alles.

Später erreichten sie eine höhere Anhöhe. Der Aufstieg war nicht steil, aber sie waren müde. Sams Gewehr wurde schwerer, Schritt für Schritt. Tawa wechselte sein Bündel von einer Seite auf die andere, ohne ein Wort.

Oben öffnete sich das Land. Die Hügel liefen aus, wurden zu Wellen, dahinter eine breite Ebene, nur angedeutet. Und in dieser Weite zogen sich feine Linien von Staub nach oben – mehrere, dicht beieinander, wie Atem von Pferden, die man nicht sieht, aber kennt.

Tawa blieb stehen. Der Wind fuhr ihnen ins Gesicht, als wolle er sie zurückdrücken. Er schmeckte nach trockener Erde, nach altem Feuer – und nach etwas, das noch nicht geschehen war und doch schon in der Luft lag.

„Von hier beginnt es", sagte er.

Sam sah die Staubfahnen. Jeder dünne Faden stand für Männer, die in der Nacht Messer zogen. Für Hände, die Decken rissen. Für den Blick von Noh'Káto. Und für einen jüngeren Schatten, nah bei ihm, enger als der Zufall erlaubt.

In Sam wurde es nicht laut. Kein Aufschrei. Nur dieses langsame, harte Zusammenziehen, als würde sich etwas Häutendes in ihm schließen und darunter etwas Neues liegen.

„Von hier hören wir nicht mehr auf", sagte er.

Tawa nickte einmal.

Zwei Männer. Kein Pferd. Wenig Wasser. Vier Schüsse. Eine Spur, die nach Norden lief. Und kein Zurück, das noch wie ein Wort klang.

Der Wind, der keine Spur mehr trug

Eine Weile standen sie einfach nur da, oben auf dem Hügel, den Wind im Gesicht und die Staubfahnen der Krähen weit vor sich – dünne Linien im Licht, die sich unter jeder Böe verzogen, als wollte der Himmel sie wieder loswerden.

„Von hier hören wir nicht mehr auf", hatte Sam gesagt.

Jetzt trug der Wind diesen Satz nicht weg. Er ließ ihn in ihnen sitzen, schwer, ohne Klang. Kein Schwur, den man vor Zeugen hebt. Eher etwas, das sich in die Knochen legt, wie Kälte.

Sie stiegen ab.

Der Boden wurde weicher, das Gras dichter, dann wieder spärlicher. Der Wind kam von vorn, roch nach fremder Erde, nach trockenem Fett und nach diesem alten Metallgeruch, der nicht mehr aus der Nase geht, wenn man ihn einmal im Blut gehabt hat.

Und darunter lag das andere Wort, das Noh'Káto ihnen nicht zugerufen hatte, sondern hingelegt wie einen Stein in den Hals:

Geht. Erzählt.

Nicht Gnade. Last.

Sie gingen schweigend. Hinter ihnen sank der Hügelrücken mit jedem Schritt tiefer, bis er nur noch eine Falte war. Die Felsenmulde blieb unsichtbar – und blieb doch da. Sam trug sie nicht im Blick, sondern in den Schultern. Ghost ging nicht neben ihm. Trotzdem suchte sein Schritt manchmal die alte Wärme, als müsste irgendwo gleich ein Fell an sein Knie streifen. Und wenn es nicht geschah, war es jedes Mal, als würde etwas in ihm kurz gegen eine Wand laufen.

Tawa ging voraus. Speer in der Hand, Messer am Gürtel, der Tomahawk so selbstverständlich, als hätte er nie anders gelebt. Seine Schultern waren ruhig. Aber Ruhe heißt nicht Frieden. Ruhe heißt: nicht wackeln. Nicht verraten.

Sam hielt sich eine halbe Schrittlänge daneben, versetzt. Nicht aus Unterordnung, sondern weil zwei Körper in Gefahr instinktiv so gehen, dass der Wind nicht beide Stimmen auf einmal bekommt. Das Gewehr lag über seiner Schulter wie ein Satz, den er nicht schreiben wollte. Die Patronen in seiner Tasche waren zu wenig, um sich damit groß zu fühlen – und genau genug, um sich dabei schlecht zu fühlen.

Die ersten Stunden folgten sie dem Staub am Himmel mehr als dem Boden. Die Fahnen standen deutlich, ein Bündel schmaler Linien, das nach Norden zog und an einer Stelle breiter wurde, als würde dort Gelände wechseln, als würde dort gehalten – kurz.

Tawa sah nicht nur nach vorn. Er sah in Schichten: Gras, Schatten, Kante, Himmel. Sam lernte, den Blick genauso zu legen, als sei das Lesen des Landes eine Sprache, die man mit den Augen buchstabiert.

„Sie werden leichter reiten, wenn die Pferde warm sind“, sagte Tawa irgendwann, ohne sich umzudrehen. „Am Anfang sind sie vorsichtig. Später nicht mehr.“

„Später ist gut“, murmelte Sam. „Später sind wir vielleicht tot.“

Tawa antwortete nicht. Es gab Sätze, die man nicht widerlegt, weil sie schon wahr sind, sobald sie gesprochen werden.

Sie machten keine Inventur wie Männer mit Papier. Sie legten die Wahrheit nebeneinander, ohne sie anzusehen, wie man Tote nebeneinanderlegt, damit man begreift, wie viele es sind.

Wasser: zwei Beutel, nicht voll. Fleisch: hart, wenig. Munition: so wenig, dass jeder Schuss wie ein Geständnis wäre. Und Regeln, die nicht aufgezählt werden mussten, weil man sie im Körper trug: kein Feuer. Kein Aufstehen auf dem Kamm. Kein langer Blick zurück. Nie beide gleichzeitig knien.

Das Land war groß. Und heute war es nicht auf ihrer Seite.

Gegen Mittag traten sie in ein Stück Erde, das härter war. Das Gras stand niedriger, als hätte es gelernt, nicht mehr zu hoffen. Die Staubfahnen am Himmel wurden flacher, verstrichen. Der Wind spielte mit ihnen, nahm sie auseinander und setzte sie neu zusammen – nicht dort, wo man sie brauchte.

„Wir müssen näher an den Boden“, sagte Tawa.

Er kniete. Wischte Staub fort. Unter der dünnen Schicht lagen Hufabdrücke. Nicht frisch – aber nicht alt. Die Kanten waren noch nicht ganz weich. Halme waren schräg niedergetreten, nicht zerfetzt. Zügig, gleichmäßig. Kein Galopp. Männer, die sich sicher fühlen.

„Sie glauben, dass niemand hinter ihnen her ist", sagte Tawa.

Sam setzte sich auf die Fersen. Für ihn war es ein Loch. Für Tawa war es eine Aussage.

„Noch nicht", sagte Sam. „Sie wissen es noch nicht."

Sie tranken jeder einen kleinen Schluck. Das Wasser schmeckte nach Leder und nach dem dunklen Rest, der in solchen Beuteln hängt. Es war egal. Es war nass. Mehr verlangte niemand.

Der Nachmittag kroch heran wie etwas, das keine Eile hat. Die Sonne stand nicht hoch. Sie hielt sich am Rand, als wolle sie die Mitte des Himmels meiden. Der Wind kam in Böen, löste Staub und zog ihn als Schleier über den Boden. Manchmal verloren sie die Fahnen aus den Augen. Dann tauchten sie wieder auf – ein wenig weiter links, ein wenig weiter rechts. Nie dort, wo man sie gern gehabt hätte.

„Wie holt man eine ganze Gruppe ein, wenn man nur zwei Beine hat und die anderen zwölf Pferde?", fragte Sam irgendwann, mehr zum Wind als zu Tawa.

„Gar nicht", sagte Tawa.

Sam blieb einen Moment stehen. „Das ist nicht sehr ermutigend."

Tawa sah ihn kurz an. „Wir holen sie nicht ein. Wir bleiben nur nah genug, dass sie irgendwann glauben, sie wären allein."

„Und dann?"

„Dann machen sie Fehler."

Sam schnaubte. Kein Lachen. Aber dicht genug dran, dass er merkte: Er lebt noch. Er kann noch Geräusche machen, die nicht Schreie sind.

Später fanden sie den ersten Rastplatz der Krähen.

Eine flache Mulde zwischen zwei Hügelgriffen, als hätte das Land die Hände zusammengelegt und wieder geöffnet. Der Boden war in Flecken schwarz. Asche lag dünn verstreut, halb weitergetragen. Ein paar Knochenreste, klein, gebleicht. Nicht ordentlich weggeworfen. Nicht sorgfältig vergraben. Eile oder Überheblichkeit – manchmal ist das dasselbe.

Tawa ging langsam hindurch, als würde er ein Gespräch belauschen, das längst vorbei ist. Er berührte verkohltes Holz, ließ es zwischen den Fingern zerfallen.

„Nur kurz", sagte er. „Feuer klein. Fleisch auf die Hand. Kein Lager."

Sam sah die Mulde an und stellte sich keine Bilder dazu vor. Er musste es nicht. Der Ort roch noch nach ihnen – nach Pferd, nach Rauch, nach Fett. Und darunter nach etwas, das kalt ist, auch wenn es warm wird: Sicherheit.

„Sie hatten es nicht eilig, zu fliehen", murmelte Sam. „Nur eilig genug, nicht hier zu schlafen."

„Sie glauben, dass wir alle in der Mulde liegen", sagte Tawa.

Sam schwieg. Sein Blick wollte nach Süden. Er ließ ihn nicht. Er hatte gelernt, dass ein langer Blick zurück den Hals frei macht – und es manchmal die eigenen Gedanken sind, die dich zuerst treffen.

Sie nahmen nichts mit außer Wissen. Kein Rest, der den Hunger wirklich bricht. Der Wind hatte das meiste schon geholt – wie er Stimmen holt, wenn man sie zu lange im Freien lässt.

Am späten Nachmittag wurden die Schritte schwerer. Die Hügel flachten ab, die Senken wurden weniger deutlich. Die Staubfahnen waren weiter entfernt, und manchmal waren sie ganz weg, als hätte der Himmel beschlossen, nichts mehr zu verraten.

„Wenn sie Wasser erreichen, werden wir sie nicht mehr sehen", meinte Tawa.

„Wasser ist überall", sagte Sam, rau.

„Nicht für uns", antwortete Tawa.

Sam schwitzte unter dem Hemd. Der Wind trocknete ihn sofort wieder und ließ Salz auf der Haut zurück. Jeder Schritt war kurz Protest, dann Gehorsam.

Sie rasteten in einer flachen Bodenfalte. Kein Feuer. Nur ein Stück Fleisch, das sie in kleinen Bissen kauten, bis es sich endlich ergab. Der Durst war stärker als der Hunger. Das Wasser ließ sich nicht mehr wegdenken, nur noch verwalten.

„Wenn wir so weitergehen", sagte Sam, „haben wir ihre Fersen – und nichts mehr im Beutel."

Tawa sah nicht auf. „Wenn wir stehen bleiben, haben wir beides nicht."

Die Sonne sank langsam. Farbe kam kaum in den Himmel. Er wurde nur dunkler. Das Licht wurde dünn, bis der Boden unter den Füßen nur noch ein matter Streifen war.

Irgendwann blieb Tawa stehen.

„Hier", sagte er.

„Nicht gut", sagte Sam.

Tawa nickte. „Aber besser als die, die noch kommen."

Sie legten sich zwischen zwei niedrige Kanten, wo der Wind etwas gebrochen wurde. Kein Feuer. Nur Decken um die Schultern. Die Kälte kroch unter den Stoff, langsam und entschlossen. Der Boden war hart – aber er hielt sie. Manchmal ist Halten schon ein ganzes Versprechen.

Eine Weile hörten sie einfach nur auf den Wind. Er ging über das Gras, versuchte eine Melodie zu finden und verlor sie wieder. In der Ferne rief ein einzelner Vogel, kurz und rau, als wäre ihm die eigene Stimme fremd.

„Wie lange können wir das durchhalten?", fragte Sam leise.

Tawa antwortete nicht sofort. Man hörte nur sein Atmen, ruhig, gleichmäßig, als taste er aus, wie viel Müdigkeit eine Lunge tragen kann.

„Länger, als uns lieb ist", sagte er schließlich.

Sam drehte den Kopf ein wenig, sodass er Tawa im Dunkeln gerade als Form hatte. „Und dann?"

„Dann sind wir tot." Eine Pause. „Oder irgendwo, wo man uns nicht so leicht totmacht."

Sam ließ die Luft aus, langsam. „Du hast etwas im Kopf."

„Ja."

„Eine Idee, die ich nicht mögen werde."

Im Dunkeln fiel etwas, das fast ein Lächeln hätte sein können – nicht warm, eher trocken. „Wahrscheinlich."

Sam schlief nicht richtig. Er fiel in kurze Stücke Dunkelheit, in denen Bilder kamen und gingen, ohne Ordnung: Ghost im Staub, Aluna mit dem Blick nach Osten, der Pfeil im Fels, der nicht mehr fragte. Und immer wieder, wie ein Keil zwischen alles:

Geht. Erzählt.

Der Morgen kam, indem das Schwarz langsam zu Grau wurde.

Sie standen früh auf. Es gab nichts abzubauen. Kein Feuer zu löschen. Nur Decken, Beutel, Gewehr, Speer, Tomahawk – und einen Körper, der weitergehen konnte, obwohl er eigentlich stehen bleiben wollte.

Die Staubfahnen am Himmel waren noch da, aber blasser. Der Wind hatte in der Nacht gedreht. Er kam seitlich, und er spielte jetzt ein anderes Spiel: Er machte Linien zu Flecken, Flecken zu Nichts.

Tawa blieb stehen, blickte nach Norden, dann zum Boden, als lege er seinen Blick um wie eine Klinge.

„Der Wind trägt heute keine Spur", sagte er leise.

Sam sah in die Weite, bis die Augen brannten. Nichts stand dort oben wie ein Zeichen. Kein verräterischer Strich im Licht. Nur Himmel, Gras, Bewegung – und das Gefühl, dass der nächste Tag nicht mehr nur laufen würde.

Er nickte, ohne zu sprechen.

Sie gingen weiter.

Und irgendwo vor ihnen ritt ein Junge, der einmal gezögert hatte – und der jetzt wusste, wie man Zeichen setzt, ohne gesehen zu werden.

Wo der Boden schweigt

Der Morgen machte aus Grau ein helleres Grau, als wäre das schon ein Geschenk. Der Wind kam seitlich, aus Nordost, und tat, was Wind tut, wenn du ihn brauchst: Er zahlte nicht. Er glättete Gras. Er rieb Staub in die Senken. Er nahm Linien und machte sie unsichtbar.

Tawa blieb stehen, kniete, legte die Hand auf den Boden.

Sam stand daneben. Das Gewehr hing über der Schulter wie ein Satz, den er nicht sagen wollte. Sein Mund war trocken. Nicht vom Durst allein. Von dem, was er seit der Mulde nicht mehr loswurde.

Tawas Finger fuhren über hartgebackenen Lehm, über Risse, über eine Stelle, an der ein Halm nicht so lag wie der Rest. Er wischte Staub fort.

Nichts.

Er wischte weiter. Wieder nichts. Ein alter Abdruck, zu weich an den Kanten. Eine Spur, die überall sein konnte. Ein Boden, der nicht mehr redete.

Tawa richtete sich halb auf und sah nach Norden. Dann nach Westen. Dann wieder nach Norden.

„Hier", sagte er.

„Hier was?", fragte Sam.

Tawa deutete in den Lehm. „Nichts."

Sam schluckte trocken. „Nichts ist keine Antwort."

„Doch", sagte Tawa. „Wenn du hören kannst."

Sie gingen weiter. Nicht geradeaus. In Korrekturen. Zwei Schritte nach rechts, zurück, wieder vor. Als tastete Tawa eine Linie, die nur in seinem Kopf existierte.

Sam sah ihm zu und begriff: Das ist keine Jagd mehr. Das ist ein Kampf gegen die Leere.

Nach einer Stunde fanden sie einen Abdruck. Dann noch einen. Dann war er weg.

Tawa blieb stehen. „Zu weit nach Westen."

Sam schnaubte. „Oder zu nah an ihnen."

Tawa nickte einmal. Kein Lob, kein Fluch. Nur: Ja.

Der Durst legte sich wie Staub auf die Zunge. Sam trank einen Schluck. Tawa auch. Mehr nicht. Sie sahen beide denselben Beutel an, als wäre er keine Haut mit Wasser, sondern Zeit.

Gegen Mittag verschwanden die Spuren für länger.

Flacher Stein. Hartes Land. Wind wie ein Besen. Alles glatt. Alles sauber. Alles tot.

Tawa suchte im Bogen, einmal, zweimal, noch weiter. Sam drehte sich mit, damit sie nicht auseinandergerissen wurden.

Es war still. Nicht die Stille, in der man lebt. Die Stille, in der man merkt, dass man schon halb verloren ist.

Tawa kam zurück. Blieb vor Sam stehen. Das Gesicht trocken. Die Augen schmal.

„Sie haben den Boden gewählt, der nichts verrät", sagte er.

Sam hielt den Blick. „Können sie das?"

„Sie reiten hier nicht zum ersten Mal."

Sam atmete aus. Langsam. Als würde er das Gewicht im Brustkorb loswerden wollen und merken, dass es an ihm hängt.

„Was jetzt?", fragte er.

Tawa sah nach Norden, lange.

„Sie reiten nach Hause", sagte er.

Sam nickte. „Wir sind zu Fuß. Hinter Pferden."

„Ja."

Das „Ja" tat mehr weh als jedes „Nein".

Sam presste die Zähne zusammen. „Dann drehen wir um."

Tawa schüttelte den Kopf. „Nein."

Sam trat einen Schritt näher. „Also?"

Tawa hob die Hand. Kurzer Schnitt nach rechts, ein wenig nach Osten.

„Wir drehen ab."

Sam lachte einmal, hart. „Abdrehen ist Aufgeben."

„Aufgeben ist Stehenbleiben."

„Und das hier?"

Tawa sah ihn an, ohne Wimper. „Überleben."

Sam schwieg. Der Wind strich zwischen ihnen hindurch, als wolle er prüfen, ob noch etwas bricht.

„Wohin?", fragte Sam schließlich.

„Zu einem Ort, der zuhört."

Sam hob die Brauen. „Zu wem?"

Tawa zögerte einen Atemzug. Dann spuckte er den Namen aus wie etwas Bitteres.

„Langmesser."

Das Wort hing kurz in der Luft. Holz. Blau. Eisen. Ordnung, die nicht hierhergehört.

Sam sah nach Norden. In der Leere stand die Mulde wie ein Schatten unter der Haut. Ghost. Aluna. Suna. Karo. Zwie. Hehaka. Peta. Der Pfeil im Fels. Das Wort, das sie am Hals trugen: erzählt.

„Wir haben nichts für die", sagte Sam.

Tawa schüttelte den Kopf. „Wir haben Augen."

Sam ließ es nicht durchgehen. „Augen zählen nicht."

„Nachrichten zahlen."

Sam schluckte. „Und was ist die Nachricht?"

Tawa sagte den Namen, als wäre er ein Stein, den man in die Tasche steckt, um später zu beweisen, dass er echt ist.

„Noh'Káto."

Sam spürte, wie der Name sich festsetzte. Nicht als Info. Als Schmutz.

„Und sie helfen uns?", fragte er.

Tawa machte eine knappe Bewegung mit dem Kinn. „Sie helfen sich."

Sam schnaubte. „Noch besser."

„Wir brauchen nur einen Ort, an dem man hört, wer wo reitet. Wer mit wem. Wer Beute bringt. Wer Ärger verursacht."

Sam starrte in den Wind. „Und in der Zeit sind sie weg."

Tawa nickte. „Ja."

„Dann sterben unsere Toten zweimal."

Tawa kam näher, gerade so weit, dass Sam den Staub in seinen Wimpern sah. „Unsere Toten sterben, wenn wir sterben."

Sam presste die Lippen zusammen. Der Satz saß. Kalt. Richtig.

„Nicht für Sold", sagte Sam heiser.

Tawa nickte. „Nicht für Sold."

„Nicht für ihren Krieg."

„Nicht für ihren."

Sam hob das Gewehr ein Stück höher, als müsste er das Gewicht erinnern. „Dann gehen wir nur hin, um wieder zurückzugehen."

Tawa sah ihn an. Ein Hauch von etwas in den Augen, das kein Lächeln sein wollte.

„Wir gehen, um unsere Rache wiederzufinden."

Sam blickte noch einmal nach Norden. Dort, wo die Krähen unsichtbar ritten. Und in seinem Kopf stand Keta'wa am Knie des Anführers, zu nah, zu sicher.

„Wir kommen wieder", murmelte Sam.

Tawa sagte nichts. Aber er setzte den Fuß in eine neue Richtung.

Nur ein paar Grad. Nicht viel.

Und doch war es, als würde sich die Welt neu ausrichten.

Sie bogen ab. Schräg nach Osten. Kein Weg zu sehen – nur die Ahnung einer anderen Spur: Räder. Patrouillen. Männer, die glauben, dass Holz eine Grenze ist.

Sam folgte.

Der Wind nahm den Norden aus seinem Gesicht und gab ihm die Kante von Osten.

Es fühlte sich schmutzig an.

Und notwendig.

Hinter ihnen blieb die Linie der Krähen, unsichtbar wie eine Narbe. Vor ihnen lag der Geruch von Harz und Rauch und Eisen – und die Lüge von Sicherheit.

Sam zog den Riemen fester. Tawa ging einen Schritt voraus.

Und über allem blieb das Wort, das nicht wegging:

Geht. Erzählt.

Sie gingen.

Als die Sonne kippte, sah Sam es zuerst: keine Staubfahne – eine gerade Linie im Land, zu sauber für Wind, zu hart für Natur. Tawa blieb stehen, als hätte ihn jemand am Nacken gepackt.

„Wagen", sagte er.

Und irgendwo weit vorn, unsichtbar im Abend, antwortete ein dumpfer Schlag – Holz auf Holz. Nicht laut. Nur nah genug, dass der Wind ihn nicht mehr ganz verschluckte.

Der Pfad zwischen Hunger und Schatten

Der Morgen kam ohne Farbe. Nicht einmal ein anständiges Grau – eher das Licht, das übrig bleibt, wenn die Nacht alles Helle mitnimmt, und nichts zurücklässt außer Atem.

Sam und Tawa standen einen Moment still. Der Wind strich über ihre Gesichter, prüfte sie wie ein Messer die Kante prüft: ohne Gefühl, ohne Absicht, nur mit Geduld. Hinter ihnen lagen die Hügel, und irgendwo darin die Felsenmulde – nicht mehr zu sehen, aber auch nicht weg. Manche Orte ziehen um. In den Körper. In die Rippen.

Gestern hatten sie die Spur der Krähen verlassen. Nicht, weil der Zorn kleiner geworden wäre, sondern weil der Boden es ihnen zeigte: Zwei Männer zu Fuß jagen keine Reiter in ein Land, das Augen hat, bevor es Schatten hat.

Sie gingen ostwärts. Nur ein paar Fingerbreit aus der Linie. Und doch war es ein Bruch, als hätte man eine alte Naht aufgerissen, um eine neue zu setzen.

Sie trugen wenig: zwei Decken, eng gerollt; Wasserbeutel, die schon beim Anheben leichter wirkten als gestern; ein paar Streifen Fleisch, hart wie schlechtes Leder; Sams Gewehr; Tawas Bogen; Messer. Und das Wissen zweier Männer, die verstanden hatten, dass man mehr verlieren kann als Besitz – und trotzdem weitergeht.

Unter allem trugen sie die Mulde. Den Geruch im Wind. Und den Blick, der sie hatte gehen lassen.

Die ersten Schritte waren wortlos. Nicht aus Würde. Aus Vorsicht. Worte können tragen. Und sie können verraten.

„Wie weit?“, fragte Sam schließlich. Seine Stimme war trocken vom Schlaf, der keiner gewesen war.

Tawa hob den Kopf kaum. „Bis das Land anders wird.“

„Anders als?“

„Weniger Augen.“

Sam nickte. Er hätte gern geglaubt, der Osten sei leichter. Aber leichter war hier kein Wort für Himmelsrichtungen. Nur für Irrtum.

Sie gingen. Der Boden blieb hart, das Gras niedrig, vom Wind flachgelegt wie ein altes Tierfell. Wenn Böen kamen, bewegte es sich – nicht lebendig, eher reflexhaft. Das Land tat, was Land tut: Es hielt sich.

Der Hunger kam nicht als Schlag. Er kam wie ein stilles Ziehen hinter den Rippen, das mit jedem Schritt mitging. Sam schnitt winzige Stücke vom Fleisch, ließ sie lange im Mund, bis die Zunge aufgab und „Geschmack" spielte. Wasser nahmen sie erst, wenn die Lippen zu kleben begannen und die Wörter innen am Gaumen hängen blieben.

Am Abend fanden sie eine Falte im Land, so niedrig, dass der Wind darüber hinwegstrich, ohne hineinzugreifen. Kein Feuer. Kein Licht. Nur Decken um die Schultern und das Geräusch der eigenen Gelenke, wenn man sich hinlegt.

Ein Kojote rief, weit weg. Nicht bedrohlich. Eher wie eine Notiz: Andere leben hier auch. Andere suchen auch.

„Wie weit bis zu deinem Fort?", fragte Sam in die Dunkelheit.

Tawa schwieg, als würde er nicht Tage zählen, sondern Durst. Dann sagte er: „Sieben. Wenn wir Wasser finden."

Sam ließ die Luft aus. „Und wenn nicht?"

„Dann mehr."

Der Satz blieb wie ein Splitter.

Der zweite Morgen war klarer. Nicht freundlicher – nur sauberer. Der Wind hatte in der Nacht alles Überflüssige weggekratzt. Sie sahen weiter. Und waren dadurch sichtbarer.

Tawa blieb öfter stehen. Nicht lange – nur so, dass sein Blick einmal den Horizont abschnitt, einmal den Boden, einmal die Luft. Dann ging er weiter, als wäre Stehen schon zu teuer.

Gegen Mittag kamen sie auf Lehm, hart wie gepresste Zeit. Wenig Gras, viel offenes Land. Hier verriet nichts etwas – und genau das war gefährlich.

Tawa machte einen weiten Bogen, prüfte Vertiefungen, Steine, die nicht dort lagen, wo der Wind sie hingelegt hätte. Dann kam er zurück.

„Hier reitet seit Tagen niemand", sagte er.

Sam nickte. Müdigkeit ist ein Tier: Wenn es lange genug neben dir läuft, klingt sein Schritt irgendwann wie deiner.

Am späten Nachmittag änderte sich der Geruch. Erst nur ein Hauch. Dann blieb er.

Sam blieb stehen. „Wasser?"

„Nicht weit", sagte Tawa. „Ein Zufluss. Klein."

Sie änderten den Kurs. Nicht aus Hoffnung. Aus Notwendigkeit. Der Körper kann vieles tragen. Durst nicht lange.

Sie fanden es nicht sofort. Aber das Land wurde weicher, und in den Senken stand das Gras dunkler. Das reichte, um weiterzugehen.

Am dritten Tag fanden sie einen alten Lagerplatz. Kein Krähenlager. Kein frisches Verlassen. Nur Vergangenheit: ein verfallener Steinring, eine ausgebrannte Dose, halb verrostet, ein Stück Leder, das der Wind hin und her zog, als wolle er es endlich zu Ende erzählen.

Tawa kniete, berührte die Dose, den Feuerkreis. „Lang her. Trapper. Händler."

Sam hob das Leder. Spröde, kalt. „Nichts."

„Nein."

Aber in der Nähe war eine Mulde, in der das Gras dunkler stand. Sam grub mit den Händen. Nach wenigen Fingerbreiten kam Feuchtigkeit.

Sie tranken vorsichtig, als könne man Wasser beleidigen, wenn man gierig ist. Es schmeckte nach Erde. Es war nass. Das genügte.

In der Nacht lag Sam lange wach. Nicht wegen Kälte. Wegen Bildern.

Ghost im Staub. Das letzte Heben der Flanke. Dann die anderen: Suna, Aluna, Peta, Zwie, Hehaka – Namen, die sich nicht mehr rufen lassen, ohne dass es im Hals schneidet.

„Hast du so einen Ort schon gesehen?", fragte Sam leise.

„Ort der Langmesser? Nein", sagte Tawa. „Aber Männer sagen: Er stinkt nach Eisen."

Sam schnaubte, trocken. „Eisen ist ehrlich."

„Eisen tötet ordentlich", sagte Tawa. „Menschen nicht."

Eine Weile schwieg der Wind, als lausche er.

„Tawa", sagte Sam.

„Hm."

Sam suchte nicht nach einem schönen Satz. Er nahm den harten. „Du gehst nicht neben mir, um mich zu retten."

Tawas Atem blieb ruhig. „Nein."

„Warum dann?"

Es dauerte einen Moment. Dann sagte Tawa, leise, ohne Schmuck: „Weil sie mir genommen haben, was ich liebte. Und weil Noh'Káto nicht glauben soll, dass man nimmt und dann einfach reitet."

Sam schluckte. „Ghost war mein Hund."

„Ich weiß."

„Und Aluna…" Sam brach ab, weil der Name schon genug war.

„Es war nicht nichts", sagte Tawa.

Sam nickte in die Dunkelheit. „Dann gehen wir."

„Ja", sagte Tawa. „Zwischen Hunger und Schatten."

Am vierten Tag kamen die ersten Zeichen der Langmesser: eine alte Wagenrinne, fast wieder vom Gras gefressen; ein Busch, sauber geschnitten; Pferdeäpfel – alt, aber eindeutig von Eisen beschlagenen Tieren.

Sam fuhr mit dem Finger durch die Rille. Die Erde war hart gedrückt, glatt wie eine lange Lüge.

„Wagen verlieren keine Spur", sagte Tawa. „Das Land merkt sich ihr Gewicht."

Kurz vor Abend hörten sie einen Schuss. Weit weg. Dumpf, geerdet, kein Kampf – eher Übung. Als würde jemand prüfen, ob die Luft noch trägt, was man ihr hineinschreibt.

Sam hob den Kopf. „Nah."

„Nah genug", sagte Tawa, „dass man nicht mehr allein ist."

Der fünfte Tag war der schlimmste, weil er sich nicht erinnerte. Gleichmäßiges Land macht den Kopf weich. Ein Schritt, noch einer, noch einer – bis man glaubt, man sei nur noch Gehen.

Sie fanden Wasser: ein dünnes Rinnsal zwischen Steinen. Kalt. Schnell. Sie tranken, füllten die Beutel, und gingen sofort weiter. Wasser zieht Leben an. Und Leben hat Augen.

Am sechsten Tag drehte der Wind unruhig. Er kam von vorn, dann seitlich, dann wieder anders – als wüsste er selbst nicht, wessen Geruch er tragen wollte. Das machte Tawa stiller. Sam nicht mutiger.

„Morgen“, sagte Tawa irgendwann, „sehen wir den Fluss.“

Sam nickte. Er wusste nicht, ob ihn das beruhigte. Oder nur an die Mulde erinnerte, in der alles endete.

Der siebte Morgen roch nach Wasser, lange bevor man es sah. Das Land senkte sich. In den Senken wurde das Gras grüner, dichter – als hätte es dort gelernt, dass nicht alles nur Staub ist.

Sie stiegen die letzte Kante hinauf.

Und da lag es: der Bighorn River, ein glitzerndes Band im Schatten. Dahinter Holz – eine Palisade, breit, kantig, frisch genug, dass Harz noch Geruch hatte. Ein dünner Rauchfaden stieg kerzengerade in den Himmel, als müsste er beweisen, dass hier Ordnung herrscht.

Oben auf der Wand bewegte sich etwas. Ein Mann vielleicht. Oder nur ein Schatten im falschen Licht.

Sam blieb stehen. Etwas ging durch ihn hindurch – nicht Erleichterung. Eher die Erkenntnis, dass der Weg jetzt nicht leichter wird. Nur anders.

Tawa stand neben ihm. Er starrte nicht aufs Fort wie auf Rettung. Er sah auf die Umgebung, suchte Linien, Gegenlinien, Wege, die man wieder verlassen kann.

„Fort Arrow Bend“, sagte er leise.

Der Wind nahm den Namen, trug ihn ein kleines Stück – und ließ ihn dann fallen, als wäre auch ein Fort nur ein weiterer Ort, an dem Menschen sterben.

Sie standen, bis der Körper wieder gehorchte.

Dann begannen sie den Abstieg.

Und Sam wusste: Jeder Schritt hinunter führte nicht nur näher an Holz und Fahne – sondern weiter weg von dem Mann, der er vor sieben Tagen gewesen war.

Und näher an dem, der er werden musste, wenn „Erzählt“ nicht das Ende bleiben sollte.

Am Tor der Langmesser

Der Bighorn lag vor ihnen wie eine offene Naht im Land. Das Wasser lief niedrig, dunkel, straff. An den Rändern hing Eis, dünn wie Glas, weiß wie ein Kratzer.

Sam kniete am Ufer und schöpfte. Seine Hände waren rissig. Die Finger taub. Er trank.

Der erste Schluck tat weh. Nicht weil das Wasser schlecht war – weil sein Körper seit Tagen keinen ehrlichen Schluck mehr gekannt hatte. Wasser war plötzlich keine Selbstverständlichkeit. Es war ein Urteil, das diesmal gut ausfiel.

Tawa trank einen Schritt entfernt. Weniger gierig. Nicht aus Stolz. Aus Erfahrung.

„Der Fluss nimmt nicht ohne Grund“, sagte er.

Sam wischte sich den Mund. Er wusste nicht, ob es eine Warnung war oder ein Gebet. Im Winter ist der Unterschied klein.

Der Wind kam vom anderen Ufer. Rauch. Pferd. Metall. Menschen. Und dieses andere: Holz, das glaubt, es könne dem Land Befehle geben.

Sam hob den Blick.

Das Fort saß jenseits des Flusses wie ein schwarzer Block. Palisaden dicht, hoch, sauber. Auf dem Wall bewegten sich zwei Gestalten. Eine wechselte das Gewehr. Kurz blitzte Metall.

Draußen nannten die Männer den Ort Arrow Bend, weil der Fluss hier bog wie ein gespannter Bogen. Auf Papier hieß er Fort C. F. Smith.

Tawa sah hinüber. „Es riecht nicht nach Frieden.“

„Es riecht nach Menschen“, sagte Sam.

„Menschen machen Unruhe.“

Sam sagte nichts. Er hatte zu viel Unruhe gesehen, um darüber zu streiten.

„Wir müssen rüber.“

Tawa nickte. Aber seine Augen blieben am Holz hängen, als suche er nicht den Eingang, sondern den Preis.

Sie gingen ins Wasser.

Kälte schnitt hoch. Knie. Oberschenkel. Becken. Sam biss die Zähne zusammen. In der Mitte wurde es tiefer. Die Strömung drückte. Er schwankte.

Tawa legte ihm die Hand an den Arm. Kein Ziehen. Kein Stützen, das erniedrigt. Nur: Fang dich. Jetzt nicht.

Der Hang war steil, der Boden hart vom Nachtfrost. Ihre Stiefel hinterließen flache, brüchige Abdrücke. Der Wind machte sie in Sekunden stumpf. Das Wasser stand ihnen noch in den Stiefeln, als sie das andere Ufer erreichten, und der Wind machte aus der Kälte etwas, das blieb.

Sam stand, atmete ein, aus.

Vor ihnen Holz. Hinter ihnen Wasser. Dazwischen das, wofür sie hergekommen waren: ein Tor, das entscheiden konnte.

„Wir könnten umkehren", sagte Tawa.

Sam sah ihn an. „Wohin? Ohne Feuer. Ohne Pferde. Ohne Vorrat?"

Tawa strich über gefrorenes Gras. „In die Freiheit."

Sam schnaubte leise. „Freiheit ist ein schönes Wort. Davon wird man nicht satt."

Tawa nickte. Keine Zustimmung. Nur: wahr.

Sie gingen.

Oben kam der Ruf. „Halt!"

Ein Gewehr hob sich. Der Lauf glänzte kurz wie ein kalter Funke.

Sam hob die Hände. Langsam.

„Waffen weg vom Körper! Sofort!"

Sam tat es. Keine Hast, kein Spiel. Ein nervöser Finger kann schneller sprechen als ein Mensch.

Tawa stand still. Sein Körper war ruhig – und gerade das machte ihn gefährlich. Ruhe ist, was man hat, wenn man entscheiden kann.

„Tawa", murmelte Sam, ohne den Kopf zu drehen. „Nur jetzt."

Ein Atemzug. Dann noch einer.

Tawa hob den Bogen. Nicht drohend. Weg vom Körper. Als würde er etwas abgeben, das nicht ihm gehört – sondern dem, was er verloren hat.

„Drei Schritte vor!"

Sie gingen.

„Noch einen!“

Sie gehorchten.

Ein junger Soldat kam aus dem Torbereich. Zu jung, dachte Sam. Zu sauber. Die Uniform saß wie Vorschrift. In der linken Hand hielt er einen Ledersack, der schon nach Metall roch. In der Rechten sein Gewehr. Er hielt es so, als müsse es ihn erst überzeugen.

„Der Sergeant sagt, ich soll eure Waffen nehmen“, sagte er. Er wollte Befehl sein. Er klang wie jemand, der hofft, dass man ihn ernst nimmt.

Sam reichte die Sharps. Der Junge nahm sie mit beiden Händen, als fange er etwas Lebendiges auf. Sam gab Messer, Stiefelmesser, die kleine Klinge aus dem Mantel.

Als der Soldat zu Tawa sah, blieb sein Blick am Bogen hängen.

„Den... auch“, sagte er leiser.

Tawas Unterarm spannte sich. Sam sah es, bevor es jemand anderes merkte.

„Nur für eine Weile“, sagte Sam.

Tawa sprach in seiner Sprache, kurz, hart. Dann sah er Sam an. Seine Augen waren trocken.

„Wenn ich ihn hergebe“, sagte er, „dann dir.“

Er legte Sam den Bogen in die Hände. Nicht wie eine Waffe. Wie einen Namen.

Sam reichte ihn dem Soldaten.

Der Junge zuckte zurück, fing sich, nahm den Bogen – und in seinem Gesicht lag für einen Augenblick das Erschrecken eines Menschen, der begreift, dass er gerade mehr als Holz eingesammelt hat.

Oben beugte sich der Sergeant über die Palisade. Ein Gesicht, das schon vor dem Krieg alt geworden war. Blasse Augen. Der Blick prüfte nicht nur Sam und Tawa. Er prüfte die Frage: Wie viel Ärger bringt ihr mit?

Dann kam ein anderes Geräusch.

Kein Stiefel. Weiches Leder auf festgetretenem Boden.

Jemand trat aus dem Schatten des Tores.

Ein Krähenmann. Scout. Kein blauer Rock. Zöpfe, Perlen, rote Bänder. Ein kürzeres Gewehr am Riemen. Augen, die nicht suchten – die fanden.

Er sah Sam kurz an. Dann Tawa lange.

Zwischen ihnen stand keine Höflichkeit. Auch kein Hass. Nur die alte Sache: Wer hier wessen Land betritt, und wie oft Blut schon versucht hat, das zu klären.

Er sprach in seiner Sprache. Leise. Scharf.

Tawa antwortete. Tiefer, rauer. Nicht wie ein Mann, der um Einlass bittet. Wie einer, der sich daran erinnert, dass er auch ohne Tor überleben kann.

Der Scout wechselte ins Englische. „Und der Weiße?" Ein kurzer Kinnstoß Richtung Sam. „Dein Bruder. Dein Schatten. Oder dein Fehler?"

Sam öffnete den Mund.

Tawa hob die Hand. Klein. Genug.

„Er ist der, den das Wasser nicht nahm", sagte Tawa. „Heute reicht das."

Der Scout schnaubte. Ein Laut, der fast wie Lachen war und es nicht ganz wurde. Er rief nach oben: „Sergeant! Wenn ihr sie draußen lasst, schickt ihr eure Nachricht weg, bevor sie gesprochen hat."

Der Sergeant schwieg einen Moment. Man hörte das Holz arbeiten. Dann kam die Antwort, knurrig: „Rein. Aber wenn einer was Dummes macht, wünsche ich ihnen Glück da draußen – ohne ihre Waffen."

Riegel. Eisen. Knarren.

Das Tor bewegte sich.

Nicht wie eine Tür. Wie ein Maul.

Als der Spalt breit genug war, kam der Geruch heraus: Rauch, Pferdeschweiß, Fett, ungewaschene Wolle, Metall. Dazu Lärm: Stiefel, Flüche, ein Rad, das kreischte, irgendwo ein Hund, der bellte und sofort wieder schwieg.

Sam spürte, wie seine Schultern sich strafften. Er kannte solche Orte. Er hatte nur gehofft, nie wieder einen zu brauchen.

Tawa stand still und sah in die Dunkelheit des Durchgangs. Sein Atem ging einen Hauch flacher.

„Wir gehen“, sagte Sam.

Tawa antwortete ohne Blick zu Sam: „Du gehst. Ich werde sehen, ob meine Lunge das hier mag.“

Sie traten über die Schwelle.

Der Schatten des Torbalkens schnitt ihnen den Himmel ab. Für einen Moment fühlte es sich an, als würde die Luft anders werden.

Drinnen war der Boden festgestampft. Spuren von Stiefeln, Hufen, Rädern. Ein Hof, der nicht „Land“ war, sondern „Platz“.

Und Blicke.

Blicke, die an Tawa hängen blieben, als hätten die Männer im Blau seit Tagen auf etwas gewartet, das sie hassen dürfen, ohne es zu verstehen.

„Zu wenig Himmel“, murmelte Tawa.

Sam sagte trocken: „Er ist noch da.“

„Wenn man ihn nicht hört“, sagte Tawa, „hört man nur Menschen.“

Der Scout führte sie zu einem größeren Gebäude, sauberer, heller. Zeit hatte hier gearbeitet. Man roch es.

„Captain Bradley“, sagte der Scout. Dann, ohne Wärme: „Er entscheidet, ob ihr bleibt.“

Sam fragte: „Und du?“

Der Scout sah ihn an, als sei die Frage eine Prüfung. „Hohnéhe“, sagte er. „Die Langmesser sagen John. Nimm, was du aussprechen kannst.“ Dann fügte er hinzu, leise genug, dass es wie ein Messer zwischen zwei Rippen war: „Und vergiss nicht: Ich bin hier drinnen. Ihr seid es nicht.“

Drei harte Schläge an der Tür.

Eine Stimme von innen. Knapp.

Die Tür öffnete sich.

Wärme. Tabak. Papier. Tinte. Ein Hauch Kaffee, alt.

Die Tür schloss sich hinter ihnen. Gedämpft. Schwer.

Der Raum war nicht groß. Aber er war voll von Entscheidungen: ein Tisch, Karten, ein Ofen, Sharps an der Wand. Und ein Mann, der nicht groß war, aber so dastand, als hätte er gelernt, dass Haltung die Hälfte eines Befehls ist.

Captain Bradley.

Sein Blick ging zu Sam, dann zu Tawa, blieb dort zu lange, kehrte zurück.

„Sagen Sie mir, warum ich Sie nicht wieder hinauswerfen soll", sagte Bradley.

Nicht: Wer sind Sie? Nicht: Was wollen Sie? Sofort der Kern. Sofort das Messer.

Sam trat einen halben Schritt vor. „Samuel Miller. Trapper. Wir wurden überfallen."

„Von wem?"

„Von Krähen."

Bradleys Gesicht blieb ruhig. Seine Augen wurden kälter. „Wie viele?"

„Mehr, als wir zählen konnten."

„Und Sie leben."

„Wir zwei."

Bradley sah zu Tawa. „Crow?"

Tawa hob den Kopf. „Nicht Crow."

„Was dann?"

„Tawa."

Bradley ließ sich das nicht gefallen. „Stamm."

Tawa antwortete nicht sofort. Dann: „Cheyenne."

Ein kurzes Flackern in Bradleys Augen. Keine Menschlichkeit. Rechnen.

„Warum sind Sie hier?", fragte Bradley.

Sam sagte: „Weil wir etwas wissen."

„Wissen ist billig", erwiderte Bradley. „Beweisen Sie es."

Sam atmete durch. „Noh'Káto."

Der Name fiel und blieb liegen.

Bradley fragte sofort: „Warum hat er Sie nicht getötet?"

Sam schluckte einmal. Dann: „Damit wir tragen."

Bradleys Stimme blieb ruhig. „Was hat er gesagt? Wort für Wort."

Sam sagte es klar, ohne Schnörkel, ohne Pathos: „Geht. Erzählt, was ihr gesehen habt."

Einen Moment lang knisterte selbst der Ofen leiser.

Bradley sah zu Hohnéhe. Der Scout sagte nichts. Aber seine Augen waren wach wie eine Klinge.

„Also erzählen Sie“, sagte Bradley.

Sam sprach. Kurz. Hart. Keine Geschichten, nur Tatsachen: Überfall, Tote, Pferde fort, das Schneiden an Armen, das Arbeiten, keine Raserei – Absicht.

Tawa fügte hinzu: „Sie hatten Zeichen. Zusammenruf. Nicht nur ein einzelner Zug.“

Bradley: „Namen.“

Sam: „Keta’wa.“

Hohnéhe hob den Kopf, kaum merklich.

Bradley sah es. „Was ist Keta’wa?“

Sam antwortete langsam, sauber. „Er ritt nah bei Noh’Káto. Wie Familie.“

Tawa sagte: „Neffe. Blut.“

Bradley schwieg. Dann: „Das macht es gefährlich.“

„Ja“, sagte Tawa. „Weil Blut nicht vergisst.“

Bradley trat an den Tisch. Legte zwei Finger auf eine Karte, als würde Papier ihm bestätigen, was das Land längst weiß.

„Sie wollen bleiben“, sagte er.

Sam schüttelte den Kopf. „Wir wollen eine Chance.“

„Wozu?“

Sam hielt den Blick. „Zum Weitergehen.“

Bradley hob eine Augenbraue. „Sie suchen Sold?“

„Nein“, sagte Sam. „Zeit. Augen. Und einen Ort, an dem unsere Worte nicht im Wind sterben.“

Bradley nickte langsam. Nicht freundlich. Nicht überzeugt. Nur praktisch.

Bradley ließ die Hand auf der Karte liegen. Zwei Finger auf einem Abschnitt nördlich des Flusses, als markiere er keinen Ort, sondern eine Unruhe.

„Sie bleiben“, sagte er. „Fürs Erste.“

Sam atmete aus. Tawa atmete ein.

Bradley hob die Hand, kaum merklich. „Missverstehen Sie mich nicht.“

Die Bewegung reichte, um den Raum wieder enger zu machen.

„Sie bleiben nicht, weil ich Ihnen glaube“, fuhr er fort. „Und nicht, weil ich Ihnen vertraue.“ Er sah Sam direkt an. „Sie bleiben, weil Ihre Geschichte teuer ist. Und ich will wissen, ob sie den Preis wert ist."

Sam schwieg. Er kannte diesen Ton. Das war kein Angebot. Das war ein Geschäft.

Bradley wandte sich halb zu Hohnéhe. „Wie viele Wagen sind gestern vom Nordpfad zurückgekommen?"

„Einer weniger als geplant", antwortete der Scout ohne Zögern. „Und zwei Pferde lahm."

Bradley nickte, als habe er das erwartet. Dann wieder zu Sam und Tawa.

„Morgen bei Tageslicht", sagte er ruhig, „geht ein kleiner Trupp nach Norden. Kein Angriff. Keine Jagd." Eine kurze Pause. „Sehen. Hören. Zurückkommen."

Er sah Tawa an. Länger.

„Ihr geht voran", sagte Bradley. „Nicht als Soldaten. Als Augen."

Sam hob den Kopf. „Und wenn wir etwas finden?"

„Dann kommen Sie zurück", sagte Bradley. „Und erzählen es mir."
Sein Blick wurde härter. „Wenn Sie nicht zurückkommen, verliere ich nichts, was ich nicht schon einkalkuliert habe."

Stille.

„Und wenn wir nein sagen?", fragte Sam.

Bradley zuckte kaum sichtbar mit den Schultern. „Dann gehen Sie heute Nacht wieder hinaus." Er ließ den Satz liegen. „Ohne Waffen. Ohne Proviant. Der Fluss friert nicht für Überzeugungen."

Tawa sprach leise, aber klar: „Du schickst uns dorthin, wo die Krähen sind."

„Ich schicke Sie dorthin, wo mein Wissen endet", antwortete Bradley. „Was dort ist, entscheide nicht ich – und nicht Sie."

Ein Moment, in dem nichts knisterte. Nicht einmal der Ofen.

Sam sah Tawa an. Er brauchte keine Worte. Das Land hatte ihnen diese Frage schon gestellt.

„Morgen", sagte Sam schließlich. „Bei Tageslicht."

Bradley nickte. „Gut."

Er trat einen Schritt zurück, als sei die Sache damit erledigt. „Hohnéhe zeigt Ihnen, wo Sie schlafen. Essen gibt es genug, um nicht zu sterben. Nicht genug, um satt zu werden."

Ein Hauch von etwas, das fast ein Lächeln war, glitt über sein Gesicht und verschwand wieder.

„Willkommen in Fort Arrow Bend", sagte Bradley. „Jetzt kosten Sie mich Zeit. Sorgen Sie dafür, dass es sich lohnt."

Hohnéhe drehte sich um, ohne auf sie zu warten. Sam und Tawa folgten.

Als sie den Raum verließen, blieb Bradleys Blick einen Moment lang auf der Karte liegen. Genau dort, wo der Norden begann, unruhig zu werden.

Holzwände, die atmen

Der Abend war schon tief im Fort, als Sam und Tawa den Hof wieder betraten. Hinter ihnen stand das Tor wie ein Mund, der sich geschlossen hatte – nicht drohend, nur leer. Über den Palisaden blieb vom Himmel ein schmaler Streifen müdes Grau. Jeder Atemzug schmeckte nach Erde, Holz, kaltem Rauch – und nach Menschen, die zu nah beieinander leben.

Hohnéhe ging voraus. Seine Schritte machten kaum Geräusch, als würde er den Boden nicht treten, sondern nur prüfen. Sam merkte, wie die Blicke der Soldaten an Tawa hängen blieben. Nicht alle offen feindselig. Aber alle wach. Ein Fort nimmt Fremde auf wie ein Körper einen Splitter: nicht weil er ihn will, sondern weil er ihn nicht sofort loswird.

Die Baracke für Soldaten, Händler und Trapper lag im südlichen Teil des Hofs – ein langer Bau aus rohen Brettern. Die Ritzen waren so offen, dass der Wind dort nicht suchte. Er war schon drin.

Hohnéhe blieb vor der Tür stehen. „Du schläfst hier", sagte er zu Sam. „Unter Männern, die viel reden. Und wenig sehen."

Sam zog den Mundwinkel hoch, ohne Lächeln. „Klingt wie Zuhause."

Hohnéhe reagierte nicht. Das war keine Zeit für Humor, der auf Wärme hoffte.

Tawa stand neben Sam. Die Schultern waren hart, als trüge er noch immer seinen Bogen. Sam wusste, dass er ihn nicht mehr hatte. Das machte es schlimmer: Der Körper erinnerte sich an etwas, das die Hände nicht mehr greifen konnten.

„Und er?", fragte Sam.

Hohnéhe nickte nach hinten – zu einem flachen Unterstand aus wettergrauen Planken, halb offen, halb mit Pferdedecken verhängt. „Dort. Scouts schlafen nicht bei den Soldaten. Und Indianer unter Scouts schlafen nicht bei denen, die ihre Zunge nur kennen, wenn sie sie nachmachen."

Tawa sagte nichts. Aber Sam sah den winzigen Zug am Kiefer: getrennt, gleich am ersten Abend.

Da kam die Stimme. Rau, träge, nach Whisky stinkend.

„Na, sieh mal an. Noch ein dreckiger Indianer, der um unseren Herd schleicht."

Sam drehte sich. Drei Soldaten standen ein paar Schritte entfernt, Zinnbecher in der Hand. Der Sprecher war breit, vernarbt, ein Gesicht wie geflicktes Leder. Neben ihm zwei mit dem Blick von Männern, die mitlachen, weil sie zu müde sind, anders zu sein.

Tawa bewegte sich nicht. Doch seine Finger arbeiteten am Mantelband, als müsste er etwas festhalten, das im Körper schon loslaufen wollte.

„Lass es", sagte Sam leise, ohne Tawa anzusehen. „Nicht heute."

„Ich fange nicht an", sagte Tawa. Ruhig. Aber in der Ruhe lag Stein.

Hohnéhe trat vor. Seine Augen wurden schmal. „Geht euren Weg. Der Captain will keinen Ärger."

Der Narbige lachte. „Der Captain erwartet vieles. Aber abends steht er nicht hier draußen, wenn einer von denen –"

Er machte einen Schritt. Zu nah. Zu selbstsicher.

Sam ging dazwischen. Nicht groß. Nur so, dass der Mann merken musste: Hier endet der Weg.

Der Soldat stoppte. Überrascht. Vielleicht mehr darüber, dass ein Trapper die Seite wechselt, als über Tawa selbst.

„Du hältst seine Seite?" fauchte er.

„Ich halte den Hof ruhig", sagte Sam. Kurz. „Geh schlafen."

Der Mann funkelte ihn an, dann Tawa, dann Hohnéhe. Spuckte auf den Boden. Dachte offenbar nach, ob Whisky Mut ersetzt. Dann drehte er ab. Die zwei anderen folgten, als wären sie an einer Leine.

Der Hof atmete wieder.

Sam ließ die Luft aus den Lungen. Hohnéhe nickte einmal. Kein Lob. Nur: gemerkt.

„Das war nicht das letzte Mal", sagte er. „Aber nicht das gefährlichste."

Er deutete auf die Baracke. „Geh rein. Nimm deine Pritsche. Sprich wenig. Hör viel."

Sam nickte und sah zu Tawa.

Tawas Blick hing zwischen den Holzwänden, als suchte er eine Richtung, in der der Wind noch Platz hatte.

„Ich komme früh", sagte Sam.

Tawa antwortete nicht mit Worten. Zwei Finger an die Brust. Die Geste war klein, aber sie trug Gewicht. Dann drehte er sich weg und ging zum Unterstand.

Hohnéhe blieb einen Moment. „Er hat die Stille, die Männer nervös macht", sagte er. „Vor allem nachts. Halt deine Augen offen."

„Ich dachte, er schläft bei euch."

Hohnéhe schnaufte leise. „Ich schlafe bei niemandem. Ich bin Crow. Die anderen hier sind Shoshone, Arapaho – ein paar von überall. Sie trauen mir nicht. Ich traue ihnen nicht. Und sie trauen einander nicht."

Sam sah ihn an. „Ein Fort voller Männer. Und keiner traut dem anderen."

Hohnéhe zuckte mit den Schultern. „Das ist ein Fort."

Dann ging er.

Sam trat in die Baracke.

Die Tür quietschte, als müsste sie jeden Fremden melden. Drinnen hing Hitze wie eine schlechte Decke: zu dünn, um gut zu sein, zu dick, um frisch zu bleiben. Ein Ofen am Ende spuckte träge Wärme. Darüber hingen Stiefel zum Trocknen, und ihr Geruch überlagerte selbst den Rauch.

Zwölf Pritschen. Sechs links, sechs rechts. Decken, die eher Säcke waren. Spinde voller Kratzer, eingeritzter Namen, kleiner Drohungen.

Ein paar Männer würfelten. Einer kratzte sich. Einer hustete, als hätte er den Winter in der Brust.

Als Sam eintrat, starb das Reden.

Blicke trafen ihn wie Kiesel – nicht tödlich, aber kalt genug, um zu merken, dass man hier nicht einfach „ankommt".

„Das ist der Neue", murmelte einer.

„Der Trapper."

„Der mit dem Indianer."

Sam hob die Hand. Nicht als Gruß. Nur als Zeichen: keine Waffe. Nichts in der Hand. Nichts am Gürtel.

„Ich will schlafen", sagte er.

Ein Rotschopf mit einem Gesicht wie ein schlecht gelaunter Bär schnaubte. „Dann gewöhn dich daran, dass du hier nicht allein atmest."

Ein paar lachten. Kurz. Trocken.

Sam ging zu einer freien Pritsche, warf die Decke hin, setzte sich. Das Holz knarrte. Die Männer verloren das Interesse. Würfel klackten wieder. Die Baracke füllte sich erneut mit Geräusch.

Aber der Schlaf nahm ihn nicht.

Er hörte Wasser tropfen, irgendwo in einem Eimer. Mäuse in den Wänden. Ein Mann drehte sich und fluchte. Jemand zog Metall über Leder – langsam, als wäre es Beruhigung.

Die Baracke atmete. Doch sie atmete anders als ein Haus. Nicht wie etwas, das schützt. Eher wie etwas, das dich mit seiner eigenen Luft füttert, bis du sie nicht mehr aus dem Kopf bekommst.

Sam zog die Decke über sich. Wärme war da, aber sie hatte keine Güte. Er schloss die Augen. Und sah trotzdem die Mulde. Ghost. Den Staub. Die Finger, die den Boden nicht mehr finden.

Dann hörte er es.

So leise, dass es nur ein Schlafwort sein konnte. Ein Name, der aus der Kehle rutscht, wenn der Kopf nicht mehr aufpasst.

„... Noh'Káto ..."

Sam riss die Augen auf.

Keiner reagierte. Der Murmelnde wandte sich nur, ein grauer, hagerer Mann mit Bart wie Unkraut. Er schlief weiter, schwer. Aber das Wort blieb. In der Luft. Zwischen Brettern. Zwischen Männern.

Sam lag still. Der Name war ein Dorn. Nicht, weil er laut war. Sondern weil er hier war – in einem Fort, in dem er nicht sein sollte.

Eine Stunde, vielleicht zwei vergingen. Geräusche wurden langsamer. Schnarchen. Husten. Das Knacken des Holzes. Tropfen in Tropfen.

Sam schlief nicht.

Tawa war draußen. Unter fremden Männern. Unter Männern, die ihn nicht wollten – und ihn doch prüften, weil man prüft, was man fürchtet.

Sam setzte sich langsam auf. Tastete instinktiv nach dem Gürtel – fand nichts. Das war die Wahrheit dieses Orts: Leere, wo früher Sicherheit hing.

Er zog die Stiefel an, band sie leise. Nicht weil er sich verstecken wollte. Sondern weil er wusste, wie schnell ein Geräusch in einem Fort ein Anlass wird.

Dann schob er die Tür auf.

Die Nacht draußen war kälter, klarer. Der Wind pfiff zwischen den Palisaden, aber er hatte keine Weite mehr. Er war ein Geräusch in Holz.

Sam stand einen Moment im Hof. Wachen gingen ihre Linien. Ein Hund bellte einmal und brach ab. Ein Pferd schnaubte irgendwo, unruhig.

Sam ging zum Unterstand der Scouts.

Schon aus der Entfernung hörte er Stimmen. Nicht laut. Aber so, dass sie schneiden.

Er beschleunigte.

Tawa stand im Schatten des Unterstands. Still. Aufrecht. Wie ein Stein, um den sich die Welt entscheidet, ob sie bricht.

Vier Männer standen um ihn herum – drei Indianer, ein Weißer mit einem schmutzigen Halstuch. Keine Uniform. Keine Vorschrift. Nur die Sorte Männer, die draußen leben und drinnen nur schlafen, wenn sie müssen.

Ein Arapaho mit schmalem Gesicht sprach. Weich, aber scharf.

„Du bist allein gekommen. Kein Pferd. Keine Familie. Nur ein Weißer an deiner Seite. Warum?"

Tawa ließ den Blick langsam über sie gehen. Kein Trotz. Keine Bitte. Nur: Lesen.

Ein stämmiger Scout schnaubte. „Wir brauchen niemanden, der uns schwächer macht."

Der Weiße lachte trocken. „Vielleicht hat er ihn gekauft. Für Brot."

Sam trat näher. Noch sagte er nichts.

Tawa hob den Kopf.

„Wenn ein Mann fragt, warum ich allein bin“, sagte er ruhig, „fragt er nach Dingen, die den Tod gebracht haben.“

Stille.

Der Arapaho wich einen halben Schritt zurück – nicht aus Angst. Aus Respekt vor der Kälte im Satz.

Der Weiße schnaubte. „Der Tod nimmt jeden, der zu schwach ist.“

Tawas Augen wurden schmal. „Der Tod nimmt auch Männer mit starken Armen. Er nimmt die, die glauben, das allein reicht.“

Der Stämmige trat vor, Hände offen, Finger gespannt. „Meinst du mich?“

„Ich meine jeden Mann, der nicht weiß, was er sagt“, sagte Tawa.

Der Weiße grinste. „Vielleicht sollten wir ihm zeigen, wie man—“

Sam trat aus dem Schatten. „Genug.“

Vier Köpfe drehten sich.

Tawa blieb reglos. Sein Blick glitt kurz zu Sam – kein Dank, kein Ruf. Nur: Ich lasse dich reden.

„Nicht deine Sache, Trapper“, sagte der Weiße.

„Doch“, sagte Sam. „Wenn ihr ihn prüft, nur um euch selbst zu hören, ist es meine Sache.“

Der Arapaho verschränkte die Arme. „Wir wollen wissen, wer uns im Rücken liegt.“

Sam nickte. „Dann fragt. Aber nicht so.“

Der Weiße spuckte aus. „Wenig Unterschied.“

„Für mich schon“, sagte Sam.

Einen Herzschlag lang war es still wie Schnee über dünnem Eis.

Dann kam ein Geräusch hinter ihnen, kaum hörbar.

Hohnéhe stand da. Als wäre er schon lange da gewesen. Vielleicht war er es.

„Genug“, sagte er.

Das Wort war nicht laut. Aber es hatte Tiefe. Der Stämmige wich zurück. Der Arapaho folgte. Der Weiße blieb einen Moment zu lange – bis Hohnéhe ihn ansah. Wirklich ansah. Dann blieb er stehen. Nicht aus Einsicht, sondern weil etwas in der Luft ihn anhielt.

Als sie weg waren, blieb Hohnéhe zwischen Sam und Tawa stehen.

„Er ist einer von dir?", fragte er Sam, ohne Tawa anzusehen.

„Ja", sagte Sam.

Hohnéhe nickte. „Dann sag das morgen. Heute Nacht hören Männer weniger."

Er wandte sich zu Tawa. „Und du – sprich weniger mit deinem Blick. Du weißt nicht, was sie darin lesen."

Tawa antwortete nicht. Er musste nicht.

Hohnéhe verschwand wieder im Dunkel.

Sam blieb mit Tawa zurück.

„Alles gut?", fragte Sam leise.

„Ja", sagte Tawa.

„Sie wären fast—"

„Nein", unterbrach Tawa. „Sie wollten wissen, ob ich breche."

Sam atmete aus. „Und?"

Tawa legte die Hand kurz an einen Pfosten, fühlte die Maserung, als prüfe er, woraus dieses Fort gemacht war.

„Holz gibt nach", sagte er leise. „Ich nicht."

Der Wind strich über die Palisaden, als wolle er zählen, wie viele Entscheidungen diese Nacht schon getroffen worden waren – und wie viele noch kommen würden.

Der Morgen danach

Der Morgen kam nicht mit Licht. Er kam mit einem Geräusch.

Ein raues, kurz angebundenes Rufen rollte über den Hof, als wäre es aus Holz geschnitzt und mit kaltem Atem gehärtet. Wachwechsel. Befehle. Schritte. Noch bevor der Himmel sich überhaupt zu einer Farbe bekannte. Alles war grau – dieses Fort-Grau, das an Palisaden klebt und nach Nächten riecht, in denen Männer frieren und Pferde still werden.

Sam trat aus der Soldatenbaracke, und der Wind war sofort bei ihm. Unter dem Hemd, unter den Rippen. Schlaf hatte ihn kaum berührt. Er hatte mehr gelegen als geruht, und irgendwann war er wieder aufgestanden, als wäre die Pritsche zu eng geworden für all das, was in seinem Kopf nicht aufhören wollte zu gehen. Drinnen blieb das Murmeln der Männer zurück wie warmer Atem in nassem Stoff.

Draußen trug der Wind Leder heran, ungewaschenen Stoff, kalte Asche – und diesen säuerlichen Geruch von Körpern, die zu lange zu nah beieinander gewesen waren. Uniformen bewegten sich überall: abgeschabte Knöpfe, geflickte Ellbogen, ausgefranste Ärmel. Stoff, der zu viel gehört hatte und zu wenig vergaß. Einige Soldaten humpelten. Andere rieben sich die Augen. Wieder andere tasteten nach ihren Pfeifen, als hinge der Tag an einem Funken. Einer trank schon. Ein Flachmann blitzte kurz im grauen Licht und verschwand wieder an Lippen, die zu früh nach Wärme suchten.

Blicke trafen Sam. Keine offenen Feindschaften – nur dieses prüfende Zucken. Fremder. In Forts wächst Misstrauen schnell, weil Langeweile Zeit hat.

Und dann war da Tawa.

Er stand hinter Sam, aufrecht, schweigend. Nicht der stille Schlaf von Männern, die müde sind – eher die Stille von jemandem, der nicht reden muss, um da zu sein. Gerade weil er so still war, wirkte er inmitten all der Hast und Müdigkeit fremder als alles andere. Manche Soldaten sahen ihn an und sahen sofort weg. Andere ließen den Blick einen Herzschlag zu lang auf ihm ruhen, als wollten sie sich entscheiden, ob er Mensch war oder etwas, das man besser nicht nah an sich heranlässt.

Sam wandte sich um – und bemerkte, dass Tawa nicht die Männer musterte.

Sondern den Boden.

Der Sand zwischen den Baracken war für Tawa kein Sand. Er war Schrift. Spur. Eine Sprache, die der Wind noch nicht ganz ausradiert hatte.

Tawa ging ein paar Schritte, als lausche er. Der Frost knisterte leise unter seinen Mokassins. Sam folgte. Er sah nur Erde, Schlamm, verwischte Abdrücke. Doch Tawas Blick wurde schmal, aufmerksam, als hätte jemand die Welt vor ihm aufgeklappt.

„Viele Männer“, murmelte er, „doch keiner hat Ruhe im Schritt.“

Sam brauchte einen Moment, bis er verstand. Dann sah er es – oder er begann zumindest, daran zu glauben.

Die Fußspuren lagen dort, wo sie liegen mussten, aber sie waren schwer. Kerben zu tief, Tritte, die schleppten. Männer, die ihren Tag schon satt hatten, bevor er angefangen hatte. Sam wäre daran vorbeigelaufen. Tawa nicht. Für ihn verriet schon die Art, wie ein Absatz in den Sand drückte, ob ein Mann müde war oder nur so tat.

Ein Stück weiter war der Boden flachgeschabt, als hätte jemand in der Nacht etwas Schweres darüber gezogen. Die Spur war unruhig, nicht gerade, nicht sauber. Hin. Zurück. Hin. Als hätte eine Hand nur etwas gebraucht, woran sie ziehen konnte.

Tawa kniete. Seine Finger strichen über eine Vertiefung – den Abdruck eines Pferdehufs, tiefer als die anderen, der Rand ausgefranst.

„Dieses Pferd hat Angst gehabt“, sagte er leise. „Angst frisst Spuren tiefer.“

Sam sah den Abdruck und spürte nur Kälte. Aber er glaubte Tawa. Und er merkte, wie sehr ihn das störte: dass er einem Mann glaubte, der den Boden besser lesen konnte als Gesichter.

Unter dem Dachvorsprung einer Baracke war der Boden seltsam verdichtet. Nicht von vielen Füßen – von einem. Ein

Standplatz, der immer wieder dieselbe Stelle gesucht hatte. Sand verschoben. Glatt gestrichen. Wieder verschoben. Nicht viel. Aber zu regelmäßig für Zufall.

Tawa verharrte. Der Hof schien für einen Moment langsamer zu atmen.

Dann zog es ihn zur Palisade.

Ein Abschnitt des Holzes, kaum handbreit, schimmerte im matten Morgen anders. Nicht neu. Nicht alt. Nur glatter. Dort, wo Hände immer wieder gewesen sein mussten. Finger. Handballen. Vielleicht Stirn. Vielleicht nur dieses kurze Anlehnen, wenn niemand hinschaut, und man doch nicht weiß, wohin mit sich.

Tawa legte die Hand darauf. Sam sah, wie er die Augen für einen Herzschlag schloss, als würde er in dem Holz etwas hören, das nicht gesagt worden war.

„Viele hier schlafen", murmelte Tawa, „aber keiner ruht."

In den Worten lag Gewicht. Nicht aus Poesie – aus Erfahrung. Sam schluckte. Es klang wie Winter, der in ein Haus zieht, auch wenn das Feuer noch brennt.

Und in diesem Hof stand etwas, das man nicht sah – und doch überall spürte.

Noh'Káto.

Der Name kam Sam nicht über die Lippen. Aber er stand zwischen den Baracken wie eine unsichtbare Spur, älter als jede Stiefelsohle.

Sam richtete sich auf, wollte etwas sagen – irgendetwas Kleines, etwas, das die Stille wieder verkleidet hätte –, da wehte ein anderer Ton über den Hof. Schief. Nicht vom Wind.

„Sieh an", sagte eine Stimme, „die zwei Fremden sind schon wach."

Sam wusste, bevor er sich umdrehte, dass dieser Morgen keinen Frieden mehr bringen würde.

Der Mann, der sich von einem Stapel Kisten abstieß, war schmal. Gesicht zu jung und zu verbraucht zugleich. Die Uniform hing an ihm, als hätte sie nie richtig zu ihm gehört. Neben ihm standen zwei weitere Soldaten – breitere Gestalten, deren Blicke weniger sagten als ihre Haltung. Sie wirkten nicht bösartig. Nur leer. Und Leere ist gefährlich, weil sie nach etwas sucht, das sie füllt.

Der Schmale zog die Schulter hoch. Sein Grinsen war dünn wie der Morgen.

„Hab nicht gewusst, dass der Captain neuerdings auch…"

Er ließ das Wort hängen, schaute zu Tawa, dann zurück zu Sam.

„…solches Volk aufnimmt."

Sam spürte, wie sein Atem schmal wurde. Nicht aus Wut – eher aus dieser Fort-Müdigkeit, die schon vor dem Frühstück an den Knochen hängt.

„Wir sind hier geduldet", sagte Sam ruhig.

„Du vielleicht", erwiderte der Soldat, „aber der da…"

Er nickte in Tawas Richtung, der stillstand wie ein Fels im Wasser.

„… der sieht eher aus, als käme er zum Betteln. Oder zum Spähen."

In der Nähe taten ein paar so, als hätten sie nichts gehört. Aber ihre Augen verrieten das Gegenteil. Sie warteten. Ob es losging. Ob der graue Morgen einen Riss bekam.

„Wähl deine Worte", sagte Sam.

Nicht laut. Nicht drohend. So, wie man ein Messer auf den Tisch legt, ohne es zu ziehen.

Der Mann lachte. Dünn. Unsicher.

„Oder was?" Er machte einen Schritt näher.

Tawa drehte den Kopf. Nur ein wenig.

Es reichte.

Das Lachen erlosch, als hätte jemand eine Hand über eine Kerze gelegt. Denn in Tawas Blick lag nichts Feindliches. Keine Wut. Keine Drohung. Nur Ruhe – und diese Ruhe passte nicht zu einem Hof, in dem Männer sich sonst nur über Lautstärke behaupten.

Sam wollte etwas sagen, wollte Tawa zurückholen – oder sich selbst. Doch in diesem Atemzug kam ein anderes Geräusch:

Das Tor.

Nicht laut. Aber eindeutig. Wie ein schwerer Punkt am Ende eines Satzes.

Hohnéhe trat ein.

Pelzkragen offen, Wangen rot, Atem dampfend. Einer von denen, die im Fort ein- und ausgingen wie Schatten, die zufällig einen Körper hatten. Er sah weder zu Sam noch zu den Soldaten. Er sah in den Hof, als hätte er seine Worte nicht an Menschen zu richten, sondern an Frost.

„Im Norden haben sie einen gesehen", sagte er und schüttelte Schnee aus den Haaren.

Der Ton war beiläufig – zu beiläufig, als spräche er über einen Ast, der irgendwo gebrochen war.

„Einen, der die Toten in den Schnee legt wie Zeichen."

Der Hof wurde still. Stiller, als ein Hof voller Männer sein sollte. Der Provokateur senkte unbewusst die Schultern. Sogar das Knistern von Pfeifen schien einen Herzschlag lang auszusetzen.

Hohnéhe zog an seiner Pfeife, ohne den Morgen aus den Augen zu lassen.

„Seine Pfeile..." Er hielt kurz inne, als wolle er den Satz nicht selbst zu Ende bringen. „...haben rote Fiederung."

Sam fühlte, wie sein Herz gegen die Rippen schlug. Langsam. Schwer. Wie etwas, das zu groß geworden ist für den Käfig, in den man es sperren wollte.

Tawa stand reglos. Doch Sam sah, wie sich etwas in ihm ausrichtete. Lautlos. Als würde ein Bogen gespannt – nicht aus Holz, sondern aus Atem. Seine Hand hob sich nicht zum Messergriff; sie ging nur dorthin, wo der Griff früher gewesen war. Dorthin, wo der Gedanke beginnt.

Noh'Káto.

Ein Zeichen im Schnee. Ein Schatten im Norden. Ein Jäger, der Tote ordnet wie Schrift. Ein Morgen, der plötzlich mehr versprach als Drill und kalten Wind.

Der Wind schien für einen Moment den Atem anzuhalten. Irgendwo klirrte ein Blechtopf, weil einem Soldaten der Griff entglitt.

Sam trat näher an Tawa. Nicht als Schutz. Eher als Zeuge.

„Tawa..." Mehr sagte er nicht. Manche Namen packt man nicht in Sätze. Man lässt sie stehen, damit sie nicht brennen.

Hohnéhe musterte sie zum ersten Mal bewusst. Ein Hauch von Wissen huschte über seine Züge – dieses stille Erkennen, das Männer teilen, die gelernt haben, zu lesen, wo andere nur hinschauen.

„Wir haben nur Spuren gesehen“, sagte er. „Keinen Körper. Keine Stimmen. Nur die Zeichen. Und einen Pfeil. Rot befiedert.“

Er blies Rauch aus, der in der Luft zu weißen Fäden zerfiel.

„So etwas lässt man nicht liegen. Nicht ohne Grund.“

Hinter ihm begann ein Murmeln. Männer verwandelten Mut in Geräusche. Manche fluchten leise. Andere spuckten in den Frost. Ein paar zogen die Schultern hoch, als könnten sie den Nordwind mit Stoff aufhalten. Die Nachricht saß in ihnen wie eine Hand an den Rippen: nicht um zu verletzen – um zu erinnern.

Der Mann, der Sam provoziert hatte, fand seine Zunge nicht wieder. Seine beiden Kameraden starrten plötzlich sehr interessiert auf ihre Stiefel. Ihre Überheblichkeit war weg. Nicht, weil sie klüger geworden wären – sondern weil ein Name im Hof stand, gegen den Spott klein wird.

Sam spürte, wie sich zwei Gedanken ineinander verhakten wie Finger: Angst, dünn wie ein Faden – und etwas Bitteres, Waches. Wenn Noh'Káto hier war, gab es keinen freien Weg nach vorn. Und keinen zurück.

Tawa blickte zu den Palisaden, als könnte er durch Holz sehen. Seine Stimme war kaum mehr als Atem.

„Er geht nicht ohne Grund nach Norden.“

Sam schluckte. „Glaubst du, er sucht uns?“

Tawa antwortete nicht sofort. Der Wind trug ein paar Körner Frost quer über den Hof, obwohl noch kein Schnee fiel. Sie wirkten dichter, schwerer – wie Vorboten, nicht vom Wetter, sondern von Dingen.

„Noh'Káto sucht niemanden“, sagte Tawa schließlich. „Er folgt nur Linien, die er selbst zieht.“

Dann hob er den Blick zu Sams Augen. Und Sam sah dort etwas, das er selten bei ihm sah: Vorsicht.

„Aber wenn einer von uns auf seiner Linie steht…“

Der Satz blieb liegen. Er musste nicht zu Ende.

Um sie herum wurde der Hof wieder lauter, aber anders. Leiser in den Kehlen, härter in den Händen. Einer legte Holz nach, doch seine Finger zitterten. Ein anderer zog sein Gewehr zu früh aus der Halterung und stellte es wieder zurück, weil niemand befohlen hatte, es zu tun. Ordnung gab es hier nur, solange die Angst noch schlief.

Jetzt war sie wach.

Dann krachte eine Tür.

Die Tür des Hauptgebäudes schlug auf, und Captain Bradley trat heraus. Mittleren Alters, das Gesicht voller Linien wie der Boden um das Fort. Augen gerötet vor Übermüdung, aber wach – scharf, ohne Selbstbetrug. Ein Mann, der wusste, wie dünn der Abstand zwischen Ordnung und Chaos hier draußen ist.

Er stapfte über den Hof. Der Wind zerrte an seinem Mantel, aber Bradley ging, als gäbe es keinen Wind.

„Scout", rief er. „Bericht."

Hohnéhe wiederholte knapp, ohne Ausschmückung, was er gesehen hatte. Worte, hart und kantig.

Bradley nickte nicht. Er presste nur die Lippen zusammen – ein einziges, stilles Zeichen, dass er es ernst nahm. Ernster vielleicht, als er bereit war zu zeigen.

„Gut", sagte er schließlich. Ein Wort, das überhaupt nicht gut klang. „Dann treffen wir Vorkehrungen."

Und mit diesem Satz geriet das Fort in Bewegung – nicht laut, aber schwer. Männer begannen zu laufen, nicht hastig, doch zielgerichtet. Einer spannte die Riemen seines Sattels nach. Ein anderer breitete eine Karte auf einer Kiste aus, und der Wind wollte sofort eine Ecke davon fassen. Jemand holte Munition aus dem Magazin. Ein Pferd wurde herausgeführt; eines von den Nervösen, die den Kopf hochtragen, als könnten sie den Norden riechen.

Sam nahm die Luft in sich auf. Das war nicht die Vorbereitung für einen Spaziergang. Das war die Vorbereitung für etwas, das man noch nicht beim Namen nennen wollte.

Bradley wandte sich ihnen zu.

„Ihr beide“, sagte er scharf, ohne Umschweife. „Ihr wart draußen. Ihr kennt das Land. Und ihr seht Dinge, die meine Männer nicht sehen.“

Sein Blick blieb einen Moment an Tawa hängen. Kein abwertender Blick. Kein Misstrauen. Eher der Blick eines Mannes, der instinktiv erkennt, wie viel Überleben in einem Fremden liegen kann.

„Ich stelle eine kleine Truppe zusammen“, fuhr Bradley fort. „Keine große Bewegung. Nur Männer, die schnell sein können, bevor wir in Schwierigkeiten geraten.“

Sam nickte, mehr aus Pflicht als aus Überzeugung.

„Was erwarten Sie von uns?“

Bradley sah ihn lange an, dann Tawa.

„Dass ihr mir sagt, wann der Wind kippt.“

Sam verstand. Der Captain suchte keine Helden. Er suchte Ohren. Augen. Männer, die merken, wenn sich etwas ändert, bevor es knallt.

Tawa trat vor. Der Wind griff nach ein paar Haarsträhnen und schlug sie gegen seine Wange.

„Ich höre den Norden“, sagte er leise. „Und ich höre, dass er nicht weit ist.“

Sam fühlte, wie sich seine Brust verengte. Diese Mischung aus Furcht und Erkenntnis, die das Grenzland überall bereithält: Die Welt ändert sich nicht durch Donner. Sie ändert sich durch Stille.

Und die Stille jetzt war lauter als alles.

Bradley blieb noch einen Herzschlag lang vor ihnen stehen, als wolle er sie mit einem Blick prüfen. Dann nickte er knapp – als hätte er in ihnen etwas gesehen, das ihm nicht gefiel, das er aber brauchte.

„Ihr bleibt in der Nähe“, sagte er. „Wir rüsten uns. Und bevor hier jemand unüberlegt den Göttern seine Seele übergibt, will ich wissen, was draußen wirklich vor sich geht.“

Er drehte sich um. „Sergeant Mullins!“

Ein bulliger Mann kam heran, grober Bartwuchs, Augen zu groß für das müde Gesicht. Mullins bewegte sich schnell, als hätte er den Befehl schon geahnt.

„Fünf gute Männer“, sagte Bradley. „Aber erst, wenn wir wissen, was der Morgen uns wirklich erzählt. Nicht die Schnellsten. Nicht die Lautesten. Die Richtigen. Die, die noch zuhören können.“

Mullins nickte, brummte etwas Unverständliches und begann, Soldaten heranzuwinken. Er tat es, wie man Holzscheite auswählt: prüfend, mit Erfahrung – ohne Illusion, dass eines davon besser brennt als das andere.

Während Mullins Männer auswählte, kroch die Unruhe durchs Fort, jetzt nicht mehr verstreut, sondern wie ein einziger Gedanke. Einer ließ seine Pfeife fallen, ohne es zu merken. Ein anderer zog den Gürtel seines Colts fester, als könne Leder ihn daran erinnern, dass er noch lebte. Ein Dritter murmelte ein Gebet, so leise, dass nur er es hörte – und vielleicht der Frost.

Sam beobachtete das alles mit Druck in der Brust. Es erinnerte ihn an Augenblicke vor einem Sturm, wenn die Luft anders wird, voller unsichtbarer Splitter.

„Sie sind nervös“, sagte er halblaut.

„Männer, die nichts wissen, sind immer nervös“, antwortete Tawa ruhig.

Sam wusste, was er meinte: Furcht ist nicht das Problem. Unwissenheit ist es.

Hohnéhe trat zu ihnen. Sein Gang blieb ruhig, aber die Schwere seiner Schritte verriet, dass er wusste, wie wichtig jede Beobachtung war. Er blieb vor Tawa stehen, musterte ihn ohne Hast. Zwei Männer, die nicht dieselbe Sprache sprachen und sich doch verstanden.

„Du kennst seine Spuren“, sagte Hohnéhe.

Es war keine Frage.

Tawa neigte den Kopf. „Ich kenne seine Art.“

Hohnéhe blies eine dünne Rauchfahne aus. „Dann wirst du wissen, dass er nicht zufällig hier ist.“

Tawa antwortete nur mit einem Laut, mehr als Zustimmung, zu wenig für ein Wort.

Bradley kam mit einer groben Karte zurück – Papier hart, geknickt, Linien von Händen gezogen, die mehr Erfahrung im

Schießen als im Zeichnen hatten. Er warf sie auf eine Kiste, der Wind fummelte sofort an der Ecke. Mullins drückte sie fest.

„Hier“, sagte Bradley und zeigte auf einen Punkt. „Hier wurde er zuletzt gesehen.“

Hohnéhe nickte.

„Und hier sind wir.“

Bradleys Finger glitt über das raue Papier. Sam sah die Entfernung. Nicht groß. Nicht klein. Ein Stück Land, das mit schlechtem Glück zur Ewigkeit werden konnte.

„Offenes Gelände“, murmelte Mullins. „Wenn er uns sieht, sehen wir ihn nicht.“

„Er sieht euch immer zuerst“, sagte Hohnéhe.

Keiner widersprach.

Bradley schloss die Augen kurz, als müsse er ein fremdes Geräusch einfangen.

„Wir brechen nicht sofort auf“, sagte er. „Aber wir dürfen keinen weiteren Morgen verschlafen wie diesen.“

Sam fühlte, wie Tawa sich neben ihm straffte. Kaum merklich. Aber deutlich genug. Er wusste: Sein Freund ging innerlich schon.

„Du willst gehen“, sagte Sam leise.

Tawa hob den Blick. Kein Drängen. Keine Hast. Nur dieses ruhige Wissen, das manchmal stärker ist als Mut.

„Wenn jemand Linien zieht“, sagte er, „muss jemand sehen, wohin sie führen.“

Sam wusste, was das bedeutete. Und er wusste auch: Es würde keinen Streit darüber geben.

„Dann müssen wir bereit sein“, murmelte er.

„Wir sind es“, antwortete Tawa.

Die fünf Männer, die Mullins ausgewählt hatte, standen beisammen. Jeder trug seine eigene Art von Furcht. Einer blass, aber entschlossen. Einer zog Mut aus dem Geräusch seines Gewehrs. Einer starrte in die Ferne, als läge dort eine Antwort. Der vierte wirkte ruhig – vielleicht zu ruhig. Der fünfte war jung und ballte die Hände, als klammere er sich an Wut, weil die Angst zu groß war.

Sam sah sie an. Er wusste: Bereit war keiner. Aber vielleicht ist niemand je bereit für das, was jenseits der Palisaden wartet.

Bradley trat einen Schritt zurück und atmete durch.

„Rüstet euch“, sagte er. „Bis ich es anders befehle, verlässt keiner das Fort – aber jeder verhält sich so, als müssten wir es in einer Stunde tun. Keine Panik. Keine lauten Gespräche. Wir bleiben still. Wir bleiben wach. Und wir bleiben zusammen.“

Sam nickte. Tawa nickte. Hohnéhe nickte.

Der Morgen hatte seine Richtung gefunden.

Und alles, was noch fehlte, war der erste Schritt.

Doch der würde kommen. Das wusste jeder im Hof. Man spürte es im Atem der Pferde, im Zittern der Hände, im Wind, der plötzlich roch, als führe er Schnee mit sich.

Der Norden war nicht mehr weit.

Er stand schon vor der Tür.

Die Vorbereitung

Der Abend kam nicht plötzlich. Er sickerte durch die Ritzen der Palisaden wie Ruß in trockenes Holz und suchte sich seinen Weg in jede Falte, in jeden Spalt, in jedes ungesagte Wort. Über dem Fort lag ein Licht, das nicht mehr leuchtete, sondern nur noch blieb – ein fahles, erschöpftes Grau, das den Atem der Männer stumpf machte und jeden Laut kurz festhielt, bevor er weiterdurfte.

Sam stand nahe am inneren Tor, die Hände tief in den Taschen, den Mantel enger gezogen. Der Wind roch nach Schnee und Metall; er brachte den Norden mit, ohne ihn zu zeigen.

Tawa lehnte neben ihm an einem Pfosten, die Schultern ruhig, der Blick wach. Er hörte nicht auf Stimmen – er hörte auf das, was zwischen ihnen lag. Der Wind fuhr ihm ins Gesicht, und er nahm ihn an, ohne zu blinzeln.

Ein Offizier trat aus der Kommandostube, den Mantel nur halb geschlossen, als habe er es eilig. Ein Leutnant folgte ihm mit einem Bündel Papiere unter dem Arm, die in der Böe knisterten. Beide hielten kurz inne, sahen über den Hof – nicht nach den Männern, sondern nach der Luft, als müsse man zuerst wissen, wie sie heute stand.

Als Sam und Tawa näherkamen, hatte der Tag bereits seinen Rand verloren. Das Licht hing flach zwischen Himmel und Palisaden: zu hell für wirkliche Nacht, zu grau für einen Abend, der noch etwas versprach. Entlang der Innenwand brannten die ersten Fackeln, warfen lange, unruhige Zungen auf den festgestampften Boden, ohne ihn wirklich zu heilen.

In diesem Halblicht wartete der Offizier, die Arme verschränkt, der Mantel offen. Hinter ihm standen Männer bereit – nicht viele. Das war Absicht, und jeder im Hof wusste es.

„Wir schicken einen Spähtrupp“, sagte der Offizier schließlich, laut genug, dass die Worte am Tor und bei den Stallungen zugleich ankamen. „Fünf Mann. Leicht. Schnell. Und klug genug, nicht zu sterben.“

Er trat in die Mitte, und die Männer, die er wollte, lösten sich aus der Menge, als hätten sie die Namen längst im Rücken getragen.

Corbett – schmal wie ein Messer, das das Lächeln nicht kennt.
Jensen – Furchen im Gesicht, vom Wind geschlagen, nicht von Jahren.
Miles – jung, Blick zu offen für einen Ort wie diesen.
Sutter – Scout, braune Zöpfe, Ohren, die Dinge hörten, bevor andere sie bemerkten.
Farron – der schweigsame Ire, Hände wie Arbeit, Schultern wie Holz.

Sie traten zusammen, ohne Worte, wie Männer, die wissen, dass Namen im Dunkel weniger zählen als Schritte.

Sam und Tawa blieben am Rand stehen. Sie kannten die Gesichter kaum – aber sie kannten den Ausdruck, der darüber lag: Pflicht und Angst unter demselben Mantel.

„Ihr geht nach Nordwesten", sagte der Offizier, die Stimme hart und knapp. „Bis zum Grat. Dort schaut ihr nach Bewegung. Rauch, Pferde, Spuren. Kein Heldentum. Kein langer Weg. Ein Punkt – und ihr kommt zurück, bevor es unübersichtlich wird."

Er deutete mit der Hand, zählte sie ab, ohne zu zählen.

„Sutter, du gehst vorn. Du hörst zuerst. Findest du eine Spur, gehst du nur so weit, wie ein ruhiger Atem reicht – nicht weiter."

Sein Blick glitt weiter.

„Corbett, Farron – dicht bei ihm. Haltet die Linie."

Dann:

„Jensen, du nimmst den Rücken. Kein Schritt, der dir fremd bleibt."

Einen Moment blieb sein Blick auf dem Jüngsten hängen.

„Und du, Miles … du schaust. Du merkst dir alles. Wenn einer zurückkommt, dann der, der erzählen kann."

Er atmete einmal tief durch; der Hauch stand weiß zwischen ihnen.

„Ihr habt zwei Stunden. Dann will ich ein Zeichen. Oder ich verlange eure Stiefel wieder hier im Hof."

Miles schluckte. Sein Nicken war fest genug, um nicht umzufallen.

Sam trat einen halben Schritt vor, ohne ganz zu wissen, weshalb.

„Fünf Mann?“, murmelte er.

Der Offizier sah ihn kurz an.

„Fünf, die nicht lärmen“, sagte er. „Mehr Männer sieht man früher. Und sie sterben früher.“

Tawa sagte nichts. Sein Blick lag auf den Pferden, die in einer Reihe bereitstanden, die Köpfe tief, als hätten sie den Abend im Maul und schmeckten schon, was er kostet.

Sutter zog den Zügel seines Pferdes leicht an. Das Tier spannte sich – und fand wieder Ruhe, als würde es lernen, still zu warten.

Der Hof hielt einen Augenblick den Atem an. Der Wind wusste nicht, aus welcher Richtung er weiterkommen wollte.

Tawa trat näher zu Sam.

„Sie gehen in eine Richtung, die heute nach Tod riecht“, sagte er leise.

„Jede Richtung riecht nach Tod“, entgegnete Sam, kaum hörbar. „Es kommt nur darauf an, welche schneller ist.“

Corbett stieg auf, ohne überflüssige Bewegung. Jensen zog mit einem Brummen den Gürtel nach. Farron schwang sich hinauf, als wäre es Arbeit. Miles brauchte einen Atemzug länger – aber als er im Sattel saß, war der Junge aus seinem Gesicht ein Stück verschwunden.

Der Offizier hob die Hand. Die Fackeln warfen glühende Streifen über seine Wangen.

„Los.“

Der Befehl war nicht laut. Er schnitt trotzdem durch den Hof.

Die Pferde setzten sich in Bewegung, zuerst schwer, dann flüssiger. Schnee stob auf. Hufe rissen dunkle Striche in das Weiße, bevor der Wind sie glättete. Einen Augenblick standen sie im Fackellicht. Dann waren sie Schatten. Dann nur noch Bewegung, die der Wind glattzog.

Als sie den Rand der Palisaden erreichten, war der Abend bereits dünn geworden.

Sam blieb stehen, rührte sich nicht. Neben ihm zog Tawa den Gürtel ein Stück fester, als würde er sich an diesen Abend binden.

Der Offizier wandte sich wieder zu ihnen.

„Kommt", sagte er nur. „Ihr braucht vernünftige Waffen."

Sie gingen über den Hof, an Männern vorbei, die taten, als gingen sie ihren gewöhnlichen Tätigkeiten nach – und doch standen sie anders als noch vor einer Stunde. Stimmen waren leiser. Bewegungen eckiger. Ein Eimer klapperte zu lang, bevor ihn jemand stillstellte.

Der Quartiermeisterraum lag am Ende des Hofes, eine gedrungene Hütte. Die Tür tat, als sei sie nur Holz, aber sie trug das Gewicht vieler Winter. Drinnen roch es nach Öl und Metall, nach Leinwand und altem Leder.

Der Quartiermeister stand über einer Werkbank. Seine Hände arbeiteten langsam, gleichmäßig. Die Laterne neben ihm warf gelbes Licht auf das Holz, das durch Schweiß, Waffenfett und Berührung dunkel geworden war.

Er sah nicht sofort auf. Er wischte den Gewehrlauf zu Ende ab, legte das Tuch beiseite – erst dann hob er den Blick.

„Neue Gesichter", brummte er. „Oder alte, die ich vergessen habe. Kommt vor."

Seine Stimme war stumpf wie Eisen. Nicht freundlich. Nicht falsch.

Er klopfte mit den Knöcheln gegen das Gewehr vor ihm.

Eine Winchester 1866. Messinggelb. Schnell. Das Metall fing das Laternenlicht und hielt es fest wie ein Splitter Sonne, der zu spät eingefangen wurde. Daneben lag Sams Sharps – schwer, massiv, ohne Schmeichelei. Eine Waffe, die die Hand nicht tröstet, nur gehorcht.

Der Quartiermeister schob die Winchester näher an den Rand und sah Tawa an.

„Die ist für dich", sagte er, als gäbe es daran nichts zu rütteln. „Schnell. Leicht. Nimmt Patronen, wenn du sie ihr gibst."

Tawa nahm sie mit beiden Händen. Zögerlich, aber nicht ängstlich. Er strich mit dem Daumen über das Messing, als müsste er prüfen, ob das wirklich Metall ist – oder nur ein Trick des Lichts.

Der Quartiermeister wandte sich Sam zu, nahm die Sharps auf, als wüsste er, wie man sie hält.

„Und du“, sagte er. „Du bist einer, der lieber etwas in der Hand hat als Worte im Mund.“

Er musterte Sam einen Atemzug lang.

„Die Sharps lügt nicht“, fuhr er fort. „Aber sie verzeiht auch nicht.“

Sam nahm die Waffe. Als das Gewicht in seine Hände fiel, war es, als setzte sich etwas wieder an seinen Platz.

Der Quartiermeister zog eine Patronentasche heran, Lederriemen, ein paar dicke Wintermäntel, die nach Rauch und alten Tagen rochen, und legte alles auf die Werkbank.

„Dort hinten ist ein Platz zum Schießen“, sagte er und nickte grob in Richtung Stallungen. „Bevor der Offizier wissen will, ob ihr nur nach Waffen ausseht – oder ob ihr auch welche seid.“

Sie traten hinaus. Der Wind griff nach ihnen, kalt und neugierig.

Sam zog den Mantel enger, die Sharps schwer und vertraut an der Schulter. Tawa hielt die Winchester vor sich, und in der Art, wie er sie trug, lag Vorsicht – und ein stiller Stolz, der nicht zur Schau gestellt werden musste.

Über dem Hof lag ein Schweigen, kein Loch, sondern ein gespannter Faden.

Hinter den Stallungen lag der Schießplatz: gefrorene Erde, ein Stück Hang, Holzscheiben in unordentlicher Reihe, durchlöchert von alten Schüssen, ausgebleicht vom Wetter. Schneeverwehungen hatten sich an ihren Füßen gesammelt.

Sam blieb kurz stehen. Tawa trat neben ihn und hob die Winchester ein wenig an, als prüfe er das Gleichgewicht.

„Sie liegt gut“, sagte er leise.

Sam nickte.

„Dann lass sie tun, was sie kann“, sagte er. „Und steh so, dass du’s überlebst.“

Sie gingen zur Linie.

Der Überfall

Der Spähtrupp ritt den Hang hinauf, während das Fort hinter ihnen im Dämmerlicht versank. Erst war es noch ein dunkler Klotz im Grau, dann nur ein Fleck im Schnee, dann nichts mehr. Nur die Richtung im Rücken.

Mit jedem Schritt der Pferde wurde das Licht dünner. Der Tag zog sich aus Mulden und Senken zurück, als hätte ihn jemand dort eingeklemmt und nun langsam herausgezogen. Der Atem der Tiere stand stoßweise in der Luft und wurde sofort vom Wind zerrissen.

Sutter ritt vorn. Zügel locker, Oberkörper leicht nach vorn, als würde er nicht schauen, sondern hören. Corbett folgte dicht, straff im Sattel. Jensen ritt mit dem Rücken eines Mannes, der sich nicht eingesteht, dass er friert. Farron und Miles bildeten den Abschluss – Farron breit, ruhig, schwer. Miles schmal, zu still, weil er wusste, dass jedes Wort ihn verraten könnte.

Der Schnee knirschte unter den Hufen, erst grob, dann feiner, bis das Geräusch mehr nach Reibung klang als nach Bewegung. Der Wind lag quer im Gelände; er kam aus Nordwesten, glatt und kalt. Er machte jeden Atemzug härter.

„Zu ruhig“, murmelte Jensen.

Sutter antwortete nicht. Er hob nur die Hand – eine knappe Bewegung, die sagte: keine Wörter mehr.

Sie folgten einem alten Wildwechsel, der sich durch niedriges Buschwerk und flache Mulden zog. Eine Linie, die Tiere kannten und Menschen nur benutzten. Der Mond stand hinter Wolken, ohne Licht zu geben. Die Welt war nicht hell und nicht dunkel, sondern dazwischen – der Bereich, in dem Geräusche mehr zählen als Augen.

Miles rieb den Daumen über den Schaft seines Gewehrs, nur um die Hand zu beschäftigen. Corbett drehte den Kopf minimal.

„Wenn du nichts siehst“, sagte er leise, „heißt das nicht, dass da nichts ist.“

Miles schluckte. „Ich sehe im Dämmerlicht schlecht.“

„Du siehst wie jeder“, erwiderte Corbett. „Zu wenig.“

Sutter hob die Hand höher.

Die Kolonne hielt.

Die Pferde standen sofort still, als hätten sie gelernt, dass Stillstand manchmal das Einzige ist, was einen am Leben hält. Farrons Tier scharrte einmal, dann fing es sich wieder.

Der Wind drehte. Nicht stark. Nur so, dass er ihnen plötzlich in den Nacken kam. Sutter zog den Kopf ein wenig ein, lauschte, die Augen halb geschlossen. Sein Pferd spannte sich unter ihm an, als wüsste es früher, was der Mensch erst begreift.

„Was ist es?“, flüsterte Farron.

Sutter ließ sich Zeit. Das war sein einziger Luxus.

„Da ist was im Wind“, sagte er. „Schwer. Nicht Tier.“

Corbett zog das Gewehr ein Stück höher. „Wo?“

Sutter hob die Hand nicht mehr, er hielt sie nur. Haltet euch fest. Atmet nicht laut.

Sie standen. Fünf Männer. Fünf Pferde. Fünf Atemzüge, die in der Kälte sichtbar wurden und wieder verschwanden. Um sie herum: Schnee, Busch, Himmel. Nichts bewegte sich. Genau das war das Falsche.

Dann knackte es.

Nicht laut. Nicht nah. Aber eindeutig – wie Holz, das unter Spannung bricht.

Miles drehte den Kopf zu schnell.

Der Pfeil traf ihn im Arm, bevor er begriff, dass er sich bewegt hatte.

Der Schlag war dumpf, der Schmerz sofort heiß. Miles keuchte auf, als hätte ihm jemand den Atem aus der Brust gerissen. Blut drückte dunkel durch den Stoff. Sein Pferd machte einen Satz und riss an den Zügeln.

„Deckung!“, rief Corbett.

Das Wort fiel in den Schnee und wurde vom Wind geschluckt.

Pfeile zischten. Ein zweiter. Ein dritter.

Rot befiedert. Im grauen Licht wirkten die Federn fast schwarz – bis sie einen Moment lang aufglommen, wenn sie das letzte dünne Licht streiften.

Jensen riss sein Pferd herum. Das Tier bäumte sich, als hätte es den Angriff gespürt, bevor es ihn verstand. Ein Pfeil steckte tief im Hals, dort, wo Wärme in Fell übergeht. Das Pferd brach zur Seite weg. Jensen wurde aus dem Sattel gerissen und schlug hart in den Schnee. Sein Schrei war kurz. Dann nur noch ein Keuchen, das nicht nach Aufstehen klang.

Farron brüllte etwas – kein Wort, nur Laut – und feuerte. Ein harter Knall, der in der Mulde hängen blieb. Im Busch antwortete ein Laut, kurz und abgehackt, als hätte der Schuss genau das getroffen, was er sollte. Aber das Dunkel schloss sich sofort wieder.

Sutter war nicht mehr vorn. Er war aus der Linie, links, in den Busch – als hätte die Nacht ihn gezogen.

Ein Schatten sprang ihm entgegen. Ein Tomahawk blitzte einmal auf, kurz, kalt. Sutter duckte sich, rollte sich ab, zog das Messer und stach. Atem, rau und nah. Ein Gewicht traf ihn. Hände im Kragen. Der Boden war weg, die Welt wurde Stoff, Schnee, Schläge.

Sutter schlug mit dem Ellbogen zurück, traf Fleisch. Ein Knurren. Dann war er wieder unten – aber nicht frei.

Aus dem Gestrüpp lösten sich Reiter.

Erst waren es Bewegungen zwischen Stämmen und Büschen. Dann Umrisse. Dann klare Körper: Männer auf Pferden, Fell, Leder, Gesichter im Schatten. Sie kamen nicht aus einer Richtung. Sie kamen, als hätten sie die ganze Zeit auf beiden Seiten gewartet.

Zu viele.

Mehr, als fünf Männer im Sattel brechen können. Mehr, als ein einzelner Schuss stoppt.

Corbett feuerte. Ein Mann kippte aus dem Sattel und fiel schwer in den Schnee. Corbett lud nach – schnell, aber nicht schnell genug.

Ein Reiter stieß vor. Pferd, Fell, Leder, ein einziger Stoß.

Corbett wich zurück, stolperte, riss das Gewehr hoch.

Der Huf traf ihn.

Der Schlag klang, als schlage Holz auf Fleisch. Corbett brach weg, fiel schief. Schnee in Mund und Nase. Er hob den Arm reflexhaft, als könne Knochen Stahl ersetzen.

Farron feuerte zweimal. Sein Revolver bellte, die Mündung riss gelbe Narben in die Dämmerung. Einer der Angreifer kippte, ein zweiter schrie auf. Aber die Lücke schloss sich sofort, wie Wasser hinter einer Hand.

Miles taumelte. Der Arm brannte. Das Blut machte den Ärmel schwer. Sein Pferd trat, rutschte. Ein Schatten griff nach seinem Gürtel und riss ihn halb aus dem Sattel. Miles schlug mit der freien Hand um sich, traf Fell, Luft, vielleicht einen Arm – er wusste es nicht.

„Lauf!", brüllte Farron irgendwo hinter ihm. „Lauf, Junge!"

Miles fiel aus dem Sattel und schlug schwer in den Schnee. Die Kälte presste ihm kurz die Luft aus der Brust. Er blieb einen Herzschlag zu lang liegen, dann zwang er die Beine, zu gehorchen.

Das Gewehr ließ er liegen. Nicht weil er es wollte – weil er es nicht halten konnte.

Er hielt den verletzten Arm an den Körper und rannte.

Nicht schnell. Nicht sauber. Nur gerade genug, um nicht sofort zu sterben.

Schnee spritzte unter den Stiefeln auf. Dann wurde der Boden glatt wie festgetretenes Eis. Miles stolperte, fing sich, rannte weiter. Er fiel, kroch, kam wieder hoch. Hinter ihm Geräusche: Schreie, Hufe, kurze Kommandos. Ein Ruf schnitt durch den Wald wie eine Klinge.

Ein Pfeil zischte an seinem Ohr vorbei. So nah, dass er den Luftzug spürte.

Ein zweiter schlug in den Schnee vor ihm und stand einen Augenblick wie ein Pfahl, bevor er umkippte.

Ein Dritter riss ihm Stoff am Gürtel auf – kein Fleisch.

Miles lief, bis die Lunge brannte und die Beine zu Holz wurden. Er wagte nicht, sich umzudrehen. Irgendwann wurde das Geräusch hinter ihm weniger. Nicht weil es vorbei war – weil es zu weit weg war.

Der Wald lichtete sich. Bäume traten auseinander. Dahinter lag die Ebene: weit, grau, flach. Ein Tier aus Schnee.

Das Fort sah er nicht. Aber er wusste die Richtung. Alles andere war egal.

Zwischen zwei verschneiten Büschen stieß er fast dagegen: ein herrenloses Fortpferd, schweißnass, Augen weit. Das Tier stand da, als hätte es gerade erst entschieden, nicht mehr zurückzugehen.

Miles packte das Halfter mit der gesunden Hand. Das Pferd zuckte, wollte weg – und blieb. Nicht aus Vertrauen. Aus Erschöpfung. Aus Instinkt.

„Los", keuchte Miles.

Mehr war nicht drin.

Er ließ sich ziehen, mehr als dass er führte. Stolpernd, laufend, fallend, wieder hoch. Das Pferd ging, weil es gehen musste.

Im Fort war der Abend inzwischen dunkel geworden. Auf dem Hof brannten Fackeln. Männer standen in Gruppen, redeten leise, brachen Sätze ab, als wären sie zu laut für die Palisaden.

Sam und Tawa kamen vom Schießplatz zurück, die Waffen an der Schulter, der Atem weiß in der Kälte. Der Offizier wartete bereits. Er sagte kaum mehr als nötig.

Dann rief jemand vom Tor.

„Mann vor dem Tor!"

Und gleich danach, höher, dringlicher:

„Öffnen! Schnell!"

Die Wachen fuhren hoch. Einer ließ beinahe die Pfeife fallen. Ein anderer griff nach dem Gewehr, als stünde der Feind schon im Hof. Schritte trommelten über Bohlen. Stiefel schlugen gegen Holz, das im Frost härter klang als am Tag.

Sam und Tawa erreichten das Tor fast gleichzeitig mit dem Offizier. Der Wind presste sich durch schmale Spalten, scharf und kalt. Fackeln flackerten und warfen unruhige Lichtflecken auf Gesichter, die zu müde für Überraschung waren – und doch überrascht.

Draußen lag ein Mann im Schnee, neben einem Pferd.

Miles.

Er war zusammengefallen, als hätte er im Fallen versucht, kleiner zu werden. Sein Atem kam stoßweise. Blut hing an der Lippe und wurde am Rand schon dunkel.

Der Offizier trat vor.

„Tor auf!"

Die schweren Flügel ächzten. Zwei Soldaten rannten hinaus, knieten neben Miles, packten ihn unter den Armen und zogen ihn über die Schwelle. Ins Fort. In den Hof. Ins Licht.

Miles' Augen waren halb geschlossen. Der Arm hing schief, der Ärmel hart und dunkel vom Blut. Schnee klebte am Mantel, als hätte er ihn festhalten wollen.

Der Offizier kniete sich zu ihm.

„Miles." Seine Stimme war hart. Nicht unfreundlich. Hart, weil Weichheit hier niemanden festhält. „Sieh mich an."

Es dauerte einen Atemzug zu lang. Dann öffnete sich ein Lid. Das andere war geschwollen, dunkel.

Miles' Blick fand den Offizier nicht sofort. Er glitt vorbei, als wäre er noch im Buschwerk.

„Zu viele …", flüsterte er.

„Wie viele?"

Miles schluckte. Ein Husten riss durch ihn. Blut kam mit, dick in der Kälte.

„Dutzende …", brachte er hervor. „Mehr … als …"

Der Satz brach ab. Er holte Luft, als koste jeder Atemzug.

„Pfeile … rot …", flüsterte er. „Und … von beiden Seiten."

Sam spürte, wie das Wort „rot" sich in ihm festsetzte wie ein Splitter. Tawa stand reglos. Aber sein Blick war nicht im Hof. Er war draußen.

„Die anderen?", fragte der Offizier.

Miles' Kopf fiel ein Stück zur Seite. Die Augen wurden glasiger.

„Farron… hat …" Er rang nach Luft. „Hat mich geschickt …"

Der Offizier wartete. Er wusste, dass man einem Sterbenden keine Eile macht – aber man lässt ihn auch nicht wegdriften, bevor er gesagt hat, was zählt.

„Corbett… Jensen…"

Mehr brauchte er nicht.

Der Offizier sah ihn an, hart um die Augen.

„Sutter?"

Miles' Stirn zuckte, als schmerze schon die Frage.

„Nicht … gesehen", hauchte er. „War … weg … im Dunkel …"

Das hieß alles. Und nichts.

„Bringt ihn ins Lazarett“, sagte der Offizier.

Männer hoben Miles hoch und trugen ihn weg. Vorsichtig, aber ohne Zärtlichkeit. Sie kannten zu viele wie ihn.

Sam sah ihnen nach. Tawa sah hinaus.

„Dutzende“, murmelte Sam.

Der Offizier drehte sich zu ihnen um. In seinem Blick lag keine Frage, nur Erwartung.

„Ihr beide kommt mit.“

Der Kommandoraum war klein und voll. Warm vom Ofen, aber die Wärme blieb an der Haut und ging nicht tiefer. Auf dem Tisch lagen Karten, Striche, Linien. Munitionskisten, Federkiel, Tinte – alles eng, als könnte Enge Sicherheit sein.

Offiziere standen herum. Gesichter mit neuen Linien, als hätte die letzte Stunde sie nachgezogen.

Der Offizier trat an den Tisch. „Dutzende Reiter. Rot befiederte Pfeile. Angriff von zwei Seiten“, sagte er. „Das bedeutet: Sie sind näher, als wir angenommen haben. Und sie bestimmen Zeitpunkt und Richtung.“

Der Sergeant meldete sich ohne aufzustehen. „Kein Einzeltrupp. Seit Wochen auf Kriegspfad. Zwei Wagenzüge am Trail. Drei Ranches südlich des Bachlaufs überfallen. Letzte Woche einen Holzfällertrupp: Pferde genommen, Männer zu Fuß zurück. Vorgehen immer gleich – schnell, nachts, keine Verfolgung möglich.“

Ein älterer Sergeant brummte: „Oder reine Machtdemonstration.“

Der Offizier wies mit dem Finger auf die Karte, nordwestlich des Forts, zwischen Bachlauf und Kamm. „Hier. Wahrscheinlicher Sammelraum. Von dort aus können sie schlagen oder verschwinden.“

Er hob den Blick zu Sam und Tawa.

„Ihr kennt das Land. Was sagt ihr?“

Sam trat näher. Die Linien waren ihm zu glatt. Draußen waren Linien aus Spur und Wind.

„Das war kein Zufall“, sagte er. „Sie haben nicht nach Pferden gegriffen. Nicht nach Proviant. Sie haben den Trupp genommen.“

Er ließ den nächsten Satz einen Moment stehen, weil Worte Gewicht hatten.

„Und sie haben einen laufen lassen."

Ein Blick ging durch den Raum.

„Warum?", fragte der Leutnant.

Tawa legte die Hand an den Tischrand, ruhig, als seien seine Finger Steine.

„Weil er eine Nachricht trägt", sagte er.

„Welche?"

Tawa sah den Leutnant an. Nicht hart. Klar.

„Dass sie uns sehen", sagte er. „Und dass sie entscheiden, wann sie näherkommen."

Der Raum wurde stiller.

Der Offizier strich sich über die Stirn.

„Wir rüsten", sagte er. „Ab jetzt. Doppelte Wachen. Munition raus. Pferde in den inneren Hof. Niemand geht allein hinaus."

Er sah Sam und Tawa direkt an.

„Und ihr zwei bleibt in meiner Nähe. Ich brauche Augen, die mehr sehen als Papier."

Sam nickte. Tawa nickte.

Draußen schlug der Wind gegen das Holz, als würde er prüfen, wie fest es steht.

Nachtwache und Morgenspuren

Die Nacht fiel früh. Hinter den Palisaden blieb es schwarz. Im Fort brannte Licht – aber es machte die Dunkelheit nur schärfer.

Sam stand auf dem Wehrgang, die Sharps am Unterarm. Das Holz unter seinen Stiefeln war kalt und rau. Jeder Schritt knarrte leise. Zu leise für den Hof, zu laut für das, was draußen war. Unten lag der Fortplatz flach und unruhig. Männer gingen, standen, kehrten um. Alles wirkte wach – und war doch nur Warten.

Tawa stand neben ihm. Die Winchester hing über der Schulter, nicht im Griff, aber nah. Er stand ruhig. So, dass er sehen konnte. So, dass man ihn nicht leicht sieht.

„Ich höre sie nicht“, sagte Sam leise.

Tawa hob das Gesicht ein wenig, als koste er die Luft. „Sie sind da“, sagte er. „Aber sie wollen nicht gehört werden.“

Sie. Mehr musste keiner sagen.

Ein paar Schritte weiter räusperte sich der Wachposten – ein älterer Mann mit Narben, die mehr Nächte gesehen hatten als gute Tage. „Kalt heute“, murmelte er.

„Es wird kälter“, sagte Sam.

Aus den Stallungen drang ein dumpfes Schlagen: ein Pferd trat gegen Holz. Nicht panisch. Beharrlich. Tiere rochen früher. Zwei Rekruten gingen im Hof aneinander vorbei. Die Fackel hing zu tief. Die beiden hielten sie eher vor sich als vor den Weg.

„Sie haben getan, was sie wollten“, sagte Tawa.

„Was?“, fragte Sam.

„Uns gezeigt, wie schnell es geht.“

Sam zog die Luft ein. Sie schnitt in die Lunge. Sie schmeckte nach Schnee – und nach Metall.

Eine Fackel flackerte heftig, als der Wind kurz in den Hof griff. Irgendwo klirrte ein Riemen. Ein Mann fluchte – und brach sofort ab.

Sam schloss die Hand fester um den Schaft der Sharps. Tawa stand nur ein wenig gerader. Kaum sichtbar. Aber spürbar.

„Wenn sie kommen“, sagte Sam, „dann nicht so, wie wir es erwarten.“

„Sie kommen so, wie das Land es ihnen erlaubt", antwortete Tawa.

Der Himmel zeigte keinen Stern. Wolken hingen tief. Kein Licht, das half.

Gegen Morgen wurde es heller. Nicht warm. Nur heller. Ein dünnes Grau, das zeigte, was die Dunkelheit zurückgelassen hatte – und was nicht.

Sam stand am Tor, die Sharps in der Armbeuge, den Kragen hoch. Männer lösten sich aus dem Schlaf, rieben sich die Augen, schulterten Gewehre. Als würden sie erst jetzt begreifen, wie schwer Eisen im Frost wird.

Tawa trat aus dem Schatten der Palisade. Die Winchester lag an seiner Schulter, als wäre sie dort zu Hause. Sein Blick lag schon draußen, bevor das Tor aufging.

„Du hast nicht geschlafen", sagte Sam.

„Schlaf kam nicht", sagte Tawa.

Der Captain trat dazu. Mantel offen, Gesicht hart. „Wir gehen hinaus", sagte er. „Nicht weit. Bis zur ersten Biegung im Tal." Sein Blick ging zu Sam und Tawa. „Ihr kommt mit."

Das Tor öffnete sich. Der Laut war kurz im Frost. Draußen lag Schnee. Still. Zu still.

„Zu sauber", murmelte Sam.

Tawa nickte. „Der Wind hat viel zugedeckt", sagte er. „Aber nicht alles."

Sie gingen hinaus. Das Knirschen unter den Stiefeln klang gedämpft, als läge darunter etwas, das nicht berührt werden wollte.

Nach wenigen Schritten blieb Tawa stehen. Er kniete sich hin, langsam, ohne Hast. Als würde er nicht Schnee prüfen, sondern eine Nachricht.

„Da", sagte er.

Sam sah zuerst nichts. Dann erkannte er eine leichte Vertiefung – mehr Schatten als Spur.

„Ein Pferd", sagte Tawa. „Schnell. Leichter Reiter."

Er strich knapp darüber, ohne zu drücken. „Das ist sein Pferd. Frisch. Er hat es bis zum Tor getrieben."

Sie folgten der Spur ein Stück. An manchen Stellen war sie verweht, an anderen tiefer gedrückt. Nicht gleichmäßig. Nicht zufällig.

Zwischen zwei Wacholderbüschen lagen weitere Abdrücke. Eng. Hart im Rhythmus.

„Drei Pferde", sagte Sam.

„Drei, die ihm folgten", ergänzte Tawa.

Der Captain stieß die Luft scharf aus.

Ein Stück weiter links: eine andere Spur. Breiter. Tiefer. Schwerer. Nicht in Eile. Eher wie jemand, der anhält, schaut, entscheidet.

Tawa sah lange hin.

„Das ist der, der nicht jagt", sagte er leise. „Der sieht."

Der Captain schwieg. Dann: „Was heißt das?"

„Dass sie nicht nur Miles wollten", sagte Tawa. „Sie wollten wissen, wo er herkommt."

Der Wind kam von hinten, aus Richtung des Forts. Sam drehte sich um. Über den Palisaden stand Rauch gerade in der Luft.

„Sie wissen es", sagte Sam.

„Ja", sagte Tawa. „Und sie sind nicht weit."

Der Captain schloss die Hand um den Griff seines Revolvers. Nicht, um ihn zu ziehen. Um zu wissen, dass er da ist.

„Zurück", sagte er. „Sofort. Das ist ein Kriegspfad. Wer draußen allein steht, ist schon halb tot."

Der Rückweg war kurz und schwer. Der Morgen hatte kaum begonnen, und trug schon mehr Gewicht als die Nacht.

Als das Tor hinter ihnen sich wieder schloss, klang es nicht nur nach Holz. Es klang nach Entscheidung.

Im Hof war das Fort wach. Nicht wach wie an Arbeitstagen. Wach wie ein Tier, das Blut riecht. Männer liefen. Einige zu hastig. Andere zu ruhig. Fässer wurden gerollt. Sandsäcke getragen – zwei Mann an einem, manchmal drei, weil der Frost in den Händen saß.

Der Schmied hämmerte zu hart. Nicht fürs Eisen – für sich.

Die Pferde waren unruhig. Sie scharrten, warfen die Köpfe hoch, schlugen gegen Wände, wenn der Wind schärfer durch die Ritzen fuhr.

Sam blieb stehen und sah zu. Das war keine gewöhnliche Vorbereitung. Das war der Anfang von etwas, das nicht in zwei Stunden vorbei ist.

Tawa stand am inneren Wall, die Winchester an der Seite. Er sah nicht auf die Arbeit, sondern darüber hinweg.

Sam trat neben ihn. „Sie haben alle denselben Blick“, sagte er.

Tawa nickte langsam. „Den Blick derer, die wissen, dass der Tag nicht halten wird, was er verspricht.“

Der Wind hob ein paar Schneekristalle an und ließ sie wieder fallen. Er roch nach Bewegung hinter den Hügeln.

„Sie beobachten uns“, sagte Sam.

„Ja“, antwortete Tawa. „Und sie zählen.“

Sam sah hinaus in das Grau, dorthin, wo Miles' Spur begonnen hatte.

Wenn fünf Männer so schnell verschwinden konnten, wenn der Wald so still blieb, dann stand nichts bevor.

Es war schon da.

Der Tag, an dem das Fort atmete

Der Morgen kam flach und kalt.

Kein Beginn, der etwas versprach. Nur ein dünnes Grau über der Ebene, Licht ohne Wärme. Frost stand in der Luft wie kaltes Eisen, und unter dem Rauch der Feuerstellen lag noch der Geruch der Nacht: kaltes Holz, Pferd, Schweiß, Asche.

In der Nacht war neuer Schnee gefallen. Nicht viel, kein Sturm – aber genug, um Geräusche zu dämpfen und Kanten weichzuziehen. Am Morgen lag eine frische, geschlossene Schicht über Hof und Ebene. Spuren von gestern waren gedämpft, zugedeckt, als hätte die Nacht selbst beschlossen, Ordnung zu schaffen.

Sam stand am inneren Tor, den Kragen hochgezogen. Die Sharps lag auf seinem Arm, schwer und nah – nicht wie ein Besitz, eher wie das Einzige, das heute zuverlässig sein könnte. Sein Atem stieß kurz aus, weiß, riss sofort ab. Draußen war kaum etwas zu sehen, nur Schnee und Kälte. Und dieses Grau war nicht Wetter. Es war Sicht, die zu wenig hergab.

Tawa trat aus dem Schatten der Palisaden. Nicht lautlos, weil er es zeigen wollte – einfach so, wie er sich bewegte. Die Winchester hing über seiner Schulter, nicht zur Schau, nicht als Drohung – als Werkzeug. Sein Blick ging nicht zum Tor, sondern hinaus über die Palisade, dorthin, wo man zuerst merkt, wenn etwas sich verändert.

„Du hast nicht geschlafen", sagte Sam.

Tawa schüttelte knapp den Kopf. „Die Nacht war unruhig."

Der Wind strich vorbei, schmal und hart. Er roch nach kaltem Eisen und nach Rauch, der irgendwo festhängt. Und er kam aus der Richtung, aus der seit Wochen nichts Gutes gemeldet worden war.

Hinter ihnen schlug eine Tür auf.

„Ihr beide – hinein!", rief der Captain.

Kurz. Kein Zusatz. Kein Ton zu viel.

Der Kommandoraum war am frühen Morgen zu klein, zu voll, zu warm. Der Ofen spuckte Hitze, die an der Haut hängenblieb, ohne in den Körper zu gehen. Auf dem Tisch lagen Karten, Striche, Namen, Flusslinien – ein Versuch, Land festzunageln, das sich nicht festnageln ließ.

Der Captain stand über die Karte gebeugt. Sein Gesicht sah aus, als hätte er die Nacht nicht geschlafen, sondern an ihr gerieben.

„Von dem Trupp ist nur einer zurückgekommen", sagte er. Seine Stimme war rau. „Und ein Pferd kam allein. Sattel dunkel."

Im Raum wurde es still. Nicht erschrocken. Wach.

„Und es gibt mehr", fuhr der Captain fort. „Rauch im Nordwesten. Frisch."

Er sah zum Sergeant, der schon den Mund geöffnet hatte, als hätte er die Worte die ganze Nacht getragen.

„Seit Wochen", sagte der Sergeant. „Kriegspfad. Raubzug. Zwei Wagenzüge am Trail angefasst. Drei Ranches leer geräumt. Holztrupp überfallen, Pferde weg. Immer nachts, immer schnell. Und weg, bevor man zählt."

Der Captain nickte einmal. „Und jetzt sind sie näher."

Tawa trat näher an den Tisch. Er legte nicht die ganze Hand auf die Karte, nur zwei Finger, als würde schon zu viel Berührung etwas beanspruchen, das keinem gehört.

„Sie nähern sich", sagte er leise. „Nicht wie Männer, die Hunger haben. Wie eine Gruppe, die weiß, wohin sie geht."

Der Captain presste die Lippen zusammen. Für einen Augenblick sah er aus wie ein Mann, der kurz nicht weiß, ob er fluchen oder beten soll. Dann war er wieder Captain.

„Kommt", sagte er. „Ihr müsst etwas sehen, das nicht aus Papier ist."

Sie gingen über den Hof. Männer redeten leise, mehr mit den Schultern als mit den Stimmen. Pferde schlugen nervös gegen die Stallwände. Fässer wurden gerollt, als lägen Steine darin. Ein Eimer klirrte zu lang, bevor ihn jemand absetzte.

Sam merkte es erst, als er suchte, was sonst immer da war.

Die Plätze vor den Unterständen lagen leer.

Dort, wo in der Nacht die Scouts gewesen waren – die Indianerscouts ebenso wie die Weißen –, stand niemand. Kein Rauch. Kein Murmeln. Keine Männer, die mit dem Rücken an den

Pfosten lehnten oder im Halbschatten saßen. Nur festgetretener Schnee, glatt geworden vom Frost.

„Wo sind die Scouts?“, fragte Sam.

Der Offizier blieb stehen und schaute nicht sofort zu ihm. Dann nickte er einmal, knapp.

„Weg.“

„Wann?“

„In der Nacht.“ Der Offizier verzog den Mund. „Kein Melder. Keine Stimmen. Postenwechsel um zwei. Wind stand auf. Danach hat keiner mehr was gehört.“

Sam sah noch einmal hin. Spuren waren da. Schritte, die sich aus dem Dunkel gelöst hatten. Nicht hastig. Nicht zerstreut. Sie endeten einfach – am Rand des Lichts, dort, wo der Hof in Schatten überging.

Tawa trat neben ihn. Er kniete sich nicht. Er beugte sich nicht. Er sah nur.

„Sie sind nicht geflohen“, sagte er ruhig.

Sam sah ihn an. „Woher weißt du das?“

Tawa ließ den Blick über den Schnee gleiten. „Angst ist laut“, sagte er. „Und das hier war still.“

Ein Windstoß fuhr über den Hof und verwischte die letzten klaren Linien.

Der Platz blieb leer. Und plötzlich stand alles enger zusammen als am Vortag, als hätte man im Fort beschlossen, weniger Luft zu lassen.

Hinter dem Magazin wartete der Quartiermeister. Ein stämmiger Mann, der aussah, als hätte er irgendwann aufgehört, sich darüber Gedanken zu machen, ob er hier sein will.

„Da seid ihr endlich“, brummte er. „Wird auch Zeit.“

Er griff nach einer schweren, steifen Plane und zog sie zurück.

Sam blinzelte. Tawa hielt den Atem einen Moment zu lang an.

Da stand sie.

Messing und Eisen, viele Läufe, zu schwer für dieses Fort. Still, aber nicht harmlos. Das Fackellicht lag warm auf dem Metall – aber das Messing blieb Messing, und das Eisen blieb Eisen.

Die Gatling.

Sie ruhte auf einem niedrigen Feldwagen, halb in Decken gehüllt. Nicht wie etwas, das man vergisst. Eher wie etwas, das man abdeckt, weil man nicht jeden Tag daran erinnert werden will, wozu Menschen fähig sind.

Sam trat näher, langsam, wie ein Mann, der einen Namen liest, den er nicht hören wollte.

Er kannte diese Form.

Das Messing. Die Kurbeln. Die Art, wie sich das Gewicht sammelt, noch bevor man sie berührt. Auf dem Dampfer hatte sie unter Planen gelegen, festgezurrt, als fürchte man, sie könne schon im Stillstand etwas auslösen. Damals hatte er weggesehen.

„Ich habe sie schon einmal gesehen", sagte er leise. Erst dann fragte er: „Wie kommt sie hierher?"

Der Captain hielt den Blick auf Sam, als hätte er gerade das Einzige gehört, das heute zählt. „Dann bist du der Mann dafür", sagte er. „Hier kann sie keiner bedienen, und ich setz keinen Rekruten an eine Kurbel, die uns im Rücken ausspuckt." Sein Blick ging zu Tawa. „Und du bleibst bei ihm. Nicht aus Freundschaft – aus Ordnung." Er zeigte mit dem Kinn auf den Wall. „Solange ihr an der Gatling seid, weiß ich, wo ihr seid."

Der Quartiermeister verzog das Gesicht zu einem schiefen Lächeln. Kein Humor – nur Zähne, weil keine gute Antwort da war.

„Mit dem Herbsttross", sagte er. „Sollte nach Fort Phil Kearny. Sturm hat die Wagen zerstreut. Einer ist hier hereingerutscht."

Er stemmte die Hände in die Hüften.

„Keiner hier weiß, wie man sie sauber bedient. Einer hat mal gekurbelt. Klang, als würdest du Nägel in eine Kiste werfen. Seitdem stand sie. Ich hab' sie gefettet, abgedeckt, gewartet."

Sein Blick ging zu Sam, dann zu Tawa.

„Und jetzt ist das Warten vorbei."

Tawa ging langsam um die Gatling herum. Er berührte sie nicht. Er las sie mit den Augen: den Laufbund, die Zuführung, den Kasten für die Patronen, die Kurbel – ein Griff, an dem etwas hängt, das mehr ist als Metall.

„Viele Münder", sagte er schließlich. „Ein Hals."

Der Quartiermeister schnaubte. „Wenn sie läuft, frisst sie. Wenn sie hängt, flucht ihr."

Sam legte die Hand auf das Messing. Kalt. Hart. Endgültig, wie etwas, das man nicht zurücknimmt, wenn es einmal begonnen hat.

„Ein Ding spielt nicht von selbst", murmelte Sam.

„Nein", sagte der Quartiermeister. „Einer kurbelt. Einer füttert. Einer hält die Kisten trocken. Einer schaut, ob sie nicht klemmt, wenn's kalt wird."

Der Captain nickte kurz. „Wir nehmen sie auf den Nordwall."

Der Quartiermeister sah ihn an. „Mit welcher Mannschaft?"

„Mit der, die noch Hände hat", sagte der Captain.

Gemeinsam zogen sie den Wagen an. Holz ächzte unter der Last, das Rad knirschte über gefrorenem Boden. Das Metall der Nabe klang kurz, als würde es sich beschweren, geweckt worden zu sein.

Männer, an denen sie vorbeikamen, schauten auf – zuerst neugierig, dann still, und dann mit etwas in den Augen, das man im Fort selten offen zeigte. Hoffnung oder Angst. Beides sah gleich aus, wenn es kalt war.

Oben auf dem Nordwall wirkte die Gatling größer. Nicht wegen der Höhe. Weil sie nun dort stand, wo sie hingehörte: an einem Rand.

Der Captain trat neben Sam.

„Mit zweiundfünfzig Mann", sagte er leise, mehr zu sich selbst als zu ihnen, „gegen … wer weiß, wie viele."

Sein Blick ging hinaus.

„Manchmal frage ich mich, ob Holz und Wille reichen."

Tawa folgte dem Blick.

Auf dem Hügelkamm, weit draußen, stand ein einzelner Reiter – ein dunkler Punkt im Grau des Schnees. Er rührte sich nicht. Er stand nicht wie ein Mann, der friert. Er stand da, als hätte er Zeit und Deckung und einen Plan.

Dann war er nicht mehr zu sehen. Nicht geritten, nicht geflohen – hinter der Kante verschwunden, so sauber, als wäre das der Zweck gewesen: gesehen werden, verschwinden, bleiben.

„Sie schauen", sagte Tawa. „Sie zählen."

„Warum greifen sie nicht an?“, fragte der Captain.

Tawa antwortete, ohne den Blick abzuwenden: „Weil sie noch warten.“

Der Vormittag zerfiel in Arbeit.

Nicht hektisch. Konzentriert.

Das Fort zog sich zusammen. Männer schleppten Sandsäcke, Schulter an Schulter. Andere trugen Wasser in schweren Eimern, das am Rand schon zu Eis wurde, wenn man zu langsam war. Gewehrläufe wurden gereinigt. Patronen gezählt. Pferde enger in den inneren Hof geführt, als könnte Enge Wärme ersetzen.

Der Schmied schlug auf Eisen. Jeder Schlag hallte durch den Hof wie ein harter Takt – gleichmäßig, trotzig, ohne Trost. Funken stoben, kleine helle Punkte in einer Welt aus Grau und Kälte.

Sam sah den Männern zu. Er sah Hände, die zu fest zugriffen. Er sah Blicke, die zu lange an der Palisade hängenblieben, bevor sie wegschwenkten. Er sah Münder, die lachten und sofort wieder aufhörten, als hätten sie sich erschreckt.

Tawa stand am Nordwall bei der Gatling. Er legte die Hand kurz auf das Messing, so wie man prüft, ob etwas wirklich da ist. Die Kälte biss, aber er zog die Hand nicht weg.

„Sie ist nicht kalt“, sagte er leise.

Sam sah hin. „Die Sonne trifft das Messing.“

Tawa schüttelte kaum merklich den Kopf. „Nicht nur.“

Der Wind frischte auf. Feine Schneekristalle stiegen auf und fielen wieder, als hätte die Luft selbst etwas Nervöses.

Gegen Nachmittag kam ein Geräusch.

Kein Schrei. Kein Huf.

Ein kurzer, dumpfer Einschlag.

Ein Pfeil steckte in einem frisch gestapelten Sandsack. Er zitterte leicht, als müsse er erst entscheiden, ob er bleibt.

Tawa ging hin, zog ihn heraus.

Rote Fiederung. Sauber. Unbenutzt. Kein Kampfpfeil, kein Jagdpfeil. Ein Zeichen.

Er reichte ihn dem Captain.

„Das ist eine Ansage“, sagte Tawa. „Von dem, der draußen den Blick hat.“

Der Captain hielt den Pfeil, als sei er schwerer, als er war. Sein Gesicht verriet nichts, aber der Kiefer wurde härter.

„Wachen verdoppeln“, sagte er. „Und keine offenen Wege mehr im Hof. Wer läuft, läuft mit Zweck. Wer keinen hat, steht.“

Der Abend sank schwer auf das Land. Wolken hingen so tief, dass sie sich an den Spitzen der Palisaden zu verhaken schienen. Die Laternen brannten mit unruhigen Flammen. Der Wind zupfte an ihnen, als prüfe er, wie leicht man Licht auslöschen kann.

Die Gatling stand fest auf dem Wall. Der Mechanismus war notdürftig gereinigt. Kisten mit Munition lagen in Reichweite, mit Planen abgedeckt, damit der Frost nicht alles festfrisst. Zwei Männer standen daneben, mehr als Wache, denn als Bedienung. Sie taten so, als hätten sie etwas im Griff.

Sam legte die Hand an die Kurbel und drehte sie ein Stück.

Der Mechanismus bewegte sich schwer, knarrend, wie etwas, das lange still war und jetzt wieder muss. Ein Laut lief durch das Metall, kurz, unfreundlich.

„Wird sie laufen?“, fragte jemand hinter ihm.

Sam antwortete nicht. Er wusste es nicht.

Tawa sagte ruhig: „Wenn sie hängt, hängt sie. Wenn sie läuft, läuft sie. Aber sie entscheidet nicht, wie der Tag endet.“

Mit dem letzten Licht legte sich eine andere Stille über das Fort. Nicht die eines Schlafenden. Die eines Wartenden.

Der Wind verlor seine Stimme. Die Pferde warfen die Köpfe, schnaubten kurz. Die Luft wurde dichter, als drücke etwas von draußen dagegen.

Auf der Ebene geschah nichts – und gerade das war zu viel.

Die Leere stand gespannt, als hielte sie etwas zurück.

Sam stand auf dem Wall, Schulter an Schulter mit Tawa. Unter ihnen klirrte irgendwo eine Kette. Hinter ihnen glänzte Messing dunkel im Laternenlicht, nicht freundlich, nur bereit.

Der Horizont war nur noch eine Linie aus Schwarz und Grau.

„Wenn sie kommen“, sagte Sam leise, ohne den Blick abzuwenden, „dann heute Nacht.“

Tawa antwortete nicht sofort. Er schloss die Augen nur für einen Atemzug, als lausche er auf etwas, das tief im Schnee liegt.

Dann legte er die Hand an die Winchester und öffnete die Augen wieder.

„Sie kommen“, sagte er.

Und das Land hielt den Atem an.

Die Maschine, die nicht reden wollte

Die Nacht kam nicht als Decke, sondern als Gewicht.

Sie lag auf dem Fort. Nicht weich, nicht tröstlich. Der Himmel über den Palisaden war eine dunkle Fläche, in der die Sterne weit weg hingen, als gehörten sie zu einem anderen Land. Der Rauch aus den Schornsteinen stieg nur ein Stück, dann drückte ihn die Kälte wieder herunter. Er kroch über die Dächer, sank in die Winkel, blieb hängen, als wäre ihm selbst die Richtung verloren gegangen.

Sam stand auf dem Wall, die Hände in den Taschen seines Mantels, die Sharps im Schatten neben ihm an die Palisaden gelehnt. Seine Finger waren kalt. Das Zittern kam nicht von der Kälte. Unten im Hof bewegten sich Männer in kurzen Wegen – Baracke, Latrine, Stall, Magazin – hin und her, ohne dass einer sich lang stehen ließ. Wenn jemand stehenblieb, dann nur, um zu lauschen. Keiner wollte allein sein. Keiner wollte zu lange in eine Richtung schauen.

Ein Stück weiter im Halbdunkel stand sie.

Die Gatling.

Hier oben wirkte sie wie ein Fremdkörper. Zu viel Eisen für ein Fort aus Holz und Lehm. Der Wagen, auf dem sie ruhte, stand leicht schief; ein Rad war angeschlagen, der Lack längst weg. An den Läufen glänzte Frost, wo das Metall die Kälte am härtesten hielt. Das Messing am hinteren Ende fing das schwache Licht und tat so, als sei da Wärme – aber es war nur Farbe. Alles daran war kalt.

Sam hatte viele Waffen gesehen. Flinten, Pistolen, Gewehre – Dinge, die ein Mann in die Hand nimmt und deren Gewicht er kennt, bevor er abdrückt. Diese hier war anders. Sie war kein Gewehr. Sie war ein Gerät. Etwas, das nicht für einen Mann gemacht ist, sondern für eine Rechnung. Irgendwo in einem Büro, weit weg, hatte einer entschieden, dass man den Tod schneller machen kann, wenn man ihn kurbelt.

Leise Schritte näherten sich. Sam musste nicht hinsehen.

Tawa trat fast lautlos neben ihn, die Winchester über der Schulter. Frost hatte seine Haare im Nacken leicht angehoben. Er blieb erst einen Moment stehen, ohne zu reden – nicht aus Mystik, sondern weil er sich gewöhnlich erst eine Lage holte, bevor er etwas sagte.

„Die Männer", murmelte er in seiner Sprache, mehr zum Wind als zu Sam. Dann wechselte er, suchte die wenigen Worte, die ihnen Brücken bauten. „Augen wach. Zu lange."

Sam nickte. „Sie warten." Er atmete langsam aus und sah zu, wie sein Atem im fernen Laternenlicht kurz auftauchte und wieder verschwand. „Warten ist manchmal schlimmer als Kämpfen."

Tawa antwortete nicht. Er trat näher an die Gatling. Seine Hand fuhr wenige Zentimeter über dem Messing entlang, als prüfe er, ob das Ding wirklich da ist. Dann legte er zwei Finger auf das Metall.

Er zuckte nicht wegen der Kälte.

Er zog die Hand zurück, als hätte er etwas gespürt, das nicht hierher gehört.

„Sie ist ..." Er suchte. „Zu still."

Sam hob eine Augenbraue. „Was meinst du?"

Tawa sah ihn an, dann wieder die Maschine. „Alles, was tötet, hat Spuren", sagte er langsam. „Messer. Bogen. Gewehr. Du siehst die Hand daran. Du hörst den Mann." Er legte die Finger noch einmal auf das Messing, kurz, prüfend. „Dieses Ding ... ich höre keinen Mann."

Sam betrachtete ihn. Früher hätte er gelächelt. Vielleicht einen Spruch gemacht über einen Mann, der Metall wie Wild liest. Aber nach dem, was sie gesehen hatten – nach dem, was im Schnee lag und nicht wieder aufstand – war das Lächeln ihm abhandengekommen.

„Vielleicht", sagte Sam leise, „spricht sie nicht mit uns, weil sie nicht für uns gemacht ist."

Er strich mit den Fingerspitzen über den Griff der Kurbel, fühlte die Zahnung, das starre, kalte Metall – als wäre es nur dafür gebaut, Kraft in etwas umzusetzen, das man später nicht mehr zurücknimmt.

„Eine Waffe, die man nicht kennt“, murmelte Sam, eher zu sich als zu Tawa, „nimmt dir schneller Freunde als Feinde.“

Tawa sah ihn lange an, als wolle er prüfen, ob der Satz nur daher kam oder ob er aus demselben Ort kam wie die stillen Gedanken der Nacht. Sam wich nicht aus.

Unten im Hof rief jemand. Woanders klirrte Metall. Ein Hund begann zu bellen und verstummte sofort wieder, als hätte ihn einer mit einem Blick stillgemacht.

„Wenn morgen der Sturm kommt“, sagte Sam schließlich, „und wir drehen diese Kurbel, ohne zu wissen, was wir tun ...“ Er ließ den Satz stehen. Es war genug.

Tawa nickte langsam. Ein bitteres, kurzes Zucken ging durch seinen Mund. „Dann frisst sie uns zuerst.“

Der Quartiermeister fluchte leise, als er mit der Schulter gegen die Tür des Magazins stieß.

„Verdammtes Holz“, knurrte er – und klang dabei, als hätte er mit jedem Brett hier schon einmal Streit gehabt. Er schob sich durch den Spalt, den Kälte und verzogene Angeln ließen. Drinnen roch es nach Öl, kaltem Eisen, feuchtem Leder und nach etwas Moderigem aus Kisten, die länger hierstanden als mancher Rekrut.

Er hieß offiziell Quartermaster Sergeant O’Malley. Inoffiziell nannten ihn die Männer den alten Raben. Vielleicht, weil er überall war, wenn etwas fehlte. Vielleicht, weil er alles sah und nie vergaß, wem er was in die Hand gedrückt hatte. Heute sah er vor allem: Unordnung.

Gewehrständer mit schief hängenden Waffen. Kisten mit verblassender Schrift „.50 Cartridges“. Daneben Säcke mit Nägeln, eine Tonne Pech, verrostetes Werkzeug, ein Stapel Wagenräder, von denen keins zum anderen passte. Und irgendwo dazwischen musste es sein: Öl. Richtiges Schmieröl, nicht das dünne Küchenzeug.

„Wenn die da draußen wirklich wollen, dass diese verfluchte Kurbelkiste schießt“, brummte er, während er sich durch die Stapel schob, „dann reicht kalter Wind nicht. Und Gebete schmieren keine Zahnräder.“

Er schob eine Kiste beiseite, auf deren Deckel jemand vor Jahren ein Herz eingeritzt hatte; übrig war nur noch die Hälfte eines Namens. Dahinter, halb verdeckt von einem alten Segeltuch, stand eine weitere Kiste. Schmaler, länger, die Beschläge verrostet, aber noch solide. Auf der Seite prangte in verblasstem Schwarz:

„Ordnance Dept. U.S. Army – Gatling-Gun – Zubehör“

O'Malley blinzelte. „Na sieh einer an“, murmelte er, und seine Stimme tat so, als wäre das alles selbstverständlich. „Da liegt's ja. Seit Wochen sucht's keiner – und plötzlich findet man's genau dann, wenn man's nicht mehr brauchen will.“

Mit dem Stiefel löste er den Dreck am Rand, hockte sich hin und suchte den Riegel. Zweimal rutschten ihm die Finger ab, dann gab das Metall mit einem müden Knacken nach. Der Deckel klemmte; er musste ihn mit der Schulter anheben.

Der Geruch, der ihm entgegenkam, war alter Papierstaub und noch älteres Fett. Er griff hinein und zog zuerst einen vergilbten Bogen hervor, dessen obere Kante einmal ordentlich gewesen sein mochte.

„Transportpapiere“, murmelte er, als er die Überschrift erkannte. „Fort – irgendwas, Fort – “ Die Tinte war verlaufen, als hätte die Zeit sie ausgespuckt.

Darunter lag ein Heft. Der Umschlag war einmal weiß gewesen; jetzt graubraun, fleckig von Öl, Fingerabdrücken und etwas, das entfernt an getrocknetes Blut erinnerte. Darüber stand in sauberer, strenger Schrift:

„Handhabung und Bedienung der Gatling-Gun, Cal. .50“

O'Malley pfiff leise durch die Zähne. „Na bitte“, murmelte er. „Die Heilige Schrift.“ Er tippte mit dem Finger gegen das Heft, als könne er es damit zu besserem Benehmen erziehen. „Fehlt nur noch einer, der lesen kann, wenn's draußen ernst wird.“

„Der Captain will euch an dem Ding“, sagte O'Malley, ohne aufzusehen. „Nicht, weil er euch mag. Weil er euch sehen will.“ Er tippte mit dem Finger gegen das Heft. „Solange du liest und der da drüben dreht, rennst du nicht durchs Fort, stellst keine Fragen an die falschen Männer – und ich muss keine Dummköpfe an die Kurbel lassen.“

Zwischen Papieren steckte noch etwas: lose Blätter, dickes, raues Papier, darauf Zeichnungen, die vage an die Gatling erinnerten. Die Proportionen stimmten nicht, die Läufe waren schief, und daneben stand eine Figur, die ein Soldat sein sollte – aber mehr wie ein betrunkener Strichmann aussah, dem jemand einen zu großen Hut aufgesetzt hatte.

Pfeile zeigten auf Kurbel, Zufuhr, Auswurf. Daneben stand in grober Schrift:

„NICHT HIER REINLANGEN!!!" „Wenn's klemmt → HIER ziehen (aber NICHT IM FEUER!)"

O'Malley schnaubte. „Kein Künstler. Aber wach genug, vorher wütend zu werden." Er legte die Blätter trotzdem vorsichtig zur Seite. „Und Wut ist manchmal die beste Anleitung, die du bekommst."

Er nahm die Unterlagen unter den Arm, schnappte sich eine kleine Flasche Öl, die am Rand der Kiste geklemmt hatte, und schob sich mit vollen Armen wieder hinaus.

Sam hatte sich im Wachraum an den Tisch gesetzt, auf dem sonst Karten lagen, Feldberichte – gelegentlich auch nur ein Kartenspiel, um die Zeit totzuschlagen. Jetzt lag dort das vergilbte Heft aufgeschlagen. Eine Öllampe daneben, die flackernd um jedes Wort kämpfte.

Tawa stand hinter ihm, die Hände auf dem Rücken verschränkt. Er sah aus, als stünde er bei etwas, das er nicht mochte, aber ernst nahm. O'Malley lehnte im Türrahmen, Arme verschränkt, Gesicht irgendwo zwischen Müdigkeit und Pflicht.

„Also", brummte er. „Was sagt das Papier? Dass wir anständig drehen – oder wenigstens in die richtige Richtung sterben?"

Sam ignorierte den Ton. Er las. Nicht schnell. Die Buchstaben waren sauber, die Sätze schwer. Zwischen Begriffen und Aufzählungen standen Warnungen, mehrfach unterstrichen.

Er blätterte um. Zeichnungen, Nummern, Pfeile vom Kurbelgriff zu Zahnrädern, weiter zur Trommel, zur Zuführung. Am Rand Bleistiftkritzeleien:

„Wenn zu schnell → Hülsen reißen!!" „Nicht stehenbleiben – Läufe glühen!"

Sam spürte, wie sein Mund trocken wurde. Er schluckte, las weiter.

„Zufuhr gleichmäßig“, murmelte er halblaut. „Kurbel ohne Hast, ohne Unterbrechung. Kein Ruckeln.“

Tawa verstand nicht jedes Wort – aber er hörte, wie es klang. Nicht wie etwas, das einem Menschen guttut.

Sam las den nächsten Absatz. Die Worte sprangen heraus.

„Ein unerfahrener Bediener“, sagte er schließlich und hob den Blick, „ist für die eigenen Reihen genauso gefährlich wie der Feind.“

Im Raum wurde es still. Die Lampe knisterte.

„Na“, sagte O'Malley und zog die Mundwinkel kaum merklich, „da hat einer die Wahrheit hingeschrieben, bevor sie ihm die Finger gekostet hat.“

Tawa legte den Kopf leicht schief. „Er sagt: Die Waffe ist Feind und Freund?“

„Er sagt: Sie kennt keinen Unterschied“, antwortete Sam. „Wenn wir sie falsch bedienen, schießt sie uns mit. Wenn sie klemmt, während draußen einer läuft, stehen wir da wie Narren.“

O'Malley stieß sich vom Rahmen ab. „Also, Sharps-Mann. Vorschlag. Wir haben keine Zeit für Schulstuben.“

Sam schloss kurz die Augen. Dann legte er die Hand flach auf die Seite mit den Warnhinweisen. Er dachte an den Wall, an Tawas Fingerspitzen auf dem Messing, an das Gefühl, dass hier etwas angekommen war, das seine eigenen Regeln mitgebracht hatte.

„Wir haben keine Zeit“, sagte er. „Also machen wir uns welche.“

Er stand auf, nahm das Heft und die losen Zeichnungen. „Im Morgengrauen. Kein Schuss. Erst drehen wir, bis wir wissen, wo sie hakelt. Dann erst reden wir mit Pulver.“

Tawa betrachtete ihn. Etwas in Sams Stimme hatte sich verändert. Nicht lauter, nicht heldisch – enger. Als hätte jemand eine Schnur in ihm straffgezogen.

Tawa legte zwei Finger auf das Messing, als prüfe er das kalte Metall noch einmal. Sein Blick ging zu Sam, dunkel und wach.

„Wir … machen sie“, sagte er stockend. Er tippte gegen die Gatling, dann gegen seine Brust. „Unsere Hand. Sonst … macht sie, was sie will.“

Sam hielt seinem Blick stand. Langsam nickte er.

Der Morgen war noch kaum einer, als sie die Gatling vom Wall in den Hof brachten.

Die Luft war ein wenig heller geworden, aber die Sonne war noch nicht einmal ein Versprechen. Ein blasses Grau hatte die tiefste Nacht verdrängt, ohne sich zu entscheiden, ob es wirklich Tag werden wollte. Die Fackeln an den Palisaden waren erloschen; in den Feuerstellen glommen nur noch ein paar Scheite in Asche.

Vier Männer schoben, zwei zogen, O'Malley fluchte – nicht aus Ärger, sondern um das Knarzen der Räder zu übertönen. Das Geräusch lief an den Holzwänden entlang und kroch in die Schlafräume.

Sam ging nebenher, eine Hand am Wagen, die andere fest um das Heft in seiner Manteltasche geschlossen. Tawa trug Bretter und eine Kiste Sand, die sie nachts aus einem halbfertigen Schießstand geholt hatten.

„Hier“, sagte Sam schließlich. Sie waren nahe am inneren Wall, an einer Stelle, von der aus man über die Ebene sehen konnte, wenn der Tag endlich Farbe bekam. „Wenn sie sprechen soll, dann von hier.“

Sie stellten den Wagen so, dass die Läufe leicht nach außen über die Brustwehr wiesen. Der Boden war uneben: festgetretener Schnee, gefrorene Spuren von Stiefeln und Rädern. Die Gatling stand schief.

„So bricht uns der Wagen auseinander, wenn du einmal ordentlich drehst“, meinte O'Malley und stieß mit der Stiefelspitze gegen das linke Rad. „Wir brauchen Abstützung.“

Tawa setzte stumm die Bretter an. Sie legten sie quer unter die Räder, stopften Schnee und Erdklumpen darunter, stampften, bis der Wagen ruhiger stand. Dann schütteten sie Sand vor und hinter die Räder und bauten einen breiten, niedrigen Keil.

„Eine Rampe?“, fragte Sam.

„Eher ein Grab“, brummte O’Malley. „Für das Ding, wenn es meint, weglaufen zu müssen.“

Sie arbeiteten eine Weile schweigend. Die Geräusche waren klein: Holz auf Holz, Metall auf Metall, Atem in der Kälte. Irgendwo krähte ein Hahn – zu früh oder zu spät; das ließ sich hier kaum noch unterscheiden. Erste Soldaten steckten Köpfe aus Türen, sahen kurz herüber, zogen sie wieder hinein. Neugier und Angst – beides im selben Blinzeln.

„Gut“, sagte Sam schließlich und klopfte gegen das Lafettengestell. „Für den Anfang.“

Er stellte sich an die Seite der Waffe, ließ die Finger prüfend über den Mechanismus laufen: Kurbel, Zuführung, Auswurf. Nicht zärtlich. Sachlich. Als wolle er wissen, wo sie einen Mann verletzt, wenn er dumm dasteht.

„Zuerst trocken“, sagte Sam. „Kein Schuss, bis wir wissen, wie sie läuft.“

O’Malley nickte. „Keine scharfen Patronen“, bestätigte er. Er hatte eine kleine Kiste Munition in Abstand abgestellt, als könnte sie von selbst beißen.

Sam trat auf die Lafette, griff nach der Kurbel. Schwer. Widerspenstig. Als hätte das Ding keine Lust, geweckt zu werden. Er holte tief Luft.

„Bereit?“, fragte er in den Morgen hinein – nicht sicher, ob er die Männer meinte oder sich.

„Dreh“, sagte Tawa.

Sam setzte an.

Die ersten Umdrehungen waren eine Mischung aus Widerstand und Leere. Zahnräder griffen, der Mechanismus kam in Gang, irgendwo klackte etwas, das noch nicht wusste, ob es ernst wird. Das Geräusch lief durch das Gestell in Sams Arme.

Der Wind nahm den Klang auf. Er war nicht laut – kein Donnern – aber in dieser frühen Stunde wirkte er zu groß. Es klang, als würde etwas im Fort anfangen, auf die Zähne zu beißen.

Ein paar Soldaten blieben mitten im Schritt stehen. Einer, der vom Abort kam, zog instinktiv den Kopf ein. Ein anderer hielt inne, die Finger am Schnürriemen erstarrt. Selbst die Pferde schnaubten kurz, als hätten sie einen Herzschlag gehört, der ihnen nicht gefiel.

Sam drehte weiter. Der Mechanismus wurde flüssiger – und gleichzeitig fühlte er an einer Stelle immer kurz mehr Widerstand, als wollte die Maschine sagen: Bis hierhin laufe ich, und darüber hinaus zwingst du mich.

Plötzlich ruckte der Wagen.

Ein dumpfer Schlag im Gestell. Die Lafette vibrierte, als hätte jemand dagegengetreten. Die Gatling zuckte, das linke Rad hob sich eine Fingerbreit. Sam stolperte beinahe. Metall klirrte.

„Halt!“, rief O’Malley.

Tawa war schon in Bewegung. Noch bevor Sams Hand ganz von der Kurbel wich, war Tawa vorn, packte die andere Seite, blockierte das Rad mit der Hüfte. Seine Finger tasteten nach der Stelle, von der der Schlag gekommen war.

Ein Bolzen hatte sich gelöst. Nicht ganz, aber genug, dass er herauswandern wollte. Er steckte schief in der Führung, als überlegte er, ob er das Weite sucht.

Tawa presste das Metall mit der flachen Hand an, während O’Malley heranlief, einen Schlüssel in der Hand, irgendwo aufgesammelt.

„Natürlich“, keuchte O’Malley und kniete sich hin. „Kaum rührst du sie an, will sie auseinander. Wie ein Rekrut beim ersten Schuss.“ Er zog den Bolzen fest. „Bleib drin, du Miststück. Wir haben heute schon genug, was weglaufen will.“

Sam stand noch auf der Lafette, Herz klopfend, die Hand wie ein Schatten über der Kurbel. Er war nicht gefallen – aber er hatte gespürt, wie knapp das war. Mit scharfer Munition, unter Druck, und dann so ein Bolzen …?

Fingerbreit zwischen Kontrolle und Chaos. Atembreit.

Tawa sah hoch. Ein kurzer, scharfer Blick. Kein Vorwurf. Eher das stille Einverständnis zweier Männer, die wissen, dass man Fehler nur einmal macht, wenn man Pech hat.

Tawa beugte sich über den vibrierenden Mechanismus, sein Atem stieg als dünner Schleier.

„Stark", murmelte er. Das Wort kam vorsichtig. Seine Hand strich über den Bolzen, der eben noch wandern wollte. „Wie junges Pferd. Trägt weit, wenn geführt. Wirft ab, wenn nicht."

Sam atmete durch, stieg von der Lafette. Er klopfte gegen das Gestell – nicht freundlich, nicht feindselig. Wie jemand, der einem Tier zeigt: Ich bin da, und ich lasse dich nicht gewinnen.

„Dann bringen wir ihr bei, wo sie hintritt", sagte er.

Später, als der Himmel heller wurde und der Osten eine zaghafte Ahnung von Farbe zeigte, kam der nächste Schritt.

„Nur eine kurze Salve", hatte Sam gesagt, als sie die Munition holten. „In den leeren Schnee. Keine Ziele. Nur damit wir hören, wie sie klingt, wenn sie's ernst meint."

O'Malley hatte gemurrt, dann genickt. „Besser, sie hustet einmal jetzt", brummte er, „als dass sie morgen beim ersten Wort auseinanderfällt."

Sie bereiteten die Munition vor. Keine Gurte, keine Bequemlichkeit. Kassetten mussten gefüllt werden, eine nach der anderen. Tawa hielt sich an die Zeichnungen, die irgendein wütender Sergeant hingekritzelt hatte. Seine Finger waren ruhig, fast streng. Patronen glitten in ihre Plätze, bis die Trommel voll war.

„Du an die Kurbel", sagte Sam zu ihm.

Tawa legte die Hand an den Griff. Ein Schatten von Zweifel in seinen Augen. „Ich dreh'", sagte er leise. „Du sagst Stopp."

Sam sah ihn fest an. „Du kennst Rhythmus. Trommel. Schritt. Atem. Das hier ist auch Rhythmus." Er deutete auf die Kurbel. „Nur hässlicher."

O'Malley stieß ein kurzes, heiseres Lachen aus. „Das hässlichste Lied im ganzen Fort."

Tawa sah die Gatling an, dann Sam. Etwas in ihm sträubte sich. Aber das Wissen, dass dieses Ding morgen zwischen ihnen und den Reitern stehen würde, legte sich wie eine kalte Hand auf seine Schulter.

Sam stellte sich knapp hinter die Lafette, seitlich von der Linie, die das Heft als „nicht hier stehen" meinte. Er stand trotzdem da – nicht aus Dummheit, sondern weil er wissen wollte, wie nah Gefahr wirklich ist.

„Wenn sie klemmt", sagte O'Malley, „hörst du auf, bevor du ihr Gewalt gibst. Sonst hagelt's dir Messing um die Ohren – und du lernst plötzlich, was ein Mann ohne Augen noch taugt."

Tawa nickte. Er legte beide Hände an die Kurbel, suchte Halt am Gestell.

„Bereit", sagte er.

Sam atmete tief ein. „Feuer."

Die ersten Umdrehungen klangen wie zuvor: Knirschen, trockenes Rasseln. Dann änderte sich der Klang, erst kaum merklich. Ein kurzer Laut, als bräche ein Ast. Dann noch einer. Metall schlug Metall. Und plötzlich war da nicht mehr nur Maschine, sondern Stimme.

Der erste Schuss kam wie ein Husten. Der zweite war entschiedener. Beim dritten begann die Gatling zu reden.

Das Rattern, das in den Morgen stieg, war kein Donner und keine Trommel. Es war eine Reihe schneller Schläge, so dicht, dass sie fast zu einem Teppich wurden – und doch konnte man jeden einzelnen fühlen, wenn man nah genug stand.

Die Läufe vibrierten. Das Gestell arbeitete. Bretter, Sand und Keil hielten. Tawa spürte, wie die Kurbel gegen seine Hand drückte, wie die Maschine mehr wollte: schneller, härter. Er zwang sie in den Takt, den Sam ihm vorgegeben hatte: nicht gierig, nicht zögerlich.

Messinghülsen sprangen aus der Auswurföffnung, stießen gegeneinander, fielen in den Schnee und ließen heißen Dampf hochgehen. Der Geruch von Pulver legte sich über alles – bissig, alt, und trotzdem neu genug, dass einem der Hals eng wurde.

Die Kugeln verschwanden in der weißen Fläche vor dem Fort. Kein Ziel, kein Feind – nur Schnee und gefrorene Erde, die die Einschläge stumm nahm. Kleine Fontänen aus Eis und Staub spritzten, als würde der Boden zucken.

„Genug!", rief Sam.

Tawa ließ die Kurbel los, behutsam, als löse er die Hand von etwas, das beißt. Die Gatling lief noch eine halbe Umdrehung nach, dann blieb sie stehen. Das letzte Klacken war klein nach all dem Lärm.

Niemand sagte etwas.

Sogar der Wind schien für einen Moment nicht sicher, ob er weiterwehen darf.

Sam hörte sein Herz. Nicht schneller – nur lauter. In seinen Ohren hing noch das Echo der Schüsse, und darunter eine Ahnung: Dieser Klang geht nicht mehr weg. Egal, ob sie die Maschine morgen noch haben oder nicht.

Er sah sich um.

Die Männer, die zuerst nur in Türrahmen gestanden hatten, waren jetzt weiter draußen im Hof. Arme verschränkt, Hände an Riemen, Blicke auf das Ding, als wäre es ein Tier, das man gerade erst gezähmt hat – und das trotzdem jederzeit treten kann. In ihren Gesichtern lag diese Mischung, die Sam kannte: Hoffnung und Angst, so dicht beieinander, dass man sie kaum trennt.

Ein junger Soldat schluckte. „Sir …", begann er, brach ab.

„Ja?", fragte Sam.

„Wenn das Ding morgen gegen die da draußen spricht …" Der Junge suchte nach Worten. „Hört es auf uns?"

Sam sah zur Gatling. Der Metallkörper dampfte leicht. Auf dem Messing hinter der Kurbel sah er einen Abdruck – Tawas Hand, dunkel, scharf, ein Moment, den die Kälte bald wieder auslöscht.

„Das kommt darauf an", sagte Sam leise, „ob wir heute genug gelernt haben, wo man stehen darf."

Tawa trat einen Schritt zurück, schüttelte die Hände aus, als wollte er das Zittern der Maschine aus den Gelenken bekommen. Er sah nicht stolz aus. Eher so, als hätte man ihm ein Lied beigebracht, das er morgen singen muss, auch wenn er es verachtet.

O'Malley trat zur Seite, betrachtete Bolzen, Keil, Bretter. „Wir richten Sandsäcke hinter ihr auf", meinte er. „Falls sie nach hinten tritt." Er sah über den Hof, als könnte er Dummheit schon hören. „Und wir zeichnen den Boden an. Wer in den falschen Kreis tritt, ohne zu wissen, was er tut, der buddelt den Rest des Winters Löcher. Tief."

Sam nickte.

Sie verbrachten die nächste Stunde damit, Linien in den Schnee zu ziehen, Sandsäcke zu stapeln und mit Kreide Markierungen auf die Brustwehr zu setzen: „Sichtlinie", „Deckung",

„Toter Winkel“. Die Gatling wurde kein Freund. Aber sie bekam einen Platz. Und sie bekam Regeln.

Als sie fertig waren, stand die Sonne noch immer niedrig. Ein fahler Streifen Licht am Horizont, wie eine Narbe. Der Tag war da, aber er wirkte, als hätte er noch nicht entschieden, ob er kämpfen oder nur zuschauen will.

Sam trat ein letztes Mal vor die Lafette. Er legte die Hand auf das Messing, genau an die Stelle, an der Tawa in der Nacht die Stille gespürt hatte. Er spürte nichts. Kein Flüstern. Keine Geschichte. Nur Metall, das wartet, dass einer es bewegt.

„Morgen“, sagte er leise, „sehen wir, ob du uns dienst – oder einfach nur läufst.“

Dann trat er zurück.

Die Gatling schwieg. Aber die Stille um sie herum war nicht mehr dieselbe wie in der Nacht. Sie war nicht dumpf. Sie war gespannt. Wach. Mit einer dünnen, harten Kante, als hätte jemand das Fort von innen her auf Anschlag gezogen.

Die Ebene vor dem Fort lag weiß und weit. Keine Reiter. Kein Rauch. Kein dunkler Faden am Horizont. Nur Schnee, Hügel, Himmel.

Und doch war etwas anders.

Die Ebene antwortete auf das Rattern nicht mit Angriff und nicht mit Schreien – sondern mit einer Stille, die nicht mehr nach Nacht roch.

Wenn die Nacht zu laufen beginnt

Der Augenblick, in dem alles still wurde, kam nicht mit einem Geräusch, sondern mit dem, was plötzlich fehlte.

Es war keine wirkliche Nacht mehr, aber der Morgen war noch nicht da. Über den Hügeln hing ein schmaler grauer Rand, zu dünn, um Tag zu heißen, zu hell, um noch Nacht zu sein. Das Fort lag darunter wie unter einer Last. Keine Wärme, kein Trost. Nur Kälte, Holz, Atem, der kurz sichtbar wird und wieder verschwindet.

Die Palisaden knarrten leise im Frost. Holz arbeitet, auch dann, wenn Männer es mit Nägeln und Befehlen zur Ruhe zwingen wollen. Der Boden unter dem Wall war hart und körnig – gefrorener Sand, der keine Spur mehr annahm, sondern jeden Druck speicherte. Schritte klangen hier anders. Kürzer. Härter. Als würde das Fort alles zählen, was sich bewegt.

Auf dem vorderen Wall stand die Gatling.

Zu viel Eisen für ein Fort aus Holz. Zu viele Läufe, zu wenig Vergebung. Die Metallteile trugen die Kälte der Nacht, aber in der Nähe von Körpern stieg ein feiner Hauch auf, kaum sichtbar – Wärme, die sofort wieder verschwand, als würde die Luft sie nicht dulden. Die Trommel saß fest. Die Kurbel stand leicht hoch, als wartete die Maschine auf eine Hand, die sich entscheidet.

Sam stand neben ihr, die Sharps an der Schulter. Seine Finger fuhren wie von selbst am Schaft entlang, nicht aus Nervosität, sondern weil der Körper sich an etwas festhält, wenn der Kopf zu viel rechnet. Er hörte nicht zuerst das Draußen, sondern das Drinnen: das leise Zittern in den Brettern unter seinen Füßen. Der Wall übertrug jeden Schritt, jedes Gewicht, jede Unruhe. Wenn unten einer den Riemen nachzog, wenn irgendwo Metall an Metall stieß, lief es als kleines Echo durch das Holz zu ihm hoch.

Hinter der Gatling kniete O'Malley, Mantel halb geöffnet, Mütze schief im Nacken. Er fuhr die Hände ein letztes Mal über Verschluss, Trommel, Kurbel. Nicht zärtlich. Wie einer, der etwas prüft, das ihm im Zweifel die Hand frisst. Seine Lippen bewegten sich, ein murmelnder Strom aus Flüchen und halben Sätzen – nicht laut genug, um gehört zu werden, aber laut genug, um sich selbst nicht allein zu lassen.

„Wenn die da draußen schneller laufen können als dieses Ding spuckt“, knurrte er leise, mehr zu sich als zu ihnen, „fress’ ich meine Mütze.“

Keiner lachte.

Tawa stand am Rand der Plattform, das Gewehr über dem Arm, den Blick nach draußen gerichtet. Er schloss einmal die Augen. Nicht nervös. Langsam, als würde er sich einen Atem lang aus dem Fort herausnehmen. Dann öffnete er sie wieder. Dunkel. Still. Wach.

Unter ihnen war das Fort wach, ohne dass einer es befohlen hätte.

Männer bewegten sich leise über den Hof. Kein Gerede. Nur Wege: Baracke, Stall, Magazin. Ein Eimer klirrte gegen einen anderen, ein gedämpfter Fluch, Stiefel auf Holz. Das Klicken von Metall, wenn Riemen nachgezogen und Verschlüsse geprüft wurden. Aus den Ställen drang nervöses Schnauben. Die Pferde hörten längst, was noch keiner laut sagte. Hufe schlugen gegen Bretter, als wollten sie die Wände daran erinnern, dass Weglaufen eine Möglichkeit ist – für Tiere jedenfalls.

Über allem hing eine Stille, gespannt wie ein Seil.

Der erste Ton kam, bevor ihn irgendjemand benennen konnte.

Er war zuerst nur eine Veränderung im Wind. Ein feiner Schnitt in der Luft, den man nicht hört, sondern spürt. Er kam aus den Hügeln, aus jener Richtung, in welcher Sam in den letzten Tagen zu oft gesehen hatte. Der Laut war zunächst ein langgezogenes Etwas, ohne Form. Dann, im nächsten Herzschlag, erinnerte er an Eis, das bricht: ein dumpfes, klares Reißen, als würde irgendwo eine Oberfläche aufgeben. Im dritten Schlag lagen Stimmen darunter – tief, mehrstimmig, zu einer Welle verschmolzen.

Sam spürte, wie ihm der Nacken kälter wurde.

Sein Blick glitt über den grauen Saum der Hügelkette, ohne etwas zu erkennen. Und doch wusste er schon, was es war, lange bevor die Augen Beweise fanden. Irgendetwas in ihm zuckte – ein Rest von Instinkt, den man Männern abgewöhnt, wenn man ihnen Uniformen anzieht.

Dann fand der Laut ein Wort.

Kriegsruf.

Er war weit, aber er trug Gewicht. Nicht nur Drohung. Richtung. Er legte das Land in zwei Teile: davor und danach.

Sam schluckte. Seine Finger schlossen sich fester um den Schaft der Sharps.

Neben ihm veränderte sich Tawa.

Er fuhr nicht zusammen. Er spannte sich nicht trotzig auf. Er ließ den Klang in sich hinein, als müsse er ihn erst richtig nehmen, bevor er antwortet. Man sah es an den Schultern, die einen Hauch sanken, am Kopf, der sich minimal neigte, als würde er sein Ohr näher an etwas bringen.

Er stand nicht gegen den Ruf – er trat in ihn hinein.

Sam sah, wie Tawas Pupillen schmaler wurden, wie sein Kiefer arbeitete. Seine Lippen formten einen stummen Laut.

„Crow", murmelte er nach einer Weile, mehr Atem als Wort. „Krähenleute. Viele Stimmen. Nicht viele kleine Haufen."

Sam brauchte einen Moment, um es zu sortieren.

„Ein Stamm?", fragte er leise.

Tawa nickte langsam, die Augen noch immer an jener Stelle, an der der Ruf verklungen war.

„Ein großer", sagte er. „Sie wollen nicht wegbleiben." Ein bitteres, müdes Zucken ging durch seinen Mund. „Sie wollen, dass man sie sieht."

Der zweite Kriegsruf folgte dem ersten wie ein Schlag, der nachsetzt.

Er war näher, voller, härter. Der Laut hatte jetzt keine Frage mehr in sich. Nur Entscheidung. Die Luft schien zu vibrieren, als würde sie selbst die Zähne zusammenbeißen.

Der Wall erwachte in einer Bewegung.

Ein Soldat, der sich gerade dabei ertappt hatte, wie er mit kalten Fingern an die Brusttasche tastete, fuhr hoch, ließ fast sein Gewehr fallen, fing es im letzten Moment. Ein anderer nahm sein

Gewehr hoch, grob und vorsichtig zugleich, als würde er das Einzige greifen, das zwischen ihm und dem Tod steht.

„Auf Position! Auf, verdammt noch mal!" Eine Stimme von unten, nicht klar zu sehen, aber scharf genug, um Zögern zu schneiden.

Die Linien entlang der Palisade füllten sich. Schatten traten in Schießscharten, Mündungen schoben sich vor, Riemen spannten sich über Mäntel. Sam hörte das Klacken von Schlössern, das leise Einrasten der Hähne, das dumpfe Aneinanderschlagen von Holz und Metall, wenn einer die Waffe nervös noch einmal an die Brust zog und wieder vor.

Die Pferde in den Ställen steigerten ihr Schlagen, ein dumpfer Takt gegen Bretter. Kein Paniklärm – eher das Drängen von Körpern, die herauswollen.

Und dann – als müsse das Fort sich erinnern, dass es außer Gewehren noch altes Eisen besitzt – rannten unten zwei Männer zur kleinen Kanone am südlichen Abschnitt.

Ein kurzes Rohr auf niedriger Lafette. Alt genug, dass das Eisen stumpf wirkte, als hätte es zu viele Winter lang mehr Luft als Feuer gesehen. Man hatte sie „für alle Fälle" stehen lassen, wie man einen rostigen Schlüssel an einen Nagel hängt.

„Ladet sie!", brüllte einer.

Ein dritter Mann stolperte heran, mit einer Pulverkartusche, die er zu fest hielt. Einer zog die Zündschnur aus der Tasche, als suche er ein Streichholz im Wind. Hände waren plötzlich überall: am Rohr, am Ladestock, an der Lafette. Es sah nach Eile aus – und roch nach Ungeübtheit.

O'Malley hob den Kopf, warf einen Blick hinüber und schnaubte so leise, dass man es eher an seiner Schulter sah.

„Wenn das Ding heute noch einmal taugt", murmelte er, „fress' ich nicht nur die Mütze, sondern den Nagel, an dem's hängt."

Sam sagte nichts. Er beobachtete nur: Der Ladestock ging zu hastig, zu schief, zu blind. Eisen in Kälte klingt anders, wenn es nicht mehr will.

„Feuer!"

Die Kanone antwortete nicht mit Donner.

Sie hustete.

Ein kurzer, dumpfer Schlag, ein schmutziger Rauchstoß, der kaum über die Brustwehr kam, bevor der Wind ihn auseinander riss. Kein sauberer Knall. Kein Rückstoß, der Vertrauen schafft. Nur ein Geräusch, als würde tief im Rohr etwas aufgeben.

Dann kam ein zweites Geräusch: ein metallisches Knacken, klein – und endgültig.

„Verdammt!", brüllte jemand.

Einer beugte sich vor, zu nah, zu früh. Ein anderer zog ihn am Kragen zurück, als hätte er im letzten Moment begriffen, dass Dummheit schneller tötet als ein Feind.

Der Ladestock blieb halb stecken. Oder war es etwas anderes? Die Kanone schwieg. Nicht die gespannte Stille einer Waffe, die nachlädt – das tote Schweigen von etwas, das entschieden hat, nicht mehr mitzumachen.

„Raus da!", rief eine Stimme. „Weg von dem Ding!"

Der Offizier erschien auf dem Wall.

Er kam nicht mit Hektik, sondern mit dieser angespannten Ruhe, die Offiziere haben, wenn sie wissen, dass Panik unter ihnen teurer ist als Blut. Mantel sauber, aber nicht neu. Stiefel mit Schrammen. Säbel am Gürtel, mehr getragen als gezogen.

Seine Stimme war nicht laut.

Sie war scharf.

„Auf die Positionen!", rief er, ohne zu brüllen. Und doch schnitt das Wort durch Wind und Atem. „Niemand feuert ohne Befehl!"

Sein Blick strich die Gatling, Sam, O'Malley, dann die Reihen entlang. Ein kurzer Check – wie einer, der zählen muss, was er noch hat. Der Blick fiel auch zur Kanone, zu dem Rauchrest, zu den Männern, die so taten, als hätten sie nie an sie geglaubt.

„Wenn ich falle: Feuerdisziplin bleibt hier oben bei Sam. An der Gatling wird getan, was er sagt." Der Satz war nicht groß. Kein Pathos. Ein Fakt. Wie: Der Winter ist noch nicht vorbei.

Doch in Sam setzte er sich wie ein Gewicht.

Er spürte ihn in der Brust, kalt und schwer. Und er spürte die Blicke, die sich jetzt kurz zu ihm drehten – tastend, prüfend.

Sam atmete langsam aus. Der Dampf stand einen Herzschlag vor seinem Gesicht, dann war er weg.

„Verstanden?“ Die Stimme des Offiziers blieb ruhig.

Ein dumpfes Murmeln, mehrere „Yes, Sir“, „Jawohl“, schob sich über den Wall. Sam nickte nur. Worte hätten sich falsch angefühlt.

Tawa hatte den Offizier kaum beachtet.

Sein Blick hing an der Dunkelheit jenseits der Palisaden. Nicht an den Hügeln selbst, sondern an dem, was sich dort bewegt, bevor man es sieht. Er sah nicht zuerst Männer und Pferde. Er sah Muster: Zwischenräume, Schattenflecken, Stellen, an denen der Horizont anders wird, weil etwas dahinter ist. Wie eine große Hand, die sich langsam zur Faust schließt.

„Siehst du sie?“, fragte Sam.

Tawa antwortete nicht sofort. Sein Kopf neigte sich minimal, als lausche er.

„Noch nicht mit Augen“, sagte er schließlich leise. „Aber sie sind da. Viele Männer. Viele Pferde. Nicht in kleinen Gruppen ...“ Er machte eine Bewegung, zeichnete einen Halbkreis in die Luft. „Sie kommen wie ein langer Rücken.“

Sam folgte der Geste mit dem Blick. Er sah Grau – und darunter etwas Dunkleres, das sich bewegte.

„Kein Spähtrupp“, murmelte Tawa. „Kein Raubzug. Sie bringen alles, was sie haben.“

Ein weiterer Ruf schnitt durch die Luft.

Nicht mehr fern. Klarer. Härter. Der Laut trug Entschluss. Er ließ die Männer am Wall einen Herzschlag lang verstummen, als hätte jemand ihnen das Wort aus der Hand geschlagen.

Sam hörte das leise Knacken, als ein junger Soldat neben ihm unbewusst die Finger fester um den Abzug legte.

„Locker lassen“, sagte Sam, ohne hinzusehen, die Stimme tiefer als sonst. „Noch nicht.“

Der Junge nickte, obwohl Sam es nicht sehen konnte. Sein Atem ging schnell.

Die Gatling stand da wie ein Rätsel, das gleich beantwortet wird.

Sam legte die Hand auf das Metall, dort, wo die Läufe zusammenlaufen. Eisen, kalt – aber nicht tot. Die Kälte von etwas, das bereit ist, heiß zu werden. Er ließ die Fingerspitzen zur Kurbel wandern. Ein leises Klicken, Zahn auf Zahn, kaum hörbar – und in dieser Stille deutlicher als der ferne Ruf. Ein Ton, der nichts für Ohren ist. Nur für den Mann, der gleich drehen muss.

O'Malley rückte näher. Sein Gesicht hatte im grauen Licht harte Kanten.

„Trommel sitzt", murmelte er. „Fünfhundert Schuss – wenn uns das Glück nicht gleich im ersten Lauf verlässt."

Sam nickte, ohne den Blick von der Ebene zu nehmen.

„Wenn sie kommen, drehst du", sagte er zu Tawa, die Hand noch an der Kurbel. „Nicht vorher. Nicht aus Angst. Nicht zu spät." Einmal ein, einmal aus. Als wollte er die Worte festnageln. „Wenn sie dicht sind. Wenn du Gesichter siehst."

Tawa sah ihn nur kurz an.

„Ich kenne den Moment, wenn ein Bison den Kopf senkt", sagte er leise. „Ich werde diesen auch kennen."

Sam nickte. Mehr brauchte es nicht.

Dann begann die Hügelkante sich zu verändern.

Zuerst war es ein kaum wahrnehmbarer Schimmer. Dann wurden daraus Linien, dunkler als das Grau des Morgens. Sie zogen sich hin wie Striche, die einer nicht mehr wegbekommt.

Die Bewegung war nicht schnell.

Sie war sicher.

Unter dem Himmel schoben sich Formen zusammen – Felle, Federn, Schilde, Körper, Pferdehälse, Lanzen. Nicht ein Trupp. Nicht ein Schwarm. Eine Masse, die sich in eine Linie presst und rollt.

Die Crow kamen.

Im Fort wuchs die Spannung, als würde jemand innen an einem Riemen ziehen. Holz knarrte. Metallklang. Männer starrten.

Dann kam aus der vorrückenden Linie ein einzelner Laut.

Hoch. Klar. So scharf, dass er durch die Luft schnitt wie eine Klinge. Nicht mehr das vielstimmige Grollen. Die Stimme eines Einzelnen, der für alle schreit – ein Ruf, der durch Brust und Knochen fährt und direkt in die Reihen am Wall schlägt.

Der Ruf ging wie ein Riss durch die Verteidiger.

Nicht im Holz. In Körpern. Man sah, wie Schultern sich einen Hauch breiter machten, wie Rücken sich aufrichteten. Andere sanken einen Fingerbreit, als hätte man ihnen die Luft genommen. Hände schwankten zwischen festem Griff und Zittern.

Der Offizier sagte nichts.

Manchmal ist Sprechen gefährlicher als Schweigen. Er stand da, Kinn leicht oben, und ließ den Ruf über sich ergehen, ohne ihn zu beantworten. Noch nicht.

Tawa bewegte sich nicht.

Er sah nicht zu Sam. Er musste es nicht. Sein Blick hing an jener Stelle, von der der Ruf kam, und in seinen Augen lag nichts Überraschtes. Eher das Erkennen eines alten Feindes.

„Das ist ihr Krieg", flüsterte er kaum hörbar. Die Worte waren klein, aber schwer.

Sam hörte sie.

„Jetzt", fuhr Tawa fort, ohne den Blick zu lösen, „beginnt unserer."

Der Satz setzte sich neben das Gewicht in Sams Brust. Neben dem Befehl des Offiziers. Pflicht und Wahl, Fort und Hügel.

Sam legte beide Hände um die Sharps.

Die Gatling wartete.

Die Hügel liefen auf das Fort zu.

Die Nacht war noch nicht vorbei – aber sie hatte angefangen, zu laufen.

Wenn das Feuer im Schnee aufsteht

Der Moment, in dem die Hügel endgültig begannen, sich zu bewegen, kam nicht als Bild, sondern als Druck.

Er saß zuerst im Boden. Dann in den Planken der Brustwehr. Dann in den Händen der Männer, die ihre Gewehre fester hielten, ohne es zu merken. Die Dunkelheit im Norden war schon länger keine wirkliche mehr, aber der Morgen war noch nicht da. Alles lag in diesem grauen Zwischenzustand, der Geräusche schärfer macht und Entfernungen falsch.

Sam stand neben der Gatling. Eine Hand an der Kurbel, die andere an der Sharps. Er spürte, wie die Luft dichter wurde – nicht wärmer, nur voller. Wie kurz vor einem Gewitter, nur ohne Wolken. Tawa stand eine Armlänge entfernt. Er kniff die Augen nicht zusammen, um mehr zu sehen. Er lauschte. Sam sah es am Atem, an der Art, wie Tawas Finger sich streckten und wieder schlossen, als müsste er den Wind greifen, um ihn zu verstehen.

Der Offizier kam auf den Wall. Sein Blick streifte Sam nur einen Herzschlag, kurz genug, dass es keiner „Vertrauen" nennen konnte. Es war Kontrolle. Die Gatling war der Punkt, an dem das Fort sich halten oder aufreißen würde. Darum galt der Satz: Fällt der Offizier, hört der Wall auf Sam – dort oben, an der Maschine. Sein Atem hing dünn vor dem Gesicht. Er sagte nichts. Auch das war ein Befehl: Haltet euch. Weiter südlich stand die kleine Kanone wie ein ausgeschlagener Zahn am Rand der Palisade – kalt, verstopft, stumm. Jemand hatte nachts noch daran gearbeitet, geflucht, geölt, gekratzt, als könne man Metall überreden. Sie hatte nicht geantwortet. Jetzt erst recht nicht.

Aus dem Norden kam zuerst kein Ruf.

Es kam ein tiefes Brummen, gedämpft, als liefe etwas Schweres unter der Erde. Ein Mann weiter rechts drehte sich halb weg, als hätte er einen Stich. Ein anderer hob das Gewehr höher, zu früh. O'Malley fluchte leise und tastete noch einmal über Trommel und Zuführung der Gatling, als könnte er mit bloßen Fingern feststellen, ob das Ding gleich lebt oder stirbt.

Dann trat der Laut in die Luft.

Hoch. Wild. Klar.

Ein Kriegsruf, der sich durch das Grau schnitt wie Stahl. Sam spürte, wie sein Nacken hart wurde. Der Ruf war zu nah für Trost und zu klar für Zufall. Tawa schloss die Augen. Kein Zucken, kein Rückweichen. Er öffnete sie erst wieder, als der Ruf abfiel, und sagte leise, mehr Feststellung als Wort:

„Crow."

Sam nickte. Er hatte es gewusst, bevor er es benennen konnte.

Der zweite Ruf kam wie ein Schlag, der nachsetzt. Er traf nicht nur die Ohren. Er traf den Bauch. Neben Sam atmete jemand scharf ein. Hinter ihm murmelte ein junger Soldat etwas, das wie ein Gebet klang – und brach ab, als er merkte, dass niemand antwortete.

Dann kam Bewegung.

Erst ein Zittern am Horizont. Dann dunklere Flecken im Grau. Und schließlich der lange, geschlossene Rücken: Pferde. Viele. In schneller Folge. Die Crow kamen nicht wie ein Schwarm, nicht wie ein Überfalltrupp, nicht wie ein loses Band. Sie kamen in Massen. Als hätten sie beschlossen, das Land selbst solle mitlaufen.

Die Männer am Wall standen still. Manche mit weit offenen Augen, andere mit schmalen Lippen. Finger am Abzug, Körper zwischen Angst und Gehorsam eingeklemmt.

Der Offizier hob die Hand.

„Niemand schießt", sagte er.

Die Stimme war nicht laut. Sie war scharf.

Die ersten Pfeile flogen, noch bevor die Reiter in Gewehrweite waren. Keine Fanfare, kein Ankündigen – nur das kurze, dünne Singen in der Luft. Ein Pfeil schlug in die Brustwehr. Ein zweiter flog an Sams Kopf vorbei, so nah, dass er den Luftzug spürte. Ein Dritter blieb im Balken hängen und vibrierte, als wollte er das Holz wecken.

„Warten", sagte der Offizier.

Ein Soldat links von Sam wischte sich mit dem Ärmel über die Stirn, obwohl es kalt genug war, dass der Schweiß dort keinen

Platz haben sollte. Einige Männer zitterten – nicht vor Frost. Vor dem, was gleich entschieden wird.

Die Crow setzten zum Lauf an.

Erst langsam. Dann schneller. Dann in einem Rhythmus, der den Boden unter dem Fort spürbar machte. Pferdeköpfe tief, Reiter nach vorn, Schilde und Lanzen in Bewegung. Die Linie wurde dichter, enger, zielgerichtet.

Sam sah den Moment.

Er sah, wie die ersten Reihen tiefer gingen, wie die Pferde die Hufe in den Schnee bohrten, wie sich die Masse zusammenschob. Das war nicht nur Anlauf – das war Druck.

„Tawa", sagte er, mehr Atem als Wort.

Tawa legte die Hand an die Kurbel. Ruhig. Als hätte er die Bewegung schon vorher im Körper gehabt.

Der Offizier stand hinter ihnen, Blick auf die vordere Linie. Sam wusste: Er wartete, bis es Sinn ergab. Bis die Gatling nicht mehr in die Weite spuckt.

Dann sah Sam die Augen der ersten Reiter.

„Jetzt!", rief er.

Tawa drehte.

Erst knarrte Metall. Dann ruckte es. Dann fand der Mechanismus den Lauf. Ein Schuss. Zwei. Der Dritte schloss sich an – und der Rhythmus war plötzlich schneller als jedes einzelne Denken.

Die Gatling spie Feuer.

Pulverdampf, Hitze in der Kälte. Ein Klang, der nicht zu Holz und Schnee passt. Er rollte über den Wall und traf die vorderste Reihe wie eine unsichtbare Stange, die man ihnen vor die Brust hält.

Schnee sprang hoch. Pferde warfen sich zur Seite. Männer kippten aus Sätteln. Ein Schild splitterte. Fell riss auf. Doch die Crow brachen nicht einfach weg. Sie gingen tiefer, nutzten jede Senke, jeden Rücken, jede Unebenheit, um unter die Feuerlinie zu kommen. Und während vorn die erste Welle getroffen wurde, löste sich an den Seiten etwas aus der Bewegung – nicht als sichtbarer Befehl, sondern als Absicht, die plötzlich da ist.

Sam begriff es einen Herzschlag zu spät:

Die Gatling bindet den Blick nach vorn. Und das Land hat Seiten.

„Flanken", stieß Tawa hervor, ohne aufzusehen – als hätte er es nicht gesehen, sondern gehört.

Am Rand der Plattform, dort, wo der tote Winkel beginnt, tauchten die ersten Schatten auf. Reiter, die nicht in die Gatling geritten waren, sondern an ihr vorbei, tiefer, seitlich, entlang der Palisade. Dort, wo Holz, Schnee und Blickwinkel zusammenkommen und die Wahrheit zu spät ist.

„Feuer frei!", rief der Offizier endlich.

Gewehre knallten. Die erste Salve brach aus den Schießscharten wie ein aufgestauter Atem. Einige Crow fielen. Einige Pferde stürzten. Aber die zweite Welle war schon da: dichter, schneller, näher, als der Kopf es akzeptieren wollte. Pfeile schlugen in den Wall. Seile griffen. Hände zogen sich hoch.

Tawa drehte weiter. Er zwang der Maschine den Rhythmus auf – nicht gierig, nicht zögerlich. Messinghülsen sprangen aus der Auswurföffnung und fielen in den Schnee, heiß, dampfend. Der Geruch von Pulver legte sich über alles, bissig und vertraut, und gerade deshalb falsch.

Dann kam der Fehler.

Nicht als Explosion. Nicht als Drama. Als Stolpern.

Die Gatling hustete. Ein Laut, der nicht passt. Ein metallisches Klicken, scharf und klein. Tawa drehte – einmal, zweimal –, dann war da Widerstand. Ein hartes, totales Nein. Die Kurbel stand still, als wäre sie festgenagelt.

„Stau!", brüllte O'Malley.

Das Wort klang nicht technisch. Es klang wie ein Fluch.

Er riss an der Zuführung, zog, stieß, fluchte. Eine Patrone hatte sich verkantet. Messing, das nicht wollte – und in dieser winzigen Unordnung steckte plötzlich der Stillstand einer ganzen Hoffnung.

„Verdammt!", keuchte O'Malley. „Verdammt noch mal …"

Tawa ließ die Kurbel los, als wäre sie plötzlich glühend.

Einen Atemzug lang stand er da, die Hände leer. Und in diesem Atemzug wurde der Klang der Schlacht anders. Nicht weniger. Nur näher. Persönlicher, und man hörte plötzlich wieder Schreie, einzelne Stimmen, einzelne Körper.

„Weiter links!" „Am Rand! Am Rand!"

Die Crow waren oben. Nicht als breite Front, sondern in Sprüngen. In Schatten. In Zähnen.

Die ersten erreichten die Brustwehr. Einer sprang hoch und rollte über die Kante. Ein zweiter zog sich mit dem Seil nach. Ein Dritter warf sich mit beiden Beinen gegen einen Balken. Holz splitterte. Nicht weil es schwach war – weil es Holz ist.

Männer schrien. Gewehre knallten auf kürzeste Distanz. Pfeile flogen. Die kleine Kanone am Südwall spuckte endlich – oder versuchte es. Ein dumpfes, erbärmliches Husten, dann ein Klirren und ein Rissgeräusch, als hätte sie sich selbst zerrissen. Der Lauf blieb stumm. Ein Soldat starrte sie einen Moment lang an wie einen Verräter, dann riss er den Blick weg, weil ein Pfeil ihm die Mütze vom Kopf schlug.

Sam wusste: Der Wall war verloren, bevor er wirklich verloren war.

Nicht, weil die Männer nicht kämpften. Sondern weil der Kampf nicht mehr dort war, wo man ihn geplant hatte.

Der Klang der Gatling hing noch in der Luft, als die ersten Crow bereits auf der Plattform landeten. Ein Mann mit einem breiten schwarzen Streifen über den Augen stürzte sich auf den nächststehenden Soldaten. Klinge, Körper, Schrei – dann war der Soldat weg, und der Platz war wieder offen.

Sam riss die Sharps hoch, zielte, schoss.

Der Mann fiel rückwärts und blieb liegen.

Doch der nächste Schatten war schon da.

O'Malley kämpfte an der Gatling, als könne er sie mit Sturheit wieder zum Sprechen zwingen. Er zog den Gurt zurück, stieß ein Segment nach, schlug mit der flachen Hand gegen die Zuführung, bis die Haut rot wurde.

„Komm schon", keuchte er. „Nicht jetzt—"

Ein Crow sprang neben ihm auf.

O'Malley riss den Kopf herum und hob instinktiv den Schraubenschlüssel. Der Schlag traf den Krieger am Kiefer. Der Mann taumelte, blieb aber. Aus der Nähe war O'Malley kein

Quartiermeister mehr. Nur ein Mann, der beschlossen hatte, heute nicht höflich zu sterben.

Und dann stieg über der Brustwehr eine Gestalt hoch, die Sam sofort erkannte.

Noh'Káto.

Frost im Haar. Bemalung scharf, dunkel. Das gespaltene Ohr wie ein Zeichen. Er stand auf dem Balken, als gehöre er dort hin, als sei die Palisade kein Hindernis, sondern ein Ort, an dem er lange warten musste.

Sein Blick suchte nicht den Wall ab. Nicht die Männer. Nicht die Maschine.

Er suchte nur Tawa.

Noh'Káto sprang.

Er landete schwer und war sofort in Bewegung: Beil hoch, Körper tief, Muskeln gespannt, als hätten sie nie etwas anderes getan. Tawa wirbelte herum. Die Winchester war in seiner Hand – und im nächsten Moment nicht mehr. Noh'Kátos Beil traf den Lauf und schlug das Gewehr aus dem Griff. Metall schlitterte über die Planken und verschwand hinter der Brustwehr.

Sam hob die Sharps – aber Noh'Káto war schneller. Er stieß Tawa zurück, riss das Beil hoch für den Schlag, der entscheidet.

Tawa fiel nach hinten, rollte ab, kam hoch. Hände leer. Atem flach. Blick dunkel und ruhig, wie ein Punkt, der nicht weicht.

Sam riss die Sharps an die Schulter. Verschluss, Griff – doch Noh'Káto hatte ihn schon gesehen. Er drehte sich halb, Beil im Kreis, ein Wirbel, der Raum nimmt.

Es war Tawa, der den Moment brach.

Er ging nach vorn, nicht um zu schlagen, sondern um Platz zu gewinnen. Eine Drehung, eine Ausweichbewegung, ein Schritt, der schnell und knapp war. Dann war die Winchester wieder da – unter seiner Hand, als hätte sie nur auf diesen Griff gewartet.

Noh'Káto fixierte ihn. Beil tief, Knie gebeugt. Der Körper in der Spannung, die nur zwei Ausgänge kennt.

Tawa hob die Winchester. Sein Daumen fand den Hebel. Metall klickte. Ein kleiner Ton in all dem Lärm – und doch der klarste.

Noh'Kátos Augen flackerten einen Herzschlag lang: erkennen – zu spät.

Tawa drückte ab.

Der erste Schuss traf Noh'Káto in die Brust. Er wankte, das Beil blieb oben. Tawa riss den Hebel, die Waffe antwortete sofort. Der zweite traf höher. Der dritte riss ihn zurück.

Noh'Káto fiel.

Nicht wie einer, der überrascht ist. Wie einer, der weiß, dass auch Krieger irgendwann enden. Sein Blick suchte Tawa – kein Hass, eher ein kurzes, hartes Einverständnis. Dann war er weg.

Ein Schrei ging durch die Crow. Schmerz und Wut, tief und kurz. Ein Zögern lief durch einige Körper – und in dieses Zögern brach die nächste Welle.

Die Linie riss weiter auf. Crow drängten nach: Pfeile, Klingen, Körper. Die Wucht hatte nun keinen Rand mehr.

Die Gatling stand stumm, verkeilt von Messing und Pech – und war plötzlich nicht mehr Rettung, sondern Blockade. O'Malley riss und stieß, versuchte, den Stau zu lösen, während um ihn herum der Kampf zu nah wurde, um noch sauber zu arbeiten. Sein Blick war hell vor Erkenntnis: Maschinen sterben schnell, wenn Männer schon an der Brustwehr hängen.

Ein brennendes Fass kippte. Feuer fraß sich durchs Stroh, kroch die Wand hoch, leckte an Balken. Rauch füllte den Hof. Schreie, Hufschläge, der dumpfe Aufprall von Körpern. Namen rief keiner mehr – nicht weil sie egal waren, sondern weil niemand Zeit hatte.

„Tawa!", rief Sam. Die Stimme klang fern im Rauch. „Runter!"

Tawa nickte, schwer atmend. Sein Blick hing einen Moment an Noh'Kátos reglosem Körper. Kein Triumph. Kein erleichtern. Nur ein Riss, dünn und kurz.

Dann rannten sie.

Die Leiter schwankte unter ihren Füßen. Über ihnen kämpften Männer, fielen, schrien. Sam spürte Rauch in den Augen und den Geruch von verbranntem Leder. Er stolperte über einen Eimer, fing sich. Tawa glitt vor ihm über das Holz, schnell und niedrig, als wüsste er: Wer hier aufrecht läuft, wird getroffen.

Unten im Hof schlug ein Balken ein. Feuer stob. Pferde schrien. Ein Soldat rannte brennend quer über den Hof und stürzte. Sam riss den Blick weg. Nicht aus Härte – weil man sonst stehenbleibt.

„Ställe!", keuchte Tawa. „Dort!"

Im Hof war man Ziel. Im Stall war noch Bewegung.

Sie rannten. Der Wind schlug durch halb offene Türen, eine hing nur noch an einem Scharnier. Der Hof war ein flackernder Raum aus Rauch und Feuer, in dem Schatten liefen, und nicht jeder Schatten war noch ein Mann. Geräusche überlagerten sich, bis kein einzelner Befehl mehr Halt fand.

Im Stall roch es nach Angst. Scharf und dicht. Pferde drängten in den Boxen, eines lag bereits, Flanken heftig gehend, Auge weit. Sam sprang über die Kette und riss sie los, fast riss sie ihm die Finger auf. Ein grauer Wallach drängte vorbei, Kopf hoch, Zügel schlagend. Tawa hatte die Hand in der Mähne einer gescheckten Stute, die mit den Vorderbeinen scharrte, als wollte sie die Wand treten.

„Nimm den", stieß Tawa hervor. Ruß im Gesicht, ein dünner Blutstreifen, Schweiß trotz Kälte. „Er trägt dich."

Sam packte das Halfter, ließ sich einen Schritt ziehen, dann war er im Sattel – nicht schön, aber oben. Tawa glitt auf die Stute, schnell und sicher, als sei das der einzige Ort, der jetzt Sinn macht.

Ein Schrei riss durch den Hof. Ein Crow sprang über eine niedrige Wand auf einen Soldaten. Beide stürzten. Ein weiterer Schatten dahinter, kurzer Blitz von Stahl. Sam zog den Wallach herum, sah das Tor: halb offen, halb blockiert, ein Balken schräg herab, Feuer fraß sich von der Seite hinein. Rauch quoll hinaus.

„Jetzt", murmelte Sam, mehr Befehl an sich selbst als Satz.

Tawa nickte nur.

Sie warfen die Pferde in Bewegung. Die Tiere brachen aus dem Stall wie aus einem Käfig. Pfeile irgendwo hinter ihnen. Ein Schuss, fremd im Lärm. Ein Pferd neben ihnen stürzte, als ein Balken krachte. Sam zog die Beine an; der Wallach sprang, trat in etwas Weiches, das Sam nicht ansehen wollte.

Das Tor war näher, als ihm lieb war. Flammen leckten über die Querstrebe, Funken stoben. Hitze schlug ihnen ins Gesicht, trocknete den Schweiß für einen Herzschlag, dann kam der nächste.

Ein Crow-Krieger tauchte vor dem Tor auf, Bogen halb gehoben – zu nah zum Schießen, zu weit zum Greifen. Sam sah seine Augen: überrascht, vielleicht einen Hauch von Respekt, dass jemand noch hinausbricht.

Dann waren sie vorbei.

Die Pferde setzten über die letzten verschneiten Holzstücke am Graben. Hufe fanden Halt im gefrorenen Sand. Und der Lärm hinter ihnen war nicht weg – nur ein Stück weiter.

Sie ritten. Nicht voller Galopp. Der Schnee war tückisch. Aber schnell genug, dass niemand sie zu Fuß holt.

Hinter ihnen brannte das Fort.

Nicht wie ein Lagerfeuer. Nicht wie Wärme. Es fraß. Balken stürzten, Rauch schob sich in den Himmel, als wolle er das letzte Grau packen. Sam drehte sich im Sattel um, nur kurz: Palisaden wie dunkle Zähne im Flammenrand, ein Turm brach ein, Silhouetten zwischen Feuer und Rauch.

Tawa blickte ebenfalls zurück. Sam sah sein Gesicht nicht klar, aber er wusste: Ein Fort ist nie nur Holz.

„Nicht hinfallen", sagte Tawa leise, ohne den Blick abzuwenden. Es klang, als spreche er nicht zu Sam, sondern zu dem Ort. „Fall nicht hin wie ein Hund."

Das Fort hörte nicht – oder zu gut. Ein weiterer Balken fiel. Funkenregen. Dann wandte Tawa den Blick ab und trieb die Stute weiter.

Sie ritten, bis der Lärm gedämpfter wurde. Abstand, Schnee, Wind – alles schluckte. Der Boden wurde weicher, Hügel rückten näher, der Wind wurde schärfer, weil er jetzt frei war.

Weit hinter ihnen setzte eine andere Ordnung ein.

Die Crow bewegten sich durch das Fort wie durch etwas, das auf ihrem Land stand und nun wieder verschwindet. Feuer war Verbündeter und Warnung zugleich. Man blieb nicht zu lange in brennendem Holz. Man nahm, was nützt, und ging.

Zwischen Rauch und Funken stand ein Mann, den keiner der Soldaten je mit Namen gerufen hatte.

Die Krähen nannten ihn Bistah.

Nicht jung. Nicht gebrochen. Aufrecht, ruhig, Blick auf Folgen, nicht auf Ruhm. Ruß lag auf seinem Gesicht. Der Speer hing locker in der Hand, und jeder um ihn herum wusste: Diese Lockerheit kommt aus Erfahrung.

Soldaten lagen überall: am Wall, im Hof, beim Stall, im Schnee. Manche mit offenen Augen, die nichts mehr sahen. Andere in Haltungen, die sagen, dass sie bis zuletzt versucht haben, nicht zu fallen.

Noh'Káto lag nicht mehr dort oben. Man hatte ihn heruntergetragen. Nicht aus Mitgefühl – aus Respekt. Er lag nahe dem inneren Tor, das Beil neben ihm, Finger noch halb darum gekrümmt.

Bistah kniete sich hin und legte eine Hand auf Noh'Kátos Stirn. Sie war noch nicht völlig kalt. Er sagte nichts. Worte hätten hier keinen Zweck gehabt.

Ein junger Krieger stand daneben, den Bogen noch in der Hand. Sein Blick klebte am Toten. „Der Mann mit den drei Donnern", sagte er leise. Er meinte die Winchester – die schnellen Schüsse, die selbst erfahrene Krieger einen Herzschlag lang zu spät machten.

„Er fiel im Kampf", sagte Bistah ruhig. „Nicht in der Nacht. Im Licht." Er hob den Blick durch das brennende Tor nach draußen, dorthin, wo Sam und Tawa längst nur noch Linie und Abstand waren. „Manches geht weiter. Manches bleibt."

Ein anderer Crow kam näher und wies mit dem Kinn auf einen gefallenen Offizier. „Dieser trug das Zeichen der Entscheider."

Bistah sah hin. Pfeil in der Kehle. Hand am Schwert. Gesicht nicht verzerrt, eher erstaunt.

„Er hat befohlen, dass das Fort stehen soll", murmelte Bistah. „Jetzt steht es nur noch in den Köpfen." Er richtete sich auf; sein Knie knackte leise. „Lasst die Pferde raus. Nehmt Decken und Eisen, was trägt. Dann gehen wir. Das Holz soll hier nicht bleiben."

Männer öffneten Stallungen, soweit Feuer es erlaubte. Pferde brachen heraus – manche humpelnd, manche panisch, manche standen still, weil sie nicht wussten, wohin. Andere Crow griffen nach Munition, nach Metall, nach Werkzeug. Es war kein Triumph. Es war Arbeit.

Die Toten wurden nicht achtlos getreten. Nicht aus Respekt vor Uniformen, sondern vor dem Kampf. Ein Toter ist ein Toter, egal welche Sprache er hatte.

Dann begannen einige, Zeichen zu nehmen.

Nicht mit Geschrei. Nicht mit Pose. Schnell, sachlich, in der Art, wie Männer handeln, die wissen, dass der Rauch dreht und man nicht lange bleibt. Zeichen, die zu ihnen gehören – wie sie es verstehen. Kein Reden darüber. Keine Erklärung. Nur Handlung.

In dieser grauen, heißen Kälte hörte man den Wind wieder. Und Schnee begann zu fallen, erst vereinzelt, dann dichter. Er legte sich auf Haare, Mäntel, Holz, auf offene Augen und geschlossene. Er machte keinen Unterschied.

Bistah hob den Kopf und sah, wie die ersten weißen Tupfen auf Noh'Kátos Wange fielen.

„Der Winter nimmt sie alle", sagte er leise. „Er fragt nicht nach Seiten."

Ein jüngerer Krieger trat heran. „Jener mit der Schnellfeuer-Waffe ist entkommen", sagte er, ohne Bitterkeit. „Er und der Mann an seiner Seite."

Bistah nickte. „Der mit dem Schatten in den Augen", meinte er. Er hatte Sam gesehen. Er hatte Tawa gesehen. An der Maschine, zwischen Holz und Eisen, zwischen Pflicht und Wahl. „Der Kampf mit ihnen ist nicht zu Ende. Er ist nur weitergegangen."

Er wandte sich vom brennenden Tor ab.

„Kommt", sagte er. „Wir bleiben nicht, bis alles fällt. Der Wind erzählt es. Der Schnee deckt es zu."

Sie verließen das Fort, nicht in Eile, aber ohne sich umzusehen. Nur einer der Jüngsten drehte sich noch einmal um, Blick kurz im Flammenrand hängen geblieben. Dann ging auch er, hinein in die Reihe, hinaus in die Ebene.

Weit draußen, zwischen zwei niedrigen Hügeln, ritten Sam und Tawa.

Sie sprachen nicht. Pferde schnauften, Atem schwer, Flanken dunkel vom Ritt. Sams Schultern schmerzten – vom Rückstoß, von der Anspannung, von etwas Tieferem, das nicht in Worte will. Tawa hielt den Blick nach vorn, aber seine Gedanken lagen noch im Rauch hinter ihnen.

Erst als der Wind die letzten Geräusche des Fortes aus ihren Ohren gedrückt hatte, brach Sam die Stille.

„Wir leben", sagte er.

Es klang nicht wie Trost. Eher wie eine Prüfung.

Tawa nickte nach einer Weile.

„Ja", sagte er. „Aber nicht mehr dieselben wie gestern."

Der Schnee nahm ihre Spuren auf, ohne Urteil. Der Himmel blieb ein grauer Rand, der sich immer noch nicht entscheiden konnte, Tag zu werden. Hinter ihnen brannte ein Punkt, der kleiner wurde. Vor ihnen lag ein Land, das nicht fragt, wer gewonnen hat – nur, wer noch geht.

Der Tag hatte noch nicht begonnen.

Aber etwas war aufgestanden: Feuer im Schnee.

Und es würde nicht schnell wieder schlafen.

Westen

Der Wind brauchte länger als sie, um das Fort hinter sich zu lassen.

Die Hügel hatten sie bereits aufgenommen, einer nach dem anderen. Graue Rücken im Schnee, die sich zwischen sie und das brennende Holz schoben. Hinter ihnen hing der Rauch noch im Himmel – nicht hoch, nicht stolz. Ein schmutziger Strich, der sich weigerte, schnell zu verschwinden. Er stieg ein Stück, verlor Farbe, brach auseinander – und blieb trotzdem sichtbar, als würde er noch etwas melden, das keiner mehr hören wollte.

Sam ritt mit krummem Rücken. Nicht, weil er es so wollte. Weil der Körper es ihm befahl. Die Sharps hing quer über ihm, der Riemen schnitt in die Schulter. Bei jedem Schritt des Wallachs meldeten sich die Rippen, als würde jemand von innen mit den Knöcheln dagegen klopfen und zählen, was noch ganz war. Er atmete flach, damit es nicht schlimmer wurde, und hasste sich dafür, dass er überhaupt daran denken musste.

Tawa ritt neben ihm. Die gescheckte Stute schnaubte, der Dampf stand kurz in der Luft und wurde gleich vom Wind weggeschoben. Auf Tawas Wange zog sich ein dunkler Strich geronnenen Blutes von der Schläfe bis zum Kinn. Sam wusste nicht, wessen Blut, das war. Tawa hatte nicht gewischt. Nicht, weil es ihm egal war. Weil „nachsehen" Zeit kostet – und Zeit ist in solchen Stunden etwas, das man nicht besitzt.

Sie ritten eine Weile, ohne zu sprechen. Die Stille zwischen ihnen war voll. Voll von dem Rattern der Gatling, das in Sams Kopf noch lief, obwohl diese längst hinter ihnen lag. Voll von Schreien, die im Rauch verschwanden. Voll von dem dumpfen Geräusch, wenn ein Mann fällt und nicht wieder aufsteht. Und voll von dem einfachen Wissen: Holz brennt. Männer auch. Und am Ende zählt keiner sauber nach.

Erst als der Rauch hinter ihnen nicht mehr wie ein Zeichen wirkte, sondern wie ein Rest, zog Tawa die Zügel an. Die Stute nahm das Tempo raus. Sams Wallach tat es mit, aus Gewohnheit. Als wüsste er, dass jetzt nicht mehr geritten wurde, um irgendwohin zu kommen – sondern um überhaupt noch weiterzugehen.

„Hier", sagte Tawa.

Es war kein Ort, den man „gut" nennt. Eine flache Mulde zwischen zwei Hügeln, Windschatten, aber kein Schutz. Ein paar niedrige Sträucher, vom Frost krumm gezogen. Ein halb gefrorenes Rinnsal, das mehr Geräusch machte als Wasser führte. Aber man hatte den Rücken nicht in alle Richtungen offen. Und das reichte.

Sam glitt aus dem Sattel. Seine Beine wollten erst nicht. Beim ersten Schritt sackte ihm das Knie weg, als hätte jemand den Boden darunter kurz ausgetauscht. Er packte den Hals des Wallachs, um nicht in den Schnee zu kippen. Das Pferd hielt still, schnaubte nur einmal – warm, geduldig, als hätte es schon genügend Männer getragen, die aufrecht aussehen wollten, während sie innen längst wackelten.

Tawa stieg ab, als sei er nicht müde. Aber langsamer. Das war alles. Er ließ die Zügel locker. Die Stute senkte sofort den Kopf und scharrte nach etwas Essbarem unter dem dünnen Schnee. Tiere sind ehrlich: erst fressen, dann sterben, wenn's sein muss.

Der Wind strich durch die Mulde. Er brachte noch einen Hauch Rauch mit, aber verdünnt, weit weg. Sam setzte sich auf einen flachen Stein, der halb aus dem Boden ragte. Er saß nicht, weil er wollte. Er saß, weil er musste.

„Wir leben", sagte er.

Es klang nicht wie Triumph. Eher wie ein Satz, den man laut sagen muss, um zu prüfen, ob er stimmt.

Tawa kniete am Rinnsal, tauchte die Hände ins eiskalte Wasser und rieb sich damit übers Gesicht. Das Blut löste sich, wurde zu roten Schlieren, die gleich wieder zu dünnen Krusten froren. Er blinzelte nicht. Nicht aus Härte. Aus Konzentration. Als wolle er sicher sein, dass sein Körper noch sein Körper war.

„Ja", sagte er schließlich. „Wir leben."

Er wischte sich die Hände an der Hose ab und sah zurück. Der Rauch war nur noch ein Streifen am Rand.

„Aber Fort C. F. Smith nicht."

Der Name lag seltsam in der Luft. Nicht mehr wie ein Ort, sondern wie ein Loch. Ein Stück Welt, das eben noch da gewesen war und jetzt nur noch brannte.

Sam schluckte. Er wollte fragen, ob der Offizier ... ob O'Malley ... ob irgendwer ... Aber Fragen sind leicht. Antworten sind Gewicht.

„Hast du gesehen, ob welche entkamen?"

Tawa überlegte. Sein Blick ging nicht ins Jetzt, sondern dorthin, wo die Bilder noch standen.

„Einige", sagte er. „Hinter dem Stall. Zwei ... vielleicht drei." Er hielt kurz inne. „Einer stolperte. Der andere zog ihn mit. Richtung Flussseite." Dann, nüchtern: „Wenn der Rauch sie nicht geholt hat, holt sie vielleicht der Winter. Oder nicht."

Sam senkte den Blick. Gesichter ohne Namen. Hände an Abzügen. Der Captain, der „Niemand schießt" gesagt hatte, und alle hatten gehorcht, obwohl der Boden schon erzählt hatte, was kommt. O'Malley an der Maschine, fluchend, kämpfend, als könne Sturheit Metall zwingen. Der Wall, der unter den Stiefeln vibrierte. Und dann das Feuer.

„Der Preis", murmelte Sam.

Tawa sah ihn an. „Was?"

Sam machte eine kurze Bewegung mit der Hand. Nicht groß. Mehr ein Abwinken gegen alles, was hinter ihnen lag.

„Der Preis. Für dieses Fort. Für diese Linie. Für das, was sie hier machen wollen."

Tawa sagte nicht sofort etwas. Sein Gesicht blieb ruhig, aber die Augen arbeiteten.

„Der Preis ist nie der, den sie glauben", sagte er schließlich. „Sie zählen Männer. Pferde. Kisten. Munition. Und schreiben es auf."

Er deutete mit dem Kinn Richtung Rauch. „Das Land zählt anders."

Sam stieß ein kurzes, trockenes Lachen aus. Kein Humor. Nur Luft.

„Und wie zählt das Land?"

„In Folgen“, sagte Tawa. „In Namen. In dem, was bleibt, wenn die Bretter weg sind.“ Er hielt kurz inne. Dann: „Heute hat es deinen Namen gehört. Und meinen.“

Der Satz setzte sich in Sam wie ein Stein. Nicht wie Poesie. Wie eine Rechnung.

„Und den von Noh’Káto“, fügte Tawa hinzu.

Der Name zog Sam das Bild zurück in den Kopf: gespaltenes Ohr, Beil, der Sprung auf den Wall. Tawa, die Winchester in der Hand. Drei schnelle Schüsse. Kein Jubel. Nur dieser dünne Riss in Tawas Blick.

„Es war …“, begann Sam.

Er fand die Sätze, die man sagt: nötig, Krieg, er hätte uns getötet. Alles richtig. Und trotzdem zu klein.

„Es war“, sagte Tawa leise, „das ist alles.“

Er strich sich das nasse Haar aus der Stirn. Für einen Moment war da etwas in seinem Gesicht, das nicht „Angst“ war und auch nicht „Trauer“. Eher ein alter Knoten, der kurz wieder hart wird.

„Noh’Káto war mein Feind“, sagte er. „Und früher etwas anderes.“

Er schüttelte einmal den Kopf, als wolle er die Worte abschütteln, weil sie nicht passten. „In deiner Welt habt ihr viele Wörter. Gegner. Bruder. Lehrer.“ Dann, nüchtern: „In meiner Sprache ist es eins. Der, an dem dein Weg bricht.“

Sam sagte nichts. Der Wind hob lose Schneekörner an und ließ sie wieder fallen. Keine Spur blieb.

„Was tun wir jetzt?“, fragte Sam.

Die Frage kam schnell. Weil sie musste. Weil man draußen nicht lange Zeit hat, in sich herumzureden.

Tawa sah nach Süden, dorthin, wo der Bighorn lag – unsichtbar, aber da. Dahinter die Spur, auf der sie gekommen waren. Dörfer. Feuerstellen. Stimmen. Und auch die Brücke, auf der Tawa so lange gestanden hatte: zwischen zwei Welten, bis sie unter ihm knacken musste.

„Wenn du ihnen folgst“, sagte Tawa, „gehst du zur nächsten Palisade. Zum nächsten Offizier. Zur nächsten Liste.“ Er sagte es nicht böse. Nur klar. „Dein Name steht da drauf. Und irgendwann ist dein Körper dran.“

Sam hob den Blick. „Ich folge niemandem."

Tawa sah ihn ruhig an. „Doch." Kurz. Hart. „Dem Strom. Dem Geld. Den Männern aus dem Osten. Dem Gewehr, das du getragen hast, bevor du wusstest, was es kostet." Er neigte den Kopf leicht. „Nur dem Wind bist du nie gefolgt. Du hast ihm zugehört. Das ist nicht dasselbe."

Sam wollte widersprechen. Aber der Wall stand noch in ihm. Und der Moment, in dem Befehle so leicht werden, dass sie wie Luft wirken – und man trotzdem daran erstickt.

„Sie werden wissen wollen, was passiert ist", sagte Sam nach einer Weile. „Fort Phil Kearny. Laramie. Washington, wenn der Rauch lang genug schreibt."

Er strich mit dem Daumen über das abgestoßene Holz der Sharps.

„Wenn ich nicht hingehe, erzählen sie es selbst. Und dann ist es eine Geschichte ohne Gesichter. Ohne O'Malley. Ohne die Jungen am Wall. Ohne ..." Er brach ab. Er wollte „ohne uns" sagen. Aber das klang wie Rechtfertigung.

Tawa nahm einen flachen Stein, drehte ihn in den Fingern, als prüfe er, ob die Welt heute noch etwas Festes übrig hat.

„Sie erzählen ihre Geschichte", sagte er. „In deiner Sprache. Mit ihren Worten." Er ließ den Stein in den Schnee fallen. „Du kannst drin vorkommen oder nicht. Aber du kannst sie nicht so ändern, dass sie wahr wird für dieses Land."

Sam lehnte den Kopf kurz zurück und sah in den grauen Himmel.

„Und wenn ich nicht gehe?"

Tawa zögerte nicht. „Dann trennst du deinen Weg von ihrem."

Trennung.

Sam dachte an Trennungen: von der Farm, von Matt, vom Fluss. Von Menschen, die man nicht wieder sieht. Von anderen, die man nie wirklich hatte. Aber das waren Trennungen gewesen, die ihn getroffen hatten, ohne dass er wählen durfte.

Dies hier war anders.

Wie ein Messer, das man selbst ansetzt. Nicht, weil man keine Angst hat – sondern weil man es satt hat, sich selbst zu belügen.

„Wenn wir nicht zurückgehen", sagte Sam langsam, „dann sind wir in ihren Augen Deserteure."

Das war kein Wort aus Papier. Das war ein Strick in der Luft. Deserteure wurden nicht diskutiert. Man schrieb sie aus, man jagte sie, man stellte sie hin. Ein Sergeant mit kalten Augen, ein Posten, der nicht fragt, und am Ende ein Baum, der weder Schuld noch Gründe kannte. Sam spürte den Geschmack davon auf der Zunge, als wäre der Rauch zurückgekommen.

„In ihren Augen sind wir vieles", entgegnete Tawa ruhig. „Freund, Werkzeug, Verräter, Nützlichkeit, Belastung. Die Augen wechseln. Die Namen bleiben nie lange."

Er zuckte kaum merklich mit der Schulter. „Augen wechseln."

Er deutete nach Westen, wo die Hügel dunkler wurden und das Land sich hob.

„Aber dort drüben weiß noch keiner, wie sie dich nennen. Dort kannst du es selbst sagen."

Sam schwieg lange.

Dann griff er in die Jacke. Nicht hastig. Eher wie jemand, der etwas findet, das ihn lange festgehalten hat. Zwischen Stoff und Rippen war ein dünner, steifer Papierfetzen: eine Ecke Liste, eine Ecke Befehl, irgendein Stück Ordnung.

Er betrachtete die Tinte im grauen Licht. Linien. Namen. Einer halb verwischt. Vielleicht seiner. Vielleicht nicht.

Es war nicht wichtig.

Sam ließ es fallen.

Der Fetzen sank in den Schnee. Kein Geräusch. Kein Drama. Nur dieses kleine, endgültige Verschwinden.

„Ich habe Matt versprochen, zurückzukommen", sagte Sam leise.

Der Name seines Bruders war plötzlich der weichste Ton in dieser Mulde. Und gerade deshalb der gefährlichste.

„Wenn du ihnen weiter folgst", sagte Sam, „komme ich nicht mit. Nicht dorthin."

Keine Drohung. Eine Tatsache.

Tawa nickte. „Ich weiß."

Sam stemmte sich hoch. Unbeholfen, ja. Aber fest. Als hätte er mit dem Papier auch etwas in sich gelöst, das ihn jahrelang an falschen Stellen gebunden hatte.

„Also gehen wir", sagte er. „Nicht zurück. Nicht zu einem anderen Fort. Nicht zu ihren Listen."

Er drehte sich nach Westen. Zwischen grauen Flächen stand Dunkelgrün: Wälder, dicht, gedrängt. Dahinter Linien, die Berge sein konnten.

„Wir trennen unseren Weg von ihrem."

Tawa richtete sich ebenfalls auf. Müdigkeit war da, klar. Aber etwas anderes war leichter geworden: die offene Frage.

„Wohin?", fragte er.

Sam stieß ein kurzes Lachen aus – nicht heiser, eher erstaunt, dass noch Luft dafür da war.

„Du liest den Wind", sagte er. „Du sagst es mir."

Tawa tat es wirklich. Er schloss kurz die Augen, hob das Kinn, ließ den Wind über die Haut laufen. Kein Geisterglaube. Nur Praxis. Wie ein Mann, der eine Richtung prüft, bevor er sie nimmt.

„Dorthin", sagte er schließlich und deutete schräg nach Westen. Nicht nach Süden zu den Dörfern. Nicht nach Osten zu den Listen. Schräg weg von beidem.

„Dort ist das Land bis jetzt nicht voll mit euren Geschichten."

Sam folgte dem Blick.

„Trapperland", murmelte er. „Vielleicht." Dann, trocken: „Vielleicht nur Schnee, Bär und Biber."

„Vielleicht", sagte Tawa. „Und vielleicht genug."

Sam sah noch einmal in den Himmel. Der Rauch über dem Fort war nur noch ein dünner Strich. Wie etwas, das man übersehen kann, wenn man nicht weiß, wo man hinschauen muss.

Er dachte an Matt: ein Junge am Herd, Hände um einen Blechbecher, Blick auf ein Fenster, hinter dem der Winter an die Scheiben atmet. Irgendwann würde er fragen, warum Sam nicht zurückkam.

Die Antwort würde nie sauber sein.

Aber sie würde hier anfangen – in dieser Mulde zwischen zwei Hügeln, wo zwei Männer beschlossen, einen Weg zu verlassen, der nie wirklich ihrer gewesen war.

„Wenn er alt genug ist“, sagte Sam halblaut, mehr zu sich selbst als zu Tawa, „muss er verstehen, dass man nicht überall-bleiben kann, nur weil man es versprochen hat.“

Er hob eine Schulter, als würde er versuchen, das Gewicht kurz zu verschieben.

„Manche Wege treffen sich wieder. Vielleicht.“

Tawa nickte nur. „Vielleicht.“

Dann gingen sie zu den Pferden.

Keine Geste. Kein Schwur. Kein Blick, der so tut, als könne er etwas retten, das schon brennt.

Nur Hände an Leder. Ein kurzer Check am Gurt. Atem in kalter Luft. Ein Druck der Knie.

Als Sam wieder im Sattel saß, zerrte der Wind anders an ihm. Nicht mehr von hinten. Von vorn. Aus dem Land, das noch nichts von ihm wusste.

„Dann gehen wir“, sagte Tawa.

Sie ritten die Mulde hinauf. Nicht schnell. Der Schnee war tückisch, und die Pferde wussten es. Das Rinnsal blieb zurück, sein leises Murmeln ging im Wind verloren. Die Hügel öffneten sich, einer nach dem anderen, und gaben den Blick frei auf ein Land, das nicht wartete und nicht drängte.

Sam drehte sich nicht um.

Nicht, weil er nichts fühlte. Sondern weil es zu viel war.

Mit jedem Schritt der Hufe löste sich etwas aus ihm: der Druck, der Befehl, das alte „Du musst“. Es tat weh. Nicht wie ein Schlag. Eher wie ein leises Reißen, das man erst merkt, wenn es schon passiert ist.

Tawa ritt neben ihm, still, die Hand locker am Zügel. In seinem Gesicht lag Müdigkeit – und etwas Sanfteres, das man nicht „Hoffnung“ nennen muss, damit es da ist.

„Manches bleibt“, sagte er schließlich leise. „Auch wenn man geht.“

Sam nickte.

Er dachte an Matt. An die Frage, die kommen würde. Und an eine Antwort, die nie ganz richtig sein würde – aber ehrlich.

Vielleicht war das genug.

Der Wind nahm ihre Spuren an, ohne Urteil. Der Schnee schloss sich hinter den Hufen, so ruhig, als wolle er nichts festhalten, was weitergehen muss.

Vor ihnen lag das Land: weit, still, hart.

Hinter ihnen lag das Feuer – jetzt nur noch eine ferne Ahnung.

Der Tag begann endlich, vorsichtig. Kein Versprechen. Nur ein hellerer Rand im Grau, der sagte: Du bist noch da.

Sam atmete ein. Dann aus.

Sie ritten weiter. Nicht fort von allem. Aber fort von dem, was sie nicht mehr tragen konnten.

Und irgendwo weit zurück blieb ein Ort, der sie gezählt hatte – und sie jetzt gehen ließ.

Ende

An die Leserinnen und Leser

Wenn *Fluss der Schatten* Sie bis hierher begleitet hat, dann haben Sie einen Weg zurückgelegt, der nicht jedem offensteht.

Rückmeldungen von Leserinnen und Lesern helfen, solche Geschichten sichtbar zu machen – besonders jene, die leise erzählen und auf Verklärung verzichten. Eine kurze Einschätzung, ob in Worten oder in einer Bewertung, trägt dazu bei, dass dieses Buch seinen Weg zu weiteren Lesern findet.

Der Verlag dankt Ihnen für Ihre Zeit – und für die Bereitschaft, einen Abschnitt dieses Weges mitzugehen.

Zum Autor

Ich schreibe keine Geschichten, um Antworten zu geben. Ich schreibe, um Orte zu betreten, die sich nicht erklären lassen, sondern nur aushalten.

Fluss der Schatten ist aus dieser Haltung entstanden. Aus dem Versuch, eine Zeit nicht zu beschönigen, die hart war. Aus dem Misstrauen gegenüber einfachen Wahrheiten. Und aus der Überzeugung, dass Menschen nicht an großen Ideen zerbrechen, sondern an den kleinen Entscheidungen, die man ihnen abnimmt.

Mich interessieren Figuren, die nicht glänzen. Männer und Frauen, die handeln, weil sie müssen – nicht, weil es heroisch klingt. Grenzen, die nicht auf Karten stehen, sondern im Inneren verlaufen. Und Freundschaften, die dort entstehen, wo Worte nicht mehr tragen.

Die nordamerikanische Frontier des 19. Jahrhunderts ist für mich kein Mythos. Sie ist ein Raum der Reibung: zwischen Kulturen, zwischen Vorstellungen von Ordnung, zwischen Mensch und Land. Wer dort lebt, lebt nicht „frei" – sondern ungeschützt. Und genau dort beginnen die Geschichten, die mich interessieren.

Ich lebe und schreibe in Deutschland. Aber meine literarischen Wege führen oft dorthin, wo der Boden kalt ist, der Wind offen, und Entscheidungen keine zweite Chance bekommen.

Anmerkung des Autors

Dieses Buch ist bewusst still erzählt. Die Sprache ist verdichtet. Die Dialoge sind knapp. Nicht, weil es nichts zu sagen gäbe – sondern weil Menschen in Extremsituationen selten erklären, was sie fühlen.

Wenn Zeit in diesem Roman verschwimmt, dann, weil sie es im Erleben auch tut. Wenn Gewalt plötzlich und hart einbricht, dann, weil sie das im Leben ebenfalls tut. Und wenn manche Figuren nur kurz auftreten, dann, weil nicht jeder Mensch lange bleibt – selbst wenn er Spuren hinterlässt.

Fluss der Schatten will kein Lehrbuch sein. Es urteilt nicht, es erklärt nicht, es entschuldigt nicht. Es zeigt.

Historische Genauigkeit war mir wichtig – aber nicht wichtiger als innere Wahrheit. Ein Gewehr ist hier nicht nur ein Werkzeug. Ein Fort ist nicht nur ein Bauwerk. Und ein Weg ist nie nur eine Richtung.

Am Ende dieses Buches stehen keine Lösungen. Nur ein Schritt weiter. Und vielleicht die Erkenntnis, dass man sich manchmal von einem Weg trennen muss, um sich selbst nicht zu verlieren.

Wenn diese Geschichte nachhallt, dann nicht, weil sie laut war – sondern weil sie an einer Stelle berührt hat, an der man nicht mit Worten rechnet.